Britta & Christian
Habekost

Reben
Opfer

Ein Elwenfels-Krimi

PIPER

Mehr über unsere Autorinnen, Autoren und Bücher:
www.piper.de

Wenn Ihnen dieser Krimi gefallen hat, schreiben Sie uns unter Nennung des Titels »Rebenopfer« an *empfehlungen@piper.de*, und wir empfehlen Ihnen gerne vergleichbare Bücher.

Von Britta und Christian Habekost liegen im Piper Verlag vor:
Band 1: Rebenopfer
Band 2: Winzerfluch
Band 3: Rieslingmord
Band 4: Weingartengrab
Band 5: Traubentod

Von Christian Habekost liegt im Piper Verlag vor:
Gebrauchsanweisung für die Pfalz

Unser Versprechen für mehr Nachhaltigkeit
• Klimaneutrales Produkt
• FSC®-zertifiziertes Papier
• Hergestellt in Europa

FSC www.fsc.org MIX Papier | Fördert gute Waldnutzung FSC® C021394

Überarbeitete Neuausgabe
ISBN 978-3-492-31581-4
1. Auflage September 2020
3. Auflage Januar 2023

Die Erstausgabe erschien unter dem Titel »Elwenfels«
Umschlaggestaltung: FAVORITBUERO, München
Umschlagabbildung: SilkenOne / Getty Images
und Motive von Shutterstock.com
Karte: Tino Latzko
Satz: Satz für Satz, Wangen im Allgäu
Gesetzt aus der Scala
Gedruckt von ScandBook in Litauen
Printed in the EU

Achtung / Owacht

Personen und Handlung sind frei erfunden.
Das Dorf Elwenfels gibt es in (dieser) Wirklichkeit nicht.
Ähnlichkeiten mit pfälzischen Lebendigkeiten, Mentalitäten, existierenden Orten und Persönlichkeiten waren allerdings nicht zu vermeiden.

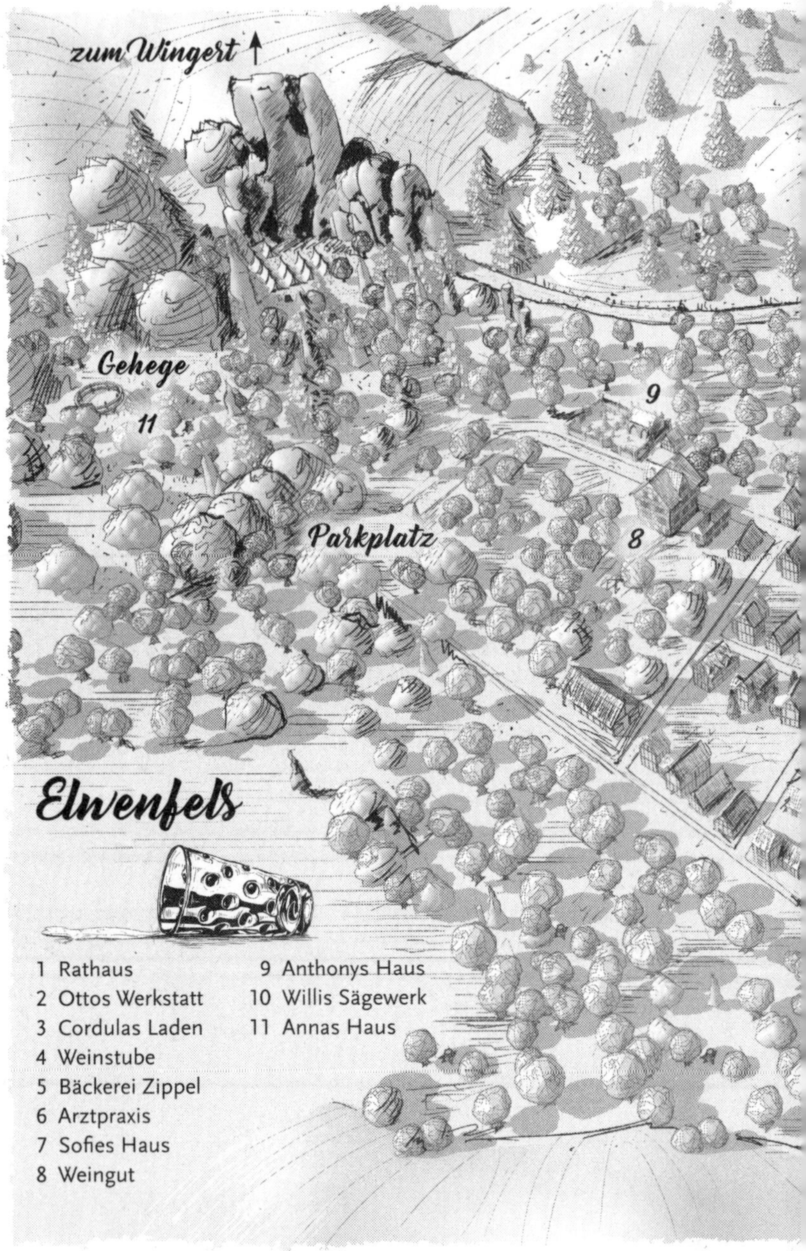
zum Wingert
Gehege
11
9
Parkplatz
8
Elwenfels
1 Rathaus
2 Ottos Werkstatt
3 Cordulas Laden
4 Weinstube
5 Bäckerei Zippel
6 Arztpraxis
7 Sofies Haus
8 Weingut
9 Anthonys Haus
10 Willis Sägewerk
11 Annas Haus

10
Bach
6
5
4
1
7
3
2
nach Deidesheim

Prolog

Das würzige Waldbodenaroma kam nicht länger gegen den Gestank seiner Angst an. Irgendwo auf dem langen Weg durchs Unterholz hatte sein Herz angefangen zu stolpern, als würde es vor einer drohenden Gefahr davonlaufen. Die wenigen Erinnerungsfetzen, die immer wieder wie Dunstschwaden in seinem dröhnenden Kopf aufstiegen, schienen das Stolpern nur noch zu verstärken. Ein Herzinfarkt wäre jetzt nicht das schlechteste Ende, dachte er. Es sei denn, er stieße auf einen Weg und würde gefunden.

Warum musste es in diesem Wald nur so still sein? Es dämmerte doch bereits, warum waren hier denn keine Geräusche? Wenigstens ein bisschen Gezwitscher, ein kleines Rascheln? Es hätte ihn getröstet mit dem Gefühl, noch am Leben zu sein. So aber war er unsicher, ob das Ganze nur eine unendliche Traumschleife in einer tiefen Ohnmacht war. Konnte man so einen Sturz überhaupt überleben? Offensichtlich schon. Aber wenn ihn nicht bald jemand fand, hätte er genauso gut unten am Abhang liegen bleiben können.

Er hob den Kopf und blinzelte. Das fahle Morgenlicht drang wie ein Keil in seine Augen. Stöhnend schloss er die Lider und ließ den Kopf zurückfallen auf den modrig riechenden Teppich aus Laub, Kiefernnadeln und Sand. Ausruhen ... du musst dich ausruhen, dachte er.

Als er das nächste Mal aufwachte, war der Schmerz in seinem linken Bein so stark, dass er einfach weiterkroch, um sich davon abzulenken. Er dachte an das weitverzweigte Wegenetz in diesem Wald. Er hatte es auf der Wanderkarte gesehen. Irgendwann mussten Leute hier entlangkommen. Er konnte doch nicht ganz allein sterben!

In einem langen Aufmarsch zogen die Fehler seines Lebens an ihm vorbei. Da waren einige, die ihn bis heute verfolgten. Aber büßen würde er jetzt für den Fehler, sich nach einem arbeitsreichen Jahr ein bisschen Naturnähe gewünscht zu haben. Da hast du deine Natur ... bitteschön, so viel Natur wirst du nie wieder bekommen.

Das Licht brach in langen Lanzen durch die Baumkronen. Er robbte mit geschlossenen Augen weiter, ignorierte stachelige Brombeerranken und Steine, biss sich auf die Unterlippe. Immer noch hüllte ihn eine unnatürliche Stille ein.

Plötzlich war ihm nicht mehr klar, was eigentlich das Beängstigende an seinem Zustand war: das gebrochene Bein und die blutende Wunde an seiner Schulter oder diese laute Stille inmitten der Bäume.

Da! Ein Rascheln, gleich hinter ihm! Keuchend drehte er den Kopf und bereute es sofort. Kurz darauf ein tiefes Schnarren, wie von einer gigantischen Schranktür. Er schob sich ein Stück weiter durchs Gestrüpp. Das bildest du dir ein, es war bestimmt nur ein Specht. Ein verdammt großer Specht ...

Jetzt ertönte das Rascheln wieder, irgendwo vor ihm. Und dann ein Schrei. Ein schriller, lang gezogener Schrei. Er erstarrte. Sein Herz pumpte panisch, das zirkulierende Blut in seinen Ohren spülte alle anderen Geräusche weg.

Das ist eine Sinnestäuschung ... hat etwas mit der Gehirnerschütterung zu tun. Die verstärkt wahrscheinlich den leisesten Ton ums Hundertfache.

Er zwang sich weiter. Ganz unvermittelt verschwand das Unterholz. Das Licht ... so gleißend hell. Die dunkle Wand des Waldes wich zurück. Gleichzeitig meldeten ihm seine letzten noch funktionierenden Synapsen eine Lichtung und helles, leuchtendes Grün.

Ein Picknickplatz, flehte er innerlich. Irgendeine Joggerin, die sich an den Holzbänken die Waden dehnt ... Bitte! In diesem Augenblick schien etwas Großes durchs Gehölz zu dringen. Er zuckte zusammen. Über ihm ein kühler Luftzug, Flügelschlagen und dann wieder dieses hölzerne Schnarren. Und ein weiterer Schrei.

Vögel, dachte er. Nur Vögel ... Er ignorierte seine Angst und das intensive Gefühl von Bedrohung und schob sich vorwärts, doch sein Kopf stieß gegen etwas Hartes. Eine neue Schmerzwelle, eine neue Ohnmacht.

Dann lag er auf dem Rücken. Komischerweise fühlte er sich gut dabei. Es roch nach Gras und Wiese und noch nach etwas anderem, das er nicht erkannte. Etwas Frisches, das den Geruch von kaltem Schweiß überdeckte. Seine Zunge lag schwer und pelzig im Mund, sein Durst vertrieb sogar den Schmerz im Bein. Das Gras in seinem Rücken fühlte sich sehr weich an. Auf seinem zerschrammten Gesicht kitzelte die Sonne, und das Licht tat nicht länger in den Augen weh. Er blinzelte und schaute in ein Kaleidoskop aus hellgrünen, gezackten Flecken und goldenen Wirbeln. Wie schön ... Man konnte ewig hinsehen.

Ein Gefühl von Frieden überkam ihn. Er wunderte sich auch gar nicht über den riesigen Vogel mit dem sehr langen, gebogenen Schnabel, der neben ihm hockte und ihn aus honiggelben Augen anstarrte. Er starrte zurück. Was hätte er auch sonst tun sollen. In nächster Nähe erklang wieder das Schnarren, sein Blickfeld verkleinerte sich. Er versank in einem Strudel aus goldenen Lichtflecken, grünen Blättern und diesen Vogelaugen. Es gelang ihm nicht, die ganze Gestalt des Vogels zu erfassen. Das Tier war halb verdeckt von gezackten Blättern. Zwischen den Blättern schimmerte etwas, das aussah wie Haut. Der Vogel ruckte mit dem Kopf nach vorn, als versuchte er, nach ihm zu hacken. Er wollte zurückweichen, aber er konnte sich nicht mehr bewegen. Seine anfängliche Verwunderung versank sofort wieder in Gleichgültigkeit. Es war ohnehin alles nicht real. Real war nur dieses seltsam wohlige Gefühl, das ihn allmählich herauslöste aus Schmerz, Schwäche und Angst. Er schaute nach oben und folgte den leise rauschenden Blättern in ihrem Tanz mit dem Morgenlicht. Das alles war wunderschön. Und weil es so schön war, wusste er, dass er sterben würde.

»Messekönig« Strobel weiterhin verschwunden

Zwei Wochen nach dem Verschwinden des bekannten Hamburger Messeunternehmers Hans Strobel konzentrieren sich die Ermittlungen der Polizei nun weitgehend auf das private Umfeld des Mannes. Inzwischen kann ein Verbrechen nicht mehr ausgeschlossen werden. Nachdem Strobel am 29. August zu einer privaten Reise ins rheinland-pfälzische Deidesheim aufgebrochen war, meldete ihn seine Frau drei Tage später als vermisst. Die Millionärsgattin kann keine Gründe für die Reise nennen. Strobel wurde am 1. September zurückerwartet, war jedoch die vorangegangene Nacht schon nicht mehr in seinem Hotel in Forst an der Weinstraße gesehen worden. Er hat dort niemals ausgecheckt.

Die befragten Zeugen vor Ort konnten keine Hinweise zum Verbleib des Mannes geben. Anlass zur Beunruhigung gibt vor allem die ergebnislose Ortung seines Mobiltelefons. Strobels Frau gab an, dass ihr Mann sein Handy niemals ausgeschaltet habe, aus Angst, eine wichtige Nachricht zu verpassen.

Hans Strobel gilt als unumstrittene Nummer eins im europäischen Messemanagement und richtete zwei Wochen vor seinem Verschwinden die legendäre »European Wine Trophy« in München aus, zu der sich jährlich ein internationales Spitzenpublikum einfindet. Als auffällig gilt die Tatsache, dass Strobel so kurz nach der Messe zu einem unbekannten privaten Zweck nach Deidesheim aufbrach, wo er zuletzt in einem renommierten Weingut gesehen wurde. Dies sei, so Nadine Strobel, völlig untypisch für ihren Mann, denn in diese Zeit fiel die Vorbereitung für die Elektronikmesse in München, für die Strobel Tag und Nacht hätte abrufbar sein müssen.

Strobels Jaguar wurde auf dem Parkplatz des Hotels gefunden. Seine Bankkonten blieben seit seinem Verschwinden unberührt.

Fall Strobel – Ermittlungen eingestellt

Das Rätsel um den verschwundenen Messeunternehmer Hans Strobel bleibt wohl ungelöst. Laut Polizei hat sich auch nach intensiver Nachforschung keine neue Spur ergeben.

Ermittlungen im privaten Umfeld des Mannes blieben ohne Ergebnis. Um den Konzern Eurotrade weiterführen zu können, stehen Strobels Partner seit einigen Wochen in Verhandlungen über eine Nachfolge. Die Akte Strobel wird zunächst nicht geschlossen, aber die Ermittlungseinheit wird nun aufgelöst. Kriminalhauptkommissar Schreiber sagte der Presse, dass alles darauf hindeute, dass der Verschwundene einem Verbrechen zum Opfer gefallen sei. Hans Strobel verschwand Ende August des vergangenen Jahres im pfälzischen Deidesheim, sechshundert Kilometer von Hamburg entfernt.

Kapitel 1

Wie ein Hamburger in die pfälzische Wildnis vorstößt und dabei fast verdurstet

Später, als alles vorbei war, dachte Carlos Herb noch einmal zurück an ein geflügeltes Wort, das die Leute in dieser Gegend verwendeten: »Wer long frogt, geht long err.« – Wer lange fragt, geht lange in die Irre. Heute konnte er darüber lachen. Nichts ist treffsicherer und dadurch schmerzhafter als alte Volksweisheiten. Doch damals, als er diesen Satz zum ersten Mal hörte, in diesem als einfache Weinstube getarnten Tempel der Schoppenglas-Philosophie, da dachte er noch, die Eingeborenen mit ihren seltsamen speichelzischenden Kehllauten wollten ihn wieder mal an der Nase herumführen. Sein erster Übersetzungsversuch mit »Wer lange fragt, wird langsam irre« löste Gelächter und Kopfschütteln in der Runde der rotbackigen Zecher aus. Die Reaktion hätte für seine gerade beginnenden Nachforschungen nicht passender sein können. Er fühlte sich fremd hier, ausgesetzt in einem wilden Sprachdschungel, für den es kein Wörterbuch gab. Kein Ort der Welt konnte weiter von seiner Heimatstadt Hamburg entfernt sein als dieses Elwenfels.

Er war nicht freiwillig hier in der pfälzischen Wildnis gelandet. Eigentlich sollte er ernsthafte Nachforschungen anstellen, Informationen beschaffen, für die seine Klientin ihn gut bezahlte. Und was bekam er zu hören: folkloristische Weisheiten, Trinksprüche und Eingeborenen-Witze. Dazu immer wieder einen Satz, der aus dem Repertoire uninspirierter Krimiautoren stammen könnte: Das haben wir doch alles schon der Polizei gesagt. Klar. Als ob er das nicht gewusst hätte. Und Nadine Strobel wusste es auch.

Wenn es nach ihm gegangen wäre, hätte er auch getrost zu Hause bleiben können, in seiner schönen Wohnung mit Dachterrasse in Alsternähe. Das Problem war nur, dass er sich in letzter Zeit echt schwertat, die happige Miete für sein Zuhause aufzubringen. Vor zwei Jahren war er den bewaffneten Beamtenstatus losgeworden, eine ganz blöde Geschichte ...

Er schirmte die Augen mit der Hand gegen die Sonne ab und schaute auf die Ziffern seiner Uhr: 16:37. Zeit für ein kaltes Bier und etwas zu beißen. Aber hier konnte er nicht bleiben. Unmöglich. Nicht in dieser brodelnden Menschenmasse, die sich unter der heißen Septemberabendsonne übers Kopfsteinpflaster schob und an dem Gesöff festhielt, nach dem die berühmte Straße am Haardtrand benannt war. Wein? Pfui Teufel! Dass die Leute ihn aus einer Art gepunkteter Blumenvase tranken, machte die Sache nicht besser. Ganz im Gegenteil.

Carlos Herb rief sich ins Gedächtnis, was er über Hans Strobel wusste, diesen stattlichen Fünfziger mit dem begehbaren Humidor in seiner Villa an der Außenalster und dem untrüglichen Gespür für alles Kostspielige, Edle, Exklusive. Er dachte an seinen Besuch bei Nadine Strobel, bei dem sie ihn ins Arbeitszimmer ihres verschwundenen Gatten geführt hatte. Er ärgerte sich jetzt noch über das Gefühl der Einschüchterung, das ihn beim Anblick der teuren Clubsessel, des echten van Gogh und der unbezahlbaren Aussicht befallen hatte. Er hatte sich umgesehen, aber nur flüchtig. Das hier war nur die Fassade des Verschwundenen. Zwischen den futuristischen Möbeln, den Art-déco-Lampen und den Designer-High-Heels seiner Bewacherin hatte sich die Sammlung alter Schallplatten von Cole Porter, Oscar Peterson und James Price Johnson überraschend intim ausgenommen. Es war fast, als würde zwischen den antiquierten Papphüllen der menschliche Teil Hans Strobels hervorblinzeln.

Er hatte sich gefragt, warum Strobels Frau ihm den protzig ausgestatteten Raum mit so viel unverhohlenem Stolz präsentierte. Als genüge es, dass sie nur den Nachlass ihres Mannes vorzeigen müsse, um sich als sorglose Millionärsgattin zu fühlen. Aber nicht mehr lange. Wurde nicht binnen drei Jahren der Tod Strobels nachgewiesen, ginge sein gesamtes Vermögen an eine humanitäre Stiftung in Laos. Seine Frau würde in die Röhre gucken.

Dass er diese Bedingung ein halbes Jahr vor seinem Verschwinden in seinem Testament verfügt hatte, machte die Ermittler mehr als stutzig. Es schien, als habe Strobel gewusst, dass er verschwinden würde. Dass jedoch nur im Fall seines nachgewiesenen Todes das Vermögen an seine Frau ausgezahlt werden sollte, rückte Nadine Strobels Auftrag an Carlos in ein ganz anderes Licht. Sie wollte, dass Herb ihren Mann fand. Am besten tot.

Aber wenn Strobel schon verschwinden musste, warum dann nicht irgendwo anders? Warum ausgerechnet hier, in der tiefsten Provinz? Gut, dieser Teil Deutschlands galt zwar als Toskana-Ersatz für alle, die es nicht über die Alpen schafften. Aber Carlos Herb wollte einfach nicht verstehen, was die Leute so toll fanden an den paar lang gestreckten Bodenwellen, auf denen hektarweise trinkbare Monokultur wuchs. Die vereinzelten Burgruinen auf dem Mittelgebirgsrücken, zu deren Füßen sich eine brave Reihe von Dörfern versammelte, erinnerten ihn in ihrer gespreizten Niedlichkeit an die Märklin-Modelleisenbahn seiner Kindheit.

Und was noch viel wichtiger war: Was hatte Hans Strobel hier gemacht? Dieser souveräne Lebemann mit den edlen Manschettenknöpfen und den handgefertigten John-Lobb-Schuhen, der in Paris, Rom und London zu Hause war, auf den Seychellen seinen von zehnstelligen Zahlen rauchenden Kopf in den Indischen Ozean tauchte und auf dem Hamburger Flughafen einen Privatjet parkte. Was hatte der hier gemacht? In dieser weinseligen Puppenstube, wo die Leute unter der Woche nichts Besseres zu tun hatten, als Hintern an Hintern auf Holzbänken zu sitzen und sich an diesen seltsamen Riesengläsern festzuhalten. Er versuchte, sich eines dieser Gläser in Hans Strobels gepflegten Händen vorzustellen. Das Bild kippte sofort.

Carlos Herb schwitzte und hatte großen Durst. Die letzte Flüssigkeitsaufnahme, die die Trinkwecker-App seines iPhone eingefordert hatte, war ein eisgekühlter Nescafé an einer Autobahnraststätte gewesen und schon eine ganze Weile her. Jetzt steckte er hier fest in dieser wogenden, brodelnden, herumkrakeelenden Menschenmenge. Er reckte sich, um über den Köpfen einen Ausgang, einen Notausgang aus dieser alkoholisierten Masse zu finden. Irgendwo spielte jemand Akkordeon. Es wurde gesungen und geschunkelt. Wie putzig.

Plötzlich ertönte ein Schrei: »Schoppegewitter!!!«, dann lautes Gläserklirren und noch lauteres Lachen. Eingeborene und ihre Rituale, er mittendrin. Ausgeliefert und durstig. Sollte er sich in eine der langen Schlangen vor den Verkaufsständen einreihen, um dann vielleicht zu erfahren, dass es Wasser nur mit Wein gemischt gab?

Wie würden diese Leute hier reagieren, wenn er sie fragte, warum auf den Angebotstafeln kein Bier aufgelistet war? Er wusste nicht, wie die Menschen hier tickten, wenn der Alkoholpegel erst einmal den Geräuschpegel überholt hatte.

Lieber raus aus Deidesheim, weg von diesem Weinfest. Irgendwohin, wo es ruhiger war. Dicht an ihm vorbei drängte sich eine junge Frau, vier randvolle Gläser in den Händen. Carlos sah die schwappende, zartgelbe Flüssigkeit und wie zwischen den runden Einbuchtungen des Glases kleine Bläschen aufstiegen. Er musste schlucken. Dann schon lieber eine Fanta. Die Kellnerin mit den Gläsern wurde an einem Tisch mit lauten Freudenrufen begrüßt: »O, o, o mol do, un hopp!«

Carlos hatte keine Ahnung, was diese Aneinanderreihung von einsilbigen Lauten zu bedeuten hatte. Aber mit welcher Urgewalt diese Laute aus den Kehlen gepresst wurden! Kein Wunder, dass sie so durstig waren. Es klirrte, sie johlten – und schon wurde genüsslich getrunken. Wie übertrieben sie sich gaben, dachte Carlos. Das hier war kein Bordeaux, sondern Pfälzer Weinschorle. Wie konnte man da so herzhaft ausatmen und laut schmatzend seufzen? Rasch schob er sich weiter. In seine Nase stieg fettiger Fleischgeruch, und sein Magen quengelte. Er hatte ja nicht wissen können, dass hier ein Weinfest stattfand. Obwohl es natürlich zu dieser Gegend passte.

Immer wieder drückte sich das Bild von Strobel in seine Gedanken. Der Konzernchef passte hierher wie ein edles Rennpferd in eine schlammsuhlende Horde Hippos. Eigentlich wäre Herbs erste Adresse das Weingut gewesen, in dem Strobel zum letzten Mal lebend gesehen worden war. Es galt als edel und renommiert, aber Carlos kam gar nicht erst bis zur Tür. An dem ehrwürdigen alten Holztor des Weinguts *Gebrüder Kruse* hing ein Schild: »Wegen Weinfest geschlossen. Sie finden uns am Stand 20.«

Das war für Carlos das Zeichen, seine Befragung lieber zu vertagen. Niemand würde sich Zeit für ihn nehmen, wenn sie gerade mit der Flüssigkeitsversorgung ihrer Landsleute zugange waren. Er versuchte es bei der winzigen Touristeninformation im Stadtkern. Der Mann hinter dem Schalter sah aus, als würde er zumindest nicht seit gestern in diesem Büro arbeiten. Auf Carlos' routinierte Fragen nach Strobel rollte er entnervt mit den Augen und antwortete mit dem Spruch: »Das ham mir doch alles schon der Polizei verzählt.«

Dieser Dialekt! Verzählt! Hatte er nun geredet oder gerechnet? Immerhin wusste der einheimische Mathematiker noch, wer gemeint war. Wahrscheinlich hatten sie damals ganz Deidesheim befragt. Strobels Verschwinden lag jetzt genau ein Jahr zurück.

Carlos Herb zwängte sich durch die schwitzende Menge, die anscheinend nur das eine wollte: einen Platz in den Reihen vor der Tränke. Seine Ellbogen wurden ein bisschen spitzer, die Schritte etwas fester. Er war kurz davor, die Geduld zu verlieren. Am liebsten hätte er jemanden getreten. So viel Körperkontakt mit wildfremden Menschen innerhalb einer Viertelstunde hatte er noch nie gehabt. Doch dann lichtete sich die Menge, und er atmete auf.

Im Auto drehte er sofort den Regler der Klimaanlage auf und brauste auf die Umgehungsstraße. Viele Autos parkten zwischen den Rebzeilen. Überall pilgerten Leute ins Innere des Ortes. Genau: Sie pilgerten! Das hier war so eine Art religiöses Massenphänomen. Nur schnell weg hier!

Er entdeckte ein Schild, das in Richtung des Nachbarortes zeigte, und Carlos blinkte sich in die Ausfahrt. Forst. Dort war das Hotel, in dem Strobel übernachtet hatte. Na, dann konnte er hier ja gleich weitermachen mit seiner Befragung dieser überaus eloquenten und auskunftsfreudigen Einheimischen. Wo beginnen mit einer Suche, die vollkommen sinnlos schien und von offizieller Seite bereits abgeschlossen war? Wo anfangen mit der Beschaffung von Informationen, die es nicht gab? Hans Strobel konnte sonst wo sein! Die Nachforschungen der Polizei und alles, was Herb aus der Akte wusste, glichen dem berühmten Witz von einem Mann, der seine verlorene Brieftasche nur deswegen unter einer Straßenlaterne suchte, weil dort die besten Lichtverhältnisse herrschten.

Vom Rücksitz angelte er sich eine Flasche Cola und trank den letzten, warmen Schluck. Besser als nichts. Er warf einen Blick in den Rückspiegel, gab sich wenig Mühe, das aufkommende Rülpsen zu unterdrücken, und verzog das Gesicht. Sein Barthaar wuchs schnell. Er sah schon nach wenigen Stunden aus, als hätte er drei Tage aufs Rasieren verzichtet. Was nicht besonders gepflegt wirkte. Erst recht, weil die dunklen Stoppeln, in die sich auch schon ein paar graue schmuggelten, zusammen mit seinem müden Blick nicht gerade auf einen gesunden und vitalen Menschen schließen ließen. Dabei fühlte er sich eigentlich gut. Aber seine Augenfarbe wechselte von einem hellen Blau in ein schlammiges Grün, wenn es ihm zu viel wurde. Wahrscheinlich war dieser Farbwechsel auch ein Anzeichen für zu wenig Flüssigkeit. Vielleicht gab es ja in diesem Forst-Dorf einen netten kleinen Biergarten.

Aber Carlos Herb wurde enttäuscht. Forst glich einer kleineren Ausgabe seines feierwütigen Nachbarortes, nur dass hier statt dem wilden Treiben stille, fast schon kitschige Beschaulichkeit angesagt war. Sein Audi rumpelte über das Kopfsteinpflaster der Hauptstraße. Alle paar Meter ein offener Hof mit Feigenbäumen und Palmenkübeln. Und natürlich das Unvermeidliche: Weinstube hier, Weinstube da. In jedem zweiten Hof. Auch hier saßen Leute, denen der Durst in den Gesichtern stand. Verrückte Gegend.

Als er am Hotel *Rebstöckel* aus seinem Wagen stieg, wunderte er sich erneut über Hans Strobel. Wieso stieg so ein Mann in einem Zwei-Sterne-Hotel ab, wenn er sich doch in Deidesheim in einem Nobelhotel hätte einquartieren können? Herb betrat den Eingangsbereich und kniff die Augen zusammen, um überhaupt etwas sehen zu können. Durch die gelben Butzenscheiben drang so viel Licht wie in eine alte, verstaubte Flasche. Als er gerade ein halbherziges »Hallo« ausstoßen wollte, schallte es ihm aus der Finsternis entgegen.

»Mir sin ausgebucht!«

Carlos prallte fast gegen die Frau, die mit verschränkten Armen vor der Rezeption stand, ein für diese Gegend so typisches, resolutes Exemplar mit Blumenkleid und Dauerwelle, das ein intensives Kartoffelsalat-Aroma ausströmte. Oder kam der Geruch von draußen? Carlos sah in das entschlossene, aber nicht abweisende Gesicht.

»Ich suche auch kein Zimmer«, sagte er.

»Alla donn. Is sowieso alles dicht. Von do un runner bis Därkem und nuff bis Londaa.«

»Äh ... wohin?« Carlos verzog das Gesicht. Am liebsten hätte er die Dame an den Schultern gepackt und geschüttelt, damit aus diesem Mund wenigstens ein kleiner Anstandsrest an Deutsch herauskam. Unglaublich war das. In einer Touristenregion derart zu radebrechen. Da verstand er ja die alten Leute oben an der Nordsee mit ihrem Plattdeutsch besser.

»Ah, es ist halt ziemlich voll alles. Wege de Woiles ... also, weil die Weinlese gerade stattfindet und das Woifescht ... also Weinfest.«

Wollte die Frau ihn jetzt auf den Arm nehmen, oder war

das ein Versuch in hochdeutscher Grammatik? Woi, so sprachen sie den Rebsaft also aus. Vielleicht lag es ja an der kurzatmigen Phonetik, dass sie hier so viel davon trinken mussten.

»Naja, dann komm ich am besten wieder, wenn das Fest in Deidesheim vorbei ist, oder?«, fragte Carlos.

»Wenn des rum, also vorbei is, dann fangt unsers an. Eins nachem annere, nunner bis Därkem un ...«

»... un nuff bis London, genau, ich hab's verstanden«, beendete Herb den Satz für sie, nicht ohne ein schnelles, friedensstiftendes Lächeln hinterherzuschieben.

Die Frau lachte, dass sich die Blumen auf ihrem Kleid wölbten. »Na alla, dann haben Sie des schon mal begriffe, odder? Wenn Sie jetzt noch en Elwetritsch fange, dann sind Sie schon en halbe Pälzer, gell!«

»Naja, ich weiß gar nicht, ob ich das will ... äh, darf, also soll ...«, stammelte Herb im Angesicht der angedrohten Eingemeindung. Was brabbelte die da? Was sollte er fangen? Er beschloss, die Gesprächsführung wieder an sich zu reißen, und bemühte sich um einen eindringlich ernsten Ton. »Gute Frau! Darf ich Sie etwas Wichtiges fragen? Ich suche jemanden. Dringend!«

Das Blumenkleid straffte sich. »Ou, Sie sin aber kein Journalischt, odder? Sind Sie do wege dem Struwwel?«

»Bitte wer?«, wisperte Carlos. Wie nannte sie den Verschwundenen? Der Durst machte ihn fertig und verlangsamte allmählich sein Denken. Er war nicht in der Lage, der Frau zu folgen. Sie ließ ihn auch gar nicht zu Wort kommen.

»Ich sag nix mehr zu der Sach. Un mein Mann aach net. Des habe mir doch alles schon der Bolizei ...«

»... die hat sich verzählt, ich weiß, ich weiß. Ist schon gut«, winkte Carlos ab und verabschiedete sich. Im Hinausgehen fiel ihm ein Ständer mit allerlei Prospekten über das dürftige Freizeitangebot der Region auf. Er interessierte sich weder für Burgen, Keltenwege, Vogelwanderungen und erst recht nicht für Wein. Aber seine Erfahrung sagte ihm, dass er sich auf diese Provinz einlassen musste, wenn er irgendwie weiterkommen wollte. Also verbuchte Carlos die kurzen, unerquicklichen Erlebnisse im Weingut und im Hotel Rebstöckel als praktische erste Tuchfühlung. Als Basis für sein weiteres Vorgehen. Immerhin wusste er jetzt, mit was für einer Sorte Mensch er es hier zu tun hatte. Leute, die sich nicht gerne etwas fragen lassen und dafür aber gerne etwas ganz anderes, so hatte er gelernt, *verzählen*. Trotzdem nahm er einige Prospekte mit, einfach so aus Gewohnheit.

Er stiefelte zurück zu seinem Audi und startete den Motor. Als er den Schalthebel auf »D« stellte und überlegte, in welche Richtung er jetzt fahren sollte, erkannte er, dass er hier mehr oder weniger gestrandet war. Wo sollte er heute Nacht schlafen, wenn das, was die Frau gesagt hatte, stimmte?

Er hätte diesen ganzen Fall nicht annehmen sollen. Es war doch völliger Blödsinn, Zeitverschwendung und blanker Masochismus. Carlos dachte an Hamburg. Wie schön wäre es gewesen, jetzt an der Alster zu sitzen, vor sich ein kaltes Jever. Aber Hans Strobel war nun einmal hier verschwunden, irgendwo in diesem bewaldeten Gürtel, der das eintönige Rebenmeer beendete. Und seine Frau, Nadine Strobel, war nun einmal davon überzeugt, dass die Polizei irgendetwas übersehen hatte. Dass es einen Hinweis geben musste auf den Verbleib ihres Mannes. Und er, um die Sache rund zu machen, brauchte nun einmal das Geld.

Carlos wendete den Audi und fuhr zurück auf die Weinstraße in Richtung Deidesheim. Die Sonne war weitergewandert, und ihm wurde immer heißer. Seine Finger begannen, nervös auf dem Lenkrad zu trommeln. Eine Abfahrt tauchte vor seinen Augen auf. Die Straße führte nach rechts auf die Hügelkette zu, die hier Haardt genannt wurde. Ohne zu wissen warum, steuerte er den Wagen in die Kurve – und musste im nächsten Moment scharf bremsen. Aus einem schmalen Weg zwischen den aufgereihten Weinstöcken kam ein absurd kleines landwirtschaftliches Gefährt herausgefahren. Es sah aus wie ein kleiner, seitlich zusammengestauchter Traktor, und sein Anhänger war mit einem Berg staubig-grüner Trauben beladen. Carlos scherte aus und überholte. Auf dem Fahrersitz saß ein alter Mann mit Strohhut. Über dem Bund seiner Cordhosen wölbte sich ein wohlgenährter fester Bauch, über den sich Hosenträger spannten. Er trug ein blau-weiß gestreiftes Hemd, das aussah wie das Oberteil eines Schlafanzugs. Über seinen bläulich-rosa Backenwölbungen blitzten Carlos erstaunlich jung wirkende, leuchtende Augen entgegen. Der Mann nickte und lachte. Seine Lippen formten Worte, die Carlos wahrscheinlich auch dann nicht verstanden hätte, wenn er sie gehört hätte.

Der hat die Ruhe weg, dachte er und versuchte, gegen seine gereizte Stimmung anzukämpfen. Aber es gelang ihm nicht. Er musste seine Nerven beruhigen, irgendwo ankommen. Einen klaren Kopf kriegen. Er wusste eigentlich nur eins: Geld war keine ausreichende Motivation, um an einem Ort wie diesem zu sein.

Die letzten Weinreihen schmiegten sich hier an eine Anhöhe. Dann veränderte sich die Vegetation schlagartig, und Carlos dachte an ein Wort, das ihn schon als Kind im Erdkundeunterricht irgendwie fasziniert hatte: Baumgrenze. Das hier war zwar streng genommen keine Baumgrenze, aber die Reben mit ihrem gelb leuchtenden Laub endeten eben genau da, wo ihnen die Bäume ihre Grenze setzten. Hier begann der Pfälzerwald, das, so hatte einer der Prospekte mit großen Lettern beworben, größte zusammenhängende Waldgebiet Deutschlands. Denselben Satz hatte er auch schon mal über den Thüringer Wald gehört. Typisch. Das waren die Superlative, mit denen sich die Provinz schmücken musste, damit man überhaupt Notiz von ihr nahm.

Er sehnte sich nach Hafenluft und Nebelhörnern. Aber kaum schlossen sich die Baumkronen wie ein Tunnel über der Straße, fühlte Carlos sich besser. Er wunderte sich selbst ein wenig über die Erleichterung, die ihn überkam. Ohne dass er sich den Grund dafür erklären konnte, übten Bäume eine beruhigende Wirkung auf ihn aus. Er hatte früher einmal eine Wohnung gekündigt, weil die große Kastanie vor seinem Fenster gefällt werden musste, und sich danach eine neue Bleibe gesucht, die in der Nähe eines Parks lag. Andere Leute brauchten Südbalkon und einen Aufzug. Er brauchte die Nähe zu einem Baum, und sei es zur Not auch nur eine kleine Birke. Hier und jetzt, als er eintauchte in die dunkelgrüne Dämmerung, war es, als fiele die Last des unangenehmen Starts unten an der Weinstraße wie ein Stein von ihm ab. Er schaltete die Klimaanlage aus und fuhr alle vier Fenster herunter. Waldluft. Dann hatte die Pfalz also doch noch etwas mehr zu bieten außer ihrem langweiligen Rebenmeer.

Eine ganze Weile fuhr er die sanft gewundene Straße bergauf, nur begleitet von herbstlich gefärbtem Mischwald. Am Rand der Straße hockten Krähen, ein Stück weiter entdeckte Herb einen toten Bussard. Er schaute schnell weg und lenkte das Auto auf die Gegenfahrbahn. Zwischen den Bäumen verdichtete sich das Abendlicht. Er fuhr direkt auf die Sonne zu. Mit der rechten Hand tastete er nach der Sonnenbrille auf dem Beifahrersitz. Ein Ferrari-Gestell, keine Ahnung, wo er das herhatte. Herb fand die Brille mit dem protzigen, gelben Emblem auf den Bügeln albern, aber sie war seine einzige. Gegen die niedrig stehende Sonne war sie aber trotzdem machtlos.

Da, eine Abzweigung. Carlos kannte die Ortschaften entlang der Weinstraße mittlerweile im Schlaf, aber die hier war während der Vorbereitungen zu seinen Nachforschungen nicht aufgetaucht. Weder in der umfangreichen Kopie der Ermittlungsakte noch in den Berichten der Polizei aus Neustadt, die die Suche nach Strobel koordiniert hatte.

Elwenfels.

Später würde Carlos Herb die spontane Entscheidung, dort abzubiegen und der schmaler werdenden Straße weiter in den Wald zu folgen, mit der Tatsache begründen, dass er endlich wegwollte von den blendenden Sonnenstrahlen, die ihm die Sicht nahmen und seine Windschutzscheibe in einen Spiegel verwandelten. Und dass er sich wie magisch angezogen fühlte von diesem Wald. Ein Ort, der so schön darin eingebettet lag, konnte nicht verkehrt sein. Sofern dort kein Weinfest stattfand. Die Chancen dafür standen gut, denn soweit er wusste, wuchsen in bewaldeten Gebieten keine Reben. Und er hoffte, dass die Bewohner vielleicht nicht ganz so aufdringlich der offensichtlichen Lieblingsbeschäftigung ihrer Landsleute unten an der Weinstraße nachgingen.

Auf dem Schild hatte er die Kilometerzahl acht gesehen, die sich auf der schmalen, gewundenen Straße, die mal bergauf, mal bergab führte, ganz schön zogen. Kein Auto kam ihm entgegen. Das Sonnenlicht brach hier immer noch gleißend hell durch die Baumkronen, wechselte sich aber mit tiefdunklen, schattigen Abschnitten ab. Der rasche Wechsel von Hell und Dunkel malte undeutliche Schemen auf den Asphalt. Die Straße führte steil bergab hinter eine Kuppe. Die Fahrspur wurde immer enger. Missmutig schlängelte Carlos sich den Hell-Dunkel-Parcours entlang, als plötzlich etwas gegen die Windschutzscheibe knallte. Er stemmte seinen Fuß aufs Bremspedal und schloss die Augen.

Keuchend befreite Herb sich von seinem Gurt, riss die Tür auf und sprang aus dem Wagen. Der Audi war nur um Haaresbreite vor einem dicken Kastanienbaum zum Stehen gekommen. Carlos setzte sich auf den Hintern und starrte eine gefühlte Ewigkeit den winzig kleinen Abstand zwischen der Motorhaube und dem Baum an. Sein Herzschlag fiel nur widerwillig in einen normalen Rhythmus zurück. Er dachte an seinen letzten Erste-Hilfe-Kurs, den man bei den Bullen alle paar Jahre neu machen musste. Was tun bei Schock? Und Flüssigkeitsmangel? Carlos zwang sich, die frische Waldluft tief einzuatmen.

Was um Himmels willen war das gewesen? Ein schemenhaftes Etwas, das gegen die Scheibe geprallt war. Dunkel und ziemlich groß. Schon wieder ein Bussard, wie der, auf den sich weiter unten die Krähen gefreut hatten? Hatten die Viecher hier so eine Art Selbstmordkommando? Kaum war Herbs Puls wieder einigermaßen normal, kam die Wut zurück. Was musste er an diesem Scheißtag noch alles erleben? Wenn es nun ein Reh war? Oder ein Fuchs? Musste man so einen Wildunfall eigentlich melden?

Es war die Sorge um seinen Audi, die ihn aufstehen ließ. An dem Wagen war alles in Ordnung. Die Scheibe war ganz, der Lack unversehrt. Nur eine einzelne große Feder zitterte zwischen den Scheibenwischern. Herb zog sie hervor und betrachtete sie. Sie war so lang wie sein Unterarm, rostrot und mit kleinen weißen Punkten gesprenkelt.

Eine schöne Feder, dachte er und fühlte plötzlich eine unbegreifliche Wehmut. Wahrscheinlich ein Vogel, der unter Naturschutz stand und jetzt irgendwo auf dem Waldboden verendete. Carlos ging widerwillig auf die Knie und spähte unters Auto. Nichts. Er suchte die Stellen neben der Straße ab. Auch nichts. Dann fiel ihm die Stille auf. Eine Stille wie auf einem Berg. Kein Rascheln, kein Fiepen, kein Zwitschern. So, als hielte der ganze Wald den Atem an. Wo war nur dieser Vogel? Hatte der Aufprall ihn so weit weggeschleudert? Carlos hielt noch immer die Feder in der Hand und starrte angestrengt ins Zwielicht. Die Feder lief spitz zu und war am Stiel ganz flauschig und dick. Kein Blut. Vielleicht hatte das Vieh es doch überlebt.

In diesem Moment hörte er das Knattern. Ein stotterndes, röhrendes Geräusch. Er zuckte zusammen. Das war ein Motor. Und obwohl nichts passiert war, durchfuhr ihn ein neuer Schreck. Jetzt konnte er sich nicht mehr einfach aus dem Staub machen. Das Geräusch näherte sich nur langsam. Carlos hätte einsteigen und weiterfahren können. Aber er fühlte sich mit einem Mal seltsam hilflos, fast ausgeliefert.

Da ertönte ein Rascheln. Er fuhr herum. Doch das Unterholz blieb unbewegt. Irgendwo hinter den Bäumen erklang ein Vogelgeräusch, zumindest glaubte Carlos das. Er war ja kein Experte, aber dieses schnarrende Gackern konnte nur von einem Vogel kommen. Es hörte sich an, als würde ihn jemand aus der schattigen Finsternis des Waldes auslachen.

Dann kam die Quelle des stotternden Motors über die Kuppe, und Carlos starrte ihm entgegen. Der Mann auf dem Fahrersitz fächelte sich mit seinem Strohhut Luft zu, und sein Singen übertönte den Krach. Das konnte doch unmöglich sein ... ein Gefährt, das höchstens dreißig Stundenkilometer fuhr. Wie war der Mann so schnell so weit gekommen? Carlos beschloss, auf den Mini-Traktor mit den Trauben im Anhänger zu warten.

Der Mann mit dem Strohhut stoppte und sah ihn lächelnd an. »Morsche«, sagte er.

Was wohl so viel heißen sollte wie »Guten Morgen«, ein Gruß, der angesichts der fortgeschrittenen Uhrzeit eine ziemliche Absurdität war. Der Traktor sah aus, als hätte er den Zweiten Weltkrieg noch mitgemacht und irgendwie überlebt.

»Äh ... ja, hallo«, stammelte Carlos. »Sagen Sie, haben Sie auf dem Weg hierher einen verletzten Vogel gesehen?« Irgendwie klang diese Frage absurd. Aber das war wohl der Schock. Von Nahem betrachtet bot der Mann vor ihm die vermutete landwirtschaftlich geprägte Erscheinung. Aber etwas an ihm war anders. Das hier war wohl nicht die Kategorie »schweigsamer Hinterwäldler«. Jetzt kratzte er sich unter seinen Hosenträgern, und ein spitzbübisches Lächeln schien sein Gesicht auf die doppelte Breite zu vergrößern. Carlos fiel auf, dass er in Hamburg noch nie einem älteren Menschen begegnet war, der so strahlend lächelte. Und auch keinem jüngeren.

»En Voggel?«, fragte der Mann. Dann schielte er auf die Feder in Carlos' Hand.

Der bekam sofort einen Schweißausbruch. Wie war das hier mit Naturschutz und seltenen Tierarten?

Doch der Mann sagte in freundlichem Ton, aber unverständlichen Worten: »Unser Vöggel do können ganz gut uff sich selbscht aufpasse.«

»Ach so ...«

Der Mann wiegte den Kopf. »Außer es kommt einer, wo schneller fahrt wie ich, gell?«

»Äh, wie?«

Der Mann lachte. »Net jeder, wo schneller fahrt, kommt aach schneller an, gell?«

»Ja, da haben Sie wohl recht.«

»Jo. Un Sie wolln jo sischer gut ankumme in unserm Elwefels, odder?«

»Woher wissen Sie, dass ich da hin will?«

»Ah, wohin dann sonscht?«

Natürlich, dachte Carlos, es führte ja nur diese eine Straße in das Dorf. Was er dort wollte, wusste er inzwischen selbst nicht mehr.

»Jeder, wo was sucht, richtig sucht, der kummt irgendwann nach Elwefels.« Der alte Mann war jetzt auf einmal sehr ernst. Er sprach das »sucht« mit einem kurzen »u« aus, wie in Drogensucht.

»Wie meinen Sie das?«, fragte Carlos irritiert.

»Genau so, wie ich's gesagt hab, so mein ich's«, gab er lächelnd zurück. »Un hebe Sie die Feder gut uff. So en Glücksbringer hat net jeder, gell!« Er ließ den Motor an. »Alla dann.«

»Alla dann?«, echote Carlos fragend.

»Auf Wiedersehen, bis zum näggschde Mal«, übersetzte der alte Pfälzer und tuckerte davon.

Carlos sah auf die seltsame Feder in seiner Hand, die im späten Sonnenlicht fast schon kitschig leuchtete. Der Mini-Traktor entfernte sich im Schneckentempo über die nächste Hügelkuppe. Wie hypnotisiert starrte Carlos dem Gefährt hinterher. Der Gedanke, den alten Mann auf den verbleibenden sechs Kilometern bis Elwenfels noch einmal überholen zu müssen, war ihm auf einmal peinlich. Also wartete er. Eine kleine Pause nach diesem Schock konnte ja nicht falsch sein. Im Wald herrschte nicht mehr diese unendliche Stille. Jetzt sangen die Vögel in den Zweigen, ein Specht tackerte einen Baumstamm, und in den Blättern säuselte der Wind. Zwischen all diesen Geräuschen, so bildete er sich ein, war wieder das seltsame vogelartige Glucksen zu hören.

Er fühlte sich, als sei er aus einem Traum aufgewacht. Er klemmte die Feder hinter die hochgeklappte Sonnenblende des Beifahrersitzes und holte sein iPhone aus dem Handschuhfach. Kein Netz. Und auch keine Nachrichten. Niemand wusste, dass er im Auftrag von Nadine Strobel in den Süden Deutschlands gereist war. Private Schnüffler erzählten für gewöhnlich nicht, wo sie gerade unterwegs waren. Da passte es auch, dass Herb keine Frau hatte. Keine Kinder. Und irgendwie auch sonst niemanden, den das interessiert hätte.

Jetzt saß er hier in einem Niemandsland namens Pfälzerwald, hielt Ausschau nach einem seltsamen Vogel mit gepunkteten Federn und wartete darauf, dass der einzige andere Verkehrsteilnehmer in dieser gottverlassenen Gegend genug Vorsprung hatte. Carlos seufzte. Sein Durst ließ ihn schließlich weiterfahren. Auf der ganzen restlichen Strecke war nichts von dem kleinen Traubentransporter zu sehen.

Kapitel 2

Warum Rieslingschorle und Bratkartoffeln nicht geeignet sind als Grundlage für eine gespenstische Nacht

Während seiner Zeit als Hauptkommissar, aber auch in den beiden Jahren, in denen er sein Handwerk für private Auftraggeber ausübte, hatte Carlos eine Sache gelernt: Wenn man in einem aussichtslosen Fall eine Lösung finden will, muss man von einem anderen Standpunkt aus suchen und die abgegrasten Gefilde verlassen. In dieser Hinsicht war das abgelegene Dorf im Wald sogar ein guter Anfang. Zumindest redete Carlos sich das ein. Er glaubte nicht an die sprichwörtliche Fähigkeit des Erdbodens, Leute einfach so verschlucken zu können. Diese Gewissheit hatte er auch nicht verloren, nur weil er jetzt keinen Dienstausweis und keine Waffe mehr vorzeigen konnte. Er war froh, die halbautomatische P6 nicht mehr tragen zu müssen. Er hatte das Ding nie gemocht. Und dass er auch nicht damit umgehen konnte, hatte er ja hinreichend bewiesen …

Das Ortsschild von Elwenfels war überwuchert von Kletterpflanzen, der Ortsname fast unleserlich. Beim Anblick der kleinen blumengeschmückten Steinbrücke, die über einen Bach führte, überkam ihn eine intensive Urlaubssehnsucht. Warum nicht einfach ein paar Tage ausspannen und Nadine Strobel sagen, dass er bereits tief in die Nachforschungen eingetaucht sei? Er berechnete der Frau mit den starren Mundwinkeln den doppelten Tagessatz und Extraspesen. Sie würde ohnehin nicht merken, wenn er, anstatt Strobel zu suchen, erst mal ein bisschen vom Gas ging. Vor Carlos öffnete sich eine schmale Straße ohne jegliche Ausweichmöglichkeiten. Das Kopfsteinpflaster war derart schmal bemessen, dass er mit seinem Audi A6 gerade so knapp hindurchpasste. Niemand war zu sehen zwischen den niedrigen Sandsteinhäusern. Nur eine ziemlich dicke Katze spazierte von der einen zur anderen Straßenseite, und Carlos musste schon wieder scharf bremsen. Langsam fuhr er weiter und hielt Ausschau nach einem Lokal, einem Kiosk, irgendetwas. Seine anfängliche Erleichterung darüber, dass hier offensichtlich kein Weinfest stattfand, verwandelte sich in Enttäuschung. Das Dorf lag so ausgestorben, wie er befürchtet hatte. Die mussten hier doch ein Gasthaus haben.

Die Straße wurde etwas breiter und mündete in einen Platz mit einer alten Kirche, derer sich das Denkmalamt erbarmt hatte. Sie war von oben bis unten eingerüstet und mit grünen Planen verhängt.

In der Platzmitte plätscherte ein mit Blumen geschmückter Brunnen. Das Kopfsteinpflaster war so glatt, dass es die abendlichen Sonnenstrahlen widerspiegelte. Ringsum geschlossene Geschäfte, heruntergelassene Rollläden und schattige Gassen. Der Platz war vollkommen leer. Carlos entdeckte an einer Ecke ein geöffnetes Tor, über dem ein rotgoldener Vorhang aus Weinranken hing. An der Hauswand prangte ein Kasten mit Speisekarte. Er stellte den Wagen am Rand des Platzes ab, neben einem Gebäude, das eigentlich auf eine französische Postkarte gehörte: das Rathaus. Nur schien es, als sei es nur noch Kulisse, als würde hier nichts Offizielles mehr stattfinden, so, als sei kein Verwaltungsakt wichtig genug, um hier wieder Geschäftigkeit aufleben zu lassen.

Carlos stieg aus und war überwältigt von der Stille, die über dem leeren Platz lag. Keine Geräusche – nur ein paar gurrende Tauben auf den Dächern und leise säuselnder Wind. Wo waren all die Menschen? Hockten sie an einem so schönen Abend in den Häusern? Die grünen Netze rings um das Baugerüst an der Kirche rauschten leise, aber die Baustelle sah aus, als wären die Arbeiten dort längst eingestellt worden. Nur das Gasthaus machte ein bisschen auf sich aufmerksam, aber nicht durch Stimmen oder Gläserklirren. Über dem Eingang hing ein rostiges Schild, das leise im lauen Abendwind quietschte. An der Hauswand, zwischen Weinranken, war ein unleserlich gewordener Schriftzug zu sehen.

Carlos beschleunigte seine Schritte. Am liebsten hätte er gleich aus dem Brunnen getrunken, so groß war sein Durst inzwischen.

Am Tor warf er einen Blick in den rostigen Speisekartenkasten. Aber dort hing nur ein handgeschriebenes Blatt, auf dem stand: »Wenn's Licht brennt, is uff«.

Wenn das Licht brennt, ist geöffnet. Na, das war ja wieder mal sehr putzig. Und wie war das dann tagsüber? Da galt dieser Spruch wohl offensichtlich nicht, dachte Carlos genervt, denn brennendes Licht konnte er nirgendwo entdecken. Er durchquerte den rankenverhangenen Durchgang und gelangte in einen Hof voller Tische und Stühle. Eine offene Tür führte in einen Gastraum, Stimmen drangen heraus. Carlos straffte die Schultern und betrat das Wirtshaus. Urplötzlich war es stockdunkel, und er rumpelte gegen einen Stuhl,

»So e Sonnebrill macht halt ganz schön dunkel, gell?«, rief jemand. Lautes Gelächter.

Natürlich, dachte Carlos, und jetzt wusste er auch, was ihn störte. Das Ding hatte sich wohl bei seinem Beinahe-Unfall verbogen und in seine Nasenwurzel gebohrt. Carlos nahm das demolierte Gestell rasch ab und sah sich einer hölzernen Theke gegenüber. Eine alte Frau stand dahinter und schälte Kartoffeln. Er schätzte sie auf achtzig Jahre. Ihre Finger waren flink, sie wirbelte mit dem Messer um die Kartoffeln, ohne hinzusehen. Stattdessen guckte sie ihn an. Direkt, nicht unfreundlich, aus klaren, scharfen Augen.

»Guten Abend«, sagte Carlos. »Ich hätte gerne ein Pils.«

Allein das Wort ließ sein Inneres erwartungsvoll zucken. Die Vorstellung, gleich seine Finger um ein kaltes, feuchtes Glas zu schließen, den frischen Schaum an den Mund zu heben und dann den Hopfensaft diese elende Trockenzeit hinwegspülen zu lassen, war einfach nur paradiesisch. Vielleicht war heute auch ein guter Tag, um nicht nur ein oder zwei Pils zu trinken. Sondern so viel, bis es ihm egal war, wie dieser Tag endete. In den letzten Monaten hatte es viele dieser Tage gegeben.

»Was wolle Sie?«, fragte die Frau verwundert und ließ das Kartoffelmesser sinken. Gütiger Himmel, hatte die Pranken. Wie ein Holzfäller.

»Ein Pils. Oder ein Bier. Also irgendein Bier halt.« So langsam passte sich wohl auch sein Sprachgebrauch an die sich anbahnende Dehydrierung seines Hirns an. Hinter ihm an dem runden Tisch wurde glucksendes Lachen laut.

Die Frau schaute ihn betroffen an. »Ou. Des dut mir leid. Bier habe mir do net. Schon seit de Werner 1959 gestorbe is, gibt's ke Bier mehr do.«

»Wie bitte?« Carlos fühlte den kalten Hauch der Enttäuschung. »Wir sind hier in Deutschland. In einer öffentlichen Gaststätte. Und Sie führen kein Bier? Warum das denn?« Seine Stimme war etwas schrill geworden.

»Ah, weil's keiner will. Der letschde war anno 59 …«

»… der Werner, ich weiß.«

»Ah, Sie kenne de Werner?«, fragte die Wirtin, ohne ihr Schmunzeln zu unterdrücken. »Warn Sie schon emol do gewese bei uns in Elwenfels?«

»Ja, nein. Natürlich nicht. 1959 war ich noch nicht mal auf der Welt.«

»Ich wollt grad sage, do defür haben Se sich aber gut gehalte, gell?«

Das Kichern am Tisch hatte sich in ein lautes Lachen gesteigert. Carlos warf einen ärgerlichen Blick über die Schulter. Die Männer schauten ihn alle mit unverhohlener Belustigung an. Aber das Schlimmste, was Carlos wahrnahm, waren die Gläser, die sie in den Händen hielten: wieder diese Glasbottiche. Gefüllt mit unterschiedlichen Pegelständen von Wein. Seine Gereiztheit brach sich nun ungehindert Bahn.

»Ja, ich bin die urkomische Dorfattraktion!«, blaffte er die glotzende Runde an. »So was habt ihr noch nie in eurem Leben gesehen. Ja? Einer, der keinen Wein trinkt! Was ist so witzig an einem Biertrinker?«

»Ha, nix. Mir trinke halt lieber Woi do, weider nix«, kam die Antwort. Wie auf einen geheimen Befehl erhoben nun alle ihre Gläser und stießen miteinander an, wobei auch noch ein ganzes Arsenal von Sprüchen ausgestoßen wurde.

»Zum Wohl!«

»Alla hopp!«

»Proschd!«

»Sin mer wieder gut, bei dem Sauwetter do!«

Carlos fühlte, wie er blass wurde. »Ja, ja, ich weiß, Schopfengewitter«, winkte er ab – nicht ganz sicher, ob er das seltsame Wort, das er vorhin aufgeschnappt hatte, korrekt wiedergab – und drehte sich wieder zu der Wirtin hinter der

Theke. Sie schien seine Not zu bemerken. Im Handumdrehen stand eines dieser großen Gläser mit den kleinen, runden Vertiefungen vor ihm, in das sie Apfelsaft und Mineralwasser füllte.

»So, jetzt denken Sie sich den Schaum einfach dazu und runner damit! Verdurschdet is bei uns noch niemand!«

Ohne dem Sinn ihrer Worte auf den Grund zu gehen, packte Carlos das Glas und leerte es mit wenigen, langen Zügen. Für einen Moment war er ganz schwach vor Erleichterung und konnte sich tatsächlich nicht vorstellen, dass irgendein Bier dieselbe Wirkung auf ihn gehabt hätte. Er ließ sich auf einen der Barhocker sinken und stellte das Glas ab.

Die Wirtin musterte ihn. »Na alla, jetzt geht's uns wieder besser, odder?«

Er nickte. »Ja, danke.«

Carlos spähte nach hinten. Die Männer redeten nun wild gestikulierend durcheinander und schienen das Interesse an ihm verloren zu haben. Es war der typische Haufen von Leuten, die wahrscheinlich schon tagsüber in einer schummrigen Kneipe beisammen saßen und diese Treffen als eine Art Job begriffen. Rotwangige, breitschultrige Typen Anfang fünfzig in Latzhosen und in unterschiedlichen Stadien des Haarverlusts. Mit einer Ausnahme. Am linken Tischrand saß ein Mann, der eigentlich in einen Headshop in der Großstadt gepasst hätte. Ein überraschend durchtrainierter Mann mit zimtbrauner Haut und Bob-Marley-Gedächtnisfrisur. Er trug ein blauweiß gestreiftes Shirt, knielange Hosen und Gummistiefel, sein Lächeln war breit und einladend. Er war auch der Einzige in der Runde, der keinen Wein in seinem Glas hatte, sondern Orangensaft. Und offensichtlich wurde das von den anderen akzeptiert.

Er sah sich in der Gaststube um. Es war eine dieser Dorfkneipen, die den jahrzehntealten Dunst von Küchendampf,

Fett und Wein-Atem in jeder Holzritze und jedem Sitzkissen gespeichert hatten. Der Gastraum selbst war relativ klein, doch hinter den gelben Scheiben einer breiten Schiebetür neben der Theke erahnte er einen größeren Saal. An den Wänden hingen billige Ölgemälde, die ziemlich alt aussahen. So wie das ganze Mobiliar. Der Holzboden war ganz blank gerieben. Und die Schüssel, in der die geschälten Kartoffeln lagen, sah aus, als hätte schon die Urgroßmutter der betagten Wirtin ihr Gemüse hineingeschnippelt.

»Un wege was sin Sie jetzt bei uns do zu B'such?«, fragte die Frau plötzlich und nahm wieder das Messer zur Hand.

Carlos nickte. »Besuch? Ja genau. Woher wissen Sie das? Ich suche jemanden.«

»Ah?« Die alte Frau schmunzelte.

»Ja, es geht um einen Mann, der letztes Jahr an der Weinstraße verschwunden ist. Ich bin im Auftrag seiner Versicherung hier, denn der Mann ...«

»Also bei uns hat er sich jedenfalls net versteckelt!«, unterbrach ihn die Frau.

Carlos zwang sich zu einem Lächeln. »Das habe ich auch nicht angenommen. Aber vielleicht haben Sie ihn ja mal gesehen.« Er holte sein Handy aus der Jackentasche, drückte drei nicht befolgte Erinnerungen der Trinkalarm-App weg und zeigte ihr das Bild von Hans Strobel. »Könnte ja sein, dass er einen Abstecher in Ihr Dorf, also Ihre schöne Ortschaft gemacht hat«, versuchte er es.

»Du bischt en ganz höflischer, gell?«, schnarrte die Frau und schaute kurz auf das Foto im Display. Hans Strobel sah schon auf dem offiziellen Vermisstenbild der Polizei nicht gerade aus wie ein Mann, der alle Herzen öffnete. Und auf diesem privaten Foto, das Carlos von Nadine Strobel bekommen hatte, war der Eindruck nicht besser. Ein bulliger Mann, dem man den Stress genauso ansah wie die Genusssucht und das viele Geld. Das Bewusstsein, sich über nichts Sorgen machen zu müssen, quoll aus den tiefliegenden Mundwinkeln, dem weichen Gesichtsfett und den fast verschlagen wirkenden Augen. Der Mann war keine Schönheit. Beim Anblick der jovial-kühlen Gesichtszüge verstand Carlos, warum Nadine Strobel ihren Mann mit so viel Geringschätzung bedacht hatte. Eine Geringschätzung, die sie nach außen hin tunlichst verbarg, aber Carlos konnte sie nichts vormachen. Ihm wäre Hans Strobel auch nicht sympathisch gewesen, aber darum ging es nicht. Die Frage war, ob sich irgendjemand an den übergewichtigen Mann in den teuren Anzügen erinnern würde. Es war ihm unangenehm, immer wieder dieses Bild Strobels auf dem Display zu öffnen. Er freute sich schon auf den Moment, wenn er es wieder würde löschen können. Und ihm wurde bewusst, wie vollkommen egal es ihm eigentlich war, ob Strobel tot war oder nicht.

»Wer soll des sein?«, fragte die Alte hinter der Theke etwas unwirsch und schälte schneller.

»Sein Name ist Hans Strobel. Die Polizei hat monatelang nach ihm gesucht. Die ganze Weinstraße rauf und runter. Sagen Sie bloß, Sie haben davon nichts in der Presse gelesen.«

Eine Hand legte sich auf Carlos' Schulter, und ein bulliger Mann mit blauer Arbeitskluft neben ihm sagte: »Großer, ich sag dir was. Des Einzigschde, was mir do lese, sin Traube. Un die einzigschde Presse, wo uns do interessiert, is die Traubepresse im Weingut Bitterlinger, verstehscht?« Der Mann roch durchdringend nach frischem Holz.

»Hopp, Willi«, ging die Wirtin dazwischen, »lass'n in Ruh! Unsern Freund mag ken Woi.«

»Ken Woi? Ah, ken Wunder, dass er donn so durschdisch aus de Wäsch guckt.«

Wie war das? Durschdisch? Durstig ... aus der Wäsche guckt. Ja genau. So langsam bekam er den Hauch eines Gefühls für diese exotischen oralen Klänge. Ein weiterer Mann in Jeans und rotem Hemd kam nun an die Theke und musterte ihn aufmerksam. Neben Carlos' leerem Glas standen jetzt zwei dieser Wein-Vasen, und im Licht, das aus der Küche fiel, sah er die breiten Fingerabdrücke der Männer darauf. Ihm war auf einmal etwas mulmig zumute, dass sie ihm so zu Leibe rückten.

»Jetzt pass mol uff, was ich dir sag«, hob Willi zu einer scharfen Zurechtweisung an. Doch ein eindringlicher Blick der Wirtin ließ ihn sofort etwas zurückweichen. Er spitzte übertrieben die Lippen und fuhr in einem gekünstelten Flüsterton fort: »Äh, Sie werden entschuldische, der Herr. Ich det, also ich hätt mal gern eine Frage gestellt haben an Sie.«

Sein Nachbar gluckste. Er verströmte den Geruch nach Maschinenöl. Sie schienen also tatsächlich noch anderen Tätigkeiten nachzugehen außer dem betreuten Trinken im Gasthaus.

»Ja, fragen Sie ruhig«, sagte Carlos so gelassen wie möglich.

»Hascht du schon emol Woi getrunke?«

»Ja. Und ich weiß, dass er mir nicht schmeckt, weil ...«

»Pälzer Woi?«, unterbrach ihn der Mann schnell.

»Nein, das war Rotwein. Bordeaux, um genau zu sein. Also sicherlich kein schlechter.«

»Un? Wie war des dann?« Willi machte ein durchaus interessiertes Gesicht.

»Naja, es war irgendwie pelzig im Mund und ... Hören Sie, ich möchte mich jetzt hier nicht rechtfertigen müssen, nur weil ich keinen ...«

»Nix, nix! Keiner hat gesagt, dass du dir die Gosch verrenke sollschd. Jetzt geht's mal um was anderes: Was machscht du, wenn de Durscht haschd?«

»Durscht? Sie meinen Durst?«

»Richtig große Durscht, mein ich. Wenn die Sunn dir massiv uff de Schädel brennt un dein Gorgelzäppel am verdozzle is. Weeschwieschmään?«

Carlos verstand kein Wort, aber irgendwie hatte er auf einmal wieder einen ganz trockenen Mund. Die Wirtin kicherte und schlug mit einem Geschirrtuch nach Willi.

Carlos straffte sich. »Wissen Sie was? Wenn ich Durst habe, dann trinke ich Bier und fertig«, blaffte er und hoffte, dass die Diskussion damit beendet wäre.

Doch der Mann kam nun ganz nah an ihn heran und bemühte sich offensichtlich um einen eindringlichen Ton. Dazu senkte er seine Stimme auf eine Lautstärke, die für ihn wohl ein Flüstern darstellte, aber außerhalb dieses Sprachraums immer noch ein lauthals donnerndes Rufen war. »Dann hascht du noch nie en richtige Durscht gehabt.«

Sein Nachbar, der die ganze Zeit schweigend zugehört hatte, nickte bedeutungsschwer. Und auch die Wirtin setzte nun einen fast schon philosophisch anmutenden, wissenden Gesichtsausdruck auf und verschwand unter der Theke, um nach einigem Klappern mit zwei Flaschen und einem dieser Tupfengläser wieder aufzutauchen. Carlos verdrehte die Augen. Was sollte das hier werden? Eine Art Initiationsritus?

»Owacht!«, dröhnte Willi ihm ins Ohr. Aus seinem Ärmelaufschlag rieselten Sägespäne auf den Boden. Er zog den Korken von der grünen Weinflasche und stellte sie neben das Glas. Dann drehte er den Verschluss von der Mineralwasserflasche und stellte sie in die Reihe. »Wie mischt man en Pälzer Schorle?« Bei dieser Frage drehte er sich von der Theke weg, um den gesamten Gastraum mit einzubeziehen.

Carlos blickte nach hinten. Die Gespräche an dem großen Tisch waren verstummt, alle Augen waren auf die Szene an der Theke gerichtet. Auf einmal hatte sich die Gaststube in ein Klassenzimmer verwandelt. Auch der exotische Fruchtsafttrinker schaute aufmerksam zur Theke.

Theatralisch hob Willi eine Hand in die Höhe, wobei er die Finger eng zusammenlegte und den Daumen darunter versteckte. »Vier Finger!«, rief er in den Raum. Und dann zu Carlos: »Ganz einfach, odder?«

Der hatte keine Lust mehr, sich hier vorführen zu lassen. »Ja, genau. Vier Finger Wein, vier Finger Wasser«, sagte er so lässig wie möglich.

Ein Raunen ging durch den Gastraum.

Willi lächelte jetzt väterlich. »Fascht richtig.« Er legte eine Hand an das Glas, packte mit der anderen Hand die grüne Flasche und goss den Wein ein, bis der vierfingrige Pegelstand erreicht war. Damit war der Bottich allerdings schon fast ganz gefüllt.

»Un jetzt noch mal vier Finger!« Er drehte die Hand in die Waagrechte, setzte sie an das obere Ende des Glases und goss einen kleinen Schwall Mineralwasser dazu. »Des is en Pälzer Schorle!«, verkündete Willi donnergleich.

Was für eine Vorstellung, dachte Carlos. Es hätte nur noch gefehlt, dass der Gastraum in lauten Jubel ausbrach. Diese Leute hatten außerdem eine eigentümliche Art, sich die Realitäten zurechtzudrehen. Durch diese Manipulation einer einfachen Schorlemischung hatten sie die beste Ausrede, noch mehr zu trinken, als sie es ohnehin schon taten.

Mit einem breiten Lächeln drückte Willi Carlos die bis an den Rand gefüllte Blumenvase in die Hand. »Zum Wohl, die Pfalz. Herzlisch willkomme in Elwefels.«

Carlos nahm das Glas mit einem bemühten Lächeln. Der Mann ging einfach über seine Ablehnung hinweg, so wie man über einen schlafenden Hund drübersteigt, der im Weg liegt. Sein Widerstand bröckelte. Diese Lektion hatte er schon in Abenteuerbüchern seiner Kindheit gelernt. Willkommensgeschenke von Eingeborenen durfte man auf keinen Fall ablehnen, wenn man nicht Gefahr laufen wollte, später in deren Kochtopf zu enden.

Willi zog ihn nun von der Theke zu dem großen Tisch, schob einen Stuhl in die ohnehin schon dicht gedrängte Runde und drückte Carlos samt schwappendem Glas darauf.

»Kumm, do hock dich her!«, krakeelte einer der Tischgenossen.

»Bei uns bleibt niemand allein, wenn er Durscht hat, gell?«, rief der nächste.

»Do bischt du genau richtig! Genau do!«, sagte der Mann mit den Dreadlocks.

Aha, sind wir jetzt alle beim Du, dachte Carlos. Das Glas in seiner Hand fühlte sich an wie ein Fremdkörper.

»Hopp, jetzt trink mol e Schlückel, dann seh'n ma weiter!«, empfahl Willi.

Carlos fühlte sich tatsächlich genötigt, der Aufforderung nachzukommen. Zögerlich führte er das Glas zum Mund. Er machte das hier nicht für sich, dachte er. Das ist Arbeit. So verdienst du dein Geld. Ein guter Ermittler muss sich den Gegebenheiten anpassen. Wenn er Informationen wollte, musste er sich auf diese exotischen Riten einlassen. Unter den wachsamen, gespannten Blicken der sechs Männer hob er das Glas und nickte mit einem verkniffenen Lächeln in die Runde. Wie auf Kommando packten jetzt alle ihre Bottiche und ließen sie mit seinem zittrig gehaltenen zusammenstoßen, dass sich ein ganzer Schwall auf den

Tisch ergoss. Wie gut, das muss ich schon mal nicht mehr trinken, dachte Carlos erleichtert. Und schon dröhnten wieder die Sprüche durch den Raum.

»Zum Wohl!«

»Alla hopp!«

»In de Kopp!«

»Durscht is schlimmer wie Heimweh!«

Meine Güte, warum machten sie nur so einen Aufstand, dachte er. Und er verstand es auch dann noch nicht, als er den ersten Schluck getrunken hatte. Die Weinschorle prickelte frischer, als er es erwartet hatte, aber sein Ding war dieses Gesöff trotzdem nicht. Da fehlte einfach der Schaum. Und die Würze. Die war hier wohl als eine Art Säuerlichkeit getarnt. Etwas neidisch schielte er auf den Orangensaft im Glas des dunkelhäutigen Mannes. Wie dieser an einen Ort wie Elwenfels gekommen war, musste ihm mal einer erklären. Du weltfremder Griesgram, schalt ihn sein Inneres, aber Carlos ignorierte es.

»So, jetzt verzähl doch mal, was du für einer bischt«, forderte ihn ein hagerer Mann auf. Sein Gesicht sah aus, als hätte er in seinem Leben nicht allzu viele geschlossene Räume von innen gesehen.

»Genau!«, rief sein Nachbar, ein etwas schmächtiger Kerl mit Hornbrille und einem Tattoo auf dem Handrücken, das eine Art Vogel zeigte. »Wer bischt'n du? Was machscht'n du? Wem gehörsch'n du?«

Ein kurzes Auflachen in der Runde. Dann schoben sich alle noch ein paar Zentimeter näher an Carlos heran und schauten ihn erwartungsfroh an. Dem war diese ganze Aufmerksamkeit einfach zu viel. Andererseits konnte er jetzt gleich mehreren Leuten seine Fragen stellen. Also begann er erst einmal artig mit seinem Namen.

»Ich heiße Carlos Herb.«

»Ah, da kannst disch gleich mit dem do zusammehocke«, rief der vorwitzige Brillenträger und schlug seinem älteren Nebenmann auf die schmale Schulter. »Des is unsern Pfarrer, der heißt auch Karl. Ha, Karl und Karl. Was ein Gespann, odder?«

Die Runde lachte brüllend, und Carlos lächelte säuerlich. Erinnerungen an seinen ersten Schultag kamen hoch.

»Carlos. Ich heiße Carlos.«

»Bischt du Italiener?«, wollte der Pfarrer Karl wissen. Er sah nicht aus wie jemand, der sich am Sonntag seinen weißen Kragen umband. Carlos konnte sich viel eher vorstellen, dass er seinen Gottesdienst lieber gleich in die Wirtschaft verlegte. Er trug das Haar schulterlang und etwas zottelig, dazu ein T-Shirt mit dem Konterfei von David Bowie. Widerwillig musste Carlos schmunzeln. Das war auch seine Musik.

»Meine Mutter war Spanierin«, präzisierte er dann.

»Jo, macht doch nix!«, schallte es zurück.

»Un? Schmeckt der Woi?«, fragte der Mann mit den Dreadlocks.

Carlos blinzelte irritiert. Die Klischees in seinem Kopf rebellierten. Jamaica und der Pfälzerwald, Dreadlocks und Gummistiefel ... Er nippte noch einmal demonstrativ an seinem Glas und nickte wortlos.

»Des is halt auch der Einzige, wo's do gibt. Der Wingert gehört zu uns, is aber Kilometer weit weg, vorn, direkt an der Weinstraße. Weil do im Wald wachst kein Woi.«

»Ah ja«, sagte Carlos tonlos. Was war ein Wingert?

»De Woi kann man trinke. Obwohl der Winzer en Dollbohrer is.«

»Was für ein Bohrer?«, fragte Carlos.

»Ha, en Dollbohrer, en Einfaltspinsel. Do gibt's bei euch da oben bestimmt auch e Wort defür, odder?«

»Dösbaddel.«

Die Runde lachte gutmütig, und Carlos trank noch einen Schluck von der Weinschorle. Naja, für zwischendurch war das ja ganz okay, aber keineswegs zum Angewöhnen.

»Alla hopp, Karl, jetzt, wo de Durscht nachlosst, sag uns mol, was du do willscht«, fragte Willi. Er war hier offensichtlich so eine Art Wortführer.

Carlos wiederholte das, was er der Wirtin schon gesagt hatte. Er schmückte die Geschichte dabei noch ein wenig aus und erzählte, dass er im Auftrag der Versicherung von Hans Strobel nach ihm suchte.

»Verstehen Sie die Brisanz, meine Herren?«, Carlos blickte wichtig in die Runde. »Die Versicherung ist dazu verpflichtet, eigene Nachforschungen anzustellen, weil es in diesem Fall um sehr viel Geld geht.«

»Geld, Geld!«, platzte nun sein unmittelbarer Nachbar heraus, der so aufdringlich nach Motoröl roch. Er war Mitte vierzig, hatte sein langes graues Haar zu einem Pferdeschwanz gebunden und sprengte mit seiner breiten Brust fast die Hemdknöpfe. »Immer geht's ums Geld. Soll ich dir was sagen, Carlos? Ich bräucht kein Geld, wenn die andere keins wollten!«

Die Runde wieherte, und die Gläser klirrten ihren eigenen Refrain.

»Ja, also«, Carlos bemühte sich um einen ernsthaften Ton, »ich bin beauftragt, Hans Strobel zu suchen, damit diese Sache endlich abgeschlossen werden kann. Da hängen Existenzen dran.«

Das stimmte nicht wirklich. Die einzige Existenz, die davon abhing, war die von laotischen Waisenkindern, wenn er Strobel nicht fand. Und die von Nadine Strobels extravagant überfülltem Kleiderschrank, wenn der Mann tot war.

»Und warum sucht man dann ausgerechnet do bei uns, in Elwefels?«, wollte der Pferdeschwanz wissen.

»Wissen Sie«, versuchte Carlos sich an einer Erklärung, »wenn man nicht mehr weiterkommt bei einer Suche, dann muss man neue Wege gehen. Also, hier ist noch mal das Bild.« Er hob das Handy mit Strobels Foto hoch.

Die Männer schauten es sich an. Dann allgemeines Kopfschütteln. Schweigen. Trinken. Diesmal allerdings ohne die obligatorischen Sprüche.

»Niemand hat ihn gesehen? Vielleicht hat er Elwenfels letztes Jahr besucht? Hat sich eure alte Weinpresse angeschaut ...«

Die Männer seufzten. Willi stieß seinen Nachbarn mit der breiten Brust an. »Hopp, Otto, sag's ihm.«

Otto beugte sich zu Carlos und fixierte ihn eindringlich. »Also, unsern Ort do hat genau dreihundertdreiundzwanzig Einwohner, zehn Hunde un siebzehn Katze. Die Bettel führt Buch über die Leut, die wo von außerhalb herkommen.« Er deutete auf die offene Küchentür, wo Carlos die Wirtin immer noch mit Schälen beschäftigt sah.

»So. Un? Willst du wissen, wie viele Auswärtische im letzte Jahr do ware?«

Carlos nickte und trank aus seinem Glas. Es lag ganz gut in der Hand. Besser als die dünnen Pilsgläser jedenfalls.

»Hundertsiebenundzwanzig«, trompetete Otto, und die Hemdknöpfe machten sich bereit zum Absprung.

»Ist das jetzt viel oder wenig?«, fragte Carlos.

»Was dir der Otto sage will, Carlos«, Willi patschte ihm auf die Schulter, »unser Elwefels is en kleiner Ort. Klää un schää.«

»Klein und schön«, übersetzte Carlos reflexartig.

»Genau. Ein schääner, klääner Punkt uff de Landkart un

nix weiter. Mir sin für nix berühmt, außer für die Dampfnudle von de Bettel.«

»Un ihr Grumbeere, gell Bettel?«, rief der Dreadlock-Pfälzer jetzt nach hinten in die Küche.

»Jo genau!«, schickte der Hornbrillenträger hinterher. »Wie lang dauert's denn noch? Do drauße gibt's Hunger!« Zustimmendes Brummen am Tisch.

»Fertig is, wonn's fertig is. Un Ruh! Die Grumbeere bräteln sich net von allein«, schallte es aus der Küche zurück.

Was in aller Welt, dachte Carlos, waren krumme Beeren? Wie sollte er diesen Dialekt nur verstehen? Diese schnellen Aneinanderreihungen von urlautigen Fremdworten?

Willi nahm den Faden wieder auf: »Also, guck dich um do! Do gibt's kein Parkplatz un kein Hotel un auch kein Souvenirlade.« Nun war Otto an der Reihe. »Also, was de Willi sage will, unser Besuch do is überschaubar, un so einer do«, er stupste mit seiner dicken Fingerkuppe gegen das iPhone und hinterließ einen breiten Abdruck auf dem Display, »... an so einer täten mir uns erinnre, uff jeden Fall.«

»Genau!«, bestätigte Willi, hob sein Glas und rief: »Hopp, Albert, sin mir widder gut, odder?« Das war der Startschuss, um das bekannte Ritual von vorne beginnen zu lassen. Gläser wurden erhoben. Sprüche skandiert.

Carlos ertappte sich dabei, dass er mitmachte, ohne darüber nachzudenken. Sogar ein »Na denn, Prost!« kam ihm, wenn auch im Flüsterton, über die Lippen. Das war schon eine schrullige Runde hier.

Im nächsten Moment kam die Wirtin und stellte eine große Pfanne mit Bratkartoffeln auf den Tisch. »So. Jetzert awwer. Essen was, vom Woi allein wird keiner satt.« Das dampfende Essen wurde mit leidenschaftlichen Freudenrufen quittiert.

»Des, Carlos«, tönte Willi, »des is der Grund, warum mir froh sin, dass do keine Touris bei uns hocken. Sonst täten die uns am End noch die Grumbeere vun de Bettel wegfresse, weeschwieschmään?«

Sorgen hatten die, dachte Carlos. Nun wurde auch noch ein großer Topf mit einer weißen, quarkartigen Substanz auf den Tisch gestellt und Gabeln verteilt, aber keine Teller.

»Ich hoff, du hast kein Problem mit Gemeinschaftseigentum«, sagte der Rasta-Mann und spießte ein besonders großes, goldbraun glänzendes Stück Kartoffel auf. Die anderen taten es ihm gleich und tunkten sie in die weiße Masse.

»Ähm, was ist das?«, fragte Carlos vorsichtig. In dem Quark waren die gehackten Einzelteile von mindestens anderthalb Pfund Zwiebeln zu sehen, nebst Gewürzen. Gut, dass er nicht vorhatte, heute noch jemanden zu küssen.

»Weißer Käs un Grumbeere! Hopp, rein damit, bevor es fort is.«

Carlos musste gegen seinen Willen lachen. Krumme Beeren waren also Kartoffeln. Die Bratkartoffelpfanne leerte sich schnell. Carlos tunkte und aß und trank, ohne nachzudenken. Das waren mit Abstand die besten Bratkartoffeln, die er je gegessen hatte.

Während des Essens war der Geräuschpegel merklich gesunken. Und da erst fiel Carlos auf, dass sich die Stille von vorhin draußen auf dem Platz in eine rege Betriebsamkeit verwandelt hatte. Durch die offene Tür sah er, wie immer mehr Leute in den Hof kamen und sich an den Tischen im Freien niederließen. Alle guckten in das Innere der Gaststätte und winkten der Gruppe zu, wobei sich die Grußworte so ähnlich anhörten wie die Trinksprüche, wenn auch etwas einsilbiger.

»Jou!«

»Un?«

»Wie?«

Willi wischte sich den Mund mit dem Hemdsärmel ab. »Alla, Carlos, ich sag dir jetzt was. Du bischt en feine Kerl, kein Depp un nix. Aber wenn du den Typ mi'm Geld finde willscht, dann musst du woanderster suche.« Die anderen nickten eifrig.

Carlos kniff die Augen zusammen. Irgendetwas an der Runde war seltsam. Sie wirkten trotz ihrer offensichtlichen Gemütlichkeit sehr wachsam. Bei aller Ausgelassenheit, so spürte er, wurde hier in seiner Anwesenheit kein unbedachtes Wort gesprochen. Er wandte sich an die Wirtin, die gerade ein großes Tablett mit vollen Schorlegläsern nach draußen trug. »Frau, äh, Bettel. Kann ich dann bitte zahlen?«, rief er ihr zu.

Am Tisch schnappten sie nach Luft. Sein Nachbar mit dem Pferdeschwanz knuffte ihn in die Rippen. »Her, du wirst doch jetzt unser Mädel nicht beleidige wolle un e Rechnung verlange, odder?«

»Ähm, das heißt, kein Geld? Gratis, ja?«, fragte Carlos etwas verlegen. Wie dumm sich das anhörte.

»Ja, so is es, mein Guder«, dröhnte Willi. »Gratis. Umsonst. Oder wie mir hier sage, fer umme!«

»Ich hab's doch g'sagt«, brummte Otto, »dauernd geht's ums Geld.«

Carlos nahm sein Glas. Darin schwappte nur noch ein kleiner Flüssigkeitsrest am Boden. Hatte er das alles getrunken? Er stand auf. In seinem Kopf nahm urplötzlich ein Karussell seinen Betrieb auf. »Also vielen Dank, die Herren. Und, was ich noch fragen wollte ...«

»Is der neugierig, odder?«, bellte der Brillenträger.

»Nein, ich meine hier, diese Gläser. Ich frag mich schon die ganze Zeit: Warum sind da diese runden Dellen drin?«

»Des sind keine Delle, des sind Dubbe«, erklärte Willi, hob sein Glas hoch wie eine Siegestrophäe und schmetterte: »Wie sagt man: Ein Glas ohne Dubbe is wie ein Fisch ohne Schuppe!« Gelächter.

Noch bevor das Ritual mit Gläserklirren und Trinksprüchen in die x-te Runde ging, rief Carlos dazwischen: »Alles klar. Und vielen Dank auch für die Pfälzer Ethnologie-Stunde.« Er lachte laut über seinen Witz, brach aber abrupt ab, als er sah, wie die Männer ihn völlig verständnislos anschauten. »Ich meine, äh, na dann, also, auf Wiedersehen«, sagte er und ging schweren Schrittes zur offenen Tür.

»Alla donn!«, schallte es hinter ihm.

»Un schön aufpasse do drauße, gell!«

»Jo genau. Man sieht als de Wald vor lauter Vöggel nimmer.«

Carlos seufzte. Die Eingeborenen und ihre Vögel. Wie putzig. Und obwohl er keinen Schritt weitergekommen war, fühlte er sich doch irgendwie viel besser.

Als Carlos aus der Wirtschaft trat, blinzelte er ungläubig. Es war, als hätte in der Zwischenzeit jemand die Kulissen umgestellt und die ganze Szenerie verändert. Die Sonne war nun hinter den Häusern verschwunden, und der Platz war auf einmal voller Leben. Am Brunnen schwatzten ein paar alte Leute, und zwei Kinder verfolgten sich gegenseitig mit Dreirad und Bobbycar. Auf dem Gehweg standen Stühle, und aus den geöffneten Fenstern drangen Stimmen und Essensgerüche. Ein paar Geschäfte hatten auch geöffnet. Carlos sah einen Gemischtwarenladen, eine Metzgerei, einen Bäcker und etwas, das tatsächlich aussah wie ein altmodisches Miederwarengeschäft. Wahrscheinlich kauften dort die alten Frauen ihre Stützstrümpfe.

Vor dem Laden saß eine Frau auf einem Korbstuhl und zog genüsslich an einer Zigarette, die auf einer schimmernden Perlmutt-Zigarettenspitze steckte. Sie war nicht annähernd so alt, als dass sie in einen solch antiquierten Laden gepasst hätte. Irgendwo gackerten Hühner, und er hörte Gesang. Die Kirchentür stand offen, und von dem Baugerüst rieselte Staub. Oben klopfte und hämmerte es.

Dann sah er die Kinder. Sie hielten tropfende Eistüten in den Händen. Und sie saßen auf seinem Auto. Carlos blieb vor Schreck wie angewurzelt stehen. Neben seinem Audi stand eine Frau, die gedankenversunken einen Kinderwagen vor und zurück schob und versonnen in die Abendluft schaute. Er starrte die Mutter an, die offensichtlich nichts dagegen hatte, dass ihre beiden Sprösslinge auf seinem Wagen herumkletterten. Carlos trat mit schnellen Schritten heran. Der kleine Junge beklopfte mit seinen klebrigen Händen die Kühlerhaube und ließ sein Eis munter auf den schwarzen Lack tropfen. Seine Schwester hockte auf dem Dach und knallte mit den Fersen gegen die Windschutzscheibe. Die war übersät mit Abdrücken kleiner Hände.

»Hallo!«, rief Carlos und starrte auf die bekleckerte Kühlerhaube. Irgendetwas in ihm spannte sich schmerzhaft an, und es war keineswegs die Sehnsucht nach Eis. »Holen Sie Ihre Kinder bitte sofort da runter!«

Die Mutter schaute auf. Eine füllige Frau in gestreiftem Kleid, mit Glitzer-Sandalen und blonden Locken. Ihr Lächeln nahm ihm für den ersten Moment die Wut. Aber dann sagte sie, ohne ihre Kinder anzusehen: »Oh! Is doch net so schlimm. Die spielen doch nur.«

»Spielen?«, echote Carlos. »Das ist ein Premiumwagen und keine Hüpfburg!«

Er hielt sich selbst eigentlich nicht für jemanden, der in einem Auto eine Ego-Erweiterung sah. Aber der A6 war noch nicht mal abbezahlt, und er liebte ihn. Und der schwarze Lack mit Perleffekt ... Er spürte auf einmal, wie lächerlich seine Worte klingen mussten. Erst recht hier in diesem Dorf. Hatte Hans Strobel sich auch so angehört? Ein verwöhnter Snob auf Pfalz-Tour?

Die Mundwinkel der Frau kräuselten sich. Gelassen hob sie die Hand und winkte ihren Kindern zu. Sie warf der Frau vor dem Miederwarengeschäft ein augenverdrehtes Lächeln zu, das diese umgehend erwiderte. Als hätten sie sich gegen ihn verschworen. Carlos ballte die Fäuste.

»Kummen do runner, hopp!«, rief die Mutter. Und dann, in einem spitzen Tonfall: »Das ist ein Premiumwagen und kein Abenteuerspielplatz!« Sie kicherte über ihre eigenen Worte. Als wollte es noch einen kleinen, provokanten Schlussakkord setzen, benutzte das Mädchen die Windschutzscheibe als Rutsche, nahm ihr Brüderchen bei der Hand und sprang dann mit ihm und einem lauten »Hui!« von der blechern ächzenden Kühlerhaube. Carlos schloss die Augen und atmete schwer. Kein Tadel, keine Ermahnungen, keine noch so kleine pädagogische Anstrengung kam von der gestreiften Mutter. Die Frau strich dem Mädchen nur das Kleid glatt und patschte ihrem Sohn auf den Hintern. »Im Brunnen liegt en Ämer«, sagte sie schmunzelnd zu dem völlig verdattert dastehenden Carlos, deutete auf die verschmierte Windschutzscheibe und stapfte davon.

Mürrisch warf Carlos einen Blick auf den Dorfbrunnen. Und einen auf sein Auto. Selbst bei nicht tief stehender Sonne konnte er seinen Durchblick nun im wahrsten Sinne des Wortes vergessen. Außerdem tat es fast körperlich weh, diese Sauerei an seinem geliebten Wagen zu sehen. Ja, vielleicht ist dieser Audi doch mehr als ein Transportmittel für mich, und ich bin ein pingeliger Lackel, dachte Carlos wütend. Einer, der auf der Autobahnraststätte jedes zerplatzte Insekt wegrubbelt. Allerdings war die Vorstellung, zum

Dorfbrunnen zu gehen und dort Wasser zum Putzen zu holen, nicht sehr angenehm. Denn mittlerweile schien Carlos auch auf dem Platz zum allgemeinen Objekt der Neugierde und Volksbelustigung geworden zu sein. Die Leute starrten ihn nicht direkt an, aber Carlos spürte, dass sie lächelnd darauf warteten, dass irgendetwas geschah. Und sei es nur der Versuch, trotz verschmierter Scheibe einfach loszufahren. Oder mit einem Papiertaschentuch eine Waschanlage zu simulieren. In jedem Fall hätten sie sich köstlich amüsiert. Schließlich holte er die leere Cola-Flasche vom Rücksitz und ging zum Brunnen.

Die alten Leute, die dort miteinander plauderten, musterten ihn. Es war keine Feindseligkeit in ihren Gesichtern, aber eine Art scharfsinnige Aufmerksamkeit, die er so von Alten gar nicht kannte. Er hob die leere Flasche unter den Brunnenstrahl. Da erst sah er, dass dies hier kein einfacher Brunnen war. An der steinernen Einfassung zwischen den Blumentöpfen standen seltsame kleine Skulpturen aus rotem Sandstein. Dicke Vögel mit langen Schnäbeln, Entenfüßen und menschenartigen Gesichtern. Einige hatten Zöpfe mit Schleifen daran. Hasenohren. Und weibliche Brüste. Das kalte Brunnenwasser floss über Carlos' Hände. Er ging zum Wagen, begoss die Windschutzscheibe und wischte mit einem Tuch darüber. Es reichte nicht. Noch mal zurück zum Brunnen. Die Alten nickten ihm lächelnd zu.

Die kleinen Steinvögel mit den komischen Zöpfen faszinierten ihn. Die Sandsteinskulpturen waren sehr schön gefertigt, detailreich und irgendwie realistisch. Nicht dass Carlos besonders viel Ahnung hatte von Steinmetzkunst, aber er sah, dass hier ein absoluter Künstler am Werk gewesen war. Und das in einem solchen Kaff.

»Sie bewundern unsern Elwetritsche-Brunnen«, sagte

eine alte Frau und deutete auf den größten der Vögel, in dessen Schnabel eine kleine Düse steckte, aus der aber kein Wasser floss. Dafür sprudelte es an anderer Stelle aus einem steinernen Ei, aus dem der Kopf eines kleinen Vogels mit Zöpfchen ragte. Widerwillig musste Carlos lächeln. Die Flasche war voll, das Wasser spritzte auf sein Hemd, was übrigens, wie er jetzt erst bemerkte, ein bisschen abgestanden roch. Rasch senkte er den Arm und sagte: »Ja, das ist wirklich ein sehr schöner Brunnen, sehr ungewöhnlich.«

»Habe Sie gewusst, dass nach dene Tiere auch unser Elwefels benannt is?«

»Äh ... wie bitte?«

»Oh!«, rief ein anderer Mann. »Else, der Mann ist doch Tourist, woher soll der des denn wisse?«

»Ah jo, des stimmt auch wieder. So viel hat unsern Ort do net zu biete. Aber unsern Elwetritsche-Brunne is schon toll, gell?«

»Elbe ... was?«, fragte Carlos. Er verstand das Wort überhaupt nicht. Ihm war jedoch schon aufgefallen, dass dieser Dialekt es nicht so genau nahm mit der Abgrenzung von B und W.

»El – we – tritsch – e!«, präzisierte ein rotwangiges Alterchen und betrachtete liebevoll die Sandsteinfiguren. »Daher kommt unsern Ortsname.«

»Ach, und hat das was mit der Elbe zu tun?«, fragte Carlos. Was versuchte man nicht alles, um mit diesen Leuten hier auf irgendeine Art von Verständigungsebene zu kommen.

»Ou, do sin se jetzt aber ganz schön in de Landkart verrutscht, odder?«, sagte die Frau mit einem schelmischen Grinsen. Der Mann neben ihr gluckste vernehmlich. »Ich glaub, die Elbe wär unsern Elwetritsche e bissel zu kalt.«

»Ah jo, sonst wärn des jo Ente un ke Tritsche«, ergänzte der Mann.

Beide lachten Carlos unverhohlen ins Gesicht. Der hob die Hände, um ihnen zu signalisieren, dass er nicht das Geringste verstanden hatte, und marschierte zurück zu seinem Wagen. Nach einem dritten Wasserguss war die Scheibe wenigstens wieder so transparent, dass man weiterfahren konnte. Die Dessous-Verkäuferin applaudierte ihm lächelnd. Carlos fiel auf, wie aufregend die Dame eigentlich gekleidet war. Ein enger Rock, eine weich fließende Bluse, dazu hochhackige Schuhe und Feinstrümpfe. Waren das Nylons mit Naht? Carlos musste schlucken. Augenblicklich bekam ihr Anblick etwas Aufreizendes. Er sah rasch weg.

Als er noch einmal zum Brunnen zurückkam, zupfte die alte Frau vertrocknete Blüten von den Stielen der Geranien.

»Sagen Sie, hat dieser Mann sich vielleicht für Ihren schönen Brunnen interessiert?« Er hob das Handy mit Strobels Bild hoch.

Die Frau kniff die Augen zusammen und ließ die vertrockneten Blumen aus ihrer Hand gleiten. Was Carlos dann in ihrem Blick sah, machte ihn stutzig. War das ein Wiedererkennen? Doch sie schüttelte vehement den Kopf. »Nee, also so ein feiner Herr, an den könnt ich mich erinnern. Der war nie do.«

Sie sprach viel zu theatralisch. Er kannte diesen Tonfall von Zeugenbefragungen, wenn Leute bereits wussten, dass jemand ermordet worden war, und im Nachhinein von eventuell Auffälligem berichten sollten. Der Mann neben ihr nahm sie an der Hand. »Hopp, Else, mir müsse gehe.« Ohne ein weiteres Wort ließen sie ihn stehen.

Carlos blickte sich um. Einige der Leute an den Tischen hoben ihre Weingläser und prosteten ihm zu. »Saubere

Sach!«, rief einer und zeigte auf sein Auto. Carlos setzte sich in den Audi, startete den Motor und ließ die Scheibenwischer laufen. Wohin sollte er jetzt fahren? Die Straße, auf der er gekommen war, führte nach dem Platz weiter. Aber er sah keine weiteren Ortsnamen. Er fuhr langsam an den niedrigen Sandsteinhäusern mit den großen Torbögen vorbei. Die Uhr zeigte 21:43. So spät schon? Er hatte sein Zeitgefühl verloren. Die Sonne war inzwischen untergegangen, und im Dämmerlicht sah diese Lummerland-Idylle noch kitschiger aus. Die dichte Reihe der Häuser lichtete sich etwas und ging über in eine Pappelallee. Jenseits der Bäume öffneten sich nun weitläufige Gärten, in denen Obstbäume standen. Carlos drang der Geruch von vergorenen Äpfeln in die Nase. Widerwillig gestand er sich ein, dass dieser Ort von bezwingender Schönheit war, die er so überhaupt nicht erwartet hatte. Jedes provenzalische Dorf musste sich anstrengen, um gegen dieses Elwenfels zu bestehen. Auf der rechten Seite erhob sich hinter den Bäumen ein Schornstein aus Ziegeln. Wahrscheinlich eine ehemalige kleine Fabrik oder ein Sägewerk im Dornröschenschlaf.

Eine weitere Mauer tauchte auf, dicht bewachsen mit Schlingpflanzen und wildem Wein, unterbrochen von einem rostigen Tor. Dahinter reihten sich Steine über blumenbewachsenen Gräbern im Schatten von Kastanienbäumen. Linker Hand lag ein größeres, lang gestrecktes Gebäude. Ein kunstvoll verzierter Sandsteinbogen gab den Blick frei auf einen Hof, in dem zwei Stahltanks in den Himmel ragten. Carlos verlangsamte den Wagen. An der Hauswand waren große, chromblitzende Buchstaben angebracht. *Weingut Hartmut Bitterlinger*, stand dort. Und wie auf Bestellung gingen nun ein paar LED-Lichter an und beleuchteten den Schriftzug.

Ganz schön protzig, dachte Carlos. Daneben prangte ein

goldgerändertes Schild mit der Information: »Weinverkostung rund um die Uhr«. Darunter ein Foto von einem Mann mit akkurat gestutztem Backenbart, der mit einem künstlich wirkenden Lächeln in die Kamera schaute und dabei eine Handvoll Trauben liebkoste. Das war wohl der Winzer Hartmut Bitterlinger, von dem die anderen Dorfbewohner etwas abfällig gesprochen hatten. Im Schatten des Hofes machte Carlos ein paar weiße Stehtische aus, große Blumenkübel mit Palmen und futuristisch anmutende Lampen. Das Weingut wirkte in Elwenfels völlig deplatziert. Ob überhaupt jemals ein Tourist hier vorbeikommt?

Carlos fuhr weiter. An der Straße standen nur noch ein paar kleine Schuppen, ehe der Wald wieder dichter wurde. Der Wagen glitt in die Dunkelheit. Carlos drückte den Menüknopf für das Navigationssystem. Das System reagierte nicht, der Bildschirm zeigte ein statisches Bild. Kein Signal. Der Pfeil, der sein Auto darstellte, bewegte sich nicht weiter, obwohl er fuhr. Ganz so, als wäre die Verbindung zum Satelliten unterbrochen. Carlos schaltete das Navi immer wieder aus und ein. Ohne Ergebnis. Es war das erste Mal, dass das Navigationssystem hängen blieb, dabei war der Wagen top gepflegt. Er unterdrückte ein Fluchen und fuhr langsam weiter. Die Straße wurde holpriger und kurviger und ging schließlich über in eine gemeine Piste, die er seinen Reifen nun wirklich nicht zumuten wollte. Die Straße endete an einer Art Wendekreis. Es gab einen Picknickplatz, einen Mülleimer und ein Holzgestell mit Wanderkarte. Das Ende der Welt.

Dieses Elwenfels war einfach seltsam. Er konnte diesen Eindruck nur nicht genau benennen. Welches Dorf lag schon an einer Sackgasse? Vielleicht irgendwelche abgelegenen Weiler in den Alpen.

Seit er die Wirtschaft verlassen hatte, verspürte er den

immer heftiger werdenden Drang zu pinkeln. Er stieg aus. Direkt vor ihm führte ein blau markierter Weg in den Wald. Carlos stellte sich an den nächstbesten Baum, zog den Reißverschluss seiner Jeans auf und genoss das Gefühl der Erleichterung. Dabei blieb sein Blick an einem verwitterten Schild hängen. Das Wort »Keltenschanze« darauf war gerade noch zu erkennen. Das Schild wies auf den blau markierten Weg. Carlos schloss seine Hose und schaute im Scheinwerferlicht des Wagens in diese Richtung. Doch ein Weg war dort nicht auszumachen. Was er sah, war dichtes Gestrüpp, zudem machten gleich mehrere umgestürzte Bäume und anderes Totholz diese Stelle unpassierbar. Es sah auch nicht danach aus, als hätte irgendjemand in letzter Zeit hier versucht, den Durchgang wieder freizulegen. Die Förster hatten in diesem Wald wohl Besseres zu tun.

Er ging zurück zum Wagen und holte die Taschenlampe aus dem Handschuhfach, um die Wanderkarte noch einmal genauer anzusehen. Es sah wirklich so aus, als führten sämtliche Wanderwege in einem weitläufigen Bogen um Elwenfels herum. Zu dieser Keltenschanze gab es keine andere Verbindung außer dem überwucherten Weg vor ihm. Dann war dieses Denkmal wohl für den Fremdenverkehr nicht von Bedeutung, wenn es einfach so verlassen im Wald lag. Und der blau markierte Weg war der einzige, der auch direkt ins Dorf führte. Wenn auch er nicht mit undurchdringlichem Gestrüpp überwachsen gewesen wäre.

Carlos setzte sich in den Wagen und stellte den Sitz ein wenig zurück. Er hatte das intensive Bedürfnis, seine Gedanken zu ordnen. Wenn er nur nicht so müde gewesen wäre. Der Tag war viel zu lang gewesen. Natürlich hätte er umkehren und in dem Dorf nach einer Pension fragen können. Aber er konnte sich nicht dazu durchringen. Und der ganze Weg zurück an die Weinstraße, oder noch weiter nach Mannheim, kam ihm vor wie eine halbe Weltreise. Die Sitze des Audis waren sehr bequem, im Wald war es still. Nur das leise Plätschern eines fernen Baches drang wie ein Wispern an sein Ohr.

Als Carlos aufwachte, war es stockdunkle, tiefe Nacht. Die absolute Finsternis verwirrte ihn zunächst, dann fiel ihm wieder ein, dass er in seinem Wagen lag. Und dass der auf einem Waldweg stand. Weitab von irgendeiner Lichtquelle. Ächzend richtete er sich auf. Es war kalt. Und sein Nacken fühlte sich an wie ein vom Blitz getroffener Baumstamm.

Plötzlich blendete ihn etwas. Er zuckte zusammen. Ein Lichtschein huschte vor der Scheibe vorbei, um im nächsten Moment wieder von der Dunkelheit verschluckt zu werden. Carlos erschrak so sehr, dass er sich augenblicklich die verfluchte P6 zurückwünschte, die so viele Jahre in seinem Handschuhfach gelegen hatte. Mit seinem Waffenschein hätte er auch privat eine besitzen dürfen, aber er wollte das nicht. Es musste möglich sein, Ermittlungen ohne Waffe durchzuführen. Zumal er seit dieser Zeit auch keine wirklich brenzligen Situationen erlebt hatte. Aber vielleicht war diese Schonzeit jetzt endgültig vorbei. Er tastete nach der Zentralverriegelung und machte sich auf dem Sitz ganz klein. Ein Blick auf das Display seines Handys zeigte: Es war fast drei Uhr.

Da war es wieder. Ein Leuchten im Wald.

Sein erster Schreck legte sich. Es war eindeutig der Leuchtkegel einer sehr hellen Lampe, der scheinbar ziellos durchs Gehölz wanderte. Er konnte die Lichtquelle nicht lokalisieren, aber offenbar war sie nicht sehr nah. Carlos öffnete die Zentralverriegelung. Vorsichtig stieg er aus und drückte die Wagentür behutsam wieder zu. Den Schlüsselbund nahm er so in die Hand, dass die einzelnen Schlüsselbärte wie Stacheln zwischen seinen Fingern hervorschauten. Ein improvisierter Schlagring, keine echte Waffe, aber wenigstens etwas, um das intensive Gefühl der Bedrohung in Schach zu halten. Du bist paranoid, dachte er. Warum sollte von diesem Licht eine Gefahr ausgehen? Sollte einer der gemütlichen Typen aus dem Dorf ihm nachts im Wald mit einem der getupften Blumenvasengläser den Schädel einschlagen wollen? Wohl kaum. Er schlich vorwärts und schaute angestrengt ins Dunkle. Der Leuchtkegel tastete sich durch die Baumkronen. Carlos war hellwach. Er spürte förmlich, wie sein Körper mit Adrenalin geflutet wurde.

Plötzlich hörte er Stimmen. Und knackende Schritte. Er konnte nicht hören, was gesagt wurde. Alle Geräusche waren irgendwie zu einer Art Echo verzerrt. Dann ein Brummen. Die Schritte entfernten sich. Auf einmal schien der Wald in ein geradezu überirdisches Licht getaucht zu sein.

Im nächsten Augenblick krachte etwas durch die Büsche und schlug gegen seine Brust. Carlos fuchtelte mit der Schlüsselhand herum und traf etwas Weiches. Direkt über ihm erklang ein wütendes Kreischen, dann hackte etwas nach seiner Wange. Er kniff die Augen zusammen und hob die Hände über den Kopf. Der Schlüsselbund klirrte auf den Boden. Irgendetwas streifte seine Hände. Etwas Warmes floss an seinen Fingern entlang. Seine Wange brannte. Carlos ließ sich zu Boden fallen. Das Letzte, was er sah, war ein schwefelgelbes Blitzen vor ihm. Augen. Stechende, große Augen. Dann war es vorbei.

Die Stille dehnte sich aus. Wie in einem Vakuum aus Dunkelheit und absoluter Geräuschlosigkeit. Als hätte er sein Gehör verloren. Er tastete sich zurück zum Wagen, öffnete die hintere Tür und kauerte sich auf den Rücksitz. Was ist mit dir los, Carlos Herb? Ein Ex-Kriminalhauptkommissar, der wie ein zitterndes Kleinkind in seinem Auto liegt.

Fehlt bloß noch, dass du dir vor Angst in die Hosen pinkelst. Hast wohl irgendwie deine Furchtlosigkeit verloren, seit du diesen Mist in Ohlsdorf abgezogen hast, was?

Carlos versuchte krampfhaft, seine wirren Gedanken zur Ruhe zu bringen. Eines durfte jetzt nicht passieren: dass er wieder in den bedrohlichen Zustand zurückfiel, wie damals, kurz nachdem diese Sache passiert war. Ein Zustand von Apathie, gepaart mit Angst, der es ihm unmöglich machte, auf eine Wiedereinstellung bei der Polizei zu hoffen. Der ihn gezwungen hatte aufzuhören. Verdammt, er wollte nicht wieder dahin zurück, der Hilflosigkeit, der Verwundbarkeit ausgeliefert. Er hatte sich so gut aufgerappelt in den vergangenen Jahren. Das konnte doch kein Angriff einer Eule in der Nacht kaputt machen. Denn dass es eine aufgeschreckte Eule gewesen sein musste, das wurde Carlos langsam klar. Und es war auch nicht weiter schlimm, es war einfach nur natürlich. Geschah ihm ganz recht. Vielleicht war es auch die Rache der Vogelwelt, weil er einen ihrer Artgenossen von der Straße gefegt hatte. Eine gefiederte Verschwörung. Er tastete nach seiner Wange und spürte den langen, tiefen Kratzer. Scheiße, das musste er sofort desinfizieren. Aber er konnte sich nicht dazu aufraffen, den Erste-Hilfe-Kasten aus dem Kofferraum zu holen. Carlos lauschte angestrengt, hörte aber nur seinen Atem. Irgendwann schickte ihn sein angeschlagenes, überreiztes Nervensystem in einen bleiernen Schlaf.

Kapitel 3

In dem Carlos viel über die Vergangenheit erfährt – aber so gut wie nichts über die Gegenwart

Er hatte vergessen, wie paradiesisch der Geruch frischer Brötchen war, nicht der von industriell gebackenen Teiglingen, sondern der Geruch aus seiner Kindheit, als es noch diese kleinen Bäckereien gab, in denen man Brausestäbchen einzeln kaufen konnte und es nach Milch, Vanille und Hefe duftete. Als Carlos dieser Geruch jetzt, nach Jahrzehnten, zum ersten Mal wieder in die Nase stieg, wurde ihm auf einmal bewusst, dass solche Orte völlig verschwunden waren. Sie waren einfach weg. Genau wie seine Kindheit.

Ja, er war schon ein wenig angeschlagen, als er kurz vor sechs zurück ins Dorf geschlichen kam. Erschöpft und innerlich durchgescheuert. Er taumelte förmlich durch die Tür der Bäckerei. Sie lag mitten auf dem Platz in einem vorgezogenen Haus unter einer kleinen Arkade. Als er in den Laden trat, drehten sich drei Frauen, die vor der Theke standen, mit einem Ruck um.

»Oh, der feine Herr aus Hamburg!«, begrüßte ihn Else, die er schon vom Vorabend kannte.

»Guckt e bissel struwwelisch aus de Wäsch heut, odder?«, lachte die Frau neben ihr, die er zu seinem Erschrecken als die hübsche Inhaberin des Wäschegeschäfts identifizierte.

»Vielleicht hat er Durscht?«, platzte die dritte heraus.

»Was ein Glück, dass es hier ausnahmsweis mal keinen Wein zu trinken geben tut, gell?«, lachte ihn die Frau hinter dem Tresen mit übertrieben angedeutetem Hochdeutsch an.

Der gestrige Initiationsritus in der Dorfschänke hatte sich wohl schnell rumgesprochen. Carlos biss sich auf die Zunge, aber er war viel zu müde, um wütend zu werden. Er fühlte sich verletzlich und wehrlos. Die Frauen kicherten. Im nächsten Moment bemerkten sie seinen derangierten Zustand. Auf einmal schien es, als sei er von einer gutmütig plappernden Wolke umgeben. Ehe Herb sich versah, hatten sie ihn hinter den Tresen und hinein in die Backstube bugsiert, wo er auf einen Stuhl gedrückt wurde.

»Do, jetzt gibt's erst mal en gute schöne Kaffee von unserer lieben Frau Zippel, gell?«, sagte die Besitzerin des Miederwarengeschäfts und stellte sich ihm als Cordula vor. Sie trug ein hagebuttenrotes Kleid mit breiter Schleife an der Taille. Sie war eindeutig zu elegant angezogen für diesen seltsamen Morgen in diesem Dorf und in dieser antiquierten Bäckerei aus seiner Kindheit. Als sie sich umdrehte, sah Carlos, dass sie tatsächlich Nylonstrümpfe trug. Die echten, mit Naht. Er schluckte. Diese Frau war, genau wie das Dorf, die reinste Zeitreise.

Eine blaue Porzellantasse wurde vor ihm abgestellt. Die Bäckersfrau mit Nachnamen Zippel nahm sein Kinn mit mehlstaubigen Händen und musterte ihn prüfend. »Annelies, der Mann do muss versorgt wern.«

Die jüngste der Frauen – Carlos war sich nicht sicher, ob es vielleicht die mit den kletterfreudigen Kindern war – huschte nach nebenan. Kurze Zeit später inspizierte Frau Zippel seine Wunden an Wange und Hand.

»Wie is des passiert?«, wollte sie wissen. Aus dem Augenwinkel sah Herb, wie die anderen Frauen ihm ein Frühstück richteten. Gastfreundlich waren sie hier, daran bestand kein Zweifel. Der Brötchenduft machte ihn ganz schwindelig. Desinfektionsspray traf auf den Kratzer im Gesicht, und er stöhnte auf.

»Jo, jetzt aber!«, wiegelte die Bäckersfrau ab und sprühte gleich noch mal.

»Ich bin heute Nacht im Wald mit irgendeinem Vieh zusammengestoßen.«

»Ach. Sie waren nachts im Wald?«, fragte Else.

»Ja. Ich hab ... geschlafen.«

»Im Wald? Und warum des? Beim Berthold und der Brigitte is immer e Zimmer frei! Mit fließend warmem Wasser.«

»Danke, das hört sich wirklich gut an.«

»Un was für ein Vieh war des?«, fragte die Frau, die Annelies genannt wurde und jetzt genüsslich ein Buttermesser ableckte.

»Ein Vogel, glaub ich. Ich bin ausgestiegen, um ... naja, Sie wissen schon. Und plötzlich schießt da so ein riesiger Vogel aus dem Gebüsch und hat mich gekratzt.«

»Ich würd Sie auch kratzen, wenn Sie in mein Wohnzimmer pinkle täten, also wirklich!«, rief die hübsche Vierzigerjahre-Frau namens Cordula. Die anderen kicherten wieder. Carlos zuckte.

»Still halte, Donnerwetter noch mal!« Frau Zippel drehte ihm mit resolutem Griff das Gesicht zur Seite und schmierte eine Salbe auf den Kratzer. Carlos klammerte seinen Blick an die bestrumpften Beine von Cordula, die schon leicht mit Mehl bestäubt waren. Diese Dame musste doch das tägliche Dorfgespräch sein, so wie sie sich aufbrezelte? Selbst auf der Amüsiermeile von St. Pauli würde man einer solchen Frau mit offener Kinnlade hinterhergaffen.

»Und wo is ihr Auto jetzt?«, wollte Else wissen, womit sie ihn aus seiner angenehmen Betrachtung riss.

»Im Wald ...«, ächzte Carlos. Beim Gedanken daran wurde ihm übel. »Es ist kaputt.«

»Wie? Kaputt?«, echoten sie zu viert.

»Der Motor startet nicht mehr. Ein ... anderes Vieh hat wohl die Kabel durchgebissen. Ein Marder wahrscheinlich.« Aus dem Augenwinkel sah er, wie die Frauen ernste Blicke tauschten.

»Sie meinen, Sie kommen also nimmer weg, oder wie?«, fragte Frau Zippel. Ihr Atem roch nach Marmelade und Milch, und Carlos dachte kurz an seine Mutter. Er zuckte die Schultern und hob dann brav das Kinn, damit sie ihm ein Pflaster auf die Wunde kleben konnte.

»So, un jetzt noch die Griffel«, sagte sie und schnappte sich seine Hand.

»Diese Kratzer sehen schlimm aus«, sagte Carlos und kam sich dabei vor wie ein kleiner, wehleidiger Junge. »Ich glaube, es war eine Eule. Hoffentlich entzündet sich das nicht.«

Statt einem Wort des Trostes sagte die Brötchenfraktion einstimmig: »Oh!«

Es war einer dieser kurzen, abfällig klingenden Vokale, die sie hier so abwechslungsreich intonierten. Also keine Infektion. Wie beruhigend.

Else trat hinzu und musterte ihn aus kleinen, braunen Augen.

»Wissen Sie noch, was ich Ihne gestern Abend über unsern Brunne verzählt hab?«

»Der Elben ... ritschen ... dingsda.«

»Elwetritsche heißt des.«

»Ja und?«

Sie senkte die Stimme zu einem geheimnisvollen Raunen. »Es schaut ganz danach aus, als warn Sie heut Nacht einem begegnet.«

»Was ...?«

»Das sind sehr empfindliche Tiere. Sehr schnell beleidigt. Und wenn's drauf ankommt, dann wissen die, was sie mache müsse, um sich zu verteidige.«

»Else, jetzt hör uff mit dem Dummgebabbel!« Frau Zippel stieß die ältere Frau zur Seite und nahm sich seine Hand vor. »Des kannst du der alten Anna verzähle, aber net unserm Gast hier.«

»Wer ist denn die alte Anna?«, ächzte Carlos.

»Die wohnt im Wald«, kam die Antwort von Cordula, die inzwischen mit übergeschlagenen Beinen auf dem Rand der Arbeitsfläche saß, ungeachtet der Tatsache, dass dort alles voller Mehl war.

»Und was sind das für Vögel?«, fragte er verwirrt. »Die Figuren auf dem Brunnen sahen mir nicht danach aus, als könnte man denen in Wirklichkeit begegnen. Eher in Entenhausen.«

»Jetzt aber, gell?«, zischte Else, die offensichtlich genauso schnell beleidigt war wie ihre seltsamen Vögel. Cordula legte ihr beruhigend eine manikürte Hand auf den Arm. Die fürsorgliche Bäckerin klebte Carlos auch auf den Handrücken ein Wundpflaster. Dann wurde vor ihm auf dem Tischchen ein Teller mit einem üppigen Frühstück abgestellt.

»Alla, jetzt bringen Sie erst mal de Heilungsprozess in Gang, gell!«, empfahl ihm Cordula und schwebte mit weiß bestäubtem Hinterteil aus der Backstube. Auch die anderen Frauen gingen in den Verkaufsraum zurück und überließen ihn seinem Frühstück.

Carlos stürzte sich auf die Käsebrötchen, die Marmelade, das hart gekochte Ei und ein herrliches Stück Zwetschgenkuchen. Es fühlte sich an, als hätte er seit einer Woche nichts mehr zu sich genommen. Der Kaffee war tiefschwarz und stark wie Schnaps. Seine wiedererwachten Lebensgeister begannen auf einmal zu tanzen. Nach einer Weile kam Frau Zippel zurück und musterte ihn teils abschätzig, teils mütterlich.

»Danke, das war genau das, was ich jetzt gebraucht habe«, sagte Carlos.

»Alla dann.«

»Ja, na dann. Also, ich meine, was bekommen Sie von mir?«, fragte er.

»Wie meinen Sie?«

»Na, was hat dieses schöne Frühstück denn gekostet?« Er angelte seinen Geldbeutel aus der Jackentasche.

»Nix.«

»Wie? Nix?«

»Sie sin eingelade. Wer in unserm Wald so schikaniert wird, der muss nix zahle dafür.«

Carlos fand diese Aussage ziemlich rätselhaft und wusste nicht so recht, wie er darauf reagieren sollte. Die Bäckerin musterte ihn weiter eindringlich.

»Na dann sag ich mal: Danke. Sehr nett, wirklich sehr nett von Ihnen. Und jetzt muss ich mal gucken, wie ich den Wagen irgendwie wieder startklar kriege, nicht wahr?«

»Gute Idee.«

»Ja. Und ich müsste irgendwo hin, wo es WLAN gibt. Hier scheint das ja nicht der Fall zu sein. Also Internet und so, Sie verstehen?«

»Brauchen wir hier net«, meinte Frau Zippel achselzuckend. »Nur ein paar von de Junge haben Computer.«

»Gibt es hier im Dorf eine Werkstatt?«, fragte Carlos, auch wenn er die Antwort schon zu wissen glaubte. In diesem Kaff hatten sie, wenn überhaupt, eine Art Schraubenschlüssel-Mechaniker, aber keineswegs einen Mechatroniker, der einen Audi wieder zum Laufen bekam.

»Der Otto hat e Werkstatt. Der könnt Sie abschleppe.«

»Ach, der Otto«, sagte Carlos, wohlwissend, dass das nur eine seiner neuen Bekanntschaften aus der Gastwirtschaft sein konnte, der bezopfte, breitschultrige Mann, der so dezent aufdringlich nach Motoröl gerochen hatte.

»Ah, Sie kenne de Otto?«,

»Naja, wie würden Sie hier sagen, ein ... bisselchen«, lächelte Carlos seine Frühstücks-Sanitäterin an und kam sich dabei vor wie ein Ethnologe, der einen neuen Forschungsansatz ausprobierte.

Frau Zippel verzog keine Miene. »Wenn schon, dann heißt des: e bissel. Aber verarschen können wir uns do auch ganz allein, gell?«

»O nein, das war überhaupt nicht so gemeint«, stammelte Carlos.

»Is schon gut. Der Otto is wahrscheinlich sowieso net der Richtige für Ihr Premiumfahrzeug. Der Andi, mein Neffe, fahrt in einer halbe Stund runner an die Weinstraß zum Schaffe. Der kann Sie mitnehme.«

»Oh, na das wäre ja wunderbar!«, sagte Carlos etwas zu enthusiastisch. Auch diesmal blieb sein Lächeln unerwidert.

»Ich ruf ihn an, dass er Sie do abhole soll.«

»Danke, vielen Dank!«

Wieder warf sie ihm einen seltsamen Blick zu. »Sie suchen jemand, der hier in der Gegend verschwunde is?«

Auch das hatte sich rumgesprochen. Gut so. Er nickte knapp.

»Un? Warum fragen Sie mich net, ob ich jemand gesehen hab?«

»Haben Sie?«

Sie schüttelte den Kopf. »Gehört hab ich schon was. Aber do bei uns in Elwefels weiß niemand was. Do is nix. Gucken Sie lieber unten an de Weinstraß!«

»Das habe ich schon noch vor.«

»Wenn ich Ihne ein Tipp geben darf: Machen Sie einfach e bissel Urlaub hier. Manche Leut, wo verschwinde, die wolle vielleicht gar net, dass ma nach Ihne sucht.«

Carlos kniff die Augen zusammen und fixierte sein gutmütig rätselhaftes Gegenüber. Frau Zippel hielt seinem Blick mühelos stand. Lass locker, dachte er. Die Wahrheit offenbart sich manchmal von ganz allein, aber dabei durfte man die Leute nicht verunsichern.

Er fragte Frau Zippel, ob er ihr Badezimmer benutzen dürfe, um sich ein wenig frisch zu machen. Er hatte seine Reisetasche den ganzen Weg vom Auto mitgeschleppt. Auf einmal wieder ganz die gute mütterliche Seele, bot sie ihm an, seine Sachen hier unterzustellen, bis er wusste, wo er für die nächste Nacht bleiben sollte. Carlos wusch sich notdürftig am Wasserhahn, wechselte Unterwäsche und Hemd und trat zwar unrasiert, aber doch als halbwegs neuer Mensch auf die Straße.

Der Platz lag verlassen und schattig da, und es war noch kühl. Während er auf Frau Zippels Neffen Andi wartete, fiel ihm ein handgeschriebenes Schild auf, das neben dem Eingang der Bäckerei in einem kleinen Sichtkasten hing: *Wenn zu is, einfach kreische!* Carlos musste unwillkürlich lächeln. Von regulären Öffnungszeiten hielten sie in Elwenfels offensichtlich nichts.

Auf der anderen Seite des Platzes kletterte Cordula im roten Kleid gerade in ihrem Schaufenster zwischen zwei Kleiderpuppen herum, die mit aufreizender Wäsche für die unverblümten Damen von Elwenfels bestückt waren. Langsam schlenderte Carlos hinüber zu dem Wäschegeschäft, das ihn auf unheimliche Art und Weise anzuziehen schien. Direkt daneben öffnete Albert, den er gestern auch in der Weinstuben-Runde kennengelernt hatte, gerade seinen Lebensmittelladen und nickte ihm schläfrig zu. In seinen Auslagen stapelten sich Marmeladengläser in verschiedenen Farben und Dosen mit der Aufschrift »Echter Pfälzer Saumagen«, wie in einem dieser Tante-Emma-Läden, die genauso verschwunden waren wie die kleinen Bäckereien.

Entweder war hier die Welt noch in Ordnung, dachte Carlos, oder sie war stehen geblieben. Er schaute wieder hinüber zum Miederwarenladen. Hinter der Glasscheibe spielte sich ein kleines Schauspiel ab, das Carlos' Mund auf einmal ganz trocken werden ließ. Cordula verrenkte sich beim Dekorieren der Kleiderpuppen so, dass ihr rotes Kleid hochrutschte und dabei den Rand ihrer Strümpfe entblößte. Sein Blick glitt unwillkürlich an den Nähten entlang. Er hatte, was ähnliche Geschäfte betraf, nur den Vergleich mit der Reeperbahn, aber der Inhalt der Schaufenster dort hatte stets die Anmutung von billiger, schneller Triebabfuhr. In der Welt, aus der er kam, wurde das, was gemeinhin als Erotik galt, offensiv zur Schau gestellt, eingerahmt von hektisch blinkenden Lichtern, besoffenen Junggesellenausflügen, Flatrate-Ficken und dem Schatten der kurzen Nacht. Er kannte es nicht anders. Und hier begegnete ihm eine lebendig gewordene Pin-up-Fantasie aus einer nostalgischen Traumwelt.

»Des do is aber kein Kabinekino vun de Beate Kruse, gell!«, dröhnte Albert von nebenan aus seinem Ladeneingang, ganz so, als hätte er Carlos' Gedanken erraten, und drohte ihm grinsend mit dem Zeigefinger.

»Aber sehen Sie doch! Die Dame, sie hat Mehl auf ihrem Kleid!«, stammelte Carlos etwas zu schuldbewusst. Als hätte sie gehört, was die Männer vor ihrer Schaufensterscheibe redeten, klopfte sich Cordula auf einmal schwungvoll auf den Hintern, sodass das Mehl in ihre Auslagen schneite und auf hübsch verpackte, schleifenverzierte Päckchen fiel. Als sie bemerkte, dass sie beobachtet wurde, warf sie ihm eine Kusshand zu, machte aber keinerlei Anstalten, sich das mittlerweile dramatisch hochgerutschte Kleid zurechtzuziehen.

Carlos wich einen Schritt zurück. Sein Blick fiel auf ein handgebasteltes Schild im Schaufenster, das einen Mann zeigte, der mit zitternden Fingern und hochrotem Gesicht auf eine Klingel drückte. Darunter stand mit schwungvollen Lettern: *Braucht die Bupp ein neue Schlupp, dann schell schnell!*

In diesem Moment hörte Carlos das Schnurren eines Motors. Ein winziger roter Fiat rollte auf den Platz. Frau Zippels Neffe Andi entpuppte sich als ein erstaunlich schweigsamer junger Mann, der erst mal klarstellte, dass er Carlos später nicht wieder zurück nach Elwenfels bringen könne, weil er nach der Arbeit weiter nach Landau fahren würde. Das war Carlos gar nicht so unrecht.

Schneller als gedacht fuhr der Junge durch den Wald und hinaus auf die Weinstraße. Und als Carlos seinen etwas verwirrten Orientierungssinn bemühte, stellte er fest, dass er sich gestern wohl auf einem weitläufigen Umweg dem Dorf genähert hatte. Es gab eine direkte Straße nach Elwenfels, aber sie war nicht ausgeschildert. So weit war die Entfernung zur belebten Weinstraße also gar nicht, gerade einmal sieben Kilometer. Umso verwunderlicher, dass Elwenfels einen so verlassenen, hinterwäldlerischen Eindruck machte.

Kurz bevor der Wald sich lichtete, begegnete ihnen wieder der kleine, alte Traktor mit dem Anhänger. Andi winkte, und der alte Mann, der trotz der Morgenkühle wieder Strohhut und sein Schlafanzughemd trug, winkte freundlich zurück. Was für Typen, was für ein seltsamer Job, dachte Carlos. Andi ließ ihn am Ortseingang von Deidesheim aussteigen und fuhr weiter, ohne verraten zu haben, was und wo er arbeitete.

Deidesheim zeigte sich an diesem sehr frühen Morgen von einer ganz anderen Seite. Die Stände des Weinfestes waren alle verschlossen, die Bänke und Tische verwaist, und Carlos konnte sich im Gegensatz zu gestern frei bewegen. Jetzt fiel ihm auch das berühmte Restaurant auf, in dem in den 1980er-Jahren Weltpolitik mit Strickjacken, Hemdsärmeln und Saumägen gemacht worden war. Seitdem war der Nimbus des Lokals für alle Zeiten gesichert, wenn auch sicherheitshalber eine Galerie mit den Politpromis dieser Zeit das Treppenhaus des Restaurants zierte: Kohl, Thatcher, Gorbatschow ... Es ist wohl kunstvoll gefüllten, tierischen Verdauungsorganen aus der Pfalz zu verdanken, dass es zur deutschen Wiedervereinigung kam.

Carlos ließ den Platz an der Weinstraße mit altem Rathaus, Kirche und kleinen Läden hinter sich und tauchte ein in das Gassengewirr des kleinen Ortes, der irgendwann sogar Stadtrechte erworben hatte. Zu seiner Verwunderung entdeckte er ein weiteres Nobel-Etablissement, einen alten Winzerhof, umgebaut zu einem schicken Boutique-Hotel mit allem, was dazugehört: LED-Leuchten, moderne Bildhauerarbeiten, Kübelpflanzen, Gourmetrestaurant und Designermöbel. Dieses Hotel hätte auch an der Binnenalster stehen können. Auf jeden Fall passte es ganz und gar nicht in das Klischee, das sich Carlos über die Pfalz zurechtgelegt hatte. Die Terrasse des Bistros war geöffnet, also ließ er sich auf einem der hippen Korbstühle nieder. Bei einem Ober mit violetter Seidenkrawatte bestellte er ein Glas Orangensaft, Cappuccino und ein Croissant, obwohl er von Frau Zippels Wohltaten immer noch satt war.

An den anderen Tischen saßen Männer in Anzügen, mit Laptops und iPads, die ihre Smartphones mit lauten englischen Sätzen zutexteten und sehr wichtig taten. Das hier war also das andere Gesicht der Weinstraße, jenseits von Dubbegläsern und Rieslingschorle-Ritualen. Hier gab es eine erstaunliche Dichte von exquisiten Restaurants, Hotels und Weingütern.

Wieder plagte ihn die Frage, warum der schwerreiche Strobel sich nicht in diesem sternestrahlenden Hotel eingenistet hatte, sondern im altbackenen Forster Rebstöckel. Das musste einfach etwas zu bedeuten haben. Alles, was das übliche Muster von Strobels Gewohnheiten durchbrach, war eine Spur.

Er fragte den Ober nach dem WLAN-Passwort und öffnete seinen Laptop. Dann gab er »Elwenfels« in die Suchmaschine ein. Google fragte ihn: Meinten Sie Elfenfels? Darunter die Webseiten einer Schmuckdesignerin, einer Gothic-Band und einer Kindertagesstätte. Er klickte auf den kleinen Befehl: Einträge für Elwenfels suchen. Es gab ganze vier Treffer. Sie kamen alle aus Slowenien.

Carlos runzelte die Stirn. Ein Dorf in Deutschland, das keinen einzigen Eintrag im Internet hatte? Eigentlich nicht zu glauben. Gut, es musste ja nicht unbedingt ein Wikipedia-Artikel sein. Aber wenigstens eine Erwähnung in einem Amtsblatt, ein Querverweis über hundert Ecken oder wenigstens eine historische Notiz. Irgendein digitales Fitzelchen, immerhin waren in dem Dorf lebendige Menschen, und die hatten doch irgendwo im Netz ihre Spuren hinterlassen.

Er loggte sich in sein Facebook-Profil ein und schrieb den Namen »Andi Zippel« in die Suchleiste. Nichts. Er versuchte es mit zwei weiteren Suchmaschinen und bei der Bildersuche. Vergeblich.

Das Ganze war so merkwürdig, dass die Suche nach Hans Strobel kurz in den Hintergrund gedrängt wurde. Oder vielmehr in einem völlig neuen Licht erschien. Ein Mensch verschwand, ohne Spuren zu hinterlassen. Und das acht Kilometer von einem Dorf entfernt, das laut Internet gar nicht existierte.

Der Ober kam und fragte, ob alles in Ordnung sei, denn Carlos hatte sein Croissant noch nicht angerührt.

»Ja, ja, alles okay«, antwortete er zerstreut. »Das heißt: nein! Ich meine: Kennen Sie dieses Nachbardorf, dieses Elwenfels?«

Der Ober runzelte die Stirn. »Das kleine Kaff im Wald? Ich war nie dort.«

»Wer hätte das gedacht«, murmelte Carlos und biss einmal lustlos in sein Croissant. Mittlerweile war es nach neun. Um halb zehn öffnete das Weingut Kruse.

Carlos versuchte sich an dem Suchbegriff »Elwetritsche«. 26 500 Einträge. Kopfschüttelnd überflog er den Wikipedia-Eintrag. Diese Viecher waren den Pfälzern das, was den Bayern ihr Wolpertinger war. Als Kind hatte er mit seinen Eltern im Bayerischen Wald Urlaub gemacht und dort zum ersten Mal diese Sagengestalt gesehen: ein aus mehreren ausgestopften Tierteilen zusammengebasteltes Ding, das einen prominenten Platz im Gang eingenommen hatte, direkt neben ihrem Zimmer. Carlos konnte sich noch gut an seine Angst vor dem grotesken Körper mit den gelben Glasaugen erinnern. Was, wenn diese unheimliche Gestalt nachts den Platz an der Wand verlassen und in sein Zimmer schleichen würde? Es hatte seine Eltern ihre ganzen Überredungskünste gekostet, ihn davon zu überzeugen, dass das Ungeheuer erstens nicht real, zweitens ausgestopft und zusammengeflickt und drittens außerdem nur ein regionaler Spaß war. Carlos hatte seit Jahrzenten nicht mehr an diese Begebenheit gedacht. Jetzt auf einmal kam ein kleiner Hauch dieser kindlichen Angst wieder in ihm hoch. Verrückt, was da so alles tief in einem schlummerte. Die Hamburger kannten solche Sagengestalten nicht, und wenn doch, dann hatte er es nicht mitbekommen. Für einen kurzen Moment sehnte er sich nach seinen nüchternen Landsleuten, dann trank Carlos den Orangensaft aus, bezahlte und schlenderte durch das nun schon etwas belebtere Deidesheim.

Das Tor vom Weingut Kruse war geöffnet: ein einladender Innenhof mit mediterranen Kübelpflanzen, ganz ähnlich wie bei Bitterlinger in Elwenfels. In der Mitte wurde gerade ein Anhänger mit Trauben entladen, die Weinlese war in vollem Gange. Über dem Hof hing der Geruch von gärendem Most. Männer in Gummistiefeln trugen Eimer in einen weiteren Hof, der sich dem ersten anschloss. Sie nahmen die Trauben vorsichtig und fast schon ehrerbietig vom Anhänger, und Carlos fragte sich, was der Aufwand sollte. Wieso kippten sie das Zeug nicht einfach in Schubkarren und ab damit in eine Presse?

Er suchte nach einem Eingang und fand eine Glastür, die in ein lichtes Sandsteingewölbe führte. *Probierstube* stand in schwungvoller Schrift auf einem Schild. Auch hier: versenkte LED-Scheinwerfer, Hochglanzfotografien von herbstlichen Reben, lederbezogene Lehnstühle und viel altes Holz.

»Is ein bissel früh zum Probieren«, sagte eine Stimme hinter ihm.

Carlos fuhr herum. Eine Blondine im dunkelblauen Kostüm hatte den Raum betreten und nahm Aufstellung hinter dem Tresen.

Er fühlte sich sofort angegriffen. »Sehe ich aus wie ein Alkoholiker?«

Die junge Dame lächelte. Aber nicht entschuldigend, eher verständnisvoll. »Dazu müssten Sie so aussehen, als könnten Sie sich das leisten. Wenn man sich mit unserem Wein betrinken will, dann sieht man ein kleines bisschen danach aus und verfügt über die nötigen Mittel für diese Welt. Sie sehen eher so aus, als wäre Ihnen die Welt der Zapfhähne und Bierkrüge näher. Wenn Sie mir die Offenheit erlauben.«

Carlos starrte in das tatsächlich sehr offene Gesicht mit dem unverblümten Lächeln und sank auf einen der weich gepolsterten Sessel. »Sind Sie zu allen Kunden so höflich?«

»Nein, nur zu solchen, die über unser Weinfest hetzen und dabei aussehen, als würden sie gleich Amok laufen. Ich habe Sie gestern gesehen. Sie sahen ziemlich bösartig aus.«

»Das liegt wohl daran, dass ich Wein nicht ausstehen kann, wenn Sie mir die Offenheit erlauben.«

»Und was wollen Sie dann hier?«

»Sie erwarten wahrscheinlich, dass ich hier Wein kaufe, deswegen verspreche ich Ihnen: Ich kaufe etwas. Damit Sie hier nicht umsonst stehen. Aber eigentlich bin ich hier, weil ich im Vermisstenfall eines Mannes ermittle, der …« Er kam nicht dazu, den Satz zu Ende zu sprechen.

Die junge Frau mit den weichen, aber spöttisch glitzernden Augen hob abwehrend die Hände und sagte: »Moment! Sie wollen mir aber nicht sagen, dass Sie wegen diesem Typ hier sind, der letztes Jahr …?«

»Doch, ich befürchte schon«, sagte Carlos betont sanft.

Sie stöhnte entnervt. »Aber das haben wir doch alles schon der Polizei gesagt!«

Etwas in Carlos merkte auf. »Wieso sprechen Sie eigentlich Hochdeutsch?«, fragte er verwundert.

»Wieso? Ich passe mich halt an. Hat mir mein Vater beigebracht. Ich kann das hier auch in Englisch, Französisch und Japanisch. Falls es Sie interessiert.«

»Ach. Ist ja toll. Und trotzdem hören Sie sich so an, als würden Sie Ihren Job nicht mögen.« Er musterte das zarte Gesicht und die überraschend grob geratenen Hände der Frau. »Sie wären gerne Modedesignerin. Oder Schauspielerin. Aber der Druck der Familie war zu groß, hm?« Carlos lächelte sie an.

Ihr rundes Kinn ruckte ein Stückchen nach unten. »Mann, Sie sind mir schon ein bisschen unheimlich!«

»Berufskrankheit«, meinte Carlos achselzuckend.

»Verstehe. Also, was wollen Sie denn wissen?«, ergab sich die junge Frau in ihr Schicksal.

»Wenn es Ihnen nichts ausmacht, hätte ich erst mal gerne ein Glas Wasser.«

Ohne die Miene zu verziehen, goss die Winzertochter Mineralwasser in ein edel geschwungenes Glas und setzte sich zu ihm an den Tisch. »Okay, also darf ich jetzt erst mal erfahren, wer Sie überhaupt sind?«

Mit ruhiger Stimme stellte Carlos sich vor, erklärte, warum er hier war, und bat sie, noch einmal alles zu erzählen, was sie und ihre Familie damals beobachtet hatten. Ganz gleich, ob sie das der Polizei schon »verzählt« hatten, wie sich ihre Dorfnachbarin in Forst ausdrückte.

Die Frau reichte ihm die Hand und murmelte: »Regina Kruse, von Beruf Winzertochter, aber bisher erfolgreich der Karriere als Weinkönigin entkommen.« Sie lachte kurz über ihre Pointe und sagte dann auf einmal wieder sehr ernst: »Also, ein bisschen seltsam war das mit diesem Hans Strobel ja schon.«

Carlos hob die Augenbrauen.

»Er kam hier rein und fragte nach diesem Wein, der auf der letzten großen Weinmesse prämiert worden war. Dieses Ding in München.«

Carlos nickte. »Die European Wine Trophy. Strobel hat diese Messe ausgerichtet.«

»Ja, also er wollte unbedingt diesen Wein probieren bei uns. Mein Vater hat ihm was ausgeschenkt, aber Strobel hat sich aufgeführt wie der Typ aus der Jim-Beam-Werbung.«

Auf Herbs verständnislosen Blick erklärte sie: »Na der Typ in der Werbung früher, der in den Saloon kommt, seinen Whiskey bestellt und dann mit der tiefen bedrohlichen Cowboy-Stimme sagt: ›Das ist kein Jim Beam!‹ So war das bei Strobel auch. Hätte nur noch gefehlt, dass auch er das Glas mit dem Wein einfach ausschüttet.«

Carlos rutschte auf dem weichen Sessel nach vorn und fixierte die junge Frau. In seinem Nacken kitzelte es plötzlich. »Und das haben Sie auch der Polizei erzählt?«, fragte er.

»Nö. Mich hat ja keiner gefragt damals. Außerdem gab's ja nicht viel zu erzählen. Mehr habe ich sowieso nicht mitbekommen. Mein Vater hat mich dann rausgeschickt, und ich habe nicht gehört, was die beiden dann geredet haben.«

»War das hier in diesem Raum?«

Die Winzertochter nickte.

»Erzählen Sie genau, was Sie damals beobachtet haben! Bitte!«

»Beobachtet? Also, ich kann da wirklich nicht viel sagen. Ich stand da hinter der Theke und hab im PC die Kundendatei aktualisiert, als der Strobel reinkam. Er ging direkt auf mich zu, hat sich ganz höflich vorgestellt und mich nach dem Siegerwein der Messe gefragt. Die war ja ein paar Tage vorher gewesen. Ich hatte aber überhaupt keine Ahnung von irgendeinem Siegerwein.«

Carlos runzelte die Stirn. »Warum nicht?«

»Ja, komisch, oder?« Ihr Gesicht wurde hart und ihre Stimme etwas giftig. »Da will mein Vater, dass ich den Laden hier irgendwann mal übernehme. Und die doofe Tochter bleibt nicht auf dem Laufenden, was in der großen weiten Weinwelt wichtig ist. So was aber auch!« Sie verdrehte die Augen. »Ich beklag mich ja nicht, es macht ja auch Spaß, das Ganze hier. Aber mein Vater ist ein Tüftler, ein Geheimniskrämer, wenn's um seinen Wein geht. Und wenn er schon will, dass ich hier Verantwortung übernehme, dann hätte er mir wenigstens sagen können, dass einer von unseren Rieslingen auf der Messe ausgezeichnet wurde. Ich hatte keinen Schimmer, als Strobel danach gefragt hat. Das war so was von peinlich!«

Carlos saugte die hastigen, verärgerten Worte aus dem Mund der Kruse-Tochter auf wie ein gutes Pils. Endlich ein paar handfeste Informationen. Er konnte gar nicht genug davon bekommen.

»Haben Sie Ihren Vater darauf angesprochen?«

»Auf diesen Siegerwein? Ja klar. Aber er war ziemlich ausweichend und hat behauptet, dass Strobel sich wohl geirrt habe. Er ist oft ein bisschen abwesend, weil er so viel zu tun hat. Was allerdings seltsam war – er hatte neue Etiketten drucken lassen für unsere letzte Riesling Spätlese von 2011. Die ist übrigens wirklich sensationell gut, falls es Sie als Wassertrinker interessiert.« Sie lachte wieder kurz auf, um dann, als Carlos nicht reagierte, in sachlichem Ton fortzufahren: »Auf diesen Etiketten stand *Gold Winner European Wine Trophy*. Da haben schon viele in den folgenden Wochen danach gefragt. Das war wohl auch der Wein, den mein Vater Strobel ausgeschenkt hat. Obwohl es so einen Wein normalerweise nicht zum Probieren gibt. Der war sogar im Verkauf limitiert, nur sechs Flaschen pro Kunde.«

Carlos nickte. »Aber Strobel bekam diesen Wein zu probieren?«

»Ja, ich denke schon. Mein Vater hat eigenhändig eine Flasche aufgemacht, hat ihm eingeschenkt und dann ... Sie hätten mal das Gesicht von diesem Strobel sehen sollen. Der war voll enttäuscht. Richtig entsetzt sogar.«

»Ja und dann?«, fragte Carlos schnell.

»Dann hat mich mein Vater rausgeschickt. Keine Ahnung, was die zwei noch beredet haben.«

»Haben Sie gesehen, dass Strobel das Weingut wieder verlassen hat?«

»Ja klar. Ungefähr zehn Minuten später.«

»Was für einen Eindruck hat er auf Sie gemacht?«

Sie schaute zur Tür, aber sie blieben ungestört. »Also, wenn Sie mich fragen, irgendwie war der durch den Wind.«

»Wie meinen Sie das?«, drängte Carlos.

»Ja, total angespannt irgendwie. So gehetzt. Und gleichzeitig wie ein kleines Kind, verstehen Sie?«

Carlos starrte sie an.

»Ach, ich weiß auch nicht«, sagte sie. »Das hört sich wahrscheinlich ziemlich bescheuert an.«

»Gar nicht. Im Gegenteil. Das ist sehr wichtig. Warum haben Sie das damals nicht auch der Polizei gesagt?«

»Wenn mich jemand gefragt hätte! Aber ich war dann auch weg kurz danach, in Südafrika, für vier Monate auf einem önologischen Lehrgang. Als ich wiederkam, hat mein Vater nicht weiter über die Geschichte mit Strobel gesprochen.«

»Woher wussten Sie dann, dass er verschwunden war?«

»Hat mir einer vom Weingut erzählt. Er heißt Sebastian und hat damals in unserer Rebschule gearbeitet. Der ist jetzt allerdings irgendwo in Kalifornien. Der hat mir erzählt, dass die Polizei hier eine Weile ermittelt hat. Und da ist es mir wieder eingefallen. Schon komisch, dass einer einfach so verschwindet.«

»Wissen Sie, dass dieses Weingut der Ort war, an dem Hans Strobel zum letzten Mal gesehen wurde?«, fragte Carlos.

»Nee. Echt?« Sie zuckte mit den Schultern.

»Haben Sie eine Ahnung, wo er danach hinwollte, hat er irgendetwas angedeutet?«

Sie schüttelte den Kopf.

»Und ihr Vater? Wusste der was?«

Reginas Gesichtsausdruck wurde abfällig. »Mein Vater ist kein Mensch, der sich sehr intensiv mit Leuten beschäftigt, die nicht in seiner unmittelbaren Nähe sind. Wenn man den lassen würde, würde er sich ein Feldbett unten im Keller aufstellen, damit er ständig bei seinem Wein sein kann.«

»Dann würde er aber wohl ersticken. Sauerstoff und so … Sie verstehen?«

»Schon klar.« Sie lächelte. »Na, er ist jedenfalls mehr Kellermeister als irgendwas anderes.« Sie seufzte und fügte in einem leicht wehmütigen Ton hinzu: »Hat nicht mehr viel Zeit, mein Paps.«

Carlos wusste, dass er gerade eine wichtige Information erhalten hatte. Aber er wusste nicht, wie er sie einordnen sollte. Strobel wollte also unbedingt einen Wein probieren, der auf der Europäischen Spitzenweinmesse prämiert worden war. Warum war er dann aber so enttäuscht gewesen? Und warum war er ausgerechnet danach von niemandem mehr gesehen worden?

»Sagen Sie, was kostet denn eine Flasche von diesem besonderen Wein?«

Regina erhob sich und schlenderte hinüber zur Theke. »Sie brauchen nicht unbedingt was kaufen, nur weil wir miteinander geredet haben. Wir sind hier nicht im Bordelais. Hier herrscht kein Kaufzwang.«

»Ich meine es ernst.«

»Na dann.« Sie verschwand durch eine Tür im angrenzenden Raum und kam mit einer schlanken Flasche zurück, der man irgendwie schon von Weitem ihren Preis ansah.

»Eigentlich haben Sie doch mit Wein nichts am Hut. Wieso interessiert Sie das?«, fragte Regina und hielt ihm die Flasche hin, allerdings mit einem gewissen Abstand.

Carlos betrachtete das Etikett. Darauf stand »Paradiesgarten«, was er ein bisschen plakativ fand. »Ich brauche ein Geschenk«, sagte er. Das war nicht einmal gelogen.

»Für eine dieser letzten Einzelflaschen berechnen wir achtundfünfzig Euro im Direktverkauf.« Ihr Ton war sachlich, aber durch ihren gekünstelten Augenaufschlag bekam das Ganze eine spielerische Ironie. »Nach alldem, was ich Ihnen erzählt habe, können Sie sich ja denken, wie begehrt dieses ›Große Gewächs‹ ist, oder?«

Carlos nickte etwas verlegen und kramte seinen Geldbeutel aus der Jackentasche. »Ich hoffe, Sie nehmen auch mehrere kleine Scheine«, versuchte er es nun seinerseits mit einem satirischen Unterton. Er nahm die Flasche und gab ihr die Hand. »Vielen Dank für Ihre Zeit. Ich glaube, Sie haben mir sehr geholfen.«

»Na, wenigstens einer, der glücklich ist«, murrte sie. »Empfehlen Sie uns weiter.«

»Das werde ich«, versprach Carlos, aber er bezweifelte, dass die Leute aus Elwenfels eine solche Empfehlung zu schätzen wussten.

Er öffnete die Tür der Probierstube, als ihm noch etwas einfiel. »Ach, sagen Sie, ich will Ihren Vater ja nicht unnötig stören, aber falls er jetzt gerade hier in der Nähe ist, würde ich gerne mit ihm sprechen.«

Sie sah ihn etwas entnervt an und wedelte mit ihrer Hand in Richtung Hof. »Gucken Sie nur. Vielleicht erwischen Sie ihn noch. Er redet wohl gerade mit dem Bürgermeister wegen unserem hohen Besuch nächste Woche. Da kommt ihm ein Privatdetektiv wahrscheinlich gerade recht.« Wieder dieser ironische Unterton.

»Was für hoher Besuch denn?«

»Nächste Woche kommt der Bundespräsident, aber erzählen Sie das bloß nicht rum. Also, meinem Vater ist das ziemlich egal, und das ganze Remmidemmi mit Fernsehen und allem ist ihm eigentlich zu viel. Der Jochen Roland, der hat ihm das aufs Auge gedrückt, wegen dem Image von Deidesheim und so. Er ist halt immer ein bissel übermotiviert.«

Carlos runzelte die Stirn. »Ist das nicht eine super Werbung für das Weingut, wenn der Bundespräsident kommt?«

Sie zuckte die Achseln, ihr Gesicht blieb ungerührt. »Sollte man meinen, ja.«

Diese Frau war einfach am falschen Ort, dachte er, als er in den Hof trat. Dort herrschte immer noch emsige Betriebsamkeit. Ein Anhänger blockierte die Toreinfahrt und den ganzen Eingangsbereich. Carlos musste um das Fahrzeug herumlaufen, um vorbeizukommen. Er prallte fast mit einem dick ausgefüllten Anzug zusammen, der aus einem seitlichen Durchgang kam, um denselben Weg zu nehmen. Ein Blick auf die gelbschwarze Krawatte, den dunkelblauen Anzug und die energisch-jovialen Gesichtszüge unter dem bieder frisierten Haar genügte, und Carlos wusste, dass er einen Politiker vor sich hatte.

»Entschuldischung vielmals! Da ist aber auch ein Getöse. So geht es halt zu, wenn mir hier bei der Weinlese sin, gell?«, sagte der nun mit erschrocken aufgerissenen Augen. »Was ein Glück, dass mir gut gepolschdert sind hier unten herum, gell?« Der Mann strich sich mit den Händen über seinen ausladenden Bauch und lachte mehrere Dezibel zu laut über seine als Witz gemeinte Selbstbeschreibung.

Carlos lächelte knapp und ließ ihm mit einer kleinen Geste den Vortritt. Obwohl er erst so kurze Zeit mit dem pfälzischen Dialekt konfrontiert war, fiel ihm etwas an der Aussprache des Mannes auf. Jochen Roland versuchte offensichtlich, seine pfälzischen Sprachwurzeln zu unterdrücken, wie einst ein anderer, weitaus berühmterer Politiker aus diesen Breitengraden. Heraus kam eine seltsame Version von Hochdeutsch mit weichgespülter Phonetik, ein Singsang, bei dem die künstlich gespitzte Zunge immer wieder über erfolglos unterdrückte Zischlaute stolperte.

Carlos wollte gerade hinter dem Bürgermeister aus dem Hof laufen, als sein Blick in den Durchgang fiel, aus dem Roland gekommen war. Dahinter lag ein weiterer, kleiner Wirtschaftshof. Und dort standen sich zwei Männer gegenüber. Der eine trug ein ganz ähnliches Hemd wie der Alte auf dem kleinen Traktor, der ihm im Wald begegnet war, und dazu trotz der schattigen Kühle im Hof kurze Hosen und Turnschuhe. Auf den ersten Blick wirkte er jugendlich, doch Carlos sah das grau melierte Haar, das unter seiner Baseballkappe hervorschaute. War das der berühmte Winzer? Er sah tatsächlich wie eine Art Künstler aus, ein bisschen vergeistigt und zerstreut. Als wäre sein Geist, so wie seine Tochter es beschrieben hatte, unten in den Kellergewölben, während sein Körper einem Mann gegenüberstand, der mit aggressiven Kehllauten auf ihn einredete. Der Mann trug eine Latzhose, erdverkrustete Gummistiefel und eine Wollmütze. Sogar auf die Entfernung hörte Carlos, der ein immer feineres Gehör für Sprachfärbungen zu entwickeln schien, dass der andere einen Großteil seines Lebens wohl mit Maultaschen, Kässpätzle und Trollinger verbracht haben musste. Wie eigenartig sich dieses spitze Schwäbisch inmitten der breiten, weichen pfälzischen Sprachlandschaft ausmachte. Der Winzer stand mit hochgezogenen Schultern da, wie ein Kind, das ausgeschimpft wurde, und wünschte sich offensichtlich weit weg. Carlos hörte irgendetwas von einer Abmachung und einem Versprechen, dann wandten beide Männer ihm abrupt den Kopf zu. Carlos hob wie im Reflex seine Hand, die die teure Flasche umklammert hielt, und lächelte Kruse zu. Dieser entspannte sich augenblicklich und rief: »Viel Spaß mit unserem guten Tropfen!« Dann riss er sich förmlich von dem Mann in den Gummistiefeln los und verschwand durch eine Tür, als habe er nur auf die kurze Ablenkung gewartet, um seinem aggressiven Gesprächspartner zu entkommen.

Jetzt wäre die Gelegenheit gewesen, Kruse hinterherzugehen und nach Strobel zu fragen. Und nach diesem ominösen Wein. Aber es war zu spät. Es war wohl auch der falsche Moment. Die Energie des unterdrückten Streits hing fast sichtbar in dem schmalen Durchgang. Der andere Mann schüttelte verärgert den Kopf, ging wortlos an Carlos vorbei und machte sich durch die Toreinfahrt davon. Die Wolke eines aufdringlichen Aftershaves wehte Carlos an. Dieses Gesicht – das hatte er doch schon einmal gesehen.

Er trat ebenfalls hinaus auf die Straße und schaute dem Mann nach, der in einen kleinen, roten Peugeot stieg und mit durchdrehenden Reifen davonfuhr. Der Typ passte in diesen herausgeputzten Weinort wie ein Wildschwein in einen Blumengarten.

Carlos tastete nach seinem Handy in der Innentasche seiner Jacke. Er musste dringend den Akku aufladen. Als er das Mobiltelefon herauszog, fielen die Prospekte, die er gestern im Hotel Rebstöckel eingesteckt hatte, zu Boden. Carlos hob sie auf und schaute sich nach dem nächsten

Mülleimer um. Doch dann sah er etwas, das ihn innehalten ließ.

Schon wieder diese Viecher! »Auf zur Elwetritsche-Jagd!«, stand in altdeutsch gestylten Lettern auf dem Flyer. Eine Familie Schnur aus einem Ortsteil von Deidesheim bot organisierte Touren an, bei denen man die Pfälzer Fabeltiere fangen sollte, bei Nacht im tiefsten Wald auf den Hügelkuppen der Haardt. »Am Ende der erfolgreichen Jagd erhalten alle Teilnehmer den offiziellen Jagdschein ausgehändigt. Tritsch-Tritsch!«, tönte der Werbetext.

Hier wurde also ein Tier gejagt, das es gar nicht geben konnte, weil es der Welt der Sagen und Mythen entstammte. Eigentlich hätte Carlos darüber gerne gelacht. Aber da war auf einmal noch ein anderes bohrendes Gefühl in ihm. Es kam direkt aus seiner Magengrube. In all den Jahren als Ermittler hatte er gelernt, diese Emotion, so abwegig sie manchmal auch schien, nicht gleich abzutun. Das berühmte Bauchgefühl nannte man das wohl. Er hatte diesen Werbeprospekt aus dem Hotel in Forst mitgenommen, in dem Strobel damals abgestiegen war. Der Verschwundene war überall gesucht worden, wo man ihn mit plausiblen Erklärungsmustern vermuten konnte – ohne Erfolg. Vielleicht hatte Carlos mehr Glück, wenn er das absolut Undenkbare annahm. Strobel auf einer Elwetritsche-Jagd? Schwer vorstellbar, aber warum nicht? Carlos sah auf die Uhr. Es war kurz nach halb elf. Der Weg ins Nachbardorf war nicht weit, und er hatte plötzlich das Bedürfnis nach einem Spaziergang durch die Weinberge. Auch wenn Wein in flüssiger Form nicht sein Ding war, als Pflanze, in endlosen Reihen grüner Blätterwände, hatte er durchaus seinen Reiz – auch für einen hanseatischen Biertrinker.

Kapitel 4

In dem ein norddeutscher Ritter eine pfälzische Prinzessin aus den Fängen eines schwäbischen Drachens befreien muss

Auch sein zweiter Besuch im Hotel Rebstöckel brachte ihn nicht weiter. Auf seine Frage, ob Hans Strobel sich für eine Elwetritsche-Jagd interessiert hatte, für die das Hotel sogar Buchungen entgegennahm, schüttelte die Frau, die heute nach frischem Rettich roch, den Kopf. Sie wusste auch nicht, ob Strobel einen Prospekt mitgenommen hatte. Ihr abschließender Satz war so pointiert wie endgültig. »Wenn ich des alles wisse wolle müsst, dann war ich net die Tremmels Marianne aus Forst, sondern die NASA, wissen Sie, wie ich mein?«

»Sie meinen die NSA.« Carlos lächelte.

»Na alla«, lachte sie, »hab ich doch gewusst, dass Sie wissen, wie ich's mein.«

Carlos verließ die Pension und trat hinaus auf das Kopfsteinpflaster der engen Hauptstraße, wo er um ein Haar von einem hupenden Wohnmobil über den Haufen gefahren wurde.

»Hey!«, schrie er erschrocken dem Urlaubsgefährt hinterher und ballte eine Faust. Die ersten beiden Buchstaben auf dem Nummernschild waren leicht zu erkennen: HH. Natürlich. Das musste ja jetzt sein. Ohne eigenen fahrbaren Untersatz allein unter lauter Eingeborenen in der exotischen Fremde – und dann wird man vom erstbesten norddeutschen Landsmann überrollt.

Zwei Häuser weiter setzte sich Carlos in den Garten eines Cafés und bestellte Kuchen und Cola. Ohne Blick für das romantische Ambiente mit Sandsteinmauern und alten Bäumen saß er im Halbschatten der Weinranken und grübelte. Strobel auf Elwetritsche-Jagd. Dieser Gedanke ging ihm nicht mehr aus dem Kopf. Daran hatte bestimmt noch keiner gedacht. Also hatte wahrscheinlich auch keiner diese Familie Schnur vernommen. Andererseits, wären die Veranstalter der Fabeltier-Jagd nicht freiwillig zur Polizei gegangen, wenn dem so wäre? Strobels Bild war damals in allen Zeitungen gewesen. Carlos nahm sein Mobiltelefon zur Hand.

In diesem Moment betraten zwei Männer die Gartenterrasse und setzten sich an einen Tisch. Sie sahen aus wie zwei Typen aus einem schlechten Gangsterfilm. Der eine war derart muskulös und durchtrainiert, dass es wirkte, als würde er unter seinem Shirt Schwimmflügel tragen, dazu Stiernacken und Killerblick. Der andere war klein, untersetzt und düster, mit schwarzen Augenbrauen, die wie Markisen über seinen dunklen Augen hingen. Sie sahen sich auffällig unauffällig unter den Gästen um. Die Bedienung nahm die Bestellung der beiden mit gelassener Professionalität entgegen. Blutiges Rumpsteak ohne Beilagen und zwei Gläser stilles Wasser. Die Männer wirkten unter den Weinranken und Palmwedeln des Cafés vollkommen deplatziert. Schon verrückt, was für merkwürdige Touristen diese Region anzog. Carlos wählte die Nummer. Schon nach dem ersten Klingeln wurde geantwortet.

»Schnur!«, bellte eine laute, scheppernde Stimme, und Carlos zuckte erschrocken zusammen. Sein Mund wollte schon die üblichen Fragen nach Hans Strobel stellen, aber er besann sich anders.

»Hallo, ich habe Interesse an einer Elwen... also diese Jagd, Sie wissen schon, Elwetritsche.« Wie seltsam es sich anfühlte, dieses Wort zu sagen.

»Morgen Abend!«, dröhnte es aus dem Handy. »Ruppertsberg, Treffpunkt Forstgasse vor dem Gemeindehaus. Punkt 21 Uhr. Oder sind Kinder dabei?«

»Äh, nein ...«

»Alla gut. Also um neun. Festes Schuhwerk, wetterfeste Kleidung, Ausdauer und Mut! Alles mitbringe! Teilnahmegebühr zweiundzwanzig Euro. Wer net pünktlich kommt, der bleibt do!«

Es knackte, und Schnur war weg. Dafür steuerte eine jugendliche Bedienung mit Nasenpiercing und tätowierten Lotusblumen auf Dekolleté und Oberarmen seinen Tisch an und stellte Cola und ein Stück Kuchen darauf ab. Die beiden grimmigen Touristen ein paar Tische weiter sahen hungrig herüber.

»Äh, Entschuldigung, ich hatte gedeckten Apfelkuchen bestellt«, sagte Carlos angesichts des dunklen, etwas matschig aussehenden Keils auf seinem Teller.

»Apfelkuche is aus«, informierte ihn das Mädchen trocken.

»Und was ist das hier?«

»Kerscheplotzer.«

»Wie bitte?« Allmählich war Carlos das ständige Nachfragen, die sprachliche Unsicherheit, die er in diesem Landstrich empfand, gründlich leid. Das hier war Deutschland, und trotzdem kam er sich vor wie ein Idiot. Die zwei Männer begannen miteinander zu flüstern. Wahrscheinlich fragten sie sich, was sie wohl anstelle des bestellten Rumpsteaks bekommen würden.

»Kerscheplotzer«, wiederholte das Körperkunstobjekt vor ihm und lächelte auf den Teller herunter. »Probiere Sie's mol. Schmeckt saugut.«

»Sau? Gut, ja? Und wenn ich jetzt Vegetarier wäre?«, platzte es aus Carlos heraus, viel schärfer, als er es wollte. War es wirklich zu viel verlangt, eine genaue Information über etwas zu bekommen, das man nicht bestellt hatte! Zu seinem Erstaunen schien das Mädchen überhaupt nicht getroffen zu sein. Ein kurzes glucksendes Lachen, und schon war er wieder allein am Tisch.

Stell dich nicht so an, du bist hier nicht im burmesischen Dschungel, schalt Carlos sich. Wieso nur fühlte er sich diesen Leuten hier so ausgeliefert? Ihre unbekümmerte Gelassenheit provozierte ihn. Wütend stieß er die Gabel in das unidentifizierbare Kuchenstück, steckte es sich in den Mund – und schloss genießerisch die Augen.

Charlotte Walter war nicht stolz auf die Dummheiten ihres Lebens. Es sollte ja Leute geben, denen ihre Dummheiten heilig waren, die sie als wertvolle Erfahrungen einordneten und sogar dankbar dafür waren. Charlotte fand ein solches Geschwätz zynisch und überzogen. Niemand, der bis zum Hals in der Jauchegrube steckt, wackelt mit dem Kopf und sagt: Hey, ich weiß, das ist jetzt ein bisschen unangenehm, aber im Großen und Ganzen ist das alles eine tolle Erfahrung. In ihren Fingern spürte sie den klobigen Griff der Schere. Spitz und scharf. Vor sich sah sie seinen gebeugten Kopf, die feuchten, wirren Haare und darunter die erdverkrusteten Gummistiefel. Sie hörte dieses missbilligende Schnaufen und konnte sich plötzlich vorstellen, diese Gartenschere in ihrer Hand so zu benutzen, dass das Schnaufen aufhörte – für immer. Das Bild kam mit schockierend drastischer Klarheit ... Charlotte drehte sich hastig um, damit sie etwas anderes sah als seinen gebeugten Körper und die breiten, rauen Hände, die die Trauben abtasteten.

Ihre Weintrauben. Das Vermächtnis ihrer Familie. Winzer seit dreihundert Jahren. Sie ließ den Blick über die tiefgrüne Ebene hinter der Weinstraße schweifen, die schemenhaften Umrisse der Ortschaften im spätsommerlichen Dunst. Das alles hier war nichts weniger als ihr Leben, ihre Seele. Aber sie hatte erlaubt, dass sich ein Eindringling darin breitmachte und dieses Paradies zerstörte. Nein, es war unmöglich, sich vorzustellen, dass sie eines Tages ihren Ehemann, Hartmut Bitterlinger, als bloße Dummheit abhaken konnte, aus der sie wertvolle Erfahrungen für ihr restliches Leben gezogen hatte. Denn dazu war Hartmut Bitterlinger viel zu sehr damit beschäftigt, ihr Leben zu vergiften.

Die Leute aus Elwenfels betrachteten Charlottes Ehe längst mit mildem und manchmal mitleidigem Bedauern. Niemand machte ihr Vorwürfe, dass Hartmut, ein gescheiterter Winzer aus Fellbach bei Stuttgart, es durch die Verbindung mit ihr geschafft hatte, bis ins Herz von Elwenfels vorzustoßen. In das einzige Weingut des Ortes.

Sie hatten sich auf einem Kochkurs in Koblenz kennengelernt, zu dem sie von einer Freundin im Rahmen einer Junggesellinnenparty eingeladen worden war. Und Hartmut war mit dem dortigen Sommelier bekannt, hatte ihn mit seinem eigenen Wein beliefert und bei dem Kochkurs ausgeschenkt. Einen charakterlosen, durchschnittlichen Rivaner, so wie sein Macher ohne jede Raffinesse. Getrunken hatten ihn die kochenden Frauen eigentlich nur, weil er getrunken werden musste. Doch Charlotte hatte den Wein gar nicht so sehr beachtet. Ihr war nur das jungenhafte, leicht abwesende Gesicht des Winzers aufgefallen, der schüchtern und betreten am Buffet gestanden und den

Wein für die ausgelassenen Frauen nachgefüllt hatte. Niemand wusste so richtig, warum sich diese Kochschule ausgerechnet für ihn entschieden hatte. Damals war Bitterlingers Weingut schon so gut wie erledigt, und was er da betrieb, war nichts weiter als die kostensparende Resteverwertung seines uninspirierten Weins.

Warum hatte sie sich damals in ihn verliebt? Charlotte erinnerte sich an die Worte ihrer Schwester Sofie, als sie ihr das erste Mal von Hartmut erzählte. »Beschreib seinen Wein, dann weiß ich, wie er ist!«, hatte Sofie sie aufgefordert, worauf sich Charlotte etwas beschämt herausgewunden hatte, weil sie selbst unangenehm berührt war von der Tatsache, dass der Mann, in den sie sich gerade verliebte, ein derart fades und schlaffes Gebräu zusammenpanschte.

Sofie hatte das gleich als ungutes Zeichen gewertet. »Man sagt das so leicht, dass es auf die Trauben ankommt«, meinte sie. »Dass man unmöglich en gute Wein aus schlechte Traube mache kann, aber des stimmt net. Keine Traube ist so schlecht, dass des Ergebnis mieser schmeckt wie die Traube selbscht. Der Wein is dann vielleicht nix Besonderes, aber die Müh und die Liebe, wo dabei aufgebracht wird, die spürt und schmeckt man immer ein bissel. Des is, was man en ehrliche Wein nennt. Das, was am Wein nicht schmeckt, des is die Abwesenheit von Liebe.«

Hätte sich Charlotte doch nur an die Worte ihrer Schwester gehalten. Sie liebte es, wenn Sofie über Rebensaft sprach. Wein war für sie kein Produkt, sondern ein philosophischer Gegenstand. Sie hatten ihr önologisches Wissen von ihrem Vater und den beiden Großvätern persönlich gelernt, und ihr Weingut war für Elwenfels so etwas wie das Herz, das den ganzen Ort am Leben erhielt. Ehrlicher Wein, mit Liebe gemacht für ehrliche, liebevolle Leute.

Dieses Leben war gut so, wie es war. Bis Hartmut Bitterlinger kam. Kaum waren sie verheiratet, hatte es angefangen mit seinen Verbesserungsvorschlägen, seinen unfertigen Visionen und undurchdachten Ideen. Er mischte sich in alles ein und wollte allem eine neue Richtung geben. Dabei war es Charlottes Verdienst, und der ihrer Schwester, dass der erste Riesling seit Bitterlingers Ankunft in Elwenfels nicht zu einem untrinkbaren Desaster ausgebaut worden war. Mit Schrecken hatten beide festgestellt, dass der Mann offensichtlich außerstande war, einen guten Wein zu produzieren. Er ging derart hastig und oberflächlich an die Sache, dass Charlotte fast in Tränen ausgebrochen war, als sie ihn zum ersten Mal bei der Arbeit gesehen hatte. Wie er die Trauben anfasste! Wie ein Mastbauer ein schlachtreifes Ferkel, ohne Gespür für die Geheimnisse der Pflanze. Ohne Gefühl für die Frucht. Ohne Liebe. Und diese Oberflächlichkeit bestimmte nicht nur seine Arbeit, sondern auch den ganzen Rest.

Niemand im Dorf machte ihr einen Vorwurf, nicht einmal, als Bitterlinger einfach so seinen Namen anstelle ihres alten Familiennamens an der Mauer des Weinguts anbringen ließ. Man blieb geduldig und liebenswert. Und man schien darauf zu warten, dass sie irgendwann aus ihrer Dummheit eine wertvolle Erfahrung machte. Aber wie? Wie sollte sie Hartmut loswerden?

Er hatte ja sonst nichts in seinem Leben als sie und dieses Weingut in Elwenfels. Dabei gefiel es ihm in seiner neuen pfälzischen Heimat nicht mal sonderlich. Sein ganzes Wesen kreiste stets nur um die Pleite in Fellbach und die Besessenheit, aus Charlottes Weingut etwas Großes, Besonderes zu machen, etwas, das sich irgendwann in den Schlagzeilen der großen Weinwelt niederschlug. Das Problem war nur, dass Hartmut ein umgekehrt gepolter Magnet war, der nichts und niemanden anzog, außer dumme junge Frauen ...

Jetzt, da die Weinlese auf Hochtouren lief, war die Situation besonders unerträglich. Hartmut bestand darauf, dass die Trauben im Wingert schon längst hätten geerntet werden sollen. Er sagte ernten, nicht lesen. Er verstand es einfach nicht. Sie waren seit fünf Jahren verheiratet, und bis jetzt war der September jedes Mal der Monat im Jahr gewesen, in dem Charlotte gefährlich nah an der Grenze zu einem Gewaltverbrechen stand. Sie hielt es einfach nicht aus, mit diesem Mann in ihren Weinbergen zu stehen und sich seine altklugen Verbesserungsvorschläge anzuhören, die sie vielleicht akzeptiert hätte, wenn er ein fähiger Winzer gewesen wäre. Verdammt, sie wusste, wie man Wein machte, und es war guter, ehrlicher Wein. Die Elwenfelser liebten ihn und tranken ihn gern. Doch Hartmut schien diese Liebe irgendwie als Makel zu empfinden, dem man unbedingt entkommen musste.

»Guck dir des an!«, jammerte er. »Da isch einfach nicht genug dran. Mir hätte einfach net so viel zurückschneiden sollen, dann hätte mir jetzt mehr Ertrag.«

Charlotte schnaufte.

»Und was bedeutet mehr Ertrag?«, fuhr er unbeirrt fort. »Mehr Masse, mehr Produkt, mehr Cash, mehr Investitionsvolumen.«

Charlotte Walter platzte endgültig der Kragen. »Du machst mich krank!«, schrie sie. »Du bist ... Ich halt das einfach nicht mehr aus mit dir!«

Diese Machtlosigkeit, das war das Schlimmste. Und die Scham, dass sie selbst sich in diese Situation gebracht hatte. Hartmuts verschwitztes Gesicht verschwamm vor ihren Augen, und plötzlich packte er sie an den Schultern und schüttelte sie grob. Charlotte erschrak. Das hatte er noch nie zuvor gemacht. Die Wollmütze, die er in seinen Hosenbund gesteckt hatte, fiel auf den Boden.

»Sei nicht so hysterisch, Frau«, schrie er zurück. »Wann begreifst du endlich, dass wir hier von lauter Hinterwäldlern umgeben sind, die vom richtigen Leben keine Ahnung haben?«

»Und wann begreifst du endlich, dass ich dein ›richtiges Leben‹ nicht will?«

Charlotte war den Tränen nahe. »Niemand will hier was von deinen dummen Vorschlägen wissen!«

»Visionen, Charlotte, Visionen. Ein bissle Vorwärtskommen im Leben, das ist es, was ich will.«

Sie wehrte sich gegen seinen Griff. »Lass mich sofort los, du Idiot!«

»Ich zeig dir, wer hier der Idiot ist, du blöde Gans!« Er schüttelte sie und stieß sie dabei gegen einen der Holzpfähle, an denen die Spanndrähte für die Reben befestigt waren.

In diesem Augenblick erschien direkt vor ihnen eine Gestalt zwischen den Rebenreihen, und Charlotte erschrak. Kein anderer sollte Zeuge dieser hässlichen Szene werden.

Sie erkannte ihn sofort. Es war dieser Typ aus Hamburg, der den verschwundenen Hans Strobel suchte. Sie hatte ihn heute Morgen kurz im Ort gesehen, als er aus der Bäckerei kam. Und die anderen hatten bereits viel von ihm erzählt. Ein humorloses Nordlicht. Ein verbissener Apfelschorle-Trinker. »Einer, wo die Arschbacke so eng zusammenkneift, dass man bloß e Stückel Kohle dazwische lege muss, schon wird en Diamant draus.« So hatte Willi ihn beschrieben. Dabei sah er eigentlich gar nicht so verbissen aus, dachte Charlotte. Zumal dieses Attribut ja eh schon ihr Ehemann für sich gepachtet hatte. Der ließ seine Frau jetzt ruckartig los und stemmte die Fäuste in die Hüften. Er warf ihr einen anklagenden Blick zu und zischte: »Da siehst du, was du von deinem Gekeife hast, blöde Kuh!«

»Wie viele bäuerliche Kosenamen wollen Sie der Dame denn noch an den Kopf werfen, hm?«, fragte der Mann ruhig.

Er hieß Carlos Herb, das wusste Charlotte schon.

»Oder hätten Sie sie als Nächstes geschlagen?«, wollte er wissen.

»Was geht Sie das an? Und was haben Sie hier überhaupt zu schaffen?«, blaffte Hartmut.

»Na, was wohl? Ich rette eine Lady vor dem Angriff eines schwäbischen Drachen.«

Charlotte kicherte überdreht.

Hartmut fauchte: »Runter von meinem Wingert!«

O Gott, wie sie es hasste, wie er Wingert aussprach. Mit seinem kehligen Schwäbisch, das das Ende des Wortes so klingen ließ, als hätte er Halsschmerzen.

»Das ist auch mein Wingert, Hartmut!«, zischte sie und hackte dabei mit der Heckenschere durch die Luft.

»Wie ich sehe, sind Sie wohl durchaus fähig, sich zur Wehr zu setzen, Mylady«, lächelte Carlos sie an.

Seine Stimme war weich und rau zugleich und wirkte zwischen den Reben irgendwie exotisch. Eine Nordlicht-Stimme, die einem hanseatischen Ritter gehörte, der sie Mylady nannte. Also humorlos war er auf keinen Fall, dieser Herb.

»Diese Lady isch meine Ehefrau!«, sagte Hartmut in seinem charakteristischen Tonfall eines Oberlehrers.

»Ach, und das ist der Grund, warum Sie sie so behandeln?«, fragte Herb.

Charlotte sah zum Horizont. Sie zitterte ein bisschen. Ja, es fühlte sich schon gut an, dass da ein Mann kam und sie verteidigte. Aber es war auch alles so verdammt erbärmlich.

Sie ging in die Hocke und schlüpfte unter den schwer mit Trauben behangenen Reben hindurch in die nächste Reihe.

»Ich fahre, mir reicht's!«, verkündete sie.

»Des geht net, wir ham noch so viel zu schaffe hier. Hallo! Es isch Weinernte!«, kam es mit weinerlicher Dringlichkeit von Hartmut.

»Lese!«, schrie Charlotte. »Es heißt Wein*lese*! Und wenn du dir das nicht merken kannst, dann solltest du deine Sachen packen und dahin zurückgehen, wo du hergekommen bist!« Wütend marschierte sie davon. Dann hielt sie kurz noch einmal inne, drehte sich um, begegnete Hartmuts stumpfem Blick über den Weinblättern und sagte so ruhig wie möglich: »Wir lesen frühestens in vier Tagen. Guck dir den Wetterbericht an! Und wenn dir das alles nicht passt, dann geh und kauf dich doch bei deinem Kumpel Thomas ein.« Damit drehte sie sich um und stapfte die Rebzeile entlang, bis sie außer Sichtweite war.

Ihre triumphale Erleichterung fühlte sich albern an. Sie hörte noch, wie Carlos Herb sagte: »Meine Frau konnte mich zum Schluss auch nicht mehr leiden. Aber sie hat mich nie dazu gebracht, sie mit Tiernamen anzuschnautzen. Vielleicht hätte ich es mal damit versuchen sollen.« Gegen ihren Willen musste Charlotte schmunzeln.

Ihr kleiner Peugeot parkte schief in einer Ackerfurche am Rand des Weges. Als sie die Fahrertür aufschloss, tauchte Carlos Herb neben ihr auf.

»Nehmen Sie mich mit? Ich möchte nach Elwenfels.«

»So einen edlen Drachenbezwinger kann ich ja wohl kaum auf dem Schlachtfeld stehen lassen«, sagte sie flapsig und setzte sich hinters Steuer. »Tut mir leid, dass Sie das mit ansehen mussten!« Sie ließ den Motor an und rangierte den Wagen ruppig aus dem Gelände.

Carlos schüttelte den Kopf. »Und mir tut es leid, dass ich

überhaupt eingreifen musste. Aber streng genommen kam das wohl Ihrem Mann zugute? Sonst würde die Heckenschere jetzt vielleicht woanders stecken als in ihrer Hosentasche, oder?«

Charlotte lachte. Es war jetzt schon das dritte Mal innerhalb weniger Minuten, dass dieser Mann sie zum Lachen brachte. Sie warf ihm einen Seitenblick zu. Carlos Herb war zu groß, um in ihrem Auto eine gute Figur abzugeben. Er saß ziemlich zusammengefaltet auf dem Beifahrersitz. Seine breiten Schultern berührten beinahe ihre, und sie fing einen Geruch nach Minze und Gras auf, der ihr gut gefiel.

»So abwegig ist das gar nicht. Manchmal träume ich davon, ihn einfach abzustechen, so regt er mich auf!« Sie nahm schwungvoll eine scharfe Kurve. »Er macht einfach alles kaputt!«, stieß Charlotte hervor und fragte sich gleichzeitig, warum in aller Welt sie einem Wildfremden das überhaupt erzählte. Aber dieser Carlos hatte etwas an sich, das einem irgendwie die Zunge lockerte.

»Wie meinen Sie das?«, fragte er. »Was macht er kaputt?«

»Na, alles einfach! Das Weingut! Unseren Ort, wenn wir nicht aufpassen. Und mich ... Der hat mich doch nur geheiratet wegen dem Weingut. Das weiß ich jetzt. Davor hatte er selbst eins, in der Nähe von Stuttgart. Damit ist er in Konkurs gegangen. Weil er weder rechnen noch kalkulieren kann, und vor allem, weil er ganz einfach ein mieser Winzer ist.«

Es war schrecklich und wohltuend zugleich, die harten Fakten auszusprechen. Auch wenn sie nicht genau wusste, ob diese Fakten nicht viel mehr über sie und ihre naive Gutgläubigkeit aussagten als über Hartmut Bitterlinger.

»Aber Sie sind keine miese Winzerin«, sagte Carlos Herb und wandte ihr das Gesicht zu.

Sie nahm wieder eine scharfe Kurve, und die Reifen quietschten wie bei einer Verfolgungsjagd. Dann sah sie ihn ebenfalls an. Ein alternder Bub im Manne, dachte sie. Er war wahrscheinlich nicht viel älter als vierzig, sah aber aus wie neunundfünfzig. Und im nächsten Moment wie neunzehn. Ein Mann mit Tiefe, dachte sie, und mit Untiefen. Sie sah es an den Falten; neben seinen Augen waren welche, die wie Strahlen zur Seite führten. Das waren gute Falten. Vom Lachen und der Sonne. Und dann gab es noch einige tiefe Linien, die in steilem Winkel nach unten führten. Das waren die traurigen, die bösen Überraschungen des Lebens ...

»Ich liebe meinen Beruf«, versicherte sie. »Ich hab das von Kind an gelernt. Das Weingut gibt es seit dreihundert Jahren. Okay, unser Riesling ist jetzt nicht der Weltbeste ...«

»Die Leute aus ihrem Ort scheinen ihn zu mögen«, sagte Carlos, »so sehr sogar, dass sie ihn aus Blumenvasen trinken.«

»Na, Sie kennen sich ja inzwischen mit den Sitten und Gebräuchen der Eingeborenen hier bestens aus, Siegfried Drachentöter.«

»Ja, wir fahrenden Ritter lernen schnell.«

Charlotte war auf einmal wieder ernst. »Auf jeden Fall will ich nicht mehr als das, was ich hier habe. Das Weingut war immer für den Ort da. Und umgekehrt. Und da kommt dieser Schwachkopf und meint, alles umkrempeln zu müssen!«

»Er ist eben ehrgeizig.«

»Ja, aber doch nicht auf meine ... auf unsere Kosten!« Sie nahm eine weitere Kurve auf dem engen Feldweg und schlitterte dabei nur haarscharf an einem Baum vorbei.

Carlos hielt die Luft an.

»Er will alles modernisieren«, schimpfte sie weiter. »Er

hat sich ein neues Konzept ausgedacht. Er findet, dass wir den Wein zu billig verkaufen und auch zu viel davon verschenken. Wissen Sie, was die Elsbeth aus der Wirtschaft mir verzählt, wenn der Riesling plötzlich teurer wird? Und dann will er den Wingert umwidmen.«

»Was will er?«

»Umwidmen«, sagte sie zerstreut. »Er will die alten Reben rausreißen und neue pflanzen. Dornfelder. Rotwein. Können Sie sich das vorstellen? Dafür ist die Lage hier gar nicht geeignet. Unsere Reben hier sind uralt, den Wingert gibt's schon seit ... ich weiß nicht wann! Bevor ich das zulasse, da pflanz ich lieber Baumwolle oder Mais an.«

Carlos stieß ein kurzes Lachen aus.

»Es ist einfach alles ein großes Missverständnis. Und dann diese schwachsinnige Idee mit der Spätlese!«

»Spätlese?«

»Ja. Seit er so gut mit dem Kruse befreundet ist, hat er diese blöden Ideen und will hoch hinaus. Fährt alle paar Monate auf irgendwelche Weinmessen. Was soll unser Elwenfels-Riesling auf ner Weinmesse? Und dann will er demnächst eine Webseite einrichten, mit Online-Shop. Mein Weingut ist dreihundert Jahre lang ohne Webseite ausgekommen. Was sollen wir mit einem Shop, wo doch alles von unseren Leuten hier getrunken wird?«

Carlos Herb sagte nichts, aber sie hatte den Eindruck, dass ihm auf ihre letzte Bemerkung einige witzige Erwiderungen eingefallen wären. Charlotte hörte ihre eigenen Worte im engen Wageninneren nachklingen. Wenn sie doch mit Hartmut nur keinen Ehevertrag abgeschlossen hätte, der ihm im Falle einer Scheidung die Hälfte des Weinguts zusicherte, oder zumindest den finanziellen Gegenwert.

»Das Ganze ist einfach peinlich«, sagte sie dann.

»Ist doch kein Problem. Ich bin da völlig schmerzfrei.«

»Ich meine nicht Sie. Ich meine unsere Leute im Ort. Alle haben ihn damals so freundlich aufgenommen. Aber seit er hier den Chef markieren will, ignorieren sie ihn einfach.«

»Geht das auch gegen Sie?«, fragte Carlos.

Sie schüttelte den Kopf. »Ich bin ein Elwenfelser Mädel. Mir halte hier zusamme.« Dann schwieg sie.

Es fühlte sich gut an, mit diesem Mann durch den Wald zu fahren. Ihr gefiel diese Ruhe, die er ausstrahlte, der komplette Kontrast zur Verbissenheit und Ungeduld ihres Ehemannes und zu ihrer eigenen Fahrigkeit in letzter Zeit. Dieser Carlos Herb war ein so guter Zuhörer, dass sie sich nach dem Öffnen all ihrer Ventile auf einmal richtig gut fühlte. Ein Blind Date mit einem Spontan-Psychiater aus Hamburg. Unfassbar! Sie schaute zu ihm hinüber. Er saß da wie ein zerknülltes Stück Packpapier und blickte aus dem Fenster, als genieße er jeden einzelnen der vorüberziehenden Bäume da draußen.

»Haben Sie schon immer in Elwenfels gelebt?«, fragte er, ohne seine Blickrichtung zu ändern.

»Kumm jetzt! Hör auf, mich zu siezen«, sagte sie. »Des is doch voll affig. Bei uns in Elwenfels gibt's kein Sie. Nur du. Schon immer war das so. So wie ich schon immer in Elwenfels gewesen bin.«

»Nie Lust gehabt, mal woanders zu sein?«

»Warum soll ich denn woanders hin? Hier hab ich doch alles, was ich brauche«, sagte sie und zuckte innerlich zusammen, weil das so offensichtlich falsch war. »Hier hab ich sogar einiges, das ich nicht brauche«, fügte sie mit bitterem Unterton hinzu, bevor sie mit Schwung die letzte Kurve vor dem Ortsschild nahm.

Und da war er wieder. Der kleine Traktor. Mit Erwin am

Steuer. Es war Tage her, dass sie ihn gesehen hatte. Ein breites Grinsen legte sich über ihr Gesicht. Wie wunderbar, dass Elwenfels so einen hatte wie ihn. Sie liebte diesen Anblick, seine aufrechte Gestalt auf dem Traktorsitz, der löchrige Sonnenhut und die breiten Hände am Lenkrad ließen sie an ihre Kindheit denken. Er flößte ihr ein tiefes Vertrauen ein.

»Mach das Fenster runter, hopp!«, forderte Charlotte Carlos auf und fuhr vorsichtig neben den kleinen Traktor.

Der kurbelte die Scheibe herunter.

»Jo, Erwin!«, schrie sie und beugte sich über Carlos zum Beifahrerfenster hinüber.

»Jo, mei Mädel, und?«, rief der Mann zurück und bremste sein Gefährt. »Und de Karl is auch dabei«, sagte er zu Carlos. »Was macht die Suche?«

»Die Suche nach was?«, erwiderte Carlos Herb. Seine Stimme klang misstrauisch.

»Ah, die Suche halt. Gibt doch sowieso nur eine, odder?«, erwiderte Erwin und blinzelte in die Sonne. Irrte Carlos sich, oder bediente der alte Mann sich einer bewusst orakelhaften Sprache?

»Ich freu mich so arg, dich zu sehe«, sagte Charlotte. »Endlich mol en normale Mensch!«

Er lachte. »Was für die eine die Normale, sind für die annere die Verrückte.«

»Jo, des stimmt«, nickte Charlotte. »Ich wär froh, die Welt wär ein bissel verrückter.«

»Es kummt, wie's kummt«, sagte der Alte. Obwohl Charlotte wusste, wie der Spruch nun weiterging, freute sie sich auf die Pointe. »Und wenn's net kummt, dann kummt's halt anderschder.«

»Ja, ich weiß Erwin. Danke. Ich versuch mich nicht so aufzuregen, aber es ist echt hart.«

»De Krieg war schlimmer«, sagte er lachend und hob dabei mit wunderbar altmodischer Geste seinen Hut. Dann rumpelte der Traktor über die Brücke und verschwand hinter den ersten Häusern.

Charlotte lehnte sich zurück und sah Carlos an. Es war unübersehbar, dass ein Fahrrad fahrender Goldfisch ihn weniger verwirrt hätte als Erwin auf seinem Uralt-Traktor.

»Ich bin diesem Erwin auch schon mal begegnet«, sagte Carlos. »Er scheint viel zu tun zu haben. Dabei ist er wohl nicht mehr der Jüngste, oder?«

»Das kann man wohl sagen.«

»Warum setzt er sich nicht zur Ruhe? Ist das nicht unglaublich anstrengend für einen alten Mann, noch so viel zu arbeiten?«

»Sieht der Erwin etwa angestrengt aus?«, gab sie zurück.

»Nee. Eigentlich nicht. Eher total entspannt. Arbeitet er für Ihr ... für dein Weingut?«

»Offensichtlich.« Charlotte musste ihm diese einsilbige Antwort geben. Was hätte sie Carlos auch erzählen können? Er hätte es ja doch nicht verstanden. »Wo kann ich dich absetzen?«, fragte sie.

»Ich habe da vorhin ein Haus gesehen, rechts hinter dem Platz«, sagte er. »Wusste gar nicht, dass ihr hier ein Bed and Breakfast habt.«

»Ein was?«

»Ein B & B. Das steht doch draußen an der Fassade.«

»Ach so, nein.« Sie lachte. »Das B & B steht für Brigitte und Berthold. Die haben eine Pension. Aber Frühstück gibt's da auch.«

»Na, ist doch bestens.«

»Tut mir übrigens leid, dass ich dich so zugebabbelt hab mit meiner schlechten Laune.«

»Kein Problem, ich höre gerne zu. Und ich erkenne den

feinen Unterschied zwischen schlechter Laune und innerer Reinigung ganz gut.«

»Vielen Dank jedenfalls. Und wir sehn uns später bestimmt noch mal beim Weinfest, oder?«

»Wo?« Carlos' Augenbrauen hüpften bei diesem Reizwort automatisch hoch bis zu seinem Haaransatz.

Anstelle einer Antwort deutete Charlotte auf den Platz, wo gerade ein paar Männer lange Tische, Bänke und Zeltstangen aus dem Rathaus trugen.

Carlos' Lächeln schien etwas bemüht: »Ja, mal sehen.«

Sie sah ihm nach, wie er über den Platz lief. Auf seine Art sah er ganz gut aus. Ein bisschen abgerockt vielleicht. Aber auch irgendwie stilvoll. Ein interessanter Mann. Wie hätte sie Willi erklären sollen, dass es dieser angeblich so steife Hanseat mit der Kohle zwischen den Hinterbacken schaffte wie kein Zweiter, sie zum Lachen zu bringen? Beim Gedanken daran machte ihr Zwerchfell schon wieder einen Hüpfer.

Carlos bog in die schmale Gasse, wo er heute Morgen das B-&-B-Schild gesehen hatte. In der linken Häuserreihe entdeckte er die Werkstatt von Otto, der eigentlich seinen Audi wieder zum Laufen bringen sollte, jetzt aber gerade auf irgendeinem Oldtimer-Treffen war, wie Andi ihm auf der Fahrt nach Deidesheim erzählt hatte. Das Tor zum Hof war geöffnet, und Carlos sah darin ein heilloses Durcheinander aus alten Karosseriehälften, Reifen, Werkzeugen und in ihre Einzelteile zerlegten Motoren. Über allem ein schmierig-staubiger Film. Er bezweifelte, dass Otto über die nötigen Mittel und Fähigkeiten verfügte, um seinen Wagen wieder flottzumachen. Er könnte beim ADAC anrufen und sich zu einer Vertragswerkstatt schleppen lassen, aber irgendwie war ihm dieser Aufwand peinlich, wo er doch ohnehin eine Weile hierbleiben würde und die Dorfbewohner so hilfsbereit waren. Irgendeiner würde ihn immer mitnehmen. Vielleicht sollte er Otto mal direkt fragen, wie es mit seinen Kenntnissen über moderne Automobile stand. Zu dumm, dass er gerade nicht da war.

Carlos ging in den Hof und sah sich ein wenig um. Niemand hinderte ihn daran. Der Hof führte auf der Hinterseite in eine große Garagenhalle ohne Tor. Carlos wollte seinen Augen nicht trauen: Hier stand ein alter, knallroter Doppeldeckerbus aus London, der im Gegensatz zum Rest der Werkstatt auf Hochglanz poliert war. Otto hatte wohl eine Schwäche für das nostalgische Gefährt. Aber was machte er damit? Carlos sah sich weiter um und warf einen Blick durch das schmierige hohe Fenster ins Werkstattinnere. Er schirmte die Augen mit der Hand ab und versuchte, zwischen den Metallverstrebungen etwas zu erkennen. Auf einer Hebebühne wartete ein uralter Pick-up auf Zuwendung, auf den großen Tischen türmten sich Motorenteile und öliges Werkzeug. Alles machte einen sehr schmutzigen und fast schon musealen Eindruck. Carlos wollte sich gerade wieder abwenden, da sah er etwas, das ihn erstarren ließ. Ein einziger Sonnenstrahl, der es schaffte, durch die trübe Scheibe ins Innere der Werkstatt zu gelangen, ließ einen kleinen Gegenstand auf der Werkbank unterhalb des Fensters aufblitzen. Zwischen einer Kiste mit Schraubenschlüsseln und einem rußigen Auspuffrohr lag eine lang gestreckte Kühlerfigur. Ihre silberne Oberfläche war auf Hochglanz poliert. Bereit zum Sprung. Ein Jaguar. Carlos warf einen Blick über die Schulter auf den Hof und hinaus auf die Gasse. Niemand war zu sehen. Er holte sein Handy hervor und wählte widerwillig die Nummer von Nadine Strobel.

»Natürlich habe ich den Jaguar von Hans nach Hamburg

überführen lassen!«, gab sie ihm mit blasierter Stimme Auskunft. »Wieso ist das denn jetzt auf einmal wichtig?«

»Alles ist wichtig, Frau Strobel, alles! Das wissen Sie doch«, sagte er gelassen.

»Diese Proleten haben die Kühlerfigur abgerissen«, schnaubte sie. »Inzwischen habe ich sie bereits ersetzen lassen. Fragen Sie nicht, was das gekostet hat. Aber ich könnte mit dem Wagen ja gar nicht mehr fahren ohne die Figur. Da würde ja jeder denken, dass ...«

»Alles klar, danke für die Info«, sagte Carlos schnell und drückte das Gespräch weg. Er schaltete die Kamera des Smartphones ein und fotografierte durch die Scheibe den Jaguar auf der chaotischen Werkbank.

Das B & B von Elwenfels, die Pension von Brigitte und Berthold, entpuppte sich als ein Zimmer im Dachgeschoss eines kleinen Sandsteinhauses. Unter der niedrigen Dachschräge stand ein altes Bauernbett mit gestärkter weißer Bettwäsche. Es roch nach warmem Holz und getrockneten Blumen, die die Hausherrin in Sträußchen im ganzen Zimmer verteilt hatte. Carlos Stauballergie meldete sich augenblicklich als Kitzeln in der Nase.

Brigitte war eine drahtige Frau Ende vierzig, mit hellrotem Haar und einem offenen, strahlenden Gesicht. Um den Hals trug sie einen goldenen Anhänger mit einem Mini-Dubbeglas. Dann wurde des Pfälzers liebstes Trinkgefäß also auch von Goldschmieden verarbeitet.

»Zum Sauge hab ich keine Zeit mehr gehabt!«, zuckte sie die Schultern.

»Kein Problem«, sagte Carlos und nieste zum dritten Mal innerhalb einer halben Minute.

»Ou! Ham Sie sich verkältet drauße im Wald, hä? Naja, jetzt ham Sie jo ein schönes warmes Bett, gell!«

Die ausladende Mütterlichkeit seiner Gastgeberin wäre

ihm normalerweise auf die Nerven gegangen, aber irgendwie tat sie ihm gut. »Wunderbar, vielen Dank, bestens«, sagte er. »Frau ... ah ... Brigitte, können Sie mir vielleicht sagen, wo es hier im Dorf jemanden mit Internetanschluss gibt?«

»Ah jo, do geh mir am beste zum Sascha rüber. Der is on-geleint.«

Eine Viertelstunde später saß Carlos im Zimmer eines Jugendlichen, der gerade auf Klassenfahrt war. Brigittes Schwager, der Vater des Jungen, hatte ihn wie ein Familienmitglied ins Haus gelassen. Carlos wollte erklären, wie wichtig es sei, dass er im Internet einen bestimmten Sachverhalt recherchierte, aber das interessierte ihn gar nicht.

»Mach nur! Wenn's wichtig is, is es halt wichtig, gell?«, sagte er nur.

Diese Gastfreundschaft, diese offene, unkomplizierte Direktheit war schon irgendwie programmatisch in diesem Elwenfels.

Normalerweise hütete Carlos seine Distanz zu Menschen wie einen Schatz, sein alter Beruf hatte ihm keine andere Wahl gelassen. Aber die Dorfbewohner hier tickten anders. Sie ließen ihm gar keine Gelegenheit zur Distanz. Auch untereinander pflegten sie diese Unverblümtheit. Dazu kam, dass anscheinend jeder hier ein Repertoire von Sprüchen parat hielt, mit dem man jede alltägliche Konversation zu einem komödiantischen Wortwechsel oder in einen volksphilosphischen Dialog umwandeln konnte. So einer Gemeinschaft war Carlos bisher nie begegnet, und er gab ungern zu, dass er es auf seine Art genoss.

Brigittes Schwager stellte Carlos einen Teller mit Käsebroten auf den kleinen Schreibtisch, und wenig später, als Carlos sich über die unglaublich langsame Verbindung ins

Netz einloggte, stand plötzlich auch noch die unvermeidliche Weinschorle im Dubbeglas daneben.

»Do. Damit is des vielleicht besser zu verkrafte, was man do aufm Computer vom Sascha alles so find.«

»Wie meinen Sie das?«, fragte Carlos irritiert.

Der Mann winkte ab und schüttelte gutmütig den Kopf. »Ach, nur so. In dem Alter gucke doch all gern nackische Mädels an, odder? Also net nur in dem Alter, gell?« Er lachte.

»Ja, da haben Sie wohl recht«, sagte Carlos. »Wie alt ist Ihr Sohn denn?«

»Sechzehn. Gonz gfährlisches Alter. Wenn Sie so was finde, ich wills net wisse. Ich hab genug zu schaffe mit meiner Waltraut, wenn Sie wissen, wie ich mään.« Mit einem Augenzwinkern verließ der Mann den Raum.

Carlos sah sich um. Eine gewisse fetischistische Neigung war dem Jungen wirklich nicht abzusprechen. Das Zimmer war dominiert von einer Farbe: Rot. Carlos kannte den Verein nicht, dem in diesem Jugendzimmer ein Schrein gebaut worden war, aber wahrscheinlich war es irgendein unbedeutender Drittligist. Welchen großen Club konnte es hier in der pfälzischen Provinz schon geben? Carlos fiel keiner ein. Ohnehin hatte er vom Fußball so viel Ahnung wie vom Kinderkriegen und auch kein Interesse daran. Auch die beiden gegensätzlichen Hamburger Vereine ließen ihn völlig kalt. Sascha hatte die Wand über seinem schmalen Bett mit einer gigantischen roten Fahne verhängt, auf der das Gesicht eines triumphierend grinsenden Comic-Teufels abgebildet war. Im Zimmer herrschte Zwielicht, und das lag an einer weiteren Fahne, die vor dem Fenster die Aufgabe eines Vorhangs übernahm. *1. FCK* stand dort auf rotem Hintergrund. In diesem Zimmer war wirklich alles rot. Die Bettwäsche, die Poster an der Wand, sogar die Deckenlampe und der Teppichboden. Die Wand hinter dem Computer war tapeziert mit Eintrittskarten zu den Heimspielen.

In einem merkwürdigen Kontrast dazu stand das Bücherregal, das für einen Sechzehnjährigen erstaunlich unjugendlich bestückt war. Lexikonbände und Sachbücher über deutsche Geschichte vom Mittelalter bis ins zwanzigste Jahrhundert und alle möglichen anderen historischen Themen. Warum nicht. Er hatte sich als Jugendlicher auch für die Vergangenheit begeistert.

Carlos biss in sein Käsebrot und gab das Wort »Bitterlinger« in die Suchmaschine ein. Charlotte Bitterlinger hatte von einer Webseite gesprochen. Er fand im Netz die geschützte Domain »Weingut Bitterlinger«, darauf aber nur einen Hinweis mit der Information, dass hier demnächst eine neue Internetpräsenz entstehe. Er suchte weiter mit dem Namen »Kruse« und gab als zusätzlichen Suchbegriff »European Wine Trophy« ein. Die Seite baute sich quälend langsam auf. Carlos nahm einen tiefen Schluck von der Weinschorle. Und gleich noch einen. Ihm war irgendwie entfallen, dass er keinen Wein mochte. Die Elwenfelser hatten ihn desensibilisiert.

Es gab einen Link zu einem deutschen Weinmagazin, das über die großen Weinmessen in Europa berichtete. Die Überschrift über dem Artikel lautete: *Ein geheimnisvoller Sieger ohne Namen*. Darunter war ein Bild, das offensichtlich die Jury zeigte, Leute mit Kennerblick und wichtigem Gesichtsausdruck. Doch wer war das daneben, im Hintergrund? Carlos zoomte das Bild groß und brauchte einen weiteren Schluck. Er konnte nicht glauben, was er da sah. Am rechten hinteren Bildrand entdeckte er den Mann, der seit einem Jahr spurlos verschwunden war. Er trug einen edlen Anzug, der über Brust und Bauch ziemlich spannte, und stand neben einer geschäftig aussehenden, attraktiven Frau mit Headset und iPad. Das war Strobels persönliche Assistentin. Strobel sah ein wenig verloren aus, etwas orientierungslos und müde. Wenn der Karrieremann von diesem Foto gewusst hätte, hätte er alle Hebel in Bewegung gesetzt, dass es für immer aus dem Netz verschwand. Es zeigte ihn von einer Seite, die es offiziell nicht geben durfte, weil sie suggerierte, dass Strobel ein normaler Mensch war. Ein Mann mit Schwächen. Dieser müde, introvertierte Blick passte nicht zu dem Image, das Strobel von sich verbreitete. Ein Genussmensch, aber immer agil, diszipliniert und umtriebig. Erfolgsorientiert bis zum Äußersten.

Dass Hans Strobel auf einem Foto über eine Messe, die er organisierte, nicht fehlen durfte, war nicht weiter verwunderlich. Dass aber noch ein anderer Mann auf dem gleichen Bild auftauchte, machte Carlos stutzig. Ganz in der Nähe Strobels, und gerade noch hinter der Reihe der Jurymitglieder zu erkennen, stand der Winzer, der seine Ehefrau so gerne mit tierischen Kosenamen anbrüllte. Hartmut Bitterlinger war gut zu erkennen. Sein Blick war alles andere als müde. Trotz einer leichten Unschärfe sah Carlos ganz deutlich den verbissenen Gesichtsausdruck des Dorfwinzers. Dann war Bitterlinger also vergangenes Jahr in München gewesen. Wahrscheinlich zusammen mit Kruse. Carlos nahm sich den Artikel vor.

Ein geheimnisvoller Sieger ohne Namen

Mit dem Sieger der diesjährigen »European Wine Trophy« ist es so eine Sache. Man kennt ja das Märchenmotiv, in dem der Prinz einem sagenhaft schönen, aber leider unbekannten Mädchen begegnet und – betört von ihren überirdischen Reizen – nichts anderes mehr tun kann, als sie in den Weiten der Welt zu suchen.

So ungefähr dürfte es denen ergangen sein, die dieses Jahr in München den Siegerwein probieren durften. Viele waren es nicht, denn von der Riesling Spätlese aus Rheinland-Pfalz, die ein unglaubliches Ergebnis von 100 Punkten erzielte, waren nur drei Flaschen am Start. Und das ist ein Grund mehr, sich zu wundern. Während der Blindverkostung der internationalen Jury sind die Flaschen nur mit einer Nummer versehen. Erst später, wenn die einzelnen Punkte bekannt gegeben werden, bekommen die namenlosen Weine ein Gesicht, oder, wie in unserem Fall, ein Etikett.

Doch was tun, wenn ausgerechnet der viel gepriesene Siegerwein aus einem Weingut stammt, das zufälligerweise keine weiteren Flaschen mit zur Messe gebracht hat? Zugegeben, es zeugt von angenehmer Bescheidenheit, wenn ein Winzer nach der Auszeichnung mit einer Goldmedaille stammelnd zugibt, er wisse überhaupt nicht, wie das alles zustande komme. Und dieser Winzer ist im Gegensatz zu seinem Wein kein Unbekannter: Thomas Kruse aus Deidesheim ist absolut marktführend in Sachen deutscher Riesling. Sein Weingut wird seit Jahrzehnten mit Preisen und Medaillen überhäuft, der große internationale Weinpreis »Mundus vini« prämierte Kruses Sauvignon Blanc und seine Riesling Spätlese seit 2003 regelmäßig mit »Gold«.

Es ist allerdings das erste Mal in der Geschichte der »European Wine Trophy«, dass ein Wein ganze 100 Punkte, also »Großes Gold« erzielt. Auf Nachfragen antwortete Kruse, dass dieser Wein ein Experiment sei, eine absolute Weltneuheit. Er werde weiter an dem neuen Ansatz arbeiten, zu dem der Spitzenwinzer allerdings keinerlei weitere Angaben machte. »Ich bin eben ein ehrgeiziger Mann und denke schon an den zweiten Schritt«, wurde der Winzer von Journalisten zitiert. Anstatt Stolz zu sein, zeigte Kruse sich eher ausweichend und verlegen.

Was die Beurteilung des Siegerweins betrifft, so sollen hier drei ausgewählte Stimmen sprechen. Rudolf Glemm, österreichischer Degustationsspezialist, meint: »Dieser Wein ist so gut, dass einem die Tränen kommen. Ich war fast empört, als ich dieses magische Zusammenspiel von gelber Kräuterwürze, getrockneten Zitrusfrüchten, Silber und Heu an meinem Gaumen spürte, es war zum Verrücktwerden. Ich bereue, dass ich diesen einen Schluck ausgespuckt habe.«

Maurice Fruchaud, seines Zeichens Experte der *Union Internationale des Oenologues* (UIOE), sagte: »Das Aromaprofil dieser Spätlese ist einzigartig. Die Komplexität allein in der Nase war geradezu betörend. Der Geschmack besticht durch eine florale Aromenvielfalt, die ihresgleichen sucht.

Ein feines Gerüst aus urig-mineralischem Stoff, umschmeichelt von sonnengereiften Stachelbeeren, Honig und Pfirsich, mit einem unendlich langen, druckvollen und gleichzeitig verspielten Abgang.«

Ganz für sich selbst sprach Weinpapst Robert Parker, dessen Urteil sich gut auf dem Etikett gemacht hätte, wenn es denn eins geben würde: »Ich kann nicht fassen, dass dieser Wein nicht auf kalifornischem Boden gewachsen ist. Ein unglaublicher Tropfen.«
Alles, was wir nun über das »Große Gold« aus der Pfalz wissen, ist, dass er von den sonnenverwöhnten Lagen der Haardt kommt und wohl ein einzigartiges Experiment bleiben wird. Was dem so hochgepriesenen Wunderwein leider einen bitteren Nachgeschmack verleiht.

Carlos lehnte sich auf dem schmalen Schreibtischstuhl zurück, der mit einem gequälten Quietschen reagierte. In seinem Kopf rauschte es. Hier war die Erklärung, was Hans Strobel nach Deidesheim geführt hatte. Und warum Thomas Kruse seine Flaschen anders etikettiert hatte. Und warum Strobel so enttäuscht war, nachdem er den Tropfen probiert hatte. Aber war das ein Grund zu verschwinden? Oder jemanden verschwinden zu lassen?

Aus alter Gewohnheit löschte er den Verlauf seiner Internetsuche, fuhr den Computer wieder herunter und wollte gerade aufstehen, als er an einem kleinen Wandvorsprung etwas entdeckte: Ein langes Lederband baumelte an einem Nagel von der Wand. Und daran hing – eine lange rostrote Feder mit weißen Punkten.

Kapitel 5

Wie Carlos die Kinnlade nach unten klappt, seine Zunge gelöst wird und er am Ende zur Flasche greift

Den Rest des Nachmittags verbrachte Carlos auf einem Liegestuhl im Garten der Pension, auf der er nach wenigen Minuten einnickte. Als er aufwachte, lag eine Wolldecke auf seinen Knien. Hier draußen war es jetzt dämmrig und kühl. Sein Magen verlangte nach etwas anderem als Kirschkuchen und Käsebroten. Widerwillig freundete er sich mit dem Gedanken an, dass heute Abend wohl zum zweiten Mal innerhalb weniger Tage ein Weinfest auf dem Programm stand. Aber der Hunger war stärker als alle ethnologischen Bedenken.

Er duschte, zog sich frische Sachen an und machte sich auf den kurzen Weg zum Dorfplatz. Zumindest würde er dort Charlotte wiedersehen, was ihn ein wenig aufheiterte. Auch der Gedanke an einen weiteren Teller der fantastischen Bratkartoffeln mit Quark trieb ihn voran.

Schon von Weitem hörte man die Geräuschkulisse. Der Dorfplatz bot nun ein ganz anderes Bild als am Abend zuvor. Lange Bänke und Tische, Dutzende gläserner Blumenvasen mit Menschen, die sie fest umklammert hielten. Frauen trugen große Platten und Schüsseln aus dem Hof der Weinstube, über dem Platz vermischten sich die köstlichsten Küchendüfte. Eine vierköpfige Kapelle aus Akkordeon, Geige, Bass und Saxofon spielte *Mein kleiner grüner Kaktus*. Die Melodie wurde jedoch lautstark übertönt, denn an vielen Tischen hatte man einen anderen Musikwunsch und sang aus vollem Hals »Ja so en gute Paizwoi, der laaft em in de Hals nei ...« Die Menge wogte. Gläserklirren, Rufe, Gelächter, und die kleine Kapelle wechselte Tonart und Melodie, um die Sänger zu unterstützen.

Carlos seufzte. Ihm war eigentlich nicht nach Geselligkeit zumute. Charlotte konnte er in dem Gewimmel von Körpern und Gesichtern nirgendwo entdecken. Sein zweiter Impuls war es, nach einem einzelnen freien Tisch Ausschau zu halten, aber den gab es natürlich nicht. Wenn er nur in Ruhe einen Happen ... Da hatte man ihn aber schon entdeckt.

»Ou, ou, ou, guck mol do, de Karlo!«, schrie jemand.

»Der Spion, der aus der Kälte kam«, johlte ein anderer.

Überall drehte man sich jetzt nach ihm um.

»Retter unserer Mädels, Ritter von der Waterkant.« Spielte irgendjemand wohl auf Carlos' Begegnung mit Charlotte im Wingert an.

Gelächter.

Wenn der Ausdruck in ihren Gesichtern nicht so gutmütig und wohlwollend gewesen wäre, hätte man denken können, dass sich die Elwenfelser über ihn lustig machten. Aber er hatte inzwischen gelernt, dass die Grenzlinie zwischen Spaß und Ernst hier sehr flexibel gehandhabt wurde. Egal zu welchem Gesprächsthema, man musste immer auf irgendeine Art von humorvoller Verbalattacke gefasst sein. Er zuckte mit den Schultern und ergab sich lächelnd in sein Schicksal. Hier wusste doch inzwischen jeder Bescheid über ihn und seine Aktionen. Jetzt bemerkte Carlos, wie sich die Gestalt von Willi unübersehbar aus der Menschenmenge herausschälte.

»Do!«, brüllte Willi über den Platz und winkte ihn an einen voll besetzten Tisch.

Schulter an Schulter saßen sie hier. Unmöglich, da noch einen Platz zu finden. »Hopp! Ranze einziehe un Arschbacke zusammefalte! De Carlos braucht Platz.«

Und schon saß er mittendrin, wie ein metallischer Staubpartikel, der gar keine andere Wahl hatte, als von einem großen Magneten angezogen zu werden.

»Bei uns bleibt keins allein, gell?«, sagte Willi und schlug ihm auf die Schulter. »Da!« Er hob ihm sein halbvolles Schoppenglas unter die Nase. »Damit du net verdurschte muscht, bis de Nachschub kommt.«

Carlos lächelte säuerlich und nippte an Willis Glas. Er hatte begriffen: Dieses Ritual des Speichelaustausches in Schoppengläsern war die Pfälzer Version der Friedenspfeife der Apachen. Wenn Carlos jemandem vor seiner Abfahrt in Hamburg erzählt hätte, dass er nur wenige Tage später an solchen Eingeborenen-Ritualen teilnehmen würde ohne aufkommenden Brechreiz ...

Kurze Zeit später stand ein großer Teller mit undefinierbaren, aber herzhaft duftenden Fleisch- und Wurstvariationen vor ihm.

»Do, dass du mal was Gescheites zu esse kriegscht«, sagte Elsbeth und strich ihm mütterlich übers Haar. Sie trug zur Feier des Tages eine altmodische Gouvernanten-Frisur und erinnerte ihn heute trotz Kittelschürze an eine in die Jahre gekommene Operndiva. Ihre rosigen Wangen strahlten eine Heiterkeit aus, die er nur ganz selten bei alten Leuten sah.

»Und was ist das bitteschön?«, fragte er.

»En Winzerteller«, sagte sie und rauschte zurück in die Weinstube.

»Leberwurscht, Saumage, Griebewurscht«, erklärte Otto,

der von seiner Oldtimer-Messe zurück war und Carlos gegenübersaß. Dem half die Kauderwelsch-Erklärung aber nicht sonderlich weiter. Er sah das Fett in der Wurst und dachte auf einmal etwas wehmütig an den kleinen Sushi-Laden direkt unter seiner Wohnung in Hamburg, quasi sein ausgelagertes Esszimmer, in dem er sein Bedürfnis nach proteinreicher, fettarmer Nahrung befriedigt hatte. Aber ablehnen konnte und wollte er auch nicht. Dazu war er zu hungrig. Er nahm ein Stück Wurst mit der Gabel und biss hinein. Wohl etwas zu zaghaft für seine Tischnachbarn, die ihn aufmerksam beobachteten.

»Kumm, zier dich net so, Carlos!«

»Hopp, jetzt aber!«

»E bissel Senf dazu, un schon rutscht's besser.«

Die Lautstärke war unglaublich, er verstand kaum etwas. Er saß inmitten dieser Wellen von an- und abschwellendem Singsang, der völlig frei von harten Lauten zu sein schien. Irgendeine seltsame, beruhigende Wirkung ging von diesen doch so laut plappernden Mündern aus. Auf eine Weise, die ihn ein bisschen erschreckte, fühlte Carlos sich plötzlich wohl. Das fettige Mahl würde zwar letztendlich verhindern, dass er gut schlafen konnte, aber wer weiß, wann er wieder etwas bekam, das so gut schmeckte.

Neben Otto saß eine Frau, die unverkennbar bis über beide Ohren in den stämmigen Automechaniker verliebt war. Sie schmiegte sich lächelnd an ihn und teilte sich mit ihm ein Schorleglas, was bei einem Kerl wie Otto dazu führte, dass immer dann, wenn sie ein Schlückchen trinken wollte, das Glas schon wieder leer war. Otto stellte die Dame als seine bessere Hälfte Lilly vor und strich ihr liebevoll über die burgunderrot getönten Haare. Carlos lächelte verkrampft. Das Geturtel erinnerte ihn daran, dass es um die Liebe in seinem Leben nicht zum Besten bestellt war.

Wieder blickte er sich suchend nach Charlotte um. Ohne Erfolg. Auch ihr schwäbischer Ehemann war nirgends zu entdecken. Wahrscheinlich war ihm die Begegnung mit seinen ausgelassenen Mitbürgern unangenehm. Na egal, es war sowieso Zeit für ein paar Recherchen.

»Sag mal, Willi«, wandte sich Carlos noch kauend an seinen Nachbarn, »was passiert eigentlich auf einer Elwetritsche-Jagd?«

Willi trug ein blau-weiß gestreiftes Hemd, das gleiche, das er bei diesem alten Traktorfahrer gesehen hatte. Tatsächlich trug die Mehrzahl der Leute, jung und alt, Frauen und Männer, dieses Oberteil, das einem Pyjama ähnelte.

»Oh!«, dröhnte Willi. »Des is bloß en Spaß für die Touristen. Jedes Kind weiß doch, dass man Elwetritsche net jagen kann!«

»Du meinst, weil es sie gar nicht gibt?«

Willis Gesicht zerfloss zu einem schelmischen Grinsen. »Jo, jo«, sagte er und zuckte mit den Schultern.

»Ich habe einen Prospekt entdeckt und mich gefragt, was das soll. Ich kann mir überhaupt nicht vorstellen, wie so etwas abläuft.«

»Weil du nicht genug Fantasie hast«, erklärte plötzlich eine Stimme hinter ihm. Schlagartig wurde es am ganzen Tisch ruhig.

Carlos drehte sich um. Eine Frau. Mit einer Kiste voller Weinflaschen in den Händen.

Es war einer dieser Momente, in denen sich ein Wunder offenbart. Dieses Wunder hier trug grüne Gummistiefel und ein dunkelrotes Kleid, das sich an den genau richtigen Stellen dicht an einen Körper schmiegte, der einem Barockgemälde entsprungen schien. Diese Frau hier war eine Erscheinung. Carlos fühlte sich, als stünde er unter den Rotorblättern eines Hubschraubers. Die Präsenz dieser Frau blies ihn um. Ihre Augen erinnerten ihn an den Meeresboden. Er kannte diese Farbe von seinen Tauchurlauben in Thailand. Dieses matte Flaschengrün, das gleichzeitig ein Blau, Grau oder Tiefschwarz sein konnte, ohne dass es sich festlegen ließ. Selbstvergessen und mit offenem Mund starrte er sie an. Sie erwiderte seinen Blick mit einer Gelassenheit, die ihn innerlich beben ließ.

»Du hast nicht genug Fantasie, um dir vorzustellen, was alles möglich sein kann«, sagte sie und verzog dabei ihren sanft geschwungenen Mund zu einem rätselhaften Lächeln.

Der Bann, unter dem Carlos zu stehen schien, brach. Die Frau packte die Weinkiste fester und ging weiter in Richtung Weinstube. Wie die Leute sie anguckten. Das war eine Mischung aus Freude und ... Sehnsucht. Selbst die jüngeren Frauen am Tisch sahen so zu ihr hin. Kein Neid, sondern Bewunderung. Carlos schaute in die Runde. Ganz gleich, ob Männer oder Frauen, sie himmelten sie geradezu an. Jetzt ging sie durch das Tor der Weinstube. Und weg war sie.

»So, jetzt kannscht die Gosch wieder zuklappe, Carlos!«, lachte der Ladenbesitzer Alfred und klopfte mit der Gabel gegen sein Weinglas.

»Wer ... ist das?« Carlos' Stimme war nur noch ein Hauchen.

»Des is unser Göttin«, erklärte Otto und zwirbelte gedankenverloren seinen grauen Zopf zwischen den Fingern, während er der Dame einen weichen Blick hinterherwarf.

»Das glaube ich dir aufs Wort.«

»Jo. Aber jetzt noch mal wegen der Elwetritsche-Jagd ...«, nahm Willi den Faden wieder auf. Carlos gab sich Mühe, interessiert zu wirken. »Im Prinzip is des Ganze einfach nur ein Spaß. Erst wird sich bissel aufgewärmt mit ein paar

Schorle. Do dabei gibt's dann en Vortrag über die seltene Art der Elwetritsche ...«

»Ein Vortrag?«, fragte Carlos.

»Ah jo, pseudo und wissenschaftlich fundiert!«, lachte Willi. »Un do danach geht ma naus in de Wald oder in de Wingert. Un dann wird gejagt.«

»Gejagt? Mit Pfeil und Bogen, oder wie?«

»Nix. So is des net gemeint. Des is e Spiel. Da wird e bissel Krach gemacht un mit de Taschelamp gewedelt, un fertig. Elwetritsche fängt man net wirklich. Ma hat en Sack, der an beide Seite offe is. Vorne rennt's rein un hinten gleich wieder naus.«

»Was?«

»Un zum Schluss kriegt dann jeder sein Jagdschein ausgehändigt.«

Carlos musste ein verächtliches Schnauben unterdrücken.

»Des Ganze is doch nur symbolisch«, sagte Willi. »Brauchtumspflege, so tät man des bei de Intelligenzbolze nenne. Im Prinzip geht's nur um de Spaß. Do e Schorle, do e Kräuterschnäpsel, un zum Abschluss noch emol e Schorle un so weiter.«

»Ach so, jetzt begreif ich«, sagte Carlos. Eine Elwetritsche-Jagd als Vorwand zum Saufen. Ein kleines Heftchen in seinem Pensionszimmer, das den einigermaßen unschuldigen Namen »Pfälzer Weinfestkalender« trug, bewies, dass die Leute hier keine Gelegenheit ungenutzt ließen, um ihrer Lieblingsbeschäftigung nachzugehen: Weinfeste, Blütenfeste, Brunnenfeste, Gassenfeste, Kartoffelfeste, Handkäsfeste ... In Deidesheim, so hatte er gelesen, wurde sogar einmal im Jahr ein Geißbock versteigert, wahrscheinlich nur, um unter dem Vorwand einer obskuren Traditionspflege ein weiteres Gelage veranstalten zu können. Und genau deshalb gab's wohl auch diese Elwetritsche-Jagden.

Als Carlos seine Ansicht mit ironischem Unterton äußerte, antwortete Willi wieder mit einem breiten Grinsen: »Und selbst wenn des so wär, dann wär's auch net so schlimm. Weil: In de Palz muss einer schon viel saufe, bis man sagt: ›Der trinkt.‹«

Das folgende Gelächter ließ die Schorle in den Dubbegläsern überschwappen. Die lange Bank geriet auf einmal in eine gefährliche Schieflage, und nur die Körperwölbungen seiner Sitznachbarn bewahrten den eingeklemmten Carlos davor, nach hinten zu kippen. Nach Willis Ausführungen war ihm auf einmal klar, dass die Idee mit der Elwetritsche-Jagd wohl eine Sackgasse war. Hans Strobel mit Kräuterschnaps und Pseudo-Jagdschein? Damit hätte der doch niemals seine Zeit verschwendet. Oder doch?

Mittlerweile war es dunkel geworden, und am Rand des Platzes wurden Fackeln und Laternen aufgestellt. Plötzlich entdeckte Carlos an einem der Nachbartische die zwei Männer wieder, die er tagsüber in Forst im Café gesehen hatte. Komisch, dass diese Typen gerade jetzt hier auftauchten. Warum interessierten die sich für ein Weinfest in Elwenfels? Besonders gesellig sahen diese grimmig dreinschauenden Gangster-Karikaturen nicht aus. Die Bedienung, ein junger Kerl in gestreiftem Hemd und Gelfrisur, sah irgendwie erschrocken aus, als sie ihre Bestellung aufgaben. Wahrscheinlich hatten sie gerade zwei Dubbegläser mit stillem Wasser bestellt und zwei Kilo blutige Steaks.

Carlos musste auf einmal lauthals lachen, was Willi zu einem wohlwollenden Seitenblick veranlasste, obwohl er nicht wusste, worüber Carlos da lachte. »Na alla, es geht doch. Was so ein bissel Riesling alles bewirke kann, gell?«

Verdammt, was war nur in ihn gefahren? Er hatte schon

den zweiten Schoppen vor sich stehen. Und der war auch bereits fast leer. Wieder musste Carlos unwillkürlich lachen. Er fühlte den Alkohol wie einen feinen Nebel in seinem Kopf, der seine Gedanken umschmeichelte. Das hier war nicht der kantige, gereizte Zustand, der sich nach zu viel Bier einstellte. Das hier war anders: Sein Körper befand sich in einer Art ganzheitlichem Entspannungszustand, und sein Kopf fühlte sich so an, als hätte jemand oben einen Deckel aufgemacht, durch den sein Gehirn sich weiter ausdehnen konnte.

Der Geräuschpegel war unglaublich. Die ohnehin ziemlich laute Art der pfälzischen Kommunikation wurde durch die Weingeister offensichtlich noch einmal drastisch verstärkt. Ohne Unterlass und wild gestikulierend redeten die Menschen aufeinander ein. Er selbst schien hier an seinem Tisch in einem philosophischen Zirkel gelandet zu sein.

»Die Welt do drauße is wie e Dschungelcamp«, rief Alfred, der Ladenbesitzer, mit spitzem Zeigefinger. »So viel Händ hat man gar net, wie man do reinschlage wollt.«

»Jo, so isses halt«, kam das Echo vom gestreiften Hemd gegenüber.

»Genau. So isses un net anderschder!«, tönte Willi, dessen Augen inzwischen einen leicht glasigen Ausdruck angenommen hatten.

»Steckt ma net drin.«

»Un des is auch gut so.«

»Fragt ma sich, wie des alles mol ende soll.«

»Die Ewigkeit is lang, besonders gege Ende hin.«

»Jo.«

»Odder?«

»Genau.«

»Hajo, sag ich doch.«

Wahrscheinlich ging dieser Austausch von Lebensweisheiten, die sich hier in einer rhythmischen Abfolge von hauptsächlich kurzvokaligen Lauten entluden, noch eine ganze Ewigkeit so weiter, aber Carlos konnte dem Druck nicht länger standhalten, der sich in seinem Unterleib ausbreitete.

»Entschuldigung, ich müsste mal ...«, flüsterte er Willi ins Ohr.

»Machen mol Platz, de Carlos muss Wasser abschlagen.«

Nur mit Mühe konnte er sich aus der Körperumklammerung seiner Sitznachbarn befreien und stand auf. Jetzt erst bemerkte er, wie der Wein seine Wirkung tat. Er schwankte die Sitzreihe entlang in Richtung Weinstube.

»Uffpasse! Slalomfahrer unterwegs«, hörte er hinter sich rufen.

»Achtung! Anhänger schwenkt aus!«

Er hatte wohl wirklich etwas Schlagseite, aber das würde sicher gleich besser werden, wenn er erst mal diesen Druck ablassen konnte. Als er wenige Minuten später die Toilette in der Weinstube wieder verließ, war er etwas sicherer auf den Beinen. Er ging den dunklen Korridor entlang, dem Ausgang entgegen. An der Tür zum Gastraum, die nur angelehnt war, hielt er inne. Es war ein Reflex, seine antrainierte professionelle Neugier. Er schaute durch den schmalen Spalt in den leeren Gastraum. Hinter der Theke entdeckte er eine Tür, offensichtlich zu einem Keller, die genau in diesem Augenblick aufging. Carlos hielt die Luft an. Da war sie wieder. Die Frau, die Otto »Göttin« genannt hatte. Sie blieb hinter dem Tresen stehen und wartete offensichtlich auf etwas. Carlos hörte eine laute männliche Stimme, die schon ziemlich betrunken klang.

»Sofie! Hopp, bitte! Gib mir was! Nur en winziger Schluck.«

In der offenen Tür tauchte nun ein Mann auf, der sich leicht schwankend neben die Frau an den Tresen lehnte.

»Daniel, hör uff jetzert! Du weißt, dass des net geht.« Ihre Stimme war sanft. Und gebieterisch.

»Bitte!«, flehte der andere. »Kannscht net mal e Ausnahm mache?«

Carlos konnte nur einen kleinen Teil der Weinstube überblicken. Jetzt hörte er noch andere Stimmen von Personen, die wohl schon im Gastraum gewesen waren, ohne dass Carlos sie gesehen hatte.

»Jetzt halt die Gosch, Daniel, du kennscht die Regeln.«

»Bitte! Nur ein kleiner Schluck. Nur des eine Mal!«

»Nein!« Sofies Stimme wurde härter.

»Jetzt hör aber endlich auf. Was soll des?«, forderte die andere Stimme, und die gehörte eindeutig Willi. Aber wie war das möglich? Wie konnte er so schnell in das Innere des Gastraumes gelangt sein? Carlos hatte wohl doch länger auf der Toilette zugebracht. Jetzt hörte er ein leises Poltern. Daniel war hinter dem Tresen verschwunden und wohl auf die Knie gegangen.

»Ich brauch was davon. Wirklich!«

»Wozu brauchst du es?«, fragte Sofie ruhig.

Carlos hielt den Atem an. Er kannte so eine Situation. Vor einigen Jahren, als er noch bei der Polizei war, hatten sie einen Drogendealer beschattet. Und dessen Kunden hatten genauso mit ihm geredet. Vorzugsweise, wenn sie für den miesen Stoff nicht bezahlen konnten. Was war hier nur los?

»Ich hab ... ich muss ...«, stammelte Daniel. »Ich krieg e Wurzelbehandlung morge, beim Zahnarzt.« Die Stimme hörte sich an, als würde sich ein überdimensionaler Metallhaken bereits in seinem Mund zu schaffen machen.

»Des genügt net! Dafür gibt's nix«, sagte Sofie.

»Ich hab aber dermaßen Schiss. Ich weiß net, wie ich des überlebe soll.«

»Da musst du durch! Es is net schön, aber es is kein Notfall.«

»Reiß dich jetzt endlich zusamme, du Pienser!«, knurrte Willi.

Pienser? Was war das denn nun schon wieder? Vielleicht der Pfälzer Ausdruck für Junkie.

»Daniel!« Sofies Stimme nahm einen schmeichelnden Unterton an. »Hast du denn vergessen, dass es übermorgen Abend wieder was für alle gibt? Falls du dann noch Schmerze hast, dann wird des besser sein wie en ganze Karton mit Aspirin.«

Der bettelnde Daniel gab einen undefinierbaren Laut von sich, mit dem er wohl signalisierte, dass er endlich aufgab.

»Stimmt, übermorgen ist es wieder so weit. Des wird e Fescht!«, freute sich Willi. »So, un jetzt muss ich aber wieder naus. Ich weiß net, wo der Hamburg-Karlo hin is.« Er kam hinter dem Tresen hervor und ging auf die Ausgangstür zu.

Mit einem Satz war Carlos wieder in der Toilette, riss den Hebel des Wasserhahns hoch, nahm ein Papierhandtuch und schnäuzte sich geräuschvoll. Besser nicht den Eindruck erwecken, als ob er etwas mitbekommen hätte. In der Gaststube wurden Stühle gerückt.

»Alla, dann macht's mol gut«, rief Sofie zu den Männern, die an der Tür standen. Sie klang wieder aufgeräumt und überaus herzlich. »Daniel, du schaffst das schon. Dann mol gut Nacht!«

»Gut Nacht, Sofie!«, erwiderten Daniel und Willi brav.

Jetzt erst wagte sich Carlos hinaus auf den Flur.

»Ah, do isser jo!«, rief Willi etwas zu euphorisch. »Ich

hoff, des gibt kein Wasserschade, so lang, wie des gedauert hat.«

Willi packte seinen Arm, um ihn zurück auf den Platz zu führen. Carlos hatte keine Gelegenheit mehr, einen Blick auf diese Frau zu erhaschen. Wer war sie nur? Und was ihn noch viel mehr interessierte: Was war es, das Daniel so verzweifelt von ihr gewollt hatte? Warum konnte nur sie es ihm geben? Als Carlos an diesem Abend in dem weichen, weißen Nest aus bestickter Bettwäsche lag und versuchte, das Kitzeln in seiner Nase zu ignorieren, fragte er sich, warum ihn seit der ersten Minute in dieser Ortschaft dieses Gefühl umfing, dass hier irgendetwas eigenartig war. Er konnte es nicht benennen, aber dieses Gefühl war stärker geworden in den vergangenen Stunden. Anstatt sich mit seinem Auftrag und Strobels Verschwinden zu befassen, kreisten all seine Gedanken um die große Frage, was sich hier so seltsam anfühlte.

Carlos erwachte am nächsten Morgen mit einem schweren Kopf vom Wein – und auch von offenen Fragen. Er hatte wie erwartet unruhig geschlafen. Brigitte und Berthold saßen auf der kleinen Terrasse und sahen aus, als wären sie auf Urlaub in ihrem eigenen Garten. Nach einem üppigen Frühstück und zwei Aspirin verkündete Carlos, dass er einen längeren Spaziergang im Wald unternehmen wolle.

»Können Sie mir einen Weg empfehlen?«, wandte er sich an Berthold. »Ich habe gehört, dass es hier eine ›Keltenschanze‹ geben soll.«

Berthold und Brigitte wechselten rasch einen Blick.

»Wer sagt'n so was?«, fragte Brigitte spitz.

»Keltenschanze? Wüsst ich jetzt net, was do demit gemeint sein sollt«, ergänzte Berthold schnell und legte noch ein Schokoladencroissant auf Carlos' Teller, als hoffte er, dass der danach zu satt wäre, um noch an einen Waldspaziergang zu denken. Der Mann war wie seine Frau drahtig und trug das Haar zu einer jugendlichen Tolle frisiert.

»Wieso ist denn dann im Wald ein Schild, das auf eine Keltenschanze hinweist?«, fragte Carlos.

»Ach. Ein Schild? Was für e Schild?«, staunte Brigitte ein bisschen zu heftig.

»Des hat irgendein Dabbschädel vor hundert Jahr do mol hingestellt«, winkte ihr Mann ab.

»Hm ...«, machte Carlos mit übertrieben nachdenklicher Miene. »Und warum ist dieser Wanderweg völlig überwachsen? Da kommt ja keiner mehr durch.«

»Ach so, des! Jaja, des ist schon lang so, seit dem Wintersturm vor ein paar Jahr.«

»Und wieso räumt das keiner auf?«, bohrte er weiter. »Versteht mich nicht falsch, ich liebe es, wenn der Wald nicht so ordentlich aussieht und aufgeräumt ist, aber das ...«

»Den Weg benutzt sowieso keiner«, sagte Berthold rasch.

»Aber warum nicht?«

»Äh weil ... weil ... Da is nix! Des ham dir der Otto un der Willi doch gestern schon erklärt. Do is einfach nur Gestrüpp un fertig.« Berthold verschränkte die Arme vor der Brust.

Carlos zuckte mit den Schultern. »Na gut, das hört sich ja wirklich nicht besonders lohnenswert an. Ich werde dann lieber runter an die Weinstraße spazieren.«

»Guude Idee!«, riefen beide.

Ihre Erleichterung darüber, dass er endlich lockerließ, war mit den Händen zu greifen. Er ging nach oben in sein Zimmer, zog feste Schuhe an und verabschiedete sich. In der einen Hand hielt er die Flasche mit dem »Großen Gewächs«, die er gestern im Weingut Kruse in Deidesheim gekauft hatte. Es war ihm zwar ein wenig peinlich, mit der

Weinflasche in der Hand durchs Dorf zu laufen, aber wahrscheinlich gehörte es hier ohnehin zum normalsten Anblick der Welt.

Er überquerte den Platz, über den nur ein paar Kinder mit ihren fahrbaren Untersätzen tobten. Vom Baugerüst an der Kirche war ein Schleifgeräusch zu hören, und es rieselte Staub. Cordula saß auf der Treppe vor ihrem Laden und liebkoste mit ihren roten Lippen eine Zigarette. Sie winkte Carlos einladend zu, aber er wollte zur Bäckerei. Dort standen wie gestern Else und Annelies vor der gläsernen Auslage, hinter der Frau Zippel gerade mit dem Schneiden einer Torte zugange war.

»Hallo!«, sagte er und stellte die Flasche mitten auf den Tresen. »Für dich.« Er schenkte Frau Zippel sein schönstes Lächeln.

Das mit dem spontanen Duzen hatte er sich vorher ausgedacht. Sie sollten sehen, dass er sich anpassen konnte.

»Was'n des?«, fragte die Bäckerin trocken und beäugte skeptisch die edle Weinflasche.

»Eine kleine Aufmerksamkeit, weil du mich gestern Morgen gerettet hast. Vielen Dank noch mal in aller Form.« Er deutete eine Verbeugung an.

Die drei Frauen schauten ihn etwas verwirrt an. Die Bäckerin nahm die Weinflasche in die Hand und betrachtete mit hochgezogenen Brauen das Etikett. »Ou, ou, ou! E ›Großes Gewächs‹ vom Kruse.« Das klang eher belustigt als bewundernd.

»Er soll ziemlich gut sein«, beteuerte Carlos.

»Na, donn gucke ma mol, ob des auch stimmt. Else, hol mol Gläser aus de Küch.«

Else verschwand hinter dem Tresen und kam mit einem Korkenzieher und vier Saftgläsern wieder.

»Äh, ihr wollt den jetzt gleich …? Aus diesen Gläsern?«

»Ah jo!«, sagte Frau Zippel und schraubte den Korkenzieher in den Flaschenhals. »Mir wollen dein Gschenkel doch würdigen.«

»Schön. Das freut mich ja. Aber … um diese Uhrzeit?«

»Ja grad um die Uhrzeit!«, dröhnte Else. »Um 11 Uhr is die Sensorik am beschde!«

Carlos musste schlucken, als seine goldgelben achtundfünfzig Euro in die Saftgläser schwappten. Frau Zippel konnte mit ihrem Geschenk ja machen, was sie wollte, aber irgendwie hatte er sich vorgestellt, dass sie das ein bisschen würdevoller zelebrierte.

»Alla hopp, dankschön!«, sagte die Bäckerin, hob ihr Glas und stieß mit den anderen an. Zaghaft probierte Carlos einen Schluck. Er hatte zwar keine Ahnung, wie so ein »Großes Gewächs« schmecken musste, aber dass dieser Wein anders mundete als alles, was er bisher getrunken hatte, das war ihm bewusst. Er beobachtete die Gesichter der Frauen und lächelte in Erwartung genüsslicher Laute und entzückten Schmatzens.

»Kann ma losse«, sagte Else.

»Jo. Kann ma trinke«, meinte Annelies.

»Net schlescht«, lautete das Urteil Frau Zippels.

»Äh … Moment mal, schmeckt euch der Wein etwa nicht?« Carlos war baff.

»Ah doch. Hat ma des net gehört, odder?«, erwiderte Annelies.

Aha. So hörte sich also pfälzische Euphorie an, dachte Carlos.

Frau Zippel hob ihr Glas. »Aus Deidesheim: en echte Grand Crutz de la Portemonnaie. Jetzt alle mol stöhne un jauchze un die Auge verdrehe, hopp!«

Die drei Frauen lachten, und jede nahm einen tiefen Schluck.

»Na dann, noch viel Spaß!«, verabschiedete sich Carlos kopfschüttelnd. Er wurde einfach nicht schlau aus diesen Leuten und ihrem merkwürdigen Humor, der ständig aus dem Hinterhalt zu kommen schien. Als er den Dorfplatz überquerte und in Richtung Wald lief, wurde er das Gefühl nicht los, dass ihn hinter den zugezogenen Gardinen der Fenster Blicke verfolgten.

Nachdem er die Häuser hinter sich gelassen hatte, konnte er ein wenig freier atmen. Vor ihm lag der Friedhof. Erst jetzt fiel ihm das kleine, halb mit Efeu zugewachsene Haus auf, das die Seitenmauer flankierte: wahrscheinlich das alte Totengräberhäuschen. Aus den geöffneten Fensterläden zwischen dem dichten Efeubewuchs schallte ihm der unverkennbare Sound jamaikanischer Reggae-Rhythmen entgegen, und Carlos wusste sofort, wer der Bewohner des Häuschens war. Anthony, der dunkelhäutige Pfälzer mit den Rastalocken, war jedoch nirgendwo zu entdecken. Den blubbernden Beat der Musik im Rücken, ging Carlos weiter.

Sein Audi stand immer noch auf dem Parkplatz im Wald. Zur Probe öffnete er die Tür und steckte den Schlüssel ins Zündschloss. Das Klicken war leiser als der Verschluss an einer Puppenhandtasche. Carlos schaute sich um. Bei Tageslicht offenbarte sich die Unpassierbarkeit des Waldweges noch einmal von Neuem. Es war eine wahre Wand aus umgestürzten Bäumen, wild wucherndem Gebüsch und verknoteten Ranken, die den Durchgang versperrte. Er verharrte minutenlang davor und betrachtete das System, das offensichtlich dahintersteckte. Kein Sturm und kein Blitzeinschlag konnten etwas schaffen, das derart konstruiert und geplant aussah. Manche der Baumstämme stützten sich gegenseitig. Das Ganze machte auch nicht den Eindruck, als wäre das erst letzten Winter passiert.

Ranken und Büsche hatten das Totholz fest im Griff, unüberwindlich und wie eine fest gewordene Mörtelmasse. Das hier war nichts anderes als eine Barriere, die mit Elementen aus der Natur angelegt worden war. Und sie stand hier schon lange. Aus irgendeinem Grund wollten die Dorfbewohner verhindern, dass man hier weiter in den Wald vordrang.

Carlos versuchte, in einem weiten Bogen um die künstlich errichtete Wand herumzugehen, aber auch hier stieß er immer wieder auf undurchdringliches Gestrüpp. Er bewegte sich weiter am Rand der Barriere entlang und kam auf eine Lichtung. Plötzlich ertönte hinter ihm ein Knacken. Er hielt inne. Jemand folgte ihm.

Nur zu, dachte Carlos und ging weiter. Seit er das Dorf verlassen hatte, war ein leises Rauschen zu hören gewesen. Irgendwo musste ein Bach sein. Als er wieder in den Wald eintauchte, stieß er auf einen Korridor aus jungen Kiefern, der auf eine weitere Lichtung mündete. Wie schön es hier war. Warum nur sollte dieses märchenhaft anmutende Waldidyll auswärtigen Spaziergängern und Wanderern vorenthalten werden? Carlos stand plötzlich vor einer steil aufragenden Felswand, vor der aus einer unterirdischen Quelle Wasser hervortrat. Glatt geschliffene Felsbrocken und moosige Hügel säumten das Mündungsbecken. Ein Fischreiher flatterte aufgeschreckt durch die Luft.

Carlos staunte mit offenem Mund. Diese Idylle tat fast schon weh. Ungläubig näherte er sich dem hervorsprudelnden Wasser. Unter seinen Füßen wuchs ein dichter Teppich aus Gras und Wiesenblumen. Die Sonne brach durch goldbraune Blätter. Ein Zweig knackte hinter ihm. Unüberhörbar. Da war jemand zwischen den Bäumen. Irgendjemand beobachtete ihn aus dem Dunkel des Waldes heraus. Jetzt erkannte er einen menschlichen Umriss zwischen den

Bäumen. »Hey! Was soll denn das alberne Versteckspiel?«, rief er. Die Gestalt rührte sich nicht. Carlos wurde das Ganze zu blöd. »Was soll ich denn nicht finden in eurem tollen Wald? Was habt ihr hier für ein Geheimnis? Ein Lebkuchenhaus? Einen Käfig mit kleinen Kindern? Oder züchtet ihr hier irgendwo Marihuana?«

Da löste sich die Gestalt aus dem Schatten der Bäume und kam auf ihn zu. Im nächsten Moment schon bereute Carlos seine Worte, denn es war Sofie, die durch das hohe Gras auf ihn zukam. Seine Verwirrung schien sie köstlich zu amüsieren. Sie näherte sich ihm mit einem spöttischen Lächeln. Aber in ihren Augen lag wieder diese seltsam abgeklärte Strenge, die ihn gestern schon so nervös gemacht hatte. Das Gras streifte ihre nackten Beine. Carlos sah Taustreifen und ein paar winzige Blätter auf ihrer Haut.

»So misstrauisch zu sein, des ham sie dir bei der Polizei beigebracht, gell?«

Es klang eher wie eine Feststellung als wie eine Frage.

»Woher wissen Sie ... weißt du, dass ich bei der Polizei war?«, fragte Carlos perplex.

Die Frau war in seinem Alter, vielleicht ein paar Jahre älter, aber sicher konnte man sich bei dieser Erscheinung nicht sein. Sie war eins dieser alterslosen Wesen, bei denen man den Eindruck hatte, dass in einem jungen Körper eine alte Seele steckt. Sie ging an ihm vorbei und nahm am Rand des Baches zwischen den moosigen Steinen Aufstellung. Er fing den Hauch eines feinen Parfüms auf. Magnolien vielleicht ...

»Woher ich das weiß, müsstest du eigentlich selbst wissen, als ehemaliger Polizist. Oder sind diese Fähigkeiten als Privatermittler jetzt eher verkümmert?« Sie provozierte ihn mit ruhiger Stimme, und Carlos hätte so gerne etwas gegen dieses unterwürfige Gefühl getan, das ihn ihm aufwallte.

Wie von allein ballten sich seine Hände. Er wollte nicht schon wieder fragen, woher sie das alles wusste.

Sie gab ihm auch so eine Antwort. »Du warst clever genug, gestern den Verlauf deiner Internetsuche auf Saschas Computer zu löschen. Hätte mich sehr interessiert, was du recherchiert hast.« Sie lachte kurz auf. »Aber du hast auch so viel früher schon Spuren im Netz hinterlassen. Welche, die du bestimmt gerne ausradieren würdest. Aber jeder, der will, kann nachlesen, was du vor zwei Jahren getan hast.«

»Und das ist auch gut so …«, erwiderte Carlos. »Meine Klienten dürfen ruhig wissen, mit wem sie es zu tun haben. Ich habe nichts zu verbergen.«

Er hatte nicht erwartet, dass ausgerechnet Sofie oder überhaupt jemand aus dem Dorf seinen Namen googeln würde. Sicher wusste bereits der ganze Ort Bescheid. Es ließ sich nicht ändern. Aber dass sie ihm derart nachspionierten? Und auf diese Weise mit seiner Vergangenheit konfrontiert zu werden, noch dazu von der Göttin dieses Dorfes, das war einfach unerträglich.

Sofie setzte sich auf einen der Steine. Mit einem Nicken deutete sie neben sich, und Carlos folgte halb bereitwillig, halb widerwillig ihrer Einladung. Oder war es ein Befehl?

»Wenn du Lust hast, über mich zu urteilen, nur zu!«, stieß er hervor. Seine Wut wurde nur durch seinen Stolz gedämpft. Einmal gereizt, wurde er normalerweise schnell laut und ausfallend, erst recht, wenn jemand es wagte, eine alte Wunde aufzureißen. Aber bei Sofie überkam ihn eine Art Hemmung. Bei ihr tat er alles, damit seine hässliche Seite nicht sichtbar wurde. Und es gelang ihm erstaunlich gut.

»Ich urteile nicht über dich«, sagte sie sanft. »Aber ich weiß jetzt, mit wem wir's zu tun haben.«

»Ach ja? Glaubst du mich zu kennen, nur weil du diese Zeitungsartikel über mich gelesen hast?«

Sie schüttelte gelassen den Kopf. In ihrem Haar hingen kleine Blätter. Sie war eine Frau, die ungekämmt und ungeschminkt nur noch schöner zu sein schien.

»Du musst mir nicht sagen, dass die Presse nur die halbe Wahrheit verzählt, wenn überhaupt«, widersprach sie ihm lächelnd.

Er schnaubte. »Was gibt es an dem Menschenleben, das ich auf dem Gewissen habe, an halber Wahrheit?«

Sie zuckte die Schultern. »Du kanntest doch das Risiko. Sonst wärst du kein Bulle geworden.«

»Es ist so wunderbar einfach, nicht wahr!«, schnauzte er.

Sofies Hand schob sich zur Seite und drückte seinen Arm. »Net aufregen, Karl. Ich mag dich, und die anderen im Dorf finden auch, dass du ein feiner Kerl bist. Kein Depp un nix.«

Sie strich ihm aufmunternd über den Unterarm. Carlos konnte sein Glück jedoch nicht fassen.

»Naja, die Zuneigung deiner Leute gilt aber wohl nur so lange, bis du ihnen *verzählst*, dass ich einen Mann erschossen habe.«

»Soll ich?«, fragte sie belustigt. »Oder willst du es ihnen sage?«

Er wollte ihr seinen Arm entziehen, aber ihre Hand lag so schön warm darauf, dass er den Augenblick lieber festhalten wollte. Als sie nicht weitersprach mit ihrer sanften, flapsigen Art, sagte er plötzlich, ohne es recht zu wollen: »Ich hab mich immer sicher gefühlt bei den ganzen Einsätzen. Aber nie, wenn ich 'ne Waffe in der Hand hatte. Die Waffe war immer wie ein Auslöser, der etwas Blödes in mir zum Vorschein bringen konnte. Waren keine guten Voraussetzungen, aber so war es nun mal. Ich war und bin nicht stolz drauf.«

Sie sagte nichts, schaute nur auf die gurgelnden Wasserwirbel vor ihren Füßen. Mann, tat das gut, wenn einem eine solche Frau zuhörte. Schade, dass er ihren Ohren keine schönere Geschichte bieten konnte.

»Klar, es war Notwehr«, fuhr er fort, während ihm trotz der Kühle des Wassers immer mehr der Schweiß ausbrach. »Der Typ war Menschenhändler, der junge Mädchen aus der Ukraine heroinabhängig gemacht hat, um sie an Männer zu verkaufen. Er war Abschaum. Wenn ich nicht geschossen hätte, hätte er es getan.«

Er warf einen kurzen Seitenblick auf Sofie, aber die schaute weiter still ins Wasser. Was denkt sie?, fragte er sich unruhig. Er war normalerweise nicht der Typ, der einer Fremden sein Herz ausschüttete. Und das lag hauptsächlich daran, dass er niemanden kannte, der wirklich zuhören konnte. Und jetzt, wo er neben einem solchen Menschen saß, da irritierte ihn diese vollkommene Aufmerksamkeit auf einmal, die Stille, die Abwesenheit von Kommentaren und Fragen. Aber es war wie ein Sog, der ihn zwang weiterzusprechen.

»Das Problem war nur, dass ich beim Ausüben dieser Notwehr ... nun, etwas zu leidenschaftlich agiert habe.«

Sofie sah ihn fragend an.

»Stand das nicht in den Zeitungsartikeln über mich? Es gab Zeugenaussagen, die meinten, ich hätte Spaß daran gehabt, den Typ umzulegen. Ich hätte nur einmal schießen dürfen. Nicht gleich das halbe Magazin leer ballern.«

Wenn er jetzt daran zurückdachte, wie es sich angefühlt hatte, sieben Mal auf Kiril Kulekov abzudrücken, wallte wieder Befriedigung, Triumph und ein kurzer, heftiger Adrenalinstoß in ihm auf. Es war, als würde dieser Moment vor zwei Jahren in dieser Lagerhalle in Ohlsdorf immer wieder von Neuem ablaufen, mit allen dazugehörigen körperlichen Reaktionen. Ja, er konnte es nicht leugnen: Es war ein gutes Gefühl gewesen, den Bulgaren zu erschießen. Aber: Ein gesetzestreuer Bulle schießt nur dann, wenn es unbedingt notwendig ist. Nicht, weil es ihm Spaß macht.

Carlos war in den Dienstjahren davor auch schon öfter aufgefallen. Durch eine gewisse Unkontrolliertheit und einen Hang zum Jähzorn. Die Schwelle zu Handgreiflichkeiten lag bei ihm ziemlich niedrig. Das traf nicht auf sein Privatleben zu, und auch bei Verhören hatte er sich immer unter Kontrolle. Aber wenn in seinem Polizistenalltag Action angesagt war, dann füllte er diese Rolle auch aus. Bei Verhaftungen war er niemals zimperlich vorgegangen. Carlos' Ruf war der eines harten Knochens, der gern austeilte, aber auch ebenso gern einsteckte. Kombiniert mit seiner überdurchschnittlich guten Aufklärungsquote und den vielen Ermittlungserfolgen ließ sich sein Temperament gut kaschieren.

Bis zu diesem Tag bei Kulekov. Danach schlug die Stimmung um. Auf einmal hieß es, er sei labil und eine Gefährdung für seine Kollegen. Er hatte den Fall zwar gelöst, ein Dutzend gefangen gehaltener Mädchen aus Osteuropa war nach Monaten in einem unterirdischen Verschlag ans Tageslicht zurückgekehrt. Aber Carlos wurde nun mit anderen Augen gesehen, man sah in ihm eine tickende Bombe auf zwei Beinen. Es war nur eine Frage der Zeit, bis man ihn fallen ließ.

Und er fiel. Erst verwandelte sich das Gefühl, das er bei diesem Einsatz gehabt hatte, der Triumph, in ein Gefühl der Leere. Dazu kam die Frage nach dem Sinn der Polizeiarbeit in einem verlogenen Rechtsstaat, in dem die Bürokratie wichtiger war als Gerechtigkeit. Irgendetwas in Hauptkommissar Herb war verbogen, geknickt, nicht mehr zurechtzurücken. Durch den Druck der internen Ermittlungen wurde er noch aggressiver. Er beging Fehler, bis sie ihn schließlich feuerten.

Nie hätte er gedacht, dass es ihm eine Erleichterung sein würde, die Dienstwaffe abzugeben. Aber es war ein gutes Gefühl gewesen. Allerdings war es auch der Moment, in dem die Reue einsetzte. Abschaum hin oder her, Gerechtigkeit oder nicht – er hatte ein Menschenleben ausgelöscht.

Danach war er erst einmal von der Bildfläche verschwunden.

Lydia, seine Verlobte, der er erst einen Monat zuvor einen Heiratsantrag gemacht hatte, hatte ihre Umzugskartons so schnell gepackt, als wollte sie einen Rekord aufstellen. Und noch ehe er seinen ersten Rausch nach dem Rauswurf ausgeschlafen hatte, war sie weg. Er sah sie nie wieder. Auch das war in gewisser Weise eine Erleichterung, aber ihr Verschwinden tat weh.

Nach Wochen mit viel Alkohol und noch mehr Selbstmitleid war der Neuanfang eigentlich ziemlich einfach gewesen. Es gab in Hamburg anscheinend einige Klienten, die nur darauf gewartet hatten, dass er auf Privatdetektiv umsattelte. Dementsprechend halbseiden und dubios waren die ersten Aufträge dann auch gewesen. Allerdings fanden auch genug andere Leute wie betrogene Mittelklasse-Langweiler, Versicherungen und reiche Privatunternehmer den Weg zu ihm. Die meisten hatten sich natürlich über ihn und seine Vergangenheit informiert. Aber keiner hatte daran Anstoß genommen. Vielleicht hatte seine Vorgeschichte sogar geholfen, dass ihm ein gewisser Ruf vorauseilte. Vom harten ehemalige Kriminalkommissar zum harten Privatermittler. Carlos hatte nichts gegen dieses Image. Doch in letzter Zeit fühlte er beim Gedanken daran, dieses

Image immer wieder bedienen zu müssen, eine tiefe Müdigkeit.

Er hatte jetzt alles, was er brauchte. Warum also tat die Vergangenheit immer noch so weh?

In diesem Augenblick an dem kalten Bach, neben der schweigsamen Schönheit an seiner Seite, wurde ihm sein emotionales Dilemma bewusst. Er hatte zwar das Gefühl, etwas verloren zu haben, aber er wusste nicht, was genau es war. Er wusste auch nicht, ob er jetzt die ganze Zeit geredet hatte. Oder ob seine Gedanken nur so laut gegen das Rauschen des Wassers andröhnten.

Jedenfalls wandte Sofie sich jetzt um und lächelte. »Wir alle laufen in unserm Leben ständig nur einen Schritt neben dem Chaos her.«

Er nickte. So hatte er das noch nie betrachtet. Aber es war wohl so, dass manche Menschen leichter danebentraten als andere.

»Du hast recht«, murmelte er. »Das Chaos lauert überall.«

»Deswegen bist du auch so en misstrauischer Vogel, was?«, fragte sie.

»Ich liege meistens richtig damit. Aber lassen wir das. Ich bin es vielleicht nur einfach nicht gewohnt, dass ich mich irgendwo so wohlfühle wie hier, bei euch.« Er versuchte sich an einem Lächeln.

»Wundert mich net«, sagte Sofie. »Aber mich würd schon interessieren, warum du glaubst, dass dieser verschwundene Mann hier bei uns zu finden ist?« Sie sah ihm offen ins Gesicht.

Die Sonne beleuchtete kleine gelbe Flecken in ihren Pupillen. Carlos fiel auf, dass sie den pfälzischen Dialekt ganz anders sprach als die Leute aus dem Dorf. Er hörte die Mundart nur in ihrer Sprachmelodie, aber sie betonte die Worte nicht so heftig. Er entdeckte, dass ihre Schneidezähne ein wenig auseinanderstanden und sah ihre Zungenspitze in der kleinen Zahnlücke.

»Ich suche ihn nicht hier«, sagte er. »Ich übernachte nur in Elwenfels. Irgendwo muss ich ja ein Basislager haben, oder? Außerdem habe ich gehört, dass es an der Weinstraße unten im Moment wenig Hotelzimmer gibt.«

»Das heißt, du bleibst länger?«

Er nickte und hob den Kopf. An der Felswand neben dem Wasserfall ragten Metallpickel aus den Steinspalten. »Das hier muss ein Paradies für Kletterer sein«, sagte er. »Jetzt ist Traumwetter für solche Leute.« Er musterte sie verstohlen.

Sofie schaute aufs Wasser. »Die Kletterer kommen nicht mehr«, sagte sie bestimmt.

»Warum nicht? Habt ihr sie vertrieben?«

Keine Antwort.

»Hier ist es wunderschön. Schöner als an allen Orten, die ich jemals gesehen habe.«

»Und?« Ihre Stimme wurde eine Spur härter.

»Ich frage mich, warum ihr diese Schönheit so dringend für euch behalten wollt.«

»Und ich frage mich, warum man unbedingt aus jeder Schönheit Profit schlagen muss?« Sie stand ruckartig auf. »Wenn dir das verdächtig vorkommt, bist du wirklich arm dran.«

Er folgte ihr mit den Augen. Sofie sah nicht verstimmt aus. Sie hatte einfach nur beschlossen, dass diese Unterhaltung für sie beendet war.

»Hör zu, Carlos. Wenn's dir hier so gut gefällt, dann tu dir und uns einen Gefallen und mach einfach e bissel Urlaub hier. Dann gibt's keine Probleme.«

»Was genau heißt das?« Er stemmte sich ebenfalls nach

oben. Sofie stand einen Zentimeter zu nah vor ihm. »Werdet ihr mich steinigen, wenn ich versuche, im Wald spazieren zu gehen?«

Sie machte ein abfälliges Geräusch. Dann wurde ihr Gesicht ernst, fast schon traurig. »Carlos, ich sag dir was: Das alles hier«, sie streckte ihren Arm aus und beschrieb einen Kreis, »das hat mit Hamburg nix zu tun. Unser Elwenfels, das is ein Lebensraum, den du nicht verstehst. Du denkst, nur weil du ein bissel Menschenkenntnis hast, weißt du auch, was Sache is. Ja, die Leut hier sin liebenswert und gastfreundlich und alles. Und das bleibt auch so, solang der Gast ein Gast ist. Aber das kann sich alles ganz schnell ändern, wenn du den großen Detektiv raushängen lässt und überall und bei jedem rumschnüffelst.«

»Ja, und wenn ich nun Anlass dazu hätte?«

»Ach ja, und warum solltest du?«, zischte sie leise. »Weil du im Wald einen Weg gesehen hast, der keiner mehr ist? Das ist wegen der Wilderer, ganz einfach. Oder weil du nicht weißt, warum dein tolles Auto nicht mehr anspringt? Nicht unser Problem, wenn du vergisst zu tanken.« Sie lächelte wieder. »Oder vielleicht denkst du ja auch, dass hier alle unzurechnungsfähig sind, weil sie ständig Wein saufen.«

»Nein, aber wie wäre es damit: Ich habe in der Werkstatt von Otto die fehlende Kühlerfigur von Hans Strobels Jaguar entdeckt. Wie kommt die da wohl hin?«

»Otto sammelt so was«, entgegnete sie gelassen. »Und solange du nur heimlich in fremde Fenster schaust, kannst du nicht wissen, ob diese Figur überhaupt die ist, für die du sie halten willst.«

Hatte man ihn beobachtet? Wie war das mit dem Tanken? Er hätte doch die Warnleuchte niemals übersehen. Oder doch?

»Carlos, ich geb dir einen guten Rat: Genieß es einfach, hier zu sein«, sagte sie sanft. »Das alles hier is was Besonderes. Aber nur, wenn du es wahrnehmen willst. Alla! Erhol dich bissel. Du hast's nötig. Obwohl ...«, sie strich ihm flüchtig über die Wange, »ich glaub fast, es geht dir jetzt schon ein bissel besser, gell?«

»Ach ja, warum denn?«, hauchte er. Am liebsten hätte er ihre Hand ergriffen. Mann, wenn man doch solche Momente festhalten könnte.

»Weil sich deine Augenfarbe, seit wir miteinander reden, schon zwei Mal geändert hat. Jetzt ist sie gerade wieder babyblau. Ich glaub, des is ein gutes Zeichen. Es wirkt.« Mit einem sanften, spöttischen Lächeln wandte sie sich um und lief mit federnden Schritten zurück über die Wiese in den Wald.

Wieder musste Carlos gegen die kitschigen Bilder ankämpfen, die in ihm hochkamen. Was hatte sie mit »es wirkt« gemeint? Und was war mit der unterschwelligen Drohung, die trotz ihres fast schon zärtlichen Gebahrens nicht zu überhören war? Eigentlich war die Botschaft ihrer Worte klar und deutlich gewesen: Misch dich nicht in unsere Angelegenheiten ein.

Carlos raffte sich auf und ging denselben Weg zurück. Diese künstlich errichtete Barriere am Anfang des Weges – war das wirklich ein Schutz gegen Wilderer? Von dieser Methode hatte er noch nie gehört. Vielleicht war es auch einfach nur so, dass sein Großstadthirn diesem Kulturschock nicht gewachsen war. Mann, Alter, verzettel dich nicht, beschwor er seine rotierenden Gedanken. Und vor allem: Verlieb dich nicht in Sofie. War sie eigentlich mit jemandem aus dem Dorf verheiratet? Niemand hatte bisher etwas angedeutet.

Als Carlos wieder auf den Wanderparkplatz einbog,

stand sein Audi nicht mehr allein dort. Direkt daneben parkte ein schwarzer Saab mit verdunkelten Scheiben. Das Kennzeichen war mit Schlamm verkrustet und unleserlich. Das war kein Auto aus dem Ort. Oder doch? Ein Jäger oder Forstarbeiter? Die dunkle Scheibe senkte sich, und eine leere Flasche flog in hohem Bogen ins Gebüsch. Carlos blieb stehen. Er kannte den Mann hinter dem Steuer. Und auch den daneben.

Es waren die beiden Typen mit der Vorliebe für blutiges Fleisch und stilles Wasser, diese B-Movie-Gangsterfiguren. Was machte dieses merkwürdige Paar hier in der Pfälzer Provinz? Sie passten so gut nach Elwenfels wie zwei scharfe Pitbulls in einen Streichelzoo. Der massige Typ, der die Flasche geschleudert hatte, schaute jetzt in seine Richtung. Er sah aus wie ein entfernter Cousin von Dolph Lundgren aus *Rocky IV*: kleine stahlblaue Augen unter einem weißblonden Bürstenhaarschnitt. Wahrscheinlich ein Skandinavier. Sein hagerer Kumpel schien vom südlichen Ende des Kontinents zu kommen. Seine Augen waren unter den struppigen, schwarzen Brauen nur zu erahnen.

Er atmete einmal tief durch, ging auf das Auto zu und rief über den Parkplatz: »Heb die Flasche auf! Aber ganz schnell!« Der Blonde fuhr einfach die Fensterscheibe hoch. Ohne ein Wort.

Carlos hämmerte gegen die Scheibe. »Hey, das ist ein Wald und keine Müllhalde!« Das klang ein bisschen zu sehr nach pensioniertem Lehrer, aber der Vorwand war perfekt, um diese Typen aus der Reserve zu locken. Noch einmal schlug er mit der flachen Hand gegen die getönte Scheibe, wo ein schöner Abdruck zurückblieb. Ganz langsam fuhr die Scheibe wieder ein Stück nach unten.

»Ich glaube nicht, dass ich die Flasche aufhebe«, sagte der Mann mit unbestimmbarem Akzent.

»Aber ich glaube es. Los, mach schon!«, zischte Carlos. »Da drüben steht ein Mülleimer!«

Normalerweise ließen sich derartige Gestalten ganz leicht provozieren. Warum waren die hier so cool, so abgeklärt? Der Bürstenhaarschnitt sah ihn einfach nur reglos an, als hätten seine Gesichtsnerven ihre Arbeit aufgegeben.

»Wie du willst«, sagte Carlos und ging zu dem Busch, in den die Flasche geflogen war. Es war ein bisschen unvernünftig, was er da tat, aber jetzt hatte der alte Carlos Herb die Regie übernommen. Als er die Flasche gerade aus den Zweigen gefischt hatte, öffnete sich plötzlich die Fahrertür, und der Blonde stieg aus. Mit einer katzenartigen Schnelligkeit, die man ihm bei der Statur gar nicht zugetraut hätte, kam er auf Carlos zu und blieb nur ein paar Zentimeter vor ihm stehen. Er überragte ihn um fast zwei Köpfe.

Carlos nahm unwillkürlich eine Verteidigungshaltung ein, indem er sich noch ein wenig kleiner machte. Der Nordmann hob seine Hand, packte die Flasche und nahm sie an sich. Dabei bohrte sich seine hellblauer Blick tief in Carlos' Augen. Dann trottete er in aller Seelenruhe zu dem Mülleimer und warf die Flasche hinein. Der scheppernde Ton hallte durch den Wald. Ohne ein Wort, den Blick starr auf Carlos gerichtet, ging der weißblonde Riese zurück zum Wagen. Sein Gesicht blieb unbewegt. Aber in seinen Augen war eine Meldung zu lesen, die wie die Börsennews am unteren Bildschirmrand eines Fernsehers über seine Netzhäute tickerten: *Das nächste Mal bist du die Flasche.* Dann stieg er wieder in das Auto, machte aber keine Anstalten wegzufahren. Das Fenster fuhr nach oben. Stille.

Carlos war verwirrt. Es passte so gar nicht zu Typen wie diesen beiden, dass sie eine Provokation nicht annahmen und auf deeskalierende Art reagierten. Solche Kerle gehorchten, wenn überhaupt, dann nur ihrer Mami. Warum hatte er nicht wenigstens eine effektive verbale Drohung ausgestoßen? Nachdenklich trat Carlos den Rückzug an. In den Blicken des Blonden war eine Art Versprechen zu lesen gewesen. Er schien auf einen geeigneten Moment zu warten, um das zu tun, was Carlos eigentlich hatte herauskitzeln wollen. Nur schien die Zeit dafür noch nicht gekommen zu sein.

Als Carlos ins Dorf zurückkam, war es fast vier Uhr. Die Elwetritsche-Jagd sollte um neun beginnen. Also hatte er noch fünf Stunden. Fünf Stunden Urlaub in Elwenfels.

Kapitel 6

Wie man auf der Jagd nach Fabelwesen trotzdem Beute machen kann

Irgendwann hätte Carlos sicher alle Pfälzer rund um die Weinstraße als gemütliche, gastfreundliche Zeitgenossen eingeschätzt, die einen Fremden höchstens mal mit einem ruppigen Spruch vor den Kopf stießen. Doch dann lernte er Alfons Schnur kennen. Der Organisator der Elwetritsche-Jagd hatte in einem früheren Leben wahrscheinlich eine Karriere beim Militär angestrebt. Carlos zuckte unwillkürlich zusammen, als der Jagdleiter in Tarnhosen, lehmverschmierten Boots und olivgrünem Hemd auf den Hof des kleinen Museums am hintersten Ortsrand von Ruppertsberg gestürmt kam. Seine Frisur hatte er sicher selbst getrimmt. Die spärlichen grauen Stoppeln gaben den Blick auf einen kantigen Schädel frei. Der Mann ging auf die sechzig zu, aber aus seinen hellgrauen Augen sprühte eine jugendlich-aggressive Energie. Bei solcherart Jägern war es kein Wunder, dass die Elwetritsche sich so gut versteckt hielten und darüber zu Fabeltieren mutiert waren. Schnur hatte eine große, fleischige Narbe auf dem Handrücken, die wahrscheinlich von einem Hundebiss stammte. Carlos kam der Verdacht, dass die Verletzung Schnur in seiner Passion als Jäger nur bestärkte. So jemand betrachtete Tiere als Feinde, selbst Tiere, die nicht existierten.

Die jagdfreudige Gruppe bestand aus vier Jugendlichen aus Mannheim, einem älteren Ehepaar aus Sachsen, sechs Junggesellen mit bayrischem Akzent, zwei Frauen um die dreißig, die aussahen, als hätten sie sich hierher verirrt, und Carlos. Vierzehn Touristen, ein Privatermittler und dieser Herr Schnur, der den Eindruck machte, als wollte er ihnen allen erst mal fünfzig Liegestütze abverlangen, ehe er sie für würdig erachtete, an der Jagd teilzunehmen.

»Schnur, der Name!«, bellte der Mann in die Abenddämmerung. Er hatte Aufstellung genommen neben einem unförmigen Etwas, über das ein Tuch gebreitet war. »Wir haben uns hier versammelt, um heute Nacht auf die Jagd zu gehen.« Er blickte streng in die Runde. »Das ist nicht so lustig, wie es manche finden. Wir werden etwas jagen, von dem viele behaupten, dass es das gar nicht gibt.« Er verzog feindselig das Gesicht. Unter den Teilnehmern war es ganz still. Nur die Junggesellen grinsten, die offensichtlich schon ein bisschen vorgeglüht hatten.

»Die Wahrheit aber, die ist da draußen im Unterholz, im dunklen Wald.« Das kantige Kinn reckte sich angriffslustig in die Luft. Seine Augen waren etwas zu klein, um wirklich bedrohlich zu funkeln, aber Carlos sah, dass der Mann sich wirklich Mühe gab. Er bemühte sich auch, seinen Dialekt zu unterdrücken. Ganz so, als hätte er Angst, dass die pfälzische Mundart seinem zackigen Auftreten die Schärfe nehmen könnte.

»Also! Weiß jemand von euch, was ein Elwetritsch ist?«, rief Schnur in die Runde.

Zaghaft hob die sächsische Frau die Hand, ganz so, als sei sie wieder in der Schule im Sachkundeunterricht.

»Ja, sprechen Sie!«, tönte der Jagdleiter.

»Eine Mischung aus Ente, Huhn, Gans und …«, jetzt kicherte sie mädchenhaft, »Elfen und Kobolden, mit denen sie sich gepaart haben.«

Die vier Jugendlichen prusteten los.

»Sehr lustig, in der Tat!«, polterte Schnur in einem Ton, der das Gegenteil war. »Aber nicht korrekt.«

Plötzlich sah Carlos hinter dem Mann, wie die Gardinen im Fenster des Hauses zur Seite geschoben wurden. Ganz kurz tauchte dort ein Frauengesicht auf, das traurig auf den Hof hinausschaute und dann sofort wieder verschwand.

»Die Elwetritsche sind ebenso wenig eine Erfindung wie der sogenannte Wolpertinger aus Bayern.« Schnur senkte die Stimme. »Immer wieder hört man, dass es Angriffe auf Menschen gegeben hat, die sich im Wald verirrt oder verbotenerweise die ausgewiesenen Wanderwege verlassen haben.« Dann ergriff er das Tuch über dem verhüllten Gegenstand. »Übereinstimmend beschrieben alle Augenzeugen das Aussehen der Elwetritsche so ...« Er zog das Tuch mit einem Ruck fort, und ein ehrfürchtiges Raunen ging durch die Gruppe. Auf dem Tischchen stand ein Präparat von der Größe eines Schafes.

Carlos zog die Brauen hoch. Er hatte keine Ahnung, wie viele Teile verschiedener präparierter Lebewesen hier zusammengefügt worden waren, aber es war in einer Art und Weise geschehen, dass man glauben konnte, dieses ausgestopfte Tier habe tatsächlich einmal existiert. Nur hatte dieses Tier hier Füße, die er noch nie gesehen hatte. Nicht einmal die Schwäne auf der Alster hatten derart überdimensionierte Schwimmflossen. Und dieser Schnabel: Er war lang und gebogen, ledrig glänzend und leicht geöffnet, sodass man darin scharfe kleine Zähne sehen konnte wie bei einem Marder. Solche Werkzeuge braucht es, um einen Audi lahmzulegen, schoss es Carlos durch den Kopf. Das Gefieder des Vogels glänzte seidig, und die äußeren Flügel schimmerten rostrot mit weißen Tupfen. So sah die Feder aus, die hinter der Sonnenblende seines Wagens steckte. Das Untergefieder war smaragdgrün, wie beim Kopf eines Erpels. Am prächtigsten war der Schwanz. Eine wahre Kaskade an bunten Federn ergoss sich über die Tischplatte. Schnur ließ die Gruppe dicht vor der Figur Aufstellung nehmen, damit auch jeder sie ausgiebig bewundern konnte. Sie hatte kleine weibliche Brüste, die absolut echt aussahen. Ein Silikonimplantat wahrscheinlich.

»Nicht anfassen!«, schnauzte Schnur, als Carlos seine Hand ausstreckte. Ringsum flüsterten und witzelten die anderen Teilnehmer. Carlos betrachtete das Gesicht des Tieres. Wie konnte ein derartiger Ausdruck fast menschlicher Angst in den gelben Glasaugen zustande kommen? Über dem Schnabel wölbte sich eine kleine Nase, die wie in Erwartung von Schmerz gekräuselt war. Wie hatte der Tierpräparator das nur hinbekommen? Dieses Ding war ein kleines Meisterwerk.

»Ich sehe zweifelnde Gesichter hier«, sagte Schnur drohend und mit Blick auf Carlos. »Ich wiederhole: Sie stehen hier vor einem echten Elwetritsch. Es gibt sie da draußen.« Seine Stimme wurde leiser und eindringlicher. »Erst letzten Monat wurde ich selbst Opfer einer heimtückischen Attacke. Aber ich wusste mich zu wehren.« Schnur vollführte eine Abfolge undefinierbarer Kampfbewegungen. »Das Vieh ist geflohen, sonst könnten Sie jetzt hier ein zweites Exemplar bewundern. Dieses hier habe ich vor vielen Jahren selbst geschossen«, sagte er stolz. »Achten Sie auf diese Federn! Wenn Sie so eine finden, dann ist der Elwetritsch nicht weit!«

Es war eine ziemlich erbärmliche Show, die der Möchtegern-Großwildjäger hier abzog. Jetzt trat er ganz nah an die Gruppe heran, fixierte jeden Einzelnen und senkte seine

Stimme wieder zu einem unheilvollen Flüstern. »Manche wollen uns glauben machen, Elwetritsche seien kleine, possierliche Märchentiere, Modelle für Comics und T-Shirts.« Er machte eine theatralische Pause.

»Oder Brunnen«, entfuhr es einem der jungen Mannheimer.

»Oh, meinen Sie diesen schönen Brunnen in Neustadt?«, rief auf einmal eine der Frauen. »Der ist ja wirklich wunderschön. Da steckt so viel Originalität drin, so viel Liebe!«

Die Frau aus Sachsen fiel schwärmerisch mit ein: »Ja, nicht wahr? Da könnte man stundenlang zuschauen, wie aus ihren Schnäbeln das Wasser spritzt. So was Niedliches!«

»Das«, blaffte Schnur auf einmal und starrte die Zwischenruferinnen strafend an, »ist genau das, was ich meine: eine Lüge! Sehen Sie sich das Biest doch an. Was ist daran niedlich?«

»Oh, wir glauben Ihnen, dass Sie es auch dann erschossen hätten, wenn es klein und niedlich gewesen wäre«, sagte Carlos und wusste im selben Augenblick, dass er sich einen Feind gemacht hatte.

Schnur trat nah an ihn heran und schaute ihn aus zusammengekniffenen Augen an. »Die Elwetritsche sind gefährlicher, als man wahrhaben will. Ihr Koboldblut macht sie zu unberechenbaren, bösartigen Wesen.«

Der Zwiebelatem des Jägers ließ Carlos kurz blinzeln, aber er hielt dem starren Blick stand. Warum waren diese Touren wohl so gut besucht? Dieser Typ hier war weder lustig, noch erzeugte er wirkliche Spannung. Er war einfach nur selbstverliebt und bösartig. Das Beste war bis jetzt nur dieses sagenhafte Tierpräparat. Wo er das wohl aufgetrieben hatte?

Nachdem Schnur ein paar Sicherheitsregeln erklärt hatte, fuhr die Gruppe in einem Kleinbus hinauf in den

Wald. Die Fahrt dauerte zwanzig Minuten. Carlos behielt die Strecke im Auge und beobachtete die anderen Teilnehmer. Hatten sie sich von Schnur einschüchtern lassen? Das sächsische Ehepaar und die beiden Frauen unterhielten sich im Flüsterton und sahen nicht besonders glücklich aus. Die Jugendlichen hatten Alkopops aus ihren Rucksäcken geholt und offensichtlich immer noch ihren Spaß, und die Junggesellen sprachen über das bevorstehende Oktoberfest. Carlos fragte sich, wie Hans Strobel wohl in so eine Gruppe gepasst hätte.

Als der Bus schließlich auf einem Wanderparkplatz hielt, war es bereits völlig dunkel. Aus zwei größeren Kisten holte Schnur die Jagdausrüstung. Jeder bekam zwei Holzstöcke, eine Laterne und einen Jutesack. »Die Elwetritsche sind zwar gefährlich, aber sie sind dumm wie die Hühner. Licht lockt sie an. Diese Säcke werden mithilfe der Stöcke aufgestellt. Die Laterne kommt in den Sack. Dann legen wir uns auf die Lauer und warten, bis vielleicht eines dieser Biester in einen Sack kriecht. Verstanden?«

Die Gruppe nickte.

Danach erklärte Schnur, dass es in der Pfalz Brauch sei, bei der Elwetritsche-Jagd Wein zu trinken. Jeder Teilnehmer erhielt ein Dubbeglas, das er mit Weinschorle füllte. Schnur schien diesem Brauchtum allerdings nur widerwillig zu folgen. Als widerspräche es seinem militärischen Ansatz. Mit ernstem Gesicht verkündete er, dass der Geruch von zu viel Alkohol die Elwetritsche eigentlich auf Abstand hielt, was die Jugendlichen mit lautem Johlen begrüßten.

»Ruhe!«, rief Schnur. »Und aufgepasst: Ohne mich seid ihr hier draußen verloren. Es gibt hier überall Abhänge und Schluchten. Ich sage das nicht noch einmal: Wer sich von der Gruppe entfernt, wird unweigerlich zurückgelassen.«

Dann ging es los. Eine Reihe Laternenlichter tanzte durch die dunkle Kulisse des Waldes. Carlos schüttelte amüsiert den Kopf. Was war das hier nur für ein Schauspiel? Die eigentliche Jagd gestaltete sich dann ziemlich eintönig. Die Teilnehmer schlugen mit den Stöcken auf das Buschwerk ein und riefen »Tritsch, tritsch!«. Das Ganze hätte lustig und ausgelassen werden können, aber diese künstlich aufgebaute Bedrohlichkeit nahm der Sache den Spaß.

Carlos hatte zwar von Anfang an geahnt, dass eine Elwetritsche-Jagd ein alberner Zeitvertreib ist, allerdings hätte man das Spiel wohl durchaus kreativer gestalten können, damit die Leute etwas davon haben. Hier aber hatten nur die Junggesellen und die Jugendlichen ihren Spaß, was wohl hauptsächlich an ihrem fortgeschrittenen Alkoholpegel lag. Die Frauen dagegen schlugen zunehmend lustlos mit den Stöcken auf den Waldboden. Und Schnur stapfte mit unheilvoller Miene unbeirrt durchs Unterholz. Plötzlich hallte ein schnarrender Schrei durch den Wald, und die Gruppe zuckte zusammen.

»Schscht!«, zischte Schnur. Da ertönte der Schrei erneut. Schrill und lang gezogen. »Da! Da ist einer in der Nähe! Los, spannt eure Säcke auf.«

Jetzt kam Bewegung in die Truppe. Gehorsam legten alle die Säcke auf den Boden und stellten den Stock hinein, sodass eine Öffnung entstand. Die Laternen wanderten ins Innere der Säcke. Carlos allerdings hatte nicht vor, sich daran zu beteiligen. Er versteckte sich hinter einem Baum und beobachtete das Treiben. Dabei versuchte er, sich Hans Strobel mit Sack und Laterne vorzustellen. Es gelang ihm nicht.

»Und jetzt: alle in Deckung! Versteckt euch!«, flüsterte Schnur.

Die anderen duckten sich hinter ein paar Baumstämmen. Carlos sah die gespannten Gesichter im Zwielicht. Ringsum waren die leuchtenden Säcke verteilt. Das sah aus wie eine Traumszene, irgendwie surreal und gleichzeitig heimelig. Alle starrten wie hypnotisiert auf die Säcke. So sah auch keiner außer Carlos, wie Schnur jetzt an einem Ast rüttelte. Im nächsten Moment schwang sich etwas Großes über den Säcken von der einen zur anderen Seite. Ein flatterndes Etwas, so schnell, dass man es nicht richtig erkennen konnte. Hinter den Bäumen kreischten zwei der Frauen, und Schnur machte wieder »Schscht!«.

Sieh mal an, dachte Carlos, der Typ gibt sich ja doch wirklich Mühe.

»War das ein Elwetritsch?«, fiepste eine Stimme.

»Ich hab's euch doch gesagt, dass sie riesig sind!«

Wieder erklang der schrille, unheimliche Schrei irgendwo in der Nähe. Dann war alles still. Die Lichter der Laternen flackerten. Schnur stellte sich nun inmitten der aufgestellten Säcke auf. »Weg! Entkommen«, stellte er fest.

Von der Jagdgesellschaft, die nach und nach in den Laternenschein trat, waren Laute der Enttäuschung und Erleichterung zu hören. »Ich sagte doch: absolute Ruhe! Sonst wird das nichts. Also, wir versuchen es an einer anderen Stelle noch einmal!«, befahl Schnur.

Die Teilnehmer holten die Laternen aus den Säcken und folgten ihm. Die Atmosphäre hatte sich völlig geändert. Die alberne Stimmung, die in Teilen der Gruppe geherrscht hatte, war verschwunden. Die Junggesellen grinsten zwar immer noch, aber jetzt sahen sie eher erwartungsvoll und auch ein kleines bisschen irritiert aus. Die Frau aus Sachsen klammerte sich an ihren Mann. So stapften sie hinter Schnur her. Alle, bis auf Carlos. Der blieb so lange hinter seinem Baum stehen, bis die Laternen der anderen nur noch als schwacher Widerschein im Dunkel des Dickichts zu erahnen waren. Erst dann folgte er ihnen.

Wer sich von der Gruppe entfernt, wird also zurückgelassen, dachte Carlos. Hatte Schnur das tatsächlich ernst gemeint? Das konnte er sich eigentlich kaum vorstellen.

Aber nicht nur der Jagdleiter, sondern die gesamte Gruppe schien keinen Gedanken daran zu verschwenden, ob sie noch vollzählig waren.

Wieder ertönte der vogelartige Schrei. Aus einiger Entfernung konnte Carlos das Ende der Jagd mitverfolgen. Mangels echter Jagdbeute hatte Schnur für Ersatz gesorgt. In der Nähe des Busses waren kleine Figuren aus Ton im Geäst der Bäume aufgestellt. Der Jäger holte eine Flinte aus dem Bus und zielte auf eine der Figuren. Dann hallte ein Schuss durch die nächtliche Stille des Waldes, und Scherben regneten von den Zweigen. Nach und nach durften alle anderen mit dem Gewehr anlegen. Carlos war sich sicher, dass die Tonfiguren eine ähnliche Gestalt aufwiesen wie die auf dem Brunnen von Elwenfels. Nicht alle Teilnehmer verfügten über Schnurs Treffsicherheit, der aussah, als hätte er am liebsten jeden einzelnen Elwetritsch selbst vom Baum geschossen. Zum Schluss wurde jedem feierlich ein Blatt Papier ausgehändigt, das wohl den Jagdschein darstellen sollte, der die erfolgreiche Teilnahme an diesem Schauspiel bestätigte. Dann befahl Schnur alle zurück in den Bus. Carlos sah auf die Uhr. Es war kurz vor Mitternacht. Eine der beiden jungen Frauen blieb an der offenen Schiebetür stehen und redete aufgeregt auf Schnur ein. Immer wieder deutete sie wild gestikulierend in den Wald. Also hatte doch jemand sein Fehlen bemerkt. Schnur aber winkte ab, schüttelte immer wieder den Kopf und schaffte es am Ende, die Frau in den Bus zu bugsieren. Dann entfernten sich dessen Rücklichter und verschwanden in der Dunkelheit.

Carlos war allein. Allein in der absoluten Stille dieses unheimlich großen Waldes. Dass dieser Schnur die Drohung mit dem Zurücklassen wirklich in die Tat umgesetzt hatte, schockierte Carlos mehr, als ihm lieb war. Sein aufkommender Ärger richtete sich natürlich in erster Linie gegen diesen Möchtegern-Drill-Sergeant. Aber er war auch wütend auf sich selbst – und je länger er hier in der Dunkelheit ausharrte, desto mehr wurde ihm seine Lage bewusst: Carlos allein im Wald.

Ein Hamburger in der Pfälzer Wildnis. So hatte er sich die letzten Tage immer spaßeshalber gesehen. Auf einmal war das Ganze wahr geworden. Er ließ sich auf einen Baumstumpf sinken, holte ein Feuerzeug aus seiner Jackentasche und zündete die Laterne wieder an. Die Batterien der Taschenlampe in seinem Rucksack wollte er noch schonen. Es würde eine lange Nacht werden.

Alfons Schnur tauchte in der Morgendämmerung wieder auf. Carlos schreckte hoch, als die knirschenden Schritte auf dem Kies des abgelegenen Wanderparkplatzes in seinen unruhigen Schlaf drangen. Er sah von dem Hochstand hinunter, in dem er zusammengerollt die Stunden nach Mitternacht verbracht hatte. Natürlich kommst du zurück, dachte er triumphierend. Es ist sicher nicht das erste Mal, dass du nach jemandem suchst, der zurückgeblieben ist. Diesmal war Schnur mit einem Kleinwagen gekommen. Er hatte das Gewehr dabei und trug schon wieder seine lächerliche Tarnkleidung – oder noch immer? Schnur stand in der Mitte des Parkplatzes, suchte mit seinen Blicken die umliegenden Bäume ab und stieß einen unterdrückten Fluch aus. Dann ging er zielstrebig in den Wald hinein, denselben Weg, den sie gestern Nacht genommen hatten. Carlos dachte nach. Sollte er ihm folgen?

Wenn der wirklich so erfahren war, wie er vorgab, dann

würde er ihn sofort bemerken. Glücklicherweise erlaubte der Hochsitz es Carlos, Schnur eine Weile mit Blicken zu verfolgen. Der Jagdleiter schien wirklich die gestrige Route abzusuchen. Ab und zu schaute er nach oben in die Äste, einmal kniete er sich sogar hin, wohl um Spuren zu erkennen. Dann bog er das Gebüsch auseinander und verschwand ins Unterholz. Erst als Carlos ihn ganz aus den Augen verloren hatte, stieg er die moosbewachsene Holzleiter hinunter. Dann schlug er die gleiche Richtung ein wie Schnur und gab sich Mühe, sich so lautlos wie möglich über den Waldboden zu bewegen. Die kalte Feuchtigkeit des frühen Morgens ließ ihn frösteln. Der Himmel war wolkenlos, noch flimmerten die Sterne, doch im Osten leuchtete es schon zartrosa. Von dem Elwetritsche-Jäger war nichts zu sehen. Carlos glaubte schon, ihn verloren zu haben, als er plötzlich die Halbglatze Schnurs zwischen den Bäumen aufleuchten sah. Er duckte sich.

Alfons Schnur stand regungslos dort und schaute einen steilen Abhang hinunter, der sich unvermittelt zwischen den Bäumen auftat. Dann ging er in die Hocke und stocherte mit dem Gewehr im Gehölz herum. Im nächsten Moment war er verschwunden. Carlos hörte ein fernes Knacken. Zwei Wildtauben flatterten auf und rauschten direkt über seinem Kopf davon. Der Kratzer auf Carlos Wange begann zu pochen. Wahrscheinlich entzündete er sich doch. Er würde in Elwenfels auf jeden Fall zum Arzt gehen, falls es dort überhaupt einen gab.

Plötzlich peitschte ein Schuss durch den Wald. Carlos zuckte zusammen. Unwillkürlich brach ihm der Schweiß aus. Noch mehr Vögel flohen über seinen Kopf hinweg. Was lief da? Wenn Schnur wirklich nach ihm suchte, warum schoss er dann?

Vielleicht war ihm irgendein Tier vor die Flinte gelaufen.

Nichts, was einen sonderlich beunruhigen musste. Trotzdem spürte Carlos eine Alarmbereitschaft, dass er sich schon zum zweiten Mal innerhalb weniger Tage seine Dienstwaffe zurückwünschte. Er wartete. Als er gerade weitergehen wollte, tauchte Schnurs Kopf wieder zwischen den Zweigen auf, gerötet und feucht glänzend. Mit langen Schritten bahnte er sich einen Weg zurück. Carlos legte sich flach auf den nassen Boden. Es war auf jeden Fall besser, wenn Schnur ihn hier nicht entdeckte. Auf einmal fand er es gar nicht mehr so abwegig, dass Strobel im Rahmen solch einer Elwetritsche-Jagd verschwunden sein könnte. Als Schnur in dreißig Schritt Entfernung vorbeimarschierte, sah Carlos das blutige Kaninchen, das in seiner Hand baumelte. Der Mann genoss es, Tiere zu jagen. Und Fantasiewesen. Und was war mit Menschen?

Carlos wartete ab, bis Schnur nicht mehr zu sehen war und in der Ferne ein Automotor angelassen wurde. Dann stand er auf und humpelte mit eingeschlafenen Beinen in die Richtung, aus der Schnur mit dem toten Kaninchen gekommen war. Tatsächlich öffnete sich mitten im dichtesten Unterholz ein Abhang, wie eine Felsspalte, nur etwas breiter. Auf dem steilen Gefälle wuchsen vereinzelt Tannen zwischen großen Felsbrocken.

Was hatte Schnur dort gemacht? Das war doch nun wirklich keine typische Stelle, um einem Kaninchen aufzulauern. Carlos ging in die Hocke, ließ die Beine über die Kante baumeln und trat auf den ersten Steinbrocken. Wenn man sich seitlich an den Baumstämmen und den Kanten des Abhangs entlangtastete, war das Ganze wie eine große, steile Treppe. Auf einem der Steine glänzte frisches Blut. Carlos schaute nach unten, konnte aber das Ende des Abhangs nicht sehen. Verdammt unübersichtliches Gelände. Er kletterte weiter. Die Spalte wurde breiter. Plötzlich gab einer der Steine unter Carlos nach und brach weg. Es gelang ihm, sich am rauen Stamm einer Kiefer festzuklammern und wieder Halt zu finden. Das Gelände unter ihm verlief nun ein wenig flacher, aber es waren keine Felsen mehr zu sehen, auf denen man einigermaßen stehen konnte. Carlos trat in tiefes, struppiges Unterholz. Im nächsten Augenblick verlor er das Gleichgewicht und stürzte vornüber. Instinktiv griff er nach den Büschen – und ließ sie sofort mit einem Schrei wieder los. Die scharfen Stacheln der Brombeerranken hatten sich in seine Handflächen gebohrt.

Durch den Sturz war er ein ganzes Stück durchs Gebüsch gerollt, bis ihn ein umgefallener Baumstamm aufhielt. Für einen kurzen Moment überkam ihn Panik. Wenn er sich jetzt hier schwerer verletzte, war er verloren. Mit dröhnendem Schädel richtete Carlos sich auf. Außer den verletzten Händen war ihm nichts passiert. Zitternd sah er sich um.

Er saß am Grund einer tiefen Waldsenke, umgeben von goldrot wucherndem Haselgesträuch, an dem die Nüsse in dicken Ballen hingen. Auf der gegenüberliegenden Seite öffnete sich eine Schneise, wo dicht an dicht majestätische Blautannen wuchsen. Es war kalt, und ihn umgab der dichte Morgennebel. Langsam richtete er sich auf und sah zurück. Ob er es schaffte, den Abhang wieder hinaufzuklettern? An den Rückweg ins nächste Dorf wollte er gar nicht denken. Er pflückte ein paar Nüsse aus dem Gebüsch, zerbiss die Schale und aß das frische, grasig schmeckende Innere. Seine Wasserflasche war noch halb gefüllt. Er nahm einen tiefen Schluck und dachte nach. Dieser Abgrund lag verdammt nah an der Route der Elwetritsche-Tour. Was, wenn einer der Teilnehmer sich zum Pinkeln ins Gebüsch schlug? Und in der Dunkelheit abstürzte? Und keiner ihm zu Hilfe kam?

»... wird unweigerlich zurückgelassen.« Es war so, als hallte Schnurs militärische Stimme als Echo durch dieses Loch im Wald. Mit einem Mal fühlte sich Carlos vollkommen erschöpft. Was machst du hier, Carlos Herb? Elender Dösbaddel.

Er sollte schleunigst schauen, dass er wieder zurück in die Zivilisation kam, auch wenn das in diesem Fall nur ein Kaff namens Elwenfels war. Und dann sollte er endlich damit beginnen, seriöse Ermittlungsarbeit zu leisten. Es gab andere Anhaltspunkte, denen er nachgehen musste. Diese Weinmesse in München vergangenes Jahr zum Beispiel. Was war da damals genau gelaufen? Und wie war das mit dieser Verschwörung der beiden Winzer Bitterlinger und Kruse?

Carlos drehte sich um und sah den Abhang hinauf. Er suchte eine Stelle, die für den Aufstieg geeignet war. Als er auf allen vieren langsam hochkriechen wollte, fühlte er plötzlich unter seinem Knie etwas Hartes. Es knackte. Aber nicht wie ein Zweig. Eher metallisch. Ein klein wenig gläsern. Carlos hob sein Bein und tastete sich mit der Hand unter das Laub vor. Seine Finger berührten etwas Glattes. Und im nächsten Moment hatte er ein Mobiltelefon in der Hand. Er starrte das dreckverschmierte Smartphone an wie ein Ding aus einer anderen Welt. Ein kleiner, silberner Apfel blitzte auf. Wie in einem abgedrehten Werbefilm. Obwohl dieses iPhone hier offensichtlich längere Zeit im Wald gelegen hatte, sah man deutlich, dass Feuchtigkeit und Moder nicht ankamen gegen die Qualitätsarbeit chinesischer Leiharbeiter.

Carlos' Herz trommelte aufgeregt. Das Display war zersprungen, aber das war auch kein Wunder. Einen solchen Sturz unbeschadet zu überleben schaffte ja nicht mal ein Mensch. Er drehte das Handy um. An der Rückseite hatte sich ein Teil des Gehäuses ein wenig gelöst. Aber vielleicht war die SIM-Karte unbeschädigt. Er ließ das Smartphone in seine Hosentasche gleiten und sah sich zum wiederholten Male um. Was bedeutete dieser Fund? Lag hier noch etwas ... oder jemand am Boden dieses tückischen Abhangs? Er schaute auf die andere Seite, dorthin, wo sich die Schneise öffnete. Vielleicht lag hier irgendwo der Mensch, dem dieses Handy gehört hatte. Lag hier irgendwo ... Hans Strobel? Carlos wünschte sich seine alten Kollegen von der Spurensicherung herbei. Die Anwesenheit von Kriminaltechnikern und Rechtsmedizinern machte den Fund einer Leiche zwar nicht weniger schockierend – aber ihre professionelle Geschäftigkeit in weißen Papieranzügen und mit Gummihandschuhen machte das Ganze auf eine eigentümliche Weise erträglicher.

Er stand auf, nahm einen längeren Ast in die Hand und stocherte damit im Unterholz herum. Langsam bewegte er sich zur Mitte der kleinen Schlucht. Obwohl sein Atem in Wolken in der Luft stand, schwitzte Carlos. Er suchte den Boden einigermaßen systematisch nach allen Seiten ab, inspizierte die Ränder der Schlucht und schlug sich durch dichtes Gestrüpp bis in die Schneise hinein, hinter der der Wald undurchdringlich wurde.

Nichts. Er fand nur die bleichen Knochen eines kleinen Wildschweins. Eine Weile noch lief er hin und her, dann gab er auf und machte sich schwer atmend an den Aufstieg. Oben angekommen ließ er sich auf den Boden fallen und lag reglos und keuchend da.

Allmählich hatte er genug vom Wald und den Abenteuern der Wildnis. Er sehnte sich danach, in seinem Audi zu sitzen und zu Lou Reed mit einhundertachtzig Stundenkilometern über die A 10 zu brettern. Er musste schleunigst seinen Wagen wieder zum Laufen bringen. Wenn

Sofie recht gehabt hatte, brauchte er ja nur einen Benzinkanister.

Der Weg vom Parkplatz führte auf eine schmale Waldstraße. Carlos wandte sich nach rechts. In dieser Richtung lag die Weinstraße. Zumindest hoffte er das. Er war sich plötzlich nicht mehr sicher, ob er sich in der vergangenen Nacht den Weg richtig eingeprägt hatte. Er würde unten im Ort ein Taxi zurück nach Elwenfels nehmen. Als er eine gefühlte Ewigkeit die holprige Straße entlanggetrottet war, hörte er auf einmal ein Geräusch, das ihm merkwürdig vertraut vorkam. Vor ihm lag eine scharfe Kurve, und dahinter ertönte ein Tuckern, das direkt auf ihn zukam. Carlos blieb ruckartig stehen.

Das konnte doch nicht sein! Verfolgte dieser Kerl ihn etwa? Eine Minute später rumpelte ihm, wie erwartet, der kleine Traktor entgegen. Auf dem Fahrersitz saß der Alte mit Latzhose, gestreifter Schlafanzugjacke und Strohhut. Der Anhänger war wieder voll beladen mit Trauben. Carlos hob die Hand, und der Fahrer lächelte ihn breit an und hob ebenfalls die Hand. Wenig später brachte er sein Gefährt ruckelnd zum Stehen.

»Du bischt aber mol früh uff de Füß«, begrüßte ihn der alte Erwin.

»Und du? Schon wieder bei der Arbeit«, erwiderte Carlos.

»Ah jo! Von nix kommt nix«, lachte der Alte und machte eine einladende Handbewegung. »Hopp, hock dich, un ab geht's nach Elwefels.«

»Ja, danke. Wie gut, dass du gerade hier vorbeikommst.«

»De Erwin is halt immer da, wo er gebraucht wird«, nickte der Mann und klappte hinter dem Fahrersitz einen kleinen Notsitz hoch. »Do! Herzlich willkomme in meim Premiumwage!«, sagte er lachend. »Dauert aber ein bissel, bis wir ankomme, gell?«

»Schon gut. Hauptsache, ich kann mich ein bisschen ausruhen.« Carlos kletterte auf die Landmaschine und setzte sich hinter den Alten auf den schmalen Sitz. Dabei fiel ihm auf, dass der Traktor trotz des laufenden Motors überhaupt nicht nach Diesel stank. Es kamen nicht einmal Abgase aus dem Auspuff. Merkwürdig.

»Führt dieser Weg denn nach Elwenfels?«, fragte er, als Erwin ruckelnd anfuhr.

»Eigentlich führe alle Wege irgendwie nach Elwenfels«, kam die Antwort. Über den Lärm des Motors fragte Erwin: »Un? Wie war's heut Nacht im Wald? Gemütlich?«

Carlos zuckte zusammen. Woher wusste der Kerl von seiner Nacht im Wald? »Naja, es war zumindest aufschlussreich«, sagte er. »Ich suche jemanden, aber das wissen Sie wahrscheinlich ... Also, das weißt du sicher schon.«

Erwin lachte. »Jo klar. Nur hättscht du deswege net im Wald übernachte müsse. Manchmal sucht man was und merkt gar net, dass es die ganz Zeit schon da is, weeschwieschmään?«

Nein, Carlos wusste nicht, wie er das meinte. War das jetzt ein Hinweis? Oder wieder einer der rätselhaften Sprüche, die dem Alten immer so locker über die Lippen kamen?

Er schrie nach vorn: »Ja, ich muss aufpassen, dass ich mich nicht verzettle. Sonst bin ich am Ende noch misstrauisch gegen meinen eigenen Schatten.«

»Jo genau. Erst recht, wenn einem zwei Schatten folge, wie in deim Fall, gell Carlos?«

Zwei Schatten?

Im nächsten Moment wusste Carlos, was Erwin damit gemeint haben könnte, denn in einer halb zugewachsenen Einmündung neben der Straße sah er plötzlich ein Auto, das ihm sehr bekannt vorkam: der Saab mit den abgedunkelten Scheiben. Oder hatte er jetzt schon Halluzinationen, weil ihm seine überreizten Sinne nach dieser Nacht einen bösen Streich spielten?

Das Tuckern des Motors und das gleichförmige Ruckeln des Traktors machten Carlos immer schläfriger. Irgendwann schaffte er es nicht mehr, seine Augen offen zu halten. Das Letzte, was er hörte, war ein zufriedenes »Na alla« vom Fahrer, und dann sackte sein Kopf gegen Erwins Schulter.

Kapitel 7

Warum Jägerlatein noch schwerer zu verstehen ist als Pfälzisch

Carlos wachte auf, weil das Kitzeln in seiner Nase unerträglich wurde. Noch bevor er die Augen öffnete, wusste er, dass getrocknete Blumensträuße daran schuld waren. Aber da war noch etwas, das sein Unterbewusstsein irritierte.

Er schreckte hoch. Um sein Bett standen so viele Leute wie Familienmitglieder am Lager eines Schwerkranken: seine Gastgeber Brigitte und Berthold, Frau Zippel, der Arzt des Ortes, Else, Willi und – das musste eine Vision sein – Sofie.

»Was ... was ist denn los?«, stammelte er.

»Des fragen wir uns auch«, sagte Frau Zippel.

»Ich ... ich habe keine Ahnung, wie ich hierhergekommen bin.«

»Der Berthold hat dich heut Morge beim Pilzesammle am Ortseingang gefunde«, informierte ihn Brigitte, »verfrore un dreckig wie en Hund.«

Carlos kniff die Augen zusammen und versuchte, die Bilder der Erinnerung zu ordnen, die wie kurze Blitze an den Rändern seines Bewusstseins aufflammten.

»So ein kleines bissel haben wir uns schon Sorgen gemacht um dich«, sagte Sofie mit leicht spöttischem Unterton. »Wenn man unsere Elwetritsche zu arg auf die Pelle rückt, dann kann schon so einiges schiefgehn.« Sie zwinkerte.

»Ah, du warst fort. Die ganz Nacht!«, platzte es aus Willi heraus. »Do macht ma sich halt Sorge, odder? Kein Aug hab ich zugetan!«

»Ja, ich musste ... einer Sache auf den Grund gehen«, stieß Carlos mühsam hervor. »Und dann hat mich dieser alte Mann mitgenommen. Auf seinem kleinen Traktor. Wie hieß er noch gleich?«

Seine Gastgeber seufzten erleichtert: »Ah, de Erwin!«

»Alla, dann is jo gut.« Frau Zippel tätschelte seine Schulter.

»Wer ist denn dieser Erwin? Der scheint ja überall zu sein.«

»Genau so isses. De Erwin is immer do«, sagte Willi.

»Und, äh, wo wohnt er? Ich würde mich gerne bei ihm bedanken.«

»Mit em ›Große Gewächs‹ vum Kruse vielleicht?«, lachte Frau Zippel. »Der Erwin is immer überall un nirgends«, ließ Berthold ihn wissen.

Das war wieder ein typischer Elwenfelser Rätselspruch. Noch vor ein paar Tagen hätte sich Carlos über diese Art der Informationsvermittlung geärgert. Jetzt aber hörte er sich sagen: »Ah ja, na dann.«

»Genau!«, bestätigte Willi mit einem ernsten Nicken.

»Und, hast du einen Elwetritsch gefangen?«, fragte Sofie.

Carlos schüttelte den Kopf. Dann fiel ihm schlagartig alles wieder ein. Er fuhr mit der Hand unter die Bettdecke – er war unbekleidet bis auf die Unterhose.

»Wo sind meine Sachen?«, fragte er schnell.

»Do, wo se hingehöre«, antwortete die Pensionswirtin, »in de Wäschmaschin.«

Carlos ahnte es bereits, aber später bekam er Gewissheit. Das Handy, das er am Grund des Abhangs gefunden hatte, war weg. Brigitte hatte nichts in seinen Hosentaschen gefunden. Zumindest tat sie so. Entweder er hatte sich alles nur eingebildet, oder das iPhone war unterwegs verloren gegangen. Er musste diesen Erwin finden. Vielleicht war es ihm auf dem ruckelnden Traktor aus der Tasche gefallen. Warum hatte er es nur nicht in den Rucksack gesteckt?

»Sag mol, wer hat'n eigentlich die Jagd organisiert?«, fragte Berthold.

»Der Mann hieß Alfons Schnur«, seufzte Carlos, »ein ziemlich schräger ...« Er hielt inne. Die Mienen um ihn herum hatten sich auf einen Schlag verfinstert. Plötzlich war es, als schaue er auf eine Wand aus Stein. »Kennt ihr den?«, fragte er überrascht.

»Ah jo!«

»Leider.«

»Saukerl!«

»Dreckischer Verräter!«

»Hundsfott!«

Carlos hielt spielerisch die Arme schützend vor sein Gesicht. »Oh, das ist aber heftig, Leute. Was habt ihr denn gegen diesen liebevollen Zeitgenossen?«

Willi schnaubte. Brigitte schaute ihn giftig an.

Offensichtlich gab es selbst hier, im Königreich ironischer Witzeleien, eine Grenze des Humors, die man besser nicht übertrat. Carlos schlug wieder einen ernsten Ton an: »Ich für meinen Teil kann berichten, dass der werte Herr Schnur, naja, jetzt nicht direkt eine Straftat begangen hat, aber er hat mich ganz einfach so im Wald zurückgelassen. Gut, ein bisschen hab ich's auch drauf angelegt, weil ich einer Sache nachgehen wollte. Aber ich hätte nie gedacht, dass der Typ das wirklich durchzieht ...«

»Dem Schnur is alles zuzutraun, merk dir des«, zischte Willi. Auf seiner breiten Stirn pochten die Adern. Sofie, die neben ihm stand, begnügte sich mit einem verächtlichen Gesichtsausdruck, der Carlos frösteln ließ. Langsam wurde die Sache wirklich interessant.

»Der Schnur war mal einer von uns«, stieß Berthold widerwillig hervor. »Aber so en Dreckskerl gehört net nach Elwefels. Der hot zu viel kaputt gemacht.« Er schüttelte düster den Kopf.

Aber es waren nicht nur Wut und Ablehnung, die Carlos in den Gesichtern sah. Da war auch ... Angst. Bei Else flatterten auf einmal die Augenlider, als wollte sie jeden Moment ohnmächtig werden.

»Was is mit unserm Vogel?«, fragte sie mit zitternder Stimme.

»Was meinst du?«

»Hat er was rumgezeigt? So en Vogel ...« Sie beendete ihre Frage nicht und ließ sich auf die Bettkante sinken.

»Er hatte ein Tierpräparat, das er allen gezeigt hat. Ich habe mich die ganze Zeit gefragt, wer das angefertigt hat. Es sah ziemlich professionell aus. So, als würde es diese Elwetritsche wirklich ...«

Weiter kam er nicht. Mit einem Aufschrei presste Else die Hand vor den Mund, schoss hoch und eilte schluchzend aus dem Zimmer. Brigitte folgte ihr und stieß wehklagend aus: »Wenn das die alte Anna erfährt!«

»Aber ... was hat sie denn?«, fragte Carlos erschrocken. »Welche Anna?« Er hatte diesen Namen zwar schon mal gehört, wusste aber nicht mehr wo und in welchem Zusammenhang. Er wusste auch nicht, welche der vielen Fragen, die sich gerade in seinem Hirn aufdrängten, er zuerst stellen sollte.

»Der Drecksbankert«, polterte Willi, der ganz blass geworden war. »Dass er sich des wagt. Nach allem, was er gemacht hat.«

Carlos zwang sich, ruhig zu bleiben. »Könnt ihr mir bitte sagen, was es mit diesem Mann auf sich hat? Ich glaube, das könnte mir weiterhelfen.«

Keiner antwortete. Sofie trat ans Fenster und schaute hinaus. Dem Stand der Sonne nach war es bereits Mittag. Das Licht spielte auf den weichen Härchen in ihrem Nacken.

»Wir reden hier im Dorf nicht mehr über Schnur«, sagte sie. »Das Beste, was wir tun können, ist, ihn einfach zu vergessen.«

»Und was ist mit dieser alten Anna?«, fragte er.

»Wenn es dir gelingt, sie zu finden«, sagte sie achselzuckend, »dann wird sie dir vielleicht alles erzählen. Jedes kleinste Detail. Mehrmals. Aber nur, wenn sie einen ihrer klaren Tage hat.«

Damit war das Thema beendet, und Sofie verließ das Zimmer. Ihre Hände waren zu Fäusten geballt.

Nach einem schnellen späten Frühstück ging Carlos auf den Dorfplatz. Die Tische und Bänke vom Weinfest standen verwaist da. Ohne dass er sich wirklich etwas davon versprach, steuerte er das Rathaus an. Die Tür war offen, aber im Inneren empfing ihn eine kühle, leicht modrige Stille. Kein Empfangsschalter, keine Telefonistin. Nur ein großer, leerer Vorraum. War dieses Rathaus überhaupt noch in Betrieb? Links war eine Doppeltür, über deren Rahmen ein steinernes Wappen prangte: Weinranken waren darauf zu erkennen und die Umrisse eines Fabeltieres, das er inzwischen fast so gut kannte, als hätte er schon in der Schule alles darüber gelernt.

Carlos drückte die Klinke. Die Tür war nicht verschlossen. Dahinter befand sich so etwas wie eine Amtsstube. Ein Schreibtisch stand vor einer Schrankwand mit Hängeregistern. Auf der Tischplatte lag dick der Staub. Na gut, dachte Carlos trotzig. Wenn ihr es hier nicht nötig habt, euer Rathaus vor Eindringlingen zu schützen, ist das wohl der direkteste Weg. Er trat an einen Schrank, in dem er die Akten über die Bürger von Elwenfels vermutete, und in einem Hängeregister suchte er gleich unter »Sch«. Er fand einen dünnen Ordner mit den Personalien Alfons Schnurs, der eine Geburtsurkunde enthielt – der Mann war 1949 geboren. Laut Heiratsurkunde hatte er 1973 eine Frau Gabrielle Magin geheiratet, und die Taufurkunde wies einen Sohn aus, Jan Schnur, Jahrgang 1975. All das war hier in Elwenfels geschehen. Dann hatte er das letzte Blatt dieser Akte in den Händen, das laut Stempel aus dem Jahr 1999 stammte. Unter die Namen der Familie Schnur hatte jemand mit großen, wütenden Buchstaben einen Vermerk geschrieben: Ausbürgerung.

Als Carlos sich dem Haus des Ausgebürgerten in Ruppertsberg erneut näherte, zog sich in seinem Hals alles zusammen. Die unkontrollierbare Wut, die ihn seinen Job als Hauptkommissar gekostet hatte, schoss wie eine schnell wirkende Droge in seine Adern. Er hatte das Ganze zwar selbst provoziert, aber dass der Typ es wagte, ihn dann doch im Wald zurückzulassen, das war eine Tatsache, die einer offenen Rechnung gleichkam. Die musste beglichen werden. Und sei es nur, um den Leuten in Elwenfels, die er auf eine eigentümliche Art in sein Herz geschlossen hatte, eine Genugtuung zu verschaffen. Er sah Elses verzerrtes Gesicht vor sich, Sofies kalte Verachtung und Willis geballte Fäuste. Er hatte keine Ahnung, warum diese Reaktionen seine eigene Wut noch verstärkten. Wirkte bei ihm etwa schon dieses archaische Prinzip, dass ihre Feinde auch seine Feinde waren?

Als er durch die Hofeinfahrt stapfte, bot sich ihm ein

überraschendes Bild von Harmonie und Frieden, sodass sein Zorn augenblicklich abnahm. Im Halbschatten saßen eine ältere Frau und ein fülliger Mann Mitte dreißig auf einer Bank und genossen ganz offensichtlich die Spätsommersonne – und die Abwesenheit des Hausherrn. Dass Schnur nicht da war, spürte Carlos sofort. Es war, als wäre ein Nebel abgezogen.

»Guten Tag, ist Alfons Schnur zu sprechen?«, fragte er dennoch.

»Der Alfons is net do«, sagte die Frau, und die Erleichterung in ihrer Stimme war nicht zu überhören.

»Wollen Sie eine Elwetritsche-Jagd buchen?«, fragte der junge Mann neben ihr. Sein linker Fuß steckte in einem Gips.

»Das eigentlich nicht«, sagte Carlos, »ich hatte bereits gestern das Vergnügen.«

»Oh«, hauchte die Frau. Das klang fast ein wenig mitleidig, als wüsste sie, dass es kein wirkliches Vergnügen sein konnte, mit ihrem Mann durch den Wald zu hetzen.

»Wollte Sie sich beschweren?«, fragte der Mann.

»Wieso beschweren? Erwarten Sie das etwa?«

»Nee ... also ja, doch. Naja, manchmal isser halt schon ein bissel grob, gell?« Die Frau zeigte auf einen Stuhl und lud Carlos ein, sich zu setzen. »Sie müssen wisse, mein Mann macht die Touren eigentlich nur als Vertretung für unsern Sohn.« Sie deutete auf den Gips.

»Bin beim Fensterputze von de Leiter gefalle«, seufzte der junge Mann.

»Moment mal! Das heißt, normalerweise leiten Sie die Elwetritsche-Jagden?«, fragte Carlos.

Der Mann nickte und reichte ihm die Hand. »Jan Schnur. Bald bin ich wieder fit. Wenn Sie wolle, könne wir dann nochemal zusamme losziehn.«

»Mein Name ist Carlos Herb. Ich bin Privatermittler, aus Hamburg. Ich bin leider bald nicht mehr hier. Äh, wo ist denn Ihr Vater jetzt?«

»Beim Metzger in Landau. Dem verkauft er den Hasen, wo er gestern geschosse hat.«

»Ist das denn überhaupt erlaubt?«

»Jo, der Alfons hat eine Lizenz. Der schießt halt gern.« Die Frau senkte den Kopf, als wäre ihr diese Tatsache äußerst unangenehm.

»Mein Vadder wollt immer, dass ich zum Militär geh«, erklärte Jan Schnur.

Ein Blick auf sein gemütliches Gesicht, die Leibesfülle und die schulterlangen Haare verrieten Carlos, dass der militaristische Vater seinen Sohn sicher für einen Versager hielt.

»Der is immer noch Reservist bei den Gebirgsjägern. Aber für mich is des nix. Ich geb mein Gehirn net gern ab, wenn Sie wissen, wie ich mein.« Ein kurzes Lachen. »Ich mach die Elwetritsche-Jagden jetzt seit fünfzehn Jahren. Und wenn ich mal net kann, dann springt de Vadder ein.«

»Und lässt er dann öfter mal Leute im Wald zurück?«, fragte Carlos. Die Wirkung seiner Worte war nicht zu übersehen.

»Hot er des wieder gemacht?«, fragte Frau Schnur erschrocken.

Carlos nickte. »Ich habe es ehrlich gesagt darauf ankommen lassen, weil ich so einen Verdacht hatte. Das ist also schon mal vorgekommen?«

Die beiden drucksten ein wenig herum, bis Jan sagte: »Bei privaten Touren, also bei Junggesellenabschieden und so, da wird des manchmal so abgesproche, dass einer im Wald zurückgelasse wird und dann allein zurückfinde muss. Wenn so was gewollt is, dann mache wir die Tour hier im Wingert, nah beim Ort, sodass der Rückweg relativ leicht zu finde is.«

»Aber Ihr Vater, der macht so was ohne Absprache, tief im Wald?«

»Er übertreibt halt manchmal ein bissel«, wisperte Frau Schnur und knetete ihre Hände.

»Wissen Sie von Leuten, die zurückgelassen wurden?«

»Bis jetzt is des nur einmal passiert«, erwiderte Jan. »Ein junger Mann war des, aus Amerika. Mein Vadder hat gemeint, der war frech gewese und hätt des verdient.«

»Und der Ami? Hat der sich beschwert?«

»Der war bei de Polizei!«, schniefte Frau Schnur. »Und die haben den Alfons verwarnt. Zum Glück is ja nix passiert. Awwer wenn der sich jetzt verletzt hätt im Wald? Ach Gott nee ...«

»Aber warum macht Ihr Mann das? So was spricht sich doch rum. Das kann doch nicht gut fürs Geschäft sein, oder?«

Jan Schnur schnaubte. »Des is es ja. Für den is des alles Kinderkram. Er meint, die Leut brauche mehr Action. Deswege zieht er sich auch das Camouflage-Outfit an un macht das mit dem Tonvögelschießen. Dabei ... So was vergrault die Leut total.«

»Action, ja?«, Carlos zog seine Mundwinkel nach unten. »Tolle Idee!«

»Gut, die Idee mit dem ferngesteuerten Soundsystem im Wald, die war net schlecht«, gab Jan zu. »Da hot er so Schreie von Amazonas-Vögel aufgenomme. Wenn das durch die Dunkelheit hallt, das macht schon Stimmung.«

»Und das Ding, das von Baum zu Baum flattert?«, fragte Carlos.

»Eine Attrappe, mit 'nem Seil an de Bäum aufgehängt.«

»Und dieses Tierpräparat?«, bohrte er weiter. »Wo kommt das her?« Diese Frage zeigte bei den beiden eine stärkere Wirkung, als er vermutet hatte. Betroffenheit, vielleicht sogar Schuldbewusstsein, zeigte sich auf ihren Gesichtern.

»Also, ich zeig das den Teilnehmern jedenfalls nicht«, sagte Schnurs Sohn leise. »Ich will, dass die Leut ihre Fantasie spielen lassen. Das wirkt viel mehr.«

»Können Sie sich daran erinnern, ob Sie die Tour am 31. August 2012 durchgeführt haben?«, fragte Carlos Jan Schnur.

Jan zuckte mit den Schultern. »So direkt jetzt net. Aber warte Sie mol!« Er stand auf, humpelte ins Haus und kam wenig später mit einem dicken Buch zurück. »Do in unserm Gästebuch«, er blätterte, »31. August ... Nee, die hat de Vadder gemacht.«

»Hajo, natürlich«, fiel es seiner Mutter ein, »do war doch die Hochzeit von de Lisa. Un du warst Trauzeuge.«

»Stimmt«, murmelte Jan, »an dem Tag hat de Vadder drei Toure übernomme.«

»Gibt es Fotos von den Gruppen?«, fragte Carlos.

Jan schüttelte den Kopf. »Nur vom Bruce Willis.« Er grinste. »Der war vor fünf Jahren mal hier zu Besuch.«

»Dann zeige ich Ihnen jetzt mal ein Foto«, sagte Carlos und hielt ihm das Bild von Hans Strobel auf seinem Handy vors Gesicht. »Haben Sie diesen Mann letztes Jahr gesehen? Ich vermute, dass er bei der Tour am 31. August hier war. Ich würde ja gerne Ihren Mann beziehungsweise Ihren Vater fragen, aber er gibt mir sicher keine ehrliche Antwort.«

Jan und seine Mutter kniffen die Augen zusammen und betrachteten das Bild. »Kenn ich net«, sagte Jan.

»Und Sie?« Carlos schob sein Handy zu Schnurs Frau hin.

Sie schüttelte den Kopf. »Ich seh die Leut ja sowieso nie all, wo do mit in de Wald gehe.«

»Na ja.« Carlos steckte sein Mobiltelefon wieder in die Jackentasche. »Dann fahr ich mal wieder zurück nach Elwenfels.«

»Sie wohne in Elwenfels?«,

»Ja, zumindest vorübergehend.«

»Oh …« Das Gesicht der Frau bekam auf einmal einen traurigen Ausdruck. Carlos rückte auf dem Stuhl näher und fragte vorsichtig: »Es ist *nicht* Ihre Schuld, dass Ihre Familie aus Elwenfels fortgezogen ist, oder?«

Stummes Kopfschütteln. Zwei dicke Tränen flossen über die Wangen der Frau.

»Mama, komm! Is schon gut«, sagte Jan und legte seine Hand auf ihr Knie.

Frau Schnur schluchzte und presste ein Taschentuch auf ihren Mund. »Des is … so e traurige Geschicht …«

»Bitte, erzählen Sie doch«, sagte Carlos.

Die Frau schüttelte den Kopf.

»Hopp, Mama, jetzt verzähl schon«, bat Jan.

Dann erklärte er Carlos, dass er zwei Jahre lang in Patagonien bei einem Naturfilmer gearbeitet habe. Als er nach Hause zurückgekommen sei, waren seine Eltern aus dem winzigen Walddorf nach Ruppertsberg an die Weinstraße gezogen.

»Aus Elwefels zieht eigentlich niemand weg«, sagte er bestimmt. »So was macht keiner. Nur de Vadder. Ich frag mich bis heut warum.«

Seine Mutter schniefte und drückte Jans Hand, ihr Blick war bittend. »Ich will net drüber reden, Schätzel. Ich weiß nämlich selber net so genau, was damals passiert is. Ich weiß nur, dass der Alfons immer mit seinem Gewehr in de Wald is. Und irgendwie muss da wohl mal was passiert sein. Mit der Anna. Ich weiß gar net, ob die noch lebt. Die war immer so bissel neben der Kapp.«

Die alte Anna – so tief im Wald, dass kein Weg zu ihr führte, dachte Carlos. Es war jetzt das dritte Mal, dass er ihren Namen hörte.

»Jedenfalls sin unser Leut ausm Ort dann ganz bös gewese uff de Alfons. Keiner hat mehr mit uns gesproche, keiner hat uns mehr was verkauft. Für jedes Brot musst ich runter nach Deidesheim, für de Doktor auch. Mir ham net mal mehr Strom un Wasser gehabt. Un, was des Schlimmste war, in de Wirtschaft hat uns keiner mehr bedient.« Sie drückte die Hand ihres Sohnes und holte tief Luft. »Die wollten, dass de Alfons geht. Ich weiß net, was damals genau passiert is. Es war klar, dass wenn de Alfons net fortgeht aus Elwefels, dann kriegt er richtige Probleme.« Sie putzte sich laut schnäuzend die Nase.

»Und Ihnen hat er nichts gesagt?«

»Nee. Keiner hat mir irgendwas verzählt.«

»Hm«, Carlos versuchte, diese merkwürdige Geschichte zu verstehen.

»Ich sag Ihne was«, fuhr Frau Schnur fort, nun wieder etwas gefasster. »Wenn Sie wisse, wie sich des anfühlt, aus Elwefels wegzumüsse, dann wisse Sie auch, wie des war, als de Adam und die Eva rausgefloge sin ausm Paradies.«

Carlos nickte nachdenklich. Was in aller Welt war damals vor fast fünfzehn Jahren im Wald passiert? Andererseits, hatte dieses Rätsel wirklich etwas mit seinem Fall zu tun? Er stand auf und machte Anstalten, sich zu verabschieden. Er lächelte und hob die Hand. Plötzlich hörte er sich sagen: »Warum verlassen Sie Ihren Mann nicht und gehen einfach zurück nach Elwenfels?«

Sie sah ihn aus wässrigen Augen an. »Ach Gott, wenn des so einfach wär, gell.«

»Wenn was so einfach wär?«, dröhnte es jetzt vom Hoftor her. Urplötzlich nahmen Mutter und Sohn eine gespannte Körperhaltung an und blickten in Richtung der Stimme. Am Tor stand Alfons Schnur, die Augen klein und misstrauisch. Er trug wieder seinen Tarnanzug, und sein Schädel glänzte zwischen den spärlichen Haaren vor Schweiß.

Carlos ging langsam auf ihn zu und fixierte ihn. »Ich habe Ihrer Familie gerade vorgeschwärmt, wie außerordentlich gut mir die Tour gestern Nacht gefallen hat«, sagte er. »Nur der Weg zurück war ... ein bisschen dunkel.«

Schnur hielt seinem Blick mühelos stand. »Ich habe klar und deutlich gesagt, dass jeder, der sich von der Gruppe entfernt, zurückgelassen wird. Was ist daran so schwer zu verstehen?«, schnauzte ihn der Jäger an.

»Tja, wissen Sie, ich wurde gestern Nacht von einem Elwetritsch angefallen. Die böse Bestie hat mir mit ihren monströsen Flügeln den Mund zugehalten, sodass ich mich nicht bemerkbar machen konnte.«

In Schnurs Augen flackerte es. »Jetzt tun Sie mal nicht so, als wäre das hier der Amazonasdschungel, Mann! Das ist ein normaler deutscher Mischwald mit einem dichten Wanderwegenetz, und Sie waren zwei Kilometer Luftlinie von einem Ort entfernt.«

»Das mag sein«, sagte Carlos mit gespielter Einsicht. »Aber für jemanden, der mitten in der Nacht einen steinigen Abhang hinunterstürzt, ist es egal, ob drei Kilometer weiter Menschen wohnen. Der könnte einfach so verrecken da draußen! Aber er hätte sich eben nicht von der Gruppe entfernen dürfen, nicht wahr? Ist sein Problem.«

Neben ihm waren Gabrielle Schnur und ihr Sohn zu Salzsäulen erstarrt. Für die beiden schien es einem Wunder gleichzukommen, dass sich jemand dem Familienoberhaupt widersetzte. Ob Alfons Schnur diese Unterwanderung seiner Autorität später an seiner Familie auslassen würde? Ob er seine Frau schlug? Wahrscheinlich ließ er seine Wut wohl lieber an der regionalen Fauna aus.

Wie konnte er beweisen, dass Strobel damals im Wald verunglückt war und dass Schnur seine Leiche beseitigt hatte? Er musste unbedingt das Handy von Strobel wiederfinden. Sicher befanden sich in dem gesplitterten Kunststoffgehäuse irgendwelche Partikel vom Boden der Schlucht. Aber wie konnte er beweisen, dass er das Mobiltelefon genau dort entdeckt hatte? Verdammt, dachte Carlos, er hätte wenigstens die Fundstelle fotografieren und eine Panoramaaufnahme von diesem Abhang machen müssen. So hatte er gar nichts.

Wieso waren auf einmal alle Methoden, die in seinem alten Job so selbstverständlich waren, wie ausgeblendet? Was war nur los mit ihm? Carlos war für einen Moment ganz abgelenkt von dem Ärger über seine eigene Schlampigkeit. Schnur stampfte an ihm vorbei und bedachte seine Familie mit einem vernichtenden Blick.

»Nur noch das eine, Schnur«, sagte Carlos ganz leise, aber unüberhörbar. Es gefiel ihm, dass der Mann sofort innehielt und nun genau hinhörte. Ja, er war verunsichert, das war ganz klar. »Was auch immer Sie als Stellvertreter von Ihrem Sohn so alles treiben, nichts bleibt für immer unentdeckt. Die Dinge kommen irgendwann ans Licht. Auch wenn Sie glauben, dass im Wald Gras über die Sache wächst.«

Damit ging er, fing aber noch einen letzten Blick Schnurs auf. Der Mann war auf einmal ganz grün im Gesicht. Was sehr entlarvend war und farblich bestens zu seiner albernen Camouflage-Kostümierung passte.

Kapitel 8

Warum Hexen zwar Häuschen, aber Füchse nicht unbedingt Tollwut haben müssen

Dass Carlos die alte Anna fand, hatte einen geradezu märchenhaften Grund. Vor der Naturbarriere aus Totholz und Gestrüpp lag ein Brötchen auf dem Waldboden. Ein frisches, weiches Sesambrötchen. Für wen war das wohl bestimmt? Er dachte kurz an Hänsel und Gretel und das Knusperhäuschen. Als Carlos sich nach dem Brötchen bückte, entdeckte er, dass Ranken und Gehölz hier lose zusammenwuchsen. Er zerrte an dem Grün. Der engmaschige Rankenvorhang ließ sich zur Seite klappen wie eine Tür: Sesam, öffne dich! Er zwängte sich zwischen die Zweige und Brombeerblätter hindurch. Dahinter lag eine Art Korridor zwischen den mannshohen Büschen. Akkurat geschnitten, wie ein Heckengang in einem englischen Landschaftsgarten. Die grüne »Tür« schloss sich wie von selbst hinter ihm. Carlos stand in einem dämmrigen, modrig riechenden Flur. Über ihm taumelten Mücken und Käfer in der Luft. Das hier war eindeutig von Menschenhand angelegt worden. Aber warum?

Er ging zwischen den Laubwänden hindurch. Über ihm neigten sich die Äste der Bäume tief herab. Plötzlich stand er wieder auf freier Fläche. Carlos hielt inne und lauschte. Im Wald war alles still. Sogar die Vögel schienen so verdutzt, dass sie ihr Tschirpen vorübergehend eingestellt hatten. Vor sich, zwischen goldblättrigen Birken, erkannte er im hohen Gras nun ganz deutlich einen Trampelpfad. Hier war erst vor Kurzem jemand entlanggelaufen. Carlos folgte den Spuren. Die Neugierde trieb ihm den Schweiß auf die Stirn, obwohl es deutlich kühler war als am Tag zuvor. Der Weg führte immer weiter in den Wald hinein. Nach etwa zehn Minuten endete er an einem schmalen Bachlauf, den Carlos mühelos überspringen konnte. Wohin jetzt?

Carlos nahm schwachen Rauchgeruch wahr. Irgendwo brannte ein Holzfeuer. Über den Wipfeln sah er auch eine kleine Rauchsäule. Er hielt auf die Richtung zu. Dann sah er das Haus. Es war, als wäre er plötzlich am Set eines Mystery-Films gelandet.

Am Ende einer kleinen Lichtung, dicht gedrängt an eine Reihe Blautannen, stand ein kleines Fachwerkhäuschen. Die Witterung hatte dem Holz ziemlich zugesetzt, auf den Dachschindeln wuchs ein Teppich aus Moos. Die Treppe, die zur Tür hinaufführte, war ausgetreten und schief. Auf der obersten Stufe stand ein Brotkorb. Hinter den Fenstern hingen zerschlissene Tücher. Der kühle Wind bewegte dicke Kräuterbündel, die dutzendfach vom Dach der kleinen Veranda hingen. Schon wieder so eine Art Idylle aus dem Baukasten der Kinderfantasien, wenn auch mit einem unverkennbar gruseligen Beigeschmack. Kein Laut war zu hören. Carlos näherte sich vorsichtig dem Haus. Bis auf die Rauchfahne war kein Lebenszeichen zu sehen.

Dann sah er die Augen. Sie leuchteten zwischen den Streben des Verandageländers. Gelbe Augen, die keinem Menschen gehören konnten. Plötzlich stürzte ein fauchendes, knurrendes Etwas auf ihn zu. Carlos stieß vor Schreck einen Schrei aus. Er sah zwei Reihen scharfer Zähne unter einem funkelnden Augenpaar, spürte Fell und einen angespannten Körper, der sich jetzt auf ihn stürzte. Es war ein kleines Tier, aber in diesem Exemplar steckte die Stärke von zwei deutschen Schäferhunden. Carlos hatte Angst vor Hunden. Das Vieh hier war zwar nicht so groß, dafür aber viel schlimmer als ein Hund – es war ein Fuchs.

Carlos fiel rücklings ins Gras. Der Fuchs stieg auf seinen Oberkörper. Die hochgezogenen Lefzen zitterten. Carlos wusste nur zu gut, was bei einem Fuchsbiss passieren kann. Und wenn das Vieh ihn mitten ins Gesicht biss, dann wäre Tollwut sein kleinstes Problem. Der Fuchs knurrte nervös und schien sich zu fragen, wie er weiter mit seiner Beute verfahren sollte. Aber er biss nicht zu, denn plötzlich ertönte ein lauter Knall. Carlos schloss die Augen. Bitte, dachte er, bitte kein Jäger! Zumindest keiner, der einfach so drauflosballerte und auf alles zielte, was sich bewegte.

Oder auf dem Boden lag. Der Fuchs blieb weiterhin siegessicher auf seinem Brustkorb stehen und fing nun ein schrilles Gejaule an.

»Barbarossa, komm da weg!«, schrie eine krächzende Stimme. Augenblicklich wich der Fuchs zurück und ließ von ihm ab.

Als Carlos sich zitternd und erleichtert aufrichtete, sah er eine Frau mit einem Gewehr auf sich zustürmen. Ein aufgerissenes Fuchsmaul war auch nicht viel schlimmer als der Lauf einer abgesägten Schrotflinte direkt vor seinem Kopf. Dass die Waffe von einer Rentnerin in altmodischem Rüschenkleid gehalten wurde, machte die Sache nicht weniger bedrohlich. Er fiel wieder auf den Rücken und hob die Hände.

»Was machst du uff meim Grundstück?«, fauchte die Frau.

Carlos versuchte, den Lauf der Flinte zur Seite zu schieben. Seine Linke umklammerte immer noch das Sesambrötchen.

»Wer bischt du? Der Jäger schickt dich, hä? Du willst mir mei Tiere wegnehme?«

»N… nein, ganz bestimmt nicht, auf keinen Fall, nein!«, stammelte er.

»Mein Barbarossa nimmt mir keiner weg. Merk dir des!«

»Nein, nein, er ist … besser als jeder Wachhund«, stieß Carlos hervor. »Aber ich will Sie doch nur was fragen, liebe Frau Anna. Sie sind doch Anna, oder?«

»Wer will des wissen?«, herrschte sie ihn an.

Sie war ein resolutes Weib und wusste sich zu wehren. Die Frau schien schon jenseits der sechzig, hatte aber wie die Leute aus dem Ort jugendlich lebendige Augen. Sie trug das lange graue Haar zu einer wahrhaft virtuosen Frisur aufgesteckt, wie eine Dame aus dem Rokoko. Sie wirkte wie eine vergessene Komparsin aus einem Film über Marie Antoinette, die Jahrzehnte später immer noch auf ihren Auftritt wartet. Und sie war barfuß.

»Es tut mir leid, dass ich hier eingedrungen bin«, sagte Carlos beschwichtigend und zwang sich zu einem Lächeln.

Endlich nahm Anna die Flinte zur Seite und musterte ihn eindringlich. In jungen Jahren musste sie eine Schönheit gewesen sein. Als Carlos sich anschickte aufzustehen, knurrte der Fuchs, und die Frau sagte mit mütterlicher Strenge: »Barbarossa, Füchsel, is gut jetzert. Du bischt en Braver.«

Eine erstaunliche Wandlung ging durch das wilde Tier. Er drängte sich gegen die weiten Röcke seiner Herrin, schmiegte sich an sie und wackelte mit den Ohren. Nur seine gelben Augen blieben misstrauisch an Carlos haften. Dann beugte Anna sich vor und entriss ihm das Brötchen.

»Alla, kumm halt mit ins Haus«, sagte sie, als hätte das Mitbringsel sie endgültig von Carlos friedlicher Absicht überzeugt.

»Danke«, erwiderte Carlos, »sehr nett von Ihnen. Ich könnte einen kleinen Schluck vertragen, auf den Schreck.« Er sagte es nicht, weil er wirklich etwas zu trinken für seine Nerven brauchte, sondern weil es in diesen Breitengraden wohl so üblich war.

Ohne ein weiteres Wort drehte Anna sich um und ging, dicht gefolgt von ihrem Fuchs, aufs Haus zu. Ihre ausladenden Röcke streiften über das Gras.

Carlos kam etwas wackelig auf die Beine und folgte dem ungewöhnlichen Gespann. Die alte Anna stieg auf die Veranda, stellte die Flinte ins Eck und rückte einen Schaukelstuhl zurecht. Wortlos deutete sie darauf, und Carlos nahm gehorsam Platz, während sie im Haus verschwand.

Es herrschte ein durchdringender würziger Geruch nach getrockneten Kräutern vor. Jetzt erst sah Carlos, was die Frau mit den Tieren gemeint hatte. Links von der Veranda war ein selbst gebautes Gehege, in dem zwei Rehe im Gras lagen. Auf einer Stange über der Balustrade hockte ein Bussard, der irgendwie flügellahm aussah und ihn anblinzelte. Zwischen den vielen Blumen- und Kräutertöpfen ringsum wuselten drei kleine Katzen, und vor der Treppe kam gerade ein Kaninchen aus einem Loch im Holz gekrochen. Auf dem warmen Holz des Geländers lag eine dicke Eidechse und sonnte sich.

»Sie haben ja einen richtigen Zoo hier«, rief Carlos in Richtung der offenen Tür, hinter der es in der Dunkelheit rumorte.

Im nächsten Moment erschien Anna, in der Hand eine verstaubte Flasche und zwei Weingläser. Allerdings nicht eine dieser getupften Blumenvasen, sondern edel geformte

Stielgläser, die in ihren breiten, kantigen Händen fast etwas verloren wirkten.

»Die Tiere möge mich«, raunte die Alte und stellte Flasche und Gläser auf einen kleinen Tisch. »Brauchen mich. Zu viel Gefahre im Wald. Zu viel böse Mensche.«

»Was für böse Menschen denn?«

»Mensche mit Gewehre ...«, zischte sie.

Carlos lachte. »Dann sind Sie also auch ein böser Mensch?«

Ihre Hand zuckte vor und riss einmal kurz und heftig an seinem Haar. Das wäre ihr nicht gelungen, wenn Carlos es wie früher regelmäßig geschnitten hätte. Aber seit seinem Weggang von der Polizei ließ er es wachsen, wie ein äußeres Zeichen für seine stetig wachsende Ratlosigkeit dem Leben gegenüber. Und die alte Anna nutzte diese Angriffsfläche wie ein Kind, das in einem Streit nicht mehr weiter weiß.

»Aua!«, rief Carlos.

»Net frech sein, gell? Ich muss mich verteidige. Mich un die Tiere«, knurrte sie.

»Verstehe«, murmelte er. Auf eine seltsame Art wirkte die Frau bedrohlich. Warum lebte sie hier draußen? War die Einsiedelei selbst gewählt, oder hatten die Dorfbewohner sie dazu gezwungen? Und wie kam Alfons Schnur dabei ins Spiel? Wie sollte er von dieser unberechenbaren Alten brauchbare Informationen bekommen?

Der Fuchs hatte es sich inzwischen auf den Treppenstufen bequem gemacht und blinzelte zu ihm hoch. Er wirkte jetzt wie ein braver Hofhund. Drei Katzen schwänzelten einen Slalom durch Carlos' Hosenbeine. Die alte Anna zog den Korken mit einem lauten »Plopp« aus der Weinflasche. Sie goss ein und stellte eines der vollen Gläser vor ihm ab.

»Da! Sollst net sage könne, dass ich net gastfreundlisch bin.«

»Die Leute aus dem Dorf sind auch außerordentlich gastfreundlich. Ich werde richtig verwöhnt von ihnen«, sagte Carlos.

»Die könne gar net anders«, seufzte Anna wohlig, »ich krieg immer mei Brot. Und de Doktor kommt vorbei un guckt nach meinem schlimme Fuß.« Sie hob ihre Röcke und legte ihr Bein frei. Es sah aus, als hätte sie den Fuß bei einem schlimmen Unfall fast verloren. Ein rotes Netz aus Narben zog sich bis über das Schienbein. Dafür war sie allerdings doch recht flink unterwegs. Sie nippte an ihrem Wein und musterte ihn scharf über den Rand des Glases.

Carlos hob sein Glas ebenfalls. Der Wein roch eigentlich wie ein exotischer Fruchtsaft, mit einer mineralischen Note, die eine gewisse Erfrischung versprach. Er trank einen Schluck – und stellte das Glas sofort wieder zurück auf den Tisch. Dieser Wein hier war ein anderes Kaliber als der schlichte Riesling, den ihm die Elwenfelser in den vergangenen Tagen immer wieder aufgetischt oder auch aufgezwungen hatten. Dieser Geschmack ... Auch nach dem Schlucken blieb der Wein im Mund als Phantom, das sich zwischen Zunge und Gaumen ausbreitete wie ein nicht enden wollendes Echo. Was für ein Stoff! Das konnte auch der passionierte hanseatische Pilstrinker erkennen.

Die alte Anna hatte das Glas an ihrem Mund und sog die goldene Flüssigkeit geradezu ein, schlürfte genüsslich mit geschlossenen Augen. Dann breitete sich ein wissendes Lächeln in ihrem Gesicht aus, und sie kicherte leise.

War das hier eine Art Zauberritual im dunklen Wald? In vino veritas im Hexenhäuschen? Carlos brach den Bann. »Sag mal, Anna«, er duzte sie jetzt, »wieso wohnst du hier so ganz allein?«

»Ich bin doch aber gar net allein«, murmelte sie. »De Barbarossa is bei mir.« Sie deutete auf die beiden Rehe. »Un die Anna Karenina un die Marie Antoinette. Ich hab doch mei Tiere.«

»Ja, natürlich«, sagte Carlos und schmunzelte über die royalen Namen der Rehe. »Aber ... war das schon immer so? Ich meine, wann bist du denn hierhergezogen, und warum?«

»Du bischt aber ganz schön neugierisch, Langer.«

»Ja, stimmt. Aber ich muss viele Fragen stellen, weißt du?« Er verfiel unwillkürlich in einen Tonfall, als würde er mit einem Kind sprechen. »Ich suche nämlich jemanden.«

»Oh!«, stieß sie aus. »Des is doch nix Neues. Jeder sucht jemand.«

»Hast du die Tiere alle gerettet?«, fragte er.

»Nee, die komme freiwillisch. Nur die Rehe, die sin verletzt. Wege dem Dreckswilderer. Die bleiben jetzt do bei mir.«

Er sah hinüber zu den Rehen, die friedlich im Gras lagen und mit den Ohren zuckten. »Gibt es denn hier viele Wilderer?«, fragte er vorsichtig.

»Die ganz Welt is voll davon.«

»Kennst du den Wilderer, der hier öfter mal Elwetritsche jagt?«

Im nächsten Moment wusste er, dass die Frage keine gute Idee gewesen war. Annas Reaktion übertraf sogar Elses. Auf einmal wurde sie auf ihrem Sessel ganz klein, ihre Augen blickten starr. Die ganze Haltung war so, als würde sie gleich wie ein Springteufel auffahren, um ihm an die Gurgel zu gehen.

»Also, ich meine ... das ist natürlich nur ein Spaß«, sagte er schnell. »Ich habe nämlich gelernt, dass man die gar nicht fangen kann. Ist doch so, oder?«

Er griff nach seinem Glas, sein Mund war auf einmal ganz trocken. Noch ein Schluck von diesem ... meine Güte, was für ein Gesöff! Da könnte man sich glatt dran gewöhnen. Er stellte das Glas wieder auf den Tisch.

Im nächsten Moment fing die alte Anna an zu schreien. Der Schrei begann in ihrer Brust als ein Knurren, dann bebte ihre Kehle, sie quietschte wie beim Beginn eines Lachanfalls, und dann schrie sie mit aufgerissenem Mund. Carlos sah ihre braunen, lückenhaften Zähne, das vibrierende Zäpfchen. Das Schreien kam von ganz tief drinnen.

Schlagartig versteckten sich die Katzen hinter den Blumentöpfen, beim Fuchs sträubte sich das Fell, und der Bussard schwankte auf seiner Stange. Carlos sprang auf und versuchte Anna zu beruhigen. Doch als er ihre Hand nehmen wollte, begann der Fuchs zu knurren und verwandelte sich wieder in die wilde Bestie von vorhin.

Carlos brach der Schweiß aus. Zu schnell hatte sich die harmonische Stille rund um das kleine Hexenhäuschen in ein schrilles Chaos verwandelt. Wie sollte er mit dieser bizarren Situation fertig werden? Eine schrullige Alte verwandelt sich in eine schreiende Verrückte, und ein zahmer Kleinräuber in eine fauchende Bestie.

Plötzlich hielt der Fuchs inne und drehte sich um. Aus dem Dickicht des Waldes kam eine Gestalt mit schnellen Schritten auf das Haus zu. Es war Sofie. Carlos war mehr als nur erleichtert. Keinen anderen Menschen hätte er sich jetzt mehr hierhergewünscht.

»Was hast du mit ihr gemacht?«, rief sie.

»Nichts, verdammt! Ich habe nur das schlimme E-Wort gesagt, das mit -itsch aufhört!«

Sofie schien sofort zu verstehen. Ohne dass der Fuchs sie daran hinderte, sprang sie auf die Veranda. Sie kniete sich vor die alte Anna, die immer noch schrille Töne von sich gab, und sprach leise und eindringlich auf sie ein. Dann hielt sie ihr das Weinglas an die Lippen und flüsterte weiter, ohne dass Carlos verstand, was sie sagte. Das Schreien brach ab. Der Atem der Alten wurde langsam ruhiger. Sie sank in ihren Schaukelstuhl zurück und schlief ein. Auf ihrem Gesicht lag ein kindlich zufriedener Ausdruck.

Carlos blies erleichtert in die Luft. Sofie fuhr zu ihm herum.

»Sag in ihrer Gegenwart nie wieder etwas über Leute, die Elwetritsche schießen«, zischte sie. »Für sie ist das unerträglich. Das ist der Grund, warum sie hier draußen ist. Die Welt ist ihr zu wild und zu feindselig. Und dieser Friede hier ist ziemlich zerbrechlich.«

»Hab ich gemerkt ...« Er hob sein Glas und wollte sich auf diesen Schreck noch einen letzten Schluck genehmigen.

Doch plötzlich schnellte Sofies Hand hervor und entriss ihm den Wein. »Trink das nicht!«

»Was ... warum nicht?«

»Das ist nichts für dich.«

»Wieso denn? Die Anna hat doch auch ... Meinst du, sie will mich vergiften?«

»Misstrauisch wie immer, der Herr Schnüffler. Dieser Wein ... Er ist einfach nichts für dich, und fertig.« Dann drehte sie sich um und stellte das Glas auf die oberste Treppenstufe. Sie ging ins Haus und holte einen Krug mit Wasser. »Setz dich hin, Carlos. Sonst weckst du sie wieder auf.«

Was war das gewesen, das Anna so schlagartig schläfrig gemacht hatte? Hatte Sofie heimlich ein Medikament in den Wein gegeben? Oder war es das Getränk selbst? Er selbst spürte jedoch nicht das kleinste Anzeichen von Müdigkeit.

»Sorry, aber irgendwie habt ihr alle hier einen kleinen Knall«, murmelte er.

»Mag sein. Und weißt du was? Ich bin stolz darauf. Woanders wäre die Anna längst in der Klapse gelandet.«

»Was ist passiert?«

Sofie setzte sich auf eine Treppenstufe und sah sich um. »So viel«, seufzte sie, »so viel ohne Sinn.«

Neben ihr schlängelte sich der Fuchs die Stufen hinauf und näherte sich dem dort abgestellten Weinglas. Mit schnellem Zungenschlag schlabberte er den darin verbliebenen Wein aus, ohne dass das dünnstielige Gebilde auch nur wackelte. Als das Glas leer war und der Fuchs sich zu Füßen seiner schlummernden Herrin niederließ, schien auch er auf einmal zu lächeln.

Carlos hatte genug von den rätselhaften Sprüchen. »Ich frag dich einfach mal direkt: Hat das alles was mit Alfons Schnur zu tun?«

Sofie beugte sich nach vorn und sah ihn eindringlich an.

Mann, ihre Augen waren echt ein ziemliches Hindernis für klares Denken.

»Es geht dich nix an, aber das weißt du ja schon, oder?«

Carlos nickte brav.

»Der Schnur, der wäre en Fall für die Polizei«, fuhr sie fort. »Wir hatten genug Beweise. Und weil er genau wusste, dass er in den Knast kommt, da isser gegangen. Wenn ich ihn hier in Elwefels noch einmal seh, dann ...« Sie sprach den Satz nicht zu Ende.

»Dann ist diese grüne Wand gar nicht wegen den Wilderern da, sondern um Anna zu schützen?«

Sofie sah besorgt zu der schnarchenden alten Frau in ihrem Schaukelstuhl. »Die Anna hat schon als junges Mädchen nur eins gewollt: Tierärztin werden. Sie hat sogar studiert, in München. Aber dann sollte sie kurz vor dem ersten Staatsexamen ein Praktikum im Schlachthof machen – und das hat sie nicht gepackt.« Sie machte eine Bewegung vor ihrer Stirn. »Ich war damals noch ganz klein, als sie zurück ins Dorf kam. Die Leute haben sofort gemerkt, dass mit ihr was nicht stimmt. Da war sie grad sechsundzwanzig. Sie ist e bissel ... zerbrechlich.«

Carlos schaute auf den kleinen Tierpark um ihn herum. Die alte Anna lebte hier in einer abgewandelten Version ihres alten Lebenstraums. »Verstehe«, sagte er. »Anna pflegt hier draußen verletzte Tiere. Und Schnur kam ihr dabei in die Quere.«

»Oder sie ihm«, erwiderte Sofie mit einem schiefen Lächeln. »Sie hat ihre Schrotflinte nicht zum Spaß. Jedenfalls ist es für sie der absolute Horror, wenn jemand durch den Wald rennt und Tiere abknallt. Sie erträgt das nicht, und der Schnur wusste das. Er hat sie gequält. Er ist ein Sadist, en dreckischer Sauhund!«

Carlos unterdrückte ein Lächeln. Wie wütend sie werden konnte. Und wie sie dabei immer weiter ins Pfälzische abdriftete.

»Die Verletzung an ihrem Bein?«, fragte er. »War das Schnur?«

Sofie nickte. »Er hat im Wald uff sie geschosse. Und hat behauptet, es war ein Unfall. Er wollt einfach net, dass sie ihm dauernd in die Quere kommt, er wollt einfach in Ruh jagen. Danach wollten unser Leut nix mehr mit ihm zu tun haben.« Sie hielt inne, und ihr Blick ging auf einmal ins Leere.

»Und dann?« Carlos traute sich nur zu flüstern.

»Dann hat der Kerl der Anna ihr Häusel angezündet.«

»Was?«

»Ja. Er hat gewartet, bis sie draußen im Wald unterwegs

war, und dann …« Sie schnaubte verächtlich. »Des war seine Art von Rache.«

»Hm.« Carlos wusste nicht recht, was er sagen sollte.

»De Willi und die ändern ham es dann wieder aufgebaut. Der ganze Ort hat geholfen dabei.«

»Aber hattet ihr keine Angst, dass der Kerl wieder zurückkommt?«

»Ja, schon. Dem is alles zuzutraue. Zweimal hat die Anna en tote Has uff ihrer Veranda gefunde. Aber seit sie ihren Barbarossa hat, is Ruh.«

Die große Narbe auf Schnurs Handrücken, dachte Carlos. Das war dann wohl der Fuchs gewesen, der sich jetzt neben der immer noch schlafenden Anna erhoben hatte und auf einmal wieder unruhig schien. Seine Ohren zuckten, und die gelben Augen waren direkt auf Carlos gerichtet. Was für ein seltsames Tier.

Sofie stand ruckartig auf. »Es is spät, ich muss zurück ins Dorf. Findest du den Weg allein zurück?«

Carlos schluckte. Das bedeutete, dass sie seine Begleitung auf dem Rückweg nicht wollte. Er nickte mechanisch. »Ich komme zurecht.« Ihn hier allein bei der schlafenden Alten sitzen zu lassen, bedeutete dann wohl ein Höchstmaß an Vertrauen. »Kann Anna hier einfach so sitzen bleiben? Ich meine, soll ich hier noch irgendwas machen?«

Sofie schüttelte den Kopf. »Lass sie nur. Sie schläft gern draußen.« Ihre schlanke Hand strich über das rot glänzende Fell des Fuchses. Wie gerne wäre Carlos an Barbarossas Stelle gewesen.

»Alla dann«, sagte sie und ging.

Er sah ihr nach, wie sie leichtfüßig durch das hohe Gras der Wiese lief und dann vom Wald verschluckt wurde. Warum hatte Sofie es auf einmal so eilig? Wo war ihr Misstrauen geblieben? Hatte sie denn keine Angst, dass er hier

»herumschnüffelte«? Warum war sie überhaupt aufgetaucht? Hier. Und überhaupt: in seinem Leben. Carlos blieb noch eine Weile sitzen und lauschte. Der Wind rauschte durch die Bäume, und langsam wurde es kühl.

Der Fuchs schnaubte. Was war nur los mit dem Tier? Er starrte ihn dermaßen intensiv an, dass Carlos schauderte. Dann kam Barbarossa auf ihn zu, reckte seinen Kopf und jaulte leise. Es klang nicht feindselig, eher ... drängend. Dann begann er auf und ab zu laufen und immer wieder dieses Jaulen auszustoßen.

»Du solltest keinen Wein trinken, mein Guter. Versuch's mal mit einem Pils!« Carlos lachte über seine unbeholfenen Versuche in Tierpsychologie.

Aber Barbarossas Verhalten wurde immer drängender. Er stieß Carlos mit der Schnauze an. Dann schnappte das Tier nach seinem Hosenbein und zog daran. Aha, dachte Carlos, jetzt sollte er wohl in *Kommissar Rex* mitspielen. Das kluge Tier und der dumme Mensch, der zu blöd ist, den Instinkten zu vertrauen. Barbarossa wollte ihm wohl wirklich irgendetwas zeigen. Langsam stand er auf. Die alte Anna schnarchte immer noch. Blitzschnell sprang der Fuchs von der Treppe hinunter ins Gras und scharrte ungeduldig mit den Pfoten.

Carlos zögerte. War Sofie wirklich weg? Oder stand sie hinter einem Baum und beobachtete ihn? Barbarossa jaulte lauter und huschte zur Seite des Hauses. Carlos folgte ihm. Immer wieder vergewisserte sich das Tier, das er ihm auch wirklich folgte. An der Rückseite des Hauses blieb der Fuchs stehen. Hier standen die Tannen dicht beieinander. Unter den Zweigen war es dunkel. Es roch nach Moder und nassem Holz. Alte Gartengeräte standen hier herum und Holzkisten mit leeren Weinflaschen und Weckgläsern.

»Und jetzt? Was willst du von mir?«, murmelte Carlos mehr zu sich selbst.

Als Antwort begann der Fuchs wie wild im Kreis umherzulaufen. Immer wieder um dieselbe Stelle. Das war eindeutig. Dabei stieß er hohe, klagende Laute aus und schien die Stelle, die er umtanzte, nicht betreten zu wollen.

Carlos näherte sich. Es war ein Fleck Erde, spärlich mit Unkraut bewachsen und leicht erhöht. »Was stimmt denn hier nicht?«, fragte er.

Der Fuchs umkreiste weiter dieselbe Stelle und wurde immer wilder. Carlos sah sich um. An der Rückwand des Hauses standen Gartenwerkzeuge, darunter auch ein Spaten. Sollte er wirklich …? Er schaute auf die Uhr. Es war kurz vor sieben.

»Tut mir leid, Kumpel, aber das muss warten bis morgen. Gleich wird's dunkel, und ich hab in letzter Zeit ein bisschen zu oft an seltsamen Orten übernachtet.«

Barbarossa kläffte.

Hatte er das etwa verstanden? Ein letzter tiefer Blick aus seinen gelben Augen, als wollte er sagen: »Versprich, dass du morgen wiederkommst«. Dann verschwand er im Wald.

Carlos betrachtete die Stelle am Boden. Was sollte denn da so Interessantes liegen? Er wusste nicht, was er von dem Verhalten des Fuchses halten sollte. Vielleicht hatte er dort irgendwann einmal etwas verscharrt und kam nicht mehr dran. Oder ein Dachs hatte hier ein Tänzchen aufgeführt, und Barbarossa störte sich an dem fremden Geruch. Was auch immer. Er war jedenfalls kein auf Drogen, Leichen oder Sprengstoff abgerichteter Spürhund. Warum also sollte Carlos seiner Aufregung Beachtung schenken?

Es war gerade dunkel geworden, als Carlos wieder in Elwenfels ankam. Als Erstes fiel ihm auf, dass aus dem Häuschen am Friedhof keine Bässe dröhnten. Obwohl er erst ein paarmal hier vorbeigekommen war, kam ihm die Stille eigenartig vor. Es war so, als fehlte ein wichtiges Element der eigenartigen Dorfidylle, wenn aus dem Haus des Pfälzer Dreadlock-Trägers Anthony keine Musik kam.

Diese Stille. Sie war überall. Auch auf dem Dorfplatz. Keine Menschenseele. Hier standen ein paar Stühle vor den Häusern, dort lag eine Zeitung auf dem Gartentisch, durch die der Abendwind raschelte. Daneben lag ein Vesperbrett mit einem angeschnittenen Stück Käse. Ein halbleeres Schoppenglas, eine umgeworfene Tasse. Krähen kamen von den umliegenden Dächern heruntergestürzt, landeten auf dem Tisch und hackten auf den Käse ein. Niemand da, um sie daran zu hindern. Der ganze Ort sah so aus, als hätte er nur als Kulisse für einen Dreh gedient, und nun war die Filmcrew abgereist.

Was war hier los? Ein beklemmendes Gefühl beschlich Carlos. Plötzlich hörten sich die Schreie der Raben unwirklich und bedrohlich an. Die Stille in den leeren Gassen und auf dem verwaisten Platz ließ ihn frösteln. Das war doch normalerweise die Zeit, in der sie aus ihren Häusern kamen, draußen von Hoftor zu Hoftor miteinander redeten, ihre vokallastigen Rufe austauschten und in die Weinstube gingen.

Als er in den Hof der Gaststätte trat, waren alle Tische unbesetzt. Auch im Innern des Gastraums war niemand. Auf ein paar Tischen standen leere Weingläser, einige Teller waren noch nicht einmal halb aufgegessen. Das Unvermittelte dieser Verlassenheit irritierte Carlos. Irgendetwas stimmte hier ganz und gar nicht. Wie geisterhaft diese Stube aussah ohne die Wirtin mit ihrem Kartoffelmesser, ohne Willi und Konsorten. Ohne Stimmen. Ohne Laute. Dies hier war die Geräuschkulisse eines Stummfilms. So etwas passte vielleicht in die Zwanzigerjahre des vorigen

Jahrhunderts. Nicht aber in diese Region, in dieses Königreich des »Gebabbels«.

In der Pension das gleiche Bild. Brigittes Häkelzeug lag auf der Lehne des Sessels, und alles sah aus, als hätte sie mit ihrem Mann schlagartig das Haus verlassen müssen. Carlos suchte sich etwas Essbares im Kühlschrank zusammen und machte es sich auf der Terrasse bequem. Eigentlich war diese Stille sehr erholsam nach seinen Erlebnissen im Hexenhäuschen im tiefen, tiefen, dunklen Wald, wo sich Fuchs und Anna »Gute Nacht« sagten. Carlos schmunzelte und steckte sich ein Stück Brot mit Leberwurst in den Mund.

Er dachte an Hamburg. Ob er dort jetzt weniger einsam wäre? Dort konnte er, wenn er allein war, ins *Schiefe Eck* gehen, eine alte Seemannskneipe, wo die Tätowierungen der Stammgäste älter waren als die wackelige Jukebox neben der Tür. Er konnte, wenn er den Blues hatte, über einem halben Dutzend Bier und ein paar Schnäpsen dem Barmann Günther sein Leid klagen. Dann bekam er stets ein paar ruppig aufmunternde Worte als Trost – und noch ein Schnäpschen aufs Haus. Kürzlich hatte er dann aber herausgefunden, dass der Barmann nicht mal seinen Namen wusste. Zwar nahm Carlos ihm das nicht übel, aber seitdem war er nicht mehr dort gewesen.

Er nahm einen Schluck von seiner Weinschorle, die er sich regelgetreu mit dem Vier-Finger-Wein-vier-Finger-Wasser-System selbst gemischt hatte. Inzwischen trank er Wein, ohne darüber nachzudenken, ob diese Art von Alkohol ihm schmeckte oder nicht. Auf jeden Fall taten die vergorenen Trauben immer wieder ihre seltsame Wirkung: Man kam ins Sinnieren. Wo lag der Unterschied zwischen seiner ehemaligen Stammkneipe in Hamburg und der Weinstube hier in Elwenfels? Was würde wohl passieren, wenn er Elsbeth mit ihrem Kartoffelmesser sein Leid klagen würde? Er kannte die Antwort bereits. Und genau deswegen fühlte es sich nicht nur seltsam, sondern geradezu traurig an, dass die einzige Wirtschaft von Elwenfels jetzt menschenleer war.

Komm schon, Jammerlappen, Selbstmitleid macht auch nicht glücklich! Irgendeinen verrückten Grund würde es schon geben für das kollektive Verschwinden. Es war einfach nur eine weitere Folge in dieser Serie an Merkwürdigkeiten, die er seit seiner Ankunft hier erlebte. Wahrscheinlich würden die Eingeborenen dieses seltsamen Dorfes genauso schnell wieder auftauchen, wie sie verschwunden waren. Er wusste jetzt schon, welche Antworten sie dann auf seine Fragen geben würden: »Schoppegewitter!« und »Sin mir wieder gut!« und »Trinke mir noch einen bei dem Sauwetter!«. Und da kam ihm die Idee.

Gegen 22 Uhr machte Carlos sich noch einmal zum Dorfplatz auf, auf dem immer noch endzeitliche Leere herrschte. Er ging direkt in den Schankraum der Weinstube, mischte sich noch eine Schorle und setzte sich dann in den Hof an einen Tisch. Hier hatte er beides im Blick: das Innere der Gaststube und den Platz mit dem Brunnen. Er würde so lange warten, bis sie zurückkämen. Woher auch immer. Wann auch immer.

Eine halbe Stunde später hörte er Motorengeräusche auf dem Platz. Na also, dachte er erleichtert. Als das Auto dann aber in sein Sichtfeld kam, verflüchtigte sich die Erleichterung ganz schnell. Es war ein Polizeifahrzeug. Ein einzelner Beamter stieg aus dem Auto, kam in den Hof und rauschte grußlos an Carlos vorbei ins Innere der Wirtschaft. Eine halbe Minute später kam er wieder heraus. Er sah aus, als hätte er dort eine Schorle aus Essig und Zitronensaft zu trinken bekommen. Er blieb am Hoftor stehen und rang offensichtlich mit sich, was er nun tun sollte.

»So ganz allein unterwegs, Herr Wachtmeister?«, fragte Carlos. »Ist das nicht gefährlich in dieser Wildnis hier?«

Die blaue Uniform fuhr herum. »Zohres« stand auf dem Namensschild seiner zerknitterten Jacke. Über schmalen Lippen und einer breiten Stupsnase ragten zwei tiefe Zornesfalten auf, die in einem Büschel senfgelbem Haar endeten, das ihm der Abendwind in sein blutleeres Gesicht wehte. Er blieb abrupt stehen und reckte das Kinn vor. Der Polizist schien nicht recht zu wissen, ob er sich über den einzigen lebenden Menschen in dem leeren Dorf freuen oder ärgern sollte, weil der ihn in einem so aufgewühlten Zustand antraf, denn Zohres wirkte so gereizt wie eine Hyäne im Blutrausch.

»Wo sin die all hin?«, blaffte er.

»Keine Ahnung«, entgegnete Carlos.

»Un Sie sin? Tourist?«, fragte Zohres.

»Ist das ein Problem?«

Zohres machte eine gereizte Handbewegung und ging zu seinem Streifenwagen auf dem Platz. »Un Sie wissen wirklisch nischt, wo die ganz Bagage is?«

»Mir hat keiner was gesagt.«

Carlos machte es Spaß, einen Provinzpolizisten dabei zu beobachten, wie er im Dunkeln herumstocherte und sich doch so gab, als wäre er stets Herr der Lage. Und er setzte noch einen drauf. »Warum sind Sie denn hier? Gibt's ein Problem, Officer?«

»Die machen mich noch wahnsinnig, diese Dabbschädel!«, stieß er hervor und schlug auf das Dach des Wagens.

»Aber dann sollten Sie doch gerade froh sein, dass sie weg sind«, sagte Carlos.

Zohres wirbelte herum. »Hä? Wie meine Sie des?«

»Na, hören Sie doch mal!« Carlos' Arm beschrieb einen Halbkreis. »Diese wunderbare Ruhe. Und wo es so ruhig ist, da gibt's keinen Ärger, nicht wahr?«

»Ja schon, aber ...«

»Aber ist es nicht das, was die Polizei will?«

»Nix. Sie verstehn des net. Die sin fort, weil sie genau wisse, dass mich des fertigmacht.«

»Ach, Sie meinen, sie sind wegen Ihnen ...?«

»Ja, nee ... Ach was soll ich Ihne des jetzt alles erkläre?«

Carlos konnte ein Grinsen nicht unterdrücken. Er kannte solche Typen aus seiner Vergangenheit. Die gab es überall bei der Polizei. Streifenbeamte, die es nicht weiter brachten, sei es wegen mangelndem Ehrgeiz oder zu niedrigem Intelligenzquotienten. Für solche Leute wurde die Uniform dann aber zu ihrer Identität. Und auf einmal waren sie die Sheriffs vom ganzen Revier und die Marshalls vom Reservat. Sie haderten ständig mit ihrem Schicksal, weil sie Streife fahren mussten an Orten wie Elwenfels, wo einfach niemals etwas passierte. Oder doch?

Carlos schlüpfte aus seiner Rolle. »Haben Sie Durst, Mann?«, fragte er.

»Was? Un was is mit Alkohol im Dienst? Schon mal was davon gehört, hä?«

»Haben Sie noch was vor heute Abend?« Carlos wollte ganz harmlos klingen.

Der andere winkte ab.

Carlos stand auf, rückte einen Stuhl zurecht, ging nach drinnen und kam mit einem zweiten Glas und einer weiteren Flasche Wein zurück. Fachmännisch mischte er die Schorle. »Kommen Sie«, lud er den Beamten ein. »Jetzt trinken wir erst mal was gegen den Ärger, hm?«

»Jo, jetzt aber! Was soll das?«, fragte Zohres müde und gereizt.

»Nun, ich bin quasi die Vertretung der Elwenfelser im Moment«, erwiderte Carlos und war im selben Augenblick ein bisschen stolz auf sich. »Ich sorge dafür, dass Sie hier in der Wildnis nicht auf dem Trockenen sitzen.« Carlos deutete noch einmal auf das volle Schoppenglas, das auf dem Tisch vor sich hin sprudelte. »Welcher Pfälzer könnte da widerstehen?« Er lächelte den Polizisten an.

Der kam an den Tisch, nahm tatsächlich das Glas und leerte es in einem langen Zug bis zur Hälfte.

»Alla«, entfuhr es Carlos, und er erschrak. Hatte er das eben wirklich gesagt? Wie leicht ihm dieses Wort von den hanseatischen Lippen gerutscht war. Vielleicht sollte er ein bisschen aufpassen, dass seine Assimilierung nicht zu weit ging, sonst würde man ihn in Hamburg am Ende noch belächeln, weil sein Hochdeutsch mit Vokabeln und Lauten aus der pfälzischen Provinz kontaminiert war.

Der Polizist nahm noch einen tiefen Schluck. »Was soll der Geiz, odder?«, lachte er jetzt. »In fünf Minute hab ich sowieso Feierabend.«

»Na dann.«

Der Zohres nahm den nächsten Schluck, und das Glas war leer. Ohne zu fragen, ganz so, wie er es gelernt hatte, machte Carlos das Glas seines speziellen Gastes wieder voll. »Ist denn viel los hier im Dorf?«, lotste Carlos den Polizisten auf das Gleis, auf dem er ihn haben wollte. »Die brauchen hier doch gar keinen Schutzmann, oder?«

»Ha! Do is mehr los, wie Sie denke! Gucken sich doch mol um!« Das volle Glas in seiner Hand zuckte in Richtung Platz. »Wo sin die all hin? Wo ist des Loch, wo sie reingefalle sin, hä? Gibt's doch gar net! Sauerei is des!« Zohres klang so, als wäre das menschenleere Dorf ein Verbrechen gegen die Menschheit.

»Ja, ist wirklich ein bisschen komisch«, erwiderte Carlos.

»Gerade um diese Zeit kann man sonst ziemlich viele von ihnen hier sehen. Und hören!« Carlos schmunzelte Zohres ins blasse Gesicht, in das der Wein inzwischen ein paar rote Flecken gezaubert hatte.

Der Polizist zuckte mit den Schultern, rückte sich einen Stuhl zurecht und setzte sich. »Genau des isses jo«, sagte er dann. »Die halte sich nicht mal an die Sperrstund. Ich bin schon mal nachts um halb eins hier durchgekomme, do ham die hier uff de Tische getanzt.«

»Na und?«

»Na und? Sie sind gut, Mann. Das Gaststättengesetz Deutschlands untersagt ...« Seine Mundwinkel zuckten kurz, dann führte er das Glas wieder an den Mund und trank.

Immerhin, dachte Carlos, ihm fällt selbst auf, wie albern er klingt. »Ja, sie sind wirklich ziemlich eigenwillig«, sagte er lächelnd. »Und was meinten Sie, was hier sonst noch so los ist?«, fragte er weiter.

Plötzlich schien Zohres misstrauisch zu werden. »Warum interessiert Sie des?«

»Och, nur so. Man will ja Land und Leute ein bisschen kennenlernen, nicht wahr?«

Zohres schwieg und starrte zum Eingang der Weinstube, als befände sich dort ein geheimnisvolles Tor zur Unterwelt.

»Sie haben schon recht«, versuchte Carlos es weiter. »Ist schon alles ein bisschen merkwürdig hier. Ganz so, als ob sie was zu verbergen hätten. Da wäre es schon interessant zu erfahren, was der Polizist vor Ort darüber denkt.«

»Ach ja, und warum?«

»Weil ich selbst einer bin«, log Carlos. »Also nicht von hier, aber, naja, wir sind praktisch Kollegen.«

Zohres zog seine Augenbrauen langsam nach oben.

Es gelang ihm nicht, sein Erstaunen zu verbergen, auch wenn er sich offensichtlich bemühte. »Ach ... wirklich ... na dann ...«

»Ja, aber ...« Carlos legte geheimnisvoll den Zeigefinger auf seinen Mund.

Der andere nickte knapp. Dann hob er die Schultern und meinte: »Tja, wie soll ich des beschreibe ... Der ganze Ort ... Die schere sich um nix. Dene is alles scheißegal: Gesetze, Verwaltungsvorschrifte, Sitte un Gebräuche un alles. Wissen Sie, wie ich des mein?«

Carlos brauchte nur knapp zu nicken. Er wusste, dass er den Weinstraßen-Wachtmeister endlich da hatte, wo er ihn haben wollte.

Zohres kam nun in Fahrt. »Braucht man sich nur umzugucke: Nicht einmal ein funktionierendes Rathaus gibt's do. Keine Internetseite, kein bissel Werbung für de Fremdeverkehr. Die wolle überhaupt nix mit Tourismus zu tun haben. Fühle Sie sich als Besucher hier wohl?«

»Ja, auf jeden Fall!«, rutschte es Carlos etwas zu wahrhaftig heraus.

»Na, dann is jo gut für Sie. Mit einem Touri werden die vielleicht grad noch fertig. Aber alles, was drüber raus geht ... Es gibt ein regionales Vermarktungskonzept für die Weinstraß. Aber da halte die sich net dran hier. Die schotte sich ab. Die wolle für sich sein. Aber warum wohl? Warum, hä?« Zohres blickte ihn herausfordernd an. »Es gibt schon länger Informatione, dass hier was Illegales am Laufe is. Irgendwelche Geschäfte vorbei am Finanzamt oder sonst was.«

Carlos dachte an seine Lieblingsserien *Breaking Bad* und *Narcos*. Wenn Elwenfels ein kleines, verschwiegenes Dorf in der mexikanischen oder kolumbianischen Provinz gewesen wäre, hätte er Zohres' Bedenken durchaus nachvollziehen können. Aber hier, in der Pfalz? Der Kerl hatte sich wohl offenbar in sein negatives Bild von diesem Ort hineingesteigert, weil er nicht seiner Vorstellung von deutscher Eintönigkeit entsprach. Aber vielleicht gab es da noch mehr, was für Carlos interessant sein könnte.

Er schwieg und sah Zohres an. Er hatte die Erfahrung gemacht, dass aktives Zuhören, ohne Zwischenreden und Nachfragen, einem Menschen eher die Zunge lockerte. Bei Zohres schien es zu funktionieren. Nicht nur sein Gebaren, auch seine Artikulation hatte sich gelockert. Der Wein tat offensichtlich seine Wirkling. Vielleicht war es falsch, so schlecht über diese pfälzische Volksdroge zu denken.

»Die Direktion in Neustadt hält Elwefels für nicht wichtig genug, dass man hier en Kollege regelmäßig stationiert. Also mache die hier, was se wolle. Und keiner merkt's. Und wenn mal was passiert, kriegt des von uns drauße keine Sau mit. Weil die Bagage do hält zusamme wie ... wie Pech un Schwefel.«

»Wie Teer und Federn«, murmelte Carlos mit unterdrücktem Grinsen.

»Aber des wird sich ändern!«, fuhr Zohres fort und machte ein vielsagendes Gesicht. »Morgen früh kommt de Verbandsbürgermeister aus Deidesheim.«

»Jochen Roland?«, fragte Carlos.

»Ja, genau. Sie sin ja bestens informiert, Herr Kollege«, stellte Zohres anerkennend fest.

Carlos grinste breit. Wie leicht es doch war. Man musste nur ein bisschen den Korpsgeist kitzeln, und schon waren die Reihen der Uniformträger wieder fest geschlossen.

»Der Roland wird dafür sorge, dass Elwefels endlich in die Verbandsgemeinde eingegliedert wird, un dann is Schluss mit dem Ferzz hier.«

»Und was bedeutet das?«

Zohres nahm wieder einen tiefen Schluck. »Jo, mit Elwefels is des so eine Sach. Seit dem Mittelalter oder so ham die so ein spezielles Recht uff Selbstverwaltung, die zahle nur ganz wenig Steuern, regeln ihr Verwaltung selber, was weiß dann ich? Dummes Zeug halt. Überhaupt nimmer zeitgemäß.«

»Aha.«

»Ja genau. Und deswege solle die sich jetzt an die Verbandsgemeinde anschließe. Deswege kommt morge der Bürgermeister. Zum Verhandeln sozusage.«

»Na, dann ist es ja wohl kein Wunder, dass die Leute alle verschwunden sind, oder?«, fragte Carlos schmunzelnd. Er konnte sich denken, was die Elwenfelser von der Sache hielten.

Der Polizist schnaubte. »Genau. Un ich komm noch extra, um zu gucke, ob alles in Ordnung is wege morge. Do müsst ja bissel was vorbereitet werden. Aber die ... ham nicht einmal eine kleine Bühn aufgebaut, des Lumpepack do.«

Carlos nickte nachdenklich. Was hatten die Elwenfelser vor? Wollten sie sich verstecken, bis der Politiker unverrichteter Dinge wieder abzog? Das konnte er sich kaum vorstellen.

Zohres ließ den Rest, der noch in seinem Schoppenglas wartete, mit einem großen Schluck in seinem Mund verschwinden und stand auf. »Alla hopp. Morge komme ich wieder. Mit dem Bürgermeister. Un dann gucke mir mal, was hier Sach is, odder?« Mit Schritten, die seiner gelockerten Aussprache entsprachen, ging er zum Tor. Dann drehte er sich noch einmal um und fragte unvermittelt: »Und was is eigentlich mit Ihnen? Warum sin Sie in Elwefels?«

Carlos machte eine vage Handbewegung. »Geheime Mission!«, sagte er. Dann legte er erneut den Zeigefinger verschwörerisch auf den Mund und machte mit der anderen Hand eine einladende Geste. Zohres verstand sofort. Schneller als er gegangen war, stand er wieder am Tisch und beugte sich zu Carlos hinunter. »Un? Wie soll man des verstehe mit dem geheim?«

Carlos raunte: »Aber nur für Ihre Ohren, Buddy, okay? Von Kollege zu Kollege.«

Zohres nickte gewichtiger, als es sein gelockerter Allgemeinzustand zulassen wollte.

Carlos zog sein Handy aus der Hosentasche und hielt es seinem neuen Partner unter die vor Neugier vibrierende Nase. »Hier! Ich suche diesen Mann. Der ist letztes Jahr hier in der Gegend verschwunden.«

»Ah ...«

»Ja, und da bin ich jetzt natürlich froh, dass ich einen Kollegen getroffen habe, der mir bestimmt mehr darüber sagen kann.«

»Ich?« Zohres starrte ihn ungläubig an.

»Na logisch. Sie haben doch die Gegend hier im Griff, hm? Sie sind doch praktisch so was wie der Sheriff hier. Ihnen entgeht nichts, oder?«

»Äh, naja ...« Zohres schien sich ganz genau zu überlegen, was er als Nächstes sagen sollte. Seine Kiefer bewegten sich, als würde er die Worte seines Gegenübers zerkauen, um zu sehen, wie sie ihm schmeckten. »Warum in aller Welt suche Sie aber ausgerechnet in Elwenfels?«, fragte er lauernd.

Carlos gab sich betont ungenau. »Elwenfels, Deidesheim, Forst, ist doch egal. Überall und nirgends! Sie kennen doch die Faustregeln der Ermittlung.«

»Ja klar!« Der Streifenpolizist klang gereizt. »Aber trotzdem: Warum ausgerechnet hier?«

»Ausgerechnet?«, echote Carlos. »Das hört sich fast so

an, als wäre ich hier gar nicht so verkehrt. Gibt es denn etwas, was Sie mir sagen können?«

Zohres schaute auf seine Fußspitzen. »Nee. Ich weiß nix. Aber die Leut hier. Die wissen wahrscheinlich mehr als alle andere zusamme. Sollt mich nicht wundern, wenn die auch über den Strubbel Bescheid wisse, oder wie der Mann heißt …«

Carlos betrachtete ihn eindringlich. »Das sind aber nicht gerade sehr präzise Infos, Partner.«

»Mehr kann ich dazu nicht sagen«, sagte Zohres mürrisch.

»Schade für Sie. Schade für mich.«

Zohres nickte knapp und wandte sich wieder zum Gehen.

»Ach, was ich noch sagen wollte«, bemerkte Carlos beiläufig und stand auf. »Das hat jetzt zwar nichts mit dem Ganzen hier zu tun, aber Sie wollen doch bestimmt wissen, wenn sich hier andere Verdachtsmomente ergeben, oder?«

»Logo! Als her damit.« Zohres' Augen begannen gierig zu funkeln.

»Naja, seit ein paar Tagen beobachte ich diese zwei Typen. Ganz schräge Vögel. Die sitzen in ihrem Auto, einem schwarzen Saab, im Wald. Oder streifen hier durch den Ort. Sehr verdächtiges Verhalten, wenn Sie mich fragen. Da sollten Sie mal ein Auge drauf werfen, Kollege.«

Zohres war wieder in seinem Element. Mit wichtiger Miene hörte er zu, wie Carlos die beiden Männer beschrieb. Dann hakte er nach: »Auf dem Wanderparkplatz also?« Sein leichtes Schlingern in der Aussprache war wie weggeblasen. »Na, dann gucke mir doch gleich mal nach dem Rechten.« Mit schnellen Schritten lief er zu seinem Streifenwagen.

»Moment mal, Partner!«, rief Carlos ihm nach. »Wollen

Sie so einen gefährlichen Einsatz wirklich ganz allein durchziehen?« Der blonde Hüne und sein dunkelhaariger Freund würden den Polizisten zerknüllen wie ein Kaugummipapier.

»Oh!«, kam der aus der Tiefe herausgepresste Laut für heftiges Abwinken. »Danke fürs Angebot, Herr Kollege, aber in dem Revier hier muss man sich schon bissel auskenne mit de Eingeborene, sonst gibt's uff die Gosch.«

Eigentlich hätte Carlos den Dorfpolizisten vehementer davon abhalten müssen, dass ihm nicht genau dieses von ihm beschriebene Schicksal widerfuhr. Aber Zohres wirkte so dankbar für den kleinen Hinweis und fühlte sich mit einem halben Liter Schorle im Kopf bestimmt doppelt so stark wie sonst. Noch ehe Carlos etwas hinzufügen konnte, war er schon davongefahren. Ohne Blaulicht und Sirene zwar, aber die Reifen quietschten zumindest sehr dramatisch.

Nachdenklich machte Carlos sich auf den Weg zurück in die Pension. Es war kurz nach elf. Er bog in die Gasse ein, die vom Platz wegführte.

Und auf einmal wurde die Stille unterbrochen.

Es war, als würde sich eine geheime Tür öffnen, aus der plötzlich die normalen Alltagsgeräusche des Lebens in die Nacht strömten. Ganz so, als hätte jemand die Lautlos-Taste der Fernbedienung wieder auf Off gestellt. Schritte, Stimmen, ein leises Poltern. Er blieb stehen und schaute auf den Platz zurück. Tatsächlich! Aus dem Tor der Weinstube kamen Leute. Erschrocken drückte Carlos sich in den Schatten neben dem Miederwarengeschäft. Wo waren die alle gewesen, um Himmels willen?

Er erkannte ein paar Gesichter und beobachtete, wie sie alle langsam und plaudernd den Heimweg antraten. Immer mehr Dorfbewohner kamen aus dem Tor. Ganze Trauben von Menschen, immer mehr. Carlos konnte den Mund nicht mehr zuklappen. Es war wie der Moment in einer Zaubershow, wenn aus einem kleinen Hut plötzlich ein Dutzend Tauben flattern. Woher kamen die denn alle?

In der Gaststube waren sie nicht gewesen, denn dort hatte er nachgeschaut. Und im Keller darunter? Wohl kaum. Welcher Keller war so groß, dass er über dreihundert Leute aufnahm? Fassungslos beobachtete er die vielen Menschen, die sich voneinander verabschiedeten und dann in verschiedene Richtungen nach Hause liefen. Er sah Brigitte und Berthold, seine Gastgeber. Dann erschien Anthony, der mit schwingenden Armen Richtung Friedhof schlenderte, neben ihm das Mädchen mit den Tätowierungen. Otto Arm in Arm mit seiner Frau Lilly. Dann Cordula, die leise summend sich und ihre aufgetürmte Haartolle durch die Tür ihres Ladens manövrierte und ihn dabei fast entdeckt hätte. Die Leute wirkten nicht aufgekratzt wie nach einem Weinfest. Aber auch nicht gesetzt und ernst wie nach einer Versammlung. Es war irgendetwas dazwischen.

Als Letztes löste sich eine kleinere Gruppe aus dem Lichtschein im Hof. Es war Sofie, die die alte Wirtin zum Abschied umarmte, auf beide Wangen küsste und sich dann auf den Heimweg machte. Arm in Arm. Mit einem Mann.

Carlos schluckte. Da verschwand einfach ein anderer Kerl, ein Schatten, mit seiner Traumfrau in der Dunkelheit. Dann war wieder alles still. Nur in Carlos' Innenleben war jetzt eine Stimme laut geworden, die nicht aufhören wollte zu wehklagen und zu protestieren.

Kapitel 9

Von Landstreichern, Provinzpolizisten und Politikern

Verbandsbürgermeister Jochen Roland verfügte über ein unerschütterliches Selbstbewusstsein. Vielleicht beflügelte ihn aber auch das Wissen, dass er immerhin schon fünf Ortsgemeinden unter seiner Fuchtel hatte. Er ließ sich den abweisenden Empfang der Elwenfelser nicht anmerken. Falls man das, was die Dorfbewohner an diesem Morgen veranstalteten, überhaupt einen Empfang nennen konnte. Der Polizist hatte recht gehabt. Es gab keine Bühne, von der Roland zu den Bürgern sprechen konnte, geschweige denn ein Mikrofon mit Verstärkeranlage. Er musste sich mit den Stufen vor dem Rathauseingang begnügen und hoffen, dass seine Stimme weit genug über den Platz trug. Das war schwer genug, denn an diesem Samstagmorgen war es ungewöhnlich laut in Elwenfels. Fast so, als hätte sich der kleine Ort in ein Industriegebiet verwandelt, in dem lauter kleine mittelständische Betriebe um die Wette lärmten. Aus dem nahen Sägewerk schrillte das Kreischen der Säge, im Hof der Weinstube wurde Holz gehackt und hinter dem verhängten Gerüst an der Kirche wild gehämmert. Roland schaute mit verkniffenem Lächeln in die Runde, als schien er sich nicht ganz sicher, ob er sich beschweren oder einfach sein Ding durchziehen sollte.

Carlos beobachtete das Ganze vom Tor der Gaststätte aus, in der Hand eine frische Brezel aus Frau Zippels Backstube. Neben ihm standen Otto, der Pfarrer Karl, Alfred, Elsbeth und – zum Glück ein Stück entfernt – Sofie. Sie schaute unbewegt zum Rathaus, und Carlos hoffte, dass sie ihn niemals auf diese Weise ansehen würde: Ihr Blick war wie eine Lanze, die ihr Ziel anvisierte. Hätte ein eifriger Personenschützer diese Augen gesehen, hätte er es wohl zum Anlass genommen, sich mit weit ausgebreiteten Armen auf den Verbandsbürgermeister zu werfen, aus Angst vor einem Anschlag. Alle Elwenfelser hatten auf einmal diesen feindseligen Blick, sofern sie nicht gerade damit beschäftigt waren, ihren Missmut in Phonstärke umzusetzen.

Vor der Bäckerei zeigte Frau Zippel gerade einem kleinen Jungen, wie man mit einer aufgeblasenen Papiertüte mit einem Schlag einen lauten Knall produzieren konnte. Als er die erste Tüte mit seinen kleinen Händen zerfetzt hatte, holte Elsbeth aus ihrer Kittelschürze einen ganzen Stapel weißer Papiertüten und übergab sie dem Jungen mit einem liebevollen Grinsen. Dann wurde auch ihr Blick zu einer Waffe, als sie hinüber zu dem korpulenten Mann schaute, der auf den Stufen des Rathauses stand und mit den Armen ruderte.

Carlos hatte natürlich keine Ahnung von der hiesigen Lokalpolitik, aber es war klar, dass Roland hier kein Bein auf die Erde kriegte. Die Bevölkerung von Elwenfels hätte garantiert lieber ein ganzes Jahr lang auf ihre geliebte Rieslingschorle verzichtet, als sich diesem eifrig argumentierenden Mann und seiner Verbandsgemeinde anzuschließen. Es war eigentlich auch nur ein sehr klägliches Häuflein an Zuhörern, das sich vor der Rathaustreppe versammelt hatte – aber hier nicht ausharrte, um dem Bürgermeister zuzuhören, sondern eher wie eine Wand grimmigen

Schweigens vor ihm stand. Roland jedoch ließ sich davon nicht beirren.

»Liebe Elwenfelser! Ich kann nur dafür werben, dass wir gemeinsam diesen Weg gehen. Den Weg in die Zukunft. Als starker Zusammenhalt der Gemeinden in einem starken Land. Auch wenn es auf den ersten Blick vielleicht nicht so aussehen mag, aber auch hier vor Elwenfels macht die Globalisierung nicht halt.«

Carlos schüttelte grinsend den Kopf. Typisches Politiker-Kauderwelsch. Als hätte der Redenschreiber sich im Internet ein paar Worthülsen und Schlagwörter gesucht und diese dann mehr schlecht als recht zusammengebastelt in der Hoffnung, dass das wackelige, rein rhetorische Konstrukt nicht von selbst wieder zusammenfiel.

»Wo waren denn gestern alle?«, wandte sich Carlos an den Ladenbesitzer neben ihm.

Alfred zuckte, ohne ihn anzuschauen, mit den Schultern und sagte: »Mir ham uns vorbereitet uff den Dummbabbler da vorn.«

»Aha. Wie darf man sich das vorstellen?«

Alfred grinste. »Des kann sich keiner vorstellen, wo net von hier is.«

»Frag net so viel, Karl«, sagte Otto und legte ihm den Arm um die Schulter. »Du bist zwar en feine Kerl, kein Depp un nix. Aber du bist so neugierig wie eine junge Katz. Du weißt ja, was ma über neugierige Katze sagt, gell?«

Carlos wusste es nicht, ihm fiel dazu nur das englische Sprichwort ein, dass die neugierige Katze von eben dieser Neugier getötet wurde. Das Ganze hatte sich gerade angehört wie eine liebevoll verpackte Drohung. »Na ja«, versuchte er es weiter, »ich bin gestern Abend schon erschrocken, als ihr alle wie vom Erdboden verschluckt wart.«

»Jo. Jetzt sin mir ja wieder da«, lächelte Elsbeth. »Mach dir kein Kopf, Carlos!«

»Ja, aber wo wart ihr? Habt ihr hier irgendwo eine Gemeindehalle, die ich noch nicht kenne?«

Karl, der Pfarrer, winkte ab: »Ja, genau. Mir ham da so unser Plätz, gell?«

»Und diese Plätze sind äh ... oberirdisch?«

»Jo, is doch egal, ob ober, über oder unter ...«, erwiderte der Pfarrer mit einem gekünstelten Lachen, ohne ihn anzusehen. Dann tauschte er einen schnellen Blick mit Bettel, die begann, ihre Schürze zu kneten.

Seine Fragen machten sie augenscheinlich nervös. Aber warum? »Ja, und wie habt ihr euch genau auf den Empfang vom Roland vorbereitet?«, bohrte er weiter. »Ich meine, so wie es aussieht, ist die Sache doch ohnehin klar. Man kann ja förmlich greifen, was ihr von ihm denkt.«

»Genau«, antworteten Bettel, Karl und Alfred einstimmig.

Carlos zuckte die Schultern und gab auf. Er hatte einfach keine Lust mehr, gegen die geschlossene Wand aus rätselhaften Aussagen anzurennen.

Auf den Rathausstufen mühte sich der Verbandsbürgermeister weiter. »... denn auch ihr müsst euch den Anforderungen des einundzwanzigsten Jahrhunderts stellen. Und dabei kann euch nur die Verbandsgemeinde helfen. Stellt euch vor, was man alles tun könnte hier: die Befestigung und Beschilderung des Wanderparkplatzes, der Ausbau der Wanderwege rund um den Ort. Tourismus, Fremdenverkehr, darum geht es. Ihr wollt doch nicht weiter abgeschnitten sein von dieser Geldquelle, oder?« Er schaute bedeutungsvoll in die Runde.

Schweigen war die Antwort der wenigen Elwenfelser, die überhaupt den Anschein erweckten zuzuhören.

»Stellt euch das doch mal vor: Elwenfels als Geheimtipp. Jedes Wochenende kommen die Leute aus Karlsruhe und Wiesbaden hierher. Eure Weinstube wird zum neuen Insidertreff, umgebaut zur Vinothek, im Hof mit schönen neuen Outdoormöbeln. Und hier auf dem Platz zahlungspflichtige Parkbuchten ...«

»Komm, geh fort!«, rief plötzlich jemand.

Bisher hatte man der Rede des Verbandsbürgermeisters kommentarlos zugehört. Doch mit diesem paradoxen Pfälzer Satz, der es schaffte, das Kommen und Gehen in nur drei Worten zu beschreiben, schien ein Bann gebrochen zu sein.

»Jetzt langt's dann aber mol!«

»Blas die Backe net so auf!«

»Verzähls deim Friseur!«

Die Kommentare prasselten nun wie ein Regen vollreifer Tomaten auf den Redner nieder, der sich zunächst wacker hielt. »Ich kann ja verstehen, dass das für euch und euer beschauliches Leben hier eine Art Umstellung darstellt.«

»Dummbabbler!«

»Forzathlet, überkandidelter!«

»Ja, da seid ihr erst mal dagegen, das ist klar. Aber ihr werdet euch nicht ewig dem Wandel verschließen können. Ich wiederhole: Auch ihr werdet irgendwann im einundzwanzigsten Jahrhundert ankommen müssen.«

»Oh!«

»Dein Star-Trek-Dreck kannscht behalte.«

»Beam dich fort, Roland! Dass endlich Ruh is!« Das war Anthony, der auf den Stufen der Bäckerei saß. Gelächter ringsum. Der Bürgermeister zwang sich zu einem Lächeln. »Ja, danke. Ich möchte mich bedanken für eure offenen Worte und die Ehrlichkeit, mit der ihr mir heute begegnet.

Das werde ich euch nicht vergessen.« Sein Ton wurde drohender. »Ich möchte euch etwas zu bedenken geben: Ihr wisst, dass die Verwaltungsreform nicht aufzuhalten ist. Es wäre besser, wenn wir dabei zusammenarbeiten könnten. Aber wenn nicht, dann nimmt die Geschichte eben auch so ihren Lauf.«

Er machte eine Pause, damit die unausgesprochene Drohung, Elwenfels auch gegen den Willen der Bevölkerung in die Verbandsgemeinde einzugliedern, ihre Wirkung zeigen konnte.

»Ja, manchmal genügt ein einziger Federstrich im Innenministerium, und schon ist alles anders. Und da hilft dann nix mehr! Also wäre es da nicht besser, wenn wir jetzt gemeinsam einen Plan ausarbeiten würden, wie wir das Ganze gestalten wollen?« Er schaute in die Runde der versteinerten Gesichter. Offensichtlich verbuchte er das Schweigen als Punktgewinn, und seine Stimme wurde nun jovial und pathetisch zugleich. »Liebe Pfälzer Landsleute, liebe Elwenfelser!« Er breitete seine Arme aus. »Vertrauen wir einander. Helfen wir einander. Sagt mir doch hier und heute und jetzt: Was kann ich für euch tun?«

»Was du für uns tun kannscht? Die Gosch halte, des langt schon«, donnerte Willi, der nun breitbeinig und mit rotem Kopf neben dem Brunnen aufgetaucht war. Der gesamte Platz brach in schallendes Gelächter aus.

»Ruhe!«, rief Roland. »Bitte Ruhe, Leute! Wir sind doch alle Demokraten. Hört mich doch an! Ich will doch nur ...«

In diesem Moment schallte ein besonders lautes Hämmern vom Gerüst an der Kirche, Steine rieselten auf den Boden darunter.

Dem Verbandsbürgermeister platzte der Kragen. »Das ist eine Frechheit, was hier läuft, eine Unverschämtheit. Das wird Konsequenzen haben, das sag ich euch.«

»Ou, ou, ou, jetzt aber!«

»Alleweil hängt er de Giftnickel raus!«

»Schwellkopp!«

Carlos wandte sich grinsend an Otto neben ihm: »Warum macht ihr es dem armen Mann so schwer? Er hat sicher die ganze Nacht an seiner schönen Rede gesessen, und ihr lasst sogar die Kirche randalieren?«

Otto lachte. »Es wird langsam mal Zeit, dass die Kirch fertig wird. Es is net leicht, gute Leut zu finde, wo des gut machen.«

Bettel wandte sich zu ihnen um. »Schad, dass der Gustav nimmer kommt. Des war so en gute Steinmetz.«

»Ja, der Gustav fehlt echt. Ich frag mich, wo der jetzt is.«

»Wer ist Gustav?«, fragte Carlos.

Alfred machte ein nachdenkliches Gesicht. »Er war krank. Und jetzt isser wahrscheinlich tot. Oder im Heim.«

»Is des wirklich schon fünf Jahr her?«, fragte Bettel. »Wie die Zeit vergeht, gell.«

»Von wem sprecht ihr?«

»Der Gustav, der kam jedes Jahr im Frühling zu uns«, erklärte Karl. »Der war en Landstreicher.«

»Du meinst, ein Obdachloser«, warf Carlos ein.

»Ja, aber der Gustav hätt kein anderes Leben vertrage als wie des. Es hört sich komisch an, aber für ihn war das Freiheit. Und er hat sich nie beklagt.«

Der Pfarrer Karl schaute hinüber zu seiner Kirche. Zum ersten Mal, seit Carlos ihn kannte, sah er sehr ernst aus. »Die Kirch is alt. Späte Romanik. Mit wunderschöne Figure unterm Dachfirst. Die sin arg ramponiert. Un der Stein an der Fassad bröckelt, des Holz vom Dachstuhl is voller Würm. Des ganze Gebäude is in einem ganz schlechte Zustand.«

»Und der Gustav hat uns geholfe«, sagte Elsbeth. »Der

war gelernter Steinmetz, der hat des geliebt. Jedes Jahr im April is er komme. Is gebliebe bis Oktober. Un dann isser wieder verschwunde. Wo er im Winter war, weiß niemand.«

Karl hob seine zarten Finger und krümmte sie, als wollte er demonstrieren, dass sie es mit denen von diesem Gustav nicht hatten aufnehmen können. »Er konnte gut mit der Kirch. Hauptsächlich mit den Figure. Die waren wie Kinder für ihn.«

»Warum ist er dann nicht mehr gekommen?«, fragte Carlos.

»Des weiß niemand.« Bettel sah betroffen aus. »Vor fünf Jahr is er einfach nimmer aufgetaucht.«

»Er hat Krebs gehabt, sagt unsern Doktor«, erklärte Alfred. »Un jetzt isser fort ...«

Carlos stand jetzt inmitten einer kleinen Trauergemeinde. Der Verbandsbürgermeister hatte sein Pulver, wie es schien, noch immer nicht ganz verschossen, doch immer weniger Elwenfelser hörten ihm zu.

»Und ... ähm, wer repariert die Kirche jetzt?«, fragte Carlos.

»Jetzt grad? Oh, des is ... des sin so Leut von einer Baufirma. Die mache halt nur des Nötigste«, druckste Karl herum.

»Naja, besser wie nix, gell«, fügte Otto hinzu.

Carlos fragte sich, warum die Elwenfelser keinen Wert darauf legten, eine so alte Kirche offiziell untersuchen und sich dann eine historisch adäquate Renovierung vom Denkmalamt bezahlen zu lassen. Aber wahrscheinlich wollten sie die unerwünschte Einflussnahme auf ihre Dorfautonomie vermeiden. Sie schien ihnen heilig zu sein, heiliger jedenfalls als ihr romanisches Gotteshaus.

In diesem Moment kam jemand über den Marktplatz gerannt. Der Verbandsbürgermeister stockte kurz in seiner

Rede, und die Leute schauten irritiert dem Dorfarzt nach, der direkt auf den Eingang der Weinstube zusteuerte.

»Carlos!«, rief er atemlos, »Carlos, du musst mitkomme, jetzt gleich.« Der Arzt Michael Schaf trug ein hellblaues Hemd, das an den Ärmeln leicht blutverschmiert war.

»Wi... wieso?«, fragte Carlos erschrocken.

Schaf packte ihn am Ärmel. »Komm einfach und frag net!«

Ein beklommenes Gefühl machte sich in ihm breit, als er dem Arzt über den Platz folgte. Von den Leuten, die herumstanden, hörte jetzt wirklich niemand mehr dem Politiker zu. Im Vorbeigehen entdeckte Carlos den eingeheirateten schwäbischen Winzer Hartmut Bitterlinger, der in der ersten Reihe ganz nah bei Roland stand und wegen der erneuten Unterbrechung ein verärgertes Gesicht machte.

Michael führte Carlos in eine Gasse hinter dem Platz und steuerte ein niedriges Backsteinhaus an, das am Ende des Kopfsteinpflasterweges stand. Im nächsten Moment ertönte ein markerschütternder Schrei, der offensichtlich aus dem benachbarten Haus drang und der sich anhörte, als würde jemand ein Fußbad in einem Piranha-Becken nehmen. Carlos erschrak und starrte den Arzt an. Der winkte jedoch bloß ab und ging weiter. »Des mään ich net. Des is net so schlimm.«

»Äh ... es hört sich aber schlimm an.«

Ein weiterer schriller Schrei. Was um Himmels willen war das?

»Jo, komm weiter!«, drängte ihn Michael.

Carlos schaute zu dem Haus, aus dem die Schmerzensschreie drangen.

»Also, du erwartest doch nicht von mir, dass ich das einfach ignoriere!«, brauste Carlos auf. »Das hört sich an, als würde jemand abgestochen, und euch kümmert das nicht?«

Michael blieb stehen und sah Carlos ungeduldig an. »Un jetzert? Was willst du machen? Zur Polizei gehen?«

»Bei solchen Schreien …?«

»Carlos, hast du schon mal das Wort *Hausgeburt* gehört?«

Carlos blinzelte, und schon hörte sich der nächste gellende Schrei weniger bedrohlich an. »Ach so …« Er hätte es sich denken können. Es passte zu diesem eigenwilligen Dorf, dass die Frauen zum Gebären nicht in die Anonymität eines Krankenhauses gingen.

»Endlich ist der Groschen gefallen«, freute sich der Arzt. »Und die Dame, die da so schreit, is übrigens in besten Händen.«

»Das hoffe ich.«

»Ja, die Cecilie is die beste Hebamme weit un breit. Net bloß fer die werdenden Mütter von Elwenfels.«

»Freut mich. Und was wolltest du mir jetzt zeigen?« Carlos wurde ganz nervös von dem Gekreische. Michael deutete auf die offen stehende Eingangstür des kleinen Sandsteinhauses. Nichts deutete darauf hin, dass es eine Arztpraxis war. Dann sah er das kleine Schild neben dem Eingang: *Sprechstund is, wenn's was zu piense gibt.* Was in aller Welt bedeutete dieses Wort? War das eine pfälzisch-lautmalerische Version von »winseln«?

Der Arzt ließ ihm keine Zeit zum Nachfragen. »Hopp komm!«

Carlos befand sich jetzt in einem Raum, der wohl so etwas wie ein Empfangszimmer sein sollte. Er schluckte. Irgendwo in einem Gehirnareal, das für Stereotype und Klischees zuständig ist, hatte er so etwas erwartet: Durch die ungeputzten Fenster schafften es ein paar Sonnenstrahlen und beleuchteten etwas, das aussah wie das Set für einen sehr schlechten Gruselfilm, in dem ein unheimlicher Landarzt nichts Gutes im Schilde führt. An einer Wand standen eine Reihe wackeliger Stühle, die etwas seltsam Trauriges ausstrahlten. Gegenüber wachte ein alter klobiger Schreibtisch, daneben stand ein Metallregal, in dem sich Aktenordner aneinanderdrängten. An der Wand dahinter waren große Schaubilder aufgehängt. Alte Ansichten menschlicher Körper wellten sich hier über der Raufasertapete: Muskelstränge, Knochenaufbau, Blutkreisläufe und Querschnitte durch Herzkammern. Daneben, als wollte man den schrägen Eindruck noch perfektionieren, baumelte ein gelbliches Skelett an einem Ständer. Am Schädel war eine Grubenlampe befestigt und um den Brustkorb ein Stethoskop gelegt. Das war wohl als Scherz gedacht, aber Carlos schauderte bei dem Gedanken, dass dieses Szenario wahrscheinlich auch die ärztliche Kunst symbolisierte, die hier ausgeübt wurde. Alles wirkte verstaubt und auf unangenehme Art altmodisch. Fehlte bloß noch eine Schnapsflasche, auf deren Etikett *Narkosemittel* stand. Carlos hoffte, dass er niemals in die Lage käme, sich hier behandeln lassen zu müssen.

Aus dem Augenwinkel sah er, dass der Arzt eine Tür neben dem Schreibtisch öffnete. Carlos wappnete sich innerlich auf die Fortsetzung der Gruselfilmkulisse. Als er dann in das Behandlungszimmer trat, war der Schock größer als erwartet. Carlos stieß einen überraschten Laut aus, als er sich umsah.

Die Morgensonne ließ gelb getünchte Wände aufleuchten und warf den blitzsauberen Glanz hochmoderner Arztmöbel zurück. Nicht einmal sein Hausarzt in Hamburg hatte so eine gut ausgestattete Praxis. In dem riesigen Raum gab es Platz für ambulante Operationen, Behandlungsliegen, Geräte, die mit langen Metallarmen an der Decke befestigt waren, und futuristisch aussehende Lampen. In einer Glasvitrine befand sich eine kleine Apotheke.

»Wow!«, hörte Carlos sich sagen.

Michael Schaf schüttelte lächelnd den Kopf. »Was hast du denn erwartet?«, fragte er ein wenig vorwurfsvoll. »Des Wichtigste im Lebe is die Gsundheit.« Er sprach das Wort so aus, als würde es mit »X« geschrieben. »Und die Liebe, nur dafür gibt's halt kein Rezept. Aber für die Gsundheit, da mache mir hier in Elwefels alles. Da wird an nix gespart.«

Schön für euch, dachte Carlos und fragte sich, woher das ganze Geld kam, um eine gewöhnliche Dorfpraxis so auszustatten. Sein Blick fiel auf ein paar blutbefleckte Tücher am Rand des Operationstisches und eine Schale mit Instrumenten. Jetzt erst sah er, dass auf der Liege an der hinteren Wand des Raumes etwas lag: ein schlaffes Häuflein Mensch, zitternd unter einer Decke.

Zögernd trat Carlos an die Liege. Und erschrak. Er kannte den Mann, der dort lag. »O Gott ...«, stieß er aus.

»Nee, nee, des war ich ganz allein!«, schnaubte der Arzt. »*Ich* hab ihn wieder zusammengeflickt, ich ganz allein!«

»Aber was ... was ist denn mit ihm passiert?« Carlos sah den zitternden Streifenpolizisten an, der so mutig ausgezogen war, zwei Verdächtige auf dem Wanderparkplatz zu kontrollieren. Nun lag er hier mit zugeschwollenen Augen, gespaltener Lippe und einer langen Wunde, die sich von der Stirn über seinen Kopf zog. Carlos fröstelte, als er daran dachte, wie er die beiden Schläger vor zwei Tagen provoziert hatte. Warum hatten sie nur klein beigegeben und die Flasche in den Mülleimer geworfen?

Zohres lag in einer Art Halbschlaf, ab und zu zuckte er heftig unter seiner Decke. Was darunter noch für Verletzungen verborgen waren, mochte sich Carlos nicht vorstellen.

»Was ist mit ihm passiert?«, fragte er, obwohl er es ja bereits wusste.

Der Arzt zuckte mit den Schultern und zog eine Spritze auf. Carlos trat instinktiv einen Schritt zur Seite, als wäre sie für ihn bestimmt.

»Des hat er mir net gesagt. Er hat rumgejammert, die ganz Zeit. Und nach dir verlangt.«

»Wieso nach mir? Er kennt doch nicht mal meinen Namen!«

»Er wollt mit dem Tourist spreche, wo do gestern allein vor de Weinstub rumgehockt is. Des kannscht doch nur du sein, oder?« Er schmunzelte diebisch, als wollte er Carlos im nächsten Moment fragen, ob er sich sehr einsam gefühlt habe, so ganz allein in einem menschenleeren Dorf.

Carlos nickte fahrig. Er fühlte sich schuldig. Ich hätte ihn begleiten sollen, dachte er. Erst jetzt wurde ihm klar, dass er den Mann hatte allein fahren lassen, weil er unterbewusst geglaubt hatte, dass er den Elwenfelsern damit einen Gefallen tat. Sie wollten auf keinen Fall einen Polizisten, der hier nach Recht und Ordnung sah. Und jetzt waren sie ihn los. Zumindest vorerst. Carlos biss sich auf die Lippe und beugte sich über den Mann.

Der Arzt war weniger sensibel. Er knuffte seinen Patienten in die Schulter und sagte: »Hopp, jetzt verzähl schon, was los is.«

Zohres riss die Augen auf und starrte Carlos an.

»Was ist denn mit Ihnen passiert?«, fragte Carlos eindringlich.

»Des wisse Sie doch genau«, hauchte Zohres und verzog schmerzhaft das Gesicht.

Der Arzt machte ein abfälliges Geräusch. »Was ein Pienser«, murmelte er.

»Wie kommt er überhaupt hierher?«, wandte sich Carlos an ihn. »Hast du ihn gefunden?«

»Heut Morgen beim Spazierengehen. Er war do gelege

un hat de Wald voll gewimmert.« Schaf schüttelte nachdenklich den Kopf. »Ich sag dir, Carlos, seit du do bei uns bischt, passiere komische Sache.«

»Das hat mit mir gar nichts zu tun«, entgegnete er schärfer, als er eigentlich wollte.

Zohres schob eine Hand unter der Decke hervor und packte Carlos' Arm. Dann flüsterte er mit verschleiertem Blick: »B–I– …«

»Was?«

»… 906 …«

Carlos sah den Arzt an. Was faselte der Mann da? Die Schläge auf seinen Kopf waren anscheinend ziemlich hart gewesen. Doktor Schaf befreite den Arm des Mannes und versenkte die Nadel einer Spritze in seiner Vene. Kurz darauf schlief Zohres tief und fest und leise schmatzend wie ein Baby.

»Der hot en Schock. Des wird schon wieder.«

»Sollten wir nicht das Revier in Neustadt informieren? Oder ein Krankenhaus?«

Schaf winkte ab und stieß den zu dieser Geste passenden obligatorischen Vokal aus: »Oh! Er wird's überlebe.«

»Und wenn er innere Verletzungen hat?«, beharrte Carlos.

»Bischt du de Doktor, oder ich?«, erwiderte Schaf, und als Carlos nichts mehr sagte, kam unweigerlich sein Schlusswort: »Alla dann.«

Zusammen hievten sie den verletzten Polizisten von der Liege herunter, um ihn im Nebenzimmer in ein Bett zu verfrachten. In Carlos pochte immer noch das schlechte Gewissen. Warum hatte der Polizist ihn rufen lassen? Um dieses kryptische Gefasel auszustoßen?

Doch in der nächsten Sekunde begriff Carlos. BI–HO 906 war natürlich ein Autokennzeichen.

»Sag mal«, fragte er Michael, »hast du eigentlich auf dem Wanderparkplatz ein fremdes Auto gesehen?«

»Nee, da war nur de Streifewage. Un dein Premiummobil ohne Saft.«

Der schwarze Saab mochte verschwunden sein, aber jetzt hatte Carlos wenigstens einen Anhaltspunkt, dank der guten Polizeiarbeit des Provinzbullen Zohres. Er konnte sich lebhaft vorstellen, wie Zohres am vergangenen Abend die verdreckten Kennzeichen freigewischt hatte, ehe die beiden Fremden ihn sich zur Brust genommen hatten. BI–HO 906. Was machte ein in Bielefeld zugelassenes Auto in Elwenfels?

»Sagst du mir Bescheid, wenn der Mann wieder aufwacht?«, bat er den Arzt.

»Des wird aber ein Weilsche dauern.« Michael Schaf begann, den Behandlungsraum aufzuräumen, und warf ein Knäuel blutverschmierter Tücher in den Müll.

Carlos schluckte und wandte sich zum Gehen.

»Moment noch!«, sagte der Arzt. »Die Schramm in deim Gesicht tät ich mir gern mal angucke.«

Der Kratzer, den er bei der eigentümlichen nächtlichen Begegnung im Wald abbekommen hatte, heilte wirklich sehr schlecht.

»Ist schon okay«, wiegelte Carlos ab. Die Verletzung tat mittlerweile sogar beim Kauen weh. Aber er hatte keine Lust, auch noch zum Patienten zu werden.

»Komm, da hock dich her!«, befahl Schaf.

Carlos gehorchte und setzte sich auf die Liege. Warum sollte er einem Provinzarzt weniger vertrauen als einem anonymen Krankenhausarzt? Sein Bauchgefühl, und das war in diesem Fall sogar buchstäblich zu verstehen, sagte ihm, dass Schafs medizinische Kenntnisse bestimmt ebenso gut waren wie die Bratkartoffeln von Elsbeth. Und die Brötchen von Frau Zippel. Schaf streifte sich Gummihandschuhe über, stellte sich vor Carlos und betastete sein Gesicht.

»Ah!« Carlos wich zurück. »Und sag mir jetzt nicht, ich wäre ein Pisser, oder wie ihr das hier nennt!«

»Pienser heißt des.« Schaf lachte. »Net Pisser. Im Extremfall hat des zwar auch damit was zu tun. Aber erst mal is das nur so was wie ein Jammerlappe.«

»Na, da bin ich ja froh.«

»Dass der Kratzer wehtut, kann ich mir denke. Der is von em Elwetritsch. Damit is net zu spaße.«

»Was?«

»En Elwetritsch. Inzwische weißt du doch, was des is, odder?«

»Komm, hör auf damit! Verarschen kann ich mich allein«, blaffte Carlos kraftlos. »Das Ding tut so weh, als hätte ich mit einer Stichsäge gekuschelt.«

»Sag ich doch«, der Arzt verzog keine Miene. »Eindeutig von einer Elwetritsche-Kralle. Des sieht doch en Blinder! Sehr unangenehm. Die Keime sin kleine, böse Biester. Koboldblut.«

Carlos seufzte verärgert. »Danke, Herr Doktor. Und jetzt erzählst du mir sicher gleich, dass man diese Keime nur mit Rieslingschorle abtöten kann.«

Michael beugte sich lachend zurück und blinzelte ihm anerkennend zu. »Super Idee! Für die innere Desinfektion gibt's nix Besseres. Du lernscht schnell, mein Guter.«

»Ja, inzwischen kommt es mir wirklich so vor, als wäre ich schon seit ein paar Jahrhunderten hier gestrandet.« Gegen seinen Willen musste Carlos schmunzeln.

»Ah jo. Un wenn ma halt in de Wildnis überlebe will, dann muss ma sich mit de Eingeborene gut stelle. Sonst landet ma noch im Kochtopp, gell?«

»Naja, wäre ja vielleicht noch nicht mal so schlimm, wenn's der von Elsbeth wäre.«

Der Arzt prustete. »Genau. De Carlos als weißer Käs inmitte von Pälzer Bratkartoffel, des wär perfekt.«

Ohne dass er es recht wollte, war Carlos wieder mal in eines dieser pfälzischen Rhetorik-Rituale hineingezogen worden, bei denen sich spielerische Neckereien und liebevolle Beleidigungen zu einer Art kollektiver Comedy-Performance hochschaukelten. Normalerweise mündete es immer in allgemeinem Gläserklirren, verbunden mit einer Litanei von Trinksprüchen. Diesmal aber war es ein stechender Schmerz, der den Spaß beendete. Schaf hatte Desinfektionsspray auf die Wunde gesprüht. Carlos zog scharf die Luft ein und schloss die Augen. Die Wunde juckte und brannte zugleich, es pochte bis in seine Zahnwurzeln.

»So en Elwetritsche-Schmiss bringt Glück«, raunte Schaf fast ein wenig ehrfürchtig und cremte den Kratzer nun mit einer streng riechenden Salbe ein. »Genau wie die Federn.«

»Komm jetzt, Michael. Ich bin kein Kind, du musst mir so einen Quatsch nicht erzählen, nur dass ich stillhalte«, bat Carlos.

Der Dorfarzt schnaubte verächtlich. »Mein Guter, es gibt Leit, die würden sich ein Zeh ausreiße, um von em echte Elwetritsch gekratzt zu werden.«

»Wer denn zum Beispiel? Alfons Schnur?«

»Nee, der erschießt die Viecher lieber. Der weiß net, was heilig ist.«

Carlos wich zurück und starrte Schaf an. »Ihr glaubt wirklich an diesen Blödsinn?«

Der Arzt lächelte geheimnisvoll. »Was weißt du schon, mein lieber Fischkopf?«

Carlos wollte sich nicht auf eine neue Runde des Neckspielchens einlassen. »Was ist nur los mit euch hier in Elwenfels? Manchmal hat man echt den Eindruck, ihr habt völlig den Kontakt zur Realität verloren.«

»Ich sag dir was«, auch Schaf blieb ernst. »Realität ist eine Illusion, die durch einen Mangel von Wein entsteht.« Damit klebte er ein großes Pflaster äußerst zartfühlend auf Carlos' Wange. »So, mein lieber Karl, morgen kommst du noch mal zur Kontrolle.«

Carlos nickte ergeben und spürte überrascht, dass der Schmerz in dem Kratzer allmählich nachließ. Dann sagte er etwas kleinlaut: »Kannst du mir nicht mehr erzählen über die Elwetritsche? Aus deiner, aus eurer Sicht.«

»Meinst du des jetzt ernst?«

»Ja klar. Ihr seid erwachsene Menschen und redet mit einer solchen Selbstverständlichkeit und Inbrunst über diese ... diese Lebewesen. Das ist schon sehr interessant.«

»Alla dann ...«

Schaf warf die Latexhandschuhe in den Mülleimer und ging aus dem Behandlungszimmer. Carlos folgte ihm in eine kleine, gemütlich eingerichtete Küche. Die Terrassentür stand offen und führte auf einen schmalen Grünstreifen hinaus. Dahinter begann bereits der Wald. Die Tannen standen dicht beisammen, sodass es darunter sehr dunkel war. Leicht beklommenen schaute Carlos hinaus. So etwas hatte er sich immer gewünscht. In der Nähe eines Waldes zu wohnen. Aber so nah? Carlos spürte ein leises Unbehagen beim Anblick der dichten Äste, das durch die nun wieder lauter ertönenden Schreie der nahen Hausgeburt noch verstärkt wurde. Hinter sich hörte er das Gluckern von Flüssigkeit. Und schon stand der Doktor vor ihm und reichte ihm ein großes Glas. Es war einfach unvermeidlich.

Sie stießen an. Wortlos.

Carlos nahm den ersten Schluck. »Das ist ja Traubensaft«, stellte er überrascht fest.

Der Arzt lächelte. »Ich weiß, dass du kein Wein magst, Carlos. Verstehen kann des zwar niemand. Aber es kann ja net jeder en Pälzer sein, gell?«

»Ist ja auch noch ein bisschen früh für Alkohol, nicht wahr?« Carlos deutete auf die Uhr, wo der Zeiger gerade auf halb zwölf rückte.

»Für Alkohol auf jeden Fall. Aber net für Wein.«

»Ah ...«

»Zumal: So früh am Tag is die Sensorik am allerbeschte!«

»Ach.«

»Jo genau.« Schaf stieß die Terrassentür weiter auf und trat ins Freie. Carlos folgte ihm. Sie ließen sich auf zwei Korbsesseln nieder und guckten in den Wald. Das Schreien war abgeebbt.

»Ich bin do in dem Haus hier geboren«, sagte der Arzt. »Hab mein ganzes Lewe hier verbracht. Ganz nah am Waldrand. Ich sitz als stundelang hier un guck einfach nur in de Wald.«

»Du wirst lachen, aber das kann ich gut verstehen.«

»Um so besser. Und deswege weiß ich auch, dass sie da sin.«

»Wer? Die Elwetritsche?«

Michael Schaf antwortete nicht. Er nahm nur einen großen Schluck aus seinem Glas und starrte in die Schattenzone unter den Bäumen.

»Des mit de Elwetritsche is ein ganz großes Geheimnis, Karl.«

»Ich hatte eigentlich nicht das Gefühl, dass ein Geheimnis darum gemacht wird. Im Gegenteil. Hier redet doch jeder darüber, ganz so, als wäre es ein biologischer Fakt.«

»Un genau des is der Trick. Jeder soll denke, dass des alles nur ein Spaß is. Da macht jeder gern mit, weil niemand denkt, dass die Geschicht wahr sein könnt.«

»Naja …«

»Deswegen verzähl ich dir des jetzt auch, Karl«, sagte der Arzt. »Weil du sowieso denkst, dass des Dummgebabbel is. Des is kein Problem. Du bist en feine Kerl. Von dir droht keine Gefahr.«

»Und von wem droht welche?«, fragte Carlos lauernd.

»Du kennscht den Mann.«

»Schnur?«

Der Arzt nickte. Er trank einen Schluck von seiner Schorle und starrte weiter in den Wald.

»Und? Sind gerade welche zu sehen?«, witzelte Carlos.

»Nee. Nur ganz selte. Die Elwetritsche halte sich tief verstecket im Wald, wo se keiner find. Oder zumindest fast keiner.«

»Aha.«

»Die alte Anna, die ist mittedrin. Die lebt mit de Elwetritsche. Zu ihr kommen die. Aber nur zu ihr. Die hat da eine Verbindung.« Gedankenverloren strich Michael über das Tattoo auf seinem Handrücken. Erst jetzt erkannte Carlos, dass das, was er für einen Vogel gehalten hatte, genauso gut einer dieser Elwetritsche sein konnte.

»Und Schnur? Was ist mit dem? Der hat doch so eine Nachbildung, so eine Art Präparat, das er den Touristen zeigt. Das sah verdammt echt aus.«

Michael Schaf drehte den Kopf und starrte ihn an. »Des is keine Nachbildung. Leider. Genau des is jo des Problem.« Er stellte sein Glas ab, als müsste er sich voll und ganz auf seine nächsten Worte konzentrieren. »Hör zu, Karl. Die Sofie sagt, du bist Polizischt gewese.«

Carlos nickte.

»Und dass du jemand suchst, wo verschwunde is …«

Carlos zückte sein Handy und hielt dem Arzt das Bild von Hans Strobel hin. Der schob seine Hornbrille über die

Nase und nahm sich immerhin Zeit, es zu betrachten. Dann winkte er ab. »Den gibt's hier net. Der war nie hier. Nie, verstehscht du? Warum also vergeudest du hier deine Zeit. Wie lange willscht du noch rummachen damit? Wo du doch merkst, dass es keinen Sinn macht.«

Carlos zuckte mit den Schultern. »Ich denke ja gar nicht, dass er hier ist. Hab ich das gesagt?«

Da war es wieder, dieses vage Gefühl, dass sie ihn hier sachte zum Gehen drängten. Immer wieder machten sie ihn darauf aufmerksam, dass er eigentlich keinen Grund hatte, länger hierzubleiben. Aber warum? Weil sie sich durch seine Nachforschungen in ihrer Dorfidylle gestört fühlten? Weil sie einfach keine Fremden hier haben wollten? Aber warum waren sie dann so gastfreundlich? Oder war es etwas ganz anderes? Hatten sie Angst, dass er bei seinen Nachforschungen auf etwas stieß, das sie unbedingt für sich behalten wollten? Etwas, das vielleicht all die seltsamen Vorkommnisse erklärte? Aber was war das? Was war das Geheimnis von Elwenfels? Es musste mehr dahinterstecken als nur eine märchenhafte Vogelgestalt.

Plötzlich kam Carlos ein schrecklicher Gedanke. Er warf seine Angel aus: »Sag doch mal, wie war das damals mit dem Schnur?«

Der Dorfarzt seufzte laut und sagte: »So jemand wie dich hätte mir damals gebraucht, als des passiert is.«

»Als er Anna angeschossen hat.«

Schafs Kopf ruckte herum, er sah Carlos entgeistert an. »Wer hat dir des verzählt?«

»Sofie. Ich wollte wissen, warum Schnur ausgebürgert wurde. Und sie hat mir gesagt, dass er Anna angeschossen hat, damit sie ihn nicht weiter bei seinen Wildereraktionen stört.«

»Nee. Des stimmt net!«, rief der Arzt. Es sah seltsam aus,

wie er da in der niedrigen Sonne saß, mit Blutspritzern auf den Hemdsärmeln.

»Des war nicht der Grund, warum der Schnur hat gehe müsse. Die Sofie ... naja, die will dich halt net gleich ganz verschrecke.«

»Erschrecken? Mit was denn?«

Wie auf ein Stichwort kam im Nachbarhaus die nächste Wehe, und das Geschrei ging von Neuem los.

»Mit der Wahrheit. Der Schnur hat ...«, Michael stockte. »Der hat ... en Elwetritsch abgeschosse.«

»Was?«

»Die Drecksau wollt den Vogel ausstopfe un im Rathaus ausstelle. Als Attraktion für die Touristen.«

»Echt?«

Carlos ertappte sich dabei, dass er tatsächlich empört war. So weit war es also gekommen. Er vergeudete sein detektivisches Gespür an ein Gespräch über Sagengestalten. Am besten er kündigte in Hamburg Wohnung und Büro und zog als Dorfpolizist nach Elwenfels. Ein schlimmer Gedanke. Aber was noch schlimmer war: Warum fühlte dieser Gedanke sich gut an?

»Weißt du, warum unser Ort Elwefels heißt?«, fuhr der Doktor fort. »Weil die bei uns im Wald leben. Weil mir die Bewahrer von dem Geheimnis sin. Für andere is des ein Spaß. Für uns sin die Vöggel heilig. Auch wenn nur ganz wenige von uns sie jemals wirklich mit eigenen Augen gesehe ham.«

»Verstehe.« Carlos nickte. Und seltsamerweise meinte er, was er sagte.

»Und die Anna, die diesen Wesen ganz nah is, hat gesehe, wie de Schnur so ein Vogel abknallt und am Hals gepackt ganz stolz ins Dorf getrage hat ...« Er vollendete den Satz mit einer wischenden Bewegung vor seiner Stirn. »Da war's vorbei. Die Anna war immer schon ein bissel neben der Kapp. Aber des damals hat ihr den Rest gegeben. Und von da an war's vorbei. Niemand wollt mehr mit dem Schnur was zu schaffen haben.«

Das war also die Geschichte, die Gabrielle Schnur Carlos nicht erzählen wollte. »Und dann hat er den Vogel ausgestopft. Und was passierte weiter?«, fragte er.

»Der Schnur hat gedacht, er wär der Held von Elwefels. Der Saukerl hat nie verstanden, um was es geht. Um die Seele von uns alle, um unser Zusammelebe, um die Verbindung von alle Lebewese, wo im Wald leben.« Schaf nahm einen großen Schluck aus seinem Glas. »Ein paar Tage später kam dann plötzlich die Anna ins Dorf und hat den Schnur öffentlich angeklagt. Des war richtig unheimlich damals. Wie im Film. Mitte aufm Weinfest is sie aufgetaucht, hat sich vorm Schnur aufgebaut un hat so eine Art Fluch ausgestoße.«

Carlos sah auf einmal das aufgerissene Maul eines Fuchses vor sich und schauderte.

»Vorher is der Schnur nur geschnitte worde von de Leut. Aber dann war auf einmal klar, dass der Schnur gehe muss, weg aus Elwefels.«

»Was er sicher nicht akzeptiert hat, nehme ich mal an.«

Der Dorfarzt nickte. »Er hat sich gewehrt mit Händ und Füß. Eines Tages war er dann weg. Und des Häusel von der Anna hat gebrannt, während sie drin geschlafe hat. Die Verletzung am Fuß, die is net von em Schuss, die is von dem Brand. Die arm Frau hat so gelitte, die lag wochelang bei mir im Haus un war nimmer zu beruhige.«

»Und warum habt ihr Schnur nicht angezeigt?«

»Weil wir des mit der Brandstiftung net beweise konnte. Un zum Schluss hätt's vielleicht noch geheiße, die alt Anna hätt ihr Häusel selber angesteckt. Dann wär se in de Klapsmühl gelandet oder so was. Deswege sag ich ja: Hätte mir damals einen gehabt wie dich, dann wär der Schnur net so billig davongekomme. Ganz egal, ob du jetzt en Pälzer bischt oder net.«

Er berührte Carlos kurz am Arm, der das Gefühl hatte, dass ihm gerade so eine Art Ritterschlag verliehen wurde.

»Un jetzt«, sagte Schaf mit zitternder Stimme, »jetzt hockt er in Ruppertsberg und zeigt jedem unsern Elwetritsch. Tot. Ausgestopft. Bei dem Gedanke wird mir ganz schlecht. Der hot nie dafür gebüßt.« Tränen standen in den Augen des Arztes.

»Naja, er ist verbannt. Ich kann mir denken, das ist Strafe genug, oder?«

»Für seine Frau schon. Die leidet, die würd gern wieder zurück zu uns. Aber der alte Teufel, der fühlt doch eh nix mehr. Außer er kann was schieße.«

Carlos nickte und nippte an seinem Schoppenglas. Plötzlich fühlte er sich ausgelaugt. Er wusste auch warum. Es lag an dieser Elwetritsche-Geschichte. Da saß er hier neben einem akademisch gebildeten Mediziner – zumindest hoffte er, dass das der Fall war. Und der erzählte ihm in aller Ernsthaftigkeit Geschichten von Fabeltieren und ihrem meuchelnden Jäger, den der Bann eines ganzen Dorfes getroffen hatte. Was für eine Wahnsinns-Story!

Aus den Augenwinkeln schaute Carlos den Arzt an, der mit zusammengekniffenen Augen in den Wald blickte und mitgenommen von seiner eigenen Erzählung aussah. Oder verkaufte er ihn für dumm? Hatte er heute Abend in der Weinstube die Lacher auf seiner Seite, wenn er erzählte, wie er den Hamburger bei der Versorgung einer kleinen Wunde ins Land der Lügenmärchen entführt hatte? Und dass dafür ein Schoppen Traubensaftschorle gereicht hatte. Aber was wäre, wenn es diese Tiere nun wirklich gab und das Ganze nicht nur kryptozoologischer Unsinn war?

Warum hatte dann aber noch nie jemand darüber berichtet? Konnte man so etwas so lange vor der sensationsgeilen Welt da draußen geheim halten? Carlos konnte sich keinen Reim darauf machen. Er war verwirrt. Und er ärgerte sich, dass sein eigentlicher Job, dass der verschwundene Strobel immer weiter aus seinem Fokus rückte. Mensch, Alter, jetzt reiß dich mal zusammen und mach deine Arbeit!

Carlos räusperte sich. »Sag mal, Michael, dieser Fuchs, den Anna bei sich hält …«

»De Barbarossa? Des is ein wunderbares Tier. Ich hab ihn persönlich gege Tollwut geimpft.«

»Gut zu wissen. Aber, sag mal: Hat der irgendwie besondere Fähigkeiten?«

Der Arzt sah ihn mit großen Augen an. »Wie meinscht des?«

»Na, als ich gestern bei Anna war, da schien es so, als wollte mir der Fuchs irgendetwas zeigen. Es gibt da so eine Stelle hinter dem Haus, und er …«

»Oh!«, unterbrach ihn Michael Schaf. »Des macht der immer. Des is sein Platz. Da scharrt und gräbt er immer wie en Wilder. Die Anna muss die Stell immer wieder zuschütte, sonst tät sie glatt ins Loch falle. Wahrscheinlich liegt dort des Skelett von einem von seine Artgenosse.«

Oder eins von unseren Artgenossen, dachte Carlos. Dann war das Verhalten des Tieres also normal. Er hatte den Eindruck gehabt, dass der Fuchs ihm diese Stelle hinter dem Haus zeigen wollte. Eigentlich hatte er dort auch kein Loch gescharrt, sondern war winselnd und mit angelegten Ohren darum gekreist. Mit einem Mal war Carlos sich sicher, dass dort mehr war, als man hier zugab. Und er hatte es jetzt sehr eilig, sich von Michael zu verabschieden.

Der Arzt begleitete ihn durchs Haus zurück zur Tür. Aus dem Zimmer, in dem Zohres lag, drang nur noch sediertes Schnarchen.

»Du hast mir immer noch net gesagt, was mit dem do passiert is«, sagte Schaf und zeigte auf den reglosen Körper im Bett. »Normalerweis wird in unserm Wald niemand verschlage. Un die Elwetritsche kratzen nur, des weißt du ja schon.«

»Es sind zwei Männer. Von außerhalb. Sie haben sich vorgestern auf euer Weinfest verirrt«, sagte Carlos. »Aber ich habe keinen blassen Schimmer, was die hier wollen. Jetzt wissen wir aber zumindest, dass sie ... nun ja ... gefährlich sind.«

Der Dorfarzt machte ein nachdenkliches Gesicht. Dann winkte er wieder ab. »Oh! Sei's drum. Jetzt sin se fort, un Ruh is.«

»Und was, wenn sie wiederkommen?«

»Dann ham wir immer noch dich, unsern Freund und Helfer. Du wirst uns dann alle retten.«

Carlos' Lächeln blieb auf halber Strecke stecken. Schnell schüttelte er dem Arzt die Hand und ging. Das markerschütternde Schreien aus dem Nachbarhaus war verstummt. Dafür öffnete sich nun ein Fenster, und die Gestalt einer Frau erschien. Rotes Gesicht, verschwitzte Haare, aber ein überirdisches, triumphales Leuchten in den Augen. Sie beugte sich vor und stieß einen lauten Pfiff aus. Michael trat rasch aus dem Eingang und sah zum Fenster hoch. Die Frau machte ihm ein Zeichen mit nach oben gerecktem Daumen, und der Arzt applaudierte. Hinter der Frau ertönte das heisere Schreien eines Neugeborenen.

Michael deutete eine ehrerbietige Verbeugung an, dann warfen die beiden sich Kusshände zu. Das Fenster ging wieder zu und der Arzt mit sichtlich stolzer Miene zurück in seine Praxis.

Carlos kam nicht an gegen ein Gefühl der Rührung. Das Leben konnte so einfach sein …

Auf dem Weg in den Wald holte er sein Handy aus der Jackentasche und wählte eine Hamburger Nummer. Wie es sich für einen guten Privatdetektiv gehörte, hatte er noch eine Verbindung zu seinem alten Arbeitgeber, in Form von Gerd Albers, einem alten Kollegen. Der hatte ihm in den vergangenen zwei Jahren immer ohne große Einwände geholfen, wenn Carlos zum Beispiel ein Kfz-Kennzeichen abfragen wollte.

»BI–HO 906?«, wiederholte Albers, kurz bevor Carlos das Waldgebiet ohne Netzabdeckung betrat. Im Haus am Friedhof sang Bob Marley gerade *Forever Loving Jah.* Zwischen Reggae-Rhythmus und Funkloch blieb Carlos stehen und hielt die Hand wie eine Schale über das Handy, damit er seinen alten Kollegen besser verstand. Er lauschte, wie Gerd Albers die Nummer in den PC eingab.

»An was bist du denn gerade dran, Mann?«, fragte der alte Kollege dann etwas ungläubig. »Ich dachte, du bist mit Kulekov fertig.« Er lachte wegen der makabren Zweideutigkeit des Satzes.

Aber Carlos war sofort alarmiert. »Wie meinst du das?«

»Na, dieses Kennzeichen! Das ist schon zweimal erfasst worden im Zusammenhang mit Raubdelikten. Schon ein bisschen her allerdings: Einmal vor drei und das andere Mal vor fünf Jahren. Das Auto … warte mal, was ist es für ein Auto?«

»Ein schwarzer Saab, Baujahr wahrscheinlich vor 2000.«

»Ja, hier. Die Karre wurde 2007 geklaut, in Frankfurt an der Oder. Jetzt rate mal, wer damit in Verbindung gebracht wurde?«

Carlos seufzte. »Die Leute von Kiril Kulekov.«

»Super. Perfekt kombiniert wie immer, großer Herby«, lachte Albers mit gespielter Bewunderung.

»Und die fahren immer noch damit rum? Wie blöd müssen die sein?«

»Die Kennzeichen waren schlammverschmiert«, sagte Carlos. Er hörte nicht mehr richtig zu, in seinem Kopf drehten die Rädchen heiß.

»Sag mal, Herby, an was bist du gerade dran?«, wiederholte Albers seine Frage lauernd und auch ein wenig besorgt. »Und wo bist du?«

»Weit weg von Hamburg«, erwiderte er knapp. »Mehr kann ich nicht sagen.«

»Hör mal, du weißt schon, dass die Jungs von unserem Freund Kulekov noch 'ne Rechnung mit dir offen haben, oder?«

»Wie könnte ich das vergessen ...«

»Brauchst du Hilfe?«

Gute Frage. Brauchte er Hilfe? Carlos starrte angestrengt zwischen die Bäume, so wie es der Dorfarzt vorhin getan hatte. Hätten die Bandenmitglieder von Kiril Kulekov den Tod ihres Chefs rächen wollen, dann hätten sie inzwischen genügend Gelegenheiten dazu gehabt. Direkt vor Ort, in Hamburg. Warum tauchten sie ausgerechnet hier auf, in dem winzigen Kaff im Pfälzerwald, in dem er mehr oder weniger zufällig gestrandet war?

Statt einer Antwort gab er Albers die Beschreibung der beiden Saab-Fahrer durch. Er versuchte den großen Blonden und den kleinen Düsteren so detailliert wie möglich zu beschreiben. Das war immer noch Routine. Aber sein alter Kollege fand unter den Fahndungsfotos kein Gesicht, das gepasst hätte.

»Habt ihr mittlerweile 'ne Ahnung, ob die einen neuen

Kopf der Organisation haben?«, fragte Carlos beklommen. Sicher hatte einer von Kulekovs alten Kumpanen die Organisation schnell übernommen. Aber hatte so ein Nachfolger überhaupt ein gesteigertes Interesse daran, den Mann, der seinen Vorgänger hingerichtet hatte, auszuschalten?

Wahrscheinlich schon, wenn er aus den eigenen Reihen kam.

Aber warum hatten sie nicht zugeschlagen, als die Gelegenheit da war? Warum hatten sie den Moment der direkten Konfrontation mit ihm auf dem Waldparkplatz ungenutzt verstreichen lassen? Ein sehr untypisches Verhalten für diese Art von Leuten. Was hatten diese beiden Typen hier zu suchen?

Albers versuchte es noch einmal. »Hey, jetzt komm schon, Alter. Sag mir, wo du gerade zugange bist. Sicherheitshalber, falls was passiert.«

»Am Ende der Welt, Albers. Und ich weigere mich, zu glauben, dass mir hier irgendwas passiert. Schon gar nichts Schlimmes. Ich habe hier Freunde, die auf mich aufpassen.«

Dann beendete er das Gespräch und musste trotz der beunruhigenden Informationen lächeln. Sein letzter Satz schien noch eine Weile in der Waldluft zu schweben.

Kapitel 10

Wie Carlos zuerst tief graben muss, um dann hoch schweben zu dürfen

Als Carlos sich dem Haus im Wald näherte, war weder von Anna noch von ihrem tierischen Beschützer etwas zu sehen. Sie ist wahrscheinlich Kräuter sammeln, dachte Carlos, und Barbarossa trägt den Korb in der Schnauze. Ganz wie im Märchen.

Das Häuschen lag an der Lichtung wie auf einem verblichenen Ölgemälde. Alles wirkte leblos und verlassen. Selbst der Bussard auf der Stange war verschwunden. Carlos fragte sich, ob das ein guter Moment war, um mit dem Graben anzufangen, oder ob er lieber auf Anna warten sollte. Aber würde sie ihm das erlauben?

Hinter dem Haus war alles unverändert. Die hohen Tannen tauchten den Ort in dunkle, kühle Schatten. Carlos fand die Stelle mühelos wieder. Jetzt sah er auch deutlich, dass hier die Erde immer wieder aufgefüllt und festgeklopft worden war. Eigentlich wuchs hier nur Unkraut, doch um besagte Stelle herum spross dichtes Gras. Er nahm sich den Spaten, der an der hinteren Hauswand lehnte, und machte sich an die Arbeit. Das Blatt selbst war nur locker mit dem Stiel verbunden. Er hoffte, dass das, was er zu finden hoffte, nicht allzu tief vergraben lag.

Eine Viertelstunde später zog er seine Jacke aus und

krempelte die Hemdsärmel hoch. Eine halbe Stunde später lief er zu dem kleinen Bachlauf am anderen Rand der Lichtung und trank gierig daraus. Um das Haus herum war immer noch alles geisterhaft still. Eine Dreiviertelstunde später musste Carlos nun schon knietief in das Loch steigen. Und nach einer Stunde begann er, den Fuchs zu verfluchen und sich selbst dazu. Wahrscheinlich war es so, wie der Arzt Schaf gesagt hatte. Eine Lieblingsstelle zum Scharren, mehr nicht. Er starrte angestrengt in die feuchte, lehmige Erde und wischte sich den Schweiß von der Stirn.

Plötzlich erklang aus dem Wald ein hohes, schrilles Gackern. Er schreckte hoch. Ein Vogel, nichts weiter. Oder war das ... ein Elwetritsch?

Carlos schüttelte entnervt den Kopf über seine albernen Gedanken. Die Pfälzer Gehirnwäsche tat offensichtlich ihre Wirkung. Gereizt grub er weiter und setzte sich selbst eine Frist. Noch eine halbe Stunde, nicht länger. Wenn die Erde dann nichts freigab, wofür sich dieser irre Aufwand lohnte, dann ...

In diesem Augenblick stieß das wackelige Spatenblatt auf etwas Hartes, das unter der Wucht der Bewegung zu zerbrechen schien. Carlos bückte sich und schaufelte vorsichtig Erde beiseite. Da waren Wurzelstränge, aber der Widerstand hatte sich nicht angefühlt wie eine Wurzel. Allmählich streikten seine Armmuskeln. Er dachte schuldbewusst an die zwei Kurzhanteln, die unter seinem Bett in Hamburg lagen und ihr Plätzchen im staubigen Halbdunkel seit Jahren nicht verlassen hatten. Verbissen grub er weiter. Der Schweiß tropfte ihm von der Stirn.

Dann sah er es. Aus dem dunklen, feuchten Erdreich starrten ihn zwei leere Augenhöhlen an. Obwohl ein kleiner Teil von ihm diesen Fund erwartet hatte, wich Carlos erschrocken zurück. Er keuchte. Plötzlich hörte er heftige

Atemgeräusche. Lautes Hecheln. Direkt über ihm. Sein Kopf schnellte nach oben. Am Rand der Grube stand Barbarossa, der Fuchs, und sah ihn lauernd an.

»In eurem Wald, auf dem Grundstück einer Mitbürgerin, liegt eine halb verweste Leiche, und ihr interessiert euch nicht dafür?«

Carlos war außer sich angesichts der provozierend gelassenen Gesichter vor ihm. Da saßen sie in aller Seelenruhe in ihrer Weinstube und feierten die misslungene Show des Verbandsbürgermeisters mit einer ganzen Armada von Schoppengläsern. Nichts als lässiges Schulterzucken hatte er geerntet, als er in die Gaststube gestürmt kam und ihnen von seiner Entdeckung berichtete. Auch Anthony hob sein Glas mit Orangensaft in die Höhe und prostete ihm freundlich und unaufgeregt zu, so als hätte Carlos erzählt, dass er auf einer Lichtung ein paar Hasen gesehen habe. Er wusste nicht, warum er sich ausgerechnet vom Friedhofsgärtner mehr Anteilnahme versprochen hatte.

Die scheinbare Gleichgültigkeit der Truppe brachte ihn dermaßen auf die Palme, dass er am liebsten mit einem Ruck die Gläser vom Tisch gewischt hätte. Da war er wieder, der alte, ungute Wesenszug von Carlos Herb. Der Wesenszug, der schon mal einem Verdächtigen im Verhörraum den Kaffee über den Kopf geschüttet hatte, selbstverständlich nur, nachdem der ein bisschen abgekühlt war. Der Wesenszug, der vor lauter Wut ein Einsatzfahrzeug zu Schrott gefahren hatte, weil ihm kurz zuvor ein Flüchtiger entwischt war. Er dachte in solchen Momenten einfach nicht nach. Eine gewisse Art von schulterzuckendem Widerstand, der ihm entgegenschlug, ließ ihn austicken. Er spürte seinen Herzschlag, der in diesen Sekunden gut und gerne den Takt in einer Metal-Band hätte vorgeben können.

Ja, er war kurz davor loszubrüllen, als ihm Alfred lächelnd ein gefülltes Glas zuschob. »Hopp, trinke mir erscht mol e Schlückel uff den Schreck, hä?«

Carlos hielt inne. Er musste an den Abreißkalender mit Zen-Sprüchen denken, der in seiner Küche hing. Halb im Scherz hatte er sich das Ding nach seinem Zusammenbruch angeschafft. Die letzte Weisheit, an die er sich erinnern konnte, war: *Bedenke, dass Schweigen manchmal die beste Antwort ist.* Und jetzt wurde er hier plötzlich mit der pfälzischen Version buddhistischer Gelassenheit konfrontiert, kombiniert mit der unvermeidlichen Flüssigkeitsaufnahme.

Leicht zitternd setzte sich Carlos an den Tisch und trank von seiner Schorle. Ein bisschen erschrocken war er schon, als er sah, wie schnell er das Glas bis zur Hälfte leerte.

»So, und jetzt mol ganz ruhig«, sagte Willi, dessen Blaumann wieder mit Sägespänen gesprenkelt war. »Bischt du sicher, dass des ein richtiges Skelett ist un net einfach e paar ... Wildschweinknoche oder so?«

Carlos starrte ihn mit offenem Mund an. Dann schoss es auch schon aus ihm raus, ohne dass er es verhindern konnte: »Entschuldige mal, ich war zwanzig Jahre bei der Polizei, und ich habe mehr als ein menschliches Skelett gesehen. Ich erlaube mir zu behaupten, dass das sicher kein Wildschwein ist oder so! Sondern ein menschliches Skelett!«

Willi machte eine beruhigende Handbewegung und deutete auf Carlos' Dubbeglas. »Jo, jo, is jo gut. Hopp, trink!«

»Ich will aber nicht trinken!«, schleuderte Carlos ihm entgegen.

»Solltest du aber. Sonst wirkt die Schorle net, weeschwieschmään?«, sagte Bettel und legte ihm von hinten die Hand auf die Schulter. Sie stellte ein Holzbrettchen mit

Leberwurstbroten vor ihm ab und tätschelte seinen Arm. »Auf, mein Guter, jetzt wird erscht mal was gegesse. Dann sieht die Welt schon anders aus.«

Wo nahmen sie nur diese Gelassenheit her? Oder glaubten sie ihm etwa nicht?

Sie wandte sich an die versammelten Männer. »Un ihr losst den Karl jetzt mal in Ruh esse und trinke, und dann seh ma weiter.«

Zustimmendes Gemurmel. Carlos konnte nicht anders und stürzte sich auf die Leberwurstschnittchen. Er trank sein Glas in einem weiteren Zug leer und spürte, wie sich sein Inneres langsam beruhigte. Die anderen beobachteten ihn intensiv bei der Nahrungsaufnahme. Vielleicht hatten sie ja recht, und man musste so eine Sache auf ihre Weise angehen. Mit einer gewissen Grundlage. Als er fertig war, nickten sie lobend.

»Alla.«

»Jetzt aber.«

»Geht's wieder?«

Carlos bemühte sich um eine ruhige Stimme. »Ich versuch's jetzt noch mal ganz langsam. Überlegt doch mal, Leute! Ich bin hier, weil ich einen Menschen suche, der seit einem Jahr verschwunden ist. Und jetzt finde ich auf einmal eine skelettierte Leiche im Wald. Die übrigens eine Ladung Schrot im Kopf hat, falls ihr das wissen wollt. Und noch dazu neben der Behausung einer offensichtlich geistig verwirrten Person, die ein inniges Verhältnis zu ihrer Schrotflinte pflegt. Ihr werdet entschuldigen, aber erwartet ihr von mir, dass ich dann sage: Prost, und weiter geht's?«

Er sah sie eindringlich an, jeden Einzelnen. Wie beklommen die ganze Stimmung auf einmal war.

»Wie auch immer. Es gibt nur einen Weg«, legte er nach. »Diese menschlichen Überreste werden jetzt geborgen und in das nächste gerichtsmedizinische Institut gebracht. Und dann wird jemand kommen und herausfinden, wer diesen Menschen auf dem Gewissen hat. Aber das, ihr Lieben, das werde nicht ich sein.« Sein Blick machte noch einmal die Runde. »Also, kommt ihr nun mit in den Wald und schaut euch die Stelle an? Oder soll ich lieber gleich die Polizei anrufen?«

Willi erhob sich von seinem Platz. »Alla. Mir kommen mit«, entschied er. »Aber eins kann ich dir gleich sagen, Karl. Dein verschwundener Geldsack ...«

»Der Mann heißt Hans Strobel.«

»... also der isses jedenfalls net.«

Das klang nach einer Feststellung, als wüsste Willi zweifelsfrei, dass es nicht der Gesuchte sein konnte – woher auch immer. Carlos hätte gerne nachgehakt, wie er sich denn da so sicher sein konnte, aber er beschloss, diese Frage auf später zu verschieben. Es war irgendwie unsagbar ermüdend vor diesen gemütlichen, unerschütterlichen Dorfmenschen, den effizienten Ermittler rauszuhängen.

Eine Dreiviertelstunde später standen sie vor dem Haus im Wald. Auf der Veranda saß die alte Anna in ihrem Schaukelstuhl und strickte an etwas, das aussah wie eine riesige, unförmige Zipfelmütze.

Grußlos ging Carlos direkt hinters Haus, um zu sehen, ob sie irgendetwas an dem Loch verändert hatte. Aber die Grube lag unberührt da. Er hatte die Knochen so weit freigelegt, dass das Skelett halb sichtbar war. Der Unterkörper lag noch in der Erde. Man konnte kaum mehr erkennen, was der Mensch einmal getragen hatte. Die Kleider waren fast ganz verrottet.

Sein Vorgehen verstieß gegen alle Regeln der Polizeiarbeit, das wusste er. Wenn er nicht sofort jemanden von außen dazuholte, konnte jeder aus dem Dorf nachts die Knochen verschwinden lassen, Spuren verwischen oder das Ganze einfach nur einem hungrigen Fuchs überlassen. Was hinderte ihn nur daran, nicht sofort die Polizei zu verständigen, so wie er es an jedem anderen Ort der Welt getan hätte? Er fand darauf keine Antwort. Er spürte einfach diese rätselhafte emotionale Verbindung zu den Leuten hier. Und das bestimmte sein ungewöhnliches Handeln.

Carlos hörte gedämpfte Stimmen auf der Veranda. Willi erklärte der alten Anna wahrscheinlich gerade schonend, was auf ihrem Grundstück vor sich ging. Von Barbarossa, dem Fuchs, war nichts zu sehen. Die gelben Augen des Tieres, die vom Rand der Grube auf ihn geblickt hatten, gingen Carlos nicht mehr aus dem Kopf. Das Tier hatte fast erleichtert gewirkt, als wollte es sagen: »Endlich! Ohne mich hättest du das hier nie entdeckt.«

Carlos stierte in die Grube und ärgerte sich über seine Unentschlossenheit. Plötzlich kam ihm ein hässlicher Verdacht. Was, wenn die Dorfbewohner längst wussten, dass da eine Leiche hinter dem Waldhaus verscharrt lag? Das würde ihr gelassenes Verhalten vorhin erklären. Und was, wenn sie nun verhindern wollten, dass Carlos dieses Wissen nach außen trug und meldete? War das vielleicht das Geheimnis von Elwenfels, das sie hier alle so besorgt hüteten?

Wenn ja, dann waren die beiden Typen aus Kulekovs Bande sein kleinstes Problem. Wenn sich das Dorf hier zusammentat und sich als Kollektiv gegen ihn wenden würde, dann konnten sie ihn hier im Wald erschlagen, in die Grube werfen und einfach wieder Erde darauf schütten. Dann wäre auch er vom Erdboden verschluckt. Wie Hans Strobel. Auf einmal bereute er, dass er seinem alten Kollegen Albers am Telefon nicht gesagt hatte, wo er sich gerade aufhielt.

Alfred trat neben ihn und schaute in die Grube. Er atmete tief ein. »Jo jo ...«, seufzte er.

Carlos musterte ihn scharf von der Seite. Aber Alfred wirkte nicht so, als spiele er ihm etwas vor. Er kratzte sich verlegen im Nacken und zuckte mit den Schultern. »Un jetzt?«

»Wir sollte de Doktor rufe!«, sagte Anthony leise und zwirbelte unbehaglich einen seiner Dreadlocks zwischen den Fingern.

»Wieso? Kennt der sich mit Skeletten aus?«, erwiderte Carlos.

»Meins hat er jedenfalls repariert«, sagte Alfred und klopfte sich auf die eigene Schulter.

Carlos verdrehte die Augen. Sie konnten einfach nie der Versuchung widerstehen, einen Witz zu reißen, egal in welcher Situation. In diesem Moment kamen Willi und Anna ums Haus. Anna sah aus, als wollte sie sich in das Erdloch stürzen, um zu sehen, was darin lag. Willi hielt sie am Arm fest und zog sie zurück.

»Des is kein Anblick für dich, Anna!«, rief er.

»Des is mein Grundstück. Alla lass mich!«, wehrte sie sich und riss sich los. Sie stellte sich an den Rand der Grube und sah hinein.

Carlos hatte damit gerechnet, dass sie wieder lauthals schreien würde. Aber nichts dergleichen geschah. Die alte Anna verschränkte die Arme vor der Brust und zog die Nase hoch. Es schien, als würde Leid und Tod von Tieren sie weit mehr aufregen als ein toter Homo sapiens. Sie starrte ohne Regung auf die Knochen und zuckte mit den Schultern.

»Ich wollt nächstes Jahr genau hier ein Beet anlege für die Zwieble«, sagte sie. »Die wären net so gut gewachse, glaub ich.«

Schon wieder eine Demonstration pfälzisch-buddhistischer Gelassenheit, dachte Carlos. Er hatte in Hamburg harte Jungs erlebt, die bei einem derartigen Anblick weiche Knie bekamen.

»Anna, weißt du etwas davon?«, fragte Willi leise.

Sie schüttelte den Kopf, trotzig wie ein Kind. »Also, ich hab die Knoche da net eingebuddelt.«

»Nein, Anna, des sagt ja niemand«, beschwichtigte sie der Pfarrer. Er machte keinerlei Anstalten, über der freigelegten Leiche eine Art Segen zu sprechen. Überhaupt: Er wirkte nicht so, wie man sich einen Pfarrer im Angesicht des Todes vorstellte, was zugegebenermaßen wohl auch an seiner Zivilkleidung lag – Jeans und T-Shirt mit der Aufschrift *The Clash – Tales of Punk, Passion and Protest.* Er schaute wie alle anderen in einer Mischung aus Überraschung und Bestürzung in die Grube.

»Un?«, fragten Otto und Anthony gleichzeitig in Carlos' Richtung. »Was meinscht du dazu?«

Carlos zuckte die Achseln und fixierte die alte Anna. Er glaubte ihr kein Wort. Der Schädel des Skeletts war eindeutig mit einer Ladung Schrot beschossen worden. Und die Einsiedlerin war in so einem geistigen Zustand, dass sie sich womöglich nicht einmal daran erinnern würde, wann sie den Mann erschossen und danach eigenhändig eingegraben hätte. Und Barbarossa? Hätte der Fuchs seine Herrin verraten?

»Wie lang liegt der denn schon an der Stell?«, wollte Alfred wissen. »Du als Polizist kennst dich doch aus mit so was.«

»Ich bin kein Polizist mehr«, murmelte Carlos. Aber natürlich wusste er es. Nicht exakt. Aber genau genug. Seine Erfahrung sagte ihm, dass der Körper schon allein deswegen nicht Hans Strobel sein konnte, weil diese Knochen länger als ein Jahr in der Erde lagen. Nach nur einem Jahr war eine Leiche nicht so sauber verwest. Aber ganz genau sagen konnte das nur ein Gerichtsmediziner. Es gab schließlich auch Böden, in denen menschliche Körper schneller zerfielen.

»Wahrscheinlich liegt der hier seit mindestens drei Jahren«, schätzte er. »Aber wenn ihr es genau wissen wollt, muss die Polizei her.«

Ein kollektives, unwilliges Murren ging durch die Gruppe. Anna schaute an ihnen vorbei in den Wald. Sie wirkte total abwesend, so als grübele sie darüber nach, wo denn jetzt die richtige Stelle für ihr Zwiebelbeet liege.

»Selbst wenn es nicht der Mann ist, den ich suche, Leichenfund bleibt Leichenfund.« Wie albern sich diese Worte anhörten.

Willi ging neben ihm in die Knie und stieg in die Grube.

»Willi, das ist keine gute Idee«, sagte Carlos gedehnt.

Dabei war es doch ohnehin egal, ob sie jetzt Spuren verwischten. Er wusste eigentlich jetzt schon, dass er diesen Fall nicht melden würde. Er konnte einfach nicht noch eine Baustelle gebrauchen. Er musste Strobel finden. Und so wie es aussah, musste er dazu Elwenfels hinter sich lassen. Denn hier, in diesem seltsamen Ort, verstrickte er sich immer mehr in Dinge, die ihn ablenkten. Dinge, die ihn beschäftigten, aber nichts angingen.

Willi hatte den Spaten genommen und kratzte im Fußbereich der Leiche die Erde weg. Carlos' altes Polizei-Ego sträubte sich. Diese Art der Tatort-Kontaminierung erinnerte ihn daran, wie weit er von seinem alten Leben entfernt war. Andererseits hatte er in der Zeit als Privatschnüffler selbst einiges getan, was mit dem alten Polizeiregelbuch nicht zu vereinbaren war. Er unterdrückte den Impuls, Willi anzubrüllen und aus der Grube zu zerren.

»Hab ich's mir doch gedenkt!«, rief der plötzlich.

Anthony, Alfred und Otto sahen angestrengt in die Grube.

»Ach Gott. Des is doch …«, entfuhr es dem Mechaniker.

»O nee, is des traurig«, sagte Anthony und wandte sich abrupt ab.

»Was denn?«, drängte Carlos.

Willi deutete keuchend und mit verzogenem Gesicht auf die erdverkrusteten Schuhe, die er freigelegt hatte. Man erkannte deutlich, dass es Qualitätsschuhe aus schwarzem Leder mit dicken Profilsohlen waren. Nicht einmal die Schnürsenkel waren verrottet.

»Des sin mei Schuh«, sagte Willi gepresst.

»Wie jetzt?«, blaffte Carlos.

»Die ham ihn überlebt …«, wisperte Karl. »Des warn sehr gute Schuh.«

»Mei beschte!«, ergänzte Willi. Seine Stimme war ganz dünn.

»Un grad gut genug für de Gustav«, presste Anthony hervor. Auch er hörte sich an, als würden ihm gleich die Tränen kommen.

»Gustav?« Den Namen hatte Carlos doch an diesem Tag schon einmal gehört. Dann fiel es ihm wieder ein. Der Landstreicher, der die Elwenfelser beim Restaurieren der Kirche unterstützt hatte.

»Was is denn mit meim Gustav?«, schaltete sich nun Anna ein. »Der war ja schon lang nimmer hier. Hat mich wahrscheins vergesse.«

»Nee, nee, mei Liebes«, flüsterte Willi, »er war die ganze Zeit bei dir.«

Später saßen sie dicht zusammengedrängt auf Annas Terrasse. Trauerarbeit war angesagt. Der Pfarrer verschwand in dem kleinen Häuschen, um wenig später mit sechs Stielgläsern und zwei Weinflaschen wiederzukommen. Keine Schoppen, keine Dubben, keine Schorle. Gewöhnliche Weinschorle hielten sie wohl im Moment für nicht angemessen. Allerdings musste Carlos nun verwundert feststellen, dass Alfred nur ihm aus der Flasche, die das Etikett des Bitterlinger-Rieslings trug, einschenkte, während er dem Rest der kleinen Gruppe aus der unbeschrifteten zweiten Flasche eingoss. Dann hoben sie ihre Gläser, und Alfred sagte leise: »Auf unsern Gustav. Der weg war un doch nie fort von uns. Un uff de Carlos, weil der ihn gefunde hat.«

Jeder nahm einen Schluck. Dann folgten ein paar Minuten einträchtiger Stille. Seltsamerweise schienen selbst die Vögel innezuhalten mit ihrem Gezwitscher. Aus dem Wald ertönte nur dann und wann ein Knacken und Flügelschlagen.

Carlos probierte seinen Riesling, der auch ohne Wasser ziemlich gut schmeckte. Es wunderte ihn ein wenig, dass Anthony jetzt auch Wein trank, obwohl er vorgab, ein strikter Antialkoholiker zu sein. Aber diese Situation erlaubte wohl eine Ausnahme, selbst bei ihm. Der Mann trank den Wein mit geradezu andächtigem Gesicht, nahm einen kleinen Schluck und verdrehte die Augen gen Himmel. Dass sie hier auch immer so übertreiben mussten.

»Ich dachte, du trinkst keinen Alkohol?«, brummte er Anthony an.

Der lächelte sein Glas an und erwiderte, ohne Carlos anzusehen: »Des is kein Alkohol. Des is Wein.«

Die anderen nickten mit ernsten Gesichtern. Aha. Dann war das wohl nicht als Witz gemeint. Carlos lächelte, schüttelte jedoch innerlich den Kopf. Er selbst hatte es in Elwenfels wahrscheinlich auch nur deswegen so lange ausgehalten, weil er sich ständig die Wirklichkeit so hinbog, wie sie gerade passte. Vielleicht war das genau das Geheimnis dieses Ortes.

Er wartete noch eine Weile ab, dann wandte er sich an Anna, die in klitzekleinen Schlückchen an ihrem Glas nippte, als wäre es heißer Tee, und geradeaus in den Wald stierte.

»Anna, was weißt du darüber?«, fragte er vorsichtig. »So nah bei deinem Haus …«

»Ich weiß nix«, wisperte sie. »Gar nix weiß ich.«

»Erinnerst du dich noch, wann du Gustav zum letzten Mal gesehen hast?«, fragte Carlos weiter. »War er hier bei dir? Hat er hier übernachtet?«

»Ich hab gedenkt, ihr wisst Bescheid«, murmelte sie unwillig.

»Was?«, fragte Willi sanft. »Was solle mir wisse?«

»Na, de Gustav un ich. Dass wir zusamme warn.«

»Äh, wie is des gemeint jetzt?«, wollte Otto wissen und sah sie fast ein wenig erschrocken an.

»Er war im Winter immer bei mir. De Gustav war doch so krank, un der hat ja kein Platz gehabt. Er war arg müd, der arme Kerl.« Sie trank ihren Wein in einem weiteren kleinen Schluck aus und wischte sich eine Träne weg. Das feine Stielglas sah in ihren Händen aus wie ein Glasglöckchen.

Otto zupfte nervös an seinem grauen Zopf herum und schüttelte ungläubig den Kopf. »Un wie oft war er hier bei dir, ohne dass mir des gewusst ham?«

»Nur den eine Winter. Bevor er fort is.«

»Aber der Gustav hätt doch auch bei uns im Ort … Ich mein, wir ham es ihm doch immer wieder angebote.«

»Ja, aber des hier bei mir war halt was Besonderes«, erwiderte Anna trotzig. »Ihr wisst doch, wie de Gustav war. Der wollt frei sein. Hier bei mir war er des. Un er hat mich gemocht …« Sie sah wehmütig zu Boden. »Der einzige Mann in meim Lewe«, murmelte sie.

Die Männer schauten betreten weg. Andächtig hoben sie ihre Gläser und murmelten: »Alla hopp. Uff de Gustav.«

Dann leerten sie alle gleichzeitig ihre Gläser mit einem Schluck. Sechs leere Gläser wurden vor Carlos' Augen auf den Tisch gestellt, während er selbst immer noch an seinem Riesling nippte.

Plötzlich ging eine Veränderung in den anderen vor. Nach und nach richteten sich alle Blicke auf ihn. Es waren die wissenden Blicke einer verschworenen Gruppe.

Carlos schluckte. War das der Augenblick, in dem sie beschlossen, dass niemand etwas von der Leiche im Wald nach außen tragen durfte? Die Sekunde, in der sie übereinkamen, dass er zu viel wusste? War das Theater jetzt vorbei, und hinter der freundlichen, schulterklopfenden Fassade der Elwenfelser kam ein düsteres Gesicht zum Vorschein? Wieder musste Carlos für einen flüchtigen Augenblick an seine ehemalige Dienstwaffe denken.

Dann sagte Alfred: »Carlos, gib mir dein Glas, hopp.«

»Äh, was?«, kam Carlos zögernd der Aufforderung nach.

Alfred kippte den Inhalt über die Holzbrüstung ins Gras und schenkte ihm nun aus der unetikettierten Flasche ein, aus der die anderen getrunken hatten. Ein goldgelber Schwall plätscherte ins Glas. Es war der Rest, nicht mehr als drei Schlucke.

»Da!«, sagte Alfred.

Alle Blicke waren immer noch auf ihn gerichtet. Carlos lächelte etwas verlegen, nahm das Glas und nippte daran. War das der gleiche Wein, den er gestern von Anna bekommen hatte, ehe Sofie ihn weggenommen hatte? Dieser hier hatte auch diesen ganz anderen, weichen Geschmack.

Carlos nickte: »Schöner Wein.«

»Trink, mein Guter!«, sagte Otto.

»Du brauchscht genau drei Schluck«, ergänzte Anthony geheimnisvoll.

»Was? Ich versteh nicht. Nur drei Schluck? Das sagt ihr mir? Euch kann's doch eigentlich nie genug sein, oder?« Carlos lachte über seinen Witz, aber die anderen blieben ernst.

»Du wirst schon merke, wie des gemeint is«, sagte Anthony,

»Okay, verstehe«, sagte Carlos, obwohl er nichts verstand. Er wandte sich der alten Anna zu. »Sag mal, wann hast du Gustav denn nun zum letzten Mal gesehen?«

Sie zuckte mit den Schultern. »Auf einmal war er dann fort.«

»Aber eigentlich war er ja gar nicht weg. Er lag neben deinem Haus. Vergraben.«

Anna sah ihn mit großen Augen an. »Vergrabe?«

»Ja. Und die Frage ist: Wie kommt der gute Gustav da hin?«

»Oh! Is doch ein gutes Grab!«, grätschte Anthony jetzt dazwischen, und er als Friedhofsgärtner musste es ja wissen. Seine Stimme hatte auf einmal einen seltsam träumerischen Klang. »Neben dem Haus von seiner Liebsten in de Erd zu liege ... is doch schön.«

Jetzt reichte es Carlos. Er musste es jetzt einfach sagen. »Ja, wunderschön! Selbst wenn sie ihn umgebracht hat?«

»Was?« Willi sah ihn empört an.

»Ich weiß net, hab ich des?«, fragte Anna und schaute in die Runde.

»Wir müssten deine Schrotflinte untersuchen, um das herauszufinden«, sagte Carlos. Er trank noch etwas von dem Wein und fragte sich, wo es den wohl zu kaufen gab.

Von diesem herrlichen Tropfen würde er glatt ein paar Flaschen mit in den hohen Norden nehmen.

»Kein Problem. Nimm des Gewehr ruhig mit!«, säuselte Anna und lehnte sich behaglich in ihrem Schaukelstuhl zurück. »Ich brauch des eh nimmer.«

»Anna«, drängte Carlos, »hast du Gustav umgebracht? Vielleicht war es ja ein Unfall.«

»Oh! Und selbscht wenn!«, sagte Willi und faltete die Hände über seinem Bauch. »Von der Hand der Geliebten sterben, wenn man eh sterbenskrank is ... Des is doch wie beim Shakespeare, oder net? Ein Zeiche von wahrer Liebe.«

»Was?«, platzte Carlos heraus. »Den Richter möchte ich gern mal sehen, der das romantisch findet.«

»Richter ...«, echote Otto und verdrehte die Augen.

Die ganze Runde inklusive Anna begann zu kichern, als hätte Carlos gerade einen Witz erzählt.

Er biss die Zähne zusammen, um den nun unweigerlich einsetzenden Wutanfall unter Kontrolle zu behalten. Doch nichts geschah. Er blieb ganz ruhig. Was war denn los mit ihm? Es fiel ihm immer schwerer, bei der Sache zu bleiben.

»Was ist denn nur los mit euch?«, startete er einen neuen Versuch, die feixende Gruppe an die menschliche Vernunft zu erinnern. »Wollt ihr denn gar nicht wissen, wer ... wer ...?« Carlos stockte. Ihm zuckte ein böser Gedanke durch den Kopf. Dann sagte er: »Oje.«

»Jo genau, oje«, echoten Willi und Karl gemeinsam.

Carlos nahm sein Glas und trank es mit einem Schluck leer. Hatte der Verdacht, der sich plötzlich in seinem Bewusstsein ausbreitete, tatsächlich eine Grundlage? Wie konnte er das beweisen? Wie konnte er ... was musste er ...?

Der Wein hatte sich süß und metallisch zugleich um seine Zunge gelegt und ließ seinen Gaumen prickeln. Eigentlich wollte er ihn gar nicht herunterschlucken. Was für ein erstaunliches Aroma. Gänsehaut überkam seinen ganzen Körper. Mit einem letzten Rest an Selbstkontrolle wandte er sich Anna zu. Sein Mund formte Worte, um sie weiter zu befragen. Er wollte unbedingt wissen, ob sie sich mit Gustav gestritten hatte, ob er im Unguten weggehen wollte, ob ...

Und auf einmal war ihm alles egal.

Die Dringlichkeit all seiner Fragen, überhaupt aller Fragen, wich zurück. Es schien, als wären sie Überreste aus einem Traum, die nun körperlos und lächerlich erschienen. Er ließ die bohrenden Gedanken los und fühlte sich sofort erleichtert. Was sollte denn der ganze Unsinn? Gab es nichts Wichtigeres? Doch, das gab es.

In seinem ganzen Mund intensivierte sich der Geschmack dieses letzten Schlucks so stark, dass Carlos sich unwillkürlich schütteln musste. Zum Beispiel dieses unbeschreibliche Gefühl in seinem Zäpfchen. Es schien sich zu winden, als wäre es eine winzige Kreatur, die gestreichelt wird. Es war so wie bei diesen Kaugummis, die einen Brausekern haben, der im Mund explodiert. Als Junge hatte er mit seinen Freunden manchmal drei oder vier dieser Center Shocks auf einmal gelutscht und zerbissen, und dann hatten sie sich gewunden und gekugelt, weil das Knallen und Prickeln im Mund kaum auszuhalten war. In seinem Hals, unter der Zunge, an seinem Gaumen, überall schien jetzt ein kleines, zartes Feuerwerk stattzufinden.

Carlos lachte überrascht auf. Das hier war ... es war ... ein Orgasmus. Eindeutig. So, als wäre sein Mund plötzlich das Lustzentrum seines Körpers. Und dieses Gefühl wollte nicht enden. Die Flüssigkeit rann in seinen Magen, und in einem Augenblick von fast süchtigem Bedauern registrierte Carlos, dass sich sein Gehirn ausdehnte, als würde es hinaus ins Universum schießen. Er sank in seinem Stuhl zurück und schloss die Augen.

Was hatten sie ihm gegeben? Das war kein Wein. Das war eine Droge. Eine Wahnsinnsdroge. Eine Droge, die es so nicht gab, mit der aufstachelnden Wirkung von Kokain und der leichtherzig schlaffen Gelassenheit, die Cannabiskonsum mit sich brachte.

Doch nun beruhigten sich die eben noch wild wirbelnden Gedanken sanft wie fallende Seidentücher und hoben ein einziges Gefühl, eine einzige Tatsache in seinem Innern in absoluter Klarheit hervor: Er lebte in einer Illusion. Sein Leben war eine wilde Jagd ins Nirgendwo. Sein Dasein hatte nichts mit Sein zu tun.

In diesem Moment wusste Carlos, dass er für den Rest seines Lebens auf dieser Veranda sitzen bleiben würde, zusammen mit Anna, Karl, Otto, Alfred, Anthony und Willi; mit Barbarossa und dem toten Gustav, mit dem Bussard, der sich eben auf seine Stange setzte, den äsenden Rehen, den schlafenden Katzen, den Vogelschreien aus dem Wald und den Gerüchen der Kräuter. Einfach sein – auf ewig eins mit diesem Augenblick, der der schönste in seinem ganzen bisherigen Leben zu sein schien. Auf jeden Fall der intensivste.

Er wusste nicht warum, aber plötzlich strömten ihm Tränen aus den Augen. Es war unaufhaltsam, und als ihm bewusst wurde, dass ihm das jetzt überhaupt kein bisschen peinlich war, da brach ein Schluchzen aus ihm hervor. Er heulte wie ein kleines Kind.

Willi stand auf, kam zu seinem Stuhl, beugte sich zu ihm hinunter und umarmte ihn. »Jo, is jo gut. Lass es raus. So geht's jedem beim erschte Mal.«

Carlos sah die anderen nicken. Ernst waren sie und seltsam bedächtig. Die alte Anna war wieder eingeschlafen und saß mit einem Lächeln auf ihrem Gesicht in ihrem Stuhl.

»Was ... was habt ihr mit mir gemacht?«, flüsterte Carlos und krallte sich an Willis Blaumann fest. Es war seltsam, er hatte auf einmal kein Bedürfnis nach einem weiteren Glas von diesem Wahnsinnswein. Das überwältigende Gefühl in seinem Innern genügte. Er kam sich nackt und orientierungslos vor, aber es störte ihn nicht.

»Carlos, du bischt jetzt einer von uns«, verkündete Anthony und legte eine große, karamellbraue Hand auf seinen Unterarm.

Ja, genauso fühlte es sich an. Es war ein wunderbares Gefühl. Carlos spürte, dass er in einen neuen Lebensabschnitt übergegangen war.

Und noch etwas: Jetzt wusste er auch, was Hans Strobel gesucht hatte.

Das Schluchzen hörte auf und wurde ersetzt durch eine schwere Müdigkeit. Plötzlich war er eingeschlafen, mit der Selbstverständlichkeit eines kleinen Kindes, tiefer und unschuldiger als in den Monaten vor seinem Eintritt in diese Welt.

Er wachte auf, als Otto ihn an der Schulter rüttelte. Carlos blinzelte. Dann fiel ihm alles wieder ein. Dieser Wein. Drei Schlucke, wie eine Droge. Er hatte geweint. Die Gedanken waren klar und deutlich. Und er ließ ihnen freien Lauf. Sofie. Das geheimnisvollste und begehrenswerteste Wesen des Universums. Nein, das konnte er jetzt nicht ... Er wollte trotz allem bei der Sache bleiben. Er sah in die Runde.

»Was habt ihr jetzt mit Gustav vor?«, fragte er vorsichtig.

Willie schnaubte. »Ich sag dir, von mir aus können wir den arme Kerl wieder zuschütte. Die Anna pflanzt Blume uff sein Grab und Ruh is.«

Obwohl er es besser wusste, fragte Carlos: »Ihr wollt gar nicht wissen, ob sie ihn ermordet hat?« Er deutete mit dem Kinn in Richtung Anna, die immer noch schlafend in ihrem Stuhl saß.

»Nein!«, stieß Willi in ungewohnter Schärfe hervor.

Carlos legte ihm beschwichtigend die Hand auf den Arm. »Und was ist, wenn es Alfons Schnur war?«

»Hä?«, begann nun ein vierfach erschrockenes Echo.

»Was?«

»Wie meinscht du des?« Willi kniff die Augen zusammen, als würde er Carlos plötzlich in einem neuen Licht sehen.

»De Schnur?«, echote der Pfarrer unheilvoll.

»Na, überlegt doch mal. Er hat Annas Haus damals angezündet, um sie zu bestrafen, weil sie der Grund für seine Verbannung aus Elwenfels war.«

Otto tauschte einen skeptischen Blick mit den anderen. »Woher weißt du des?«

»Bitte!«, sagte Carlos. »Ich ermittle hier. Schon vergessen?« Er genoss ein wenig die konsternierten Gesichter.

»Aber ich dachte, du suchst diesen Kerl, wo verschwunde is«, sagte Anthony.

»Ja, und ich wäre froh, wenn ich über den schon so viel wüsste wie über euren verbannten Ex-Mitbürger. Und deswegen traue ich dem Schnur das auch zu. Er hat immerhin billigend in Kauf genommen, dass Anna damals verbrennt. Stellt euch vor, er belauert sie immer noch, weil er es nicht verwinden kann, dass er wegen einer, verzeiht mir den Ausdruck, verrückten alten Dame eine Niederlage einstecken musste.«

Willie sah ihn ungläubig an. »Des is mehr wie zehn Jahr her!«

»Das ist so einem wie Schnur egal. Manche Leute ernähren sich vom Gedanken an Rache. Vielleicht hat er mitbekommen, dass noch jemand mit ihr zusammen im Haus wohnt, zumindest in diesem einen Winter. Vielleicht hat Gustav sich mit ihm angelegt, als er Schnur gesehen hat. Und Schnur hat ihn abgeknallt. Anna hat es verdrängt. Oder sie war gar nicht im Haus, und Schnur hat sich die Schrotflinte einfach gekrallt. Gustav war schwer krank und sicher nicht der Schnellste. Ich bin mir sicher, dass die Schrotkugeln in seinem Schädel zu denen aus Annas Flinte passen. Aber um das genau rauszufinden, müsste ein Ballistiker von der Polizei her.«

»Wunderbar!«, rief Willi begeistert aus, um dann hinzuzufügen: »Mache mir net.«

Otto legte ihm erstaunlich zartfühlend die Hand auf den Arm. »Carlos, versteh des doch endlich: Mir wolln hier keine Polizei.«

»Wer will die schon?«, konterte Carlos.

»Können wir des net unter uns kläre?«, fragte Alfred.

»Wie denn? Wenn ihr beweisen wollt, dass Schnur Gustav erschossen hat und es Anna anhängen wollte, dann brauchen wir richtige Beweise. Ich glaube, dass er es darauf angelegt hat, dass irgendwann jemand diese Leiche findet. Dann wäre es Anna gewesen, die verdächtigt wird. Damit hätte er sie und euch am empfindlichsten getroffen.«

»Aber warum? Was hätt er davon gehabt?«, fragte Karl.

»Kannte Schnur Gustav?«, fragte Carlos. »Ist er ihm begegnet, bevor ihr ihn zum Teufel gejagt habt?«

»Sicher. Un er konnt ihn net leide. Er wollt, das wir ihm, wie hat er gemeint, en Platzverweis geben müssten.« Alfred schnaubte verächtlich.

»Toll. Das passt ja genau«, stellte Carlos fest. »Indem Schnur diesen Mann umbringt, hat er nicht nur ein für ihn unliebsames Subjekt aus dem Weg geräumt. Damit hat er sich auch an Anna gerächt, die für ihn der Grund war für seine Ausbürgerung«, fuhr er fort und fixierte jeden einzelnen von ihnen der Reihe nach. »Er hat sich seine ganz eigene Rachefantasie zurechtgelegt. Er dachte wohl, dass ihr, wenn ihr die Leiche findet, ins Zweifeln kommt. Dass ihr ein schlechtes Gewissen bekommt, weil ihr einen Bürger eures Dorfes davongejagt habt, um eine Verrückte zu schützen, die später einen Menschen tötet.«

In den Gesichtern der vier Männer war zu sehen, wie angestrengt sie nachdachten. Anna summte im Schlaf.

»Er hat sicher nicht damit gerechnet, dass es fünf Jahre dauert, aber er hatte ja Zeit«, argumentierte Carlos weiter. »Außerdem hat er darauf gezählt, dass Annas Fuchs an dieser Stelle gräbt. Er kennt sich aus mit dem Verhalten seiner Jagdobjekte. Er wusste, dass das Skelett irgendwann ans Licht kommt. Er wollte Anna bestrafen und euch auch. Aber er hat es so angestellt, dass ihm das keiner beweisen kann.«

»Un jetzt?«, fragte Otto. »Was mache mir jetzt?«

»Tja ...« Carlos senkte den Kopf und fixierte seine Schuhspitzen. Selbst mithilfe der Polizei wäre es fast unmöglich, dem Mann so etwas nachzuweisen. Man müsste eine akribische Spurensuche starten, und wahrscheinlich fürchteten die Dorfbewohner auch um Anna. Wie schnell verschwand so ein Mensch in der geschlossenen Abteilung der Psychiatrie ... Nein, er konnte das nicht zur Anzeige bringen. Aber allein untersuchen konnte er die Sache auch nicht. Er hatte doch eine ganz andere Aufgabe. Allerdings reizte ihn der Gedanke ungemein, Schnur zur Verantwortung zu ziehen. Und es war nicht das erste Mal in seiner Laufbahn, dass er in einem unmöglich erscheinenden Fall einen Durchbruch erzielte. Nur wie? Er lehnte sich in dem wackeligen Stuhl zurück und dachte nach.

Die fünf Männer waren still und musterten ihn intensiv. Sie sahen so aus, als wüssten sie ganz genau, dass ihm gleich eine gute Idee käme. Wahrscheinlich hofften sie auf die Langzeitwirkung ihrer Droge. Wenn man nur lang genug wartete ...

Schließlich sagte Carlos: »Vertraut ihr mir?«

Willi zog langsam die Schultern hoch. »Wie man's nimmt ...« Er lächelte in die Runde, wo sich die Gesichter merklich aufhellten. Dann beugte er sich vor, packte Carlos' Hände und sagte mit gewichtiger Stimme: »Du wirst schon des Richtige mache, gell?«

»Naja, ich weiß nicht, ob es richtig ist. Es ist nur eine Idee. Sie kann auch schiefgehen.«

»Donn verzähl halt!«

»Es wird allerdings nicht ohne die Polizei gehen«, sagte er. »Aber wir machen es so, dass Anna nicht belästigt wird. Sie bleibt aus dem Spiel.«

»Und wie willscht du des anstellen?«

»Zuerst müsste einer von euch zum Arzt gehen und ihn herholen. Und natürlich einweihen. Hat Michael eine Trage?«

Willi nickte.

»Gut. Er soll sie mitbringen.«

Sie sahen ihn verständnislos an. Doch dann erhob sich Otto und murmelte etwas von einer halben Stunde. Er eilte über die Lichtung in den Wald Richtung Elwenfels davon.

»Und wir müssen uns jetzt einer etwas unangenehmen Aufgabe widmen«, sagte Carlos und war beeindruckt, dass niemand Fragen stellte. Nicht einmal dann, als klar wurde, was er von ihnen verlangte.

Eine halbe Stunde später kam Otto mit dem Dorfarzt und einer dunkelgrauen Trage zurück, die aussah, als hätte sie schon dazu gedient, beim Hambacher Fest 1832 nicht ganz so trinkfeste Revolutionäre abzutransportieren. Als sie auf die Rückseite des Hauses kamen, lagen die Knochen von Gustav, dem landstreichenden Kirchenrestaurator, fein säuberlich auf einer Wolldecke, die neben dem Grab ausgebreitet war.

Carlos hatte gefordert, dass alle Männer Handschuhe trugen, was in diesem Fall hieß, sich Lumpen und Lappen aus Annas Haus um die Finger zu wickeln. Außerdem hatte er peinlichst darüber gewacht, dass alle Knochen in genau derselben Anordnung auf die Decke kamen, wie sie auch in der Erde gelegen hatten. Kein Stück an einer falschen Stelle.

»Is schon ein komisches Gefühl, de Gustav so zu sehe«, bemerkte der Pfarrer und ließ den Blick über die erdigen Knochen schweifen.

Carlos unterdrückte seine Übelkeit. Er ekelte sich nicht vor den Überresten des menschlichen Körpers, aber sein Vorhaben war trotzdem beklemmend makaber. Und was mit diesem Skelett noch passieren würde, ehe es endlich in Frieden ruhen konnte. Die Schuhe, die Willi dem Landstreicher geschenkt hatte, waren erstaunlich gut erhalten. Von Gustavs Kleidern waren nur noch ein paar feuchte Fetzen übrig. Aber auch die holten sie aus der Grube.

Als Michael Schaf an die Ausgrabungsstelle herantrat, hob er nur die Augenbrauen und sagte: »Das lieb ich an meinem Job. Eben noch e gsundes Neugeborenes untersucht, und jetzt e schönes, sauberes Skelett.«

»Oh, is die Kleine vun de Johanna endlich do?«, frohlockte der Pfarrer.

»Ah jo. Die Cecilie sagt, es hat bloß e Stund gebraucht. Der Wurm konnt's wohl einfach net erwarte, endlich nach Elwenfels zu kommen.«

»Kann ich gut verstehe«, sagte Otto. »Die Kleine freut sich wahrscheins schunn seit neun Monate uff ihr Taufe.«

»So isses«, meinte Willi und strich dem Pfarrer anerkennend über den Rücken. »Nur bei uns wird mit echtem Pälzer Riesling getauft, gell?!«

»Äh … wie bitte?«, fragte Carlos. Hatte er da gerade richtig gehört? »Ihr tauft eure Babys mit Riesling? Ernsthaft jetzt?«

»Ah jo!«, schallte er ihm aus mehreren Mündern entgegen.

»Es gebt's nix Gsünderes für die Entwicklung vun de Abwehrkräfte. Besser wie jede Impfung!«, erklärte Michael.

»Un wenn der Herrgott schon so nett war, seine Schäflein net nur Wasser, sondern vor allem auch Wein zu schenke«, meinte Pfarrer Karl mit salbungsvoller Stimme, »dann hat ma doch geradezu die Verpflichtung, die kleine Mensche so zu begrüße! Es is schließlich e göttliches Privileg, hier gebore zu wern, im gelobte Land der Pälzer.«

»Un de Woi wird jo net bloß bei de Taufe eingsetzt«, ließ der Arzt Carlos wissen, »sondern auch beim Geburtsvorgang schon. Also, die Cecilie macht des immer so. Do laaft's einfach besser, weil …«

Carlos hob die Hände. »Alles klar, schon verstanden. So genau will ich das gar nicht wissen!«, bremste er die Ausführungen des Arztes.

»Alla gut. Ich will dir jo bloß verdeutliche, dass Riesling bei uns net nur e Grundnahrungsmittel is, sondern auch noch e Allheilmittel mit viele Anwendungsgebiete.«

»Wie so e Art pälzisches Aloe vera, gell?«, lachte Karl.

»Okay, danke für die Aufklärung«, sagte Carlos und lenkte die Aufmerksamkeit wieder auf das Skelett vor ihnen. »Können wir dann wieder?«

Michael seufzte. »Wenn's sein muss, dann wenden wir uns halt wieder vom Lewe dem Tod zu.«

»Na, haben wir das einigermaßen richtig angeordnet?«, fragte er den Arzt und zeigte auf die Knochen. »Ist auch nichts durcheinandergeraten?«

Der Doktor ging neben der Leiche in die Knie und betrachtete sie minutenlang ohne ein Wort.

Schließlich hielt es Willi nicht länger aus. »De Carlos will uns net sage, was er vorhat.«

»Ich will's auch gar net so genau wisse«, murmelte der Arzt und tippte einen der Knochen an. »Dass de Gustav mit der Osteoporose noch aufm Gerüst an unsrer Kirch rumgeklettert is ... Wahnsinn.« Der Dorfarzt erhob sich mit hörbar knackenden Knien und deutete auf die Trage. »Un jetzt, Herr Kommissar? Ins pathologische Institut von Elwefels oder wohin sonst?«

»Zum Wanderparkplatz«, sagte Carlos, »und dort irgendwo ins Unterholz.«

Die Männer wechselten einen Blick. Anthony grinste. Er schien begriffen zu haben. Dann legten sie die Knochen wieder Stück für Stück auf die Trage. Anna bekam nicht mit, was mit ihrem toten Liebhaber geschah. Sie saß leise schnarchend in ihrem Schaukelstuhl.

»Kannst du Annas Schrotflinte herholen?«, wandte Carlos sich an Willi. »Die wird sie nämlich bald nicht mehr brauchen.«

Der Sägewerksbesitzer trat dicht an Carlos heran und starrte ihn eindringlich an. »Carlos, was genau hascht du vor?«

»Vertrau ihm!«, krähte Otto und machte eine Handbewegung, die Carlos nicht deuten konnte.

Sie schienen ihm tatsächlich zu vertrauen. Aber was, wenn seine verrückte Idee nicht funktionierte? Carlos senkte den Kopf und kniete sich rasch neben die Grube, um Willi nicht mehr in die Augen sehen zu müssen. Der stapfte auf die Veranda und nahm die alte Schrotflinte an sich.

Carlos suchte den Boden, auf dem das Skelett gelegen hatte, nach weiteren Spuren ab. Dann verlangte er eine kleine Gartenschaufel. Damit kratzte er eine zentimeterdicke Schicht ab. »Kann mir mal einer eine Tüte bringen?«

Wortlos verschwand Willi wieder im Haus und brachte ihm eine zerknitterte Supermarkttüte mit fadenscheinigem Henkel. »Bei uns heißt des übrigens Dutt!«, klärte er Carlos auf.

»Danke für die Vokabelkunde«, antwortete er. Hier lief doch nichts ohne ein paar kostenlose Kurzeinheiten Fremdsprachenunterricht. Er schaufelte die Erde in das Teil, das auf Pfälzisch so hieß wie ein Haarknoten vergangener Tage, und verknotete die Tragegriffe.

Der Pfarrer und Alfred blieben zurück, um die Grube wieder zuzuschütten. Die anderen machten sich auf zu einer makabren Prozession durch den Elwenfelser Wald. Carlos und der Arzt fungierten als Totenträger. Sie hatten die Decke über die losen Knochen gelegt und an den Griffen festgebunden, damit auch nichts verrutschte. Willi trug die Tüte mit der ausgehobenen Erde, und Otto schulterte die Schrotflinte. Schweigend liefen sie durch das dichte Grün. Anthony summte ein melancholisches Lied, das jamaikanischen Ursprungs war.

Die Sonne war bereits hinter den Bäumen verschwunden, und langsam wurde es kalt. Vielleicht war das ja ein guter Zeitpunkt, um ein Thema zu besprechen, das Carlos seit einiger Zeit beschäftigte und durch den Drogenwein noch einmal schärfer ins Bewusstsein gerückt worden war: Sofie.

»Was macht sie eigentlich so?«, fragte er Willi, der neben ihm lief. »Arbeitet sie irgendwas?«

»Die Sofie is im Weingut«, erklärte der etwas einsilbig.

»Bei Bitterlinger und seiner Frau Charlotte? Das kann ich mir gar nicht vorstellen.«

»Wieso net?«

»Naja, Sofie wirkt nicht so, als könnte sie besonders gut mit so einer Art von … Schwager.«

»Kann sie ja auch net.«

»Ah ja … Und wie läuft das dann so mit der Zusammenarbeit?« Carlos wusste, wie geschwollen und gestelzt er daherredete.

Aber wenn es um Sofie ging, brachte er eben nur schwer einen geraden Satz heraus.

»Die Sofie hat halt ihren eigene Bereich«, erwiderte Willi. Offensichtlich wollte er keine genauere Auskunft geben. Oder er durfte es nicht. Sein sonst so unersättlich scheinender Sprechreflex und Mitteilungsdrang war fast vollständig versiegt. Er sah Carlos von der Seite an und warf dem Rest der kleinen Gruppe ebenfalls einen schwer zu deutenden Blick zu.

Carlos ließ sich nicht beirren. »Ah, jetzt weiß ich! Sie ist wahrscheinlich diejenige, die diesen herrlichen Wein braut, den wir gerade getrunken haben.«

»Keltert.«

»Was?«

»Es heißt Wein keltern un net brauen. Du wirst nie ein eschte Pälzer, wenn du so was verwechselst.«

Carlos war amüsiert. »Wollt ihr denn, dass ich ein echter Pfälzer werde?«

»Gucke mir mal«, schmunzelte Michael Schaf merkwürdig zuversichtlich.

»Pälzer, muscht du wisse, Pälzer sin die Krone der Schöpfung.«

»Ah ja, das wusste ich bisher noch nicht«, lachte Carlos. »Und warum lassen die gekrönten Häupter immer das F weg, wenn sie Pfälzer sagen?«

»Weils keiner braucht. Daran erkennst du auch en Außergewärtige, der lasst des P weg un sagt Falz. Un fälzisch, un Fälzer. Also: Sag Palz un net Falz. Aber nur, *falls* du des begriffe hascht.«

Gelächter dröhnte durch den Wald.

Carlos war immer noch nicht bereit aufzugeben. »Naja, jedenfalls wundert es mich nicht, dass Sofie diesen Wein macht. Der war wahrlich ... paradiesisch.«

»Sag mal, Karl, interessierst du dich für unser Sofie?«, fragte der Doktor über die Schulter. Er balancierte die Trage über Steine und Bodenlöcher, als hätte er sein Lebtag nichts anderes gemacht.

»Naja, interessieren ...« Carlos spürte das Blut in seinen Wangen. »Sie ist schon eine sehr schöne und außergewöhnliche Frau.«

»Außergewöhnlich schön sin alle Mädels in Elwefels!«, sagte Otto trocken.

»Ja, natürlich«, murmelte Carlos. »Also, ich will ja nicht aufdringlich sein, aber ...«

»Dann loss es doch einfach!«, meinte Willi gutmütig.

»Sag doch einfach, dass du wisse willscht, ob die Sofie in feste Händ is«, brachte Schaf es auf den Punkt.

»Naja ...«

»In sehr, sehr feschte Händ«, brummte Willi.

»Wieso willst du des wisse, Carlos?«, fragte Otto. »Bald geht's doch sowieso nach Hamburg zurück. Odder?«

»Vergesst es! Es war nur ... eine Spinnerei.« Sein Lachen war selbst ihm einen Tick zu künstlich. Die Information, dass Sofie mit jemandem zusammen war, bohrte auf einmal spitze Nadeln in das eben noch so wohlige Gefühl. Dabei wusste er es. Er hatte sie doch gestern Abend mit einem Mann gesehen. Und so eng umschlungen läuft man sicher nicht mit seinem Bruder durch die Nacht.

Jetzt mach dich mal locker, Herb! Es war vollkommen irrational und bescheuert, er fantasierte von einer Traumfrau und kannte sie noch nicht einmal richtig. Was sollten diese diffusen Hoffnungen in seinem Innern? Was war das für ein fremder, verrückter Teil in ihm, der keine Lust mehr hatte, nach Hamburg zurückzukehren?

Willi stieß ihn mit dem Ellbogen an, dass die Trage bedenklich schwankte. »Hey, Carlos! Nemms net so tragisch. Besser aufm Bode bleibe, wie als liebestoller Gockel vom Mischthaufe falle, odder?«

»Keine Sorge, so einer bin ich nicht.«

»Du weißt erst, zu was du in der Lage bischt, wenn's zu spät is.«

Carlos machte ein abfälliges Geräusch, das Willi beschwichtigen sollte. Aber er hätte sich seine Worte besser gut gemerkt.

Am Wanderparkplatz angekommen, stellten sie die Trage vorsichtig ab. Unwillkürlich sah sich Carlos nach dem schwarzen Saab um, doch der war nicht da. Bei dem Gedanken an die zwei Insassen fühlte sich sein Magen etwas flau an. Egal, darum würde er sich später kümmern müssen. Jetzt galt es, den Ort für einen Leichenfund zu präparieren.

»Hört zu!«, sprach er mit gesenkter Stimme zu seinen Begleitern. »Kein Wort zu den anderen über das hier, klar?«

Zustimmendes Gemurmel.

»Wir werden Gustavs Knochen jetzt hier ablegen. Das

heißt, wir werden sie schön korrekt platzieren. Den Rest überlasst mir. Ich habe schon eine Idee, wie wir Schnur zur Verantwortung ziehen können.«

»Ich hätt da auch eine ganz gute Idee«, schnaubte Otto und rammte seinen erdverkrusteten Stiefel angriffslustig in den Boden.

Carlos ignorierte seine Bemerkung. »Also: Ich werde etwas in die Wege leiten, um herauszufinden, ob Schnur wirklich etwas mit Gustavs Tod zu tun hat.«

»Hä?«, tönte Willi. »Zweifelscht du jetzt doch da dran?«

»Nein«, sagte Carlos bestimmt. »Aber ich will ihn dazu bringen, dass er sich verrät. Für das, was ich danach vorhabe.«

»Un was soll des sein?«, wollte der Arzt Schaf wissen.

»Ich denke, je weniger ihr wisst, desto besser. Zu eurem eigenen Schutz.«

Willi schaute sich mit zusammengekniffenen Augen im Wald um. Dann sagte er, ohne Carlos anzusehen: »Wenn du uns verarschst und dann doch die Anna dran is ...«

»Mann, Willi, überleg doch mal! Was hätte ich denn davon, einer alten Waldfee zu schaden? Wenn du Angst hast, dass ich so ein Arschloch bin, dann hättest du mir vorhin den Spaten über den Schädel ziehen sollen.«

»Nur keine Sorge, des hol ich dann nach, falls du Fischkopp es wagst, die Fälzer zu verarsche.«

»Ich hab Besseres zu tun, schon vergessen?«

»Schon gut«, murmelte Willi und wischte sich mit dem Hemdsärmel über die Stirn.

»Un jetzt?«, fragte der Doktor ungeduldig.

Carlos sah sich um und entschied sich dann für eine leicht abschüssige Stelle bei einer ausladenden Blautanne. Dort war das Unterholz nur an der hinteren Seite des Stammes dicht und undurchdringlich. Danach kam ein Fleck, der unbewachsen, aber von den herabhängenden Ästen der Büsche und einigen Ranken verdeckt war. Das Laub bildete hier einen weichen, modrigen Teppich. Der Ort war perfekt und vom abgegrenzten Bereich des Parkplatzes nur fünf Meter entfernt.

Carlos atmete tief ein und aus und warf einen Blick in die Runde. »Männer, Freunde, Pälzer! Seid ihr bereit, euch wegen Manipulation eines Tatorts strafbar zu machen?«, fragte er.

Er war sich ziemlich sicher, dass er auf sie zählen konnte. Sie würden den Mund halten. Aber nur, wenn alles gut ging. Er beauftragte Willi und Otto, die herabhängenden Äste und Ranken zur Seite zu schieben, sodass am Boden eine freie Stelle entstand. »Passt auf, dass keine Äste abbrechen!«, sagte er.

»Soll des eine Anspielung sein wege unserm grazile Körperbau, hä?«, fragte Otto.

Mit erstaunlichem Feingefühl glitten sie zwischen die Büsche und schoben Zweige und Ranken behutsam zur Seite. Carlos und der Dorfarzt verteilten vorsichtig die mitgebrachte Erde auf dem Boden, vermengten sie mit den dort liegenden Blättern und drückten sie fest. Einen Teil behielten sie zurück. Dann kamen die Knochen.

»Wir müssen den Gustav leider ein bisschen auseinandernehmen«, entschied Carlos.

Otto sah ihn von oben zwischen Brombeerranken und Haselgestrüpp entgeistert an. »Wie meinscht du des?«

»Na, wenn eine Leiche eine Weile im Wald liegt, dann geht das nie ohne ein kleines Festmahl für die kleinen Raubtiere vonstatten ... Füchse, Marder, Ratten. Wir werden die Knochen einer Hand weglassen und auch ein paar von den Zehen. Später könnt ihr ihn dann an einem Stück bestatten. Versprochen.«

Als würde er Dominosteine von einem Tisch fegen, wischte der Arzt mit einer fließenden Bewegung die Knöchelchen der linken Hand und ein paar Zehen von der Trage und verstaute sie in aller Seelenruhe in seiner Jackentasche.

Carlos schluckte.

»Saubere Sach, Herr Doktor!«, sagte Willi.

Dann verteilten sie Gustavs Überreste auf dem Waldboden. Die korrekte anatomische Reihenfolge wurde nur leicht manipuliert, sodass es aussah, als läge er tatsächlich schon seit fünf Jahren hier. Carlos musste Michael Schaf gar nicht genau erklären, was er wollte. Der Arzt wusste, was er zu tun hatte. Die Knochen des linken Fußes füllten sie in den linken Schuh und legten ihn ein Stück weiter weg ab. Der rechte Schuh blieb leer.

Die bizarre Arbeit geschah wortlos. Dieses Schweigen im raschelnden Unterholz war zwar bedrückend, aber auf eine seltsame Art auch verbrüdernd; Carlos ertappte sich gar bei dem Gedanken, dass er sich danach auf eine gemeinsame Schorle mit den Männern freute. Vielleicht gab es ja auch noch etwas von diesem köstlichen Tropfen, den sie bei Anna getrunken hatten.

Das Tageslicht wurde immer schwächer, aber Gustavs Knochen leuchteten fast neonweiß auf dem dunklen Boden. Als alles an seinem Platz lag, verteilte Carlos den Rest der mitgebrachten Erde zwischen den Rippen und unter dem Schädel, drückte alles ein wenig fest und vermischte die Zwischenräume der Knochen mit Laub, Aststückchen und etwas Rinde. Er ließ sich von Schaf die Schrotflinte geben, öffnete die Munitionskammer, fummelte zwei Körnchen heraus und ließ sie neben dem Schädel auf die Erde fallen. Die leeren Augenhöhlen starrten ihn an.

Jetzt musste es nur noch gelingen, die beiden Schwergewichte Willi und Otto möglichst vorsichtig aus dem Unterholz zu bringen. Auf dem weichen Laub durfte man später keine Fußspuren mehr sehen. Carlos nahm einen langen Ast und stocherte über die Stelle, an der die beiden gestanden hatten. Das Gestrüpp senkte sich langsam wieder über Gustavs neue, wenn auch nur vorübergehende Ruhestätte.

Still standen sie auf dem Schotter des Parkplatzes und sahen zu ihrem Werk hinüber. Carlos bezweifelte, dass es einem guten Forensiker entgehen würde, was hier inszeniert worden war. Natürlich würde es Hinweise darauf geben, dass das Skelett hier drapiert wurde: Faserspuren, Fußabdrücke und einige gebrochene Äste. Carlos war dankbar, dass Gustavs Knochen in einem Stadium waren, in dem ihnen nicht mehr das Interesse von Insekten und Maden galt. Dann schied diese verräterische Gefahr auch aus. Was die Polizei finden würde, waren blanke menschliche Knochen in einem unvollständigen Zustand, was auf Tierfraß hindeutete.

Im Westen grollte Donner, ein Windstoß riss an den Zweigen der Bäume.

»Perfekt. Regen wäre jetzt ein guter Komplize«, sagte Carlos zu sich selbst und dann lauter an alle gerichtet: »Also, ich werde morgen zunächst ein paar Dinge klären und danach die Polizei verständigen. Wenn ihr dann befragt werdet, sagt ihr, dass ihr euch *vorstellen könntet*, dass das Gustavs Leiche ist. Gustav, der Landstreicher, den ihr seit fünf Jahren nicht mehr gesehen habt, klar? Willi, du kannst die Schuhe ruhig identifizieren. Mehr nicht! Ich erledige den Rest. Und Schnur gleich mit, wenn wir Glück haben.«

»Wenn des mol gut geht«, raunte Otto.

Es donnerte wieder, und vom Waldboden schien auf einmal ein kalter Hauch aufzusteigen. Carlos warf noch einen

Blick auf den dunklen Fleck hinter der Blautanne und hoffte, dass in der Nacht viel Regen und viele Blätter fallen würden, um ihr morbides Werk noch zu vervollkommnen.

Dann traten sie den Heimweg an. Eine Prozession von Verschwörern. Nie hatte Carlos seine sonst so dauerbabbelnd-eloquenten Pfälzer so schweigsam erlebt.

Kapitel 11

Von Roten Teufeln und blau-weiß gestreiften Kellermeistern

Am nächsten Morgen lag über Elwenfels eine Glocke intensiver Waldluft. Über Nacht war es empfindlich abgekühlt, die Wolken hingen schwer über den niedrigen Häusern. Es regnete in Strömen. Carlos zog seine Jacke enger um sich und marschierte auf die Bäckerei zu, um Frau Zippel zu fragen, ob ihr Neffe ihm sein Auto ausleihen würde.

Aber so weit kam er gar nicht. Denn was er da mitten auf dem Platz sah, ließ ihn auf der Stelle stehen bleiben. Neben dem Brunnen stand, mit knatterndem Motor und vibrierenden Seitenwänden, das rote Ungetüm aus Ottos Garage: der alte Londoner Stadtbus, behängt mit Fahnen und Wimpeln. Und daneben, inmitten der heftigen Abgaswolke, standen seine neuen Verschwörer, alle in Rot gekleidet und mit ebensolchen Schals um den Hals. Sie sahen nicht so aus, als hätten sie erst am gestrigen Abend eine Leiche aus- und woanders wieder eingebuddelt. Sie ließen sich ihre offensichtlich gute Laune auch nicht vom heftigen Regen verderben. Aus allen Richtungen kamen Leute aus den Gassen und stiegen in den Bus.

»Auf geht's, Carlos!«, rief Pfarrer Karl und schwenkte euphorisch einen roten Schal, auf dem ein roter Teufel abgebildet war. »Mir fahre uff de heilige Berg.«

»Wohin?«

»De Betze! Der höchste Fußballberg Deutschlands. 1. FC Kaiserslautern.«

Jetzt dämmerte es Carlos. Die Leute sahen alle so aus, als hätten sie das Zimmer von Brigittes Neffen Sascha geplündert, das eine Weihestätte für einen ihm unbekannten Fußballverein war.

»Ist es heute nicht ein bisschen zu nass für so was wie Fußball?«, fragte er.

»Nix. Je nasser, je besser!«, sagte der Pfarrer.

»Ach ja? Damit der Ball besser rollt, was?«, lachte Carlos als Einziger über seinen eigenen Witz.

»Des, mein lieber ungläubiger Hamburger«, die Stimme des Pfarrers hatte plötzlich einen religiösen Unterton, den er ansonsten vermissen ließ, »des is des Zeiche für himmlische Beistand. Der alde Fritz wird uns helfe.«

Der alte Fritz? Na wunderbar. Schon wieder so eine Figur, die perfekt in die Elwenfelser Ahnengalerie zeitgemäßer deutscher Vornamen passte: die alte Anna, der unvermeidliche Erwin, der babbelnde Willi ... Wobei: Der Alte Fritz war doch der Preußenkönig? Wieso spielte der hier eine Rolle?

»Und wer ist das?«, fragte Carlos höflich.

»Des is unsern Gott«, erwiderte der Pfarrer pathetisch und hob den Blick gen Himmel. Die anderen nickten ernst.

»Aha. Euer Gott. Ist das der, über den du auch in deiner Kirche sprichst?« Er deutete mit hochgezogenen Brauen zur eingerüsteten Kirche, an deren Fassade heute wieder hämmernd gearbeitet wurde.

»Wie man's nimmt«, antwortete der Pfarrer. »Der heilige Berg is auch so was wie unser Kirch. Do gehn mir hin, regelmäßig, samstags, sonntags – und wenn's sein muss, auch montags. Und in dere Kirch do«, er zeigte zum Kirchturm, auf dem Carlos weder einen Wetterhahn noch ein Kreuz entdecken konnte, »do bete mir manchmal, wenn die Kraft vom alde Fritz net langt.«

»Wie jetzt, ich dachte, er ist euer Gott?«, fragte Carlos.

»Ja, aber ein menschlicher Gott, weeschwieschmään?«

»Nein, keine Ahnung. Ehrlich.«

»Ah, de Fritz halt. Spielführer der Weltmeistermannschaft 1954, Pälzer mit Leib und Seel. Fritz Walter! Sag bloß, du kennscht den net?«

»Ach so, na klar, ja doch.« Carlos war kein Fußballfan, aber ein bisschen Geschichtswissen brachte er schon noch mit.

»Genau. Un so heißt auch unser Stadion aufm heilige Berg. Nicht Ferzbank-Arena und auch net Cofaxe-Plastikschüssel oder Signal-Colgate-Park, sondern …«, der Pfarrer machte eine theatralische Pause, zog die Augenbrauen hoch und streckte einen Zeigefinger in die Luft, »Fritz-Walter-Stadion.«

»Ja, okay. Ich hab's verstanden.«

»Na alla. Hat auch lang genug gedauert. Kommscht jetzt mit? Heut geht's gege deine Leut. St. Pauli.«

Carlos musste unwillkürlich lächeln. Ein Hamburger in Elwenfels, elf Hamburger in Kaiserslautern. Ein kleiner Teil von ihm bat darum, mit diesem roten alten Bus nach Kaiserslautern zu fahren, auch wenn diese Fahrt Stunden dauern würde. Mit seinen seltsamen neuen Freunden zusammenzusitzen und einfach dabei zu sein. Er konnte mit Fußball nichts anfangen. Aber er würde so tun, als wäre er begeistert mittendrin. Er würde mit ihnen jubeln, und wie in jedem Fußballstadion würde das Bier in Strömen fließen. In diesem Moment fiel ihm auf, dass er sein Lieblingsgetränk gar nicht mehr vermisste. Was war nur los mit ihm?

Er schluckte. »Nein, sorry. Wirklich, ich muss etwas Wichtiges erledigen. Könnt ihr mich einfach mitnehmen bis runter zur Weinstraße?«

Otto lenkte den alten Londoner Bus. Er musste als Fahrzeugführer darauf hoffen, dass ihn keine Polizeistreife anhielt und ihm den Führerschein wegen Nichtbefolgung der Personenbeförderungsregularien abnahm. Im Innern des Doppeldeckers saßen die Elwenfelser enger zusammen als Streichhölzer in einer Schachtel. Wo Platz für drei war, saßen fünf in einer Bank. Entsprechend langsam tuckerte der Bus aus dem Ort. Und wurde auch außerhalb von Elwenfels nicht viel schneller. Wie ein überdimensionales, rotes Gürteltier zockelte er durch den Wald. Umso rasanter ging es im Innern des Gefährts zu.

Carlos saß eingezwängt zwischen Dorfarzt Schaf, der ein Shirt mit der Aufschrift *Pfälzer von Gottes Gnaden* trug, und Pfarrer Karl, der jetzt eine Weste übergestreift hatte, auf der sich Buttons, Patches und Aufnäher aneinanderreihten, die ihn als glühenden Fan der »Roten Teufel« auswiesen. Und dann dröhnte auch noch Musik aus den Lautsprechern. Eine CD mit Fangesängen, die alle Insassen sogleich mitsingen mussten: »... die Massen ins Fußballstadion ziehn, dann kann ich es nicht lassen ...«

»... mich zieht's zum Betze hin!«, brüllten Arzt und Pfarrer ihm in beide Ohren.

Carlos zuckte zusammen und versuchte sich an einem komplizenhaften Lächeln.

»Wie lange braucht denn der Bus, bis ihr da seid?«, schrie er gegen den Lärm an. Er hätte es nicht für möglich gehalten, die Elwenfelser, die ja sonst auch schon recht ausgelassen waren, in regelrecht orgiastischer Stimmung zu erleben.

»Vier Stund!«, schrie Schaf. »Und vier Stund zurück!«

»O Gott …«

»Net schlimm. Wenn's länger dauert, macht's auch länger Spaß!«

»Und der Otto fahrt gut. Der hat vor zwei Jahr den Bus von London abgeholt un is dann bis nach Elwefels gefahre«, informierte ihn Willi von der Rückbank.

»Drei Tag hat er gebraucht, bis er da war! Wir ham sogar en Sonderpreis kriegt vom Verein für de schönste Fan-Bus«, informierte ihn der Pfarrer.

Ja, und bestimmt auch für den langsamsten, dachte Carlos und sah durchs Fenster nach draußen. Wie auf Bestellung war er wieder da: Der unvermeidliche Erwin kam ihnen auf seinem Traktor entgegen. Der strömende Regen schien ihn nicht zu stören. Er winkte ihnen mit breitem Lachen zu.

»Do! De Erwin!«, rief Willi.

Schlagartig wurde es still im Bus. Die Musik wurde leiser gedreht. Otto bremste und hielt den Bus an. Er drehte seine Scheibe nach unten und rief nach draußen: »Jo, Erwin, un wie?«

»Wie immer. Un ihr: Machen's Beschte draus. Und grüßen mir de alde Fritz!«, rief Erwin über das Motorengeräusch hinweg. Und schon war er vorbeigetuckert.

»Machen wir!«, rief Otto ernsthaft, und mit ihm der ganze Bus.

Carlos rätselte zum wiederholten Mal, wie alt dieser Erwin eigentlich war. »Warum nehmt ihr ihn nicht mit in euer Stadion?«, fragte er.

Kollektives Kopfschütteln. »Der Erwin braucht des nimmi«, sagte Karl.

Noch bevor Carlos fragen konnte, wie das gemeint sei, wurde die Musik wieder aufgedreht, und der gesamte Bus verfiel wieder ins Grölen. Er durfte auf keinen Fall vergessen, Erwin nach dem verloren gegangenen Handy zu fragen. Wenn die Dorfbewohner noch weitere vier Stunden ihre Stimmbänder so strapazierten und das Ganze vielleicht während dem Spiel sogar noch steigerten, dann würde Carlos aufgrund kollektiver Heiserkeit sowieso mit niemandem mehr sprechen können. Jetzt rumpelte der Bus endlich aus dem Wald heraus und hinunter auf die Weinstraße.

»Da unten könnt ihr mich bitte rausschmeißen«, rief er nach vorn.

Karls Arm legte sich wie ein Balken um seine Schulter. »Un wenn net?«, fragte er grinsend. »Was machscht du, wenn wir dich einfach zwinge mitzufahre?«

Carlos zuckte kraftlos mit den Schultern. »Was hättet ihr davon?«

Karl drückte kurz seinen Oberarm und ließ ihn dann frei. »Was soll's. Ich bin zwar en guter Christ, aber kein Missionar.«

»Oh!«, platzte es aus Otto heraus. »Der weiß net, was gut für ihn is.«

Carlos schälte sich aus dem Sitz und wankte zur Tür. Sie verabschiedeten ihn mit spielerisch abschätzigem Gejohle.

»Un raus mit dir!«

»Ein Hamburger weniger!«

»Fort isser!«

Draußen fiel der Regen auf die dichte Reihe von Autos mit Kennzeichen aus ganz Deutschland, die nach Deidesheim hineinströmten. Jemand drückte ihm noch eine rote Regenjacke mit Kapuze in die Hand. Dann entfernte sich das Heck des Busses mit dem roten Comic-Teufel und rumpelte die Weinstraße hinunter.

Carlos winkte. Eine unerklärliche Wehmut machte sich in ihm breit. Das Gefühl, etwas verpasst zu haben. Der weiß nicht, was gut für ihn ist, hatte Otto gesagt. Das konnte man zu vielen Stationen in seinem Leben sagen. Er zog die Regenjacke an, stülpte die Kapuze über den Kopf und hastete mit gesenktem Kopf in die Ortsmitte von Deidesheim, vorbei an Weingütern mit verschnörkelten Toreinfahrten und tropfenden Weinranken, die sich hier über die Straße spannten. Der Verkehr auf der Hauptstraße stockte. Es war Weinlese. Überall waren Touristen unterwegs. Unter grellbunten Regenschirmen wurden Fotoapparate gezückt. Auch im Weingut Kruse standen die Besucher Schlange.

Carlos warf einen Blick in den Probierraum. Regina Kruse hatte alle Hände voll zu tun und synchronisierte Flaschenöffnen, Ausschenken und Geldwechseln zu einer anmutigen, souveränen Performance, der er eine Weile fasziniert zusah. Dann hielt er einen Mann mit blau-weiß gestreiftem Hemd an, der einen Sackkarren voller Weinkisten über den Hof schob, und fragte ihn nach Thomas Kruse. Der Arbeiter deutete mit dem Daumen über die Schulter auf eine geöffnete Tür, hinter der tiefe Dunkelheit lag.

Zögernd betrat Carlos den Raum und stieß auf eine Treppe, die in den schummrig beleuchteten Gewölbekeller führte. Wie schlafende runde Ungetüme aus Holz lagen die Fässer zu beiden Seiten. Eine Allee aus verschlossenen Leibern, in denen die trinkbare Essenz dieser Region vor sich hin blubberte. Carlos verspürte seltsamerweise ein Gefühl von Neugierde für dieses Treiben rund um den Wein. Was waren das für Menschen, die diesem antiken Kultgetränk eine solche Liebe entgegenbrachten? Er dachte an den Artikel über Thomas Kruse und die vielen Goldmedaillen, mit denen seine Weine ausgezeichnet waren. Was für eine seltsame Welt. Ein Universum, zu dem er keinen Zugang hatte. Und genau dieses Gefühl des Ausgeschlossenseins überfiel Carlos jetzt wieder, als er zwischen den langen Reihen der Holzfässer auf den Mann zulief, der am hinteren Ende des Gangs stand und aussah, als würde er beten. Als wäre er hier in einer Kirche. Der Winzer trug wieder seine blau-weiße Kutte, viel zu kurze Hosen für die Kellerkühle und offene Sandalen.

»Herr Kruse?«

»Pscht!«, zischte der Winzer und wandte sich erschrocken um. »Sie müssen leise sein hier unten. Himmel, wie oft soll ich des noch sagen!«

»Tschuldigung, ich wusste ja nicht …«

»Die Kellerführung ist erst heut Nachmittag.«

»Ich komme nicht wegen der Kellerführung«, entgegnete Carlos mit gedämpfter Stimme und kam einen Schritt näher. Der Mann sah aus, als hätte er sich nicht erst die letzte und vorletzte Nacht um die Ohren geschlagen. Seine Stirn war zerfurcht von Falten, die nachdenklich und konzentriert aussahen. Aber hier, im bronzenen Licht der Kellerlampen und den vielen Schatten, wirkten sie eher sorgenvoll. Fast ein wenig verzweifelt.

»Darf ich Sie bitte kurz stören?«, flüsterte Carlos und gab sich Mühe, so höflich wie nur möglich zu klingen.

»Ist was mit dem Wein net in Ordnung?«, fragte Kruse.

Wieso klang er so ängstlich? Carlos brauchte eine Weile, ehe ihm bewusst wurde, dass Kruse den Riesling meinte, den er vor Kurzem hier gekauft hatte. Beeindruckend, dass er sich daran erinnerte bei den vielen Menschen, die er jeden Tag zu Gesicht bekam. Oder war das nur eine Standardfrage?

»Nein, nein, der Wein ist wunderbar. Ein Genuss!« Wie seltsam es sich anfühlte, das zu sagen. Der eingefleischte Biertrinker in ihm wurde tatsächlich immer kleiner und schwächer.

Kruse verzog die Mundwinkel kurz zu einem angedeuteten Lächeln.

»Sagen Sie, darf ich Sie etwas fragen?«, fuhr Carlos fort. »Ich habe mich mit Ihrer Tochter unterhalten wegen einem Mann …« Die folgende Kurzfassung seines Auftrags kam ihm inzwischen selbst ein bisschen abgedroschen vor. Er rechnete damit, dass der Winzer entnervt mit dem Kopf schütteln würde, weil er diese Frage schon so oft gehört hatte.

Aber nichts dergleichen geschah. Kruse starrte mit düsterer Miene in die dunklen Schatten zwischen den Fässern.

»Sie werde den Mann net finde. Wenn er bekommen hat, was er wollt, dann werde Sie ihn nicht finde.«

Carlos traute seinen Ohren nicht. Er trat noch einen weiteren Schritt näher an den Winzer heran. »Was sagen Sie da?«

»Ich?« Kruse sah ihn mit leerem Blick an. »Ich sag gar nix. Ich sag, dass der Regen net gut is für die Traube. Wenn des eine Weile so weitergeht, dann werden die faulig. Wissen Sie, was des bedeutet für uns?«

»Kann ich mir vorstellen. Dann ist es aus mit Gold und Auszeichnungen, hm?«

Kruse nickte schwach. »Is alles ein bissel viel grad. Ich kann net überall un immer da sein.« Er seufzte tief und streichelte eins der Holzfässer. »Müsst ich aber.«

Warum klang er nur so verzagt und überfordert? Der Mann hatte doch alles erreicht, was sich ein Winzer wünschen konnte. War das hier eine Art Winemaker-Burnout oder was? Gab seine Tochter deswegen ihre eigenen Träume auf?

»Meinen Sie die European Wine Trophy?«, hakte Carlos noch einmal nach. »Sie sind dieses Jahr doch sicher wieder dort, oder?«

»Muss ich ja wohl«, murmelte Kruse.

»Wo wir schon davon sprechen ... Das muss ich Sie jetzt direkt fragen: Was ist denn aus diesem, äh, Experiment geworden, das letztes Jahr so Furore gemacht hat? Der Wein, der Großes Gold ...«

»Ausgetrunken«, unterbrach ihn Kruse schnell.

Carlos hätte gerne tief eingeatmet, aber die Luft hier unten war nicht gerade dazu geeignet, den eigenen Sauerstoffhaushalt zu normalisieren. Er spürte, dass er hier zum ersten Mal in die Nähe der Wahrheit kommen konnte.

»Ja, das sagt Ihre Tochter auch. Aber Sie haben doch bestimmt weitergemacht mit diesem Projekt, oder nicht? Ich meine, ein solcher Wein und dann nur so wenige Flaschen?« Er bemühte sich, einen komplizenhaften Ton anzuschlagen, und hoffte, dass er den Winzer an seiner Ehre packen konnte. »Ich wette, die ganze Welt wartet auf einen würdigen Nachfolger dieses edlen Tropfens aus Ihrem berühmten Hause.« Carlos lächelte.

Kruse sah ihn jetzt abschätzig an, auch wenn seine weichen, braunen Augen einfach keine richtige Härte ausstrahlen konnten. »Sie wissen gar nichts über Wein!«, sagte er. »Sonst würden Sie nicht so daherreden.«

»Oh, aber ich bin wissbegierig. Sehr sogar. Und lernfähig.«

»Waren Sie letztes Jahr dort? In München?«, wollte Kruse wissen.

»Ja klar, sonst wüsste ich ja gar nicht ...«

»Welche Farbe hatte der Fußboden in der weißen Halle?«, unterbrach ihn Kruse.

»Äh, weiß nicht. Zu viele Leute.«

»Ja genau. Zu viel Leut, die überhaupt keine Ahnung ham, was do alles so passiert.«

»Was ist da alles so passiert? Es muss auf jeden Fall

ziemlich wichtig gewesen sein, wenn ein Hans Strobel sich dafür interessiert hat. Und jetzt ist deswegen wohl ein Mensch seit längerer Zeit wie vom Erdboden verschluckt. Warum?«

»Vom Erdboden ... ja«, wisperte der Winzer und starrte auf seine Sandalen herunter.

Carlos hielt den Kellergeruch kaum noch aus. Aber gleichzeitig hatte er das Gefühl, in einen Suppentopf zu gucken und darauf zu warten, dass die Oberfläche zu blubbern begann. Es war eindeutig: Der Winzer wusste etwas. Und offensichtlich belasteten ihn nicht nur Regen, Erfolgsdruck und Weinmessen.

»Was mich wirklich stutzig macht«, startete Carlos einen weiteren Versuch, Kruse mehr zu entlocken. »Wenn Sie auf dieser Messe sind und derartige Maßstäbe setzen, was machen dann die anderen, eher unbedeutenden Winzer bei diesem Spektakel? Hartmut Bitterlinger zum Beispiel. Also, mich würde das total einschüchtern. Dieser unscheinbare Trinkwein, den niemand kennt, und dann Sie mit Ihrem goldprämierten Wunderwerk. Das muss doch frustrierend sein.«

Kruse hob abrupt den Kopf und starrte ihn an. Was weißt du?, fragte sein flackernder Blick.

»Bitterlinger is ... ein Kollege«, sagte er dann. »Und Leut, wo was mit Wein zu tun ham, die sin nun mal auch auf Weinmesse. Als Fachpublikum. Nicht unbedingt als Aussteller. So hab ich auch mal angefangen.« Er verschränkte die Arme vor seiner blau-weiß gestreiften Hemdbrust.

Carlos blieb am Ball. Die sauerstoffarme Luft hier unten machte ihm auf einmal gar nicht mehr so viel aus.

»Ist Bitterlinger neidisch auf Sie?«

»Wie gesagt, er is ein Kollege.«

»Wo gibt es mehr Neid als unter Kollegen?«

»Man hilft sich gegenseitig«, wich Kruse aus, aber sein Blick wurde immer unruhiger.

»Ich bitte Sie«, widersprach Carlos. »Wobei könnte ein Hartmut Bitterlinger Ihnen denn helfen?« Carlos beugte sich vor. »Oder ist es umgekehrt? Helfen Sie ihm? Und wenn ja, wobei oder womit helfen Sie ihm?«

»Ich muss Ihre Fragen nicht beantworten«, entgegnete Kruse schwach. Aber irgendwie klang es auch so, als würde er sagen: Ja, bitte, quetsch mich aus, damit ich es endlich los bin!

Carlos suchte nach dem richtigen Ansatz, nur ein Schlüsselwort, das bei diesem als informelles Gespräch getarnten Verhör als Türöffner dienen konnte. Bitterlinger, Weinmesse, Goldprämierung. Wenn er bekommen hatte, was er wollte ... Auf einmal hatte er eine Idee, die er nun wie einen kleinen Stein in den Teich warf, um zu schauen, was für Wellen er produzieren würde.

»Ach, sagen Sie, kennen Sie diesen Wein, den Bitterlinger noch produziert, genauer gesagt seine Schwägerin?«

»Hä?«

»Na diesen leckeren Wein, den die Leute in Elwenfels trinken. Der ohne Etikett. Ich hatte ja erst keine Ahnung, aber wenn man eine Weile hier ist, dann bleibt einem ja nichts anderes übrig, als sich ein bisschen mit Wein auseinanderzusetzen, nicht wahr?« Carlos lachte.

Kruse starrte ihn nur aus leeren Augen an.

»Der Wein ohne Etikett?«, echote Kruse und musste seinen Unterkiefer regelrecht dazu zwingen, nicht der Schwerkraft nachzugeben. Er schien nicht zu begreifen, was Carlos meinte.

»Ja, aber ich habe nur ein paar Schlucke probiert. Ich kenne mich ja nicht richtig aus, aber das ist nun wirklich so eine Art Zaubertrank. Braucht das Weingut Bitterlinger

Ihre Hilfe, um diesen Wein unter die Leute zu bringen?« Er fixierte den Mann eindringlich. Dann kam ihm ein hässlicher Verdacht. »Oder machen Sie diesen Wein, und das Weingut Bitterlinger gibt ihn als seinen eigenen aus?«

Traute er Sofie so etwas Schäbiges wirklich zu? Gaben die Trauben im Weingut der Elwenfelser überhaupt so einen fantastischen Tropfen her?

»Und letztens, als ich Sie beide hier im Hof gesehen habe«, fuhr er fort, »ging es bei dem Streit darum, wer nun die Lorbeeren dafür einstecken darf, nicht wahr?«

Kruse starrte ihn an wie einer dieser ausgestopften Karpfen auf den Holzbrettern an der Wand von Anglern. Augen und Mund konkurrierten miteinander um den größten Umfang. Dann ließ er die Hände kraftlos sinken und schüttelte langsam und fassungslos den Kopf.

»Was, Herr Kruse?«, drängte Carlos. »Was ist es, was Sie mir sagen wollen?«

Kruse atmete jetzt schwer. Er schien regelrecht Anlauf nehmen zu müssen, um ganz dicht vor Carlos stehen zu bleiben. Seine Stimme war nur noch ein unheilvolles Flüstern.

»Ich kann net fasse, dass Sie des alles schon wisse. Was wolle Sie vun mir, wo Sie doch schon alles wisse?«

Carlos sah ihn an und versuchte sich seine Zufriedenheit nicht anmerken zu lassen, dass seine Theorien offenbar ins Schwarze trafen.

»Un noch was sag ich Ihnen. Besser, Sie verschwinde jetzt. Freiwillisch. Oder Sie verschwinde vielleicht irgendwann genauso wie der Strobel!«

Damit drückte Kruse sich an Carlos vorbei und eilte mit großen Schritten auf die Treppe zu.

Eine halbe Minute später kam Carlos aus dem Keller zurück ans Tageslicht. Als er den Hof betrat, fühlte er sich so eigenartig wie nach einem langen Flug. Kruse hatte ihm nichts über die Leute aus Elwenfels gesagt. Kein Wort. Und trotzdem hatten die letzten Sekunden dieser Begegnung einer Szene aus einem düsteren Thriller geglichen. Eine kryptische Andeutung, nach der die Karten vielleicht neu gemischt, die Sympathien neu verteilt werden mussten. Hatten die Dorfbewohner hinter ihrer gemütlich humorvollen Fassade doch noch ein anderes Gesicht? Oder was meinte Kruse?

Der Regen hatte aufgehört, und die Sonne fiel durch ein paar Löcher in der Wolkendecke aufs nasse Kopfsteinpflaster. Von Thomas Kruse war nichts mehr zu sehen. Den Gedanken, die Tochter noch einmal zu befragen, verwarf Carlos schnell wieder. Die Probierstube glich einem Weinfest in Miniaturformat. Touristen in beigen Regenjacken und mit tropfenden Schirmen hatten das Innere in Beschlag genommen. Regina schenkte tapfer aus.

Ein älteres Ehepaar verließ den Raum. Der Mann trug eine Plastiktüte mit einer einzelnen Flasche wie eine Jagdtrophäe vor sich her. »Den schenken wir deiner Mutter. Die mag's ja gern ein bisschen sauer«, lachte er, und seine Frau guckte genauso wie die Lieblingsgeschmacksrichtung ihrer Mutter.

Carlos trat hinaus auf die Straße und wandte sich nach links. Der Weg ins benachbarte Ruppertsberg war nicht allzu lang, und selbst ein neuer Regenguss hätte ihm nichts ausgemacht. Gehen war hilfreich und notwendig, denn er musste dringend seine Gedanken neu ordnen.

Hans Strobel war verschwunden, nachdem er einen Wein gesucht hatte, der, wie alle andeuteten, womöglich gar nicht aus dem Weingut Kruse in Deidesheim stammte. Ein Wein, der wohl aus Elwenfels kommen musste. Anders konnte er es sich nicht erklären. War es wirklich der Wein, den sie ihm gestern Abend in schweigsam lauernder Übereinkunft eingeschenkt hatten, der Wein, der ohne Etikett in München das »Große Gold« abgeräumt hatte? Der Wein, den ihm Sofie einen Tag zuvor noch aus der Hand gerissen und dem Fuchs vorgesetzt hatte? Wie passte das zusammen? Und welche Rolle spielte Thomas Kruse dabei?

Carlos konnte sich immer weniger vorstellen, dass der verschrobene Winzer selbst den Wein kreiert hatte. Wie auch? Sonst würde er ihn ja verkaufen und nicht verleugnen. Es war offensichtlich, dass Kruse dieser ominöse und namenlose Wein nicht ganz geheuer war. Die Tatsache, dass sein Name in diesem Zusammenhang genannt wurde, schien ihn sogar schwer zu belasten. Aber warum nur? Letztendlich war es doch nur ein Wein. Carlos musste wieder an die eigenartigen Momente nach diesen wenigen Schlückchen auf der Veranda im Waldhaus denken. Diese fast schon unheimliche Intensität, die alle seine Sinne betört hatte.

War das die normale Wirkung von wahrhaft gutem Wein? Carlos wollte nicht recht daran glauben. Alkohol war Alkohol, und sonst war ihm nie so wohlig dabei zumute. Vielleicht lag es ja auch an der sauberen Waldluft und den lustigen Menschen, dieser ganzen Atmosphäre hier. Seit gestern fühlte er sich einfach anders. Besser. Lebendiger. Und das, obwohl er Knochen durch den Wald geschleppt und sich strafbar gemacht hatte. Außerdem litt er noch an einem merkwürdigen Herzstechen – wegen Sofie. Hatte der Wein etwas mit ihm angestellt? Wenn seine geheimnisvollen Inhaltsstoffe wirklich irgendetwas in den Menschen veränderten, war es dann denkbar, dass jemand für diesen Tropfen zu weit ging?

Er kam an einem weitläufigen Wingert vorbei, hinter dem sich das größte Hotel Deidesheims erstreckte. Dahinter führte eine schmale Straße nach Ruppertsberg. Auch hier kamen ihm kleine Traktoren entgegen, manche noch mit leerem Anhänger, andere mit Bergen glänzender Trauben beladen. Ein paar Hühner pickten seelenruhig auf dem Boden der Rebzeilen rechts von ihm.

Erwin, der alte Philosoph auf dem Traktor, der war der Richtige. Der musste doch wissen, was es mit diesem Wein auf sich hatte. Den sollte er fragen. Unbedingt. Was konnte an einem Riesling denn schon so geheimnisvoll sein, dass deshalb ein Mensch verschwand?

Carlos näherte sich jetzt dem Ort und versuchte, die nachdenkliche Stimmung abzuschütteln. Schnurs Haus war nur noch ein paar Ecken entfernt. Die Wolken über ihm wurden wieder dunkler. Gleich war die Atempause, die der Regen eingelegt hatte, vorbei. Kurz bevor er in die Straße einbog, in der der Elwetritsche-Jäger wohnte, spürte er etwas in seinem Rücken. Es war der Instinkt des Ermittlers. Er sah kurz über die Schulter zurück und zuckte zusammen.

Der schwarze Saab. Er war wieder da.

Kapitel 12

Von einem Ausrutscher auf dem Glatteis und einer merkwürdigen Mitfahrgelegenheit

Gabrielle Schnur drückte Carlos' Hand und strahlte ihn an. »Ich bin so froh, dass Sie noch mal eine richtige Elwetritsche-Jagd machen wollen. Mein Sohn kann des besser als mein Mann.« Neben ihr stand ihr Sohn, etwas schief auf seinem Gipsbein, aber voller Stolz. Er errötete sogar ein bisschen.

Carlos fühlte sich wie jemand, der einen armen, alten Hund aus dem Tierheim zu sich nehmen wollte. Dabei hatte er nur angekündigt, dass er unbedingt noch einmal eine richtige Jagd erleben wolle, um die negativen Erfahrungen mit den militärischen Ritualen und dem Pseudo-Survival-Training des alten Schnur vergessen zu machen.

»Dann hoffen wir mal, dass Ihr Sohn schnell wieder gesund wird, nicht wahr, Herr Schnur?«, rief er in den geöffneten Eingang zum winzigen Elwetritsche-Museum hinein. In dem Schatten dahinter nahm er abgehackte Bewegungen wahr. Vermutlich putzte Schnur gerade seine Waffensammlung und staubte die ausgestopften Jagdtrophäen ab. Bei Carlos' Worten hielt der Schatten in seiner Bewegung inne.

Gabrielle Schnurs Lächeln verschwand, und ihr Sohn ließ unmerklich die Schultern hängen. Carlos löste sich mit einem verschwörerischen Lächeln von den beiden und näherte sich dem Eingang. Dort erschien nun tatsächlich der alte Schnur in der Tür, bewaffnet mit Flinte und Lappen.

Carlos machte ein beeindrucktes Gesicht und nickte bewundernd. Wahrscheinlich posierte dieser Mann mit seiner Knarre vor dem Spiegel. Er kannte solche Typen. Männer, die ihr ganzes Selbstwertgefühl aus dem Besitz von Waffen zogen. In der Vergangenheit hatte er oft mit Bandenkriminalität zu tun gehabt, mit stumpfen, aber gleichzeitig cleveren Burschen, deren Selbstbewusstsein nur daraus bestand, dass sie im Notfall einfach nur mit einer Halbautomatischen herumwedeln mussten. Und nun stand ein kleiner Haustyrann mit seinem Gewehr vor ihm.

Carlos registrierte erstaunt, dass er ganz ruhig blieb. Stattdessen traten neue Empfindungen in den Vordergrund. Belustigung, Mitleid sogar. Ja, eine Waffe machte einen Mann gefährlich. Aber Carlos sah nicht das Gewehr. Er sah nur den, der es in der Hand hielt. Und der kam ihm auf einmal vor wie eine Figur aus einem der späten, altersweisen Clint-Eastwood-Filme, die er so liebte. Eine männliche leere Hülle, die sich ganz auf ihre Gewaltbereitschaft reduzierte, weil sie sonst nichts hatte im Leben. Er lächelte Schnur mitten ins Gesicht.

»Ich freue mich so sehr darauf, noch mal eine richtige Elwetritsche-Jagd zu unternehmen. Mit den schlimmen Erinnerungen vom letzten Mal kann ich doch unmöglich nach Hamburg zurückkehren. Oder was meinen Sie?«

Alfons Schnur schnaubte. »Ich mein gar nix.«

»Wussten Sie eigentlich, dass sich Ihre ehemaligen Mitbürger in Elwenfels sehr dafür interessieren, was Sie heute so machen, Herr Schnur?«, flunkerte Carlos und wartete gespannt auf die Reaktion.

Schnur ließ die Flinte sinken und kniff die Augen zusammen. »Ach. Und warum? Ich hab mit dene nix mehr am Hut, un die auch nicht mehr mit mir«, erwiderte er.

Carlos war ein wenig erstaunt, wie entspannt der Jäger wirkte. Wahrscheinlich hatte das Putzen seiner Waffenkammer eine meditative Wirkung auf ihn. »Hm«, machte er mit einem Schulterzucken. »Komisch eigentlich. Wo Ihnen diese Leute doch so unrecht getan haben.«

Schnurs Augenschlitze verengten sich noch ein bisschen mehr. »Hä? Ich versteh net, was Sie meinen«, blaffte er.

Er hatte sichtlich Mühe, seine zur Schau gestellte Gleichgültigkeit aufrechtzuerhalten. In seinem Innern brach gerade ein kleiner Vulkan aus, das sah Carlos. Er sah auch, dass Gabrielle Schnur sich vorsichtig von hinten näherte.

»Na, die alte Geschichte mit dieser Verrückten im Wald«, sagte er. »Ich bin ja auf der Suche nach diesem verschwundenen Mann aus Hamburg, das wissen Sie ja. Und dabei bekommt man so einiges mit, wenn Sie wissen, was ich meine. Aber ist ja auch egal jetzt.« Er machte eine wegwerfende Handbewegung und spürte sofort, dass Schnur geradezu danach gierte, mehr zu erfahren. »Auf jeden Fall, wenn man das alles so hört ... Ist schon ein Hammer, was die mit Ihnen und Ihrer Familie gemacht haben, damals.«

Er warf Gabrielle und Jan einen Blick zu. Die beiden waren blass und blickten unsicher zwischen ihm und ihrem Familienoberhaupt hin und her.

»Un was wird do alles so verzählt im feine Elwenfels?«, fragte Schnur feindselig.

»Naja, die meisten haben diese alte Geschichte vergessen.«

»Ach ja? Aber ich hab sie nicht vergessen!«, knurrte Schnur.

Carlos bemühte sich um ein betroffenes Gesicht. »Ja, das

könnte ich auch nicht so einfach vergessen. Wenn man als achtbarer Bürger wegen so einer unzurechnungsfähigen Alten weggejagt wird. Ich wusste das alles bis vor wenigen Tagen selbst noch nicht. Schlimme Geschichte, wirklich.« Schnur nickte, und Carlos fuhr fort. »Stimmt schon, ich war anfangs etwas abweisend zu Ihnen. Dieser Mann, den ich suche, ist hier irgendwo im Wald verschwunden. Da habe ich gedacht, dass Sie etwas damit zu tun haben könnten.«

Schnur schüttelte ärgerlich den Kopf. Sein Sohn atmete tief ein.

»Und jetzt ... naja«, Carlos setzte zum entscheidenden Zug an, »ich sollte es Ihnen wohl nicht sagen, aber ich tu es trotzdem. In Elwenfels ist eine Leiche aufgetaucht. Damit haben die jetzt jede Menge zu tun. Und ich bin mir gar nicht mehr sicher, ob ich dort überhaupt noch ...«

»Was?«, platzte es aus Gabrielle Schnur heraus. »E Leich?«

Carlos nickte, hielt aber seinen Blick weiter auf Schnur gerichtet. Der straffte sich und wippte kaum merklich auf den Fußspitzen.

»Ja, is es denn der Mann, wo Sie die ganze Zeit gesucht ham?«, fragte seine Frau und hielt sich erschrocken eine Hand vor den Mund.

Ihr Mann sah sie abschätzig an und schüttelte den Kopf, sagte aber nichts.

Carlos zuckte mit den Schultern. »Wissen Sie, die Elwenfelser sind schon ein spezielles Völkchen. Da machen sie Ihrer Familie einen derartigen Stress wegen einem Jagdunfall. Und jetzt sehen sie selbst mal, was es heißt, ein richtiges Problem zu haben. Die haben da oben ja nicht mal Polizei. Ich denke, dass es mal an der Zeit ist, dass sie sich der Realität und ihrer Verantwortung stellen.«

Er formulierte die Worte bewusst vage, und sein Inneres begann zu kribbeln. Es war, wie er gedacht hatte. Schnur sah mächtig erleichtert aus.

»Ich hoffe, die Leute da tun das Richtige«, betonte Carlos.

»Ja, das hoff ich allerdings auch!«, stieß der Jäger hervor. »Ich hab das schon damals gesagt, dass diese bekloppte Anna e Gefahr für die Allgemeinheit is. Die is unberechenbar. War ja klar, dass die irgendwann mal richtig austickt.« Er verschränkte die Arme vor der Brust, wie am Ende einer erfolgreichen Arbeit. Seine Flinte hielt er so fest umklammert, dass die Knöchel weiß hervortraten.

Ja, nur zu, dachte Carlos. Sprich weiter! Wie einfach es auf einmal ist, von sich abzulenken, wenn einem der rote Teppich ausgerollt wird.

»Ich habe des dene Leut damals immer wieder gesagt, dass die Alt weggesperrt gehört, aber die wollte net uff mich höre.« Schnur stellte die Beine auseinander. »Ich bin ja durchaus dafür, Schusswaffenbesitz zu erlauben, aber die Alt hätte man nie in die Nähe einer Flinte lasse solle.«

Carlos schaffte es, weiterhin betroffen auszusehen. Und lockte Schnur noch ein Stückchen weiter in die Falle. »Ja, da steckte ziemlich viel Schrot in der Leiche …«

Gabrielle Schnur sog erschrocken die Luft ein. Sie suchte Blickkontakt mit ihrem Mann und sah dabei aus wie ein bittendes Kind. Aber Schnur erwiderte den Blick nicht. Stattdessen nickte er schwungvoll und versuchte sich auf Hochdeutsch.

»Das wundert mich nun wirklich überhaupt gar net.«

»Ah?«, machte Carlos.

»Ha ja. Des passt doch zu der. Wenn die einen kaltmacht, dann aber volles Rohr.« Schnur lachte kurz auf.

»Verstehe …«

»Wo haben sie die Leich denn gefunde?«, fragte Gabrielle Schnur vorsichtig.

»Im Wald«, sagte Carlos. Er machte eine fahrige Handbewegung, um anzudeuten, dass er den genauen Fundort nicht wusste.

Schnur nahm weiter Fahrt auf. »Dass die das einfach machen konnte, ohne dass einer des mitbekomme hat! E Psychopathin, des is die. Un so eine nehme die all in Schutz. Ha! Knallt einfach einen ab un verbuddelt ihn, un fertig.«

Sieh an, dachte Carlos und lächelte Schnur mitten ins Gesicht. Woher weißt du denn, dass die Leiche vergraben war? Volltreffer!

Er hatte genug gehört und drehte sich zu Gabrielle und Jan um, zwei ratlose blasse Gestalten, die mit hängenden Schultern in der Mitte des Hofes standen. Er reichte der Mutter die Hand und hielt sie fest. Ihre flackernden Augen waren feucht.

»Wer weiß, vielleicht werden Sie bald wieder nach Elwenfels zurückziehen können«, verabschiedete sich Carlos.

Er hatte keine Ahnung, warum er das sagte. Aber der Gedanke war so real wie das merkwürdige Mitleid, das er für Alfons Schnur empfand, dem Jäger, der gerade mehr oder weniger einen Mord gestanden hatte.

Als Carlos vom Hof ging, nahm er sein Handy aus der Jackentasche und tippte auf das Display, um die Aufnahmefunktion zu beenden.

Der Regen hatte aufgehört, als Carlos sich auf den Weg zurück nach Elwenfels machte. Er musste laufen, denn er fand weit und breit kein Taxi. Die Sonne war herausgekommen und illuminierte die Weinberge links und rechts der Straße mit einem unwirklich strahlenden Licht. Das Grün der Weinstöcke war so grell wie in einem Animationsfilm, und der Wald dahinter lockte mit einem tiefdunklen Grün. Es war eine atemberaubende Kulisse, die ihn umgab, eine Mischung aus deutschem Märchen und mediterraner Lebenslust.

Das empfand die Touristengruppe, die plötzlich vor ihm auf dem Weg auftauchte, wohl genauso. Eine grau-beige Ansammlung von Cargohosen und Outdoor-Jacken, die mit Blick auf das Naturspektakel ihre Handys und Digitalkameras heiß laufen ließen. Und dabei auch mit feinsinnigen Kommentaren in unverkennbarem Ruhrpott-Slang nicht sparten.

»Da kannste doch et Sauerland vergessen!«

»Supi, dat is ein Weinberg wie ausm Geo-Heft.«

»Schau mal, da vorne wächst die Schorle!«

Carlos verkniff sich ein Lachen. Es gab also Leute, die noch größere Banausen waren als er, und die kamen sogar freiwillig hierher. Er ging weiter. Eigentlich hätte er gern selbst ein Foto gemacht. Aber sein Handy in der Hosentasche erinnerte ihn daran, dass er einen Mann suchte, den er immer noch nicht gefunden hatte. Dafür hatte er aber wahrscheinlich dessen Mobiltelefon gefunden – und gleich darauf wieder verloren. Saubere Arbeit. Sehr professionell, Privatermittler Herb. Wie konnte man nur so blöd sein? Auf einmal war seine positive Stimmung verschwunden. Er musste dringend mit diesem Erwin ...

Er blieb abrupt stehen. Denn – wie im Märchen – war sein Gedanke im nächsten Moment Realität geworden. Ein paar Meter vor ihm bog der kleine Traktor mit voll beladenem Anhänger aus einem Feldweg auf die Straße Richtung Elwenfels ein. Carlos begann zu rennen. Und fragte sich zum wiederholten Mal, warum dieser Mann immer und überall auftauchte. Was machte der, wenn keine Trauben mehr an den Rebstöcken hingen?

Als er das tuckernde Gefährt endlich einholte, schnaufte er selbst wie ein Traktor. Sein Atem klang einer kaputten Dampfdüse nicht unähnlich und erinnerte ihn wieder einmal daran, dass sein Fitnesszustand mehr als mangelhaft war.

»Hallo«, schrie er gegen den Motor an.

Mit einem Ruck hielt Erwin. »Was rennschte denn so? Des merkscht du net, dass dir des net guttut?«, rief der Alte lachend.

Carlos zwang sich zu einem atemlosen Lächeln.

»Hopp!« Die Einladung, zu ihm auf den Traktor zu steigen, war einsilbig und herzlich zugleich.

»Danke«, schnaufte Carlos und setzte sich neben den Alten. »Das werde ich dir niemals vergessen.«

»Kumm, geh fort!«, sagte Erwin und lachte.

»Jaja, genau«, antwortete Carlos, der so langsam begriff, bei welchen Gelegenheiten dieses Paradoxon eingesetzt wurde.

»Wie lange bist du schon unterwegs?«, fragte er den Alten.

»Oh! Seit Ewischkeite schon«, kam die Antwort.

Carlos musterte ihn von der Seite. Obwohl es doch lange Zeit in Strömen geregnet hatte, war der Mann vollkommen trocken: sein Strohhut, das gestreifte Hemd, die Cordhosen. Auch jetzt, während sie unter den tropfenden Baumwipfeln dahintuckerten, zeichnete sich kein einziger feuchter Fleck auf dem Stoff seiner Kleidung ab.

»Es ist wirklich toll, dass ich dich gerade jetzt treffe, Erwin. Ich wollte dich nämlich dringend etwas fragen. Als du mich vor zwei Tagen ...«

»Wer long frogt, geht long err«, unterbrach ihn der Alte und machte eine wischende Handbewegung vor seinem Kopf.

»Was? Wie ist das denn gemeint?«

»Wer lange fragen tut, der tut lange in die Irre gehen!«, sagte Erwin überdeutlich und verzog sein Gesicht zu einem spöttischen Grinsen. Seine Falten sahen aus wie gehäkelt.

»Danke, das hab ich verstanden. Aber was ist damit gemeint?«

»Ha, is doch klar. Wenn man sich so wie du in e Sach verbeißt und ständisch im Wald rumrennt, dann find man am End noch was, wo ma gar net gesucht hat, gell.«

Wusste der Alte etwa von den Knochen? Carlos war irritiert.

»Ich habe aber etwas sehr Wichtiges gefunden, was mir weiterhelfen könnte!«, rief er. »So etwas hier.« Er zog sein iPhone aus der Tasche und hielt es Erwin vor die Augen.

»Ferzz!«, sagte der und verzog das Gesicht.

Carlos musste nicht fragen, was das bedeutete. Der lautmalerische Charakter des Wortes sagte ihm, dass der alte Winzer Mobiltelefone wohl für überflüssig hielt. Und wenn man sich in der Welt so umsah und beobachten konnte, wie immer mehr Menschen sich in Smartphone-Zombies verwandelten, die vom eigentlichen Leben gar nichts mehr mitbekamen, konnte man ihm eigentlich nur recht geben.

»Ja, mag sein«, sagte Carlos. »Als du mich vor zwei Tagen im Wald aufgelesen hast, da habe ich mein Telefon verloren, also genauso eins wie das hier.«

»Wie jetzt? Do isses doch!« Erwin deutete auf das Handy.

»Nein, das ist es eben nicht. Ich, äh, hatte zwei davon.«

»Zwei? Da bischt du aber ein ganz arme Bub.«

»Nein, nein, das andere gehörte nicht mir, sondern ...«

»Einem andere arme Bub«, vollendete Erwin den Satz.

»Sozusagen. Er hat es verloren. Dann ist er verschwunden. Und auf der Suche nach ihm habe ich sein Handy gefunden. Und dann wieder, äh, verloren. Ich wollte fragen, ob du es vielleicht gefunden hast.«

»Ich? Hm ... Ich kann nur sage: Wer lang frogt, ...«

»Wird langsam irre, ist schon klar!«

Erwin brach in schallendes Gelächter aus. »Des is gut, sehr gut. Irre gut.« Nun lachte der Alte noch lauter über seinen eigenen Witz. Carlos zwang sich dazu, geduldig zu bleiben.

»Also, hast du so einen kleinen schwarzen Kasten gefunden, oder nicht?«

»Nee-he. Egal, wie oft du fragscht: nee!« Erwin schüttelte den Kopf und wischte sich eine Träne aus dem Auge.

Carlos biss sich auf die Unterlippe. Das war's dann wohl mit seinem wichtigen Fundstück. Das Handy lag wahrscheinlich auf irgendeinem Waldweg, zerlegt in seine Einzelteile durch die Räder eines Traktors oder des schwarzen Saabs seiner hartnäckigen Verfolger. Er hätte sich ohrfeigen können. Schnell versuchte er es mit einem anderen Thema.

»Sag mal, Erwin. Diese Trauben, die du da hin und her fährst. Was wird denn daraus gemacht?«

»Appelsaft«, kam die prompte Antwort, gefolgt von einem glucksenden Kichern. »Ach Gott, Carlos, du fragscht wirklisch zu viel unnützes Zeugs.«

»Tja, ist aber leider mein Job, viel zu fragen.«

»En Job? Bischt du Quizmaschter beim Fernseh oder was?«

»Nein, ich wollte einfach wissen, was für ein Wein aus den Trauben gemacht wird.«

»En Wein zum Trinke«, erwiderte Erwin, und langsam sah er aus, als würde er seinen Mitfahrer wirklich für vollständig bekloppt halten.

Carlos zwang sich dazu, höflich zu bleiben. »Ja, schon

klar. Aber in Elwenfels werden doch zwei Arten von Wein gebraut.«

»Gebraut?«, echote der alte Winzer.

»Gemacht ... gekeltert, genau! Da gibt's einmal den normalen Wein von Hartmut Bitterlinger. Da arbeitest du ja, nicht wahr? Und dann dieser ganz besondere, dieser spezielle, der in den Flaschen ohne Etikett. Ich wollte einfach wissen, für welchen von beiden die Trauben hier auf deinem Anhänger sind.«

»Des sin ganz normale Traube für ganz normale Wein für zum Trinke. Un fertig«, antwortete Erwin, und diesmal klang er ganz ernsthaft. Doch dann beugte er sich auf einmal zu Carlos hinüber und sah ihn eindringlich an.

Carlos erschauerte. Diese glasklaren, blitzeblauen Augen in dem tiefen, weit verästelten Faltennetz seines Gesichts schienen fähig zu sein, bis auf den Grund seiner Seele zu schauen.

Dann sagte Erwin leise und doch so durchdringend, dass man es trotz des Motorenlärms deutlich hören konnte: »In Elwefels is des so eine Sach mit'm Wein. Da gibt's e Geheimnis. Schon seit ganz alte Zeite. Und du muscht aufpasse, weil, wenn du weiter so viel im Wald rumschnüffelscht ...« Er ließ den Satz in der Luft hängen, sah wieder nach vorne auf die Straße und nickte bedeutungsschwer.

»Was meinst du denn damit?«, drängte Carlos ihn.

»Ich mein nix anderes, wie ich's gesagt hab. Genauso mein ich's.«

»Ah ja. Ich verstehe ja, dass ihr um euren Zaubertrank so ein Geheimnis macht. Ist ja echt ein außergewöhnlicher Tropfen, muss ich sagen.«

Erwin sah ihn prüfend von der Seite an. »So so, dann hascht du also schon davon probiert?«

Carlos nickte.

»Na alla. Dann is doch alles klar, odder?«

»Äh, nicht so ganz ...«

»Im Wein liegt die Wahrheit. Un die Wahrheit is wie e Antwort. Alla hör einfach auf zu frage un horsch mal e bissel in disch rein.«

»Aber ...«

Erwin setzte sein Lächeln auf und begann ein Lied zu pfeifen. Das Gespräch war damit offensichtlich beendet. Wenig später tauchte das überwachsene Ortsschild von Elwenfels vor ihnen auf.

Die Fahrt war viel schneller vorbeigegangen, als Carlos gedacht hatte. Bei diesem langsamen Tempo hätte es mindestens eine halbe Stunde dauern müssen. Aber irgendwie schienen sich Raum und Zeit in diesem Dorf im Wald zu verschieben, aufzulösen und neu zu ordnen. Erwin rumpelte über die Brücke und stoppte den Traktor.

»Ich muss do lang«, sagte er und deutete auf einen schmalen Pfad, der hinter den ersten Häusern am Waldrand entlangführte. Wahrscheinlich ein Wirtschaftsweg, der dazu diente, das Weingut und die Höfe von hinten anzufahren, ohne die Hauptstraße zu blockieren.

»Danke fürs Mitnehmen«, sagte Carlos und stieg ab.

»Kumm ...«, lächelte Erwin ihn an und streckte gleichzeitig sein Kinn auffordernd nach vorne.

»... geh fort!«, beendete Carlos den Satz grinsend.

»Na alla. Es geht doch«, nickte der Alte, ließ den Motor wieder an und tuckerte davon.

Carlos blieb irritiert am Fuß der Treppe stehen und sah ihm hinterher. Er spürte ganz deutlich, dass der alte Winzer etwas wusste. Dass er ihm irgendetwas hatte mitteilen wollen. Und dass er seine Andeutungen so rätselhaft formulierte, damit Carlos von selbst draufkam. Er war ganz dicht an der Lösung seiner Fragen. Aber irgendwie schien ein

Nebel davorzuhängen, und er hatte keine Ahnung, wie er ihn auflösen könnte. Vielleicht würde ein Schlückchen von dem Zaubertrank helfen. Genau. Vielleicht sollte er Sofie bitten ...

Dieser Gedanke zauberte ein Lächeln in sein Gesicht, das mit jedem Schritt, den er dem Dorfplatz näher kam, breiter wurde.

Kapitel 13

Warum man sich den Platz zum Pinkeln sorgfältig aussuchen sollte

Cordula fragte mit verschmitztem Lächeln: »Sie haben nicht zufälligerweis ein Schätzel, do wo Sie herkomme?« Sie wickelte sich eine Haarlocke um den Finger.

Sie war bisher die einzige Person in Elwenfels, die ihn nicht duzte. Aber bei ihren glänzenden, ständig gekräuselten Lippen und dem schweren Augenaufschlag hatte man sowieso wenig Zeit, auf sprachliche Feinheiten zu achten.

»Hamburg«, sagte Carlos.

»Oh. Des is ja ein eigenwillischer Spitzname für eine Frau.«

»Nein, ich meinte ...«, brach Carlos den Satz ab. Er hatte keine Lust, das richtigzustellen. Schweigen war besser, als zuzugeben, dass es kein »Schätzel« gab. Weder in Hamburg noch sonst irgendwo. Und die einzige Frau, die er hier zu seinem Schätzel ernannt hätte, war bereits vergeben.

Cordula strich ihm über den Ärmel wie einem kratzbürstigen Kater. »Jo alla. Ma weiß jo nie, was noch kommt. Ich geb Ihne ein Geschenkel mit. Nehmen Sie einfach so e kleine Dutt mit.« Sie zwinkerte ihm verschwörerisch zu und drückte ihm eine altrosafarbene Papiertüte in die Hand, die liebevoll mit einer opulenten schwarzen Seidenschleife verziert war. Auf dem Papier war eine weibliche Zeichentrickfigur gedruckt, die sich mit anzüglicher Schnute einen Strapsgürtel anlegte.

Carlos schluckte und griff nach der Tüte. »Vielen Dank, sehr nett. Aber was ist denn da überhaupt drin?«

Cordula schloss die Augen und schüttelte den Kopf. »Einfach überrasche lasse.«

»Vielleicht ein ... wie heißt das auf Ihrem Ladenschild: Schlupp?«

Cordula lachte leise und strich mit ihren fein manikürten Fingern über die schwarze Schleife. »Schlupp, genau. Des is alles, was e Frau braucht. Der Rest is reine Fantasie.«

Was für eine Fantasie die Damen von Elwenfels gerade im Sinn hatten, war Carlos allerdings weniger klar. Schon bei seiner Rückkehr hatte er sie immer wieder in kleinen Gruppen aus Cordulas Laden strömen sehen. Und alle trugen eines dieser verheißungsvollen Tütchen. Jung und alt. Mit glänzenden, ungeduldigen Augen. Sogar Elsbeth, die Wirtin in ihrer hellgrün karierten Kittelschürze, schwebte damit über den Dorfplatz und sah dabei aus, als stünde sie kurz vor einem heiß ersehnten Rendezvous. Mit ihrer freien Hand winkte sie Carlos zu und gab sich kokett wie ein junges Mädchen.

Die Einwohnerzahl des Dorfes war zwar stark dezimiert, weil ein Großteil immer noch mit dem roten Doppeldeckerbus unterwegs war. Aber gleichzeitig lag eine feierliche Stimmung über dem Platz. Die Stille, die nur vom gelegentlichen Hämmern an der Kirchenfassade, dem Gackern von Hühnern und den wenigen herumtobenden Kindern unterbrochen wurde, war auf eine seltsame Art erwartungsvoll und spannungsgeladen. Die Musik konnte er nicht lokalisieren. Sie hallte dann und wann über den Platz und erinnerte ihn an irgendetwas, das er nicht genau bestimmen konnte.

Nachdenklich machte Carlos sich auf den Weg in die Pension, um sich rasch ein frisches Hemd anzuziehen. Danach würde er einen wichtigen Anruf tätigen. Einen anonymen Anruf. Denn irgendwie musste die Polizei ja davon erfahren, was im Wald neben dem Wanderparkplatz unter einer Schicht Laub begraben war.

Als er gerade in seine Gasse einbiegen wollte, rollte ein Polizeiwagen auf den Platz. Am Steuer saß ein immer noch ziemlich ramponiert aussehender Zohres, der sein Veilchen hinter einer verspiegelten Pilotenbrille versteckte. Auf dem Beifahrersitz nahm Carlos eine Gestalt wahr, die er nur als Bürschchen bezeichnen konnte. Ohne abzubremsen, fuhren sie über den Dorfplatz, sodass die Damen erschreckt auseinanderstoben, und hielten auf die Straße in Richtung Wald zu.

Carlos verwarf den Gedanken an ein frisches Hemd, änderte sofort seine Laufrichtung und lief dem Polizeiauto hinterher. Die kleine Tüte drückte er der erstbesten Frau in die Hand.

»Her, da brauch ich ja en doppelte Bobbes, wenn ich des alles trage will!«, rief sie ihm hinterher.

Am liebsten hätte er ihr zugerufen, dass sie genauso aussah, als hätte sie bereits einen solchen. Aber er ließ es bleiben und hastete die Straße aus Elwenfels hinaus, dem Streifenwagen hinterher.

Das Gewitter der vergangenen Nacht hatte die Bäume an der Straße eines guten Teils ihrer Blätter beraubt. Carlos' Füße sanken in einen weichen Teppich aus nassem Laub, und nach wenigen Minuten kroch ihm klamme Kälte in die Hosenbeine. Über den Gärten und der Friedhofsmauer auf der rechten Seite der Straße hingen die Wolken so tief, als wären sie irgendwie stecken geblieben. Im nächsten Moment begann es auch schon wieder zu regnen. Carlos begann zu rennen. Er hoffte, dass die Bäume am Waldparkplatz so dicht wuchsen, dass man nicht wie unter einer Dusche stand.

Warum war die Polizei ausgerechnet jetzt und hier unterwegs? Zohres' Gesicht hinter dem Steuer war fast weiß gewesen. Und dann die kalte Wut in seinen Augen. Hatte einer der Dorfbewohner vielleicht doch von ihrer kleinen Umbettungsaktion erzählt?

Carlos erreichte den Parkplatz mit einem leichten Brennen in der Brust und beschloss einmal mehr, endlich wieder etwas für seine Fitness zu tun. Der Streifenwagen stand quer zur Fahrtrichtung in der Mitte des Platzes. In der Nacht war so viel Laub gefallen, dass man seine Begrenzungen nicht mehr erkennen konnte. Es sah ganz danach aus, als hätte Zohres eine filmreife Vollbremsung hingelegt, bei der sich der Wagen gedreht hatte. Der pfälzische Sheriff stand breitbeinig da und schaute mit blauem Auge und verkrusteter Lippe in den Wald, als wartete er auf seinen Gegner zum arrangierten Duell. Der Regen schien ihm nicht das Geringste auszumachen. Wenn man seine verknitterte Uniform außer Acht ließ und man nicht wüsste, dass hinter der Sonnenbrille die Zeichen einer großen Demütigung versteckt lagen, dann hätte man meinen können, hier stünde der Pate der Weinstraße, der mit einem Fingerschnippen über Leben und Tod entschied. Sein Begleiter, das Bürschchen, saß ziemlich unbeteiligt auf dem Beifahrersitz und spielte verstohlen mit seinem Smartphone.

Carlos' Plan, erst einmal im Hintergrund abzuwarten, zerschlug sich. Der Polizist hatte ihn schon entdeckt und winkte ihn mit einer herrischen Geste zu sich. Wo ist sie? Wo ist diese Leiche? Wo habt ihr sie verscharrt?, waren die Fragen, die Carlos jetzt erwartete. Doch Zohres sagte nichts dergleichen.

»Sie!«, rief er und stapfte durch das nasse Blätter-Watt auf ihn zu. »Warum haben Sie mir nischt gemeldet, dass diese beiden Typen hochkriminell sind?« Neben dem Rand seiner Sonnenbrille schimmerte ein schönes Violett. »Sie als Polizist!« Er spuckte das Wort geradezu vor Carlos aus. »Sie hätte mich informiere müsse!«

»Haben Sie sich nicht krankschreiben lassen?«, entgegnete Carlos betont besorgt. »So ein Veil… also, so eine Sonnenbrille muss doch ganz schön wehtun.«

Zohres ließ sich nicht provozieren. »Sie ham misch eiskalt ins Messer laufe losse!«, fauchte er.

»Naja, Sie waren ziemlich wild darauf, ins Messer zu laufen. Ich wollte Sie ja zurückhalten, aber Sie waren ja gar nicht mehr zu bremsen.« Er hob entschuldigend die Schulter und fügte hinzu: »Außerdem hatte ich gar keine genauen Informationen über die Typen.« Das war nicht mal gelogen.

»Die zwei sin … Verbrecher«, sagte Zohres fast atemlos, ganz so, als wäre ein Verbrecher für ihn eine exotische Rarität, mit der er für gewöhnlich nicht in Kontakt kam. »Autoschieberei, Drogenschmuggel, Mafia«, er fuchtelte mit den Armen in Carlos' Richtung, »Einbruch, Geldwäsche, Nutten …«

»… und Widerstand gegen die Staatsgewalt«, ergänzte Carlos.

Zohres bebte. »Genau!«, sagte er.

»Sie wollen die beiden zur Rechenschaft ziehen? Deswegen sind Sie hier?«

»Was denke Sie denn? Die kauf ich mir. Aber volles Rohr. Und wenn ich jeden Quadratmeter von der Weinstraß nach dene absuche muss.«

Carlos bemühte sich, seine Erleichterung nicht sichtbar werden zu lassen. Der Polizist war nicht hier, weil er von den verbuddelten Knochen Wind bekommen hatte. Dann konnte also noch alles nach Plan laufen.

»Es stimmt schon«, sagte er in einem professionell sachlichen Ton, »die Typen waren öfter hier auf diesem Parkplatz.«

»Jo. Un jetzt sin se wahrscheins ab, über alle Berge.« Der Polizist rammte die unverletzte Faust auf das Autodach, dass sein Partner auf dem Beifahrersitz sein Handy fallen ließ und vor lauter Schreck einen kleinen spitzen Schrei ausstieß.

»Jo, mach dir net ins Hemd, Kevin«, blaffte Zohres und verdrehte die Augen. »Un des Handy lass genau da liege, wo's jetzt is.«

»Ich habe den Saab heute gesehen«, sagte Carlos trocken.

»Was?«

»Unten in Ruppertsberg.«

»Nee, oder?«

Carlos dachte zwar immer noch, dass diese beiden Männer eigentlich hinter ihm her waren. Aber es war wohl besser, den nach Rache dürstenden Polizisten darüber im Unklaren zu lassen. Denn eigentlich wusste auch er nichts Genaues. Das Verhalten dieser Typen war einfach undurchschaubar. Und diese latente Bedrohung machte Carlos nervöser, als er sich selbst eingestehen wollte.

»Wer sind die eigentlich?«, fragte er. »Haben Sie die Namen rausgefunden?«

Zohres schüttelte heftig den Kopf und zog eine schmerzerfüllte Grimasse. »Keine Ahnung. Ich hab nur das Kennzeichen überprüft. Ganz üble Verbindungen: Raub, Menschenhandel ...«

»Ja, ich weiß«, sagte Carlos. Dann legte er ihm die Hand auf den Arm. Zohres zuckte wieder zusammen.

»Tschuldigung.« Carlos zog die Hand wieder zurück. »Was ich sagen wollte: Wenn ich gewusst hätte, was das für Typen sind, hätte ich Sie natürlich gewarnt, ehrlich. Aber Sie waren ja nicht zu stoppen.«

Zohres winkte ab, und plötzlich schlich sich ein kleiner Ausdruck von Stolz in sein lädiertes, von der Sonnenbrille gnädig verdecktes Gesicht. Mit einem bepflasterten Daumen deutete er über seine Schulter auf den Beifahrer, der es immer noch nicht gewagt hatte, sein Handy wieder aufzuheben, sich jetzt aber von seinem Gurt befreite.

»Glaube Sie mir, allein isses allemal besser als mit so einem Honnebombel auf Streife.«

Der andere Polizist stieg aus, und Carlos nickte. Zur Begrüßung und auch, weil er Zohres jetzt verstand. Dieser Junge sah aus wie ein menschliches Bügelbrett und wäre Zohres bei einer handfesten Auseinandersetzung keine große Hilfe gewesen. Wahrscheinlich hätte ein mittleres Pusten genügt, den Kleinen von den Beinen zu holen. Seine Akne unterstrich den bemitleidenswerten Eindruck, der durch die Dienstwaffe am Gürtel seiner schlabbernden Uniformhose sogar noch verstärkt wurde.

Der Junge sah hilfesuchend zu seinem Vorgesetzten. »Herr Zohres, darf ich ... ich mein ...«

»Was denn?«, brummte Zohres. »Is dir jetzt kalt oder was?«

»Ähm ... nein«, hüstelte der Junge, »ich müsst mal ...« Er deutete fahrig auf die umstehenden Bäume.

»Wenn du pissen musst, warum sagscht des dann net, Kerlchen?« Zohres wedelte mit einer Hand in Richtung Waldrand. »Alla hopp, dann lasses laufe!«

Sein junger Kollege nickte dankbar und ging mit schnellen Schritten ins Unterholz.

»Laufen lassen ist ein gutes Stichwort, Kollege Zohres«,

sagte Carlos, der Mühe hatte, sein Grinsen im Zaum zu halten. »Wie läuft's denn? Ich meine, was werden Sie jetzt unternehmen? Und was ist überhaupt passiert vorgestern Abend?«

Im Unterholz knackten die Äste unter den unsicheren Schritten des Jungen, der sich wohl nur möglichst weit entfernt von seinem Chef einigermaßen sicher fühlte.

»Ha, erst mal is klar, dass ich hier die Sicherheitslage checken musste, wenn der Verbandsbürgermeister hierherkommt«, sagte Zohres wichtig.

»Das haben Sie sich beim *Secret Service* abgeguckt, ja?«, spöttelte Carlos, was Zohres aber ignorierte.

»Uff jeden Fall komm ich hier an un seh des Auto von dene da stehe, mitte aufm Parkplatz. Un die liege da drin un schlafe. Verstehn Sie, was ich mein? Schlafe im Auto. Aufm Parkplatz mitte im Wald. Des is doch verdächtig bis zum Anschlag, odder?«

»Ja. Auf jeden Fall. Bis zum Anschlag.«

»Genau. Ich bin also hin zum Personalie aufnehme, is jo kein Campingplatz. Un wie die schon ausgesehn ham. Also ... potenziell problematisch, verstehn Sie, wie ich mein?«

Zohres sah Carlos fast flehend an. Als wolle er sich von ihm Absolution erbitten, dass es irgendwie schon okay sei, wenn man sich von zwei solchen Typen verprügeln ließ.

»Aber warum haben Sie keine Unterstützung angefordert und gewartet, als Sie gesehen haben, was für zwei Kaliber Sie da vor sich haben?«, wollte Carlos wissen.

»Oh!«, winkte Zohres ab, »bis die Unterstützung kommt, da is de Markt verlaufe. Da sin die fort ins Ausland. Nach Abchasien oder ins Saarland.«

»Schon klar. Sie wollten der Held sein, der das Ding hier schaukelt.«

»Jo, jetzt aber ... verarsche kann ich mich auch allein, gell!«

»Sorry. War nur ein Scherz.«

»Uff jeden Fall ... kurbelt der eine die Scheib runter und sagt, ich soll abhaue. Verpisse, hat er gesacht, verpisse, wortwörtlich. Unfassbar, oder?«

»Absolut«, pflichtete Carlos ihm bei.

»Un ich: kein Fußbreit zurück, die Hand am Gürtel, die Füß fest im Bode ... da rammt mir der Bankert die Tür in de Unterleib. Ich fall hin, un dann sin die uff mich druff. Zu zweit! Zu zweit uff einer. Un ich aber ...«

Plötzlich ertönte ein gellender Schrei im Wald. Zohres sah sich hektisch nach allen Seiten um. Dann hechtete er in Richtung des Schreis ins Unterholz. Carlos sah ihm hinterher und konnte sich ein Grinsen nicht verkneifen – besser hätte es ja gar nicht laufen können. Er wusste, was der Junge im dichten Laub unter den Bäumen gefunden hatte.

Als Carlos auf dem Rückweg ins Dorf am Weingut Bitterlinger vorbeikam, wurde er von einem für ihn seltsamen Anblick überrascht. In der Hofeinfahrt des Guts stand ein Lieferwagen mit Anhänger, beladen mit großen Plastikwannen voller Trauben. Es war auf einen Schlag mehr Lesegut, als der alte Erwin in wochenlangen Traktorfahrten durch den Wald schaukeln konnte. Charlotte war mit hochrotem Kopf damit beschäftigt, die Plastikwannen mit zwei weiteren Helfern vom Laster zu hieven, während ihr Mann Hartmut danebenstand und düster, fast feindselig auf die Erträge schaute.

Carlos wollte eigentlich weitergehen, aber seine Schritte trugen ihn automatisch ins Innere des Hofes. Durch ein geöffnetes Tor neben dem Wohnhaus konnte er an der Rückseite des Anwesens vorbei hinaussehen bis zum Waldrand, zu dem der schmale Wirtschaftsweg führte. Ein Traktor war nicht zu sehen. Wahrscheinlich war der Alte schon wieder unterwegs. Was war Bitterlinger nur für ein Mann, dass er seine Frau und deren Großvater derart schuften ließ!

Er näherte sich Charlotte und versuchte es mit einer fachmännischen Frage. »Hat der Regen den Trauben geschadet?«

Sie drehte sich zu ihm um und lachte über das ganze Gesicht, das rot und verschwitzt glänzte. Irrte er sich, oder wurden ihre Wangen noch ein wenig farbiger, als sie zu ihm trat und ihn begrüßte.

»Ah, hallo!«, rief sie, während ihr Mann neben ihr fast unmerklich das Gesicht verzog. »Alles gut«, sagte sie. »Mir sin grad noch rechtzeitig komme, zum Glück.«

Sie strich sich das Haar aus der Stirn und reichte ihm die Hand. Bei ihrem Händedruck musste sich Carlos beherrschen, nicht in die Knie zu gehen. Ob ihre Schwester wohl auch so zupackte? Beim Gedanken an Sofie verspürte er einen Stich in der Brust. Und dann wurde ihm bewusst, wie unähnlich sich die beiden Schwestern waren. Charlotte wirkte nicht ganz so ätherisch wie Sofie, dafür hatte ihre kraftvolle Erscheinung etwas, das ihn ein bisschen an diese Wikingerfrau Lagherta aus der Serie *Vikings* erinnerte. Ihre Augen waren im Gegensatz zu Sofies nicht meeresgrün, sondern sahen aus wie eine Mischung aus Honig und Zimt. Sie trug ihre hellbraunen Haare zu einer altmodischen Gretchen-Frisur aufgesteckt, und sie stand so aufrecht und erhaben vor ihm, dass Carlos unwillkürlich den Rücken gerade machte, um vor ihr nicht wie ein buckliges Männlein auszusehen.

Er räusperte sich. »Ich weiß ja nicht, wer bei euch fleißiger ist. Der Erwin, oder du?« Dabei sah er Bitterlinger an, der diese Anspielung auf seine Faulheit aber nicht verstehen wollte.

»Der Erwin, was isch mit dem?«, fragte der nur und guckte seinen ungebetenen Besucher genervt an.

Charlotte verdrehte die Augen. »Macht mal kurz ohne mich weiter!«, sagte sie zu ihren Angestellten. »Der Chef hilft euch jetzt e bissel, gell!« Sie zwinkerte ihrem Mann zu. Dann zog sie Carlos am Ärmel in Richtung Haus. »Mach dir keine Gedanken um de Erwin. Der is des gewöhnt, so viel zu schaffe. Der braucht des.«

»Und du?«, fragte Carlos.

»Ich bin's auch gewöhnt.« Sie hob die Schultern und zeigte ihre sehnigen, schmutzigen Hände. »Und ich lieb's.«

»Aber sag mal, dein Großvater hat doch eine riesige Mühe mit seinem kleinen Traktor. Du müsstest nur einmal fahren für die achtfache Menge, die er mit seinem kleinen Anhänger transportieren kann.«

»Wie gesagt, kümmer dich net drum.« Charlotte lächelte.

»Schon gut. Sorry.«

»Also, was wolltest du denn jetzt eigentlich genau?«

Sie wirkte jetzt ein klein wenig ungeduldig. Wahrscheinlich lag das an der Anwesenheit ihres Mannes, der mit gerunzelter Stirn immer wieder zu ihnen herübersah, während er den beiden Helfern bellende Anweisungen erteilte.

»Ich wollte fragen«, sagte Carlos grinsend, »warum dein Gatte nicht beim Fußball ist und du nicht beim Dessouskauf?«

Charlotte sah ihn fragend an. Aber dann lachte sie und deutete auf eine Nische bei der Außentreppe. Dort stand neben einem Kürbis und einer Laterne eine kleine altrosafarbene Tüte mit schwarzer Schleife. »Do guck!«

»Ist das heute so eine Art Spezial-Verkaufstag, oder wie?«

»Da wirst du wohl e bissel nervös, wenn alle Fraue mit Dessous rumrenne, hä?«

»Das stimmt. Aber noch rennen sie ja nur mit den Tüten in der Hand rum.«

»Und jeder weiß, was drin is, gell?«

Ob sie sich das entzückende Zwinkern bei Cordula abgeschaut hatte? Im Gegensatz zu ihrer unnahbaren, geheimnisvollen Schwester hatte Charlotte ein herzliches, offenes Wesen.

»Also jetzt mal Spaß beiseite. Ich wollte fragen, ob es sein kann, dass Erwin vor Kurzem etwas im Wald gefunden hat? Ein schwarzes iPhone mit zerbrochenem Display?«

»Und wenn?«, entgegnete sie, ein wenig zu hastig. »Glaubst du, er hätt's dann aufgehoben? Der braucht so was net! Hat er noch nie gebraucht, wenn's genau wisse willscht.«

Warum war sie so seltsam schnippisch auf einmal? Sein Inneres reagierte für gewöhnlich präzise wie ein Geigerzähler auf emotionale Zeichen. Aber Carlos hatte keine Zeit, weiter darüber zu rätseln. Hartmut Bitterlinger kam direkt auf sie zu, mit einer Zornesfalte, die sein Gesicht in zwei Hälften zu spalten schien.

»Machst du jetzt mal langsam weiter, oder was?«, blaffte er seine Frau an.

»Und selbst? Allergie oder was?«, blaffte Carlos zurück.

»Hartmut hat sich das Handgelenk verstaucht«, erklärte Charlotte, aber ihr Tonfall war leicht spöttisch.

»Bei was denn?«, fragte Carlos. »Beim Entwerfen von ehrgeizigen Plänen?«

Bitterlinger kniff die Augen zusammen, ging wortlos an ihnen vorbei und verschwand im Haus.

»Geht er dieses Jahr eigentlich wieder auf die European Wine Trophy?«, fragte Carlos.

Charlotte schüttelte den Kopf. »Keine Ahnung. Er redet mit mir nicht über so was. Ich glaub, er überlegt es sich noch.«

»Was gibt's da zu überlegen?«

»Naja, letztes Jahr isses halt nicht so gut gelaufe für ihn.«

Carlos sah sie ungläubig an. »Ach. Und warum? Hatte er einen eigenen Stand dort?«

»Ja ... ja, schon«, druckste Charlotte herum.

»Du weißt es nicht genau?«

»Nee. Ich weiß nix Genaues. Und sag jetzt nicht, dass ich das doch wissen müsst, weil er mein Ehemann is un so weiter.« Sie verdrehte die Augen und trat einen Schritt auf ihn zu. »Er wollt unbedingt unsern Wein groß rausbringe. Dabei sag ich immer, dass unsern Wein nur für hier is. Unser Leut, die müsse den gern trinke. Un fertig.«

»Ja, genau«, sagte Carlos. »Zumal der Wein hier, das ist ja eher so ein süffiger ... also ich meine für Schorle und so weiter ...«

Sie winkte grinsend ab. »Brauchscht net so zu stottern. Unsern Wein is en ganz stinknormale Riesling. Gewöhnlich, aber ehrlich! Der will nicht mehr wie des, was er kann: de Durscht lösche un fertig.«

Carlos lächelte verlegen.

Charlottes Selbsteinschätzung schien unerschütterlich. »Und genau deswegen versteh ich nicht, warum de Hartmut mit unserm Riesling voll mit Hoffnung dorthin fahrt. Un dann kommt er heim un is total am End, weil der Wein keine Medaille gewonne hat. Wer braucht dann so was? Wir net!«

»Aber er ist halt ehrgeizig«, warf Carlos ein, als wollte er Bitterlinger verteidigen. »Und außer diesem, äh, normalen Riesling, da macht ihr hier doch aber noch einen anderen Wein, oder?«

Charlottes Gesicht wurde zu einer unbeweglichen Maske. »Was für einen anderen Wein meinst du denn?« Plötzlich bemühte sie sich um eine hochdeutsche Aussprache.

»Na, dieser besondere. Der, den deine Schwester brau... äh keltert. Ich habe ihn selbst probiert, zusammen mit ein paar anderen aus dem Ort.« Er hob die Hand zum Schwur, als wollte er sich vom Verdacht des Lügens freisprechen.

»Wie meinst du das?«, fragte sie mit hohler Stimme. Aus ihrem Gesicht wich ganz langsam die gesunde Röte, und plötzlich schien sie zu frösteln.

»Ich wollte nur wissen, ob Hartmut vielleicht mit genau diesem besonderen Wein auf der Messe war. Weißt du denn nicht, dass letztes Jahr auf der European Wine Trophy bei der Blindverkostung das ›Große Gold‹ an einen Wein ging, von dem dann keiner mehr wusste, wo genau er herkam?«

In diesem Moment wurde im Haus ein Fenster aufgerissen, und Hartmut Bitterlingers Kopf erschien in der Öffnung. Wie ein aufgezogenes Äffchen keifte er in den Hof: »Das war der Wein vom Kruse. Das weiß doch jeder! Und jetzt hören Sie auf, meine Frau zu belästigen!« Mit einem lauten Krachen wurde das Fenster wieder geschlossen.

Carlos sah Charlotte an. Sie kratzte sich am Hals und versuchte offensichtlich krampfhaft, nicht die Beherrschung zu verlieren. Er war nah dran, das spürte er. »Deine Schwester Sofie? Die arbeitet doch auch hier, nicht wahr?«

Charlotte antwortete etwas zu schnell und mit genau den Worten, die auch Willi gestern verwendet hatte. »Ja schon, aber sie hat ihren eigenen Bereich.«

Ihre Halsader pochte, und in ihren vorher so strahlenden Augen hatte sich ein nervöses Flackern breitgemacht. Mit schnellen Schritten ging sie zurück zum Lastwagen und packte sich eine voll beladene Plastikwanne mit Trauben.

Als Carlos ihr dabei helfen wollte, wehrte sie ihn ab. Schlagartig war ihr ganzer Charme verflogen. Sie wirkte besorgt.

»Lass das! Das ist nicht dein Ding hier.«

»Okay, das hört sich alles ziemlich neugierig an, ich weiß. Aber die Frage muss gestellt werden, Charlotte!« Er berührte sie leicht am Arm. »Hat dein Mann vielleicht etwas von einem Hans Strobel erzählt, als er letztes Jahr aus München zurückkam? Das war der Organisator dieser European Wine Trophy. Hat er irgendwas erwähnt? Dass er ihn vielleicht gesehen oder mit ihm gesprochen hat?«

Charlotte schüttelte fahrig den Kopf. »Nie gehört, den Namen.«

Klar, warum auch, dachte Carlos. Nur weil die beiden auf einem Pressefoto abgebildet waren, hieß es noch lange nicht, dass sie wirklich in Kontakt gestanden hatten.

»Auf jeden Fall: Dieser Mann, dieser Strobel, der war auf der Suche nach diesem Siegerwein, der angeblich von Kruse stammt«, fuhr er eindringlich fort. »Und dabei ist er verschwunden. Irgendwo hier, an der Weinstraße, in Deidesheim. Charlotte, wenn du irgendetwas weißt, dann musst du es mir sagen. Bitte!«

Sie sah ihm tief in die Augen, und er dachte schon, dass sie nun mit der Sprache herausrücken würde. Stattdessen packte sie die Kiste, zog sie zu sich und zischte: »Ich muss? Weißt du, was ich muss? Ich muss gar nix. Wer zu viel müsse muss, der hat verlore. Un jetzt: Schönen Tag noch!«

Er nickte ihr mit einem verkniffenen Lächeln zu, das sie aber nicht erwiderte. Es tat weh, dabei zuzusehen, wie aus der rosigen, sprühenden Charlotte diese blasse, fauchende Furie geworden war. Sie knallte die Plastikwanne auf den Boden, wobei ein paar Trauben herauspurzelten, und verschwand im Haus. Entweder, um ihren Mann zur Rede zu stellen, oder um vor Carlos zu flüchten. Oder beides.

Carlos nickte etwas verlegen den beiden Helfern zu, die sich alle Mühe gaben, sich nichts anmerken zu lassen. Eigentlich war es jetzt Zeit zu gehen. Aber irgendetwas hielt ihn zurück. War es sein Instinkt, der in ihm rumorte, oder nur die professionelle Neugier des Ermittlers? Er schlenderte hinüber zur Scheune und sah hinein. Im dämmrigen Innenraum war nichts, was auf den laufenden Betrieb hindeutete. Es war eher eine große Abstellkammer. Kisten, Geräte, ein paar alte Möbelstücke, ein alter, rostiger Traktor, der dem Oldtimer-Fan Otto sicher gut gefallen hätte. In der hinteren Ecke eine Katze mit ihrem Wurf, die ihn feindselig ansah. Im Lichtkorridor, der zum Tor hereinfiel, schwebte der Staub wie ein Vorhang.

Carlos trat wieder in den Hof und sah durch das hintere Tor neben dem Haus. Da war der Wirtschaftsweg, in den Erwin vorhin eingebogen war. Er führte zwischen den Häusern und dem Waldrand vermutlich ums ganze Dorf herum. Eine niedrige, halb zerfallene Mauer begrenzte den Weg unter den Bäumen. Eine Eidechse huschte zwischen die bemoosten Steine. Weiter vorn spielten zwei kleine Jungen mit Holzschwertern. Die pure Dorfidylle. Wie aus einer anderen Zeit. Genau wie Erwin und sein Traktor mit dem voll beladenen Anhänger. Der Weg sah eigentlich überhaupt nicht so aus, als wäre in den vergangenen fünfzig Jahren irgendetwas Motorisiertes hier entlanggefahren. Das Gras ging Carlos bis zu den Knien, er sah sogar ein paar verirrte Maisstauden. An manchen Stellen wucherte Efeu wie eine Barriere zwischen Häusern und Waldrand über Boden und Mäuerchen. Der ganze Weg war vollkommen überwachsen.

Unmöglich konnte Erwin mit seiner Traubenlast hier entlanggekommen sein. Aber wohin war er dann verschwunden? Nachdenklich wandte sich Carlos zum Gehen, bevor der schwäbische Winzer ihn noch des Hausfriedensbruchs bezichtigte. Er wollte gerade auf die Straße treten, als eine Wagenkolonne, bestehend aus vier Fahrzeugen, an ihm vorbei in Richtung Waldrand rauschte. Da war sie, die Kavallerie. Und der Sheriff mit der Spiegelsonnenbrille wartete bestimmt auf ihre Ankunft, breitbeinig und die Hand am Holster … High Noon im Elwenfelser Wald.

Kapitel 14

Von Babysittern in Lederjacken, tuschelnden Frauen und verschwundenen Freunden

Sie standen vor der rot-weiß markierten Absperrung am Waldparkplatz. Halb Elwenfels hatte sich hier versammelt. Inzwischen war der rote Bus aus Kaiserslautern zurückgekommen. Aber so richtig interessierte sich jetzt keiner mehr für das Spiel, zumal es nur zu einem Unentschieden gereicht hatte.

Carlos beobachtete das ihm wohlbekannte Spektakel, das sich immer abspielte, wenn die Polizei zu einem Leichenfundort gerufen wurde. Auf einmal stand Willi hinter ihm.

»Wieso so schnell?«, zischte er ohne Begrüßung.

Hinter der Absperrung sah man ein paar Kriminaltechniker unter der Blautanne, wo Gustavs Überreste zwischengelagert worden waren.

»Ich habe nichts verraten«, sagte Carlos leise über die Schulter.

»Des glaubscht du doch selbert net. Du muscht dem uniformierte Dollbohrer mit de Spiegelsonnebrill was verzählt ham.«

»Nicht das Geringste. Er hat die Leiche praktisch von alleine gefunden. Oder besser gesagt, sein Partner.« Er deutete auf den blassen Kevin, der auf der Lichtung zwischen den Polizeifahrzeugen hin- und herlief und reichlich verloren aussah.

Willi knurrte etwas Unverständliches.

»Denk daran, wenn ihr später befragt werdet, dann vergesst nicht zu sagen, dass ihr Gustav schon länger vermisst habt.«

»Mir sin net blöd«, zischte Willi erneut. So langsam zeigte seine Unerschütterlichkeit erste Risse.

»Ihr seid nicht blöd, und ich habe meine Hausaufgaben gemacht«, wisperte Carlos in Willis Ohr. Dann berichtete er ihm von seinem Besuch bei Alfons Schnur an diesem Nachmittag. Von der verbalen Falle, die er dem Jäger gestellt hatte, und dass Schnur schnurstracks hineingetappt war. »Wenn du willst, spiel ich dir ein Tondokument vor, damit du mir glaubst. Der Kerl hat sich derart filmreif verplappert, dass es überhaupt keine Zweifel geben kann.«

Willi schüttelte nur den Kopf und schlug Carlos ein paarmal langsam und verschwörerisch auf den Rücken. »Is schon gut. Jetzt wissen wir wenigstens die Wahrheit.«

»Und wie geht's jetzt weiter?«, zischelte Carlos unauffällig in Willis Richtung.

»Lass uns mol mache. Des is jetzt net deine Aufgabe.« Damit drehte er sich um und stapfte zurück ins Dorf.

Carlos versuchte, sich ebenfalls durch die Menge der Schaulustigen nach hinten durchzudrücken. Er wollte nicht an vorderster Front stehen, wenn die ersten Leute befragt wurden. Da entdeckte er Sofie, die am Straßenrand stand, eingekreist von mehreren, wild durcheinandersprechenden Frauen. Sie warf ihm einen Blick zu, den er nicht interpretieren konnte, und er brachte als Antwort ein verlegenes Lächeln zustande. Immer mehr Leute kamen zum Parkplatz. Fast hätte man meinen können, sie strömten zu einem Weinfest. Während er so tat, als sehe er dem Treiben zu, hörte er mit, was die Frauen redeten.

»Was is, wenn die morgen immer noch da sin?«, fragte Else besorgt.

»Die wern jeden befrage wolle«, mutmaßte das Mädchen mit den Tätowierungen.

Cordula blies nervös die Luft gegen ihre Haartolle. »Ob mir des jetzt alles wie geplant mache solle, ich weiß net.«

Um Carlos herum wurde es jetzt lauter. So verstand er von dem Gespräch der Frauengruppe nur noch Wortfetzen: »Stell dir vor ... wenn des jemand sieht ... folgt Fahndung ... Wald ... Katastrophe ...«

Carlos wäre gerne näher gekommen, aber ein erneuter Blick von Sofie in seine Richtung hielt ihn schnell davon ab. Er drehte sich um und sah nur noch, wie die Winzerin beschwörend auf die anderen Frauen einredete. Dabei gestikulierte sie immer wieder in Richtung des Waldes jenseits des Parkplatzes. Obwohl er nicht mehr hören konnte, was sie sprachen, fühlte Carlos wieder dieses ahnungsvolle Kribbeln in seinem Nacken. Da war etwas im Busch. Wieder mal. So langsam hatte er genug von der ganzen Heimlichtuerei und dem Getuschel, diesen Andeutungen und rätselhaften Sprüchen, die hier in Elwenfels anscheinend zum alltäglichen Kommunikationsritual gehörten. Diesmal würde er seinem Gefühl folgen, dranbleiben und sich nicht abschütteln lassen.

Er drehte sich noch einmal zu den Frauen um, deutete ein Winken an, das Sofie gar nicht wahrnahm; dann bog er auf die Straße ein, die in den Ort führte – als ihm seine Beine fast den Dienst versagt hätten.

Auf der anderen Straßenseite standen sie. Die beiden Typen beachteten Carlos nicht und hatten den Blick geradeaus auf das Geschehen hinter der Absperrung gerichtet.

Dort wurde gerade ein grauer Plastiksarg zugeklappt. Zohres stand direkt daneben und sprach mit großen, wichtigtuerischen Gesten mit einem älteren, hageren Mann, der ganz nach Kriminalkommissar aussah. Wenn Zohres wüsste, dass die Männer, die für sein verbeultes Gesicht verantwortlich waren, nur ein paar Meter entfernt seelenruhig am Straßenrand standen. Der größere mit dem Nordmanngesicht griff jetzt in die Innentasche seiner Jacke und holte sein Mobiltelefon hervor. Ein kurzer Kontakt mit dem Display, und schon wurde eine Nummer gewählt, die offensichtlich dort für wiederholten Gebrauch gespeichert war. Er legte das Handy ans Ohr und wartete.

Du hast keinen Empfang, dachte Carlos, als der Mann das Telefon auch schon wieder sinken ließ und seinem Partner ein Zeichen gab, ein Stück die Straße hinunterzugehen. Carlos folgte ihnen. Zweihundert Meter weiter, auf der Höhe des Friedhofes, probierte der Lange es erneut, und diesmal schien es eine Verbindung zu geben. Über die Köpfe der Dorfbewohner hinweg, die alle einen Blick auf das Geschehen werfen wollten und in den Wald liefen, sah er, wie der blonde Riese zu sprechen begann. Carlos versuchte die Lippenbewegungen zu lesen. Hatte er gerade das Wort »tot« gesagt? Jetzt nickte der Nordmann und deutete ein Lächeln an. Dann beendete er das Gespräch, klopfte seinem Partner kurz auf die Schulter und bahnte sich mit ihm einen Weg durch die Menge in Richtung Dorf.

Warum nahm keiner der Elwenfelser Notiz von diesen Killertypen, die nun wirklich das Gegenteil von unauffällig waren? Carlos wäre zu gerne dabei gewesen, wenn einer von ihnen, Willi vielleicht, oder sogar Sofie, den beiden mit ihrer direkten, unverblümt pfälzischen Art auf den Leib gerückt wären. Aber im Moment hatten alle nur noch Augen für das Geschehen im Wald.

Er ging schneller und war nun direkt hinter den beiden, ohne dass sie ihn bemerkten. Er streckte die Hand aus und klopfte dem Kleinen auf die Schulter. Wie auf Kommando wirbelten beide herum.

»Seit wann interessiert sich Kulekovs Nachfolger für alte Knochen?«, blaffte er den Kleinen unvermittelt an.

Die Männer starrten ihn an wie zwei seltsame Kriechtiere, die aus der Winterstarre erwachten. Die Überraschung in ihren ansonsten reglosen Augen und die offensichtliche Verständnislosigkeit waren nicht gespielt. Obwohl man sich bei solchen Pokergesichtern natürlich nie wirklich sicher sein konnte.

»Was willst du?«, fragte der Große mit metallischer Stimme.

Dieser Akzent ... war das italienisch?

»Die Frage müsste lauten, was wollt ihr? Warum verfolgt ihr mich?«

Die beiden starrten ihn weiter an. Regungslos.

Das war das Schlimmste an diesen Typen. Ihre Fassade war wie ein dicker Ledermantel, den sie niemals ablegten. Carlos schüchterte das längst nicht mehr ein. Und trotzdem kroch jetzt ein Gefühl in ihm hoch, das ihn an seine frühen Tage bei der Polizei erinnerte: Verunsicherung, Alarmglocken, Fluchtreflexe.

»Ihr zwei seid anhänglicher als mein Schatten. Ich brauche keine Fans. Also, was soll der Scheiß?«

Der kleine Dunkle antwortete mit dem gleichen Gesichtsausdruck wie ein Bauchredner. »Hat nix mit dir zu tun. Zufall.«

»Ach ja? Das kannst du Kulekovs Grabstein erzählen. Ihr beiden taucht überall auf, wo ich auch bin. Wen habt ihr gerade angerufen? Euren neuen Chef?«

Die Männer tauschten einen schnellen Blick. Und dann

blickten ihn wieder zwei verständnislose Augenpaare an. Carlos machte automatisch einen halben Schritt nach hinten. Es wurde immer deutlicher: Sie verstellten sich nicht. Sie waren nicht hier wegen der alten Geschichte mit Kulekov. Aber warum in aller Welt waren sie dann hier? Warum war ihnen der Abtransport einer Leiche im Wald einen Anruf wert? Wer war der Auftraggeber dieser Gestalten?

Carlos wollte gerade abwinken und einfach weiterlaufen, als der Kleine plötzlich einen halben Schritt nach vorn machte und sagte: »Du brauchst Babysitter, Mann.«

»Was?«

Der kleine Dunkle nickte. »Überall Geist-Gespenster siehst du. In Wald und überall.«

Eine Gänsehaut krabbelte in Carlos' Nacken.

Der Blonde zuckte grinsend mit den Schultern und meinte: »Aber sowieso ist dein Job am Ende jetzt.«

Ganz eindeutig, sein Akzent klang italienisch.

Dann drehten sie sich um und ließen Carlos einfach stehen. Sie sahen jetzt irgendwie geschmeidig aus. Wie zwei Leute, die von der Arbeit kamen und sich auf ihr Feierabendbier freuten.

Dein Job am Ende? Die Grammatik war zwar fragwürdig, aber die Drohung eindeutig.

Als Carlos an diesem Abend in die Weinstube kam, hatte er eigentlich erwartet, sich mit seinen Komplizen zusammensetzen zu können. Aber der runde Tisch in der Mitte der Gaststube war verwaist.

»Wo sind denn alle?«, fragte er die Wirtin Elsbeth und bemühte sich um einen möglichst beiläufigen Ton. Dabei hatte er bereits eine Ahnung. Es musste einen besonderen Grund geben, wenn Willi, Karl, Otto, Alfred und Michael geschlossen durch Abwesenheit glänzten. Niemand verzichtete hier ohne besonderen Anlass auf das Ritual des

Schorletrinkens zum Feierabend. Elsbeths merkwürdiges Verhalten bestätigte ihn. Sie sah ihn nicht an, polierte ihre Gläser ein bisschen hektischer und antwortete: »Weiß net.«

»Komm schon, Bettel!«, sagte Carlos und gab sich alle Mühe, ihren Kosenamen richtig auszusprechen. »Mich brauchst du nicht anzuschwindeln. Wenn einer das merkt, dann ich.«

Elsbeth sah ihn mit ihren klaren, alterslosen Augen an. »Alla gut, des stimmt wohl. Dann sag ich eben, dass es dich nix angeht.« Damit drehte sie sich um und begann, die Gläser in die Vitrine zu räumen.

»Elsbeth, was ist denn los?«, fragte er betont zärtlich. »Irgendwas, was ich wissen müsste?«

»Dass du immer alles wisse willscht, des war schon von Anfang an des Problem mit dir.«

Carlos zog einen Schmollmund. »Das ist aber nicht nett.«

Natürlich wollte er wissen, was die anderen in diesem Moment trieben. Aber das konnte er der Wirtin schlecht sagen. Sie ahnte ja nicht, was er und die Männer, die sonst um diesen Stammtisch versammelt waren, getan hatten. Zumindest hoffte er das. Aber wer wusste schon wirklich, ob diese permanente Lust auf lautstarke Kommunikation nicht auch das Ausplappern von Geheimnissen als ungewollte Begleiterscheinung mit einschloss.

Die anderen Dorfbewohner jedenfalls gaben sich keine große Mühe, ihre Mutmaßungen für sich zu behalten. An allen Tischen wurde über das Thema des Tages geredet. Zu seiner Erleichterung hörte Carlos aus verschiedenen Mündern die These, dass es sich bei dem Knochenfund um Gustavs Überreste handeln könnte.

»Da fragt ma sich, wo der Gustav all die Jahr bleibt, un dabei liegt er die ganz Zeit im Wald.«

»Direkt do, bei uns, des is schon e Ding.«

»Was denkst du darüber?«, wandte sich Carlos wieder an Elsbeth. »Denkst du auch, dass es Gustav ist?«

»Was ich denk, is net wichtig. Was is, is wichtig. Un was draus wird, is noch wichtiger«, sagte sie und bedachte ihn mit einem durchdringenden Blick.

Kapitel 15

Das hauptsächlich vom unvermeidlichen Auftritt der Schwarzen Witwe handelt

Als Carlos am nächsten Vormittag ziemlich spät zum Frühstück herunterkam, traf er seine Gastgeberin Brigitte in auffallend aufgekratzter Stimmung an. Sie schwirrte summend in einem opulent geblümten Morgenmantel und mit Lockenwicklern im Haar um ihren Gast herum und servierte diesmal etwas ganz Besonderes.

»Original Pälzer Dampfnudle, mit Liebe gemacht von de Brigitte höchstselbst persönlisch. Zur Feier des Tages«, empfahl sie lachend und stellte einen Teller mit zwei gelblichen Teigkugeln vor ihn. Dazu kam ein Schälchen mit »Vanillesoß zum Tunke«, wie sie es nannte.

Als Carlos mit großen Augen nach dem Kaffeelöffel griff, schlug ihm Brigitte spielerisch auf die Hand. »Nix! Mit de Hand wird des gegesse oder gar net.« Dann erklärte sie ihm, dass er die Dampfnudel mit den Fingern zerrupfen und die Stücke in die Soße tunken müsse.

Carlos tat, wie ihm geheißen, und schloss beim ersten Biss unwillkürlich die Augen. Der weiche, fluffige Teig, die salzige Kruste und die warme süße Soße dazu – es schmeckte wahrhaft paradiesisch.

»Wunderbar«, sagte er mit vollem Mund. »Was ist das denn für eine Feier? Ist heute irgendwas Besonderes los?«

Brigitte schwirrte zum Herd zurück, strich mit der Fingerspitze zärtlich über die Dampfnudeln, als wären es kleine Kinder in einer Wiege. »Nee, nee, des is … nix. Nur was Privates.«

»Hat jemand Geburtstag?«

»Ach, wir ham doch alle jeden Tag Geburtstag, oder net?«

»Ja klar, wenn du das so sehen willst«, nuschelte er zwischen zwei Bissen.

Brigitte legte ihm schon die dritte Dampfnudel auf den Teller und füllte Vanillesoße nach. Carlos sah mit großen Augen auf die zweite Portion und wusste im selben Moment, dass er nicht aufhören konnte zu essen. Ob das ein heimtückischer Plan war mit der Absicht, ihn lahmzulegen? Denn bis diese massiven Köstlichkeiten hier verdaut waren, würde er wie ein gestrandeter Wal auf dem Rücken liegen, unfähig sich zu bewegen. Geschweige denn, der aufgekratzten, aufgehübschten Brigitte diskret und unauffällig zu folgen, um zu sehen, was sie und die anderen Damen aus dem Dorf heute Wichtiges vorhatten. Nicht, dass es ihn was anging. Aber in seinem Job war grundsätzlich alles interessant, erst recht, wenn es sich um eine Gruppe Frauen handelte, die eine geheimnisvolle Verabredung hatten. Er senkte die Gabel und sah in Brigittes leuchtendes Gesicht. »Eine dritte schaff ich unmöglich«, sagte er.

»Oh!«, rief sie und leerte das Schälchen mit der Vanillesoße über dem Teigball aus. »Komm!«, feuerte sie ihn an. »An ener Pälzische Dampfnudel is noch niemand gestorbe. Un rein damit!«

Carlos gab bereitwillig seinen Widerstand auf und nahm das ganze glitschige Teil in die Hand.

»Na alla, es geht doch! Un jetzt schön weiteresse. Ich muss dann jetzt mal …«

Damit war sie aus der Küche verschwunden. Und zehn

Minuten später marschierte sie mit frisch onduliertem Lockenkopf und einem feinen Kleid aus dem Haus. In der Linken trug sie ihre Handtasche, und in der Rechten ... ein paar Gummistiefel.

Es kostete Carlos die Aufbietung aller Kräfte, sich nicht wieder zurück ins Bett zu legen, um die heftige Verdauungsarbeit mit einem Schläfchen zu unterstützen. Aber dann würde er nie erfahren, was die Damen von Elwenfels vorhatten. Wieder zuckte ein verwirrendes Bild durch seine Gedanken. Ob Brigitte unter ihrem Kleid wohl den Inhalt der Papiertüte aus Cordulas Wäschegeschäft trug?

Carlos stieg eilig in seine Sportschuhe und verließ das Haus in Richtung Dorfplatz. Am liebsten wäre er gerannt, aber das wäre zu auffällig gewesen. Außerdem verhinderte sein prall gefüllter Magen jedwede Aktion, die irgendwie an Sport erinnerte.

Er entdeckte Brigitte vor der Bäckerei. Frau Zippel stand neben ihr. Irrte er sich, oder wirkte auch die Bäckerin deutlich aufgehübscht?

Am Eingang der Kirche sah er Karl im Gespräch mit dem Mann, den Carlos für den Kommissar aus Neustadt hielt. Zwei Streifenpolizisten waren damit beschäftigt, einzelne Dorfbewohner zu befragen. Carlos konnte nur hoffen, dass sie von jedem das Gleiche zu hören bekamen: *Des is bestimmt de Gustav, der arme Kerl.*

Das Kreischen des Sägewerks jaulte über den Platz, und auf dem Baugerüst wurde wieder gehämmert. Wenn man von der Anwesenheit der Bullen einmal absah, war es ein ganz normaler Tag in Elwenfels.

Doch dann entdeckte Carlos etwas, das ihn die drei Dampfnudeln schlagartig wie Steine in seinem Magen spüren ließ. Ein Wagen rollte auf den Platz, der hier ganz und gar nicht ins Bild passte. Eine schwarze Limousine mit silberner Kühlerfigur: ein Jaguar, der zum Sprung ansetzte. Er erkannte den Fahrer sofort. Es war Ferdinand Köhler, Chauffeur der Familie Strobel, der den Jaguar neben dem Brunnen zum Stehen brachte und mit einem Satz ausstieg, um die hintere Tür aufzuhalten.

Es war wie im Film.

Zwei schwarz bestrumpfte Beine, die in schwarzen High Heels aus Lack endeten, schwangen sich nach draußen. Und dann entstieg der dazugehörige Körper dem Wageninnern.

Nadine Strobel.

Carlos stand wie angewurzelt da und starrte seine Auftraggeberin an. Für diese Frau war das Wörtchen »dezent« definitiv nicht erfunden worden. Sie war die wandelnde Aufdringlichkeit. Zu viel Make-up, zu hohe Absätze, zu lange Fingernägel, zu viel Dramatik, zu viel Fassade. Und nun diese Nummer, bei der sie wohl die trauernde Witwe darstellen wollte. Gehüllt in ein hautenges, an den Waden ausgestelltes schwarzes Kleid, balancierte Nadine Strobel mit klackernden Absätzen auf das Rathaus zu, während Ferdinand geflissentlich einen unsichtbaren Fleck auf der Kühlerhaube mit einem Tuch wegpolierte.

Die Dorfbewohner gaben sich keine Mühe, ihr überraschtes Glotzen zu verbergen. Auf Nadine Strobels Kopf thronte ein schwarzer Samtdeckel, von dem ein schwarzes Netz herabhing, das ihr Gesicht verdeckte – ein Gesicht, in das zu schauen Carlos immer schon schwergefallen war. Ihre Hände steckten in ellenbogenlangen Lederhandschuhen, und an einem Arm baumelte eine Handtasche von der Größe eines Klavierhockers. Dass Nadine Strobel nicht das Gleichgewicht verlor, grenzte an ein physikalisches Wunder. An den Stufen, die zum Rathaus führten, blieb sie stehen und sah sich um.

Da hatte sie ihn auch schon entdeckt. Carlos musste

Farbe bekennen. Widerwillig lenkte er seine Schritte in ihre Richtung. Es war ihm unsagbar peinlich, dass den Elwenfelsern die Verbindung zwischen der aufgetakelten Krähe und ihm offenbart wurde.

»Frau Strobel! Was machen Sie denn hier?«, fragte er, bemüht überrascht und im höflichsten Tonfall, den er im Repertoire hatte. Er musste sich erst einmal daran gewöhnen, dass er jetzt wieder jemanden siezen musste.

»Herr Herb«, erwiderte sie kühl und streckte ihm huldvoll ihre behandschuhten Finger entgegen.

Carlos drückte zu, kurz und ein wenig heftiger, als er es sonst tun würde. Er versuchte, hinter dem dramatischen Trauerschleier ihr Gesicht zu erkennen. Als hätte sie seine Gedanken erraten, schlug sie das Netz mit einer affektierten Geste nach hinten und sah ihn mit beleidigtem Ausdruck an. Seit Carlos sie das letzte Mal gesehen hatte, war die Metamorphose vom Menschen zur Wachsfigur weiter fortgeschritten.

»Und?«, platzte es aus ihr heraus. »Wollen Sie nicht wenigstens so höflich sein, mir Ihr Beileid auszudrücken?«

»Ähm …?«

»Wie taktlos. Ich hätte etwas mehr Mitgefühl in dieser Angelegenheit erwartet.«

Das Wort »Mitgefühl« aus ihrem tiefviolett geschminkten Mund zu hören war so absurd, als hätte ein paniertes Schnitzel aus Orwells *Farm der Tiere* rezitiert.

»Ehrlich gesagt, verstehe ich nicht ganz …«

»Ach. Sie verstehen nicht?«, entgegnete sie. »Wenn eine trauernde Frau endlich traurige Gewissheit hat und sofort dorthin eilt, wo die Leiche ihres Gatten …«

»Was?«

»Tun Sie nicht so. Es ist schlimm genug, dass Sie mich nicht umgehend informiert haben und ich das Ganze aus der Presse erfahren musste. Wann hätten Sie mir denn Bericht erstatten wollen? Wenn Sie wieder in Hamburg sind?«

Carlos fand immer noch keine passenden Worte. Er starrte seine Auftraggeberin mit offenem Mund an und kam sich ziemlich idiotisch dabei vor. Woher hatte die Frau ihre mehr als fragwürdigen Informationen?

Ungeduldig schnippte Nadine Strobel mit den Fingern in Richtung ihres Wagens. Der Chauffeur hob den Kopf und unterbrach das Polieren des Wagenlacks. Das Buchhaltergesicht über dem schwarzen Anzug hätte ihm auch eine Anstellung als Totengräber verschafft. Er beugte sich ins Wageninnere, und als er wieder zum Vorschein kam, hielt er in der Hand die *BILD*-Zeitung.

»Entschuldigung«, versuchte es Carlos noch einmal. »Was bitte hat das zu bedeuten, Frau Strobel?«

»Oh, das kann ich Ihnen sagen. Dass Sie versagt haben.«

»Guten Tag, Herr Herb«, sagte der Chauffeur, der nun vor ihm stand und ihm die Zeitung in die Hand drückte.

»Da steht es!«, blaffte Nadine Strobel und wies auf eine unscheinbare Meldung im Regionalteil.

Ekelfund in Pfälzerwald

Horror! Ahnungslose Spaziergänger entdeckten gestern im Wald bei Deidesheim ein Skelett.

Es besteht der Verdacht, dass es sich dabei um den Hamburger Multimillionär Hans Strobel handelt, der vergangenes Jahr in dieser Gegend verschwand. Eine Untersuchung in der Gerichtsmedizin Mainz wird Gewissheit bringen. Schock: Der Mann wurde Opfer eines Mordes, getötet mit einer Schrotladung. Die Polizei ermittelt.

Carlos schaute in das anklagende Gesicht der Frau, die sich jetzt für eine Witwe hielt. Er seufzte. Dann faltete er die Zeitung zusammen und deutete auf das Datum der Titelseite.

»Wenn ich fragen darf: Wie kommt es, dass Sie so schnell davon erfahren haben? Und dann sind Sie auch noch in Rekordzeit hergekommen?«

»Der Wagen hat fünfhundertzwei PS«, erklärte der Chauffeur mit einem stolzen Lächeln und zeigte auf die Limousine, hinter der immer mehr Elwenfelser zusammenliefen und das Geschehen beobachteten.

Carlos verwünschte die neuen Besucher. Zum ersten Mal seit sehr langer Zeit war ihm etwas wirklich peinlich.

»Frau Strobel, normalerweise lesen Sie doch gar keine Zeitung. Also ich meine, so eine aus der Provinz, der sogenannten.«

»Tja, wissen Sie, ich habe gelernt, mich auf allen Kanälen über den Fortgang der Ermittlungen zu informieren. Haben Sie wirklich gedacht, ich verlasse mich nur auf Sie?«

Er versuchte, ruhig zu bleiben. »Jetzt hören Sie mal genau zu!«, zischte er. »Es ist noch gar nicht klar, dass die gefundenen menschlichen Überreste die Ihres Mannes sind. Ich weiß nicht, woher Sie diese Gewissheit nehmen wollen, bloß weil es in der *BILD*-Zeitung steht.«

Nadine Strobel durchschnitt die Luft mit einer aggressiven Handbewegung. »Ach was! Hören Sie auf, Herb! Wer soll das denn sonst sein?«

»Es gibt noch andere Möglichkeiten. Aber was mich im Moment am meisten interessiert: Von wem haben Sie diese Information?« Er wollte es aus ihrem Mund hören, obwohl er bereits wusste, was für ein Spiel hier gespielt wurde.

»Das brauchen Sie nicht zu wissen. Schlimm genug, dass von Ihnen gar nichts kam.« Sie sah ihn verächtlich an.

»Von mir erfahren Sie nur Fakten. Aber Ihre beiden sympathischen Mitarbeiter mit dem drastischen Größenunterschied handhaben das wohl anders, nicht wahr?« Er suchte ihr Gesicht nach einer Regung ab – Verwunderung, Überraschung, Ärger, irgendetwas Menschliches. Aber da war nichts. Ausdruckslos, fast leblos starrte sie ihn an. Der Prototyp eines Pokerface, genau wie die beiden Typen in dem schwarzen Saab.

Aus dem Augenwinkel verfolgte Carlos das Geschehen auf dem Platz. Er durfte auf keinen Fall den Zeitpunkt verpassen, wenn sich einzelne Frauen oder auch kleine Grüppchen in Richtung Wald aufmachten. Soweit er es sehen konnte, schloss Cordula gerade ihren Laden ab. Sie trug ein karamellbraunes Fünfzigerjahre-Kleid und stolzierte über den Platz. Und was war das in ihrer rechten Hand? Ein Paar Gummistiefel.

Was hatten die nur vor?

»Wie auch immer«, platzte Nadine Strobel in seine Überlegungen. »Sie werden dafür bezahlt, mich auf dem Laufenden zu halten. Das haben Sie nicht getan. Egal, ob das nun die Überreste von Hans sind oder nicht.«

Carlos hatte keine Lust mehr, seine höfliche Fassade aufrechtzuerhalten. »Offensichtlich können Sie kaum erwarten, eine Todesnachricht zu bekommen.«

»Was wollen Sie damit andeuten?«, zischte sie. Ihre Augen verengten sich, und der Chauffeur drehte sich diskret zur Seite.

»Andeuten will ich gar nichts«, sagte Carlos. »Sie haben mir zwei Babysitter hinterhergeschickt, die das ganze Spiel wohl ein bisschen beschleunigen sollen, oder nicht?«

»So ein Quatsch. Ich habe Sie engagiert, niemand anderen.«

»Mich, um herauszufinden, ob Ihr Mann noch lebt. Und

diese beiden Gorillas wahrscheinlich, um sicherzustellen, dass dies auf keinen Fall passiert.«

Der Chauffeur räusperte sich. »Madame, ich werde einen Kaffee trinken gehen, wenn Sie gestatten.«

Nadine Strobel wedelte den Mann weg wie eine Fliege und fauchte Carlos an: »Was meinen Sie damit?«

»Na kommen Sie! Die Sache ist doch klar: Diese zwei Gangsterkarikaturen, die Sie angeheuert haben, die haben Ihnen berichtet, dass der Job schon erledigt sei, ohne dass sie selbst eingreifen mussten.«

»Aber das ist ja ...«

»Und was wäre gewesen, wenn Ihr Mann lebend gefunden worden wäre? Hätten Sie dann seinen Tod in Auftrag gegeben?«

Nadine Strobel erstarrte.

Es war nur eine Vermutung gewesen. Carlos wunderte sich jetzt darüber, dass die Fassade seiner Auftraggeberin doch nicht so wetterfest war, wie er angenommen halte.

»Was ... was für eine infame Unterstellung ... unfassbar ist das! Niederträchtig!«, stieß sie hervor.

»Niederträchtige Gedanken für niederträchtige Klienten.«

Sie schnappte nach Luft.

Carlos bohrte weiter. »Sie tanzen hier an, als könnten Sie es gar nicht erwarten, Witwe zu sein. Also, ich kann Ihnen nur raten: Erzählen Sie niemandem von Ihren kriminellen Handlangern und lassen Sie mich meine Arbeit fertig machen, zumindest so lange, bis Sie die Bestätigung haben, ob es sich bei den Knochen um die sterblichen Überreste Ihres Mannes handelt. Und ziehen Sie sich was Buntes an, das steht Ihnen besser.«

Sie starrte ihn wortlos an, und er konnte hinter ihrer glatten Stirn die Rädchen heiß laufen sehen.

Carlos ließ seinen Blick über den Platz schweifen. Der Chauffeur kam mit spitzen Schritten auf sie zu, einen Pappbecher in der Hand. Und noch jemand kreuzte seinen Blick. Sofie. Sie hastete die Stufen zur Kirchentür hoch. Vor dem Portal stellte sie ein Paar Gummistiefel ab und verschwand hinter dem Gerüst. Carlos sah zur Turmuhr hoch. Es war schon halb drei. Die drei Dampfnudeln hatten ihn länger beschäftigt als gedacht.

»Sie werden noch von mir hören«, stieß Nadine Strobel hervor. »Seien Sie froh, dass ich Sie im Voraus bezahlt habe.«

Carlos ging nicht auf ihr dramatisches Getue ein und sah wieder über den Platz. Seine Vermieterin Brigitte war verschwunden, von Cordula war auch nichts mehr zu sehen. Und bei Frau Zippel in der Bäckerei gingen gerade die Lichter aus.

Carlos fühlte ein nervöses Kribbeln im Bauch und fragte sich, woher diese Unruhe kam. Im Prinzip war sein Auftrag doch beendet. Selbst wenn Strobel noch lebte, dann würde er diese Tatsache lieber für sich behalten, als es dieser Frau mitzuteilen.

Eigentlich hätte er genauso gut nach Hause fahren können. Sein Zuhause – das Wort gefiel ihm nicht. Es hatte ihm noch nie gefallen. Aber jetzt klang es noch schlimmer, fast abweisend.

»Wenn Sie noch ein paar Tage zu bleiben gedenken, Frau Strobel«, sagte er, »kann ich Ihnen in Forst eine nette, kleine Pension empfehlen. Da war Ihr Mann ...«

»Keinen Bedarf!«, unterbrach sie ihn. »Wenn Sie mir noch etwas mitzuteilen haben, finden Sie mich im Deidesheimer Hof.« Damit warf sie ihren Kopf in den Nacken, drehte sich auf dem Absatz um und wackelte zu ihrer Limousine zurück.

Carlos konnte sich nicht vorstellen, dass sie in ihrem Nobelhotel sitzen und geduldig auf Nachrichten aus der Mainzer Gerichtsmedizin warten würde. Sie hatte garantiert einiges mit ihren Männern fürs Grobe zu besprechen. Er hatte den Zweifel in ihren kieselgrauen Augen gesehen, als er davon sprach, dass die Knochen nicht von ihrem Mann, sondern genauso gut von jemand anderem stammen könnten.

Ja, es gab hier auf jeden Fall noch ein paar offene Fragen. Er war auf eine absurde Art erleichtert, dass es noch Arbeit gab. Die Sache mit Gustav. Und Schnur. Es gab kein Zurück.

Er beobachtete, wie der Chauffeur diensteifrig die Wagentür öffnete. Den Kaffee durfte er nicht mitnehmen, also goss er ihn kurzerhand aus und ließ den Becher einfach auf das Kopfsteinpflaster fallen. Nadine Strobel schlängelte sich auf den Rücksitz. Der Chauffeur schloss die Tür, tippte sich in Carlos' Richtung an die Mütze und stieg ein. Dann fuhr er einmal um den Platz und brauste davon. Carlos sah noch, wie Nadine Strobel eine gigantische Sonnenbrille aufsetzte, die fast ihr gesamtes Gesicht verdeckte.

Er atmete einmal tief aus. Das wäre erst mal geschafft.

Nun konnte er sich endlich den Elwenfelser Frauen und ihrem Gummistiefel-Geheimnis widmen.

Carlos drehte sich einmal um die eigene Achse und sah sich um. Der gesamte Platz war menschenleer, bis auf zwei Streifenpolizisten, die etwas in ihre Notizblöcke schrieben. Er ballte die Fäuste und unterdrückte einen Fluch. An wessen Fersen sollte er sich nun heften? Er beschloss, es einfach aufs Geratewohl zu versuchen und im Wald Ausschau zu halten. Besonders weit konnten sie ja nicht gekommen sein.

Gerade wollte er in Richtung Keltenschanze aufbrechen,

da hörte er wieder ein Motorengeräusch. Er schaute den Platz hinunter und sah einen silbernen Smart, der direkt auf ihn zusteuerte. Hinter dem Lenkrad tauchte ein bekanntes Gesicht auf. Drei Sekunden später stieg Gabrielle Schnur aus und hastete auf ihn zu.

Es war paradox. Gabrielle Schnur hatte seit vielen Jahren das Gefühl, im falschen Leben festzustecken. Und ausgerechnet jetzt, wo alles um sie herum zusammenzubrechen schien, fühlte sie sich zum ersten Mal wieder so, wie sie sich damals als junges Mädchen gefühlt hatte. Irgendwie schienen die Farben mehr zu leuchten, schien ihr das Atmen leichter zu fallen und schien einfach alles eine Spur lebendiger und schöner.

Es ist gut, redete sie sich ein, während sie den silbernen Smart die hügeligen Straßen im Wald hochjagte, obwohl der Motor beleidigt murrte. Es ist gut, selbst wenn es nicht weitergeht. Denn so, wie sie bisher gelebt hatte, konnte sie es nicht länger ertragen. Sie fragte sich, warum ihr Herz so raste. War das Angst? Oder Freude? In dieser Nacht war etwas geschehen. Etwas, von dem sie seit Jahren heimlich träumte. Und nun hatte das Schicksal es wohl so gewollt.

Er war nicht mehr nach Hause gekommen.

Sie hatte ihn weggewünscht, so lange schon. Weg aus ihrem und Jans Leben. Jetzt war der Wunsch in Erfüllung gegangen. Und Gabrielle hatte nicht das kleinste schlechte Gewissen deswegen. Im Gegenteil. Sie hoffte, dass das auch so bleiben würde.

Sie kannte Frauen, deren Ehemänner auch im Jagdverein waren. Sie kannte deren Ängste, dass der Mann vielleicht einen Jagdunfall haben könnte. Bei Gabrielle war das anders. Sie hatte keine Angst. Nur Hoffnung. Hoffnung auf ein besseres Leben – ohne diesen Mann. Sie malte sich manchmal aus, dass er von einer Rotte Wildschweine überrannt würde. Dass der Hochstand einstürzen würde. Dass er in die Schussbahn eines anderen Jägers geriet. Nun schienen diese Fantasien in Erfüllung gegangen zu sein: Er war nicht mehr nach Hause gekommen.

Und jetzt wollte sie nicht daheimsitzen und warten, bis die schrecklich-frohe Nachricht sie erreichte. Sie wollte Gewissheit. Deshalb fuhr sie nach Elwenfels, zu diesem Carlos Herb, der ihr versichert hatte, dass sie ihn jederzeit ansprechen durfte, wenn sie Hilfe brauchte.

Elwenfels. Fünfzehn Jahre war sie nicht mehr dort gewesen. Allein der Name jagte ihr ein Gefühl der Sehnsucht durch den Bauch. Sie wünschte ihrem Mann nicht unbedingt den Tod, aber sie wünschte sich ihr Leben in Elwenfels zurück. Und das ging nur ohne ihn. Also musste sie ihr Schicksal jetzt selbst in die Hand nehmen.

»Du lebst nicht mehr im Zeitalter der Postkutschen, Mama!«, hatte Jan ihr einmal vorgeworfen. »Eine Scheidung ist heute kein großes Ding mehr!«

Ihr Sohn hatte recht. Aber er unterschätzte ihre Angst, allein zu sein und alles neu ordnen zu müssen. Wie viele Frauen ihrer Generation lebte sie eingemauert in ihrem Unglück und der Unfähigkeit, sich ein Leben ohne Versorger vorzustellen. Sie wünschte sich zwar nichts sehnlicher als ein eigenes, freies Leben, war aber gleichzeitig gelähmt von den Sorgen und Bedenken, dieses Leben ohne Alfons selbst gestalten zu müssen. Aber jetzt hatte sie Rückenwind.

Vielleicht war Alfons einfach so verschwunden wie dieser Mann aus Hamburg.

Das Ortsschild von Elwenfels tauchte vor ihr auf. Sie verlangsamte den Wagen, schloss kurz die Augen und drängte die Erinnerungen zurück. Wenn man sie nun gleich erkannte? Sie würden sie ja wohl nicht aus dem Dorf jagen, oder? Diese Leute hier waren ihre Familie gewesen. Sie hatten ihn verbannt, nicht sie und auch nicht Jan.

Verstohlen schaute sie auf die Fenster der kleinen alten Häuser längs der Straße. Als der Dorfplatz sich vor ihr öffnete, zog sie unwillkürlich den Kopf ein. Niemand war zu sehen. Nur ein Mann stand da und blickte in ihre Richtung. Beklommen registrierte sie auch zwei Polizisten. Sie stoppte den Wagen vor Carlos Herb und stieg aus.

»Gott sei Dank treff ich Sie!«, rief sie ihm zu.

Er blickte sie fragend an.

»Mein Mann ... wisse Sie, wo der is?«, fragte sie mit bebender Stimme, aber doch so leise, dass die beiden Uniformierten sie nicht hörten.

»Nein ... warum?«, erwiderte Carlos.

»Er is von seiner letzten Tour nimmi heimkomme. Er is um neun mit seiner Touristegrupp in de Wald«, erzählte sie und sah sich verstohlen auf dem Dorfplatz um.

Es hatte sich absolut nichts verändert. Die Messingbrezel über Frau Zippels Bäckerei glänzte frisch poliert, die steinernen Elwetritsche am Brunnen saßen zwischen den Blumenkübeln, und hinter den Fenstern hingen noch immer die gleichen Gardinen wie damals.

»Normalerweise kommt er immer so gegen halb zwölf wieder zurück. Un dann ...« Sie stockte und atmete zitternd aus. »Ich war schon im Bett, als es geklingelt hat. Der Jan war an de Tür. Un da war einer aus der Grupp, der hat gesagt, der Jäger sei auf einmal fort gewese. Einfach so verschwunde. Die Leut dachte zuerst, des war ein Witz, also, dass es dazugehört. Aber dann kam er nicht zurück. Sie ham ihn gesucht. Aber er war ... weg. Einfach weg.«

»Und dann?«

»Na, der Kerl wollt sei Geld zurück! Die mussten den ganzen Weg aus dem Wald zurück nach Ruppertsberg laufe.

Verirrt ham se sich auch noch. Der Bus steht immer noch oben aufm Wanderparkplatz. Aber der Alfons is fort. Wie vom Erdboden verschluckt!«

»Das ist aber sehr ... eigenartig«, meinte der Detektiv.

Er klang nicht so überrascht, wie sie erwartet hatte.

»Ja genau. Ich mein, manchmal lässt er gern ein Tourist im Wald allein zurück. Aber doch net umgekehrt.«

»Ja, ja, genau«, sagte Herb und lächelte sie ein wenig verlegen an. »Und, äh ... warum sind Sie zu mir gekommen, Frau Schnur?«

»Na, ich hab gedenkt, Sie sin Detektiv.«

»Ach. Und der Detektiv soll Ihren Mann wiederfinden? Wollen Sie das?«

Sie sah ihn mit großen Augen an. »Also, wenn ich jetzt ehrlich bin ...« Sie zuckte die Schultern und stieß einen peinlichen Lacher aus. »Es muss net unbedingt sei. Eigentlich«, sie sprach jetzt im Flüsterton, »eigentlich will ich nur hier nach Elwefels zurück. Aber mit ihm ging des ja gar net. Un jetzt ...«

Der Detektiv nickte.

Allein diese Geste tröstete sie. »Also, manchmal hab ich schon gedacht: Wenn er jetzt stirbt oder so, dann wär der Weg frei. Und jetzt ... Manchmal passiere Sache, gell?« Sie sah Carlos eindringlich an. »Sie selbscht ham uns des doch prophezeit, wo sie bei uns wäre, geschtern.«

»Was?«

»Dass wir schneller nach Elwefels zurückkommen, als wir meine. Und jetzt isses so weit, vielleicht. Ich mein ... Da war doch bestimmt en Sinn dahinter, oder?«

Carlos Herb begann sichtlich zu schwitzen. »Also, so habe ich das sicher nicht gemeint, Frau Schnur«, wehrte er ab. »Dass Ihr Mann verschwindet und dann für Sie der Weg frei ist.«

»Aber er is fort. Von jetzt uff nachher. Des is doch e Ding, oder?«

»Ja, schon. Ich weiß ganz bestimmt nicht, wie er verschwunden ist. Oder wo er ist. Aber vielleicht weiß ich, wer es wissen könnte.«

Gabrielle riss die Augen auf. »Und wer?«

»Das kann ich Ihnen im Moment nicht sagen.« Wieder schaute er sich nervös nach allen Seiten um.

Sie folgte seinem Blick. Der Dorfplatz war immer noch wie ausgestorben. Seltsam. So menschenleer war Elwenfels sonst nur an einem bestimmten Tag. Sie zuckte zusammen.

»Welcher Tag is heut?«, fragte sie schnell.

»Der 22. September, warum?«

Sie hielt die Hand vor den Mund. »Heut isses wieder so weit«, hauchte sie.

»Was? Was ist heute so weit?«

»Heut is wieder der Tag! Und ausgerechnet heut komm ich wieder hierher ...«

Seit fünfzehn Jahren war sie nun ausgeschlossen vom größten, wunderbarsten Ereignis in Elwenfels. Sie hatte alles verloren. Nicht nur den Ort, seine Bewohner und dieses Leben hier. Es war vor allem dieser eine Tag im September ... Sie fühlte, wie sich ihre Augen mit Tränen füllten.

»Aber Frau Schnur, was ist denn los?«, fragte Carlos Herb vorsichtig.

Sie mochte seine bestimmte, aber zugleich sanfte Art. »Ach Gott, ach Gott, ach Gott, seit so viele Jahre bin ich da net dabei. Dass ich des verloren hab ...« Sie schaute sich auf dem Dorfplatz um und wischte sich die Tränen aus dem Gesicht. »Ich müsst einfach jetzt in de Wald gehen. Den alte Weg nehmen, un dann wär ich dabei. Die täte mich net wegschicke, ganz bestimmt net.«

Gabrielle drehte sich um und hastete zurück zu ihrem Wagen, ließ den Detektiv einfach stehen, ohne ihm den Sinn ihrer Worte zu erklären. Es ging nicht. Noch nicht. Sie schämte sich zu sehr. Sie musste hier weg, schnell! Und sie wollte erst dann wiederkommen, wenn sie die Gewissheit hatte, dass sie frei war.

Sie setzte sich in den Wagen und startete den Motor. Dann ließ sie das Fenster herunter und rief dem Detektiv, der noch immer an derselben Stelle wie angewurzelt stand, zu: »Wenn Sie de Alfons finde, ich will's net wisse.«

Dann brauste sic mit zitternder Unterlippe davon.

Kapitel 16

In dem Carlos etwas so Unfassbares entdeckt, dass ihm die Lichter ausgehen

Endlich hatte er freie Bahn. Noch bevor der Smart den Platz verlassen hatte, lief Carlos los. Er bog in die Gasse ein, die zum Wald führte. Zuerst versuchte er sein Glück bei der grünen Wand, die den Weg zur Keltenschanze versperrte. Hier kannte er sich ja schon ein bisschen aus. Und siehe da: Etliche Zweige waren abgebrochen, und der Boden war aufgewühlt von Dutzenden Schritten. Er trat durch den Heckengang. Die feuchten Ranken durchnässten seine Jackenärmel. Er lief weiter und kam in das Birkenwäldchen, das in den vergangenen Tagen eine gelbe Herbstfärbung angenommen hatte.

Und nun? Wenn er dem Weg weiter folgte, würde er einfach wieder bei Annas Haus rauskommen. Er versuchte sich als Fährtenleser, um zu erkennen, wo die Frauen entlanggelaufen waren. Weiter rechts unter den Birken schien sich eine Art Trampelpfad anzudeuten, aber er war sich nicht sicher. Er stand ganz still und lauschte.

Nichts.

Wenn in diesem Wald etwas vor sich ging, dann war das Ganze sehr weit weg. Plötzlich fiel ihm an einer Birke etwas auf. Da hing etwas an einem der unteren Zweige und zitterte leicht im Wind.

Ein schwarzes Bändchen.

Es war eindeutig aus dem Material der schwarzen Schleifen, die Cordulas Dessous-Tütchen verziert hatten. Er ging weiter und hörte ... Stimmen. Ganz eindeutig. Er duckte sich und lief bis zum Rand einer Lichtung. Vor ihm lag ein winziges, von Wald und Felsen eingerahmtes Tal.

Und dort sah er sie.

Ungefähr drei Dutzend Frauen, die in Gummistiefeln herumtanzten und dabei einen geschäftig-fröhlichen Lärm veranstalteten wie beim Schlussverkauf.

Was war hier los? Was in aller Welt hatten die Frauen hier zu suchen? Was war das für ein Spektakel? Carlos schüttelte enttäuscht den Kopf. Was hatte er geglaubt hier vorzufinden? Dann wurde ihm bewusst, was er da sah. Die Frauen tanzten zwischen den Reihen üppig tragender Rebstöcke.

Ein Weinberg. Ein Weinberg mitten im Wald.

Von allen unwahrscheinlichen Dingen war das hier das Unwahrscheinlichste; eher hätte man das Bernsteinzimmer auf dem Mars wiederfinden können. Dass hier auf einer Lichtung tief im Wald ein Weinberg angelegt war, das war schlichtweg unmöglich! Der feuchte Boden, die Baumschatten und das ganze spezielle Mikroklima des Waldes waren vollkommen ungeeignet für das Wachstum von Weinreben.

Durch die Zweige seines Verstecks sah er, dass die Weinstöcke so dick waren wie der Unterarm eines Ringers. Wie trotzige Kobolde wuchsen sie aus dem Waldboden, gewunden und knotig, als wollten sie sich hundertmal um die eigene Achse drehen. Carlos wusste, dass ein Weinstock mit dem Alter immer dicker wurde, wie bei einem Baum. In Spanien hatte er einmal Weinstöcke gesehen, die fast zweihundert Jahre alt waren. Und diese hier waren sogar noch dicker. War das hier der Ort, von dem der mysteriöse Wein stammte?

Vor ihm öffnete sich der Wald auf der Fläche eines halben Fußballfeldes. Im Norden war die Lichtung von einem Steinmassiv begrenzt, das so aussah, als wäre es einmal als Steinbruch genutzt worden. Bereits auf dem Weg durch den Wald waren ihm Steinhaufen aufgefallen, von denen einige so ausgesehen hatten wie die Überreste von alten Mauern. Das Schild fiel ihm wieder ein: Keltenschanze.

Er kroch noch näher an den Rand der Lichtung. Keine der Frauen war mehr zu sehen. Sie schienen nun weiter oben an der Felswand zu stehen, von wo er ihre Stimmen nur noch als Echo wahrnahm. Was war hier los?

Plötzlich hörte er ein lang gezogenes Schnarren. Er erschrak. Es war direkt hinter ihm. Das gleiche Geräusch, das er nach seinem Zusammenprall mit dem Vogel im Wald gehört hatte. Dieses eigenartig lachende Glucksen. Jetzt klang es bedrohlich, hämisch.

Carlos schob sich noch ein Stück weiter vor. Er sah das Mädchen mit den Tätowierungen. Sie trug einen großen Korb nebst Gartenschere und machte sich am dichten Weinlaub zu schaffen. Dann erklang das satte Ratschen der Gartenschere.

Carlos wusste nicht, was ihn an diesem Anblick so faszinierte. Sie war nur eine junge Frau bei der Weinlese. Aber etwas an ihrer ganzen Haltung, an ihren Bewegungen, war außergewöhnlich. Andächtig löste sie den prallen Traubenhenkel aus den Blättern und inspizierte ihn, als hätte sie gerade eine Perle in einer Austernschale entdeckt. Fehlte nur noch, dass sie das Ding küsste, dachte er, als sie es auch schon tat. Sie hob die Trauben an ihren Mund und drückte einen flüchtigen, aber sehr zärtlichen Kuss auf die hellgrüne Frucht. Dann legte sie den Henkel behutsam in ihren

Korb, als wäre es ein Vogelküken. Überall erklangen jetzt die Laute der Gartenscheren, und die Stimmen der Frauen wehten über die Lichtung. Sie waren jetzt leiser und schnatterten nicht mehr so aufgeregt. Zwischen den Reben herrschte eine geradezu liebliche, besinnliche Stimmung.

Dann sah er sie.

Sofie. Sie stand in einer der Rebenreihen dicht vor ihm.

Carlos schluckte. Diese Frau war wirklich eine Göttin. Ein weiblicher Bacchus, wenn es so etwas überhaupt gab. Wie sie da zwischen den grünen Wänden der Reben stand. Mit fließenden Bewegungen löste sie die gold-grün schimmernden Traubenhenkel von den Rebstöcken, andächtig und respektvoll, als wären diese Trauben etwas Heiliges.

Plötzlich knackte ein Zweig neben ihm.

Sofies Kopf ruckte herum. Sie starrte genau in seine Richtung. Carlos hielt den Atem an.

Im nächsten Moment war wieder das Vogelgeräusch zu hören. Diesmal lauter und dicht hinter ihm. Sofie stellte ihren Korb ab und ließ die Schere fallen. Mit einem zischenden Geräusch rief sie die Frauen herbei, die sich nun um sie herum versammelten. Vor ihm standen nun fünf Frauen und starrten angestrengt in den Wald.

»Habt ihr das gehört?«, wisperte Sofie.

»Was denn? Da is doch nix«, flüsterte Brigitte.

»Irgendwas klingt da komisch.«

»Wie eine Warnung«, stellte Charlotte fest, die neben ihre Schwester getreten war.

Sofie stieß einen hohen, singenden Laut aus, der so unmenschlich klang, dass Carlos schauderte. Etwas an der ganzen Szenerie war unheimlich. Die Frauen wirkten jetzt ganz anders als sonst, irgendwie nicht mehr von dieser Welt. Hinter ihm erschallte der gleiche Laut, den Sofie eben ausgestoßen hatte, ein Echo, nur lauter und durchdringender. Carlos erschrak so sehr, dass er die Hand auf den Mund pressen musste, um nicht versehentlich einen Laut von sich zu geben.

»Alles gut«, sagte eine Frau. »Sie sin wachsam wie immer.«

»Solle wir net besser nachgucke?«, schlug Brigitte vor. »De Carlos ... was mache mir, wenn er uns hinterhergelaufe is?«

»Das wird er nicht wagen«, beschwichtigte Sofie.

»Oh! Der is neugierig ohne Ende.«

»Der macht uns nix.«

»Na, wenn du das sagst.«

Die andere Frau seufzte und warf den Kopf in den Nacken. »Also was mache mir jetzt? Es is schon ziemlich spät, Mädels.«

»Wie spät is denn?«

»Keine Ahnung«, sagte das tätowierte Mädchen. »Seit wann nehmen wir Uhre mit in de Wingert?« Sie sprach das Wort »Uhren« aus, als wäre es ein tödliches Kontaktgift.

»Auf jeden Fall wird's in zwei Stunden dunkel, un dann kommen die andern. Und mir müsse die Hall noch vorbereite.«

Die Halle?

Sofie hatte ihre funkelnden Augen immer noch auf das Unterholz gerichtet, in dem Carlos vergeblich seinen rasenden Herzschlag unter Kontrolle zu bringen versuchte.

»Alla hopp, dann mache mir weiter jetzt! Wenn wirklich jemand kommt, dann kriegen wir eine Meldung.«

Die Frauen begannen wieder mit der Arbeit. Carlos hörte leise Gespräche, hier und da ein verhaltenes Rufen, Blätterrascheln und das rhythmische Ratschen der Scheren. Die Spannung von eben löste sich auf in eine monotone

Geräuschkulisse, die sich innerhalb der nächsten Stunde nicht ändern sollte. Carlos streckte vorsichtig seine Beine aus. Das Ganze hatte den gleichen Effekt, als würde vor seinem Gesicht ein kleines Pendel schwingen. Er kämpfte gegen die Schläfrigkeit an, aber es war aussichtslos. Die erzwungene Bewegungslosigkeit auf dem weichen Moos unter ihm war auch keine Hilfe. Gut, dachte er, dieser Wingert ist nicht groß, aber es wird wohl noch eine Weile dauern, bis sie ihn abgeerntet haben. Bis dahin kann ein kleines Nickerchen nicht ... Und dann war er auch schon eingeschlafen.

Die Kälte weckte Carlos, und das erste Gefühl, das ihn überkam, war Panik. In Sekundenbruchteilen fiel ihm ein, wo er war und aus welchem Grund. Um ihn herum hatte die Abenddämmerung eingesetzt. Er unterdrückte einen Fluch. Was war das nur mit diesem Wald? Schon das dritte Mal war er ihm in der Dunkelheit ausgeliefert. Warum hatte er nicht wenigstens dieses Mal an eine Taschenlampe gedacht? Er lauschte angestrengt in die verschwindenden Silhouetten der Bäume.

Nichts.

Dann zog er das Handy aus der Tasche. Es war erst kurz nach acht. Aber die Finsternis um ihn herum und die Kälte gaben ihm das Gefühl, völlig verloren zu sein in einem Abgrund weit nach Mitternacht. Er schaltete die Taschenlampenfunktion des iPhone ein. Schwankend stand er auf und befreite sich von den Ästen. Als er auf die freie Fläche trat, knickte ihm das linke Bein weg. Es fühlte sich taub an, war eingeschlafen wie sein Besitzer zuvor. Alle seine Glieder fühlten sich an, als wollten sie nie wieder aufwachen.

Die Frauen waren, so vermutete er, längst wieder zurück ins Dorf gegangen. Auf einmal bedauerte er es, dass sie ihn nicht entdeckt hatten. Wie sollte er den Weg zurückfinden?

Der schmale, grelle Lichtschein seines Handys fiel auf die traubenlosen Rebstöcke. Das Licht reichte gerade zur Orientierung in der direkten Umgebung.

Plötzlich hörte Carlos ein Geräusch, als wäre irgendwo in der Ferne eine riesige Tür zugefallen. Er versuchte, die Richtung der Schallquelle genauer zu lokalisieren. War da nicht ein kaum wahrnehmbarer Lichtschein über der Steinwand am anderen Ende der Lichtung? Carlos tastete sich zwischen zwei Rebenreihen hindurch auf die andere Seite. In der Luft hing ein fruchtiger Geruch. Er bekam Durst.

Als er vor der Steilwand stand, war sein Ärger im Nu verflogen. Obwohl sein Handy-Lämpchen nur einen schwachen Schein von sich gab, sah er den gemauerten Bogen und die schwarze Tür darin. Die Tür wirkte geradezu winzig in dem Massiv, und die Mauer schien uralt zu sein.

Vorsichtig legte er ein Ohr ans Holz.

Da hörte er es.

Stimmen ... wie aus weiter Ferne. Und Gesang.

Er legte die Hand auf den Knauf und zog. Nur langsam und schwerfällig öffnete sich die Tür, verzichtete aber dankbarerweise auf das erwartete Quietschen.

Als kleiner Junge hatte er von so etwas geträumt. Irgendwo im Wald ein Geheimnis zu entdecken, ein Geheimnis wie dieses hier. Was war das? Ein alter Luftschutzbunker? Der Zugang zu einer Höhle?

Er schaltete das Taschenlämpchen aus und glitt in den Durchgang. Fast prallte er gegen eine Felswand, die direkt hinter der Tür das Weitergehen versperrte. Er hörte jetzt ganz deutlich, dass eine größere Menschenmenge dahinter versammelt war. Ein dumpfes Stampfen hallte von den Wänden wider. Die Höhle, die hier liegen musste, war erfüllt vom Echo der Stimmen.

Links von sich nahm Carlos einen diffusen Lichtschein

wahr. Dort war ein schmaler Durchgang. Langsam tastete er sich vor. Kleine Schritte, die Hände an der Felswand. Die Stimmen wurden lauter, und das Licht war jetzt so hell, dass er das Ende des Gangs erkennen konnte. Und dann sah er ins Innere der Höhle.

Das war der Moment, in dem Carlos sich fragte, ob er vielleicht immer noch in der moosbewachsenen Mulde lag und träumte. Vor ihm öffnete sich ein länglicher, hallenartiger Raum, der durch das flackernde Licht von Fackeln beleuchtet wurde. In der Luft lag das intensive Aroma süßlicher, angegorener Trauben. Und ein massives Geräusch: ein matschiges Stampfen, das aus einem riesigen Holzbottich kam, der in der Mitte der Halle auf einem Podest stand.

Es war nicht die Tatsache, dass hier die alte Technik des Stampfens von Weintrauben zelebriert wurde, die ihn irritierte. Davon hatte er schon gehört. In vielen Gegenden in Spanien oder Portugal veranstalteten sie um dieses antike Ritual heute noch eine Art Volksfest.

Womit er aber nicht gerechnet hatte, war die Tatsache, dass es ausschließlich Frauen waren, die in dem Bottich die Trauben zerstampften, während die Männer ihn in einem Kreis umstanden und dabei hin und her wiegten, als hätten alle eine unhörbare Melodie im Kopf.

Und dass sie alle nackt waren.

Carlos stand im Schatten des dunklen Gangs und schloss irritiert die Augen. Aber als er wieder hinsah, war das Bild immer noch da. Viele der Frauen trugen den Inhalt der kleinen Tütchen aus Cordulas Laden.

Dann sah er Sofie.

Über eine kleine Leiter stieg sie gerade in den Bottich, mit leuchtendem Lachen, geöffnetem Haar und splitternackt.

Carlos hatte keine Wahl, sein Unterkiefer war der Schwerkraft ausgeliefert. Ihm schien es, als wäre er plötzlich in der abgedrehten Fantasie eines italienischen Sexfilm-Regisseurs gelandet.

Er wäre gern näher herangetreten, aber er war wie versteinert aus Angst, entdeckt zu werden. Wie hypnotisiert folgte sein Blick Sofie, die mit majestätischen Schritten durch die Weintrauben lief, immer im Kreis, und dabei auf eine entrückte Art lächelte. Einige der Frauen verschwanden im Bottich, tauchten wieder auf, und im zuckenden Schein der Fackeln sah er die zerquetschten Trauben von der nackten Haut herabtropfen. Wieder schob sich Sofie in sein Blickfeld. Mit trockenem Mund und feuchten Augen sah er, wie der Traubensaft an ihren Schenkeln herunterrann. Er fragte sich, wie die umstehenden Männer einen solchen Anblick aushielten? Wie ertrugen sie es, dass die weibliche Bevölkerung ihres Ortes – und darunter waren ein paar wahre Schönheiten – in aufreizenden Dessous oder wie Gott sie geschaffen hatte die so sorgsam geheim gehaltenen Trauben stampften, als wäre es so selbstverständlich wie eine Tanzvorführung bei der Weinfesteröffnung?

Gerade stieg das tätowierte Mädchen, das ihn damals an seinem ersten Tag in Forst im Café bedient hatte, in den Bottich, und ein Raunen ging durch die traubenstampfenden Frauen. Sie trug ein durchsichtiges Kleidchen, das deutlich zeigte, dass sie kunstvoll am ganzen Körper tätowiert war.

Dann kam Cordula. Sie sah mit Fünfzigerjahre-Unterwäsche und hautfarbenen Nahtnylons aus wie das vollendete Pin-up-Girl. Charlotte trug schwarze Spitzenunterwäsche, und Carlos kam aus dem Blinzeln gar nicht mehr heraus.

Er wusste nicht mehr, wohin er schauen sollte. Auf eine ganz schmerzerfüllt lustvolle Weise war er überfordert.

Es hätte eine krude Männerfantasie sein können, was da vor seinen Augen ablief. Aber trotz der lustvollen Choreografie war nichts Anzügliches, Vulgäres in den Bewegungen der Frauen. Es wirkte so normal und selbstverständlich, als wären sie alle mit diesem Ritual aufgewachsen. Gleichzeitig spürte Carlos, dass hier etwas sehr Altes, längst Vergangenes passierte, etwas, das aus dem modernen Leben der Menschen verschwunden war. Für einen winzigen Moment öffnete sich ein Zeitspalt in ein naturbelassenes, herrlich schamloses Leben mit heidnischen Göttern und Druiden und magischen Naturerscheinungen. Das hatte nichts, aber auch gar nichts mit einem italienischen Sexfilm zu tun, korrigierte er sich in Gedanken.

Widerwillig riss er seinen Blick von den Frauen los, um zu sehen, was die übrigen Anwesenden machten. Er wollte eigentlich nicht wissen, wie die anderen Dorfbewohner auf das Geschehen vor ihnen reagierten, und empfand eine seltsame Scheu davor, in die Gesichter der umstehenden Männer zu schauen, zumal die auch alle im Adamskostüm dastanden. Aber was er dort sah, bestärkte ihn in der Ahnung, dass hier keine Sexfantasie ausgelebt wurde, sondern ein heiliges Ritual.

Er konnte Berthold, den Gastgeber aus der Pension, sehen, der seiner halbnackten Frau mit andächtigen Blicken folgte. Er sah so hingerissen aus, als würde er sie zum ersten Mal so sehen. Dann entdeckte er Willi in der Menge, neben ihm Karl und Anthony. Da standen sie, seine Freunde aus der Weinstube, diese grobschlächtigen, gemütlichen Schorle-Philosophen, die er nur mit Latzhosen und gestreiften Hemden kannte. Da waren Otto und Albert, die aneinandergelehnt vor dem Weinbottich standen und andächtig hinaufschauten zu ihren Trauben-Göttinnen, fast wie Kinder, die einen leuchtenden Weihnachtsbaum anhimmelten. In ihren Blicken lag keine Lüsternheit oder Gier, vielmehr Bewunderung. Respekt und Dankbarkeit.

Einige der Frauen stiegen wieder hinaus aus dem Bottich, andere kamen neu hinzu. Jetzt sah er die Wirtin, die alte Bettel, wie sie mit einem zufriedenen Seufzen ihre Beine in die Traubenmasse tauchte. Mit was für einer Würde und Selbstverständlichkeit sie ihren nackten Körper den Blicken aussetzte. Sie war alt, kraftvoll und auf ihre Art schön.

Carlos musste unwillkürlich lächeln. Keine der Frauen schien sich darum zu scheren, wie sie aussah, wie alt, faltig oder dick sie war. Über ihnen allen schien eine Aura aus überirdischer Schönheit zu schweben, die sie gleichmachte. Das hier waren kraftvolle Wesen, die die Macht über ein Ritual hatten, bei dem die Männer außen vor waren. Die mussten zuschauen, oder eher: sie durften.

Carlos fiel ein Gemälde ein, das er einmal in einem Museum gesehen hatte. Eine antike Gesellschaft, die dem Gott des Weines huldigte: einem betrunkenen Bacchus, der breitbeinig auf einem Fass saß, umgeben von nackten Nymphen. Am Rand der Versammlung lagen Paare im Gras, eng umschlungen und mit glühenden Gesichtern. Und nun schien sich die Szenerie in der Höhle genau in dieses Bild zu verwandeln.

Sofie stieg aus dem Bottich, und die anderen Frauen folgten ihr. Am Fuße des Podestes klatschten die Männer in ihre Hände. Die Frauen mischten sich wieder unter den Rest der Elwenfelser.

Ein lang gezogenes Seufzen breitete sich im Steingewölbe aus. Das Treiben wurde so wild, dass Carlos nicht mehr alles auf einmal erfassen konnte.

Hier saß eine Frau am Rand des Bottichs und ließ den Wein an ihrem nackten Bein herabfließen, während zu ihren Füßen zwei Männer kauerten und versuchten, die Tropfen mit dem Mund aufzufangen. Berthold, der seiner Frau den Rebensaft von den Brüsten saugte. Der Pfarrer, der genüsslich die Hinterbacken der ... Moment mal, war das die Bäckerin Frau Zippel? Sie lehnte entspannt an der Wand und kippte ein Schorleglas langsam über der linken Schulter aus, sodass der Traubensaft ihren Rücken hinabrann. Und der Pfarrer kniete hinter ihr, die Hände um ihre Hüften gelegt und den Mund an der feucht schimmernden Haut. Die Bäckerin lachte laut auf.

Otto und Lilly verschmolzen in einer innigen Umarmung, und der Dorfarzt und die Hebamme Cecilie, die Carlos kurz am Fenster gesehen hatte, wiegten sich eng umschlungen zu einer unhörbaren Melodie. Andere ließen es hemmungsslosloser angehen ...

Carlos war hin- und hergerissen zwischen einem Gefühl der Scham und Peinlichkeit und dem gleichzeitigen Wunsch, sich die Kleider vom Leib zu reißen und sich unter die von allen konventionellen Fesseln befreiten Körper zu mischen.

Plötzlich fühlte er sich furchtbar allein. Es war Zeit, aus diesem verrückten Traum aufzuwachen, Zeit zu gehen. Er gehörte nicht hierher. Ein letzter Blick: Wo war Sofie? Wo war ihr Platz in dieser dionysischen Party? Er entdeckte sie am Rand des Geschehens, dicht an dicht mit den anderen Körpern, die kaum noch voneinander zu unterscheiden waren. Sie reckte den Kopf und nahm einen tiefen Schluck aus ihrem Weinglas, griff nach dem Kinn des danebenstehenden Mannes, zwang seine Lippen auf ihre und drängte in einem langen, intensiven Kuss den Wein aus ihrem in seinen Mund.

Carlos schluckte. Warum tat dieser Anblick so weh? Er wäre gern an der Stelle dieses anderen Mannes gewesen.

Er hätte aus Sofies Mund so viel Wein getrunken wie nie zuvor in seinem ganzen Leben, sich mit Freuden einem unendlichen Rausch hingegeben und seine neu entstandene Zuneigung zu diesem Getränk endgültig in Liebe verwandelt.

Dann wandte der Mann neben Sofie das Gesicht nach vorn, und Carlos erstarrte – es war Hans Strobel.

Noch bevor sein Gehirn diesen Anblick richtig verarbeiten konnte, stürzte etwas Großes von hinten auf ihn herab. Sein Kopf dröhnte, vor seinen Augen spielten sich kleine Lichtreflexe ab. Ein widerwärtiger Geruch nach Hühnerstall und nasser Erde hüllte ihn ein. Dann fühlte er einen durchdringenden Schmerz! Etwas Spitzes hatte sich in seinen Nacken gebohrt. Er hörte ein lautes Kreischen, einen vielstimmigen Aufschrei.

Dann war da nur noch ein schwarzes Nichts.

Kapitel 17

Die Vertreibung aus dem Paradies wird neu erzählt

Die Morgendämmerung begann sich langsam auf der Lichtung auszubreiten. Ganz schleichend gab die Nacht den Blick frei auf Dinge, die zuvor im Dunkel unsichtbar gewesen waren. Der Wald schwieg noch und schien trotzdem in freudiger Erwartung des Vogelkonzertes, das gleich beginnen würde.

Anna liebte diese Stunde. Seit sie hier im Wald wohnte, wachte sie vor der Morgendämmerung auf, setzte sich hinaus auf die Veranda und beobachtete dieses Wunder: Das zaghafte Licht, das die Blätter und Äste, das Gras und alle Dinge um sie herum mit dieser farblosen Glasur überzog, die alles greifbar und real machte und gleichzeitig noch fern und unwirklich. Erst wenn sie das erste Licht des Tages gesehen hatte, wenn überall das hellgraue Licht herrschte und die Vögel ihre Melodien anstimmten, ging Anna zurück ins Bett und schlief noch so lange, bis die Sonne schon über den Bäumen stand.

Anna wusste, dass ihre Wahrnehmung der Welt auf einer anderen Spur verlief als die der meisten Menschen. Wenn sie morgens auf der dunklen Veranda saß und hinausschaute ins silbrige Erwachen des Waldes, da konnte sie sich nicht vorstellen, dass es den anderen Menschen nicht genauso gehen würde. Dass die anderen nicht auch diesen Zauber wahrnahmen, die Magie dieser frühen Stunde. Jetzt konnte man alles ganz klar erkennen, was einem sonst so leicht verborgen blieb. Anna hatte einen Blick für die verschiedenen Dimensionen dieser Welt. Manchmal sah sie Feen zwischen den Grashalmen tanzen, und kleine Waldwichtel saßen unter den gebogenen Baumwurzeln im Moos. Sie bemerkte einen Kobold im Unterholz, der ihr zuwinkte und witzige Sachen zurief in einer eigentümlichen Sprache, die sie nicht kannte. Sie wusste, dass die anderen Menschen verlernt hatten, diese Sphäre wahrzunehmen. Sie sah diese Dinge und brauchte sie nicht zu hinterfragen.

An diesem Morgen war es anders.

Sie war gerade erst heimgekommen vom großen Fest der Fruchtbarkeit. Ihr ganzer Körper prickelte. Es war jedes Jahr wie ein Wunder, diese Gefühle von Genuss und Gemeinschaft, Liebe und Lebenslust aus- und erleben zu können. Sie fühlte sich so beseelt von dieser Energie, dass sie am liebsten laut in den Wald geschrien hätte, denn die anderen hatten ihr geholfen, ihre Traurigkeit über den endgültigen Verlust von Gustav für ein paar Stunden zu vergessen. Dann fiel ihr Blick auf das Rehgehege, und das Lächeln auf ihrem Gesicht verschwand.

Dort saß, vornübergebeugt im Gras, die Arme an das Gatter gefesselt: Alfons Schnur. Er war nicht geknebelt. Er durfte ruhig schreien. Es hörte ihn ja doch niemand. Und die, die ihn hören konnten, waren für seine Schreie unempfänglich. Am Anfang hatte Schnur geschrien. Gebrüllt wie am Spieß hatte er.

Es war gestern gewesen, früh am Morgen, als sie ihn gebracht hatten, Willi und die anderen Männer. Plötzlich waren sie aufgetaucht und auf Annas Haus zugekommen.

Karl hatte ihr erklärt, dass Schnur eine Weile hier untergebracht werden müsse.

Anna hatte ihn sofort wiedererkannt. Alt war er geworden. Und sein Gesicht, damals verbissen und schlangenartig, war jetzt geradezu bösartig. Sie hatte wortlos genickt, die Rehe freigelassen, die nun auf der Lichtung direkt vor ihrem Haus ästen. Das Gehege wurde zu einem Gefängnis für den Jäger umfunktioniert. Anna verstand nicht, warum er so gebrüllt hatte, schließlich tat ihm niemand weh. Er war nur gefesselt. Anna hatte auch keine Ahnung, was ihre Dorfleute mit ihm vorhatten. Aber sie würden schon wissen, was zu tun war.

Am Vormittag wollte sie ihm etwas zu essen und zu trinken bringen, aber Schnur hatte sie angezischt, dass er sich nicht von ihr vergiften lasse. Nur eine Stunde später verlangte er dann doch nach Wasser, das sie ihm mit einem großen Löffel einflößte wie einem Kind die Suppe. Wie er sie angeschaut hatte: Anfangs noch zornig und voller Verachtung, später dann fragend und ungeduldig und am Ende hilflos. Das gefiel ihr.

Sie hegte keinen Groll gegen Alfons Schnur. Er hatte ihren Freund erschossen, Gustav, ihre späte Liebe. Aber Gustavs Zeit wäre ohnehin bald abgelaufen, und so hatte er wenigstens nicht leiden müssen. Sie fühlte keinen Hass. Gustav war tot. Daran gab es nichts mehr zu ändern. Und Schnur war ein Mörder, der nun bewegungsunfähig bei ihr im Rehgehege saß.

Anna verabscheute Gewalt, und Rachegefühle kannte sie nicht. Sie spürte, dass Schnur, hilflos wie er jetzt war, große Angst hatte. Aber daran konnte sie nun wirklich nichts ändern. Sie hatte damals auch Angst vor ihm gehabt, kein schönes Gefühl. Er saß jetzt dort seit vierundzwanzig Stunden. Zwischendurch waren Willi und Otto gekommen, hatten ihn losgebunden und ein bisschen herumgeführt, damit er hinter eine der Tannen pinkeln und sich ein wenig bewegen konnte. Warum merkte der blöde alte Jäger nicht, dass sie ihm nichts Böses wollten? Er war nur hier, weil es gut für ihn war.

Ein paar Stunden hatte er geschlafen, vornübergebeugt und leise schnarchend. Er hatte versucht, mit ihr seine Freilassung auszuhandeln. Er hatte ihr angeboten, ihr einmal in der Woche frisch geschossenes Wild zu bringen, als Gegenleistung. Der Trottel! Er begriff immer noch nicht, dass die Tiere des Waldes nicht zum Essen da waren, zumindest nicht für Menschen. Armer Kerl.

Jetzt saß Anna auf der Veranda und betrachtete ihn ruhig. Er tat ihr wirklich leid. Aber sie durfte ihn nicht freilassen. Willi und die anderen würden ihn am Nachmittag abholen und ins Dorf führen. So war es besprochen worden.

Das Morgenlicht sickerte durch die Baumkronen, im lauen Wind sah sie einzelne Blätter zu Boden schweben. Die Schönheit ringsum war an diesem Morgen so intensiv, dass es fast ein bisschen wehtat. Die Rehe lagen träumend im Gras. Ihr Fuchs Barbarossa schlief auf der obersten Treppenstufe bei den Katzen.

Aber Schnur hatte keinen Sinn für die Natur. Er schaute Anna aus blutunterlaufenen Augen an. Seine Angst war nicht nur zu sehen, sondern auch zu riechen. Es war Zeit, dass sie ihn endlich abholten.

Anna wollte gerade ihr allmorgendliches Ritual beenden und zurück ins Haus gehen, als sie am Waldrand eine Bewegung wahrnahm. Da! Eine flatternde dunkle Wolke schoss plötzlich aus dem Unterholz hervor und bewegte sich direkt auf das Gehege zu, so schnell und unerwartet, dass die Rehe vor Schreck aufwachten und einen Satz machten.

Anna hielt den Atem an.

Da waren sie!

Das fahle Morgenlicht fiel auf bunt leuchtendes Gefieder, und der Bereich um Schnurs Käfig wurde erfüllt von leisem Rascheln und Zwitschern. Immer dichter sammelten sich die kleinen Körper um das Gehege, schoben sich Schnäbel und Krallenfüße zwischen die Holzstreben.

Die Gejagten hatten ihren Jäger gefunden.

Und der schrie jetzt wie am Spieß.

Carlos hasste diese Momente, wenn er aufwachte und nicht wusste, wo er war. Das passierte meist, wenn er zu viel getrunken hatte und sich der dicke Kater in seinem Schädel einnistete. Manchmal dauerte es Stunden, bis sich sein Bewusstsein wieder aufklarte und er, zwischen zerwühlten, feuchten Laken liegend, endlich wusste, was am vergangenen Abend los gewesen war. An diesem Morgen ging es mit der Orientierung ein bisschen schneller, was daran lag, dass Carlos keinen Tropfen getrunken hatte.

Und doch fühlte er sich zerschlagen und wie in einer Zentrifuge geschleudert. Der Nacken war steif, und die Gliedmaßen waren irgendwie falsch verschraubt. Seine Erinnerung kam nur widerwillig zurück. Er war wohl irgendwann von seinem bemoosten Beobachtungsposten im Wald aufgestanden und zurück ins Dorf gewankt, so erschöpft, dass er sehr tief geschlafen und völlig verrückt geträumt hatte. Vorsichtig richtete er sich im Bett auf und rieb sich übers Gesicht. Eine Rasur wäre wohl der nächste vernünftige Schritt. Wahrscheinlich sah er grauenhaft aus. So richtig verorgelt, dass er keiner Frau unter die Augen treten konnte. Schon gar nicht Sofie.

Sofie … Er ließ sich in die Kissen zurücksinken. In seinem Kopf schrillte es. Wo kamen diese seltsam verstörenden und überdeutlichen Bilder her, die vor seinem inneren Auge vorbeizogen? Normalerweise konnte er sich, wenn überhaupt, nur schemenhaft an seine Träume erinnern. Aber die vergangene Nacht hatte Bilder in seinem Kopf zurückgelassen, die sich nicht wie ein Traum anfühlten. Und doch musste es einer gewesen sein, denn das, was er da im Kopf hatte, konnte doch unmöglich passiert sein. Oder doch?

Auf einmal schlug das letzte Bild, an das er sich erinnerte, vor ihm ein wie eine Granate. Sofie, wie sie einem gesichtslosen Mann Wein aus ihrem Mund zu trinken gab. Dann drehte sich der Mann um, und … es war Strobel.

Hatte er das tatsächlich gesehen?

Carlos quälte sich aus dem Bett und tapste ins Bad. Was war denn nur mit seinem Nacken los? Er tastete nach hinten und spürte ein großes Pflaster. Er erschrak. Eine Verletzung. Wo kam die her? Warum konnte er sich daran nicht erinnern? Und woher stammten diese Kratzer an seinen Händen? Wahrscheinlich hatte er sich mit einer Brombeerranke angelegt.

Er duschte mit zurückgelegtem Kopf und rasierte sich gründlich. Das Gesicht, das ihn aus dem Spiegel anblickte, war fahl und irgendwie fremd. Er wickelte ein Handtuch um seine Hüften und ging zurück ins Zimmer. Dort wartete die nächste böse Überraschung: Brigitte war gerade dabei, das Bett abzuziehen. Ihre Bewegungen waren so aggressiv, als wollte sie den Stoff in kleine Bahnen zerreißen.

»Guten Morgen«, sagte Carlos.

Sie fuhr herum. Ihr Blick hätte die ganze Batterie Trockenblumen in Brand setzen können. »Un? Ausgschlafe?«, fragte sie spitz. Es klang nicht wirklich so, als erwarte sie eine positive Antwort.

»Ja, ja klar doch«, sagte er schnell.

Was machte sie in seinem Zimmer? Und warum fühlte er sich plötzlich in ihrer Gegenwart so schuldbewusst?

»Ich wollte mich eigentlich nur schnell anziehen und runterkommen zum Frühstück. Ich habe einen Bärenhunger.«

»Nee, Herr Herb, so läuft's net!«, zischte sie und schleuderte das abgezogene Kissen auf den Boden. »Ich erwart heut noch Gäste. Also brauch ich des Zimmer. Sie müsse sich was anderes suche.«

Während sie das sagte, zerrte sie am Matratzenbezug.

»Oh! Aber das wusste ich ja gar nicht«, erwiderte er erschrocken.

»Alla, jetzt wissen Sie es.«

»Aber was ist denn nur los auf einmal? Und seit wann siezt du mich? Wir waren doch beim Du, oder?«

»Nicht, dass ich wüsst«, sagte sie, mühsam beherrscht.

»Aber hättest du mir nicht sagen können, dass ich das Zimmer nur bis heute haben kann?«

»War halt kurzfristig. Muss flexibel sein, auch hier in Elwefels.« Hektisch raffte sie das Bettzeug zusammen und funkelte ihn an.

Diese kleine, gemütliche Frau, die ihn so herzlich empfangen hatte, zeigte jetzt eine Seite, die man so bei ihr nie vermutet hätte. Und dann dieser völlig unpfälzische Telegramm-Stil. Was war nur in sie gefahren?

»Um zwölf Uhr ist des Zimmer geräumt«, befahl sie. »Des sin dann zweehundert für die drei Tag. Legen Sie des Geld unten in de Küch auf de Tisch!« Dann wirbelte sie aus dem Zimmer und stapfte die Treppe hinunter.

Carlos ließ sich auf das abgezogene Bett sinken. Plötzlich sah er Brigitte vor sich, nackt, wie sie, gleich einer geschmeidigen Wildkatze, um ihren Mann herumschlich. Woher kamen diese Bilder? Und was war jetzt mit ihr los?

Er sah auf die Uhr. Es war kurz nach elf. Sein Magen knurrte. Es war ja in Ordnung, wenn das Zimmer für andere Gäste gebraucht wurde. Aber warum musste sie das dann so aussehen lassen, als werfe sie ihn aus ihrem Haus?

Nachdenklich packte er seine Reisetasche, zog sich an und ging nach unten. Er hatte erwartet, von Kaffeeduft und dem Geruch der Brötchen empfangen zu werden, aber auf dem Tisch in der Küche war kein Frühstück gerichtet. Dafür funkelten ihn Brigittes Augen aus der dunklen Speisekammer heraus an.

»Ähm ... ich hatte ja eigentlich mit Frühstück gebucht«, sagte er lächelnd.

»Ich hab dafür ke Zeit!«, sagte sie kühl. »Beim Bäcker gibt's Brötsche un Kaffee. Gute Heimreise, Herr Herb!«

Carlos schluckte. Sie warf ihn eindeutig hinaus. Er wollte noch etwas sagen, besann sich dann aber eines Besseren. Demonstrativ kramte sie in der Speisekammer und schien ihn nicht länger wahrzunehmen. Mit einem beklommenen Gefühl legte er das Geld auf den Küchentisch und ging. Sein Herz schlug laut und schmerzhaft gegen die Rippen. Plötzlich vermisste er das Zimmer mit den staubigen Trockenblumen und die kleine Terrasse hinter dem Haus. Er stand regelrecht unter Schock. Er hätte nie erwartet, dass Brigitte zu derart abweisender Schroffheit fähig wäre.

Langsam schlenderte Carlos zum Dorfplatz und versuchte immer wieder, die Bilder in seinem Kopf zu sortieren. Die Höhle. War er wirklich da gewesen? Der Bottich und dieses schmatzende Geräusch. Nackte Körper, bestrumpfte Frauenbeine stampften Trauben ... O mein Gott. Er hatte nicht geträumt, er war dort gewesen. Er hatte alles beobachtet. Und der Rauswurf hatte vermutlich etwas damit zu tun.

Der nächste Schock erwartete ihn bei Frau Zippel in der

Bäckerei. Wie eine Statue stand sie hinter dem Tresen, als er den Laden betrat. Die anderen Kundinnen erstarrten ebenfalls und musterten ihn mit reglosen Gesichtern. Wie feindselig sie alle aussahen! Auch Cordula drehte sich weg, als er sie anschaute.

»Wie kann ma Ihne helfe?«, schnarrte Frau Zippel.

Auch sie siezte ihn demonstrativ. Um die unangenehme Situation zu überspielen, sagte er schnell und betont herzlich: »Ja, Frau Zippel. Ich hätte gern eines Ihrer leckeren Käsebrötchen und dazu einen schwarzen Kaffee, bitte.«

»Zum Mitnehme!«, sagte Frau Zippel und schnappte sich ein Brötchen aus dem Korb. Das war keine Frage, sondern eine Feststellung.

»Äh, ja, zum Mitnehmen«, bestätigte Carlos und sah erschrocken dabei zu, wie Frau Zippel mit raschen, lieblosen Bewegungen sein Brötchen schmierte, den Käse daraufklatschte und in eine Papiertüte stopfte. Fehlte nur, dass sie in die Kaffeekanne gespuckt hätte, aus der sie ihm einen Pappbecher vollgoss. Was für ein Kontrast zu dem ersten Frühstück, das er vor ein paar Tagen hier bekommen hatte.

»Drei siebzisch!«, sagte sie und legte seine Bestellung auf den Tresen.

»Ja, natürlich.« Carlos ließ die Reisetasche sinken und holte sein Portemonnaie aus der Jacke. Da erst fiel ihm auf, dass er seit seiner Ankunft in Elwenfels noch nie für etwas bezahlt hatte. Jede Weinschorle, das üppige Essen in der Wirtschaft, Frau Zippels Backkünste, all das hatte er einfach so bekommen, als sei er Gast in einer Familie. Diese Zeiten waren offenbar vorbei. Carlos hätte sie gerne gefragt, was eigentlich los war, woher dieser plötzliche Sinneswandel kam. Aber noch während er die Münzen auf den Tresen zählte, wurde ihm klar, wie sich die Elwenfelser ihm gegenüber fühlen mussten. Er hatte ihren geheimen Weinberg im Wald entdeckt. Er war in der Höhle gewesen und hatte sie bei ihrem intimen Ritual beobachtet, das nicht für seine Augen bestimmt gewesen war.

Dann hatte ihn wohl jemand entdeckt und niedergeschlagen. Nun wussten alle, dass er nicht nur ein Schnüffler war, sondern auch ein Spanner. Ob sie aus Scham so abweisend reagierten, bezweifelte Carlos. Sie waren wütend. So sah es also aus, wenn die gemütlichen Pfälzer stocksauer waren.

Carlos fühlte sich schuldig. Er war doch gerade dabei gewesen, diese Leute zu mögen, sich sogar mit ihnen anzufreunden. Ihre Art gefiel ihm einfach. Sie waren auf eine wunderbar natürliche Art cool, wie man heute sagen würde. Ohne die gekünstelte Attitüde, die bei diesem Wort immer mitschwang.

Er hatte sich zum ersten Mal als Teil einer Gemeinschaft gefühlt. Und nun sollte er davon ausgeschlossen sein? Aber neben dem zu Selbstmitleid neigenden und sentimentalen Carlos existierte auch noch der andere, der professionelle Ermittler, für den das Schnüffeln zum Handwerk gehörte. Der Detektiv in ihm regte sich und beharrte darauf, dass er genau das Richtige getan hatte. Denn nur so wusste er jetzt, dass Hans Strobel noch lebte. Hier, in Elwenfels. Die Bewohner hatten um ihn herum eine Mauer des Schweigens und Vertuschens errichtet. Ja, er hatte Strobel gestern eindeutig gesehen. Wenn er auch nicht so aussah wie auf dem Foto in seiner Jackentasche. Es war eine jüngere, gesündere und vor allem schlankere Ausgabe. Als sei Strobel aus seiner dicklichen, verlebten Hülle geklettert. Er war es gewesen, daran bestand kein Zweifel!

Carlos nahm sein Frühstück und ging, ohne sich zu verabschieden. Von den finster dreinblickenden Frauen in der Bäckerei hätte auch niemand Wert auf seinen Gruß gelegt.

Als er gerade auf den Dorfplatz trat, stürmte jemand auf ihn zu, und Carlos zuckte instinktiv zurück. Es war Otto. Er trug seinen ölverschmierten Blaumann, Arbeitshandschuhe und machte ein Gesicht, als wollte er Carlos hier und jetzt ungespitzt in den Boden hauen. Der Mechaniker war fast nicht wiederzuerkennen. Aus seinem gutmütigen Gesicht war alle Farbe gewichen. Er war blass vor Wut, die Sehnen am Hals sprengten fast seinen Hemdkragen. Hätte Carlos nicht gerade den heißen Kaffeebecher gehalten, er hätte glatt beide Hände hochgerissen und sich ergeben.

»Otto, wenn du die Zähne noch fester zusammenbeißt, zerbröseln sie«, versuchte er es mit einem Witz.

Ottos Antwort bestand aus einem Zeigefinger, der zum Brunnen in der Platzmitte deutete. Dort stand ein blauer Kanister zwischen den steinernen Elwetritsche. »Du sagscht jetzt besser nix mehr, Großer«, stieß er hervor.

Immerhin, er duzte ihn noch, auch wenn die merkwürdige Anrede »Großer« sich nach dem Gegenteil anhörte.

»Du steckscht die Nas zu tief in Sache, wo dich nix angehe. Du hälscht dich für unheimlich schlau, bischt aber zu blöd zum Tanke. Do steht en Kanischter Benzin. Is mei Abschiedsgeschenk an dich. Und jetzt mach, dass fortkommscht, bevor es ungemütlich wird im schöne Elwenfels!«

Carlos legte den Kopf schief und fixierte sein Gegenüber. In Ottos Gesicht wechselte sich mühsam unterdrückte Wut mit etwas anderem ab. War das Bedauern? Enttäuschung? Carlos biss sich auf die Unterlippe. Das hatte er nicht gewollt, und entgegen seiner ursprünglichen Einschätzung dieser Dorfbewohner war es ihm auch nicht mehr egal, was sie über ihn dachten. Diese geschlossene Wand aus Ablehnung setzte ihm mehr zu, als ihm lieb war. Da half nur eine Gegenoffensive.

»Otto, das ist ja ganz nett von dir, aber ich brauche den Sprit nicht. Ich gedenke, noch ein Weilchen zu bleiben.«

Otto machte einen Schritt auf ihn zu und ballte die Fäuste. »Du gehscht jetzt!«, zischte er. »Du bischt hier nimmi willkomme.«

»Danke, das habe ich schon gemerkt. Aber ich möchte gern selbst entscheiden, wann ich gehe. Ich habe hier nämlich noch etwas zu erledigen.«

»Und was soll des sein?«, blaffte der Mechaniker.

Die Tür der Bäckerei wurde geöffnet, und Carlos hörte Schritte hinter sich auf dem Pflaster.

»Uns ausspioniere, hä? Mir sin so exotisch für dich, da willscht du alles über uns wisse, gell? Erscht wolltest du en verschwundene Mann suche, un dann machscht einer auf NSA. Aber net mit uns!«

Zustimmendes Gemurmel in seinem Rücken.

»Tja, und genau da liegt das Problem«, erwiderte Carlos. »Ich weiß mittlerweile, dass Hans Strobel hier ist. Hier bei euch in Elwenfels. Oder hab ich mir das nur eingebildet, als einer von euch mir gestern Nacht auf den Schädel geschlagen hat?«

»Oh! Blas die Backe net so auf!«, schnauzte Else, die sich neben Otto aufgebaut hatte. »Du träumscht doch. Un des mit deim Kopp, des war keiner von uns. Des war unser Security. En Elwetritsch.«

Carlos ignorierte sie und wandte sich wieder Otto zu. »Ich habe mir aber nicht eingebildet, dass in deiner Werkstatt etwas liegt, das Hans Strobel gehört. Die abgerissene Kühlerfigur von seinem Jaguar.«

»Den Jaguar hab ich von meim Neffe. Ab un zu montiert der gern mal einen irgendwo ab«, erwiderte Otto seelenruhig. Falls seine Behauptung stimmte, hatte er offensichtlich nichts gegen das nicht gerade legale Hobby seines Neffen.

»Das mag ja sein«, sagte Carlos. Jetzt, wo der Ermittler in ihm wieder die Oberhand gewonnen hatte, fühlte er sich wohler in seiner Haut. »Aber was wird die Polizei sagen, wenn ich denen verrate, dass du diese Figur hast? Die werden euer schönes Dörfchen auf den Kopf stellen. Wo versteckt ihr Strobel? In einem Weinfass, tief unter der Erde?«

Otto zeigte zwar keine Regung, ebenso wenig wie die anderen. Aber es fühlte sich trotzdem gut an, wieder offensiver zu werden. Doch was sich gerade noch gut angefühlt hatte, schrumpfte in der nächsten Sekunde zu banger Peinlichkeit.

Auf der anderen Seite des Platzes trat nämlich in dieser Sekunde Sofie aus dem kleinen Lebensmittelladen von Alfred, sah ihn und kam direkt auf ihn zu. Die anderen schwiegen. Sie wussten, dass keiner bessere Worte finden konnte als sie, die jetzt ohne Eile über den still daliegenden Platz schwebte.

Die Ruhe, die sie ausstrahlte, diese natürliche Überlegenheit schüchterte Carlos ein. Sie wusste doch wohl, bei was er sie gestern beobachtet hatte. Aber da war keine Spur von Scham zu entdecken. Es war der heimliche Voyeur, der peinlich berührt war.

Ohne Grußwort stellte sie sich vor ihm auf und sagte: »Warum?« Sie stützte die Hände auf ihre kurvigen Hüften. »Warum hast du das gemacht? Du kommst hierher unter dem Vorwand, jemand zu suchen. In Wirklichkeit geht's dir nur um unser Geheimnis, das die Geier da draußen alle haben wollen. Alla hopp, dann geh und verzähls ihnen. Geh nur! Aber sag uns wenigstens, wer dich geschickt hat!«

Carlos blickte sie verwirrt an.

Sofies Stimme hob sich. »War es mein toller Schwager, der Bitterlinger, gell?«

Er konnte sich nicht vorstellen, was der verbissene Winzer mit diesem Ritual in der Höhle zu tun hatte, bis ihm wieder einfiel, dass er den Mann gestern gar nicht gesehen halte. Nur Charlotte, seine Frau. Hatte er ihn in der Menge der ausgelassen Feiernden vielleicht übersehen? Er wusste es nicht mehr. Er wusste nicht einmal, was ihm jetzt wichtiger war: Endlich herauszufinden, was aus Hans Strobel geworden war, oder zu erfahren, was es mit dem mysteriösen Wein auf sich hatte. Vermutlich hing beides ohnehin zusammen. Strobel und der Wein.

Es half nichts. Er musste seine sentimentalen Gefühle unterdrücken und weitermachen. Carlos ging ohne äußere Regung an Sofie vorbei. Am Brunnen nahm er den Benzinkanister und machte sich auf den Weg Richtung Waldparkplatz. Unter den anklagenden Blicken der Dorfbewohner wäre er eigentlich gerne davongerannt wie ein Dieb in der Nacht. Aber er bemühte sich, so auszusehen wie jemand, der sich nichts vorzuwerfen hat.

Carlos hatte einen Entschluss gefasst. Er musste zum Verräter werden.

Kapitel 18

Wie sich ein Verräter freudestrahlend selbst verrät

Hartmut Bitterlinger wartete. Er wartete bereits sein ganzes Leben, und in einem versteckten Winkel seines Bewusstseins war ihm klar, dass es so nicht weitergehen konnte. Dass man sein Leben mit Warten vergeudete. Charlotte kaufte sich manchmal diese Ratgeber-Bücher, die immer wieder Schwerpunkte zum Thema Glück hatten. Zuerst hatte er es als etwas typisch Weibliches abgetan, wenn er sie dabei beobachtete, wie sie diese Bücher las. So etwas machten Frauen eben. Doch mit der Zeit war ihm aufgefallen, dass seine Frau etwas zu suchen schien. Und sie suchte es ganz für sich allein. Ohne ihn. Einmal hatte er sich eines dieser Bücher genauer angesehen und war überrascht, wie schnell einen die Aussagen darin in den Bann ziehen konnten, einen richtiggehend dazu zwangen, weiter zu lesen. Dabei wurden Hartmut Bitterlinger zwei Dinge klar. Erstens: Er war zutiefst unglücklich. Zweitens: Charlotte auch. Zusammen sowieso, aber auch jeder für sich.

Was Charlotte zum Glücklichsein fehlte, konnte er nicht ergründen. Es war ihm zu kompliziert, in die weibliche Psychowelt, wie er sie gerne nannte, einzudringen. Er war sich allerdings sicher, dass er genau wusste, was ihn glücklich machen könnte. Eigentlich fehlte ihm nur eine Sache:

Erfolg. Bitterlinger hatte keine richtige Vorstellung von diesem Zustand. Was er mit seinem Weingut in der Nähe von Stuttgart erlebt hatte – tja, das war wohl das, was man als das genaue Gegenteil von Erfolg bezeichnete.

»Es gibt keinen Weg zum Glück. Glücklich sein ist der Weg.« Das war einer dieser Leitsätze aus Charlottes Büchern. Sie hatte ihn kopiert und in ihrem Büro an die Wand geheftet. Hartmut Bitterlinger lief jeden Tag an diesem Spruch vorbei und schwor sich, seinen Weg zu gehen. Als Winzer, der es zu etwas brachte. Es wäre so einfach gewesen. Denn er saß an der Quelle. Der perfekte, der vollkommene Wein. Es gab ihn. Hier, in Elwenfels. Das war der Schlüssel zum Erfolg, das wusste er ganz genau.

Aber sie ließen ihn nicht. Diese wirklichkeitsfremden Volltrottel ließen ihn einfach nicht.

Alles, was fehlte, war ein bisschen Marketing, eine Strategie, Öffentlichkeitsarbeit – und er würde vorstoßen in die Riege der Topwinzer. Mit diesem Wein würde er, Hartmut Bitterlinger, in einem Atemzug genannt werden mit Rothschild und Latour, Petrus und Pingus, Romanée-Conti, Tignanello und Vega-Sicilia.

Er hatte den Beweis: Das kleine Täuschungsmanöver, als er mit drei heimlich entwendeten Fläschchen aus Elwenfels die European Wine Trophy aufgemischt hatte. Was ein Coup! Wie dumm, dass es damals nur mithilfe des zaudernden Kruse möglich gewesen war, das Ganze zu inszenieren. Und jetzt hatte der vor lauter Angst, dass er als Betrüger entlarvt werden könnte, jeden Kontakt mit ihm abgebrochen. Es war zum Verzweifeln. Er war umgeben von lauter Feiglingen, die keinen Unternehmergeist in sich hatten.

Hartmut Bitterlinger hasste das Weingut, in das er hier mit großen Hoffnungen eingeheiratet hatte. Er hasste es, nur den einfachen Riesling von den Hanglagen der Haardt zu produzieren. Einen Wein, der keine andere Bestimmung hatte, als in den Schoppen der Elwenfelser zu landen.

Er war scharf auf den Wingert im Wald, denn der brachte Trauben hervor, die unvergleichlich und einzigartig waren in der Welt. Warum ließen sie nicht zu, dass mehr daraus gemacht wurde, wenn sie schon ein solches Wunder ihr Eigen nannten? Er wusste genau, was zu tun wäre, um Großes damit zu schaffen. Alle würden davon profitieren! Stattdessen behandelten sie ihn wie einen geduldeten Eindringling und nannten ihn »Bitterfinger«, als würde alles, was er berührte, unweigerlich zu Gift werden. Und manchmal, in besonders düsteren Momenten, glaubte er es auch.

Seit einem Jahr hatte er das immer stärker werdende Gefühl, dass die Welt um ihn herum schrumpfte, immer kleiner und enger wurde. Dann und wann trat er aus dem Hof des Weinguts hinaus auf die stille, leere Straße und hoffte auf einen Wink des Schicksals, der doch nie kam.

Aber an diesem Morgen kam er. Bitterlinger stand gerade draußen vor dem Tor und scharrte missmutig mit den Schuhsohlen im Kies, als er den Fremden sah.

Dieser komische Detektiv. Bitterlinger machte einen Schritt zurück. Er hatte keine Lust auf eine Begegnung mit dem Typen. Die Demütigung, die der ihm vor Charlotte zugefügt hatte, saß noch immer tief. Der Mann sah diesmal allerdings nicht so überheblich aus wie sonst. Er schleppte einen Benzinkanister und war irgendwie fertig mit der Welt. Als er an der Einfahrt zum Weingut vorbeiging, trat Bitterlinger aus dem Schatten.

»Na, schmeißen Sie hin?«, sprach er den Detektiv an.

»Wie bitte?« Der Mann blieb stehen.

»Haben diesen Kerl wohl nicht gefunden, was?« Es war

Bitterlinger ein Rätsel, wieso jemand aus Hamburg anreiste und in diesem Nest einen verschwundenen Touristen suchte. Carlos Herb stellte zögernd den Benzinkanister sowie die Reisetasche ab und trat auf ihn zu. Er machte ein verschwörerisches Gesicht.

»Darf ich Sie mal was fragen?«

»Ha ja. Warum nicht?«

»Sie sind doch Winzer, oder?«

»Äh, was soll die Frage jetzt?«

»Ich hätte Sie schon viel früher ansprechen sollen. Wissen Sie etwas über diesen … diesen speziellen Wein, der hier aus der Gegend stammen soll?«

Bitterlinger neigte den Kopf, um sicherzugehen, dass er diese Worte auch wirklich gehört hatte. Es kostete ihn seine ganze Selbstbeherrschung, sich seine Aufregung nicht anmerken zu lassen.

»Was für einen Wein denn?«, hörte er sich kühl fragen.

Sein Gegenüber druckste ein bisschen herum. »Schon klar, dass Sie so tun, als wären Sie ahnungslos.«

Bitterlinger verschränkte die Arme vor der Brust. Aber nur, damit der Mann nicht sah, wie seine Hände plötzlich zitterten.

»Ich habe ja mitbekommen, dass das hier wohl so eine Art kollektives Geheimnis ist«, fuhr Herb fort. »Da darf keiner drüber reden, nicht wahr?«

»Ich weiß nicht, was Sie meinen«, log Bitterlinger.

»Also gut, Ihnen kann ich es ja sagen. Sie verstehen das sicher.«

»Was verstehen?«, spielte er weiter den Ahnungslosen.

Herb kam noch näher an ihn heran und senkte seine Stimme. »Ich bin gar nicht wegen diesem verschwundenen Touristen hier. Das ist nur ein Vorwand, damit man mir diese Detektivrolle abnimmt. Der wahre Grund ist ein ganz anderer.« Er kniff das rechte Auge zusammen und fixierte den Winzer.

»Ah. Und was, äh, ist der wahre Grund dann?«

»Na, dieser Wein! Ich bin, na sagen wir, so eine Art Agent. Hanseatisches Weinkontor, sagt Ihnen das etwas?«

»Ich bitte Sie! Natürlich!« Bitterlinger schluckte das wiederholte Infragestellen seiner Kompetenz als Winzer schnell hinunter.

»Ich darf natürlich nicht zu viel verraten, aber ich bin beauftragt, diesen Wein ausfindig zu machen, der im letzten Jahr auf der European Wine Trophy so abgeräumt hat. Wir wollen ihn exklusiv anbieten. Aber hier scheint keiner was zu wissen. Nicht mal 'ne Kontaktadresse ... Es ist zum Verzweifeln.«

»Thomas Kruse«, entfuhr es Hartmut Bitterlinger. Das kam heraus wie ein Reflex. Am liebsten hätte er sich auf die Zunge gebissen.

Herb schüttelte den Kopf. »Nein, das kann ich mit Sicherheit sagen. Das ist eine tote Spur. Fest steht: Thomas Kruse hat diesen Wein nicht gemacht.«

»Woher wissen Sie das?«

»Kontakte, zuverlässige Gerüchte, die keine sind. Wenn Sie verstehen.«

Bitterlinger nickte. »Ah ja.« In seinem Nacken bildete sich ein Schweißfilm.

Der Detektiv trat noch ein Stückchen näher. »Ich will herausfinden, wo dieser Wein wirklich herkommt und warum das Ganze so eine Verschlusssache ist. Das kann doch nicht sein, diese Geheimniskrämerei. Die Weinwelt hat ein Anrecht darauf zu erfahren, was hier gespielt wird. Ich habe das Gefühl, dass ich hier in Elwenfels irgendwie nah dran bin.«

»Das sind Sie«, flüsterte Bitterlinger mit belegter Stimme.

»Wie bitte?«

Statt einer Antwort zog er Carlos Herb in den Hof. »Vielleicht sollten Sie einfach ein Weilchen bleiben. Ich vermiete hier auch Gästezimmer, wissen Sie!«

»Naja, ich wollte heute eigentlich zurück nach Hamburg fahren.«

»Aber nicht, wenn ich Ihnen die Antworten gebe, die Sie suchen, oder?«

Der Detektiv-Agent sah nicht so wissbegierig drein, wie Bitterlinger gehofft hatte. »Es kommt darauf an, was für Antworten das sind.«

Ohne darauf näher einzugehen, schob er Carlos Herb in den großen Eingangsbereich unter der freistehenden Sandsteintreppe und bot ihm einen der ausladenden Korbsessel an. Er selbst setzte sich ihm gegenüber und holte tief Luft. Doch dann wusste er nicht mehr, was genau er sagen sollte. Er wollte sich nicht zu früh zu weit aus dem Fenster lehnen.

Herb brach das Schweigen. »Wissen Sie, was seltsam ist? Dass ich nicht der Einzige bin, der diesen Wein sucht.«

»Ach ja? Wer denn noch?«

»Na, dieser Typ, den ich angeblich die ganze Zeit gesucht habe. Dieser Hans Strobel aus Hamburg. Bei meinen Recherchen habe ich erfahren, dass er auch auf der European Wine Trophy war. Und anschließend nach Deidesheim gefahren ist, zu Thomas Kruse. Kurz danach ist er verschwunden. Wenn Sie mich fragen, hat das was mit diesem geheimnisvollen Wein zu tun.«

»Ach ja?«, krächzte Bitterlinger.

»Ich habe ein Foto entdeckt in einem Bericht über die Messe. Da sind Sie zu sehen, zusammen mit Hans Strobel.«

»Ach ja ...?« Der Winzer biss sich auf die Zunge. Er hörte

sich an wie eine kaputte Schallplatte. Er räusperte sich. »Es würde mich wundern, wenn dieser Strobel das so schnell rausgefunden hätte. Ich meine, sogar ich habe drei Jahre gebraucht, bis ich es erfahren habe, obwohl ich hier wohne. Drei Jahre! Dabei bin ich mit einer aus dem Ort verheiratet. Ich schufte hier und mach den Schorlewein für alle. Und die lassen sich drei Jahre Zeit, bis sie mich mal einweihen! Wie soll da einer von außerhalb …?«

»Einweihen? In was denn?«, unterbrach ihn Carlos.

»Na, dass es diesen Wunderwein hier gibt. Den Wingert im Wald. All das.« Mit dem Handrücken wischte er sich den Schweiß von der Stirn. »Die würden mich töten, wenn sie wüssten, dass ich Ihnen das hier erzähle.«

»Im Wald? Ein Weinberg?«

Bitterlinger beugte sich vor. Es tat gut, endlich mal mit jemandem vom Fach darüber zu sprechen. »Ja, genau. Das ist einfach sensationell. Ein unmögliches Terroir. Waldboden! Stellen Sie sich das vor. Das müsste man mal untersuchen lassen, wie so etwas überhaupt möglich ist. Aber die Trauben dort sind von einer unübertroffenen Qualität.«

»Unfassbar!«

»Oder? Im Wald war früher eine Keltensiedlung. Es wird gemunkelt, dass genau unter den Reben ein alter Keltenfriedhof liegt.«

»Wahnsinn!«

»Und diese Lichtung, das Mikroklima dort, immer ein bis zwei Grad wärmer.«

»Unfassbar!«, wiederholte sich Carlos Herb.

»Ja, und dieser Wein ist der absolute Wahnsinn! Ich sag Ihnen, ich habe in meinem ganzen Leben nichts Vergleichbares probiert! Sie wissen ja, dass die Pfalz nicht gerade arm ist an Spitzenlagen und Spitzenweinen. Ich versuche natürlich auch mein Bestes, aber unser Wingert am Haardtrand gibt eben nicht mehr her. Und auch im Keller, so modern ausgerüstet sind wir halt nicht. Naja ...« Verdammt, warum rechtfertigte er sich eigentlich?

»Ich verstehe schon«, sagte Herb. »Es reicht Ihnen einfach nicht, hier im eigenen Saft zu schmoren, wo doch so viel mehr drin wäre, nicht wahr?«

»Genau, das ist es. Das sag ja nicht nur ich. Der Kruse ist schier zusammengebrochen, als ich ihn den Wein hab probieren lassen. Der konnte auch nicht glauben, wie ein solcher Weltklasse-Riesling völlig im Geheimen gedeiht. Wissen Sie, wie viel Kohle da umgesetzt werden könnte?«

Herb grinste. »Genau deswegen bin ich ja hier, Herr Bitterlinger.«

»Die Welt muss davon erfahren, Sie haben vollkommen recht.«

»Und deswegen haben Sie auch das Experiment auf der European Wine Trophy gemacht.«

Der Winzer nickte.

»Nur, was mir nicht ganz klar ist«, hakte Carlos Herb nach, »was für eine Rolle spielte ihr Kollege Kruse aus Deidesheim dabei?«

»Naja, er hat erst mal den Kopf hingehalten, sozusagen. Ich konnte ja unmöglich verraten, woher der Wein wirklich kommt. Zuerst wollte ich die Leute hier überzeugen. Kruse hat so getan, als wäre das Ganze seine Idee, sein Wein, sein Experiment.«

»Und was passierte dann? Als Sie die Gewissheit hatten, dass der Wein goldwürdig ist. Wem haben Sie es erzählt?«

Jetzt wurde Bitterlinger kleinlaut. »Niemandem.«

»Was? Warum denn nicht?«

»Sie werden mich jetzt auslachen, aber ich trau mich nicht. Was ich gemacht habe, das kommt hier in diesem Dorf praktisch einem Hochverrat gleich. Ich hab ja damals diese drei Flaschen ... naja, sagen wir, abgezweigt. Diese Deppen haben das noch nicht mal gemerkt. Die halten die Flaschen streng unter Verschluss, aber zählen tun sie sie nicht.«

»Wo halten sie die Flaschen denn versteckt?«

»Unter dem Keller der Weinstube. Da gibt es ein großes Gewölbe, das sich unter dem ganzen Dorfplatz erstreckt, mit unterirdischen Gängen, die sich durch den ganzen Ort ziehen. Da lagern sie das Zeug. Und da bin ich dann mal runter und habe ein paar von den Flaschen mitgenommen. Die Sofie hat nix gemerkt.«

»Was hat es denn mit der Schwester Ihrer Frau eigentlich auf sich?«

»Tja, das ist eben mein Hauptproblem«, sagte Bitterlinger und schüttelte den Kopf. »Sie macht diesen Wein. Kennt sich wahnsinnig gut aus mit Önologie, obwohl sie nirgendwo studiert hat. Aber ich habe keine Ahnung, wo zum Teufel sie das Ganze macht. Dazu braucht man riesige, hohe Räume. Hier bei uns im Weingut kann sie es nicht machen, das würde ich mitbekommen. Sonst ist nirgendwo im Ort Platz, um Wein zu keltern. Ich hab keine Ahnung.«

Herb nickte nachdenklich, wobei seine Mundwinkel seltsam zuckten, fast so, als müsste er ein Lachen unterdrücken. »Warum sind Sie nie eingeweiht worden in die Geheimnisse dieses Ortes?«, fragte er.

»Das müssen Sie die fragen«, sagte Bitterlinger knapp.

»Was ist mit Strobel?«, fragte Carlos Herb. »Wenn Sie so viel mit Thomas Kruse zu tun hatten, müssen Sie doch davon erfahren haben.«

»Ja, schon. Der Kruse hat erzählt, dass jemand kam und nach dem Wein gefragt hat.«

»Und weiter?«

»Ich fand das nicht so schlimm. Aber der Kruse war entsetzlich nervös. Vor allem, als er dann erfahren hat, dass dieser Typ verschwunden ist. Naja, so abwegig ist das vielleicht gar nicht. Falls Strobel wirklich hinter das Geheimnis dieses Weines gekommen ist, hätte er ein dickes Problem.«

Carlos beugte sich vor. »Wieso?«

»Na hier.« Bitterlinger wedelte mit der flachen Hand vor seinem Hals hin und her. »Schweigegelübde. Ich will ja niemandem Unrecht tun, aber ein paar Leuten aus dem Ort würde ich schon so einiges zutrauen.«

»Ach. Und was zum Beispiel?«

»Was weiß ich. Tatsache ist doch, dass dieser Kerl verschwunden ist, oder nicht? Muss ich dazu mehr sagen?«

»Und jetzt haben Sie Angst, dass Ihnen auch etwas zustößt, wenn herauskommt, dass Sie drei Flaschen von diesem Wein geklaut haben.«

»Na klar. Ich fühle mich hier nicht wirklich sicher, was das angeht.«

»Hm ...« Herb lehnte sich wieder zurück und stützte sein Kinn in die Handfläche. »Was mich noch interessiert, Herr Bitterlinger, hatten Sie den Eindruck, dass dieser spezielle Wein etwas mit den Leuten macht? Irgendwas mit dem Bewusstsein?«

»Keine Ahnung. Ich selbst hab nix gemerkt. Man nimmt ein, zwei Probierschlucke, und das Einzige, was man dann merkt, ist, dass er einem das Hirn aus dem Kopf drückt, so gut ist er.«

»Ein, zwei Schlucke ...«, wiederholte der Detektiv murmelnd.

»Aber wissen Sie was? Manchmal hab ich schon das seltsame Gefühl, dass der Tropfen was mit den Leuten anstellt. Die trinken ihn zum Beispiel nur gemeinsam und immer nur, wenn etwas Wichtiges passiert oder es etwas zu feiern gibt. Oder wenn einer aus dem Ort stirbt. Also immer dann, wenn es eine Art Ausnahmesituation gibt.«

»Wie beim Besuch des Verbandsbürgermeisters?«

»Ja, genau. Dann verschwinden sie alle im Gewölbe unter der Weinstube und trinken gemeinsam was von diesem Wunderzeug.«

»Und dann? Wie werden sie dann?«

»Wie sie dann werden?«, echote Bitterlinger. Er hatte keine Ahnung, worauf der Hamburger hinauswollte. »Was weiß ich? Ich war nie dabei.«

»Ach? Und warum nicht?«

»Erstens, weil sie mich nicht dazu einladen. Und zweitens, weil ich sowieso nicht hingehen würde.«

»Nein? Aber wie können Sie sich so etwas entgehen lassen?«

»Weil's mir wehtut, diese Verschwendung! Ich würde mich gerne an diesem Wein zu Tode saufen, ja! Aber ich kann es nicht ertragen, dass diese Trottel den guten Tropfen einfach so ... so runterschlozze, ohne sich bewusst zu sein, was sie da haben. Es ist zum Heulen.« Er sah Herb an und konnte seine Wut nur noch schwer kontrollieren.

»Na, das muss ja nicht so bleiben. Lassen Sie mich nur machen!«

»Wie meinen Sie das?« Bitterlinger bemühte sich um einen sachlichen Ton und war sich doch bewusst, dass seine Stimme eine Spur Euphorie zu viel hatte.

»Wird 'ne harte Nuss«, sagte Herb. »Aber irgendwie können wir das vielleicht doch in die richtigen Bahnen lenken. Lassen Sie mich ein wenig über diese außergewöhnlichen Informationen schlafen, Herr Bitterlinger. Ich bin schon mehr als einen Schritt weiter, dank Ihnen!« Er zwinkerte ihm zu und erhob sich von seinem Sessel. »Ich werde mich mit meinen Partnern unterhalten, und wenn wir zu einer Lösung kommen, sind Sie unser Mann.«

Bitterlinger schloss kurz die Augen und stand seinerseits auf. Wie schade, dass er jetzt nicht laut jubeln und den anderen stürmisch umarmen durfte. Stattdessen lächelte er, vielleicht ein bisschen zu breit, und reichte Herb die Hand.

Doch plötzlich verfinsterte sich das Gesicht des Detektivs.

»Ou, ich hab etwas vergessen. Das ist mir sehr unangenehm. Es gibt noch ein Problem.«

Bitterlinger war so irritiert, dass er die Hand von Herb mit einer abrupten Bewegung fast von sich stieß. Es gab also doch noch einen Haken bei der Sache. Es wäre auch zu schön …

»Ja?«

»Ich brauchte einen Trichter«, sagte Herb und hielt den Benzinkanister in die Höhe. Dabei grinste er so selbstzufrieden, als hätte er jetzt schon einen Riesen-Coup gelandet.

Als der redselige Winzer in dem Gang zum Wirtschaftstrakt verschwunden war, hatte Carlos Mühe, seinen Gesichtsmuskeln wieder einen halbwegs ernsten Ausdruck zu befehlen. Er sah sich im Eingangsbereich des Weinguts um, ohne genau zu wissen, was er suchte. Beim Schnüffeln kamen einem oft die besten Gedanken. Was hatte Bitterlinger gesagt?

Nur ein oder zwei Schlucke – genau das war der Punkt!

Mit einem Mal hatte Carlos begriffen. Das Geheimnis des Weines lag darin, dass man mindestens drei Schlucke davon trinken musste. Nicht nur einen oder zwei, wie es die meisten Weintester machten – und die den Wein dann wieder ausspuckten. Ab drei Schlucken war es wohl so, dass sich in einem etwas veränderte. Er dachte an seine Wutausbrüche, die latente Gewaltbereitschaft. Wo war das alles hin?

Der Wein hatte etwas mit ihm gemacht. Etwas, das er selbst gefühlt hatte, aber nicht benennen konnte. Etwas, das der schwäbische Winzer nie erfahren hatte. Weil er diesen Wein nur als Produkt wahrnahm, hatte sich die Seele des Tropfens ihm nie offenbart. Was würde er tun, wenn er davon Kenntnis hätte? Die Elwenfelser jedenfalls wussten genau, warum sie ihn nur an der Oberfläche dieses Wunders hatten kratzen lassen. Er war ein gefährlicher Unsicherheitsfaktor, dazu fähig, ihr Geheimnis zu verraten und damit alles zu gefährden. Deswegen hielten sie ihn von ihren Zusammenkünften fern. Fast tat ihm Hartmut Bitterlinger leid.

Carlos' Handy klingelte. Nadine Strobel.

»Ich muss Sie sehen. Es gibt etwas zu besprechen.«

»Ich bin in einer halben Stunde da«, sprach er mechanisch in sein Telefon und drückte die Verbindung schnell weg. Er hatte im Augenblick so viel Lust, zu der Möchtegernwitwe hinunter nach Deidesheim zu fahren, wie sich in einem Fass einen Wasserfall hinunterzustürzen.

Wo blieb nur der Winzer mit dem Trichter?

An der groben Steinwand gegenüber der Tür hingen Dutzende gerahmter Fotografien vom Weingut, der Besitzerfamilie und den Mitarbeitern. Carlos trat vor die Bilderwand und ertappte sich dabei, wie er Ausschau nach Sofie hielt. Und da war sie, im sonnigen Weinberg. Ein Kinderbild von ihr und ihrer Schwester, mit Gummistiefeln in einer Schubkarre. Daneben gab es auch ein paar sehr alte Aufnahmen von der Weinlese: Frauen mit Kopftüchern und weiten Röcken, die Männer mit Hosenträgern, großen

Schnurrbärten und Tabakspfeifen im Mund. Das war harte Arbeit, aber alle wirkten zufrieden.

Sein Blick blieb an einer Schwarz-Weiß-Fotografie mit drei Männern hängen, die unter dem Torbogen des Weinguts standen. Zwei alte, und zwischen ihnen ein Bursche in Wehrmachtsuniform. Carlos stellte sich auf die Zehenspitzen.

Etwas an diesem Bild verwirrte ihn.

Diese Gesichter ... sie sahen so ganz anders aus als die Alten heute. Während der Mann rechts fast stolz in die Kamera schaute und ganz dicht bei dem jungen Soldaten stand, schien es dem anderen Mann gar nicht recht zu sein, dass er mit den beiden fotografiert wurde. Sein Gesicht war verschlossen und distanziert. Zwischen ihm und dem Jungen in der Wehrmachtsuniform klaffte eine deutliche Lücke. Als hätte er Angst, mit der grauen Uniform in Kontakt zu kommen. Er hatte sich für das Bild auch nicht sonderlich fein gemacht, im Gegensatz zu dem dritten Mann rechts, der wohl seinen Sonntagsanzug trug.

Carlos sah den gestreiften Winzerkittel, den Strohhut ...

Es war, als würde eine Schar haariger kleiner Raupen seinen Rücken hochkrabbeln. Er kniff die Augen zusammen, hob den Arm und hängte die Fotografie ab. Unten am Bildrand war ein weißer Streifen, auf dem mit zierlicher Handschrift stand: *Lutz Walter, Adalbert Walter und Erwin Walter, Juni 1944*.

Seine Finger begannen zu beben. Erwin?

Carlos starrte das Bild in seinen Händen an. Der alte Mann mit Winzerkutte und Strohhut sah aus wie der Traktorfahrer, der auch noch genauso hieß. Erwin, der Alte mit dem Anhänger voller Trauben. Erwin, mit dem er gesprochen hatte. Erwin, mit dem er mitgefahren war. Und hier war er wieder. Auf einer Fotografie aus der Zeit des Zweiten

Weltkriegs. Was für eine unfassbare Ähnlichkeit. Das war doch nicht möglich!

Hartmut Bitterlinger polterte in den Raum, in der Hand einen fleckigen Plastiktrichter.

»Ist der okay?«, fragte er.

In seinem Gesicht schien die Sonne. Der Grund dafür war die Märchengeschichte, die Carlos ihm aufgetischt hatte, für die er sich kein bisschen schämte. Wortlos starrte er den Winzer an.

»Meine Frau sieht's nicht so gern, wenn Bilder abgehängt werden«, sagte Bitterlinger und legte den Trichter auf einen Tisch. »Das sind ganz alte Familienfotos.«

Carlos räusperte sich. »Sagen Sie, dieser alte Mann, der in Ihrem Weingut aushilft, ist der …?«

»Was für ein alter Mann?«

»Na, dieser Erwin. Er holt doch die Trauben vom Wingert und bringt sie ins Weingut.« Carlos hörte seine eigene Stimme wie von weit weg.

Bitterlingers Gesichtsausdruck wurde wieder unsicher und abweisend. »Nee, also hier gibt's keinen Erwin! Charlotte und ich bewirtschaften alles alleine. Bei der Ernte beschäftigen wir ein paar Aushilfskräfte. Wir haben jetzt nicht so viel Arbeit, dass wir einen alten Mann … aber warum wollen Sie das denn wissen?«

»Ach … nur so«, murmelte Carlos matt und hängte das Bild zurück an seinen Platz. »Also dann, wie besprochen, ja? Bis bald!«, hörte er sich sagen, nahm den Benzinkanister in die eine, den Trichter in die andere Hand und ging.

Auf dem Weg zum Wanderparkplatz fuhren seine Gedanken Achterbahn. Nein, es musste eine einfache Erklärung dafür geben. Wahrscheinlich war der Erwin, den er kannte, nur der Sohn. Im Alter wurden sich Vater und Sohn oft sehr ähnlich.

Ähnlich vielleicht, aber nicht identisch.

Egal, es musste so sein. Alles andere wäre undenkbar.

Ohne es recht zu merken, erreichte er den Wanderparkplatz. Er fegte feuchtes Laub vom Wagendach und öffnete dann den Tankdeckel. Plötzlich hörte er Schritte. Er sah sich um und stöhnte innerlich auf.

Warum ausgerechnet sie? Sofie kam wie ein menschgewordenes Reh aus dem Wald und überquerte den Parkplatz. In ihren Augen lag keine Wut mehr. Nur eine Gleichgültigkeit, die ihm schmerzhaft in die Magengrube fuhr. Sie tat nicht einmal so, als müsste sie ihn bewusst links liegen lassen. Für sie war er einfach nicht da. Und so schwebte sie einfach an ihm vorbei.

Carlos machte ein paar schnelle Schritte und stellte sich ihr in den Weg. Sofie sah auf. »So? Sind wir jetzt auf dieser Stufe angelangt, ja?«, fragte sie höhnisch.

Carlos seufzte. »Sofie, du verstehst das alles falsch.«

Sie wich seinem Blick nicht aus, ihre Augen durchdrangen ihn. Die Bilder der vergangenen Nacht machten aus seinem Hirn ein Kettenkarussell, und er wusste plötzlich nicht mehr, was er als Nächstes sagen wollte. Wie gerne hätte er kurzen Prozess gemacht und sie einfach auf den Mund geküsst. Wie sie darauf wohl reagieren würde? Hilflos streckte er die Hand aus und berührte sie leicht am Arm. Immer noch fielen ihm keine passenden Worte ein.

»Da gibt's nix falsch zu verstehe«, sagte sie. »Deine Anwesenheit hier tut niemandem gut. Wo du herkommst, is es vielleicht okay, sich in ander Leut ihr Leben einzumische. Aber nicht hier bei uns, in Elwefels. Tu uns alle ein Gefalle un geh endlisch!« Sie klang jetzt gereizt und enttäuscht.

Carlos zog seine Hand zurück. »Aber ...«

»Du hast dich in was verrannt, Carlos.« Sie sah an ihm vorbei in den Wald. »Es kann ja sein, dass du den Mann wirklich suchst, aber nicht länger bei uns. Es is jetzt genug.« Sie trat einen Schritt beiseite und schien sich fast ein wenig aufraffen zu müssen, um dic nächsten Worte zu sagen. »Du bist wie diese Kröte, die in Australien alles kaputt frisst. Du gehörst einfach net hier her.«

Carlos musste nicht mehr nach Worten suchen. »Ach ja? Und wenn die Kröte etwas herausgefunden hat, was ihr wissen müsstet, um euer ökologisches ... oder besser gesagt, euer önologisches Gleichgewicht zu erhalten, hm?«

»Was soll das heißen?«

»Zum Beispiel, was manche Bewohner hinter eurem Rücken alles so treiben. Weißt du wirklich alles, was du wissen müsstest, Sofie, Königin von Elwenfels?« Er genoss ihren erschrockenen, fragenden Blick und packte sie an den Schultern. »Du hast keine Ahnung, Sofie! Wer dein wirklicher Feind ist und was hier läuft, ohne dass es einer mitbekommt.«

Sie starrte ihn an. In ihrem Gesichtsausdruck glaubte er den Schimmer eines Verdachts zu sehen. »Dann sag's mir! Hopp! Sag schon!«, zischte sie.

Es ärgerte Carlos, dass sie ihn so zornig anfunkelte. Der beleidigte Macho tief in seinem Innern hätte sie gerne unwissend stehen gelassen. Doch der verliebte Trottel hoffte, dass sie ihm danach wieder gewogen wäre. Also erzählte er ihr alles, was er von Bitterlinger wusste. Als er fertig war, nickte sie. Ein wenig blass war sie geworden.

»Danke, dass du die Geschichte fertig erzählt hast.« Aus ihrer Stimme war alle Feindseligkeit gewichen.

»Wieso *fertig erzählt*?«

»Charlotte und ich hatten da schon so ebbes vermutet. Nachdem du ihr von dieser Weinmesse berichtet hast. Sie traut ihrem Hartmut net. Jetzt weiß ich, dass es wahr is.«

»Und was passiert jetzt?«, fragte Carlos beklommen.

Sie drückte seine Hand. »Wart's ab, Karl. Es kommt, wie's kommt.« Dann ließ sie ihn stehen.

Er sah ihr nach, wie sie über den Parkplatz schwebte. Und dann, kurz bevor sie die Straße erreichte, drehte sie sich noch einmal zu ihm um und rief: »Und manchmal kann's auch anders komme.«

Das Lächeln, das sie hinterherschickte, war seine schönste Belohnung für einen harten Tag.

Kapitel 19

In dem sich der entscheidende Hinweis hinter einem teuren Pelzmantel verbirgt

Nadine Strobel logierte im berühmten Deidesheimer Hof, was Carlos nicht wunderte. Schon wegen seiner ruhmreichen Vergangenheit und der exponierten Lage direkt gegenüber dem alten Rathaus war das Hotel ein Magnet für alle Pfalzbesucher, die nicht sparen mussten. Hier bekam der Gast, was er im Allgemeinen von dieser Region erwartete: rustikalen Pfälzer Landhaus-Charme, allerdings auf höchstem Niveau.

Sie hatte es vorgezogen, an einem einzelnen Tisch in der Nähe des Brunnens Platz zu nehmen, obwohl es eigentlich zu kühl war, um draußen zu sitzen. Aber sie brauchte wohl eine Gelegenheit, um ihren Chinchilla-Mantel angemessen in Szene zu setzen. Im Gegensatz zu ihrem Auftritt in Elwenfels trug sie diesmal kein Schwarz. Kein Witwenstaat mehr. Stattdessen umfassten rote Fingernägel ein Glas Latte macchiato.

Carlos schob sich einen Stuhl zurecht und setzte sich wortlos an ihren Tisch. Nadine Strobel musterte ihn müde. Sie sah aus, als hätte sie den Abend zuvor mit ein paar Drinks zu viel verbracht.

»Also«, sagte Carlos, »um was geht es?«

Sie zündete sich eine Zigarette an und starrte in die

Luft. »Er ist es nicht«, sagte sie schließlich. Ihre Stimme klang wie ein Stück Stoff, das auseinandergerissen wurde. »Die Leiche, die sie im Wald gefunden haben, ist nicht Hans.«

»Oh, das tut mir aber leid.«

»Was? Was tut Ihnen leid?«, fauchte sie zurück.

»Naja, Sie machen irgendwie den Eindruck, dass das eine Katastrophe für Sie ist.«

»Was soll das, Herb?«, fragte sie, und jetzt klang sie erschöpft. »Denken Sie immer noch, dass ich mir den Tod meines Mannes wünsche? Ich bitte Sie!«

Carlos hob die Hände. »Erleichtert sehen Sie auf jeden Fall nicht aus.«

»Sie kennen mich gar nicht, Herb«, erwiderte sie. Der Zug an ihrer Zigarette verriet ihm, wie nervös und angespannt sie war. »Sie haben das gestern falsch interpretiert.« Sie seufzte, rau und zittrig. »Wissen Sie, diese ganze Sache setzt mir sehr zu.«

Sie sah ihn jetzt flehentlich an, aber er glaubte ihr nicht. Das Theater war nichts weiter als ein Versuch der Schadensbegrenzung. Sie spielte die Labile lediglich für ihr Image. Was für ein berechnendes Weib, dachte Carlos. Aber er nickte verständnisvoll, ebenfalls fürs Image.

»Ich trage das jetzt seit einem Jahr mit mir herum«, fuhr sie fort. »Immer diese Ungewissheit. Ist er tot oder nicht? Hat er mich verlassen? Taucht er irgendwo wieder auf? Auf Dauer macht einen das kaputt, verstehen Sie?« Ein Windhauch ließ die Härchen der toten Chinchillas tänzeln. »Als ich diese Nachricht bekam, dass sie hier eine Leiche gefunden haben, da dachte ich nur: Endlich ist es vorbei. Wissen Sie, was ich meine? Und ja, das war eine Art Erleichterung für mich. Damit diese Ungewissheit endlich aufhört. Aber Sie ...«, sie drückte aggressiv ihre Zigarette im silbernen

Aschenbecher aus, »Sie unterstellen mir, dass ich mir seinen Tod wünsche.«

»Ich habe verstanden«, lenkte Carlos ein. »Und nun?«

»Machen Sie weiter!« Sie atmete tief ein. »Bitte! Aber nur so lange, bis Sie zu dem Schluss kommen, dass es wirklich keinen Sinn mehr hat. Wenn Sie keine Anhaltspunkte haben, dass er hier irgendwo ist, dann lassen Sie es. Dann können wir immer noch versuchen ... Ach, was weiß ich!« Sie presste ihre Fingerknöchel gegen die Schläfen. »Sie entscheiden, wann es genug ist.«

»Ich könnte noch zwei Jahre suchen.«

Jetzt sah sie ihn zum ersten Mal direkt an. »Was soll der Unsinn, Herb? Niemand bleibt freiwillig zwei Jahre in dieser furchtbaren Gegend hier. Es ist deprimierend. Ich werde morgen zurück nach Hamburg fahren. Hans hätte es hier in dieser Provinz keine Woche ausgehalten!«

Ein Ober näherte sich ihrem Tisch. Eine kleine Handbewegung von Nadine Strobel genügte, um ihn auf der Stelle kehrtmachen zu lassen.

Sie seufzte. »Manchmal denke ich, dass es vielleicht besser gewesen wäre, wenn Hans niemals zu so viel Geld gekommen wäre. Reichtum erzeugt so viel Missgunst und Neid. Woher soll ich wissen, worin Hans überall verwickelt war, ob er Feinde hatte oder Schulden?«

»Und deswegen schicken Sie mir zwei Spione hinterher?«

Frau Strobels Gesicht wurde wieder zur Maske. »Jetzt fangen Sie nicht schon wieder damit an. Ich habe keine Ahnung, was oder wen Sie meinen.« Sie holte eine Puderdose aus der Handtasche und betupfte ihre Nase. »Ich denke manchmal, dass es besser gewesen wäre, wenn Hans keine so steile Karriere gemacht hätte. Wenn er bei dem geblieben wäre, was er wirklich konnte. Er war ein schlichter Mann aus einem schlichten Umfeld, nicht gemacht für dieses Leben im Luxus. Vielleicht hätte er einfach bei seinen Ursprüngen bleiben sollen. Er war unglücklich, wissen Sie.«

Carlos lächelte. »Und Sie? Was wäre dann aus Ihnen geworden? Hätten Sie einen anderen reichen Mann geheiratet?«

Sie sah kurz aus, als wolle sie ihm den Rest ihres Kaffees ins Gesicht kippen, aber dann flackerte ein Lächeln der ironischen Selbsterkenntnis über ihre akkurat geschminkten Lippen. »Ja, das hätte ich wohl in der Tat gemacht«, sagte sie säuerlich, fasste ohne hinzusehen in ihre Handtasche und gab ihm vier Fünfhundert-Euro-Scheine. »Melden Sie sich, wenn es Neuigkeiten gibt. Guten Tag.«

Carlos fuhr mit einem eigenartigen Gefühl nach Elwenfels zurück. Hätte er das Geld ablehnen sollen? Er wollte doch mit dieser Frau nichts mehr zu tun haben. Andererseits, vielleicht hatten die beiden Typen in dem schwarzen Saab wirklich nichts mit ihr zu tun. Und: Das Rätsel um Hans Strobel war noch nicht aufgeklärt. Carlos hätte so oder so weiter nach der Wahrheit gesucht. Warum sollte er dabei nicht auch noch ein bisschen Geld verdienen? Damit wollte er die Diskussion in seinem Kopf beenden. Aber da war noch etwas. Etwas, das ihm keine Ruhe ließ. Etwas, das Nadine Strobel gesagt hatte. Eher beiläufig, in einem Nebensatz. In dem Moment hatte es bei ihm leise geklingelt. Aber jetzt wusste er nicht mehr genau, was es gewesen war. Der berühmte, entlarvende Nebensatz, der bei Verhören und noch viel öfter bei »freundlichen Befragungen« fiel und der immer ans Ziel führte. Der Satz, der wie eine Nadel im Heuhaufen des restlichen Gesprächs verschwand und den man hinterher mühsam suchen musste. Carlos wusste, wenn er sich nicht sofort darauf konzentrierte, würde er ihn vollständig verlieren.

Er fuhr rechts ran, an derselben Stelle, wo er vor einer Woche fast gegen den Baum geknallt war, und dachte angestrengt nach. Er öffnete alle Fenster und atmete tief die würzige Waldluft ein. Wie gerne würde er hier spazieren gehen, ohne nach etwas zu suchen. Einfach nur so spazieren gehen, das, was er am liebsten tat.

Das, was er am liebsten tat ... am liebsten.

Er war unglücklich, wissen Sie?

Carlos tastete nach seinem Handy. Er hatte gerade noch einen Balken Netzempfang und drückte auf Nadine Strobels Nummer. Nach nur einem Klingeln war sie an der Leitung.

»Was denn noch, Herb?«

»Sie haben vorhin etwas gesagt. Dass Ihr Mann bei dem hätte bleiben sollen, was er am besten konnte oder am liebsten gemacht hat. So etwas in der Art.«

»Ja, und?«

»Was ist das?«

»Wie meinen Sie?«

»Na, was ist es, was Hans ursprünglich getan hat, bevor er ins Messemanagement eingestiegen ist? Hatte er davor einen anderen Beruf?«

»Wozu soll das wichtig sein?«

»Alles ist wichtig. Sagen Sie es einfach! Bitte.«

»So genau weiß ich das gar nicht. Aber er hat irgendetwas mit Steinen gemacht. Hat dauernd davon geredet, dass das der schönste Beruf der Welt sei. Mit den eigenen Händen Steine bearbeiten. Aber das bringt ja kein Geld. Der Arme. Am liebsten hätte er wohl ...«

Doch den Rest hörte Carlos nicht mehr. Er startete den Wagen und fuhr, so schnell der schmale Weg es hergab, weiter nach Elwenfels.

Kapitel 20

Für das es keine Überschrift geben darf, weil die Spannung erhalten bleiben soll

Kirchen hatten für ihn immer etwas Abweisendes, das Kirchenschiff betrat er sowieso nie. Aber selbst von außen war der Anblick von Gotteshäusern für ihn immer verbunden mit Zwang und Verschwendung. Diesmal aber konnte Carlos es gar nicht erwarten, die Kirche zu inspizieren. Die grünen Gerüstbahnen zitterten im Wind, und er fühlte sich auf den schiefen Aluminiumstufen und den schwankenden Planken wie auf einem Schiff im offenen Meer. Vom Gerüst drang leise Musik. Die Musik, von der in den vergangenen Tagen immer mal wieder etwas über den Platz geschallt war. Er hatte sie nicht weiter beachtet, weil er nicht wissen konnte, mit was sie in Verbindung stand. Jetzt wusste er es. Cole Porter, Oscar Peterson – die Schallplatten, die er in Strobels Büro gesehen und in dessen kaltem Ambiente als so seltsam menschlich empfunden hatte.

Als Carlos endlich auf der obersten Etage des Gerüsts angekommen war, schnaufte er so laut, dass sich der Mann, der an der Wand kniete, ruckartig umdrehte. In dem schmalen Durchgang zwischen Kirchenfassade und Abdeckplane herrschte ein eigenartiges Unterwasserlicht. Staub hing in der Luft. Carlos schmeckte den mineralischen Sand auf den Lippen. Er hustete. Währenddessen versuchte er das Bild, das er vor Augen hatte, mit dem Bild in seinem Kopf in Einklang zu bringen. Das grünliche Zwielicht verstärkte diesen verwirrenden Eindruck noch.

Dieser Mann dort war nicht Hans Strobel. Und er war es doch.

»Ganz schön staubig hier oben, was?«, sagte Strobel jetzt und kam behände auf die Beine. Er machte den CD-Player aus, griff in eine Mauernische und holte ein Glas hervor. Ein getupftes Schoppenglas.

Was sonst, dachte Carlos und machte einen taumelnden Schritt auf den Mann zu. In aller Ruhe holte Strobel zwei Flaschen aus einer Kühltasche und mischte eine Weinschorle.

»So. Jetzt erst mal 'nen kräftigen Schluck auf den Schreck.«

Er reichte Carlos das Glas und bedeutete ihm, sich auf das Gerüst zu setzen. Froh, sich erholen zu können von der Anstrengung des Kletterns und mit der Euphorie des Ermittlers, endlich am Ziel zu sein, ließ Carlos seine Beine einfach über den Rand des Gerüsts hängen. Strobel hockte sich direkt neben ihn wie ein alter Kumpel. Sie mussten vom Dorfplatz aus ein eigenartiges Bild bieten: zwei Paar staubige Schuhe, die unter einer grünen Plane hervorbaumelten. Carlos trank gierig ein paar Schlucke von der Weinschorle. Dann wagte er einen Seitenblick auf den anderen Mann.

»Ja, nun«, sagte Strobel und grinste ihm ins Gesicht. »Jetzt haben Sie mich doch glatt gefunden. War wohl unvermeidlich. Aber schön fühlt es sich nicht gerade an. Ich hab nämlich 'ne Heidenangst, dass Sie der alten Zwiebel erzählen, dass ich hier bin.«

»Ähm, langsam!«, bat Carlos. »Was für eine alte Zwiebel denn?«

»Nadine. Finden Sie nicht, dass Sie einer Zwiebel äußerst ähnlich ist?«

»Also, ich habe wegen ihr noch nicht geweint, falls Sie das meinen.«

Strobel nahm Carlos das Glas aus der Hand. »Aber ich«, sagte er und trank. »Und ich hab mir geschworen, dass ich für dieses Weib keine Träne mehr vergieße.«

Es tat irgendwie gut, ein nördlich gefärbtes Hochdeutsch zu hören. Aber irgendetwas stimmte mit Strobels Sprachmelodie nicht. Etwas in seiner Stimme klang bereits nicht mehr ganz so spitz und engmündig. Reichte ein Jahr aus, um dem Mutterdialekt einen neuen Soundtrack zu verpassen?

»Und deswegen verstecken Sie sich hier?«, fragte Carlos.

Er betrachtete Strobel von der Seite, sah in sein staubiges, verschwitztes Gesicht. War das wirklich der Mann, den er gestern bei der Orgie in der Höhle gesehen hatte? Naja, es konnte hinkommen.

Verglichen mit den Fotos, die vor seinem Verschwinden aufgenommen worden waren, hatte er sicher an die vierzig Kilo abgenommen. Er war immer noch bullig, wirkte jetzt aber gesünder, straffer und kraftvoller. Sein Gesicht hatte nun markante Züge, als wenn jemand die Luft abgelassen hätte. Schwer vorstellbar, dass er noch vor einem Jahr im Designeranzug durch die Welt gelaufen war. Er sah so selbstverständlich aus, so geerdet in seinem Blaumann und dem schlichten, karierten Hemd. Offensichtlich hatte wohl auch die Mentalität der Elwenfelser auf ihn abgefärbt, denn er strahlte eine tiefe innere Ruhe aus. Der Mann schien sich ganz sicher zu sein, dass es an seinem neuen Leben nicht das Geringste zu ändern gab, auch nicht durch einen von seiner Frau bezahlten Privatdetektiv.

»Was zum Teufel machen Sie hier, Strobel?«, fragte Carlos seufzend.

»Nach was sieht's denn aus? Ich restauriere diese Kirche. Das ist das Schönste, was ich in meinem ganzen Leben bisher gemacht hab.«

Carlos wandte den Kopf und sah die frisch restaurierten Steinfriese und die Figur eines gemeißelten Drachenkopfes, die Strobel gerade bearbeitete, und musste lächeln. Hans Strobel, der millionenschwere Messemagnat, war also in die Fußstapfen des Landstreichers Gustav getreten.

»Schöne Arbeit«, sagte Carlos anerkennend. »Aber wie ist es dazu gekommen? Ich meine: Wie sind Sie überhaupt hier gelandet?«

»Das wollen Sie gerne wissen, was?«, fragte Strobel spitzbübisch und gab das Dubbeglas zurück.

»Sie sind doch hier gelandet, weil Sie diesen Wein gesucht haben, nicht?«

»Ach. Das wissen Sie?«

»Ist meine Arbeit. Sie waren zuerst in Deidesheim im Weingut Kruse. Und dann sind Sie hier gelandet. Aber warum?«

Strobel winkte ab. »Ach, warum, warum? Die Welt ist bunt und für jedermann zu haben. Das hab ich schon immer gesagt. Manche kaufen sich ein Ticket nach Thailand und bleiben da, andere machen in Las Vegas ein Standesamt auf. Ich bin eben hier und hab eine sinnvolle Arbeit gefunden. Was ist daran so aufregend? Außer, dass Elwenfels ein außergewöhnlicher Platz auf Erden ist. Die Menschen sind etwas ganz Besonderes. Ich mag den Wein, das Essen, die Natur. Basta. Ich hab in Hamburg nichts, zu dem es mich zurückzieht. Ich bleibe hier. Und wenn Sie kein ganz gemeiner, mieser Sauhund sind, dann erzählen Sie meiner sogenannten Ehefrau nichts davon.«

»Habe ich nicht vor«, murmelte Carlos. Er meinte es ernst. Aber trotzdem wollte sich das Gefühl von Zufriedenheit nach einem erfolgreich beendeten Auftrag nicht einstellen. Im Gegenteil. Er wurde immer unruhiger. »Und das ist wirklich alles?«

»Ja, was denn noch?« Strobel sah ihm offen ins Gesicht. »Haben Sie gehofft, dass ich irgendwo gefangen gehalten werde? Oder dass Sie meine Gebeine im Wald finden?«

»Nein …«

»Na, alla! Die Straße ist hier zu Ende. Hier kann ich leben. Mit echten Menschen. Aber in Hamburg … Nee, das ist vorbei. Und wenn ich daran denke, dass ich auch nur ein einziges Mal noch mit Nadine sprechen müsste …« Er schloss die Augen und schnappte sich das Glas.

»Also, mich zieht's auch nicht wirklich dahin zurück. Ich hätte das am Anfang nicht gedacht, aber das hier ist wirklich ein schöner Flecken.«

»Dann bleiben Sie doch hier, Herb!«, sagte Strobel und klatschte ihm seine breite Steinmetzhand auf den Oberschenkel. »Bleiben Sie, hier ist genug Platz für alle. Und die Elwenfelser werden Ihnen den Auftritt gestern Nacht schon verzeihen. Mildernde Umstände für Carlos, den Privatschnüffler!« Er lachte leise. »Sie werden hier so schnell integriert, das ist der Wahnsinn …« Seine Augen waren jetzt ein bisschen feucht. »Aber nur, wenn die Chemie stimmt.«

»Tja, es wäre einen Gedanken wert«, murmelte Carlos. »Aber nicht wegen des Weins. Und auch nicht wegen der Natur …«

»Wegen was dann?«, fragte Strobel neugierig und trank das Glas leer.

»Da gibt es eine Frau …«

»Ah, die Frauen hier sind einsame Klasse. Nicht diese zimperlichen Kunstprodukte. Die Mädels hier wissen gar nicht, wie man Botox und Silikon schreibt. Welche ist es denn?«

»Naja, also das ist mir jetzt ein bisschen peinlich …«

»Nur raus damit.«

»Naja, Sofie. Die hat was berührt in mir. Wie soll ich sagen? Das ist eine Frau, für die würde ich mein ganzes Leben umkrempeln.« Bei diesen Worten spürte er in seinem Innern eine Wärme aufsteigen, die sich so wohlig anfühlte, dass er sie gern festgehalten hätte. Er sah zu Hans Strobel hinüber.

Der Untergetauchte starrte mit unbewegtem Gesicht durch die engen Maschen der Gerüstplane nach unten auf den Platz. Seine Kieferknochen bewegten sich. Dann sah er Carlos an. In seinen Augen flackerte es.

»Und das sagst du einfach so. Obwohl du uns gestern zusammen gesehen hast?« Strobel duzte ihn plötzlich.

»Äh, naja, also, ich dachte … das gestern … das war mehr so eine Art Gemeinschaftserlebnis. Oder nicht?«

Strobel schnaubte.

»Also, verstehe ich das jetzt richtig? Du und Sofie … seid zusammen?«

»Du verstehst gar nichts.«

»Dann erklär es mir.«

»Nein, das mach ich nicht!«, zischte Strobel. »Ich lass mir das nicht von irgendeinem dahergelaufenen Privatdetektiv kaputt machen!«

»Ich mache dir doch nichts kaputt.« Carlos war ganz erschrocken von Strobels Verwandlung. Der ganze Mann zitterte förmlich vor Ärger und Enttäuschung.

»Doch, tust. Ich kenn doch solche Typen: Sie können das Mädel nicht haben, und dafür rächen sie sich auf die eine oder andere Weise!«

»Nein!«, rief Carlos. »Ich werde deiner Frau, ähm … deiner Ex-Frau nichts erzählen. Auf keinen Fall. Im Gegenteil! Ich freu mich, wenn dein Geld in Laos Waisenkindern zugute kommt.«

Strobels Augen weiteten sich. »Meinst du das ernst?«

»Mann, für wen hältst du mich denn?« Carlos markierte den Gelassenen, aber in ihm krampfte sich alles zusammen.

»Das weiß ich noch nicht so genau«, erwiderte Strobel und machte sich daran, das Glas wieder zu füllen. »Ist ja auch egal. Du trinkst jetzt erst mal brav dieses Glas mit mir leer. Und ich erzähle dir die ganze Geschichte, okay? Dann wirst du verstehen, warum ich hier nicht mehr wegkann.«

Carlos nickte und nippte an der Schorle. Er ergab sich seinem Schicksal.

»Ich war letztes Jahr auf dieser Weinmesse in München«, begann Strobel und sah dabei aus, als läge das Ereignis für ihn schon zehn Jahre zurück. »Mir ging es nicht gut. Gar nicht gut. Eine Frau wie Nadine ist wie ein Vampir. Die saugt dich leer. Und zurück bleibt das Nichts. Das ganze Geld, die Reisen, der Einfluss – alles für den Arsch, wenn in deinem Haus das Feuer aus ist. Ich sag dir, ich würde lieber bis an mein Lebensende an eine Eisscholle gekettet sein, als noch weiter mit dieser Frau zu leben.« Er nahm Carlos das Glas aus der Hand und trank. »Naja, auf jeden Fall ist da diese Blindverkostung, die ich aber nicht richtig mitbekomme. Viele geschäftliche Gespräche und so. Als das Ganze schon vorbei ist, kurz bevor alles wieder abgebaut wird, komm ich an den Ständen vorbei und sehe die ganzen Flaschen da stehen. Die meisten noch halbvoll. Da denk ich: Komm, das hast du dir jetzt verdient. Ich nehme also ein Glas und schnappe mir irgendeine Flasche, in der noch was drin ist, und setze mich in ein stilles Eckchen. Ich schau den Arbeitern zu, wie sie alles zerlegen, und trinke in aller Ruhe diesen Wein. Ich hatte keine Ahnung, dass das der Wein ist, der das ›Große Gold‹ gewonnen hat, aber ich denke noch: Hey, das ist aber 'ne echte Granate, die ich da erwischt habe. Und dann merke ich, dass der Wein irgendwas mit mir anstellt. Nach zwei Schlucken wird mir ganz wohlig zumute, irgendwie … friedlich. Wie vor dem Einschlafen als Kind, verstehst du? Und nach dem dritten Schluck … Wie soll ich das erklären?«

Carlos kannte das Gefühl ganz genau. Er hatte es selbst erlebt.

»Also, es war so, als … als würden alle schönen Erinnerungen meines Lebens auf einen Schlag in meinem Kopf platzen. Ich hab fast keine Luft mehr bekommen vor lauter Schreck, aber es war ein großartiges Gefühl. Da waren plötzlich alle Orgasmen, alle Freunde, alle schönen Frauen, der Rucksackurlaub mit achtzehn, mein erster Tauchgang, alle Träume und alles Schöne in meinem Innern versammelt. Nicht als Fotoalbum oder so. Es war von allem die Essenz, verstehst du? Ich war für ein paar Sekunden fast wahnsinnig vor Glück.« Strobel seufzte und wischte sich eine Träne aus dem Augenwinkel. »Es war einfach unfassbar. Danach saß ich so lange da auf dem Stuhl, bis sie mich verscheucht haben. Normalerweise – und das ist jetzt wichtig, Carlos – hätte ich einen Aufstand gemacht, rumgebrüllt und so richtig den Boss rausgehängt. Aber in diesem Moment war ich so friedlich und nett, dass ich mich selbst nicht wiedererkannt hab. Ich bin ins Hotel gefahren und hab die ganze Nacht nachgedacht. Und da ist mir alles klar geworden. Ich wusste: Ich muss raus aus meinem Leben. Weg von Nadine, weg aus unserem Haus, weg von dem ganzen Business, weg von dem ganzen Geld.«

Wieder nahm Strobel einen tiefen Schluck aus dem Glas. Dann sah er Carlos an, der ihm mit halb geöffnetem Mund zuhörte. »Ich sag dir was: In Gedanken mal einen Selbstmord durchzuspielen, das war mir nicht so fremd. Mir gefiel der Gedanke, zu verschwinden und nie mehr aufzutauchen. Deswegen war ich auch beim Notar und hab diese Klausel einbauen lassen. Ich hatte keine Ahnung, was genau ich machen wollte, aber ich wusste eins: Ich musste diesen Wein finden. Ich wollte mehr davon. Ich hab mich gefühlt wie einer, der Crack geraucht hat und sofort süchtig ist. Das war ein so wunderschönes Gefühl, und ich wollte es festhalten. Na, jedenfalls hab ich dann erfahren, von welchem Weingut der Wein stammt.«

»Den Teil der Geschichte kenne ich«, sagte Carlos.

Strobel nickte. »Na, dann stell dir mal meine Verzweiflung vor! Als ich erfahren hab, dass das Ganze nur ein unverkäufliches Experiment gewesen sein sollte. Ich war erst einmal fertig mit der Welt. Fehlstart ins neue Leben, sozusagen.« Er lachte. »Dann hab ich mich in ein ganz billiges Hotel eingemietet, weil ich scharf war auf diese Erfahrung. Verstehst du, Carlos, ich war noch nie in meinem Leben in einem Hotel unter fünf Sternen, das ist doch armselig!«

Hans Strobel redete sich in Rage. Carlos freute sich darüber, dass er ihn jetzt beim Vornamen ansprach.

»Ich war plötzlich ganz wild auf alle möglichen Sachen, die ich sonst niemals gemacht hätte. Auf verrückte Sachen! Ich hab auf einmal an jeder Ecke irgendwas gesehen, was ich in meinem bisherigen Leben verpasst hab.«

»Und dann hast du bei der Elwetritsche-Jagd mitgemacht.«

Strobel nickte. »Du weißt ja genau Bescheid über mich, hm?«

»War nur eine Vermutung.«

»Ich dachte an Nadine, dass sie über nichts lachen kann. Eigentlich liegt's aber nur am Botox. Naja, ich wollte auf jeden Fall diese Elwetritsche-Jagd mitmachen. Ich dachte, gerade weil es dermaßen tief unter Nadines sogenanntem Niveau war, müsste es eine richtig dolle Erfahrung sein. War's dann wohl auch. Allerdings nicht so, wie ich mir das gedacht hatte.«

Carlos nahm Strobel das Glas aus der Hand und gönnte sich einen Schluck.

»Ja, der Typ hatte gesagt, dass niemand sich von der Gruppe entfernen soll, aber ich wollte ja auch nicht jedem auf die Nase binden, dass ich mal pinkeln musste. Ich bin also ein Stück zur Seite und hab mich erleichtert. Plötzlich gibt der Boden unter mir nach und rutscht weg. Ich kann mich nicht mehr halten und falle in voller Fahrt diesen dunklen Abhang runter. Ich war viel zu erschrocken, um zu schreien, und denke noch: Der Typ wird merken, dass ich weg bin, man wird nach mir suchen, und ich komme wieder heil nach oben. Denkste ... Ich knall mit dem Kopf auf eine Wurzel oder einen Baum und bin erst mal weg. Und dann ... Albtraum!

Ich wachte im Dunkeln auf, und mein Bein war gebrochen. Meine Schulter war auch angeschlagen und erst mein Kopf! Überall Blut ... und weit und breit keine Menschenseele. Ich war wohl mehrmals ohnmächtig und hab in der Zeit dazwischen versucht, ein bisschen weiter zu robben. Ich hab gehofft, dass da ein Weg kommt und mich ein Wanderer findet. Ich bin durchs Unterholz gekrochen und hab mir vorgestellt, ich wäre ein Komparse in *Apocalypse Now*.« Er sah Carlos mit großen Augen an. »Es war die Hölle. Zwischendurch hatte ich sogar Halluzinationen. Komische Vögel, die nach mir hacken, ganz verrücktes Zeug. Später hab ich dann erfahren, dass das keine Einbildung war.«

Carlos horchte auf. Das kam ihm merkwürdig bekannt vor. Aber er wollte Strobels Redefluss nicht unterbrechen.

»Irgendwann war ich sicher, dass ich sterben muss. Ich hab mein Schicksal verflucht, dass es mich so enden lässt, obwohl ich doch gerade beschlossen hatte, mein Leben zu ändern.« Strobels Lachen dröhnte über den Platz. »Mann! Ich hatte ja keine Ahnung, dass das Schicksal mich genau dort hinwirft, wo ich hinsoll. Ins Paradies. Irgendwann wachte ich auf und lag in einem Bett, und über mich beugte sich eine wunderschöne Frau. Ich war am Ende, aber gleichzeitig hab ich mich noch nie so gut gefühlt. Mit einer persönlichen Krankenschwester, die mich gesund pflegt. Ich hab mir sogar gewünscht, für immer in dem Bett zu liegen, nie mehr aufstehen zu müssen. Wegen ihr. Und als ich dann so langsam wieder bei mir war, konnte ich endlich rausfinden, was passiert war und wo sie mich gefunden haben.«

»Und wo war das?«.

»Im Wingert im Wald. Genau an der Quelle, wo der Wein herkommt, den ich so verzweifelt gesucht hab. Ist das nicht der Wahnsinn? Da schmeißt mich dieses verrückte Leben einen Abhang runter, doch ich krieche direkt zu diesen Wundertrauben und falle dieser märchenhaften Kellermeisterin vor die Füße. Unfassbar, oder?«

»Ja«, sagte Carlos knapp. Ihm fiel nichts weiter ein, weil er immer, wenn Sofie erwähnt wurde, gegen dieses flaue Gefühl ankämpfen musste.

»Auf jeden Fall ging's mir damals richtig dreckig. Ich lag fast zwei Monate im Bett. Und dabei ist mein ganzes altes Leben verblasst, Nadine, alles!« Hans Strobel seufzte erleichtert.

»Und da hast du beschlossen, nicht mehr zurückzukehren.«

»Genau.«

»Aber hast du Sofie von dem Wein auf der Messe erzählt?«

Jetzt wurde Strobel kleinlaut. »Nee.«

»Aber warum denn nicht? Es war doch Bitterlinger, der ...«

»Das weiß ich doch längst«, winkte Strobel ab.

»Aber Sofie hat doch wohl ein Recht, das auch zu wissen! Warum hast du es ihr verschwiegen?«

Strobel sah ihn ernst an. »Mir war doch klar, dass das für sie eine Katastrophe gewesen wäre. Sie hat es als Vorsehung betrachtet, dass ich bei ihr gelandet bin. Da konnte ich ihr doch nicht sagen, dass ich diesen Wein gesucht habe, von dessen Existenz ich eigentlich nichts wissen durfte. Verstehst du?«

»Das ist ... das ist schwach, ziemlich schwach.«

»Ach komm, hör auf! Ich wollte einfach nicht riskieren, ihre Zuneigung wieder zu verlieren. Ich war ja längst verliebt in dieses wunderbare Weib.«

»Und sie auch in dich?«, wollte Carlos wissen und schluckte seinen schmerzhaften Eifersuchtsanflug herunter.

»O ja«, sagte Strobel leise, »sie auch in mich. Schau mich an. Ich bin fünfzehn Jahre älter als sie. Ein fettes Walross, und dieses Wesen schenkt mir seine ganze Aufmerksamkeit und Fürsorge. Sie hat mich in der Zeit, in der ich krank war, mit dem Wein aufgepäppelt und mir dann alles darüber erzählt.«

»Ich weiß, was es mit dem Wein auf sich hat«, sagte Carlos und erzählte Strobel von seinen eigenen Erfahrungen mit dem Himmelsstoff.

Als er fertig war, lachte Strobel befreit auf und sagte: »Na, wenn du auch ein Eingeweihter bist, mein Freund, dann muss ich ja wirklich keine Angst haben, dass du zu Nadine rennst und ihr alles verrätst.«

»Warum?«

»Na, weil der Wein dich verändert hat. Merkst du das nicht?«

»Doch schon, aber ich könnte jetzt nicht sagen, was genau es ist.«

Strobel legte ihm die Hand auf den Arm, seine Stimme hatte jetzt einen geradezu andächtigen Ton. »Niemand kann das erklären, aber alle spüren es. Dieser Wein hat Auswirkungen auf deine Seele, auf dein ganzes Sein. Allerdings muss man, um diese Erfahrung zu machen, mindestens drei Schlucke trinken. Ha! Diese ganzen Typen bei der Blindverkostung hätten danach alle erleuchtet wegschweben können. Aber die haben es halt gemacht wie immer: ein Schluck! Und den haben sie auch noch ausgespuckt, die armen Teufel!« Hans Strobel lachte und schüttelte den Kopf.

»Hartmut Bitterlinger hat auch nur einen oder zwei Schluck davon probiert«, sagte Carlos.

»Das glaub ich. Der ist viel zu verklemmt, um etwas wirklich zu genießen. Der sieht nur den Marktwert. Was die wohl mit ihm machen, wenn die alles rausfinden?«

»Ja, was? Was machen die lieben Elwenfelser dann mit so einem?«

»Das Richtige. Für gewisse Dinge müssen gewisse Leute einfach bestraft werden. Aber die Leute hier machen das auf ihre eigene Weise.«

»Wie ist das gemeint?«

»Sie machen das auf eine Art und Weise, die niemandem wirklich wehtut, aber sehr effektiv und nachhaltig ist. Denk an den dummen Jäger, diesen Schnur. Sie haben ihn damals des Ortes verwiesen. Und für unseren schwäbischen Verräter wird man auch was Passendes finden.«

»Was mir nicht so ganz klar ist: Warum hat der Bitterlinger dich eigentlich nicht verpfiffen, als du hierhergekommen bist? Er wusste doch, dass du fremd im Dorf warst. Wieso hat er nicht eins und eins zusammengezählt und gemerkt, dass du derjenige bist, der überall gesucht wird?«

Strobel zog die Schultern hoch. »Der Kerl interessiert sich nicht groß für seine Umwelt. Der hat erst gemerkt, dass Elwenfels einen neuen Mitbürger hat, da war die ganze Sache schon ein halbes Jahr vorbei.«

»Hm …«, machte Carlos und leerte das Schoppenglas.

»Weißt du, nach außen hin wirkt es so, als seien die Elwenfelser verschlossen und konservativ. Als wollten sie nur unter sich bleiben. Aber irgendwie müssen sie das auch. Dieses Geheimnis muss geschützt werden. Gegen den Missbrauch, den andere damit treiben würden. Nur in ganz seltenen Fällen öffnen die sich für jemanden von außen. Ich sag dir was: Dass du den Wein bekommen hast, ist eine gigantische Ehre!«

Carlos nickte und senkte betreten den Kopf. »Ja, und jetzt sind sie leider alle sauer auf mich, weil ich mich der Ehre nicht würdig erwiesen habe.« Er schwankte leicht und hielt sich am Gerüst fest. So langsam tat die Weinschorle, aber mehr noch die Wahrheit des Gesprächs, ihre Wirkung.

Strobel schüttelte den Kopf. »Das ist nicht so schlimm. Du musst die Leute auch verstehen. Die haben Angst um ihr Paradies. Es ist ihnen einfach unangenehm, dass du sie so gesehen hast. Sie wissen nicht, was du mit diesem Wissen jetzt machst.«

»Was soll ich denn groß machen damit? Ich bin doch ein Eingeweihter«, sagte Carlos. »Wenn sie mir den Wein zu trinken geben und um seine Wirkung wissen, müssen sie sich doch keine Sorgen machen.«

»Tja, sie sind halt trotzdem misstrauisch«, wandte Strobel ein. »Vielleicht haben sie Angst, dass sie sich in dir geirrt haben und es ein Fehler war, dich einzuweihen.«

Carlos holte tief Luft und gab einer kindlichen, ungestümen Laune nach, die plötzlich in ihm aufstieg. So laut er konnte und so, dass jeder es unten auf dem Platz hören musste, rief er: »Er weiß alles, aber er sagt nichts. Carlos Herb, Hamburger Fischkopp, alla hopp!«

Geistesgegenwärtig packte er dann Hans Strobel am Arm, weil der vor Lachen drohte vom Gerüst zu fallen.

Kapitel 21

Wie Orgelpfeifen, Wäscheklammern und ein Korsett einen nicht unerheblichen Beitrag zur Wahrheitsfindung leisten

Als Carlos die Plane hochhob, erschrak er. Zwar hatte er damit gerechnet, dass der ein oder andere Elwenfelser seinen geschrienen Schwur gehört hatte. Aber nicht gleich der ganze Ort auf einmal. Aus allen Gassen strömten die Menschen auf den Platz, an der verhüllten Kirche vorbei. Aber keiner sah nach oben.

»Was ist denn da los?«, fragte Carlos.

»Dorftribunal«, kam die trockene Antwort von Strobel.

»Was?«

Carlos konnte nicht verhindern, dass sich ein mulmiges Gefühl in seinem Magen ausbreitete. Was, wenn er hier oben längst in der Falle saß und das ganze Dorf in der Zwischenzeit beschlossen hatte, dass er spurlos verschwinden sollte? Wie in den Filmen, wo verschworene Dorfgemeinschaften unbequeme Eindringlinge einfach beseitigten. Wie hieß noch mal der mit Nicolas Cage, wo sie ihn am Ende in einer riesigen Weidenfigur bei lebendigem Leib verbrannten?

Da rief Strobel plötzlich: »Da vorne, guck! Da kommt der Beschuldigte.«

Auf der Straße, die in den Wald führte, näherte sich eine größere Gruppe Elwenfelser. Sie hatten etwas bei sich.

Nicht etwas … jemanden, an Händen und Füßen gefesselt. Der Gefangene brüllte aus Leibeskräften, doch im Lärm der Stimmen ging sein Geschrei gnadenlos unter.

Alfons Schnur.

Sie trugen ihn wie einen zusammengerollten Teppich. Er wand sich in den Griffen von Willi, Otto und Alfred, die ihn auf den Platz schleppten. Doch gegen die drei Männer hatte er keine Chance.

Carlos schluckte. Er hatte geglaubt, dass die Elwenfelser im Grunde gemütliche Zeitgenossen seien, die sich zwar auf die Hinterbeine stellten und ziemlich brummig sein konnten. Aber diese entschlossene Ernsthaftigkeit in ihren Gesichtern erschreckte ihn jetzt doch. Obwohl es Alfons Schnur war, dem ihr kollektiver Zorn galt. Was hatte er selbst dem alten Gebirgsjäger mit dem Waffenfetisch nicht alles an den Hals gewünscht! Aber das? Er warf einen Seitenblick auf Hans Strobel, der das Ganze ohne die kleinste Aufregung beobachtete.

»Ähm … was läuft hier?«

»Nach was sieht's denn aus? Er kriegt die Strafe, die ihm zusteht.«

Carlos jagte ein Schauer über den Rücken. Mit welcher kalten Selbstverständlichkeit Strobel das sagte.

Er stellte sich dumm. »Und warum?«

Strobel sah ihn wortlos an und runzelte spielerisch die Stirn, so, als wollte er ihn daran erinnern, dass er den Grund doch ganz genau wusste.

Nervös verfolgte Carlos das Geschehen unter sich. Sie schleiften Schnur auf die oberste Treppenstufe vor dem Eingang zum Rathaus, sodass ihn alle sehen konnten. Dort drückten sie ihn auf einen bereitstehenden Stuhl.

Er sah furchtbar aus. Zwar hatte er keine sichtbaren Verletzungen, aber die Angst verzerrte seine Gesichtszüge zu einer Grimasse. Der Mann war blass und erschöpft, auf seiner Glatze glänzte der Schweiß.

»Was haben sie mit ihm gemacht?«, fragte Carlos.

»Oh, nichts Schlimmes. Habe gehört, dass sie ihn irgendwo im Wald festgehalten haben. Bei den Elwetritsche. Du weißt Bescheid?«

Carlos nickte. »Ja klar. Pfälzische Fabeltiere.«

Strobel sprach weiter, als hätte er das Wort »Fabel« nicht gehört. »Na, dann weißt du ja auch, dass diese Biester ziemlich bedrohlich sind. Und wenn man sich dann plötzlich in ihrer Gegenwart wiederfindet, wohl wissend, dass sie ein Gedächtnis haben wie Elefanten, dann kann das ziemlich gruselig werden. Erst recht, wenn man der Killer eines ihrer Artgenossen ist. Aber naja, du siehst ja: kein Kratzer.«

Der Gefangene wurde auf einen Stuhl mitten auf dem Platz gedrückt. In der Menge wurde es auf einmal still. Willi, der mit Otto neben dem Gefesselten Aufstellung genommen hatte, rief mit lauter Stimme: »So, Herr Schnur! Herzlich willkomme zurück in Elwefels. Oder soll ma lieber sage: Schmerzlich willkomme?«

»Jo genau!«, tönte ausgerechnet Michael, der Dorfarzt. »Es tut nämlisch sauweh, so einer wie dich wieder sehe zu müsse.«

Zustimmendes Gezischel auf dem Dorfplatz.

Von seinem Beobachtungsplatz auf dem Gerüst der Kirche konnte Carlos gut den gesamten Platz scannen. Die Männer, mit denen er Gustavs Knochen umgebettet hatte, standen verteilt in der Menge. Und Sofie? Sie entdeckte er in einem offenen Fenster über Cordulas Miederwarengeschäft. Neben ihr sah er die alte Anna. Sofie verfolgte das Geschehen mit ruhigem, abwartendem Blick und strich der Waldbewohnerin auf ihrem Logenplatz immer wieder über den Rücken. Wie wird Sofie bloß reagieren, wenn sie sieht, dass ich ihren Liebsten gefunden habe?, fragte sich Carlos besorgt.

Alfons Schnur zerrte an seinen Fesseln und wollte sich erheben, aber eine Hand drückte ihn wieder auf den Stuhl zurück.

»Macht mich los! Das ist kriminell, was ihr hier treibt. Freiheitsberaubung!«, schrie Schnur. Speichel rann ihm aus dem Mund.

»Jo, mit kriminell kennscht du dich aus, gell?«, schrie eine Frau aus der Menschenmenge.

»Du bischt de Schlimmschde!«

»Gewesche gehört der!«

»Sie meinen: geschlagen«, übersetzte Strobel oben auf dem Gerüst.

»Ah, danke ...«, murmelte Carlos.

Willi schüttelte den Kopf und rief: »Jetzt mol langsam! Des mit den Verwesche muss warten. Erscht mol muss unser lieber Exilbürger zugeben, was er verbroche hat. Und weil er des net freiwillisch macht, müsse mir halt ein bissel helfe dabei, gell?«

»Ihr könnt doch nicht ... das war ein Viech, weiter nix«, protestierte Schnur.

»Un ein Mensch«, rief Bettel, die am Rand des Brunnens lehnte.

»Ich hab keinen Menschen getötet!«

»Nää, überhaupt net«, sagte Anthony ironisch und mit mühsam unterdrückter Wut. Er saß auf dem Mäuerchen vor dem Rathaus.

»Du hascht den Gustav ja auch gern als Untermensch bezeichnet. Is und bleibt aber Mord.«

»Ich hab euren scheiß Landstreicher aber nicht erschossen!«

»Ah! Erschießen, ja?«, schrie Karl jetzt so laut, dass Carlos oben auf dem Gerüst zusammenzuckte. »Woher weißt du das denn mit dem Erschießen?«

Darauf wusste Schnur nichts zu sagen. Er zerrte wieder an seinen Fesseln und verlangte lautstark seine Freilassung.

»Langsam!«, befahl Willi. »Ich sag dir was: Du darfscht gehen. Aber erscht muscht du verzähle, was du damals vor fünf Jahr gemacht hascht.«

»Gar nix!«, schrie Schnur mit blutunterlaufenen Augen. »Was soll ich denn gemacht haben?«

»Hopp, jetzt aber«, rief Cordula von der Tür ihres Ladens über den Platz. »Es is ganz einfach. Entweder du verzählscht jetzt alles, oder mir sorge dafür, dass du gar net anderscht kannscht, mein Lieber.«.

Willi beugte sich zu Schnur herunter, sodass ihre Gesichter nur noch eine Handbreit voneinander entfernt waren. »Jetzt pass mol auf! Die Zeit is gekommen, dass du zahlscht für deine Untaten!«

Schnur wich vor Willis großem Gesicht zurück und spuckte ihn an. Willi richtete sich ganz langsam wieder auf, wischte sich die Spucke vom Kinn und rief: »Alla hopp, er will's net anderscht. Jetzt werd's hässlich. Wer en schwache Mage hot, der sollt jetzt heimgehe un en Schorle petze.«

Keiner rührte sich vom Fleck. Wie aus dem Nichts wurden plötzlich Gegenstände nach vorn durchgereicht, die Carlos von hier oben nicht identifizieren konnte.

»Sehr schöne Idee, Else. Wäscheklammern!«, rief Otto begeistert und hielt einen Baumwollsack in die Höhe.

»Ha! Ich hol noch mein Brenneisen!«, rief eine ältere Dame. »Des is normalerweis für die Dauerwell, aber des is so schön heiß.« Und schon verschwand sie in einer Gasse.

Schnur war eine Nuance blasser geworden.

»Was tun die da?«, flüsterte Carlos, dem diese bizarre Inszenierung immer unangenehmer wurde.

»Wart's ab, mein Freund, und lerne«, kicherte Strobel.

»Un?«, rief Willi. »Gibt's noch was Schönes, wo unserm Exilbürger und Freizeitmörder uff die Sprung helfe könnt?«

»Dem Werner sein Elektrozaun«, sagte jemand, »un de Generator dazu.«

»Sehr gut, danke.« Willi hörte sich inzwischen fast an wie ein Auktionator.

»Die meinen das doch nicht ernst, oder?«, flüsterte Carlos Strobel zu.

»Doch!«

»Das ist ... Folter.«

»Naja. Was tun sie ihm denn Böses an? Gar nichts.«

»Aber so fängt es doch an«, beharrte Carlos. »Wie bei der Inquisition, Erst mal werden die Werkzeuge gezeigt. Was ist, wenn Schnur sich davon nicht abschrecken lässt?«

»Wart's ab!«

»Ich weiß nicht, ob mir das gefällt.«

»Das muss es auch nicht.«

In der Zwischenzeit hatte das Brenneisen seinen Weg auf die Rathausstufen gefunden. Otto hielt es hoch und probierte in der Luft verschiedene Positionen, mit denen er Schnur zu Leibe rücken konnte. Der starrte ihn wortlos mit geweiteten Augen an.

»Karl, wie sieht's bei dir aus?«, rief Willi dem Pfarrer zu. »Gibt's in deiner Kirch nix, was wehtut?«

Karl überlegte. »Ah doch. Ich hätt vielleicht noch zwei abgebrochene Orgelpfeife.«

»Was?«, keuchte Schnur ungläubig.

»Wunderbar!« rief Willi. »Orgelpfeifen sin gut. Irgendwo wer'n die schon reinpasse. Am beschde quer in sein breites Lügemaul, gell?«

»Und du, Anthony?«, fragte Otto den Friedhofsgärtner.

»Dein Vadder war doch Ami. Die wisse doch, wie man foltert. Fallt dir nix ein?«

»Ha doch! Gießkannen könnt ich anbiete. Zum Gießkannen-Waterboarding.«

Die Menge auf dem Platz brach in lautes Gelächter aus. Nur Schnur wurde bei jeder neuen Runde eine Spur blasser.

»Ich hab auch noch was!« Das war Cordula, die sich mit einem Korsett in der Hand durch die Menge drückte. Sogar von Carlos' Beobachtungsposten auf dem Gerüst war leicht zu sehen, wie sie nur mit Mühe das Lachen unterdrückte.

»Des gute Stück willscht du opfern?«, rief jemand.

»Ah jo. Was määnscht, wie bös sich des anfühlt, wenn man da jemand reinsteckt un richtisch fescht zusammeschnürt. Da wird die Mistkäferhüfte zur Wespentaille!«

Wieder Gelächter.

Jemand brachte von irgendwo her einen Käfig mit einem nervösen Iltis darin. Willi hielt ihn direkt vor Schnurs Gesicht. »Do, guck! Wieder so ein Viech, hä?«

»Der tät dir so gern die Nas abbeiße. Un dann kriggscht von mir eine Tollwutspritz!«, rief Michael.

Jetzt fing Schnur an zu zittern. Er hatte genug. Sein Mund wollte Worte formen, aber es kamen keine. Er wand sich und starrte zwischen dem Iltis und dem Lockenstab hin und her.

Carlos ließ von oben den Blick über die Menge schweifen. Das war kein Lynchmob, der sich darauf freute, dass der Übeltäter endlich gefoltert wurde. Sie schienen auf etwas anderes zu warten und auch bereits zu wissen, was es war. Das ganze Brimborium mit Orgelpfeife und Elektrozaun, Gießkannen-Waterboarding und Wäscheklammern war nur ein Vorspiel auf etwas … ja, was eigentlich?

Schnurs Gesichtsausdruck war eine Mischung aus völliger Ausdruckslosigkeit, Müdigkeit und Schmerz, den Carlos so gut aus Verhörsituationen kannte, kurz bevor ein Verdächtiger geständig wird, weil er keinen anderen Ausweg mehr hat. Dann genügte ein kleiner Impuls, um den Damm brechen zu lassen. Als hätte Willi Carlos' Gedanken gelesen, fuhr er jetzt seine Pranke aus, packte Schnurs Kinn und rüttelte kurz daran.

Der riss sich los und schrie: »Scheiße ja! Is ja gut. Hört uff demit. Ich sag jo alles.«

»Wie war das?«, fragte Willi und packte noch einmal zu.

»Ja, ich geb's zu. Zufrieden?«

»Was gibst du zu?«, schrie die alte Anna vom Fenster aus.

»Na alles. Alles, was ihr hören wollt.«

Anthony, der sich bis in die erste Reihe vorgedrängt hatte, stellte sich vor Schnur auf. »Das heißt, dass du noch heute zur Polizei gehst und dich selbst anzeigst, ja?«

Schnur nickte. Sehr vage nur, aber er nickte.

»Na alla«, sagte Otto. »Genau das wollte mir hörn. War doch net so schwer, odder?«

Schnur nickte wieder, und Carlos sah förmlich, wie er sich in seinem Oberstübchen einen Ausweg zurechtlegte.

Doch die Elwenfelser waren offensichtlich zufrieden. Die Fesseln wurden gelöst, und Schnur sah sich, die Handgelenke reibend, vorsichtig um. Jetzt war er nicht mehr blass, sondern krebsrot. Er konnte wohl selbst nicht glauben, wie einfach er aus der Sache wieder herausgekommen war.

Dann geschah das Unvermeidliche. Von irgendwoher tauchten Gläser auf, Flaschen wurden geöffnet, es plätscherte, es klirrte, und die üblichen Trinksprüche hallten über den Platz. Nie zuvor hatte Carlos dieses urpfälzische Ritual befreiender empfunden.

Schnur hatte plötzlich ein Stielglas in der Hand, in das Willi aus einer schlanken, schwarzen Flasche vorsichtig einen kleinen Schwall goldgelber Flüssigkeit hineingoss. Die Flasche hatte kein Etikett.

In diesem Augenblick begriff Carlos. »Oh, das ist eine wunderbare Idee«, flüsterte er.

»Sag ich doch«, meinte Strobel und schaute gebannt nach unten.

Schnur machte sich daran, sein Glas zu leeren.

»Net so hastig!« Willis Pranke legte sich schwer auf Schnurs Schulter, der das Glas gleich wieder absetzte.

»Nur die Ruhe, es is vorbei«, sagte Michael, der Arzt, der Schnurs andere Schulter zu kneten begann. »Hascht du wirklich gedacht, mir täte do Guantanamo spiele, hä?«

Schnur guckte verwirrt und wischte sich den Schweiß von der Stirn. Es schien ihm peinlich zu sein, dass er solche Angst gehabt hatte.

»Auf den Schreck noch ein Schlückel!«, empfahl Willi und hob sein Glas. »Hopp, sin mir wieder gut!«

Schnur nahm den nächsten Schluck und setzte das Glas wieder ab.

Die Dorfbewohner nippten nur an ihren Gläsern. Sie beobachteten den Jäger aufmerksam. Schnurs Brust bewegte sich schwer atmend auf und ab.

»Hopp, mach dei Glas leer!«, sagte Willi. »Des tut dir gut!«

Schnur leerte sein Glas mit einem dritten und letzten Schluck. Und dann war es plötzlich so, als würde der ganze Mann hinter einer Glasscheibe stehen, an der Wasser hinablief. Das Kantige, Zackige an seiner Gestalt verwischte auf einmal, er schien weicher zu werden, formloser. Sein Kopf sank ihm auf die Brust, die Schultern begannen zu zucken.

Schnur begann zu weinen.

Niemand sagte etwas. Alle warteten. Denn alle wussten wohl, was jetzt kommen würde.

Schnur ließ sich auf den Stuhl zurücksinken. Die Wäscheleine, mit der er gefesselt gewesen war, hing von der Lehne. Seine Finger spielten unruhig mit dem Glas. Die Augen waren fest auf einen Punkt am Boden gerichtet. Er schluchzte immer wieder auf.

Carlos bemerkte den Streifenwagen, der langsam von der Straße zum Dorfplatz rollte, wo ihm eine Wand aus Menschen den Weg versperrte. Dann sah er Zohres, der ausstieg und wild fuchtelnd wissen wollte, was hier los sei. Eine Gasse wurde gebildet, und er schob sich langsam bis zur Rathaustreppe vor.

Schnur bemerkte die Anwesenheit des Polizisten gar nicht.

»Ich weiß auch nicht, warum ...«, begann der Jäger mit bebender Stimme. »Ich weiß doch, dass es nicht richtig ist.« Er holte tief Luft und schüttelte den Kopf, als wäre er über sich selbst erstaunt. »Un ja: Es macht mir Spaß ... zu töte. Des is des Problem.«

Stille.

»Aber ich kann halt einfach nicht anders!« Schnur sagte das fast flehentlich. »Ich würd ja, wenn ich könnt, aber ich will halt ... un dann ...« Er ließ das Weinglas sinken und griff sich an den Kopf. »Des is die Wut in mir, da ganz tief drin, die hört einfach nicht auf. Und dann muss ich wieder.« Er schüttelte den Kopf und verzog das Gesicht. »Wenn ich die Jagd nicht hätt, dann wär's vielleicht was anderes, was Schlimmeres, wo ich mache müsst.« Er schluchzte wieder.

Zohres stand nun in der zweiten Reihe vor der Rathaustreppe und starrte den Jäger ungläubig an. Warum war er ausgerechnet jetzt aufgetaucht? Wahrscheinlich hatte es ihm einer der Dorfbewohner gesteckt.

»Es ist schon ganz gut so, dass ihr mich weggeschickt und ausgeschlossen habt!«, rief Schnur über den Platz. »Ich gehöre hier nicht her. Aber ihr könnt nicht von mir erwarten, dass ich mich damit abgefunden hab!« Er schaute sich mit aufgerissenen Augen in der Runde um.

Die Elwenfelser standen ruhig da und betrachteten ehrfürchtig die Wirkung ihres Wunderweins. Sie alle wussten, was geschah, wenn sich das Innerste eines Menschen nach außen kehrte, ohne Fassade, ohne Lügen. Es war, als hätte jemand in Alfons Schnur ein Rädchen aufgezogen, das ihn erst zur Ruhe kommen lassen würde, nachdem er alles gesagt hatte.

»Ich ... ich weiß auch gar nicht, warum ihr mich jetzt so anschaut!«, stammelte er trotzig. »Ihr wisst doch längst, dass ich das nicht verwunden hab. Was wollt ihr denn hören? Dass das ein gutes Leben war, abseits vom Dorf? Nee, es war beschissen. Meine Frau hat mir bis heute nicht verziehen. Und dann seh ich, dass ihr diesen dreckigen, ungewaschenen Kerl in eurer Mitte aufnehmt. Dass ihr den besser behandelt als mich. Einen ... einen Niemand!« Am letzten Wort verschluckte er sich fast. »Ich war eifersüchtig. Und wütend. Und dann das mit der Anna ... Ihr habt mich weggeschickt wegen ... wegen so einer.« Er griff sich an den Hals, als hätte er Angst zu ersticken. »Die Wut is immer ärger geworden. Ich hab was tun müsse.« Seine roten Augen blickten in die Menge. »Versteht ihr das?«

Stille. Nur der Wind reagierte und ließ Plastikplanen am Kirchengerüst flattern.

»Jahrelang bin ich durch den Wald, immer wieder bei der Anna ihrem Haus. Weil ich gucke wollt, wie man ihr eins auswische kann. Des war ... des tut mir leid, ehrlich!«

Carlos sah hinüber zu dem Fenster, in dem Anna stand. Sie nickte geistesabwesend, wirkte von der Entschuldigung aber nicht sonderlich gerührt.

»Und dann seh ich bei ihrem Haus den Penner ... also diesen Gustav. Un der macht mich an, was ich hier will bei der Anna und warum ich da rumschleich. Da war ich sofort auf hundertachtzig. Der macht mich an! Mich!« Wieder senkte er den Kopf und zuckte resigniert die Schultern. Dann fielen die Worte einfach so aus seinem Mund. »Ich hab ihn abgeknallt. Einfach so. Wie wenn's ein Hirsch gewesen wär.«

Ein Raunen ging durch die Reihen.

Schnur war kreidebleich geworden. »Ja, ich hab den Gustav bei de Anna ihrem Haus verscharrt. Weil ich gedacht hab, dann denke all, dass sie selbst des war. Weil sie halt net ganz richtig, also ...« Er brach ab und schüttelte ungläubig den Kopf. »Ich hab nicht mal ein schlechtes Gewisse gehabt. War sogar stolz uff mich! Wenn so einer wie de Gustav weg is, dann is des doch ... Un jetzt ... jetzt denk ich ...«

Schnur konnte nicht mehr weitersprechen. Er senkte den Kopf und schluchzte laut auf. Dann schaute er hilflos hoch, von einem zum anderen, ballte die Fäuste. Willi legte wieder seine Hand auf Schnurs Schulter und goss ihm noch etwas ein. Schnur kippte den Schluck des Wunderweins gierig hinunter. Trotz Camouflage-Hose und schwarzer Militärjacke sah er jetzt nur noch aus wie ein müder, alter Mann, der nicht länger die Kraft hatte, eine Lüge aufrecht zu halten.

»Es is alles so komme, wie's komme musste. Des is schon in Ordnung«, sagte er dann leise. »Des is vollkomme in Ordnung.«

Zohres löste sich aus der Menschenmenge und kam die Stufen hoch.

»So, der Herr Wachtmeister zeigt dir jetzt, wie's weitergeht«, sagte Willi und zog Schnur von seinem Stuhl hoch. Der folgte ihm, mechanisch wie ein Schlafwandler.

Der Polizist zögerte kurz, seines Amtes zu walten, zu beeindruckt war er offensichtlich von der Szene, die sich hier abspielte. Dann aber nestelte er ein Paar Handschellen von seinem Gürtel und legte sie mit großer Geste dem Jäger an, der es ohne Widerstand über sich ergehen ließ.

Die Elwenfelser bildeten eine Gasse für die beiden. Zohres ließ es sich nicht nehmen, Schnurs Kopf nach unten zu drücken, als er ihn in den Streifenwagen verfrachtete. Dann fuhren sie davon.

Das Spektakel war zu Ende – in der finsteren Magie dieses Augenblicks verharrten die Elwenfelser still auf ihren Plätzen.

Kapitel 22

Welches schon das letzte Kapitel sein könnte, wenn nicht unvorhersehbare Ereignisse das Happy End plötzlich abwenden würden

Alles löst sich in Wohlgefallen auf. Carlos mochte diesen Satz noch nie. Auch wenn er als Polizist einen Fall schnell und umfassend gelöst hatte, wollte sich dieses gute Gefühl nicht einstellen. Der Schaden war meistens für alle Beteiligten schon viel zu groß. Er hatte zwar seinen Job gemacht und sich abends im *Schiefen Eck* einen Siegestrunk gegönnt, aber das Bier schmeckte dann oft besonders schal, und der Schnaps machte ihn noch aggressiver. Er fühlte sich nie als Sieger. Er hatte lediglich Figuren auf einem Spielbrett neu angeordnet. Und er zweifelte am Sinn des Ganzen. Manchmal fragte er sich, ob er eigentlich nur für den Fall an sich lebte, denn nach der Auflösung blieb diese blöde, frustrierende Leere, wie eine postnatale Depression.

Diesmal aber war es anders: Carlos freute sich.

Er freute sich, dass er Nadine Strobel anrufen und verkünden konnte, dass er den Auftrag, ihren Mann zu suchen, nicht weiter verfolgen werde. In ein paar kurzen Sätzen erklärte er ihr die Sinnlosigkeit des ganzen Unterfangens und versprach sogar, ihr die letzte Barzahlung zu erstatten.

Das verächtliche Schnauben, das er als Antwort bekam, und der indignierte Ton in ihrer Stimme, all das gefiel ihm sehr gut. Es war das erste Mal in seinem Leben, dass er einen Fall gelöst hatte, ohne dass es jemand mitbekam. Darin lag eine ganz eigene Befriedigung.

Wohlgefallen – das betretene, aber dennoch zufriedene Gemurmel der Dorfbewohner, die den Platz langsam verließen, nachdem der Streifenwagen mit Schnur davongefahren war.

Wohlgefallen – der schwere Arm Hans Strobels, der sich beim Hinuntersteigen vom Gerüst auf seine Schulter legte, verbunden mit der Einladung zu einem Abschiedsessen noch am selben Abend in seinem neuen Zuhause am anderen Ende von Elwenfels.

Wohlgefallen – die auffallend freundlichen, anerkennenden Gesichter der Leute, die ihm im Vorbeigehen zunickten.

Später saß Carlos dann mit Sofie, Elsbeth, Willi, Charlotte und dem Arzt Michael an einem runden Holztisch in einer Art Bilderbuchküche, in der Nase den Duft von Bratkartoffeln und vor sich ein volles Schorleglas. Das bedeutete dann wohl den Gipfel des Wohlgefallens. Hans Strobel stand mit einer geblümten Schürze am Herd und bereitete ein Gericht zu, das er als hanseatisch-pfälzische Crossover-Küche bezeichnete: Rollmops in Sahnesoße mit Kastanien-Saumagen an Bratkartoffeln und Grünkohl. Er wolle, so begründete er seine Zusammenstellung, Carlos anständig verabschieden und ihm gleichzeitig wieder Lust auf die heimatliche Küche in Hamburg machen.

Der so Geehrte überspielte seine Wehmut und probierte doch von allem, obwohl er eigentlich keinen Hunger hatte. Es tröstete ihn auch nicht, dass Charlotte ihn fortwährend anstrahlte und Willi ihm wortreich den Dank des ganzen Dorfes aussprach – bei jeder Runde frisch gefüllter Gläser immer wieder aufs Neue.

Der Arzt versicherte ihm, dass die Wunde in seinem Nacken umgekehrt wie das Lindenblatt bei Nibelungen-Siegfried wirke und er jetzt an dieser Stelle unverwundbar sei. So richtig lachen konnte Carlos darüber aber nicht.

Strobel, der immer noch am Herd stand, erklärte über die Schulter, dass es ihm ein wenig leidtäte, dass Carlos all die Mühen auf sich genommen habe für jemanden, der weder in Gefahr schwebte noch gefunden werden wollte. Carlos lächelte schwach.

Ja, alles hatte sich in Wohlgefallen aufgelöst. Aber trotzdem gab es immer noch Dinge, die er sich nicht erklären konnte. Eine Frage brannte ihm besonders auf der Seele.

»So, liebe Leute, jetzt erzählt mir doch mal: Was hat es mit diesem Erwin auf sich?«

Die versammelte Runde starrte ihn an, und die Köpfe begannen nachdenklich zu nicken.

»Jo, de Erwin«, sagte Willi und trank einen großen Schluck.

»Dann siehst du ihn also auch?«, fragte Sofie und musterte ihn eindringlich. Carlos nickte.

»Ähm ... ja. Meine Augen sind noch ganz gut. Ich sehe ihn jeden Tag. Seit ich hier bin. Und ich frage mich, wie man einem alten Mann so viel Arbeit aufhalsen kann.«

»De Erwin macht des gern!«, betonte Charlotte. »Hab ich dir doch schon gesagt.«

»Ja klar. Aber ...« Carlos rutschte auf seinem Stuhl hin und her. »Da hängt doch diese Fotografie in der Eingangshalle vom Weingut ...« Er spürte die zarte Gänsehaut, die sich auf seinem Rücken ausbreitete. »Die Fotografie, auf der er und noch zwei andere Männer ...«

»Wir kenne des Bild«, unterbrach ihn Elsbeth.

»Ja und? Wie hängt das zusammen? Ist das da auf dem Bild der Vater von unserem Erwin hier, oder wie?«

Schweigen. Willi leerte sein Glas auf einen Zug und sagte noch einmal: »Jo, de Erwin …«

»Nein, es ist nicht der Vater vom Erwin«, erklärte Sofie schließlich. »Er ist es selbst.«

»Was? Er ist es selbst?« Carlos stieß ein ungläubiges Lachen aus. »Was soll das denn heißen? Leute, verarschen kann ich mich allein. Das hieße ja … Dann müsste der gute Mann so um die hundertvierzig Jahre alt sein.«

Sofie beugte sich vor und sah ihm ernst in die Augen. »Erwin Walter ist unser Ururgroßvater. Er liebt dieses Dorf, als wäre es seine eigene Seele.« Ihre Augen leuchteten. »Jahrzehntelang hat er das Weingut bewirtschaftet. Und sei größte Freud war es immer, mit seinem Traktor runterzufahre an die Weinstraß un die Traube zu hole.«

»Das ist wie eine Meditation für ihn«, fügte Charlotte fast flüsternd hinzu.

»Ja, aber …«, fing Carlos von Neuem an, doch Sofies Blick unterbrach ihn.

»Der Erwin hat nix so sehr geliebt, wie mit den Trauben durch de Wald zu fahre. Un wenn jemand was so arg liebt, dann lasst er sich des nie mehr wegnemme. Von niemand, verstehst du?«

»Auch von den scheiß Nazis net«, presste Bettel hervor.

»Jo genau.« Willi tätschelte ihr tröstend die Schulter.

»März 1945. Da war ich grad mol sieben«, sagte sie mit belegter Stimme. »Da isser verschwunde. Unte an de Weinstraß … lauter Soldate … dann die erschte Bombe. Niemand war an dem Tag draußen. Nur de Erwin. Alle haben ihm gesagt, dass er net runter an die Weinstraße soll. Aber er hat gesagt: ›Die Reben sin mein Leben.‹ Er wollt sowieso in sein Wingert und gucken, wie's nach dem Winter ausschaut.« Sie schwieg und guckte in ihr Glas.

»Und dann?« Carlos hatte auf einmal eine Ahnung, auf was dieses Gespräch nun hinauslief.

»Un dann?«, echote Willi. »De Erwin hot des so arg geliebt, dass er des Ganze immer noch macht. Er kann halt net aufhöre damit. So einfach is des.«

»Äh ... dann wollt ihr mir damit sagen, dass Erwin ein ... ein Geist ist?«

»Des hat niemand gesagt«, betonte Bettel. »Nur, dass er halt immer noch do is.«

Alle nickten, und wie auf Befehl breitete sich ein Lächeln auf jedem einzelnen Gesicht aus.

Carlos wollte noch einmal »Aber« sagen, doch seine Stimme gehorchte ihm nicht.

Charlotte streckte den Arm aus und ergriff seine Hand. »Weißt du, was es bedeutet, wenn ein Auswärtiger den Erwin sehen kann?«

»O Gott, hoffentlich nichts Schlimmes«, stöhnte Carlos.

Sie schüttelte lächelnd den Kopf. »Nee, nee. Bei uns im Ort sehn alle de Erwin. Der is halt schon immer da gewese. Aber wenn en Auswärtiger ihn sieht, dann is des was Besonderes. Das heißt dann, dass der auch zu uns gehört, wenn er will. Verstehscht?« Sie strahlte ihn an.

Carlos spürte, wie ihm das Blut ins Gesicht schoss.

»Oder ...«, und jetzt senkte Charlotte die Stimme zu einem unheilvollen Raunen, »es kann auch passiere, dass en Fremder, wo de Erwin auf einmal sieht, durchdreht un de Verstand verliert. De Erwin erscheint nämlich manchmal auch Mensche, wo nix Gutes im Schilde führe.«

»Die Bettel hat uns als Kinder die verrücktesten Geschichten darüber verzählt«, flüsterte Sofie. »Ja. Ich hab mich eine Weile richtig gegruselt vor dem Erwin.«

»Jo alla!« Wie immer bewahrte Willis dröhnendes Organ

die Situation vor dem Abgleiten ins Dramatische. »Trinke mir erscht mol einer uff den Schreck, hä?«

Die Gläser klirrten. Der Geräuschpegel erhöhte sich, und es wurden Geschichten und Anekdoten über Erwin erzählt. Bald hatte Carlos einen seligen Schleier vor den Augen. Während Hans Strobel Zwetschgenkuchen auftischte, suchte Carlos nach Anzeichen der altbekannten Leere. Er fand sie nicht. Da war nur diese seltsame Melancholie. Stimmte es, was Charlotte über diejenigen sagte, die den alten Traktorfahrer im Wald sehen konnten? Gehörte er hierher?

Irgendwann, es ging schon auf Mitternacht zu, sagte Michael plötzlich: »Also ich find, mir bräuchten jetzt mal ein bissel Medizin für unsern Hamburger. Sonst macht der noch schlapp.«

»Genau!«

»Hopp, Sofie, hol uns schnell ein Fläschel!«

»Alla donn!« Sofie stand auf, trat hinter Carlos und legte ihm ihre schmalen Hände auf die Schultern. »Du weischt ja sicher schon, dass mir mit unserm spezielle Wein normalerweis ziemlich geizisch sin, gell?« Ihre Zunge hatte sich ein wenig gelockert, Sofie wirkte nicht mehr so ernst und mysteriös. »Aber du, mein Guter, du hast es verdient, dass du noch mal ein Schlückel kriegst. Als Abschiedsgeschenk. Damit du in der Ferne keine Dummheiten machst.«

Schon der Weg auf der alten, ausgetretenen Steintreppe von der Weinstube hinunter in den weitläufigen Keller versetzte Sofie in eine eigentümlich historische Stimmung. Es war wie der Abstieg in die Vergangenheit. Der Keller war das älteste Bauwerk im Dorf. Das Haus, das einmal darauf gestanden hatte, war längst verfallen und durch das heutige ersetzt worden. Die Treppe war im oberen Drittel ebenfalls erneuert worden – vor hundert Jahren. Der Rest, der tiefer hinabführte, war so alt wie die gekrümmten Mauern, Pfeiler und Gewölbe dort unten. Keiner wusste genau wie alt. Im oberen Teil der Treppe leuchtete noch eine gewöhnliche Baulampe. Weiter unten waren mittelalterlich aussehende Laternen aufgehängt, die allerdings mit Strom betrieben wurden. Die Kabel dazu verliefen fast unsichtbar in den tiefen Mauerritzen. Am Fuß der Treppe, deren Stufen Sofie im Schlaf hätte gehen können, von denen sie jede Vertiefung und jede Schräge blind ertasten konnte, bog sie nach links und öffnete das schwere Holztor.

Sie war zweiundzwanzig Jahre alt gewesen, als sie die Nachfolge angetreten hatte und die jahrhundertealte Verantwortung an sie weitergegeben worden war. Gewusst hatte sie es schon als kleines Mädchen, denn das Repertoire an Geschichten, die sie erzählt und vorgelesen bekam, bestand hauptsächlich aus Erzählungen von Weinprinzessinnen, Zaubertränken und magischen Begebenheiten zwischen Wald und Wingert. Dann war der Tag gekommen, als sie zum ersten Mal selbst den Wein trinken durfte. Die Töchter von Elwenfels bekamen immer am Tag ihrer ersten Periode drei Schlucke, eingeschenkt von ihren Müttern, um diesen besonderen Einschnitt im Leben zu würdigen und zu feiern. Um die große Verwirrung, die danach kam, besser zu meistern.

Elwenfels war eine Zelle, in der etwas Urtümliches überlebt hatte, ein Lebensgefühl, das es »da draußen«, im Rest der Welt, nicht mehr gab. Sofie war stolz darauf. Aber es gab auch Momente, in denen sie ganz deutlich eine Bedrohung fühlte. Sie waren eine unentdeckte Spezies im Off des Mainstreams, ein unbedeutendes Dorf in einem alten Wald. Und sie wusste, was mit solchen Lebensformen für gewöhnlich passierte.

Sie war ihrem Vater oft hier hinunter gefolgt, wenn er die neuen Flaschen einlagerte oder alte Flaschen mit nach oben nahm. Sie wusste, dass sie einmal diese besondere Aufgabe übernehmen würde. Sie hatte sich damals in einer kindlichen Vision wie die antike Priesterin eines Kultes gesehen, eine Vestalin, die Hüterin eines heiligen Trankes. Doch heute sah sie es weitaus unromantischer. Heute fühlte sie sich einfach nur als die glücklichste Frau der Welt, weil sie den Schlüssel in Händen halten durfte.

Die schwere Holztür schwang knarzend nach innen auf, und Sofie tastete nach dem Lichtschalter. Vor ihr lag der riesige, gemauerte Saal, der sich unter dem gesamten Marktplatz erstreckte und dessen Enden unsichtbar und schwarz außerhalb des Lichtscheins blieben, sodass der Raum unendlich erschien. An der linken Wand standen für die Versammlungen Stühle und Tische aufgestapelt. An der Wand gegenüber lag das Herzstück des Dorfes, das komplementäre Gegenstück zur geheimen Höhle. Dort, im Wald, wurde das Wunder erschaffen. Hier wurde es gelagert. Dutzende von Nischen waren in den Stein gehauen, jede einzelne so groß, dass genau zwölf Flaschen hineinpassten. Hier vorn lagen die Flaschen der letzten Jahre. Ihr Werk. Der Wein, den sie ganz allein gekeltert, betreut, mit all ihrer Liebe kreiert hatte. Dahinter die Flaschen, die noch von ihrem Vater stammten, dann die von ihrer zweiten Großmutter Gudrun, die schon lange tot war. Die letzten Nischen im Lichtkegel waren von Erwins Flaschen belegt, es waren nicht mehr viele. Und außerhalb des Lichtscheins wurden die Jahrgänge noch älter. Diese Flaschen wagte niemand anzufassen. Sie waren in Spinnweben eingehüllt und von einer dichten Staubschicht überdeckt, die wie ein schützendes Kissen über dem Vermächtnis der Vergangenheit lag.

Sofie blieb vor einer Nische stehen, in der nur noch zwei Flaschen lagerten. Sie tastete nach dem kalten, staubigen Glas und hob eine davon ins Licht. Es kam so gut wie nie vor, dass einem Fremden etwas von diesem kostbaren Tropfen ausgeschenkt wurde. Carlos Herb war seit vielen Jahren der erste. Aber er hatte es sich wirklich verdient. Wenn er es wollte, könnte er einer von ihnen werden. Aber so weit waren sie noch nicht ...

Es war hauptsächlich Carlos' Verdienst, dass Alfons Schnur überführt werden konnte. Er hatte Gustav gefunden. Er hatte Hans, ihren Liebsten, nicht an seine Frau verraten. Und Carlos war es auch gewesen, der ihr die Wahrheit über Hartmut Bitterlinger erzählt hatte.

Beim Gedanken an ihre Gutgläubigkeit wurde ihr fast übel. Die Vorstellung, dass ihr Schwager in diesen heiligen Bereich eingedrungen war und etwas von ihren Schätzen mit nach oben genommen hatte, verursachte in ihr ein inneres Beben, das sie kaum kontrollieren konnte.

Wildfremde Menschen hatten den Elwenfelser Zaubertrank auf einer Weinmesse probiert – und wieder ausgespuckt. Gewogen und für gut befunden. Natürlich! Aber den Gedanken, dass jemand es auch nur wagte, ihren Wein zu beurteilen, ertrug Sofie nicht. Es war ein solcher Verrat, dass sie nicht wusste, wie sie darauf angemessen reagieren sollte.

Seit Carlos ihr das erzählt hatte, empfand sie seinen Vertrauensbruch, dass er in ihr Jahresritual in der Höhle geplatzt war, als geringes Vergehen. Es war abgegolten durch seine guten Taten zum Wohl von Elwenfels. Und deswegen war es jetzt an der Zeit zu feiern. Sie tätschelte den gläsernen Schatz in ihrem Arm, drehte sich zur Tür – und erschrak. Die Flasche entglitt ihr – wie in Zeitlupe – und fiel zu Boden. Das Klirren hörte sich in dem Keller an, als würde ein riesiger Eiszapfen zerbrechen. Der Wein sickerte zwischen die Ritzen im Stein.

Dort vorn im Lichtschein standen zwei Männer. Groß und breit der eine, klein und gedrungen der andere.

Sofie machte sich nicht die Mühe, etwas zu sagen oder zu fragen. Sie wirbelte herum, sprang über die Scherben und rannte los. Sie peilte den Bereich hinter dem Licht an, wo der Keller im Dunkeln lag und wo es immer weiter ging, wo sich die Gänge unter dem Dorf verzweigten, kilometerlang. Doch sie kam nicht weit.

Schon nach wenigen Schritten legte sich von hinten ein schwerer Arm um ihren Hals und stoppte sie. Noch bevor sie schreien konnte, presste sich ein Lederhandschuh auf ihren Mund, bevor sie hochgehoben und weggetragen wurde.

Ihr Herz schlug aus wie ein scheuendes Pferd. Zum ersten Mal in ihrem Leben spürte sie Angst.

Der Knebel nahm ihr die Luft. Sie musste sich zwingen, ruhig die klamme Kellerluft einzuatmen. Was passierte hier?

Die Männer hatten ihr nicht unnötig wehgetan. Der Größere hatte sie mit einem dünnen Nylonseil an den Stuhl gefesselt, während der Kleinere ihr den Mund mit einem starken Klebeband verschlossen hatte. Das Ganze war mit ruhigen, effizienten Bewegungen abgelaufen und ohne ein einziges Wort. Die beiden hatten sie behandelt wie ein Möbelstück, das man irgendwo verstaute, und ihr keinerlei Anhaltspunkt dafür gegeben, was sie eigentlich wollten. Als die Männer dann ohne Eile zur Tür zurückgingen und das Licht ausknipsten, wurde Sofie klar, dass es nicht um sie ging.

Jetzt saß sie in der Dunkelheit, unfähig sich zu bewegen. Zwischenzeitlich hatte sie kurz den Eindruck gehabt, dass über ihr etwas polterte, aber dann war es schlagartig wieder still geworden. Sie würde hier wieder rauskommen, da machte sie sich keine allzu großen Sorgen. Aber was geschah an der Oberfläche? Plötzlich drang etwas an ihr Ohr. Ein zartes Geräusch aus den weitverzweigten Gängen des Kellers. Ein leises Rumpeln, zaghafte Schritte.

Was war das? Sie sah den zitternden Schein einer Taschenlampe. Ja. Da kam jemand. Sie suchten sicher schon nach ihr. Ihr Herz machte einen Sprung. Jemand kam auf sie zu. Genau aus der Richtung, in die sie vorhin hatte fliehen wollen. Woher er kam, konnte Sofie nicht feststellen, denn das unterirdische Gängesystem verband fast alle Häuser des Ortes miteinander. Aber wer es war, sah sie jetzt im Schein der Taschenlampe: Hartmut Bitterlinger. Was in aller Welt machte der denn hier?

Sie saß in der dunklen Nische und konnte beobachten, wie Bitterlinger sich, ohne sie zu sehen, unsicher tastend der Mauer mit den Weinflaschen näherte. Hektisch strich sein Blick über die verstaubten Flaschenhälse, die aus den Nischen ragten. Seine Augen leuchteten. Plötzlich knirschte es unter seinen Schuhen. Erschrocken hielt er die Taschenlampe nach unten. Der Lichtkegel erfasste die Scherben auf dem nassen Steinboden. Seine Gestalt straffte sich. Aufgeregt leuchtete er nun den Keller ab. Merkwürdigerweise musste Sofie unter dem Klebeband lächeln. Diese Situation war wie die Szene in einem Film, wenn man darauf wartet, dass sich jemand vor Schreck in die Hose pinkelt.

Der Lichtschein erfasste sie. Sie musste blinzeln. Dann war es, als würde die Taschenlampe einmal auf und ab hüpfen. Sie sah Bitterlinger nicht gegen das grelle Licht. Aber sie hörte ihn. Sein Schrei hallte von den Steinwänden wider. Sofie lächelte gegen das Klebeband an. Die Taschenlampe schepperte zu Boden, wo sie hin und her rollte. Der

Lichtkegel beschrieb einen skurrilen Tanz auf den Kellerwänden.

Plötzlich wurde die schwere Eichentür aufgerissen und das Deckenlicht ging an. Die beiden Männer waren zurück. Bitterlinger war wie gelähmt und zu keinerlei Widerstand fähig, als sie ihn packten. Ein zweiter Stuhl, ein zweites Paket, das verschnürt wurde.

Die Männer warfen sich stumme, alarmierte Blicke zu. Es war offensichtlich nicht Teil des Plans, dass noch eine weitere Person aufgetaucht war. Was aber war ihr Plan? Waren sie hier, um den Wein zu stehlen?

Sofie versuchte, den Blick des Kleinen festzuhalten. Er schwitzte und hatte die Zähne ganz fest zusammengebissen. Sie spürte seine Anspannung. Dann sah er hoch, und sie fing seinen Blick auf. Als müsste er sich irgendwie Luft verschaffen, knurrte er: »Dir passiert nix. Deinen Mann wir wollen.«

Dann umfing sie wieder die absolute Dunkelheit. Neben ihr zitterte und keuchte Bitterlinger in seinen Knebel. Es war ein bisschen unpassend, aber sie gönnte ihm die Angst und all die schlimmen Gedanken, die sich jetzt in seinem Kopf überschlugen.

Doch da fuhr es ihr wie ein Stich ins Herz. »Deinen Mann wir wollen.« Langsam und quälend wurde das Bild klar. Sie hielten sie hier unten fest, um Hans anzulocken. In diesem Augenblick hörte sie, durch die dicken Schichten von Stein und Erdreich gedämpft, ein Geräusch, das sie sofort ruhiger werden ließ: das tiefe, dröhnende Läuten der Kirchenglocken.

Und nur eine Minute später erwachte der Keller zum Leben.

Kapitel 23

In dem Scherben das Gegenteil von Glück bedeuten

Als Charlotte hinter dem Arzt im Besenschrank neben dem Küchenherd verschwand, hatte Carlos den Eindruck, jetzt endgültig im Märchenland angekommen zu sein: Fabeltiere, Traktor fahrende Geister, Zaubertränke und jetzt auch noch ein Geheimgang im Besenschrank. Und doch wusste er, dass es jetzt ganz real um Leben und Tod ging. Die letzte Stunde war ein chaotisches Auf und Ab zwischen Hoffen und Bangen gewesen. Als Sofie nicht zurückkam, hatte sich Willi aufgemacht, sie zu suchen. Er hatte Hans Strobel mit mehr oder weniger drastischen Worten – »Nix, nix! Du bleibscht do, wo dein Arsch hockt.« – gezwungen zurückzubleiben. Als Willi nach einer quälend langen halben Stunde auch nicht zurückkam, war es Zeit gewesen, Alarm zu schlagen. Seither läuteten die Kirchenglocken ohne Unterlass. Elwenfels befand sich im Ausnahmezustand.

»Hopp, jetzt auf! Worauf wartet ihr?« Charlottes Kopf war wieder hinter der Tür des Besenschranks aufgetaucht. Sie winkte ungeduldig, weil Carlos und Strobel wie angewurzelt in der Mitte der Küche stehen geblieben waren.

Strobel besann sich als Erster. »Was macht ihr denn da?«

»Von hier geht's direkt in de große Keller.«

»Was für ein großer Keller denn?«, fragte Carlos.

»Jo komm jetzt, Carlos, stell dich net blöder, wie de bischt. Der Keller, wo die Flasche lagern. Direkt unter de Weinstub.«

»Ah ja, klar.«

»Fast alle Häuser von Elwefels haben Zugang dazu«, erklärte Bettel, die sich nach dem ersten Schock, dass ihre Enkelin verschwunden blieb, inzwischen wieder gefangen hatte. »Des gibt's seit'm Mittelalter. Die ham die Fundamente so gebaut, dass man von alle Häuser dursch unnerirdische Gäng direkt zum Dorfplatz kommt.«

Charlotte drückte gegen die Rückwand des Schrankes, die lautlos aufschwang und einen dunklen Treppenabgang freilegte. Aus der Öffnung wehte ein kalter, modriger Hauch. Carlos warf Strobel einen Blick zu, der ihm aufmunternd zunickte. »Es ist bloß ein Geheimgang, weiter nichts.« Seine Worte klangen gelassen, aber die Angst um Sofie war ihm deutlich anzusehen.

»Mein Leben scheint langweiliger gewesen zu sein, als ich bisher dachte«, murmelte Carlos. »Warum gehen wir nicht über die Straße?«

»Des is ein Notfall«, sagte Charlotte. »Un die Gänge werden nur benutzt, wenn Notfall is. Wenn's schnell gehe muss un man besser nicht gesehe wird.«

»Auf jetzt, Männer, holt mir mei Sofie wieder!«, rief Bettel, die zusammengekauert auf der Eckbank saß. »Macht schnell!«

Carlos und Hans Strobel betraten den dunklen Treppengang. Charlotte beleuchtete den Weg mit einer Taschenlampe, ein hochmodernes LED-Teil, das zwar nur so groß wie zwei Finger war, dafür das Dunkel aber fast flutlichtartig erhellte. Die Stufen waren aus gehauenem Stein und so rutschig, als würden sie seit Jahren unter Wasser liegen.

Die Luft roch nach altem Keller, modrig und erdig. Carlos tastete sich an den groben, gemauerten Wänden nach unten. Vor ihm keuchte Strobel, dessen Nacken bereits einen intensiven Geruch nach Angst und kaltem Schweiß verströmte. Weiter unten zuckte der Taschenlampenschein über die Wände.

»Hans!«, stieß Carlos plötzlich hervor. »Jetzt fällt's mir ein. Diese zwei Typen im schwarzen Saab.«

»Ja?«, krächzte Strobel.

»Die sind hinter dir her. Die haben Sofie in ihrer Gewalt, um dich rauszulocken.«

»Was?« Strobel blieb abrupt stehen und fuhr herum. »Aber warum denn? Wer sollte denn …?« Die Frage wurde von den Sandsteinmauern verschluckt. Er wusste die Antwort bereits selbst.

»Genau«, sagte Carlos, »Nadine, deine werdende Witwe.«

»Weiter geht's! Was is los da hinten?«, rief Michael Schaf.

Sie stiegen weiter nach unten. Am Fuße der Stufen sahen sie, dass der Dorfarzt und Charlotte Kisten und Gerümpel zur Seite geräumt hatten. Damit war der Eingang zu dem unterirdischen Gängesystem freigelegt. Charlotte machte sich an der Tür zu schaffen.

»Warum ist Sofie vorhin denn nicht auch diesen Weg gegangen?«, fragte Carlos.

»Des hier is nur für de Notfall, hab ich doch gesagt. Und eine Flasch Wein zu hole is kein Notfall, des is de Normalfall.«

»Auch wenn de Durscht manchmal so groß is, dass es sich anfühlt wie'n Notfall«, grinste der Arzt.

»Hör auf!«, zischte Charlotte. »Ich hab kein Nerv für dumme Sprüch, solang die Sofie in Gefahr is, verstehscht?«

»Is jo schon gut.«

Die Tür öffnete sich mit einem lauten Kreischen, und sie betraten einen unterirdischen Gang, der gerade mal einen knappen Meter breit war, aber von Leuchten erhellt wurde, die in regelmäßigen Abständen am den Wänden angebracht waren. Sie gingen hintereinander, wobei der Arzt an der Spitze jetzt ein rasantes Tempo einschlug.

»Was wollen diese Typen von mir?«, presste Strobel hervor.

»Dich eliminieren.«

Strobel stockte, besann sich dann aber eines Besseren und lief weiter. Sein Kopf zuckte nach hinten. »Aber warum? Warum jetzt?«

»Sie sind mir hierher gefolgt. Ich habe zuerst gedacht, das hätte mit einer alten Sache von mir zu tun. Aber das ist es nicht.«

Strobel räusperte sich nervös.

Charlottes Lampe huschte über die feuchten Wände. Irgendwo waren gedämpfte Stimmen zu hören. Wie weit mochte es bis zum Dorfplatz sein?

»Sie sind mir gefolgt, um für den Fall, dass ich dich finde, gleich ihren Auftrag auszuführen«, fuhr Carlos fort.

»Ihren Auftrag? Aber warum sagst du mir das erst jetzt?«

»Weil ich es jetzt erst verstehe. Die Typen haben beobachtet, wie Gustavs Leiche geborgen wurde. Und am nächsten Tag schon ist Nadine hier aufgetaucht. Wahrscheinlich dachten sie, es wäre dein Leichnam.«

Strobel schnaubte.

»Als Nadine dann aber erfuhr, dass es jemand anderes ist, da konnte sie ihre Enttäuschung nur mit ziemlicher Mühe verbergen. Sie will dich tot sehen.«

»Warum wundert mich das nicht!«, knurrte Strobel.

Sie hatten jetzt eine Stelle erreicht, an der sich zwei Gänge kreuzten, und Charlotte führte sie weiter nach links.

Nach eine halben Minute hörten sie hinter sich eine weitere Gruppe von drei oder vier Elwenfelsern, die aber noch nicht zu sehen waren.

»Ich habe einen Fehler gemacht«, murmelte Carlos. »Ich hätte ihr nicht sagen sollen, dass ich die Suche nach dir aufgebe. Nicht so schnell jedenfalls. Sie hat wohl Verdacht geschöpft, dass da was nicht stimmt.«

»Und?«

»Sie hat ihre Bluthunde wieder hergeschickt. Um dich zu finden. Irgendwie haben die beiden dann wohl rausgefunden, dass Sofie mit dir zusammen ist. Und jetzt warten sie.«

»Dann ham die wahrscheinlich auch de Willi, oder?«, fragte der Arzt.

»Zwei Geiseln. Das nennt man eine gute Verhandlungsposition.« Carlos hätte sich ohrfeigen können. Er hätte wissen müssen, dass Nadine Strobel nicht lockerlassen würde. Sie hatte sich wahrscheinlich ausgerechnet, dass er genau wusste, wo ihr Mann steckte. Er hatte sie zu deutlich spüren lassen, was er von ihrer geschmacklosen Trauer-Charade hielt.

»Jetzt mol Ruh!«, zischte Charlotte und blieb stehen. »Da vorne isses. Hinter der nächste Biegung kommt de große Keller. Was mache wir jetzt?«

Carlos presste sich an die Mauer und schaute vorsichtig in die angegebene Richtung. »Da ist alles dunkel. Nichts.«

»Wer weiß, wo diese Schweine sie hingebracht haben«, presste Strobel hervor.

»Auf jeden Fall wollt sie genau hier her, in de große Keller«, sagte Charlotte.

»Un jetzt?«

»Na, was wohl? Wir gucken nach!« Damit nahm Carlos Charlotte die Lampe aus der Hand, knipste sie aus und tastete sich vorsichtig weiter. Als er am Eingang zum großen

Keller angekommen war, lauschte er angestrengt hinein. Da war etwas. Schweres Atmen. Ein Keuchen. Schnell machte er die Taschenlampe wieder an und leuchtete in das Gewölbe. Der Lichtstrahl huschte über die Sandsteinmauern und blieb an einer Gestalt hängen, gefesselt an einen Stuhl.

Sofie. Ihre Augen blinzelten in das Licht.

Erleichtert atmete Carlos auf. Und hätte die kleine Taschenlampe beinahe fallen lassen, als der Lichtstrahl die zweite gefesselte Gestalt erfasste.

Kaum waren die Fesseln gelöst und der Knebel aus Sofies Mund entfernt, zeigte sie neben sich und sagte: »De Hartmut wollt mir helfen! Er wollt mich befreien. Aber dann haben die Type ihn entdeckt un ... seitdem hocke mir do zusamme im Dunkle.« Sie schickte ein atemloses Lächeln hinterher.

Hans Strobel ging vor ihrem Stuhl auf die Knie und zog sie in eine feste Umarmung.

Auf einmal wurde es lauter. Immer mehr Leute drangen nun aus den Gängen in den großen Keller vor. Charlotte hatte recht gehabt. Das ganze Dorf schien Zugang zu diesem Keller zu haben, und alle Einwohner strömten herbei, in Schlafanzügen und Morgenmänteln. Ungewohnt ernst und ratlos sahen sie aus.

Carlos fixierte den immer noch gefesselten Bitterlinger. Charlotte machte keine Anstalten, ihrem Mann zu helfen. Und er hatte auch für sie keinen Blick. Seine Augen über dem zugeklebten Mund huschten von Carlos zu Sofie und zurück zu Hans Strobel. Erleichterung sah anders aus. Das hier war beklommene Verunsicherung.

Mit einer schnellen Bewegung riss Carlos ihm das Klebeband vom Mund und löste seine Fesseln. Bitterlinger stöhnte auf und rieb sich die Handgelenke.

Sofie löste sich aus Strobels Umarmung und stand auf.

»Hartmut! Tut mir echt leid, dass du da mit reingezogen worden bist. Uff jeden Fall bist du mein Held!« Sie strahlte ihn an und nahm seine Hand.

Bitterlinger grinste schief und senkte den Kopf.

»Ich versteh das trotzdem nicht«, bemerkte Hans Strobel.

Charlotte funkelte ihren Mann an und zischte: »Was hast du denn hier unten gemacht?«

»Ich ... also, ich ...«

»Er hat eine Kiste Riesling in die Weinstub gebracht«, sagte Sofie schnell.

Ein wenig zu schnell, wie Carlos feststellte.

»Er hat wohl gesehe, dass die Tür offen war, un wollt gucke, was do los is.« Sofie legte den Kopf schief und sah Hartmut Bitterlinger eindringlich an, als wollte sie sagen: *So war es doch, oder?*

»Un dann hat er mich entdeckt, gefesselt un alles. Er wollt mich befreien. Aber dann sin die auch schon wieder zurückgekommen un ham ihn überwältigt, gell?«

Bitterlinger nickte schnell. »Ja, genauso war es.«

Wie brüchig seine Stimme war! Man konnte es auf den Schock schieben, aber Carlos glaubte es nicht. Der Mann log. Genauso hörte es sich an, wenn jemand selbst nicht recht glauben konnte, was er sagte. Sofie dagegen war die weitaus bessere Lügnerin. Aber was bezweckte sie damit?

»Was für Typen meint ihr denn?«, fragte Otto, der sich eine Gasse durch die Menschenmenge bahnte. Carlos wurde sich plötzlich des Gedränges in diesem Keller bewusst, der vorhin noch riesig erschienen war.

»Was wollen die? Haben die irgendwas gesagt?«, drängte Hans und ergriff Sofies Schultern.

»Nein. Aber das is doch jetzt auch egal«, antwortete sie. »Hauptsach, mir sin wieder frei, gell Hartmut?«

Das mechanische Nicken Bitterlingers verwandelte sich im nächsten Moment in ein Zucken, das durch seinen ganzen Körper ging. Auf einmal schien der ganze Kellerraum mit einem ohrenbetäubenden Knallen zu explodieren. Dann ein Klirren. Berstendes Glas und Scherben auf Stein. Ein vielstimmiger Schrei des Erschreckens ließ das Gewölbe vibrieren.

Das Licht war angegangen, und die Tür zum Treppenhaus der Weinstube stand weit offen. Und dort standen die beiden schwarz gekleideten Fremden.

Carlos konnte ihre Gesichter nicht erkennen, weil sie durch den Schatten des Türrahmens verdunkelt waren. Aber die Waffen, die sie in den Händen hielten, waren leicht zu identifizieren. Sie hatten beide eine MAC-10 im Anschlag. Die leichten Maschinenpistolen wirkten vor den golden schimmernden Sandsteinwänden wie kleine, todbringende Aliens. Die Überraschung, hier plötzlich eine ganze Menschenansammlung anzutreffen, ließen sich die beiden Kerle nicht anmerken. Reflexartig fasste Carlos nach hinten an den Gürtel, aber da war nichts. Der Griff ins Leere ließ ihn seinen Idealismus und seine Naivität verfluchen. Er hatte sich immer wieder eingeredet, dass er nach den schlechten Erfahrungen der Vergangenheit in seinem neuen Leben ohne Waffe besser dran wäre.

Verdammt! Carlos biss sich auf die Unterlippe. Wie sollte er diese Situation lösen – ohne Knarre?

»Wer hier ist Hans Strobel?«, rief einer der Fremden und trat einen Schritt vor. Es war der kleinere von beiden, der dunkle Typ, der seltsamerweise mit skandinavischem Akzent sprach.

Keiner rührte sich. Die Angst war mit Händen zu greifen. Mit so einer Situation waren sie in Elwenfels noch nie konfrontiert gewesen.

»Alle können gehen heim. Wenn wir haben Hans Strobel«, rief der andere Mann. »Wenn nicht …«

Eine Sekunde verging. Eine weitere. Und noch eine. Dieses »Wenn nicht« hing in der Luft wie eine Seifenblase.

Dann schossen sie.

Carlos hatte keine Ahnung, woher sie wussten, dass das alte Weinlager in den Mauernischen die Achillesferse des Dorfes war. Vielleicht war es nur instinktiv, so wie in einem Western, wenn jemand im Saloon die Flaschen hinter dem Barkeeper zerballerte, um die Leute einzuschüchtern. Oder sie ahnten, dass jede zerschossene Flasche den Bewohnern fast genauso wehtat, als würden sie selbst getroffen. Das hier war mehr als nur Scherben und vergossener Wein. Viel mehr.

Ein Aufschrei hallte durch den Keller. Ausgestoßen von Dutzenden Kehlen. Ein Schrei, der auch nur aus einem Mund hätte stammen können, so synchron, so kollektiv füllte er die Lagerstätte des Elwenfelser Zaubertrankes aus.

Danach: Plätschern, Lebenselexier auf jahrhundertealtem Steinboden.

Keiner sagte ein Wort. Nur ein gemeinsames Wimmern war zu hören, hervorgepresst aus sonst so lebenslustigen Kehlen. Es war, als würde sich ein Organismus dagegen wehren zu verbluten.

Hans Strobel riss sich los und trat vor. »Hört auf!«, schrie er und lief auf die Tür zu.

Carlos schaffte es gerade noch, Sofie davon abzuhalten, hinter ihm her zu stürzen. Er wusste selbst nicht genau warum, aber er war sich ziemlich sicher, dass diese Typen Strobel nicht hier vor all diesen Menschen erschießen würden. Dadurch ergab sich vielleicht noch eine Chance. Er musste den Schaden begrenzen. Irgendwie ...

Dann ging alles ganz schnell. Der kleine Dunkle machte einen Schritt nach vorn, packte Strobel am Arm und zerrte ihn mit einer erstaunlich wendigen Bewegung nach draußen. Dann flog die Tür mit einem lauten Knall zu. Das Letzte, was sie hörten, war der schwere Riegel, der vorgeschoben wurde.

Alle standen unter Schock. Niemand kümmerte sich um die zerstörten Flaschen. Das zarte Plätschern und Tropfen des verrinnenden Weins war immer noch zu hören.

Sofie war ganz still. Ihre Schultern bebten.

»Un jetzt?«, schrie sie plötzlich. »Was machen wir jetzt?« Sie schlug die Hände vor das Gesicht und stieß ein gequältes Schluchzen aus. Charlotte nahm sie in die Arme. Auch sie weinte.

Carlos knirschte mit den Zähnen. Zwei weinende Frauen. Ein bedrohtes Dorf. Ein neu gewonnener Freund in Not. Es war fast wie im Film. Jetzt musste der Held ran. Nur hatte der leider keine Knarre.

Aber vielleicht einen Plan ...

»Durch welchen Gang kommt man hier am schnellsten wieder raus?«, hörte er sich fragen.

Kapitel 24

In dem es so verdammt spannend wird, dass man am besten sofort weiterlesen sollte

Carlos lief hinter Charlotte her. »Wo sind wir hier?«

»Riechst du's nicht?«, antwortete Charlotte, die ihn erst durch einen schmalen Korridor und dann eine klappernde Wendeltreppe hinaufgeführt hatte.

Er schnupperte. Es roch wunderbar. Viel zu wunderbar für diese Situation. Der Geruch erinnerte ihn an seinen ersten Morgen in Elwenfels. Eine Tür, und dann standen sie auch schon in der Backstube von Frau Zippel.

»Un jetzt? Was glaubst du, wo die sind?« Sie tastete nach seiner Hand.

Carlos hatte keine Zeit, das wohlige Gefühl, das sich in ihm ausbreitete, zu genießen. Er dachte nach. Das Auto der Typen stand oben am Platz, das hatte ihm jemand im Keller erzählt. Ein Blick aus dem Fenster zeigte ihm, dass es noch immer dort stand. Hektisch sah er sich in der Backstube um. Er musste sich bewaffnen. Ein Messer, ein Nudelholz, irgendwas ... Carlos entschied sich für einen großen Trichter.

»Wozu soll denn das gut sein?«, zischte Charlotte.

Ohne darauf einzugehen, griff er sich ein Brotmesser und säbelte den Zylinder des Trichters ab. Das Rohr steckte er ein und hastete aus der Backstube. Beim Hinausgehen warf er Charlotte noch einen Blick zu. Aber er fand keine Worte. Was hätte er auch sagen sollen?

Draußen auf dem Platz war es gespenstisch still. Überall schlichen Elwenfelser aus ihren Häusern, um zu sehen, was weiter vor sich ging.

Wie einfach wäre es jetzt gewesen, gemeinsam Jagd auf die Entführer zu machen. Aber Carlos musste diesen Job allein erledigen. So hatte er wenigstens eine kleine Chance. Er hastete wortlos über den Platz, vorbei an den Leuten, die wissen wollten, wie es jetzt weiterging. Er rannte in Richtung des Wagens und schaute sich um. Der schwarze Saab wäre die einfachste Lösung gewesen. Wenn die beiden Fremden mit Strobel nicht ins Auto gestiegen waren, wo waren sie jetzt?

Der Wald!

Der Wald war auf dieser Seite des Ortes die nächste Option, wenn sie einen Platz suchten, um in aller Stille ihren Job zu erledigen. Er lief weiter in Richtung der kleinen Brücke. Als er fast auf der Höhe der letzten Häuser war, sah er durch die Bäume plötzlich Scheinwerferlicht. Das helle, schön geformte Xenon-Licht eines Jaguars.

Carlos erstarrte und begriff, dass dies die Lösung war.

Er drückte sich in den Schatten einer Hauswand und wartete. Das Licht erlosch etwa fünfzig Meter vor der Brücke. Kurz darauf erklang das Geräusch, das er erwartet hatte: hastiges Geklacker von Stöckelschuh-Absätzen in der nächtlichen Stille. Kein stolperndes Hoppeln, sondern das zielgerichtete Marschieren einer Frau, die ganz genau wusste, wohin sie wollte.

Carlos starrte ungläubig hinüber zur Brücke. Da lief sie. Es war so, wie er gedacht hatte: Nadine Strobel hatte nicht nur den Mord an ihrem Mann in Auftrag gegeben, sie war sogar skrupellos genug, um dabei sein zu wollen. Aber wie konnte man nur so leichtsinnig sein? Sie waren umgeben von Hunderten von Zeugen.

Kurz nach der Brücke zögerte sie, wandte sich dann nach links und bog in einen kleinen Weg ein, der zwischen den letzten Häusern des Dorfes und dem Waldrand entlang führte.

Lautlos folgte Carlos ihr. Wie war es möglich, dass sie so schnell aus Deidesheim hergekommen war? Wahrscheinlich hatten ihre beiden Bluthunde schon etwas voreilig eine Erfolgsmeldung gemacht, bevor die Geiselnahme erfolgreich abgeschlossen war. Was man für Geld alles kaufen konnte ...

Auf einmal blieb Nadine Strobel stehen und schien zu lauschen.

Carlos versteckte sich im Schatten einer Hauswand. Über ihm ging ein Fenster auf. Nadine Strobel zuckte zusammen. Sie wirbelte herum und starrte angestrengt ins Dunkel. Nach wenigen Sekunden drehte sie sich wieder um und stöckelte weiter. Das war der perfekte Augenblick. Mit schnellen Schritten war Carlos bei ihr und drückte ihr das Rohr des Trichters in die Rippen.

»Guten Abend, Frau Strobel. Sie glauben gar nicht, wie erfreut ich bin, Sie hier zu sehen.«

»Was erlauben Sie ...?« Sie versteinerte, riss den Kopf nach hinten, um ihn sehen zu können. Aber er packte ihren Nacken und zwang ihren Kopf wieder nach vorn.

»Ironie des Schicksals, gnädige Frau. Sie wollten, dass ich Ihren Mann finde.« Er stieß sie weiter. »Und jetzt werden Sie mich zu ihm führen.«

Carlos schob die dünne, knochige Gestalt vor sich her. Ihre Schritte waren plötzlich gar nicht mehr so zielsicher, sie stolperte vorwärts wie ein zum Leben erwecktes Bügelbrett auf Storchenbeinen. Über ihnen in den kleinen, gedrungenen Sandsteinhäusern öffneten sich jetzt weitere Fenster, in denen die dunklen Umrisse von Köpfen zu sehen waren. Die Kommentare ließen nicht auf sich warten.

»Oh, mol do! Die Schwarze Witwe is do.«

»Die Botox-Ballerina aus Hamburg.«

»Füß wie Pudding.«

»Die braucht dringend ein Paar Wanderschuh.«

Carlos spürte ein Zittern in seinen Mundwinkeln. Wie gern hätte er jetzt über die Sprüche der Elwenfelser gelacht.

»Ich weiß nicht, wo er ist!«, stieß Nadine Strobel trotzig hervor und versuchte sich aus Carlos' Griff zu befreien.

»Erzählen Sie die Lügen Ihrem Spiegelbild. Wo sind Ihre beiden Gorillas?« Er drückte das dicke Plastikrohr fester gegen ihren Rippenbogen, bis sie keuchte.

»Das weiß ich doch nicht. Irgendein Mauerdurchbruch ... Au!«

Er wollte ihr gerne richtig wehtun, und in früheren Zeiten hätte er es auch getan. Jetzt aber war er nur fokussiert auf sein Ziel. Es war absurd, aber er konnte dieser Hexe fast schon dankbar sein, dass sie aufgetaucht war. Mit ihr hatte er die Garantie, dass er nicht zu spät kam.

Ein paar Meter vor ihnen sah er besagten Mauerdurchbruch. Ein Schritt zur Seite, und er hatte Nadine Strobel in den angrenzenden Wald bugsiert. Die letzten Häuser des Ortes hatten sie gerade hinter sich gelassen, aber es kam ihm vor, als wäre er schon der Wildnis ausgeliefert.

»Weiter!«, drängte er die Frau, die jetzt unbeholfen über Wurzeln und Steine stolperte.

»Können wir das nicht einfach vergessen? Ein kleiner Abschiedsbonus, und Sie lassen mich gehen?«, bettelte sie.

»Glauben Sie immer noch, die Welt tanzt nach Ihrer Pfeife?«, erwiderte Carlos. »Oder dass sich mit Geld alles kaufen lässt? Wohin jetzt?«

»Bis ... bis zu einer Lichtung«, stammelte sie trotzig.

Den Wald auf dieser Seite des Dorfes kannte Carlos nicht. Wie lange dauerte es, bis hier eine Lichtung kam? Es wurde zunehmend anstrengender, das Plastikrohr in Nadines Rippen zu drücken und sie gleichzeitig am Nacken vor sich her zu schieben. Aber es verschaffte ihm auch immer noch eine gewisse Genugtuung.

Plötzlich sah er vor sich das Licht von Taschenlampen durch das Gehölz zucken. Nadine Strobel blieb abrupt stehen und wand sich unter seinem Griff.

»Da vorne. Sie können mich jetzt loslassen.«

»Warum sollte ich? Jetzt wird's doch erst richtig spannend.«

Er drängte sie weiter und sah auf einer kleinen Lichtung drei Gestalten. Der große Typ hielt Strobel umklammert, der kleine hockte ungeduldig auf einem umgestürzten Baumstamm und wippte mit den Füßen. Sie hatten noch nicht bemerkt, wer da auf sie zukam.

»Guten Abend, die Herrschaften«, begrüßte Carlos sie. »Danke, dass Sie so freundlich waren und nicht ohne uns angefangen haben.«

Ein erschrockener Laut entfuhr dem kleinen Dunklen. Er sprang auf und richtete seine Waffe auf Carlos und Nadine.

»Lass das fallen, du Idiot!«, zischte sie.

»Hey! Warum so unhöflich, Frau Strobel?«, neckte Carlos sie spöttisch. »Er macht doch nur, was Sie von ihm verlangt haben. Ist halt ein bisschen nervös.«

»Weg mit dem Ding. Siehst du nicht, dass er eine Waffe hat!«, fuhr sie den Kleinen an. Er gehorchte und ließ die Pistole langsam sinken. Fassungslos starrte er seine Auftraggeberin an.

»Hans, hier ist jemand, der dich unbedingt finden

wollte«, rief Carlos Strobel zu, der in der Umklammerung des anderen Mannes eher genervt als verängstigt wirkte. Er schaffte es tatsächlich, eine Geste zu machen, die einem verächtlichen Abwinken sehr nahekam.

»Erspar mir das bitte!«, rief er und spuckte auf den Boden.

»Hans!«, schrie Nadine Strobel. »Du siehst das völlig falsch!«

Hans Strobel begann glucksend zu lachen. »Unfassbar ... ich krieg gleich einen tödlichen Lachkrampf, und dann hast du, was du willst.«

»Du, halt das Maul!«, befahl der große Blonde und drückte ihm seine Maschinenpistole an die Schläfe. »Ich soll abknallen ihn jetzt, ja?«

Er klang wie ein Abiturient in der mündlichen Prüfung, der die Fragestellung wiederholt, um Zeit zu gewinnen, weil er nicht zugeben will, dass er nur Bahnhof versteht. Als Carlos seinen Blick nach unten richtete, wusste er warum: Die Beine des Mannes zitterten. Der Killer hatte Angst.

Waren das am Ende gar nicht die professionellen, abgebrühten Auftragsmörder, für die er sie gehalten hatte? Carlos zwang sich zur Konzentration. Diese Beobachtung nahm der Situation vielleicht ein bisschen an Brisanz. Aber damit war noch nichts gewonnen. Wie oft hatte er solche Momente eskalieren gesehen? Blut floss nicht nur bei kaltblütigen Killern. Sondern vor allem bei den ängstlichen.

»Ja, knall ihn ab!«, schrie Nadine Strobel heiser. »Und dann diesen Mistkerl hier.« Sie fuhr ihre Ellbogen aus, konnte sich aber nicht aus Carlos' Griff befreien. Wenn sie wüsste, dass sie nur gegen ein Plastikrohr ankämpfte. Er machte einen Schritt nach vorne und stieß sie vor sich her. Dann wandte er sich an den Kleinen.

»Merkt ihr denn gar nicht, was hier läuft? Ihr sollt jemanden umbringen, der schon längst als tot gilt. Und ihr lasst euch von so einer Verrückten rumkommandieren?«

»Hört nicht auf ihn!«, fauchte Nadine Strobel.

»Ihr seid ihre Schoßhunde«, spottete Carlos weiter.

»Los!«, fauchte Nadine Strobel. »Ihr seht keinen Cent, wenn ihr das hier nicht durchzieht, ihr Feiglinge.«

Strobel kicherte noch immer. Entweder war er überzeugt davon, dass er gerettet werden würde, oder er war bereits jenseits der Angst.

Der kleine Dunkle drehte sich langsam zu seiner Auftraggeberin um und stieß zwischen den Zähnen hervor: »Am besten einfach mal Maul halten, Madame!«

Der Blonde starrte seinen Kompagnon entsetzt an. Sein Griff um Strobels Hals wurde fester. Und dann spannte er den Abzug seiner Waffe. Carlos zuckte zusammen. Wenn der Kerl jetzt abdrückte, dann war auch er selbst fällig. Das Plastikrohr in seiner Hand fühlte sich auf einmal ganz heiß an.

Strobel räusperte sich, als wollte er eine Rede halten. Offenbar unbeeindruckt von der Pistole an seiner Schläfe sagte er: »Nadinchen, komm! Was soll das denn hier? Warum sollen die beiden Herrn hier zu Mördern werden, nur weil du Angst hast, dass dir das Geld ausgeht?«

»Sei still!«, zischte sie. »Und du«, herrschte sie den Killer an, »mach jetzt endlich!«

»Sehen Sie, so hat sie das mit mir auch immer gemacht. Jahrelang. Darum bin ich auch verschwunden. Dieser keifende, herrische Ton.«

»Drück ab!«, zischte sie, und ihr ganzer Körper vibrierte dabei.

Doch der Mann drückte nicht ab. Sein Blick huschte verunsichert zwischen Gefangenem, Auftraggeberin, Partner und Carlos hin und her.

Hans lächelte breit. »Wenn es dir nur ums Geld geht, Schätzchen, musst du uns allen nicht diese Unannehmlichkeiten bereiten. Da gibt's andere Lösungsmöglichkeiten.«

Carlos spürte, wie sich Nadines Körper anspannte.

»Wenn du dich in unserem Haus ein bisschen besser umgesehen hättest, dann wäre dir bestimmt schon das Versteck mit der Geldkassette aufgefallen.«

Nadine starrte ihren Mann mit geöffnetem Mund an.

»Da glänzen deine geldgeilen Äuglein, was? Dreieinhalb Millionen Cash, legal und versteuert. Zurückgelegt für schlechte Zeiten. Du weißt ja, dass ich den Banken nie getraut habe. Also, alles was du jetzt tun musst, ist brav nach Hause zu fahren und das Geld zu nehmen – und fertig. Ohne Probleme, ohne Mord auf dem Gewissen. Na, wie klingt das, Nadine?«

»Was ist mit dem anderen Geld?«, wollte sie doch tatsächlich wissen.

»Du wirst dafür sorgen, dass mein alter Notar dieses Geld an die Hilfsorganisation in Laos überweist, so wie vorgesehen. Und dann wirst du mich offiziell für tot erklären lassen. Du kannst ganz einfach ...«

»Schluss jetzt!«, unterbrach der Kleine den Redefluss, und sofort verstärkte sein Partner den Druck seiner Umklammerung, sodass Strobel würgte.

»Mann, lass locker!«, befahl der Kleine und trat ganz dicht an Strobel heran, der jetzt nach Luft rang und hustete.

»Also, was ist das für eine Geschichte mit den Millionen in deinem Haus?«

»Das Angebot gilt natürlich auch für Sie beide«, sagte

Strobel und hatte sein Lächeln schnell wieder gefunden. »Mir ist es eigentlich scheißegal, wer das Geld bekommt.«

»Was?« Mit einem schrillen Aufschrei versuchte Nadine sich wieder zu befreien, und diesmal ließ Carlos sie los. Rasch steckte er das Plastikrohr in seine Jackentasche.

»Wie kannst du diesen Typen ... unser Geld ...?« Sie machte ein paar Schritte auf ihren Mann zu, doch der Kleine stellte sich ihr in den Weg.

»Maul halten, Frau!«, sagte er trocken, und zu Hans Strobel gewandt: »Weiter erzählen!«

»Ja, ja solche Geschichten gefallen euch, was? Das Geld befindet sich in der Rückwand von meinem Schreibtisch. Müsste einfach aufzubrechen sein. Und Sie müssen nicht mal einbrechen. Ein Ersatzschlüssel für die Hintertür liegt in einem der Astlöcher der alten Zeder im Garten.«

»Wie kannst du ...?«, rief Nadine plötzlich und wollte auf ihren Mann losgehen, aber der Kleine packte sie brutal am Arm und riss sie zurück. Sie schrie auf.

»Ach Gottchen, darf ich das nicht? Weil es *unser* Geld ist?« Strobel legte den Kopf schief, um auch den Großen mit ins Spiel zu holen. »Nur zu! Das dürfte wesentlich lukrativer für Sie sein. Wie viel zahlt sie Ihnen denn, wenn Sie mich umbringen?«

Der Große schnaubte, während Carlos belustigt die Augenbrauen hochzog. »Eben.«

Groß und Klein wechselten unruhige Blicke, und endlich ließ der Hüne seine Waffe sinken.

Carlos atmete aus. Zum ersten Mal seit einer halben Stunde, so schien es ihm.

Nadine Strobel hatte sich inzwischen aus dem Griff des Kleinen befreit und war außer sich vor Wut.

»Ich werde dich anzeigen! Du versteckst dich hier in diesem Kaff! Ich kenne eine Menge Leute, die wissen wollen, wo du bist.« Spucketröpfchen flogen von ihren Lippen und glitzerten im Taschenlampenschein.

Ihr Mann lächelte noch immer.

»Und ich kenne auch eine Menge Leute, die es sehr interessiert, dass du einen Mord in Auftrag gegeben hast. Schau nur! Hier gibt es jede Menge Zeugen.« Er streckte seinen Arm aus und zeigte in den Wald.

Nadine fuhr herum. Jetzt sah es auch Carlos. Am Rand der kleinen Lichtung waren Umrisse von Menschen zu sehen, die einen Halbkreis um sie gebildet hatten. Halb Elwenfels musste sich hier versammelt haben.

Der Kleine begann plötzlich, panisch mit der Taschenlampe herumzufuchteln. Das Licht fiel auf die Gesichter zwischen den Bäumen. Es war noch einmal die gleiche Situation wie kurz zuvor im Keller. Zwei Typen mit Schusswaffen standen einer Menschenmenge gegenüber, die diesen Waffen nichts entgegenzusetzen hatte. Nur ihre Präsenz als stumme Zeugen eines bizarren Schauspiels, das außer der (mittlerweile hyperventilierenden) Primadonna keiner der Akteure so gewollt hatte.

»Ich würde sagen, Sie gehen jetzt einfach, Frau Strobel«, sagte Carlos ruhig und zog Hans von dem Großen weg, der immer noch seine Waffe umklammert hielt. »Sie haben allein hergefunden, also finden Sie auch allein wieder zurück nach Hamburg. Los jetzt.«

»Viel Spaß beim Wettrennen!«, rief Hans. »Ach, und Nadine?«

Nadine Strobel, die hektisch um sich schaute, wirbelte herum. In ihrem Blick flackerte merkwürdigerweise so etwas wie Hoffnung.

»Ich denke, wir sind uns einig. Du lässt mich für tot erklären und erzählst niemandem, dass ich hier bin. Im Gegenzug werde ich dich nicht wegen versuchten Mordes anzeigen. Sollen wir das so machen?« Seine Stimme war so freundlich, so zuvorkommend und troff dennoch vor Verachtung.

»Hans, bitte!«, flehte sie. Das Kaltblütige an ihr war wie weggeblasen. Sie bibberte jetzt in der kalten Waldluft, und ihre Stimme war nur noch ein Wimmern.

»Geh jetzt! Kauf dir einen neuen Pelzmantel, und such dir einen Neuen. Einen noch Dümmeren als mich. Los jetzt.«

Nadine warf ihm noch einen verzweifelten, hasserfüllten Blick zu. Dann drehte sie sich um und stakste auf den Dorfrand zu.

»Lasst sie durch!«, rief Hans, und die Wand der Elwenfelser glitt lautlos auseinander. Die beiden Männer hasteten hinterher. In ihren Blicken lag jetzt die blanke Gier. Als der Kleine an Carlos vorbeilaufen wollte, packte der ihn am Ellbogen und zog ihn zu sich her.

»Wenn ihr sie umbringt, sorge ich persönlich dafür, dass ihr es bereut, klar?«

Der Kleine riss sich los und senkte den Kopf. Seine Ohren glühten. »Wir bringen niemanden um, das haben wir noch nie getan«, wisperte er.

Irrte Carlos sich, oder klang seine Stimme erleichtert? Er sah Strobel an. Der hatte jetzt Tränen in den Augen. Und lächelte immer noch.

Kapitel 25

Warum Geisterfahrer immer Vorfahrt haben

Es war Nadine Strobel vollkommen egal, dass sich ihr Chauffeur Ferdinand am nächsten Morgen eine Mitfahrgelegenheit nach Hamburg suchen musste. Sie zwängte sich auf den niedrigen Sitz des Jaguars, knallte die Tür zu und ließ den Motor an. Sie hatte keine Ahnung, wie man das Navigationssystem bediente, aber irgendwie würde sie es schon schaffen, eine Autobahn zu finden, die sie zurück nach Hamburg führte. Beim Gedanken an die über fünfhundert Kilometer lange Strecke wurde ihr schlecht. Aber sie durfte jetzt nicht zimperlich sein. Wenn diese zwei Typen vor ihr da waren, konnte sie das Geld vergessen. Schlimm genug, dass das Ganze in einer Katastrophe geendet hatte mit zwei völlig unfähigen Kleinkriminellen, die sich bei ihr als Profis ausgegeben hatten. Wo waren die beiden Loser überhaupt? Wo hatten sie ihren Saab abgestellt? Naja, auf jeden Fall hatte sie das schnellere Auto, würde also früher in Hamburg sein. Aber nur, wenn alles gut ging und sie den direkten Weg fand.

Hektisch wendete sie den Jaguar auf der schmalen Waldstraße. Der Motor jaulte, die Räder drehten im Schlamm durch, und die hintere Stoßstange knallte gegen einen Baumstumpf. Das Signal der Einparkhilfe fiepte im Dauerton. Sie fluchte. Und fuhr wieder an. Dabei stellte sie fest, dass die hohen Stöckelschuhe zum Autofahren nicht die beste Wahl waren. Anhalten und ausziehen? Nein, dazu hatte sie keine Zeit.

Mit zusammengebissenen Zähnen brauste sie die Straße hoch, doch die Sicht verschwamm vor ihren Augen. Sie sah wieder diese letzte Szene auf der dunklen Waldlichtung vor sich. Da war eine Wut in ihr, die sie fast zerriss. Und diese Wut war umso größer, weil sie nun wusste, dass sie sich all das hätte ersparen können. Noch schlimmer war: Sie hatte von Hans alles freiwillig bekommen, und ihr Mann verhöhnte und demütigte sie noch dabei. Das machte sie rasend. Gut, dreieinhalb Millionen waren jetzt nicht wirklich die Welt. Aber damit konnte sie leben. Eine Zeit lang.

Die Lichtkegel der Xenon-Scheinwerfer durchbohrten den Wald, und Nadine Strobels rot lackierte Fingernägel das Leder des Lenkrads. Ihr war auf einmal bewusst, dass das ganze Geld, selbst wenn es für zwei oder drei Leben reichen würde, niemals wieder gutmachen konnte, was Hans ihr angetan hatte. Wozu er sie getrieben hatte. Versuchter Mord. Ein Auftrag, den man ihr nachweisen konnte. Es gab keinen Weg für Rache. Sie musste die Füße stillhalten und konnte nur eines tun: das Geld holen. Sie drückte das Gaspedal noch ein Stückchen nach unten.

Draußen war es völlig dunkel. Es gab keine Markierungen, keinen Mittelstreifen, keine Schilder oder Reflektoren. Die Straße war gerade breit genug, dass ein Auto darauf fahren konnte. Die Bäume flogen vorbei, der Asphalt rauschte unter dem Jaguar hindurch wie ein schwarzer Teppich, der unter den Rädern weggezogen wurde. Eine scharfe Kurve ging in eine längere Gerade über. Eine Gelegenheit, die Geschwindigkeit noch ein bisschen zu erhöhen. Die Nadel pendelte sich bei hundertzehn Stundenkilometer ein. Doch plötzlich schob sich etwas in Nadine Strobels Gesichtsfeld, und sie riss den Kopf nach vorne.

Es kam direkt auf sie zu.

Zwei Lichter nahmen die gesamte Breite der Straße ein. In einer einzigen dichten Wolke von schlagartigen Erkenntnissen wurde Nadine Strobel klar, dass das jetzt das Ende war. Gegenverkehr! Hier! Mitten in der Nacht! Sie stieg so sehr auf die Bremse, dass es schien, als durchbohre ihr spitzer Absatz das Bodenblech des Jaguars. Im selben Moment wusste sie, dass es sinnlos war. Sie fuhr einfach zu schnell, um den Crash zu vermeiden. Sie drückte den Kopf nach hinten an die Stütze und wartete mit geschlossenen Augen auf das hässliche Krachen.

Aber es kam nicht.

Der Jaguar rollte weiter, nur das Reiben der gebremsten Räder war zu hören. Aber da war kein Widerstand, kein Ruck, kein Knall. Nichts. Die Luft schien sich in Wasser zu verwandeln. Es fühlte sich an wie Tauchen. Eine Sekunde lang glaubte sie, nicht mehr atmen zu können. In dieser einen Sekunde war sie sich absolut sicher, dass sie sterben würde. Es war nichts Körperliches. Nur das überwältigende Gefühl von Tod und Leere, als wäre sie plötzlich abgeschnitten von sich selbst. Da war ein Ruck wie bei einem Auffahrunfall, nur dass dieser Ruck in Zeitlupe ablief. Etwas ging durch sie hindurch. Quälend langsam durchquerte es ihr Innerstes. In dieser kurzen Zeitspanne, die gleichzeitig eine Ewigkeit dauerte, wollte Nadine Strobel sterben. Atemlos erstarrt fühlte sie, wie ihr Hirn sich ausdehnte und aus ihrem Kopf zu schwimmen drohte.

Dann war es vorbei.

Sie riss die Augen auf und schnappte nach Luft, schaffte es gerade noch, das Steuer zu kontrollieren, als der Wagen sich drehte und knapp neben einem Baum zum Stehen kam. Um Gottes willen, was war das gewesen? Was hatte sie da gesehen? Nichts. Eine Halluzination. Sie schaute aus dem Fenster in die Richtung, aus der sie gerade gekommen war.

Sie schrie auf.

Ein paar Meter weiter fuhr ein Traktor. Darauf saß ein alter Mann mit Strohhut, das konnte sie im Scheinwerferlicht ihres Wagens genau erkennen. Der Mann bremste nicht, er sah nicht nach hinten. Er tuckerte in aller Seelenruhe weiter auf das Dorf zu. Wieso fuhr da jemand nachts mit einem Anhänger voller Trauben durch den Wald? War das alles nur ein verrückter Traum? Vielleicht war das alles nur zu viel Aufregung für sie. Nadine Strobel schüttelte vorsichtig den Kopf, griff sich in den Nacken und blinzelte. Sie ließ den Motor wieder an und manövrierte den Jaguar in die richtige Richtung zurück auf die Straße. Dann fuhr sie weiter. Langsamer und vorsichtiger. Sie umklammerte das Lenkrad noch fester. Was machte es schon, wenn dabei ihre Nägel abbrachen. Nur weg hier aus dieser Einöde. Wenn sie erst einmal zurück in Hamburg war, würde wieder das zivilisierte Leben beginnen. Langsam beruhigte sich ihr Atem wieder. Sie lachte. Es klang ein bisschen hysterisch.

»Nadinchen sieht Gespenster!«, sagte sie laut und lachte erneut. Sie fuhr wieder etwas schneller. »Warte nur, bis ich dich auf der Autobahn habe, Baby!«, rief sie und tätschelte das Lenkrad. »Dann hält uns keiner mehr auf.« Sie wusste selbst nicht, warum sie das sagte. Sie kam sich dabei vor wie eine dieser Frauen in den Horrorfilmen, die anfangen, mit Dingen wie Autos zu sprechen. Um ihre Angst zu unterdrücken und nicht zugeben zu müssen, dass sie gerade kurz davor sind, den Verstand zu verlieren.

Sie nahm die nächste Kurve im letzten Moment und mit quietschenden Reifen, gefährlich nahe an einem Baum vorbei. Ihre Füße in den Stöckelschuhen fühlten sich an, als hätte Nadine sie in glühende Sardinendosen gezwängt.

»Schluss jetzt!«, rief sie. »Ich zieh euch jetzt aus.«

Sie brachte den Jaguar mitten auf der Straße zum Stehen.

Nur ganz kurz die Schuhe ausziehen ... Sie beugte sich unter das Lenkrad und zerrte an ihren High Heels.

Da hörte sie es. Ein leises Tuckern.

Sie schnellte nach oben und sah aus dem Fenster. Das konnte doch nicht sein, so viel Verkehr, hier in der Provinz, mitten in der Nacht. Und sie stand hier direkt vor einer Kurve.

Jetzt sah sie ihn wieder. Den Mann mit dem Strohhut. Wie eine lebendige Vogelscheuche mit blitzenden blauen Augen. Auf dem Traktor, der direkt auf sie zufuhr.

Nein, er raste auf sie zu.

Das Grauen kam so plötzlich wie ein Krampfanfall.

Nadine Strobel schrie.

Der Traktor fuhr frontal in sie hinein. Wieder hatte sie dieses grauenhafte Gefühl. Nur, dass es diesmal noch stärker war, noch intensiver und unerträglicher. Etwas in ihrem Innern würgte sie. Sie tastete nach dem Türgriff. Raus aus dem Auto, an die frische Luft. Aber sie war bewegungsunfähig. Die Energiewelle waberte durch sie hindurch. Und diesmal war da ein Geräusch. Ein leises Lachen. Ein hämisches und seltsamerweise auch gutmütiges Lachen. Als wäre das alles nur ein Witz. Als wäre sie ein Witz und ihr Leben nur ein Versehen. Bitte lass es Vorbeigehen, flehte sie.

Dann war es auch schon vorbei.

Sie riss die Autotür auf und ließ sich keuchend nach draußen fallen. Es war Nadine Strobel egal, dass sie sich die Handballen auf der Straße aufschürfte. Sie kroch von ihrem Auto weg, als wäre es ein böses Wesen und das Wageninnere ein Zauberkasten, der sie verhexte. Sie taumelte auf den Straßenrand zu und hockte sich hin, um wieder Luft zu bekommen. Schwer atmend hob sie den Kopf in die Richtung, aus der sie gekommen war. Und ein Stück weiter die Straße hinunter sah sie ihn wieder: den Traktor, wie er mit seinem zufriedenen Fahrer in Richtung Elwenfels tuckerte.

In diesem Augenblick wurde ihr bewusst, was das Schreckliche an diesem ganzen Erlebnis war. Es war so, als wäre dieser kleine Traktor mit dem Traubenanhänger echt und sie selbst ein Geist. Ein Nichts in einem Geisterauto, durch das man hindurchfahren konnte, ohne dass sich physikalisch etwas änderte. Ohne Widerhall in der realen Welt.

Nadine Strobel saß im Schlamm am Straßenrand und wimmerte. Sie wusste nicht mehr, was sie fühlte. Sie war nicht mehr am Leben. Sie lebte zwar noch körperlich, aber nicht mehr in der Dimension, die sie kannte. Fühlte es sich so an, wenn man wahnsinnig wurde?

Und wie sie da so saß, zusammengekauert und paralysiert, umgeben von der Dunkelheit des Waldes, da erhob sich auf einmal ringsum in den Bäumen und Büschen ein leises Geschnatter, hämisch und glucksend wie aus dem Mund Hunderter Kinder, die sich über etwas lustig machen, was nur sie sehen können und niemand sonst.

Kapitel 26

In dem es um Abschiedsgeschenke mit Hintergedanken geht

Sofie lächelte Bitterlinger an. »Du bist jetzt unsern offizieller Elwenfelser Weinbotschafter«.

»Zum Wohl die Palz, de Bitterlinger kommt, schon knallt's!« Willi lachte und ließ seine Pranke auf die Schulter des Winzers fallen, der in die Knie ging.

Carlos konnte nicht glauben, was er da gerade sah. Und auch der Winzer selbst schien sich zu fühlen wie in einem kitschigen Film mit unwahrscheinlichem Ende. Eigentlich hatte er gar nicht auf die European Wine Trophy fahren wollen, aber dann hatte Sofie angekündigt, ihm sechs Flaschen des Elwenfelser Wunderweins zu überlassen, damit er auf der Weinmesse für Furore sorgen konnte. Nun übergab sie ihm gerade eine Holzkiste mit dem Schatz. Es war wie bei einer kleinen Zeremonie: Sofie, Willi, Charlotte und Anthony standen um ihn herum und überschütteten ihn mit rhetorischen Streicheleinheiten.

»Du hättst uns von Anfang an sage solle, dass du der ganze Wein-Hautevolee mal zeige willst, wo der Bartel den Moscht holt«, sagte Charlotte mit einem mahnenden Lächeln und strich ihm einen unsichtbaren Krümel vom Jackett.

»Was gibt's Besseres als so eine Propaganda: Ein Schwab

macht Werbung für Pälzer Wein«, lachte Willi dröhnend und zwinkerte Carlos zu.

Der spürte, dass dieses Spiel hier einen doppelten Boden hatte. Nur, was genau war der Trick?

»Das is der Lohn für unsern Held, wo im dunkelschte Kellerverlies todesmutig versucht hat, unser Sofie zu rette«, rief Willi und schlug Bitterlinger noch mal auf die Schulter. Dessen Lächeln ging nun in ein säuerliches Grinsen über.

»Guck!« Sofie zeigte auf den Weinkarton. »De Anthony hat sogar extra noch Etikette entworfe.«

»Danke, das ist wirklich sehr nett von euch«, krächzte Bitterlinger.

»Schon gut«, sagte Anthony. »Alla hopp, mach was draus!«

»Ohne Gold kommscht du uns nicht zurück.« Charlotte drückte ihrem Mann einen mütterlichen Kuss auf die Wange und drängte ihn dann ins Auto.

Hartmut Bitterlinger schien froh, dass er der Situation endlich entrinnen konnte. Er startete den Motor und fuhr los. Durch das offene Fenster rief er noch: »Ich geb mein Bestes.« Dann rollte er durch die Hofeinfahrt auf die Straße.

»Jo, des is halt aber leider net genug«, sagte Charlotte flapsig.

Carlos trat einige Schritte auf sie zu. »Was hast du gerade gesagt?«

»Dass jeder des kriegt, was er verdient.«

Sofie stieß einen seltsamen, glucksenden Laut aus, und Willi schnaubte. Carlos schaute in die Runde. Alle vier waren kurz davor, prustend loszulachen.

»Hey Leute, was läuft hier?«

»Du glaubst doch nicht wirklich, dass der mich hat rette

wolle, oder?«, sagte Sofie. »Der is in de Keller komme, weil er wieder genau dasselbe abziehe wollt wie das Jahr davor.«

»Unsern Wein klaue«, sagte Charlotte.

»Un des is Verrat«, dröhnte Willi. »Nix weiter wie Hochverrat.«

»Das war also gar nicht *der* Wein in diesen sechs Flaschen. Habt ihr ihm Spülwasser reingefüllt, oder was?«, fragte Carlos lachend.

»Ach was, besser noch!«, sagte Charlotte mit einem Grinsen. »Sein eigene Wein. Des langt vollkomme, dass die Weinfuzzis mit de spitze Nase ihn für immer exkommuniziere. Ehrlicher geht's doch gar nicht. Er muss für sein eigene Wein gradstehe. Was is da dran verkehrt?«

»Gar nix«, meinte Anthony und griff in seine Hosentasche. »Und wenn er net blöd is, dann merkt er's vielleicht sogar.«

Er holte ein zerknittertes Blatt Papier hervor, faltete es auseinander und zeigte es Carlos. Es war eine schöne Tuschezeichnung von einem Elwetritsch ... oder zumindest von dem Bild, das man sich außerhalb des Dorfes von dem Wesen machte. Der Sagenvogel neigte den gefiederten Kopf und steckte den Schnabel in ein großes Weinglas: Darunter stand in Schönschrift: Elwenfelser Tritschenwald.

»Wo ist der Haken?«, wollte Carlos wissen.

»Guck, die Kralle!«

Und dann sah er es. Am linken Fuß des Tieres waren die zweite und die dritte Kralle miteinander verschränkt. Wie bei jemandem, der etwas verspricht und hinter dem Rücken die Finger kreuzt.

»Das ... das ist einfach genial!«, entfuhr es Carlos. »Ein schönes Abschiedsgeschenk.«

»Wart nur mal ab, was du selber alles kriegst, wenn du nachher fährst. Ich hoff, du hascht en Lkw bestellt.«

»Leute, das ist total nett, aber das passt doch gar nicht alles in den Wagen«, sagte Carlos.

Die Flut der Abschiedsgeschenke wollte kein Ende nehmen. Es war wie im Märchen mit dem verzauberten Topf, der unablässig Hirsebrei kochte. Die alte Elsbeth verfrachtete eigenhändig einen riesigen Sack Kartoffeln in seinen Kofferraum.

»Original pälzische Grumbeere. Die beschte von de Welt.«

»Danke«, sagte Carlos brav und sah dabei zu, wie beim Verladen der Kartoffeln ein halber Acker getrockneter Erde auf den Teppich seines Kofferraums rieselte.

»Und damit du uns in Hamburg net verdurstest, gibt's hier noch ein, zwei Fläschelscher Wein.« Auf einer Sackkarre zog Willi sechs Kisten hinter sich her.

»Un die Gläser dazu, mit Ersatz, wenn mol was kaputt geht«, rief Otto und hielt zwei Kartons mit Schoppengläsern hoch.

Es lief wie am Fließband.

Frau Zippel brachte einen Riesenkorb mit Backwaren, dazu kamen Apfelkisten, Marmeladengläser, mehrere Dosen mit Schwartenmagen, Saumagen und Leberwurst, ein frisch gebackener Zwetschgenkuchen von Brigitte und ein Strauß Waldkräuter von Anna.

Zu guter Letzt drückte ihm Cordula noch ein Papiertütchen mit roter Schleife in die Hand und zwinkerte ihm zu: »Für die Richtige, wenn sie dann kommt, gell?«

Carlos kämpfte erfolglos dagegen an, dass das Blut in seinen Kopf stieg.

»Hey, Leute bitte! Das ist alles ganz toll. Aber wie soll ich das denn alles mitnehmen?«

»Ich leih dir en Anhänger«, rief Otto.

»Ich hab doch gar keine Anhängerkupplung.«

»Dann ... dann ... bauen wir dir eine dran.«

»Nein, das geht nicht, ich muss heute weg.«

»Dann«, Otto ließ nicht locker, »wart eine Sekund!« Und damit lief er davon.

Carlos begann, die Weinkisten auf dem Rücksitz zu verstauen. Eine Minute später war Otto wieder da. Mit einem Dachgepäckträger in der Hand.

»Do. Den leih ich dir. Aber Owacht, gell? Des is eine Leihgabe. Des heißt, du muscht wiederkomme un des Teil wieder zurückbringe, klar?«

Carlos nickte und ergab sich seinem Schicksal. Was folgte, war eine Olympiade im Drücken, Umarmen und Küsschengeben, nach der Carlos sich ausgeleiert und leer fühlte.

Inzwischen war der Gepäckträger auf seinem Audi montiert und die Abschiedsgeschenke türmten sich darauf zu einem notdürftig verzurrten, wackeligen Berg. Damit würde er wahrscheinlich nicht schneller als sechzig Kilometer fahren können und wohl zwölf Stunden bis Hamburg brauchen.

Am Schluss blieben nur noch Hans Strobel, Sofie und ihre Schwester übrig. Irrte er sich, oder beobachtete das Dorf in angespannter Stille, wie er sich von seinem hanseatischen Landsmann verabschiedete? Strobel drückte ihn an seine breite Brust. »Schau mal nach Nadine. Sie ist ein Albtraum, aber ich möchte trotzdem nicht, dass diese beiden Typen ihr was tun.«

»Versprochen«, sagte Carlos mit belegter Stimme.

Mit feuchten Augen ließ Strobel ihn los. Sofie umarmte ihn nicht. Sie drückte nur seine Hände und schenkte ihm einen langen, eindringlichen Blick aus ihren meeresgrünen Augen. »Hier bei uns is immer ein Platz für dich«, sagte sie schlicht.

Zum Schluss war Charlotte an der Reihe. Sie zog seinen Kopf zu sich und drückte ihm einen Kuss auf die Wange, sehr nah an seinem Mundwinkel. Dann sagte sie einfach nur: »Alla donn, mein Lieber.«

Carlos fühlte ein Kribbeln an der Stelle, an der ihre Lippen ihn berührt hatten. Sein Wunsch, einfach hierzubleiben, wurde auf einmal übermächtig. Er stieg in seinen Audi und hoffte, dass sein Motor wieder streiken würde. Doch als er den Wagen startete, blinkte keine der Kontrollleuchten. Er ließ alle Scheiben nach unten, um in einem letzten, intensiven Schwall pfälzischer Herzlichkeiten und Sprüche zu baden. Langsam überquerte er den Dorfplatz, während die winkenden Menschen im Rückspiegel immer kleiner wurden. Kurz vor der Brücke drückte er aufs Gas, damit er es schnell hinter sich hatte. Er stellte sich vor, dass sich die Energie der Dorfbewohner im Innern des Wagens so lange halten würde, bis er Hamburg erreicht hatte.

Dann fuhr er langsam ein letztes Mal den Weg durch den Wald, in dem er so viel erlebt hatte, und saugte die Gerüche in sich auf. Wehmut bohrte sich schmerzhaft in seine Brust. Er sagte sich gerade zum wiederholten Mal, dass doch alles halb so schlimm sei und er jederzeit wieder zurückkommen könne, als etwas Großes vor ihm auftauchte und er scharf bremsen musste. Erschrocken starrte er durch die Windschutzscheibe. Es war ein Umzugswagen, der sich über die schmale Waldstraße schob. Carlos legte den Rückwärtsgang ein und lenkte sein Auto in eine Ausweichlücke. Als der Laster langsam an ihm vorbeituckerte, entdeckte Carlos im Führerhaus zwei bekannte Gestalten, die ihm mit strahlenden Gesichtern zuwinkten. Gabrielle und Jan Schnur.

Einer verließ Elwenfels, andere kehrten zurück.

Carlos schluckte, gab wieder Gas und brauste durch den

Wald davon. Schnell genug, damit die Melancholie ihn nicht überwältigen konnte.

Zu schnell, um den seltsamen Vogel am Straßenrand zu sehen, der in keinem zoologischen Artenregister verzeichnet war ...

Epilog

»Was darf ich Ihnen bringen?«
»Eine Weinschorle, bitte.«
»Weinschorle?«
»Ja. Gibt's das hier bei Ihnen denn nicht?«
»Selbstverständlich. Das *Hamburger Hafenbistro* führt alles. Auch Wein.«
»Wein*schorle* hätte ich aber gern. Also Wein mit Mineralwasser.«
»Still oder Medium?«
»Weder noch. Sprudel. Richtiges Mineralwasser.«
»Okay, Classic also.«
»Ja genau, eine klassische Weinschorle, bitte!«
»Süß oder sauer?«
»Nein, nein, auf keinen Fall. Nicht süß.«
»Also sauer.«
»Naja, also sauer soll sie eigentlich auch nicht sein. Eher … frisch!«
»Frisch?«
»Ja, genau, frisch, ich hätte sie gerne frisch, die Weinschorle, verstehen Sie?«
»Schon klar. Bei uns gibt es sowieso keinen Wein, der abgelaufen ist.«

»Abgelaufen?«

»Also nach Verfallsdatum.«

»Ah ja, was Sie nicht sagen.«

»Also einmal Weinschorle frisch.«

»So bitteschön: Für den Herrn einmal die Weinschorle.«

»Oh ... Hallo! Entschuldigung. Das hier sieht aber aus wie ...

Wie heißt das Getränk doch gleich?«

»Hugo?«

»Hugo, ja genau.«

»Das ist nur das Glas. Da nehmen wir die gleichen Gläser. Aber drin ist Weinschorle.«

»Und Eis ... und ein Blatt Minze und ... ein Strohhalm?«

»Ja.«

»Oh, und wie das schmeckt. Das schmeckt wie, wie ... ich kenne einen Ort, da würden sie sich nicht mal die Zähne putzen damit.«

»Ist die Weinschorle nicht okay?«

»Doch, doch. Ich glaube schon.«

»Ja, äh ... dann weiß ich nicht, was Sie wollen.«

»Also: Sie ist in Ordnung. Aber nicht für mich. Das liegt an den vier Fingern, verstehen Sie? Vier Finger Wasser, vier Finger Wein.«

»Äh, wie bitte?«

»Sie gucken mich gerade an, als wäre ich ein Außerirdischer.«

»Nein, nein. Ich meine: Sagen Sie mir doch einfach, was ich für Sie tun kann, mein Herr?«

»Das will ich Ihnen sagen. Ich hätte es schon die ganze Zeit sagen sollen. Es ist ein Wunsch ohne Lust, eine alte Angewohnheit, aber in Anbetracht der Umstände wohl das kleinere Übel ...«

»Ja???«
»Bringen Sie mir bitte ein Pils.«

's End

Abspann

Nadine Strobel bekam bei der Rückkehr in ihre Villa einen hysterischen Anfall, als ihr beim Anblick des aufgebrochenen Schreibtischs klar wurde, dass sie trotz einer rasanten Nachtfahrt (fünf Mal wurde sie geblitzt!) zu spät gekommen war. Am nächsten Tag ließ sie ihren Mann für tot erklären. Eine Woche später wurde sie in einem Kaufhaus für Luxusartikel von einem Detektiv beim Klauen erwischt. Inzwischen hat sie in allen Kaufhäusern und Nobelboutiquen der Hansestadt Hausverbot. Heute kann man sie dabei beobachten, wie sie bei jedem Wetter in ihren Pelzmantel gehüllt auf einer Bank an der Innenalster sitzt und alte Brötchen auf Schwäne und Enten wirft.

Der große Blonde eröffnete von der Hälfte des Geldes in der Altstadt von Neapel einen Streetfood-Stand mit mobilem Steinofen, der sogar im Guide Michelin erwähnt wird. Der Besitzer weigert sich vehement, das Geheimnis des einzigartigen Geschmacks seiner Pizza preiszugeben; es wird aber gemunkelt, dass er seinen Pizza-Ofen mit Sargholz von neapolitanischen Friedhöfen befeuert.

Der kleine Dunkle baute von seinem Anteil der Beute in Uppsala ein Wikinger-Dorf für drogenabhängige Jugendliche. Nebenher betreibt er einen sehr lukrativen Online-Kanal im Darknet, auf welchem er Video-Kurse in Tresorknacken anbietet.

Alfons Schnur fand nach anfänglichen Anpassungsschwierigkeiten im Gefängnis sein großes Glück: Er verliebte sich in den Chef einer Motorradrocker-Bande, einen zwei Zentner schweren Veganer, der mit seiner pazifistischen Lyrik bereits mehrere JVA-Poetry-Slam-Wettbewerbe gewonnen hat.

Der Chauffeur Ferdinand Köhler gründete ein Taxi-Unternehmen in Bad Dürkheim, das sich auf Rentnerfahrten und Weinfesttransfers spezialisiert hat. Man erzählt sich, dass er beim letztmaligen Dürkheimer Wurstmarkt großen Gewinn einstrich, als er – wohl verwirrt von der dialektalalkoholisierten Aussprache – gleich zweimal betrunkene Festbesucher nach Hamburg (statt nach Homburg) kutschierte.

Hartmut Bitterlinger erlebte auf der European Wine Trophy das größte Debakel seines schwäbischen Winzer-Daseins. Das von ihm groß angekündigte »magische Gewächs« entpuppte sich bei der öffentlichen Verkostung als – wir zitieren aus der Jury-Bewertung – »ein Wein, der durchaus trinkbar ist, sofern man ihn mit Wasser vermischt aus einer Blumenvase schlürft«.

Glossar

Das für ethno-linguistisch interessierte Leser*innen pfälzisch-standarddeutsche Übersetzungshilfen für einige pfälzisch-dialektische Schlüsselwörter bereithält

Ämer – Eimer

Alla – vom französischen *aller*, gehen. Pfälzisches Zauberwort, das solo oder in Verbindung mit anderen Wörtchen in allen Lebenslagen gebraucht werden kann: Alla donn, alla hopp, jo alla …

Bobbes – das zärtlichste Wort für Hinterteil (Popo), das der Pfälzer im Repertoire hat, dicht gefolgt von »Ärschel«.

Därkem – Bad Dürkheim

Dollbohrer – Bezeichnung für einen ziemlich dummen Homo sapiens.

Drecksbankert – um dieses Wort mit Inbrunst zu verwenden, bedarf es schon eines richtigen, unsympathischen Feindes, dem entgegenzuschleudern sich diese Beschimpfung ohne Reue lohnt. Wörtlich: ein dreckiger, auf einer Bank gezeugter Bastard.

Dubbe – rundliche Vertiefungen in einem Halbliter-Schoppenglas. Hatte der Glasbläser Schluckauf? Nein. Eher hat es den praktischen Grund, dass auch fettige Finger an den »Saugnapfstellen« des Dubbeglases gut Halt finden.

Elwetritsche – pfälzisches Fabelwesen, das aus der Kreuzung von Kobolden und Federvieh hervorgegangen ist und sich vorzugsweise unter Weinreben oder im Unterholz des Waldes aufhält; entfernter Verwandter des bayrischen Wolpertingers.

Ferzz – unnützes Zeug, das genauso schnell verpufft ist wie das, was man mit diesem Wort sonst noch assoziiert. (siehe Forzathlet)

Forzathlet – rhetorischer Profi im Erzeugen von heißen Winden, die schnell verwehen.

Giftnickel – Giftzwerg

Grumbeere – ein anderer (auch im weiteren süddeutschen Raum verwendeter) Ausdruck für die Kartoffel.

Kerscheplotzer – der Kuchen aus Brötchenkrusten und Kirschen ist nicht so gefährlich, wie er klingt, schmeckt aber gefährlich gut, zumal auch noch Alkohol in Form von Kirschwasser mit dabei ist.

Londaa – Landau

Piense – jammern, klagen, wimmern, lamentieren. Eine gewisse Verwandtschaft des Piensers mit einem winselnden Hund kann etymologisch nicht ganz geleugnet werden.

Schwellkopp – Wichtigtuer, dessen Schädel viel größer ist als der Inhalt.

Schoppegewitter – onomatopoetische Transkription für das Geräusch beim Zuprosten mit aufeinanderprallenden Schorlegläsern.

Verdozzle – vertrocknen. »Wenn dir die Sonne auf den Schädel brennt und dein Zäpfchen am Vertrocknen ist.«

Verwesche – verkloppen. Besonders unangenehm, wenn diese gewalttätige Verrichtung von einem »Wescher«, also einem richtig großen Kerl vorgenommen wird.

Weeschwieschmään – weißt du, wie ich meine?
Wer long frogt, geht long err – wer lange fragt, geht lange in die Irre.
Wingert – Weinberg, Weingarten; des Pfälzers heiligster Ort in der Natur.

Donkschää!

Es gibt einige Menschen, die uns beim Schreiben dieses Buches und der Neuveröffentlichung geholfen haben, mit Rat und Tat und Sein und konstruktivem Echo.

Unser Dank geht an

Bettina Habekost, die in einer gemeinsamen Riesling-Laune auf den wunderbaren Namen für unser imaginäres Pfälzer Dorf kam und damit letztendlich auf den Titel des Buches.

René Stein, unseren Lektor. So stellen wir uns immer den idealen Text-Streichler vor: kölsch, schwäbisch-neigschmeckt, pfalz-affin, kosmopolitisch ... Danke für die einfühlsame Art und das wachsame Auge.

Bettina Feldweg. Sie hat uns durch ihre hartnäckig-charmante Art, die Pfalz und Chako nach München zu holen, indirekt die Gebrauchsanweisung dafür geliefert, wie Elwenfels bei Piper ein neues Verlagszuhause bekommen kann.

Regine Schmitt, unsere verantworliche Piper-Verlagsfee, für das offene Ohr und ihre ehrliche, freundschaftliche Art sowie Weitsicht, Elwenfels einem größeren Publikum zugängig zu machen. Wir freuen uns auf alles, was da noch kommt ...

Tom Götz und Celia Habekost. Sie waren inspirierende Freundschaftskometen, enthusiastische Zuhörer und Ideensammler.

Willy Hauth, Vorsitzender des Elwetritsche Vereins Landau. Er hat uns bei einer unvergesslichen Elwetritsche-Jagd bewiesen, dass Mythos und Wirklichkeit sich nicht ausschließen, wenn sie in ein Schoppenglas passen.

Thorsten Scheller – Manager, Berater, Freund und »Checker in allen Gassen«. Ihm gebührt härzzliche Dankbarkeit für seinen unerschöpflichen Input und unermüdlichen Einsatz für das Buch und alles, was noch kommt.

Zuletzt geht unser Dank an alle Eingeborene und Bewohner und vor allem Winzer dieses wunderbaren Strichs von Land zwischen Wald und Wingert, Schloten und Schalotten: Ihr seid unsere ständige, alltägliche Inspiration, und wir haben versucht, euch mit dem Figuren-Panoptikum von Elwenfels ein liebevolles Denkmal zu setzen.

Alla hopp.